AF280951

Klaus Otersen
Liebe kennt keine Grenzen

Klaus Otersen

Liebe kennt keine Grenzen

Eine Kreuzfahrt mit ungeahnten
Konsequenzen

Die Namen der Personen in diesem Buch sind frei erfunden. Eventuelle Ähnlichkeiten mit lebenden oder verstorbenen Personen sind rein zufällig. Alle Ereignisse basieren jedoch auf authentischen Begebenheiten.

Bibliografische Information Der Deutschen Bibliothek: Die Deutsche Bibliothek verzeichnet diese Publikation in der Deutschen Nationalbibliografie: detaillierte bibliografische Daten sind im Internet unter: http://dnb.de abrufbar.

ISBN: 978-3-7693-5266-5

email: kameramann2019@aol.com

Verlag: BoD · Books on Demand GmbH, In de Tarpen 42, 22848 Norderstedt, bod@bod.de
Druck: Libri Plureos GmbH, Friedensallee 273, 22763 Hamburg

Vorwort

Es gibt Dinge, und es gibt andere Dinge, und es gibt wiederum andere Dinge als Dinge…

Es gibt aber vor allem Momente, da geschehen ganz unglaubliche Zufälle, wie sie sich kein Autor besser ausdenken könnte.

Dazu zählen beispielsweise Reisen rund um den Globus, die schlicht zu anderen als den ursprünglich beabsichtigen Zielen führen. Begebenheiten, die so unglaublich sind, dass sie wie Märchen anmuten, obwohl man sie leibhaftig erlebte.

Von solch einem ungewöhnlichem Zufall berichtet dieses Buch. Geschrieben nach einem tatsächlichen Erlebnis. Unglaublich, aber wahr. Nur die Orte und Namen einiger Protagonisten wurden selbstverständlich verändert.

Ein schon etwas älterer, leicht angegrauter Herr, nennen wir ihn der Einfachheit halber Peter Handtke, unternahm eine solche Reise.

Luxusreise in den Nordatlantik und mit einem privaten Rettungsflieger von Rio de Janeiro nach Hamburg – das hatte etwas.

In diesem Sinn: viel Freude und Vergnügen mit der vorliegenden Lektüre.

Inhaltsverzeichnis

Eine bewegende Begegnung

Das erste, das er wahrnahm, war ihr unbeschreiblicher Duft. Kam leicht von der Seite an ihn herangeweht, schwebte dicht unter seiner empfindlichen, etwas knolligen Nase entlang. Umwerfend, anregend, sinnlich, betörend, intensiv, aber nicht aggressiv oder gar zu aufdringlich. Angeregt schnupperte Peter Handtke, konnte den Duft aber nicht sofort einordnen, obwohl er ihn kannte. Musste wirklich schon sehr lange her sein. Er bemühte sein Gedächtnis, und allmählich tauchten aus der Tiefe seiner Erinnerungen bruchstückhaft Bilder auf: eine Kleinstadt, eine krumme, kopfsteingepflasterte Straße, die in den nördlichen Stadtteil führte.

Zu jener Zeit war er mehr als vierzig Jahre jünger, fast noch ein Knabe, schlaksig, mit eins fünfundsechzig nicht sehr groß geraten und mit jeder Menge Flausen im Knopf. Leider war er überaus schüchtern. Nicht der Typ Mann, den Frauen anziehend finden. Die standen eher auf Kerle mit mindestens eins fünfundachtzig, schlank, nicht schlaksig, mit Muskeln an den richtigen Stellen, bevorzugt mit dichtem, dunklem Haar. Er dagegen war von Geburt an weizenblond. Sein Haar wuchs leider nicht sehr dicht, was ihn seinerzeit allerdings noch gar nicht besonders juckte. Kräftig war er, nun ja, er schaffte es trotz seiner Größe, einen alten Porsche-Trecker mit mehreren hundert Kilo Gewicht vorne kurz hochzuheben, wenn auch nur wenige Zentimeter, aber man sah seine Kraft nicht auf den ersten Blick.

Damals lebte er in Heide, einer kleinen, norddeutschen Kreisstadt mit bescheidenen, spießigen Häuschen am Stadtrand, mit kaum mehr als vierstöckigen Gebäuden in der Innenstadt und einem Bahnhof, hinter dem sich die Rote Katze versteckte. Hinter diesem Namen verbarg sich ein heimlicher, aber dennoch allseits bekannter Puff mit immerhin sexy Damen.

Natürlich ging keiner der Heider Jungs dorthin, Gott bewahre! Man hielt sich an die allgemein geltenden Moralgesetze. Heide war überschaubar, viele kannten sich, und man bekam schnell einen ‚etwas‘ komischen Ruf. Dennoch besuchten die jungen Spunde hin und wieder heimlich das sündige Bordell und waren oftmals überrascht, welche Freunde und Bekannte sie dort antrafen.

Peter Handtke machte da keine Ausnahme. Er war damals gerade dreiundzwanzig Jahre alt und recht neugierig. Ihm fehlte zwar das Geld für einen Besuch, aber ab und zu hielt er sich heimlich in der Nähe auf, um einen Blick auf die freizügigen Damen zu erhaschen. Das war hin und wieder der Fall, wenn sie kurz das Bordell verließen, um auf die Schnelle im angrenzenden Kiosk Zigaretten oder eine Zeitschrift zu holen. Vor allem eine braunhäutige Mulattin mit ihrer glänzenden Schokoladenhaut hatte es ihm mächtig angetan. Dann wurde ihm stets anders, vor allem, wenn er rein zufällig aus der Ferne mal einen flüchtigen Blick auf eine nur halb bedeckte Brust werfen konnte. Was hatte er da schon alles zu Gesicht bekommen! Nun ja, in jungem Alter kann man solch einem Verhalten wohl gütig nachsehen, oder?

Der Bahnhof in Heide war ein schlichtes, doppelstöckiges, weiß gestrichenes Gebäude, an dem die Farbe vereinzelt in braun gewordenen Flecken abblätterte, versehen mit einem schwarzen Dach. Der Bahnhof war nicht besonders groß. Im Erdgeschoß gab es lediglich einen einfach gehaltenen Warteraum, dazu einen schmalen Eingangsbereich, flankiert von zwei altersschwachen, weißen Holzbänken. An der Längswand gegenüber prangten mehrere farbenprächtige Werbeposter, die einige der derzeit angesagten Reiseziele zeigten und Lust aufs Verreisen erzeugen sollten. Der Gang führte zum einzigen Fahrkartenschalter und dem daran angeschlossenem Kiosk. Die Tür rechts daneben führte in eine gemütliche Gaststätte. Heide erfüllte immerhin seine Funktion als wichtiger Eisenbahnknotenpunkt. Hier hielten die Züge nach Westerland. Die Stadt lag ziemlich genau in der Mitte zwischen Hamburg und Sylt. Außerdem zuckelte von hier aus ein roter Schienenbus nach Büsum, und damit an die Nordsee.

Zehn Fußminuten vom Bahnhof entfernt befand sich der für Heider Verhältnisse ziemlich ausgedehnte, grüne Park mit dem Zütphen-Friedhof und einem alten Wasserturm. Dessen Spitze beherbergte das Domizil eines bekannten lokalen Malers. Seine Werke zierten zahlreiche Orte in der Stadt und im weiteren Umland. Vor dem Park, abgetrennt durch die Einfallsstraße ins Zentrum der Stadt, lag die vor kurzem neugestaltete, lebhafte Fußgängerzone. Immerhin besitzt Heide noch heute Deutschlands größten Marktplatz. Früher befand sich hier das Viehmarkt-Zentrum Schleswig-Holsteins, wurden Rinder und Schafe, aber auch Hühner, Gänse, Enten und anderes Kleinvieh gehandelt. Heute ist der Markt mit der im sechzehnten Jahrhundert erbauten, angrenzenden Kirche eher eine gähnend leere, weitläufige Fläche, die hauptsächlich für die jährlich stattfindenden Kirmesfeste oder Motorradtreffen, sowie an verschiedenen Stellen als Parkplatz genutzt wird. In der Kirche befindet sich die älteste spielbare Orgel Deutschlands.

Peter Handke stand damals in seiner Ausbildung zum Schaffner bei der Deutschen Bundesbahn. Zwar befand sich sein Einsatzgebiet in Hamburg-Altona, wohnhaft war er aber seit einem Jahr als Untermieter im zweiten Stock eines hübschen Häuschens in der Fußgängerzone. Der Vermieter lebte mit seiner Familie im ersten Stock. Das einzige Bad des Hauses, immerhin mit Badewanne ausgestattet, wurde von beiden Parteien benutzt. Früher hatte man sich eben nicht so leicht geschämt.

Das Erdgeschoß dieses Hauses beherbergte einen winzigen Imbiss. Das war einer der Höhepunkte für ihn und überaus praktisch. Er brauchte nur zwei Treppen hinunter zu laufen, und sofort konnte er leckere Currywurst mit Pommes bestellen, brauchte keine langen Wege woanders hin. So ließ es sich gut leben, fand er. Auch zum Bahnhof gelangte er für den Pendelzug nach Hamburg in nur fünf Minuten. Zwar war die Bahn bummelige zwei Stunden unterwegs, aber das machte ihm nichts aus. Als Langschläfer kam er morgens schlecht aus den Federn, und so nutzte er die Fahrt gern ‚um richtig wach zu werden', wie er immer zu sagen pflegte.

Peter Handtke erinnerte sich jetzt auch an die unbekannte Frau, der er damals klammheimlich dicht auf den Fersen folgte, fast zwei Kilometer quer durch die halbe Stadt. Es war irgendwann an einem Nachmittag im Juni, das fiel ihm jetzt auch wieder ein. Es war einer seiner seltenen freien Tage, und er bummelte ziellos durch die City. Zuerst fiel ihm nur ihr leichtfüßiger Gang auf, wie sie sich katzengleich in den Hüften wog, als sie ihn überholte. Von hinten gesehen sah sie recht unscheinbar aus, eine Frau in den mittleren Jahren, schlank, lange dunkle Haare, mit Rock und leichter Bluse etwas schlabberig bekleidet. An den Füßen trug sie schlichte Sandalen, die wie Pferdehufe auf dem Pflaster klapperten. Aber sie benutzte ein Parfüm, das ihn ungemein erregte. Wie unter Zwang folgte er dem berauschenden Duft, den sie wie eine verräterische Spur hinter sich verbreitete.

Eigentlich stand er überhaupt nicht auf Parfüm, auf künstliche Duftwolken, die manche Frauen im Übermaß hinterließen, wenn sie an einem vorbeirauschten. Oft fühlte er sich regelrecht davon belästigt. In diesem Fall aber war es anders. Peter Handtke fühlte sich magisch angezogen von ihrem Duft, und entgegen seiner ursprünglichen Absicht, den Bummel zu beenden, konnte er nicht widerstehen, ihr eine Zeitlang zu folgen. Er musste sie unbedingt fragen, was das für ein Wässerchen war. Jetzt fiel ihm auch der Name ihres Parfüms wieder ein. Es war ‚Inspire'. Sie verriet es ihm, nachdem er sich endlich mutig ein Herz genommen und sie angesprochen hatte.

Peter Handtke schnupperte noch einmal und war erstaunt, dass es nach mehr als vierzig Jahren noch jemanden gab, der diesen fast vergessenen Duft verwendete. Interessiert hob er seinen Kopf. Nur eine Handbreit entfernt schwebte eine junge Dame an ihm vorbei. Schweben schien ihm der perfekte Ausdruck für ihren leichtfüßigen Gang. Kaum berührten Ferse und Zehen den Boden. Ihre nackten Füße steckten in schwarzen Sandalen, aus deren offenen Spitzen niedliche, rot lackierte Zehen hervorlugten. Dunkle und kunstvoll geflochtene Riemen umschlangen entzückende, schlanke Fesseln wie bei einem teuren Fotomodell.

Sein Blick glitt höher, folgte den anmutig geformten Beinen mit der sanft gebräunten Haut, bis sie weit über dem Knie unter einem schon fast unverschämt kurzen, blauen Rock verschwanden. Darüber trug sie ein weißes, sehr knappes und fast durchsichtiges Top, mit einem Ausschnitt, der die beiden vollen Halbkugeln nur zaghaft verhüllte. Ein sehr offenherziges Dekolleté. Ihre Brustwarzen stachen fast sichtbar durch das feine Gewebe. Für jeden Gourmet weiblicher Schönheit ein Grund zum Träumen und Dahinschmelzen. Zwischen den beiden reizvollen Hügeln baumelte an einer dünnen goldenen Kette ein kleiner Anker, tiefschwarz und verziert mit einer silbern schimmernden Rose. Sie war der einzige Schmuck den sie trug. Ihre Finger zierten weder Ringe, noch waren die wohlgeformten Ohrläppchen mit Anhängern geschmückt. Eine warme, weiche Mädchenstimme riss ihn unvermittelt aus seiner Bewunderung.

„Na, genug gesehen junger Mann?" Die hübsche Frau hatte seinen Blick bemerkt und war stehen geblieben. Spöttisch lächelnd strich sie sich eine Haarsträhne aus dem Gesicht. „Sie können mich jetzt wieder anziehen."

Trotz seiner mehr als sechzig Jahre errötend blickte er ihr verlegen ins Gesicht, geradewegs in zwei rehbraune Augen, mit
langen, seidig schimmernden Wimpern. Ihre sanften Worte
entströmten einem vollen, roten Lippenpaar, die untere Lippe
etwas fülliger als die Oberlippe, beide wie ein Schmollmund
geformt, nur sehr dezent geschminkt und das Gesicht im leicht
orientalisch geschnitten Oval einladend schimmernd. Die ganze Erscheinung, umrahmt von schwarzen, lockigen Haaren, die
ihr bis weit über die Schultern fielen, erinnerten ihn an eine
junge Türkin.

„Verzeihung, ich wollte Sie nicht anstarren" erwiderte er
verlegen, „aber ich war auf solch einen liebreizenden und
gleichzeitig verwirrenden Anblick nicht vorbereitet. Als lang-
jährig tätiger Fotograf springt einem solch ein Wesen natürlich
sofort ins Auge."

Er spürte, wie seine Handflächen feucht wurden. *Wie ein
Pennäler der ersten Klasse,* schoss es ihm durch den Kopf.
Dabei war er ein gesetzter Mann, zwar schon jenseits der sechzig, mit dem in diesem Alter üblichen, leichten Bauchansatz.
Seine blauen Augen aber leuchteten offen, klar und hellwach in
die Welt. Die spärlichen Haare auf seinem Haupt störten ihn
ebenso wenig wie die zahlreichen Falten in seinem Gesicht.
Falten sind gelebtes Leben, pflegte er stets zu sagen, wann
immer ihn jemand darauf ansprach. Das kam allerdings selten
vor. Nur die ein wenig zu dicken Tränensäcke unter den Augen
waren nicht zu übersehen, aber er konnte und wollte sich nicht
zu einer Schönheits-Operation entschließen, wie viele andere
Männer seines Alters. *Wer mich nicht ansehen will soll es bleiben lassen,* dachte er.

Die unbekannte Dame griff sich beherzt einen der frei herumstehenden Stühle und fragte, ob sie sich neben ihn setzen
dürfe. Ohne seine Antwort abzuwarten nahm sie auch schon

Platz, schlug die rassigen Beine übereinander und lächelte ihn entwaffnend an.

„Soso, Fotograf sind Sie! Einer, der die Frauen nackt vor seine Kamera zerrt, um sie anschließend wollüstig zu verführen!" Sie strich mit der Hand über ihre Haare. „Liebreizend, das Wort habe ich schon lange nicht mehr gehört."

Sie forschte in seinem Gesicht nach irgendwelchen Anzeichen einer Antwort, stellte fest, dass sein Ausdruck offensichtlich ehrlich gemeint war und reichte ihm spontan die Hand.

„Ich heiße Vivien und bin aus Berlin. Sind Sie wirklich Fotograf? Sie sehen nicht aus wie einer." Ihr Lächeln verwirrte ihn. Begleitet wurde ihre Begrüßung wieder von einem Hauch Inspire, das ihn umwehte. Er nahm ihre ausgestreckte Hand, hielt sie fast ein wenig zu lange.

„Doch, ich bin einer. Ein echter Fotograf. Keiner, der Frauen ungefragt unter die Röcke schaut. Ich heiße Peter. Meine Heimat ist eigentlich der Schwarzwald, lebe jetzt aber in Norddeutschland, genauer gesagt in Husum."

Ihr Händedruck war fest, ihre Finger weich und gepflegt. Sanft zog sie ihre Hand zurück. Die rot lackierten Nägel passten hervorragend zur Farbe ihrer Lippen. Sie trug außer ihrem Lippenstift und etwas Kajal um die Augen kein sichtbares Makeup, wirkte aber gerade dadurch wie eine elegante Schönheit, die einen Mann jederzeit um den bekannten Finger wickeln konnte. Dazu dieser vertraute und gleichzeitig betörende Duft. Ihre Nähe verwirrte ihn mehr als ihm lieb war, ließ ihn ziemlich nervös werden.

„Ich arbeite nicht mehr als Fotograf, aber natürlich ist es mein Hobby geblieben. Wie sieht denn Ihrer Meinung nach so ein Fotograf aus?" Er deutete in die Runde.

„Zum Beispiel der dort drüben. Der dürfte sogar in Ihrem Alter sein. Eine kleine Knipse hält er auch in der Hand." Peter Handtke zeigte auf einen nahe an der Reling stehenden Typen in einem schicken grauen Anzug. Er fotografierte gerade ausgiebig ein Pärchen, das an der Reling vor sich hinträumte. Vielleicht Bekannte von ihm.

„Der?" Sie lächelte. „Der guckt mir zu arrogant. Nicht mein Fall. Vielleicht auch ein echter Fotograf?" Sie gluckste und redete weiter.

„Ach, und was die jungen Schnösel angeht: Die haben doch nichts anderes im Kopf als Autos und Fußball. Und natürlich immer nur das Eine! Ist es nicht so?" Ihre Augen blitzten herausfordernd. Peter Handtke musste lachen.

„Was ist denn in Ihren Augen 'das Eine'? Und woher wollen Sie wissen, ob ich nicht genau das auch möchte? Frauen sind so wunderbare Geschöpfe, man erliegt nur zu leicht ihren Reizen. Eigentlich ist das von der Natur her ziemlich unfair eingerichtet. Hat ein Mann da überhaupt eine Chance zu widerstehen?"

„Das ist die Natur, stimmt, aber natürlich auch pure Absicht der Frauen" gab sie zu. „Unsereiner will ja auch nicht gleich jeden dahergelaufenen Mann becircen." Sie verzog ein wenig ihren Mund.

„Sind Sie ein richtiger Mann?" Ihm verschlug es fast die Sprache. *Die ist ja ziemlich direkt*, dachte er und sah ihr prüfend ins Gesicht. Was für eine Frau!

„Das müssten Sie schon selbst herausfinden, Vivien. Beantworte ich Ihre Frage mit ja, klingt es, je nach Sichtweise, selbstbewusst oder arrogant. Sage ich nein, bekommen Sie das vielleicht auch in den falschen Hals. Also, wie sollte man diese Frage beantworten?" Peter machte eine kurze Pause, zog ein Taschentuch aus der Jackentasche und schnäuzte sich die Nase. Dann fuhr er fort.

„Sehr viele Männer missverstehen leider das freundliche Auftreten einer Frau, vor allem von einer so wohlgeratenen Dame wie Sie, Vivien. Sie deuten Höflichkeit als Anmache."

Die junge Frau machte ihn ziemlich verlegen. *Schön wäre es, jetzt genau diese Lippen zu küssen*, dachte Handtke.

„Ein Mann ist leider kein Gedankenleser" fuhr er fort. „Wie soll er wissen, was eine Frau wann, wo und wie möchte? Also versucht er es zunächst mit jeder, die ihm attraktiv genug erscheint. Es ist wie die Begegnung mit einem Tiger. Zugegeben, ein schönes Tier das man sich gerne anschaut, möglichst nah, aber trotzdem in sicherem Abstand. Man weiß nie, ob er satt ist, oder ob er einen im nächsten Augenblick verschlingt. Ich bin kein Dompteur, und ich lasse mich nicht gerne fressen." Vivien lachte.

„Ich mich auch nicht." Ihre Augen blitzen vergnügt. „Ich wäre schlecht verdaulich, ich würde im Magen desjenigen ganz heftig rumoren."

„Das nehme ich Ihnen sofort ab." Peter lächelte in sich hinein. Beide schwiegen eine Weile und hingen ihren Gedanken nach. Vivien gestand sich ein, dass sie sich in seiner Gegenwart wohl fühlte. Peter schien einer von der umgänglicheren Sorte Mann zu sein, nicht so wortkarg wie viele andere Männer, und trotz allem wiederum auch nicht so geschwätzig. Sie beobachtete ihn heimlich von der Seite, ohne dass er es merkte.

Peter Handtkes Hand strich nervös über den Tisch. Er sah verlegen zu Boden, als fände er da die Worte, die seine Lippen nicht von sich geben konnten. Die schöne unbekannte Dame verwirrte ihn mehr, als ihm lieb war. Endlich gab er sich einen Ruck.

„Ich habe als erstes Ihr Parfüm erschnuppert, das ist doch Inspire, wenn ich mich nicht irre? Wie kommt es, dass Sie diesen Duft noch immer verwenden, vierzig Jahre, nachdem er modern war?"

„Sie haben recht, es ist tatsächlich Inspire." Die junge Dame war überrascht. „Es wundert mich, dass Sie dieses Parfüm kennen. Es ist schon seit Jahrzehnten nicht mehr auf dem Markt.

Allerdings ist es mir gleichgültig, ob früher mal etwas modern war oder noch ist." Sie lächelte ihm ins Gesicht. „Ich benutze einfach was mir gefällt. Wie andere drüber denken ist mir wurscht. Ich laufe keiner Mode hinterher. Und dieses Parfüm mag ich einfach, es passt zu mir und zu meinem Stil. Ich habe noch zwei Fläschchen davon gehortet. Wobei, die werden natürlich auch irgendwann zur Neige gehen. Dann muss ich mir einen anderen Duft suchen."

„Das wäre schade, Vivien, Inspire passt wirklich gut zu Ihnen. Ich bin auch nicht immer gleich für das neu Angesagte. Aber ungewöhnlich ist es schon. Heutzutage rennen die Leute doch allem Möglichen hinterher nur um hip zu sein. Das Altbewährte wird oft viel zu schnell geopfert." Er erzählte ihr, wie er der unbekannten Frau damals in Heide meilenweit nachschlich, nur um den Namen ihres Parfüms zu erfahren.

„Sie sind ja ein ganz Schlimmer" lachte sie. „Ein richtiger Stalker! Aber im Ernst, ich finde es toll, wenn ein Mann sich aufrafft und auch mal den Mut hat, eine Frau um eine Information zu bitten. Männer sind doch sonst immer so allwissend."

„Soso, sind sie das?" Peter musste grinsen. „Das glauben aber auch nur Sie! Oft sind Männer einfach nur zu schüchtern um zu fragen. Man bekommt als Mann sowieso schon genug Körbe von den Damen." Peter ließ seinen Blick über das Deck schweifen und wechselte das Thema.

„Verzeihen Sie, dass ich Sie einfach so direkt frage, reisen Sie allein? Nicht, dass Ihr Mann es Ihnen übelnimmt, wenn Sie die ganze Zeit mit mir verbringen. Er wird Sie sicherlich schon vermissen."

Sie befanden sich auf der ‚Elegance', einem luxuriösen Fünf-Sterne-Kreuzfahrtschiff mit dem Ziel Island und Spitzbergen. Vor knapp zwei Stunden waren sie aus Lerwick ausgelaufen. Ein kleiner Hafen auf einer Insel, mit tausenden Jahren alten Grabstätten und Steinen, ein wenig an Stonehenge erinnernd.

Dort hatten sie einen ganztätigen Aufenthalt verbracht. Jetzt lagen die Shetland-Inseln schon weit hinter ihnen. Viviens Augen verdunkelten sich ein wenig.

„Nein, ich fahre allein. Mein Mann hat sich vor kurzem von mir getrennt. Ich glaube, er hatte wohl schon längere Zeit eine Geliebte." Sie sah ihm offen ins Gesicht.

„Wir leben seit einem halben Jahr in Scheidung. Im Nachhinein finde ich seine Entscheidung allerdings richtig, jedenfalls für mich. Ich bin inzwischen froh, dass er derjenige war, der sich von mir trennte. Ich hätte es sonst sicherlich irgendwann selbst getan."

Sie drehte sich von ihm weg und sah aufs Meer hinaus. Der leichte Wind kräuselte sanft das Wasser, zauberte winzige Wellen in das herrliche Blau des sommerlichen Nordatlantik. Fische ließen sich keine sehen. Die Luft war noch angenehm lau, und die langsam versinkende Abendsonne tauchte das zwölfte Deck, auf dem sie sich aufhielten, in ein warmes Licht.

Peter Handtke fragte nicht weiter und überließ sie ihren Gedanken. Ihn gingen die Gründe, die zu Viviens Trennung führten nichts an. Insgeheim wunderte er sich nur, dass eine so attraktive Frau von einem offensichtlichen Esel verlassen wurde.

Wie schön sie ist, dachte er. Wie sie so an der Reling stand, die schlanke Figur an den glänzenden, hölzernen Handlauf gelehnt, mit dem schwachen Wind, der übers Meer kam und warm und streichelnd durch ihr dunkles Haar wehte. Wie Seide schimmerten ihre Strähnen, wenn es sich sanft bewegte. Verstohlen musterte er sie von der Seite und fand sie von Minute zu Minute anziehender. Nicht, dass er besonders auf so junge Mädels, wie er sie zu bezeichnen pflegte, stand. Ihm lag eher das reifere Semester, seinem Alter gemäß. Vivien erschien ihm wie die berühmte Ausnahme.

Normalerweise bevorzugte er die holde Weiblichkeit mit einer gewissen Erfahrung. Frauen, die schon einiges erlebten, auch und gerade im Bett. Er liebte das bestimmte Wissen eines Weibes, wie sie einen Mann erotisch um den Verstand zu bringen verstand, ihn immer wieder aufs Neue verzauberte. Trotz seiner Jahre war Peter Handtke sexuell noch immer recht aktiv, zum Leidwesen vieler seiner Bekannten, die mit dem für sie heiklen Thema oft längst abgeschlossen hatten und ihn voller Neid abwechselnd einen Playboy oder einen Sexprotz nannten. Er amüsierte sich insgeheim darüber. Wer stets im Training blieb, so sagte er allen, bleibt auch bis ins hohe Alter potent. Und was gab es Schöneres als eine warme, weiche Frau, die genau wusste, wie sie einen Mann verrückt und süchtig nach ihren Reizen machen konnte?

Vivien könnte fast im Alter meiner Tochter sein, wenn ich denn eine hätte, dachte er. Glatt geschätzt dreißig Jahre jünger. Normalerweise nicht sein Beuteschema. Dennoch erlag er so langsam ihren Reizen.

Vivien wiederum nippte von Zeit zu Zeit an ihrem mitgebrachten Glas Champagner, ließ sich sanft vom leichten Fahrtwind umschmeicheln und sann nachdenklich vor sich hin. Peter war ein Mann, wie sie ihn schon länger nicht mehr traf. Er besaß Manieren, war nicht laut, aber aufmerksam ihr gegenüber. Ab und zu strich sie sich mechanisch eine kleine, widerspenstige Strähne ihres herrlich langen Haares aus der Stirn. Wie Peter genoss sie die stille Atmosphäre des Augenblicks.

Wie schön müsste es sein, in ihrem duftenden, vollen Haar zu wühlen, sinnierte Peter. Ihre Nähe beunruhigte ihn mehr als ihm lieb war, erregte ihn und tat schon fast körperlich weh. Er verspürte große Lust, sie einfach in seine Arme zu nehmen und zu küssen. Natürlich würde er sich das niemals wagen. Er entschied sich lieber für die ungefährlichere Flucht.

„Wenn Sie gestatten, werde ich mich für eine Weile in meine Kabine zurückziehen. Wir sehen uns bestimmt später noch mal." Peter Handtke erhob sich. Beim Gehen bemerkte er das verschmitzte Lächeln um ihren Mund. „So groß ist dieses Schiff ja nicht." Er wartete ihre Entgegnung nicht mehr ab und öffnete die Tür. Aus den Augenwinkeln bemerkte er noch ihren fragenden Blick, den sie ihm nachwarf. Fast bereute er, sie allein zurück zu lassen, aber sein Entschluss stand fest. Es war besser für sein Seelenleben. Vivien könnte ihm echt gefährlich werden. Sie war eine Frau, von der ein Mann lange träumen konnte. Kurz darauf stand er schon an der Fahrstuhltür.

Die ‚Elegance' gehörte mit einer Länge von rund zweihundert Metern und einer Breite von fünfundzwanzig Metern zu den kleineren Kreuzfahrtschiffen. Zwölf Decks boten eine Menge Platz für die maximal siebenhundert Passagiere. Peter Handtkes Kabine lag vier Stockwerke tiefer auf Deck acht. Eine einfache Außenkabine ohne jeden Schnickschnack, mit einem Balkon, von dem aus er eine herrliche Sicht auf das Meer genoss. Ein imposantes, als Alleinreisender für seinen Geschmack viel zu breites Doppelbett füllte den Raum zu einem großen Teil aus. Daneben befand sich ein schmaler Schreibtisch mit Hocker, der zusammen mit einem braunen, ziemlich geräumigen Wandschrank die linke Seite der Kabine ausfüllte. Er reichte bis an die Decke und bot genügend Platz für die Kleidung, die obligatorische Rettungsweste und den dazugehörigen Helm. Im Inneren des Schranks war noch ein kleiner Safe mit einem Zahlenschloss eingebaut. Wichtig für Wertsachen, wie beispielsweise Reisepass, Geld, Schmuck oder anderen wichtigen Papieren. Gegenüber befand sich der Eingang zum Bad. Dort gab es eine Dusche und eine Toilette. Alles eng und klein, aber die Kabine war ja nur für jeweils ein oder zwei Wochen Aufenthalt bestimmt.

Peter Handtke war gern allein unterwegs. Er brauchte seine Freiheit. Für eine Frau war in seinem Leben derzeit kein Platz. Zumindest konnte er sich nicht vorstellen, jetzt sesshaft zu werden. Er liebte das Herumreisen, jeden Tag woanders zu sein, hin und wieder mal eine andere Frau in seinen Armen zu halten. Außerdem trieben ihn seine zahlreichen Geschäfte oft ins weltweite Ausland. Seine Fotografie betrieb er nur noch nebenbei. Allerdings beherrschte ihn zunehmend das Denken an die ungewöhnlich sympathische Dame vom Deck zwölf. Vivien verzauberte ihn mit ihrem Charme, wirkte ungewöhnlich anziehend auf ihn.

Aus der Minibar entnahm er eine Flasche Apfelsaft, füllte den Inhalt in das bereitstehende Glas und trank einen Schluck. Angezogen legte er sich danach aufs Bett und ließ sich gedanklich ein wenig in sein früheres Leben zurückfallen.

Es war Anfang Mai 1971. Nie würde er diesen Tag vergessen, diesen Absturz, der für ihn zum schrecklichsten Wendepunkt im Leben wurde. Damals zählte er einundzwanzig Lenze und war bis über beide Ohren in seine Freundin verknallt. Tanja war seine erste, wirkliche große Liebe, siebzehn Jahre jung, mit einem Meter fünfundfünfzig ziemlich klein, schlank, mit kleinen, festen Apfelbrüsten. Mit ihren sehr langen, dunklen und lockigen Haaren absolut sein Traumtyp. Eigentlich stammte sie aus Heide, lebte aber seinerzeit in Husum, von Theodor Storm ‚Graue Stadt am grauen Meer' genannt. Ein halbes Jahr lang bewohnten sie schon gemeinsam ein winziges Zimmerchen in Husums Innenstadt. Täglich spazierten sie hinaus an den Deich, wanderten durch die Wiesen oder saßen zusammen in der Innenstadt und aßen Meterwurst, eine Spezialität des größten und angesagtesten Imbisses' in der City. Tatsächlich fünfzig Zentimeter lang war die köstliche Wurst. Zusammen mit der entsprechend großen Menge Pommes war sie kaum zu schaffen. Nicht weit davon entfernt residierte das ‚Schloss vor

Husum', so genannt, weil es früher vor Husums Stadtgrenzen lag und eine der vielen Nebenresidenzen des herzoglichen Hauses von Schleswig-Holstein-Gottorf. Alljährlich im Frühjahr wuchs im Park vor dem Schloss ein Teppich von Millionen lilafarbenen Krokussen.

Im Winter zog Peter Handtke dann für eine Weile nach Villingen im Schwarzwald, seiner früheren Heimat. Eine Trennung von rund neunhundert Kilometern! Seine hier lebende ältere Schwester hatte ihm zu einem sehr gut bezahlten Arbeitsplatz in den Saba-Farbfernsehwerkstätten verholfen. Sie selbst war schon geraume Zeit hier angestellt. In dieser Fabrik konnte er fast das Doppelte verdienen wie als Lagerarbeiter in Husum, und Tanja war bereit, das für eine gewisse Zeit hinzunehmen, damit beide sich eine gemeinsame Zukunft aufbauen konnten. Seit zehn Monaten waren sie unzertrennlich, ein Paar mit einer fast abgöttischen Liebe. Jedenfalls dachte Peter Handtke das, bis zu jenem siebten Mai.

Wie an jedem Donnerstag ließ er am Abend das Telefon bei ihr in Husum klingeln. Es war ein eingespieltes Ritual. Montags rief sie mit der Duldung des Gastwirts in der kleinen Eckkneipe im Erdgeschoß des Hauses an, in dem seine Großmutter wohnte. Es war die einzige Möglichkeit, ihn zu erreichen, da seine Oma kein eigenes Telefon besaß. Im Gegenzug meldete Peter sich jeden Donnerstag aus einer Telefonzelle am Villinger Bahnhof in der Privatklinik, in der Tanja eine Ausbildung zur Arzthelferin absolvierte.

An jenem Donnerstag war sie nicht erreichbar. Das war eigentlich nicht schlimm und kam öfter mal vor wenn sie Spät- oder Nachtschicht hatte. Aber sie meldete sich auch später nicht, als er wiederholt anrief. Selbst noch tief in der Nacht war sie nicht zu erreichen. Peter machte sich große Sorgen. War da vielleicht etwas passiert? Eine Nachtschwester, mit der er endlich verbunden wurde erklärte ihm, dass sie nicht im Haus sei, und er möge bitte am nächsten Tag noch einmal anrufen. Das war sehr ungewöhnlich.

Sie war nicht im Haus? Vielleicht stattete sie ihren Eltern einen Besuch ab. Zum ersten Mal dachte er aber auch daran, dass sie vielleicht einen anderen Freund haben könnte und über Nacht bei ihm blieb. Eigentlich unmöglich, angesichts der starken Liebe zwischen ihnen, aber ein erster Stachel der Eifersucht war gesät.

Es war am nächsten Tag, Freitagmorgen um halb elf, in seiner kurzen Arbeitspause, als Tanja nach weiteren erfolglosen Telefonaten endlich ans Telefon kam. Sie war sehr kurz angebunden.

„Es ist aus und vorbei! Schluss! Ich will nicht mehr!" Ihr Ton war fest, ihre Stimme laut und sehr bestimmt, fast schon aggressiv. Dann legte sie ohne weitere Erklärung auf.

Peter Handtke begriff in diesem Moment gar nichts. Sie machte Schluss mit ihm? Warum? *Sie liebten sich doch...* Hatte sie tatsächlich einen neuen Freund? Das war doch nicht möglich! *Sie hatten sich ewige Treue geschworen! Eine solch innige Verbindung gab es kein zweites Mal!* Sein Herz raste, und ihm wurde schlecht. Mühsam hielt er sich aufrecht, seine Hand an den Telefonanschluss der Fabrik gekrallt. In seiner Verzweiflung glaubte er zunächst an einen Scherz. Er bombardierte die Klinik so lange mit Anrufen, bis er Tanja schließlich ein zweites Mal ans Telefon bekam.

„Ich kann nicht mehr, ich will dich nicht mehr sehen" schrie sie fast. „Ich kann deine Eifersucht nicht mehr ertragen! Ruf bitte nicht mehr an, du belästigst hier nur die Leute. Es hat keinen Zweck!" Danach klatschte sie den Hörer auf die Gabel. Er hört es deutlich krachen.

Völlig verstört und wie betäubt stoppte er wenig später mit dem Notschalter das laufende Fließband an dem er arbeitete und verließ kommentarlos die Fabrik. Die entsetzten Zurufe seiner Arbeitskollegen nahm er nicht mehr wahr. Mechanisch wie eine Puppe oder ein ferngelenkter Roboter rannte er halbblind vor Tränen nach Hause zu seiner Oma. Dort brach er vor ihren Füßen mit einem Weinkrampf auf dem Wohnzimmerteppich zusammen.

Nachdem der sofort herbeigerufene Notarzt erschien und ihm eine Spritze gab, wurde er etwas ruhiger und erholte sich langsam, obwohl er nach wie vor nichts begriff. Wieso schickte Tanja ihn in die Wüste? Wieso gab sie ihm den Laufpass? Er war sich absolut keiner Schuld bewusst. Eifersucht? Doch nicht die Bohne! Sie liebten sich doch! Sie gehörten zusammen, für immer, für alle Ewigkeit!

Peter wurde anders zumute, als er so in seiner Kabine auf dem Bett lag und an die schlimme Zeit zurückdachte. Natürlich war sie im Recht, nur zu jener Zeit verstand er sie nicht. Beispielsweise verbot er Tanja, alleine zum Tanzen zu gehen, aus Angst, sie vielleicht an einen anderen zu verlieren, den sie beim Schwofen traf. Er hasste auch, dass sie rauchte, obwohl es nur wenige Zigaretten am Tag waren. Es kamen noch weitere Gründe hinzu. Heute war ihm klar, dass sie gar nicht anders handeln konnte. Sie musste diese klammernde Beziehung beenden. Aber die Sache mit der Trennung ging damals noch sehr viel weiter, änderte für viele Jahre sein Leben.

An jenem bewussten Freitag setzte er sich abends kurzentschlossen in die Schwarzwaldbahn, bestrebt, zu seiner Liebe nach Husum zu fahren. Das Geld für die Fahrt konnte er sich nicht leisten, und so fuhr er schwarz, schloss sich in die Zugtoilette ein bis nach Offenburg. Dort wechselte er in den Express nach Hamburg. Im Erste-Klasse-Abteil legte er sich für die nächsten Stunden unter eine Sitzbank. Die war hier breiter als in der Zweiten Klasse, somit weniger wahrscheinlich, dass er entdeckt wurde. Obwohl andere Reisende das Abteil betraten und sich auf die Bank über ihm setzten bemerkten sie ihn nicht.

In Mannheim entdeckte ihn jedoch ein Kind, das im Abteil der Eltern mitfuhr.

„Mama, da liegt ein Mann unter der Bank". Der Vater der Kleinen holte den Schaffner, und unter den entsetzten Gesichtern der Reisenden im Abteil kroch er unter der Bank hervor und tappte willenlos mit zur Bahnpolizei. Dort wurde er vernommen und handelte sich eine Anzeige wegen Schwarzfahren ein.

Das hielt ihn jedoch nicht davon ab, sofort nach der Aufnahme seiner Personalien erneut in den nächst möglichem Zug nach Hamburg zu steigen. Natürlich wieder ohne Fahrschein. Diesmal blieb er unter der Sitzbank unbehelligt, schaffte so tatsächlich auch noch die restlichen achthundert Kilometer schwarz und gelangte unbemerkt nach Husum.

Wie erwartet, wurde es dann schwierig für ihn. Tanja ahnte bestimmt sein Kommen, sie kannte ihn schließlich gut genug. Sie versteckte sich und ließ sich durch ihre Kolleginnen verleugnen. Nach endlosen zwei Tagen und unendlichen Versuchen, sie telefonisch zu erreichen kam sie schließlich entnervt ans Telefon und gewährte ihm eine letzte Aussprache.

Ihr letztes Treffen verlief nicht wie gewünscht. Peter Handtke versicherte ihr zwar, dass er sich ändern würde, konnte sie jedoch nicht mehr umstimmen, egal welche Argumente er auch vorbrachte. Tanja blieb knallhart. Als einen letzten Trost bekam er auf seine Bitte hin noch einen Abschiedskuss, der wie glühende Kohlen auf seinen Lippen brannte. Niedergeschlagen verließ er schließlich die Klinik. In einem Anfall von Selbstmitleid beschloss er, seinem Leben ein Ende zu setzen. Nacheinander suchte er mehrere Apotheken auf, in denen er, ohne Verdacht zu erregen, jeweils eine handelsübliche Anzahl Schlaftabletten kaufte. Zusammen mit einer Flasche Whisky von einer Tankstelle und vierzig dieser Tabletten suchte er ein nah gelegenes, einsames Plätzchen auf und nahm dort in seiner Verzweiflung alles zu sich.

Irgendwann fand ihn ein Spaziergänger, der mit seinem Hund auf Gassi-Tour war. Er brachte ihn buchstäblich auf den letzten Drücker in das Städtische Krankenhaus. Sein Herz hatte bereits aufgehört zu schlagen, und in mühevoller Reanimation holten ihn die Ärzte ins Leben zurück.

Peter schauderte, als er daran dachte. Es war eine sehr schwere Zeit, die für ihn anbrach. Er konnte sich mit dem Verlust seiner geliebten Tanja nicht abfinden. Zunächst randalierte und tobte er in der Klinik, weil man ihn nicht einfach sterben ließ. Zwei Wochen später hatte er sich dann einigermaßen gefasst, und schließlich entließ man ihn. Da er keine Bleibe mehr hatte, das gemeinsame Zimmer in Husum war bereits vor seiner Abreise in den Schwarzwald gekündigt worden, nächtigte er notdürftig auf dem Heider Bahnhof in dort abgestellten Eisenbahn-Waggons. Zutiefst verletzt, verschloss er sich von nun an allen Frauen, mied das weibliche Geschlecht wie der Teufel das Weihwasser und verkam zusehends.

Eines Tages traf er in einem öffentlichen Urinal einen Mann, der ihn immer wieder verdächtig von der Seite her ansah. Unvermittelt griff der Fremde plötzlich nach seinem Penis als er mit dem Pinkeln fertig war und spielte damit herum. Da Handtke zwar etwas geschockt war, aber auch aus Neugier keine Anstalten machte, sich dem Zugriff zu entziehen, befriedigte ihn der unbekannte Mann zu seiner Verblüffung an Ort und Stelle. Kurz entschlossen lud ihn der Fremde anschließend zu sich nach Hause ein, und Peter folgte der merkwürdigen Einladung. Nach diesem sehr ungewöhnlichen, aber für ihn trotzdem angenehmen Kontakt, wiederholte er seinen Besuch ein paar Tage später und zog bei Wolfgang ein. Er fühlte sich eigenartigerweise zu ihm hingezogen, teilte neben dem Tisch auch das Bett. Fast ein Jahr lang dauerte die Flucht in die vermeintliche

Homosexualität, in der er alle Spielarten männlicher Lust kennenlernte. Erst danach fand er durch eine Kellnerin, der er in einer schwachen Stunde einmal seine Geschichte erzählte, sowie durch unzählige Gespräche und dem bewussten Einsatz ihres verlockenden Körpers zurück auf die weibliche Seite. Beziehungstechnisch klappte es leider nicht mit ihnen. Immerhin aber wurden sie im Lauf der Zeit gute Freunde.

Überhaupt die Frauen! Peter Handtke musste unwillkürlich schmunzeln. Was er da schon alles erlebte, welche Gelegenheiten sich ihm oft boten. Schon sein erster Arbeitstag mit sechzehn Jahren begann höchst seltsam.

Am ersten November 1965 heuerte er als Schiffsjunge auf einem Kümo an. Nie würde er die ersten Worte des Bootsmannes bei der Anmusterung vergessen. Im Beisein seiner Mutter, die ihn zur ‚Hilda Wesch‘ begleitete und unten an der Gangway stehen geblieben war, begrüßte ihn Harro nach Seemannsart ziemlich brutal.

„Na, hast du schon mal gefickt?" Der Maat grinste übers ganze Gesicht. Peter wäre über seine Begrüßung fast im Boden versunken, vor allem, da seine Mutter das Gespräch wahrscheinlich mitbekam. Sein Gesicht färbte sich knallrot. Wie konnte ihn ein fremder Mann so ansprechen?

„Na ich sehe schon, du bist noch unerfahren. Das kriegen wir schon noch hin." Harro lachte. „Wir fahren auf der nächsten Tour wieder nach Schweden, da besorgen wir dir eine Frau."

Der Schock hielt allerdings nicht lange an. Schon auf der ersten Reise verlor er seine ‚Jungfernschaft‘. Ein bitteres Lächeln zog sich über sein Gesicht. Sein erstes Erlebnis war Mona, von der Mannschaft Titten-Mona genannt, eine dralle Schwedin, fünfundvierzig Jahre alt, ein wenig verlebt und ziemlich angetrunken. Eine typische Bordsteinschwalbe aus einer Seemannskneipe im schwedischen Sundsvall. Die Mannschaft kannte sie schon von früheren Reisen und hatten sie mit an Bord gebracht. Unbeholfen ließ sie ihn gewähren. Es war keineswegs erregend, und er begriff nicht, was am Sex so toll sein soll. Außer den naiven Doktorspielchen mit seinen jüngeren Schwestern hatte er bisher mit der schönsten Sache der Welt keinerlei Erfahrungen. Die betrunkene Frau stieß ihn ab.

Er erhob sich vom Bett, griff in die Kühlbox und gönnte sich eine weitere Flasche Apfelsaft. *Schon seltsam, wie manchmal so ein Lebensweg verläuft,* dachte er. Heute so, und in der nächsten Minute ganz anders. Wie mag Viviens Leben wohl aussehen? Sie war jung, im Vergleich zu ihm viel zu jung, schlank, elegant, recht teuer, aber trotzdem leger gekleidet. Sie sah nicht aus, als ob sie unvermögend wäre, kein Anflug von schlichter Ehefrau am heimeligen Herd. ‚*Sie könnte glatt meine Tochter sein*‘, dachte er. Ob sie wohl Kinder hatte? Und wenn ja, wo lebten die? Bei ihrem Mann? Vielleicht bei den Großeltern? Wie alt war Vivien eigentlich? Wie lebte sie, was arbeitete sie? Er wusste so gut wie nichts über Vivien und hatte endlos viele Fragen.

Er trat auf den Balkon seiner Kabine und sah aufs Meer hinaus. Die See war ruhig, die Sonne sank langsam als roter Glutball hinter den Horizont, ohne jedoch völlig zu verschwinden. Die ersten, in der Helligkeit noch kaum sichtbaren Sterne tauchten am Nachthimmel auf. Die Zeiger der Uhr sprangen auf dreiundzwanzig Uhr. Hoch oben im Norden blieb der Himmel im Sommer auch nachts fast taghell, man konnte bequem ohne zusätzliches Licht im Freien die Zeitung lesen.

Peter Handtke beschloss, noch einmal an Deck zu gehen. Inzwischen knurrte auch sein Magen. Das reguläre Abendessen im Restaurant hatte er verpasst, trotz der späten Stunde war das Büffet aber noch geöffnet. Der Hunger allein trieb ihn jedoch nicht dorthin. Es war vielmehr die unbestimmte Sehnsucht nach seiner umwerfenden Bekanntschaft. Vielleicht traf er die schöne Fremde wieder? Vivien ging ihm einfach nicht mehr aus dem Kopf. *So eine Klassefrau,* dachte er, *welche Chance hätte ich da wirklich?* Er konnte ihr nichts Großartiges bieten. Er war ruhelos, außerdem viel zu alt für sie, zwar gut situiert, aber nicht allzu vermögend. Nun ja, er sollte vielleicht nicht immer gleich so negativ denken, schalt er sich. Er straffte seinen Rücken, als er sich in Richtung Restaurant aufmachte.

Seine heimlich Angebetete traf er leider nicht an. Dafür kippte er fast aus den Latschen, als er ausgerechnet hier auf dem Schiff einem alten Freund begegnete, den er seit Jahren nicht mehr gesehen hatte. Erwin Hannemann! Welch ein grandioser Zufall!

„Was machst du denn hier, Erwin?" Der Angesprochene drehte sich um und schaute ihn verblüfft an. Ein Mann in fast gleichem Alter wie er selbst, braungebrannt, mit Lachfalten im Gesicht und ganz offensichtlich bester Laune. Ein Leuchten erschien auf seinem markanten Gesicht.

„Ja gibt es denn so was? Der Peter! Der Handtke hier auf einem Luxusschiff! Da fress ich nun glatt nen Besen!" Herzhaft lachend drückte er seinem Freund die Hand.

„Wo kommst du denn her? Das gibt es doch gar nicht! Wie klein die Welt doch ist." Er räusperte sich und ließ seinen Blick über ihn wandern. „Gut schaust du aus." Erstaunt betrachtete er seinen Freund. „Zwischenzeitlich sind ja einige Jahre vergangen. Erzähl mal!"

Wer Erwin Hannemann kannte, ging ihm normalerweise soweit wie möglich aus dem Weg. Für ihn gab es nur zwei Sorten Menschen: die, denen er auf die Schultern klopfen konnte, weil sie leicht zu bescheißen waren, und die, die er schlicht Idioten nannte. Das waren überwiegend intelligentere Zeitgenossen, die seine zahlreichen Tricks durchschauten und ihm daher oft Schwierigkeiten bereiteten. Allerdings besaß er auch eine zweite, unbekannte Seite. Bei wirklich armen Leuten, die sich unverschuldet in Notlage befanden, wurde sein Herz butterweich.

Peter Handke war anders gestrickt. Obwohl er gute Geschäfte machte, waren Finanzen beileibe nicht sein Hauptaugenmerk. Er war mehr der Lebemann, der das Geld Geld sein ließ, wenn Abenteuer oder besondere Erlebnisse ihn lockten. Erwin und er kannten sich bereits viele Jahre, gar Jahrzehnte. Schon in der Schulzeit heckten sie gemeinsame Streiche aus. Später trampten sie als Hippies kreuz und quer durch Europa, Peter immer mit seiner Gitarre. Mangels Geldes schmuggelten sich oft mit viel Phantasie auf diverse Rockkonzerte, waren aber eigentlich trotz allem Unsinn immer gesetzeskonform. Peter freute sich ehrlich über die unverhoffte Begegnung.

„Ja, das stimmt. Ich denke, so acht Jahre werden es wohl gewesen sein. Was verschlägt dich denn auf diesen Dampfer?"

„Ich hatte einfach mal Urlaub nötig. Meine Geschäfte laufen momentan richtig gut, und jetzt bin ich endlich auch mal dran. Der Kahn hier ist wie geschaffen um mal abzuschalten." Er deutete auf die Sitzecke an einem der Panoramafenster.

„Komm, lass uns dort Platz nehmen. Das muss gefeiert werden." Er schob zwei Stühle näher an den Tisch heran und nahm Platz. „Was machst du denn zurzeit?"

Peter setzte sich ihm gegenüber und sah seinen Freund neugierig an. Er konnte es noch immer nicht so recht fassen, dass sein langjähriger Kumpel vor ihm saß. Fast acht Jahre waren doch eine ziemlich lange Zeit. Er wusste gar nicht mehr, warum sie sich aus den Augen verloren. Wahrscheinlich waren es die Geschäfte. Interessiert musterte er seinen langjährigen Freund.

„Du siehst aber auch gut aus. Du hast in deinem Business wohl viel Erfolg"? Erwin Hannemann trug einen offensichtlich sündhaft teuren Anzug, dazu ein blassblaues Hemd, passend zu seinem gebräunten Gesicht. Um den Hals hing eine dezent designte Krawatte. Die Füße steckten in modischen italienischen Schuhen, und sein Handgelenk zierte eine teure Rolex. Die kurzen, sorgfältig zurückgekämmten und leicht gegelten Haare unterstrichen seine Seriosität. Auf seiner Nase prangte eine schlanke Brille. Er schien wirklich viel Erfolg zu haben.

„Eigentlich bin ich Anlageberater. Ein wirklich geiler Beruf, finde ich jedenfalls. Ich vermittle Beteiligungen an Schiffen und besitze Einlagen an Ölplattformen in Texas, England und Norwegen, verkaufe Anteilscheine von Kurhotels in Bayern und Spanien, bin aber auch ab und zu mit dem An- und Verkauf antiker Möbel oder auch Gemälden beschäftigt." Er legte eine kurze Pause ein und sah einer Möwe zu, die sich auf der Reling niedergelassen hatte.

„Weitere Aktivitäten sind Liegenschaften und Immobilien, und wenn ich einen Riecher habe spekuliere ich auch mal an der Börse. Was einem halt so vor die Flinte kommt. Immerhin alles mit schönen, guten Renditen."

„Du, und an der Börse?" Peter schüttelte verwundert den Kopf. „Anlageberater! Das fasse ich nicht. Du warst doch nie ein Freund von solchen Dingen. Anteilscheine, steuerliche Abschreibungen..."

„War ich auch nie" gab Erwin Hannemann zu, „aber ich habe da mal irgendwann ein paar wunderbare Tipps bekommen. Der Rubel rollt jedenfalls, und das ist ja nichts Schlimmes. Willst du auch ein Glas Champagner zum Anstoßen? Habe hier an Bord gerade einen Mega-Deal aufgetan, ein guter Grund zum Feiern."

„Einen Deal - hier auf der ‚Elegance'? Während deines Urlaubs? Wie hast du das denn geschafft?"

„Ja klar hier auf dem Schiff! Kreuzfahrer sind ja nicht unbedingt die Ärmsten. Die haben oft eine Stange Geld auf der Kante, da kann man gut absahnen. Ist wirklich fast wie ein Kinderspiel." Peter schüttelte ungläubig den Kopf.

„Ich kenn dich ja gar nicht wieder, Erwin. Früher warst du ein Hippie wie ich, und jetzt…"

„Nun ja, die Zeiten ändern sich halt, das Hippieleben ist vorbei. Man muss sehen, wo man bleibt." Erwin bestellte bei der herbeieilenden Bedienung eine Flasche Dom Pèrignon. Seine bevorzugte Marke, und tatsächlich auf diesem Schiff zu bekommen.

„Ich habe heute einen zwei Millionen-Deal aufgetan! Harte Dollars! Davon gehen vierhunderttausend in meine Tasche. Es ist zwar noch nicht ganz in trockenen Tüchern, aber…" Peter schien sich verhört zu haben.

„Das glaube ich jetzt aber nicht wirklich. Ne schlappe halbe Million? Wie hast du denn das fertig bekommen? Das muss ja ein ziemlich naiver Sack sein. Was hast Du dem denn verkauft? Kühlschränke nach Grönland?" Erwin lachte.

„Eine gute Idee! Nein, ich habe einem gut betuchten, alten Knacker eine Immobilie an der Cote'd Azur schmackhaft gemacht, und er hat angebissen. Du hast recht, er ist wirklich etwas naiv, dafür aber stinkreich. Er hat wohl einiges geerbt und weiß offenbar nicht wohin damit. Das Geschäft ist auch ein bisschen im ‚Grauen Bereich'. Du weißt ja, was ich damit meine. Wenn genügend Geld fließt, fragt keiner mehr groß nach, woher die Penunzen kommen."

„Aha, graues Geschäft also." Peter musste grinsen. Das kannte er, und da waren sie fast Kollegen. Er selbst hatte auch einige halbseidene, aber trotzdem ehrliche Sachen laufen, wenn auch im kleineren Stil.

„Hast Dich aber ziemlich rausgemacht. Im Millionenbereich bin ich noch nicht tätig."

„Ja, ich bin ganz zufrieden. Daher jetzt auch diese Kreuzfahrt. Ich muss mir endlich auch mal was gönnen. Außerdem zog es mich schon immer mal nach Island und Spitzbergen."

Die Bedienung erschien mit der gewünschten Flasche Sekt. Sie lächelte, als sie die Blicke der Männer bemerkten, die ihr aufs üppige Dekolleté starrten. Erwin griff nach dem Sekt und zuckte mit den Schultern.

„Ich habe mich ihm während eines kurzweiligen Gesprächs als Anlageberater vorgestellt. Habe ja immer einiges an der Hand, was ich so mitnehme, auch in den Urlaub." Erwin holte ein wenig aus.

„Ich habe ihm ein fünftausend Quadratmeter großes Stück Bauland schmackhaft gemacht, in der Nähe von Cannes. Ein bizarrer Landstrich, die roten Felsen dort. Wirklich sehr sehenswert. Direkt an der Nationalstraße, etwas oberhalb am Meer gelegen. Das ist derzeit noch unerschlossen, besitzt aber eine traumhafte Lage. Windgeschützt in einer der zahlreichen Buchten, mit einer kleinen, steinernen Treppe zum eigenen Sandstrand. Der frühere Besitzer wollte dort bauen, hat aber schnell die Lust verloren, und jetzt verkaufe ich es für ihn. Wasser und Strom wären dort kein Problem habe ich ihm versichert. Ich kann Dir nachher gern mal einige Fotos zeigen."

„Und das hat er tatsächlich gewollt?"

„Ja, er war regelrecht vernarrt in die Bilder. Richtig schön auf Hochglanz. Ich hatte ihm gesagt: nur zwei Millionen, für diesen herrlichen Fleck am Mittelmeer. Kann nicht zugebaut werden. Beim Preis schluckte er zwar etwas, aber dann habe ich ihn ein wenig in die Mangel genommen." Erwin Hannemann grinste.

„Stellen Sie sich vor, habe ich zu ihm gesagt, Sie erwerben ein Stück Paradies, und Paradiese kosten halt. Nicht mehr so wie zu Adam und Evas Zeiten, als alles noch gratis war. Immerhin gibt es hier keine Schlangen. Eigenes Land, das herrlich blaue Meer vor der Nase, ein Strand, den andere gerne hätten. Da kann Ihnen keiner mehr ein Hotel vor die Nase bauen, die Sicht bleibt einmalig. Dazu das ganze Jahr über wunderbare Wärme, na ja, fast das ganze Jahr. Einige Tage muss die Sonne sich auch mal erholen. Der Preis pro Quadratmeter beträgt nur vierhundert Euro, und der verdoppelt sich garantiert alle zwei Jahre. Grundstücke werden mit der Zeit ja immer teurer. Sie machen ein sehr gutes Geschäft, wenn Ihnen das Stück Land eines Tages vielleicht doch nicht mehr zusagt und Sie es weiterverkaufen wollen. Ja, und dann hat er zugeschlagen. Für mich bedeutet das die erwähnten vierhunderttausend Dollar in die eigene Tasche."

„Einfach so, ohne irgendwelche Sicherheiten?"

„Nein, natürlich nicht. Ich habe ja immer meinen Laptop dabei, und wir haben das online besiegelt, über meine Kanzlei."

„Deine Kanzlei? Du hast eine Kanzlei? Ich falle immer mehr vom Glauben ab. Ein ehemaliger Hippie, und nun macht er auf dicke Hose. Ich kann es nicht glauben!" Peter verschluckte sich fast an seinem Glas Sekt.

„Nun, man sollte sich bei solchen Geschäften schon ein wenig absichern. Letztendlich zählt aber das Ergebnis, egal, was und wie man es erreicht. Hauptsache sauber." Erwin Hannemann nippte an seinem Sekt.

„Und was machst du? Erzähl doch mal ein wenig von dir. Wie laufen deine Projekte?"

„Bei mir gibt es momentan nichts Bestimmtes. Ich habe noch ein bisschen Geld von einem letzten Deal. Nichts Großartiges, hier und da laufen ein paar kleinere Dinge, aber jetzt lebe ich einfach mal drauf los. Daher auch diese Kreuzfahrt. Habe da übrigens heute Nachmittag eine klasse Biene getroffen, super Fahrgestell, tolle Ausstrahlung und sehr, sehr sexy. Wie es aussieht, ist sie auch noch solo. Weiß nur noch nicht genau, wie ich an sie rankomme. Du kennst doch meine blöde Schüchternheit. Ist wirklich ein verdammt scharfes Weib, da kommen dann doch noch meine Hemmungen zum Vorschein. Vor allem ist sie nur halb so alt wie ich." Er verzog sein Gesicht.

„Das ist doch Blödsinn, Peter." Erwin Hannemann schüttelte entgeistert den Kopf. „Hemmungen! Immer noch, nach all den

Jahren? Schnapp dir die Dame einfach. Entweder sie will, oder sie will nicht. Gibt nur zwei Möglichkeiten. Einfach ran an die Frau." Peter Handtke seufzte.

„Wenn das mal so einfach wäre, Erwin. Ich würde gern mehr mit ihr anfangen wollen, als sie nur einmal zu vernaschen. Ist wirklich eine super Frau. Und dann weiß ich auch gar nicht, was ich ihr bieten könnte. Habe weder Haus, noch Auto, noch Boot…" Er grinste. „Okay, ein Auto habe ich."

„Mensch Peter! Das ist das geringste Übel, das lässt sich doch leicht ändern. Steig einfach in meine Geschäfte mit ein. Ich könnte noch jemanden wie dich brauchen. Es ist eine Menge Geld zu holen. Du warst doch eigentlich immer ganz fit mit den Gesetzen, wie man spezielle Verhältnisse für sich gestaltet und so. Willkommen im ‚Grauen Bereich'."

„Du hast natürlich recht" murmelte Peter vor sich hin. „Ich werde mal in einer ruhigen Minute darüber nachdenken." Er trank einen Schluck Champagner.

„Im Moment muss ich mich aber um die Lady kümmern. Die liegt mir seit heute Mittag ziemlich am Herzen, echt, ohne Scheiß jetzt."

„Na, dich scheint es ja wirklich erwischt zu haben." Erwin Hannemann grinste. „So kenne ich dich ja gar nicht. Wir haben uns wohl beide ziemlich verändert." Peter zog die Nase kraus.

„Wird wohl so sein. Ich kenne mich manchmal selbst nicht mehr, wenn ich an frühere Zeiten denke. Aber wie das so ist: wenn es einen erwischt, ist man nur noch halb bei Sinnen." Er erhob sich und stellte das leere Glas auf den Nebentisch.

„Machs gut, Erwin. War wirklich super, Dich auf diesem Schiff getroffen zu haben. Ich freue mich riesig, aber sei mir bitte nicht böse. Ich möchte mich trotzdem für heute verabschieden. Ich will noch mal nachschauen wo sich meine Schöne aufhält. Irgendwo auf dem Schiff treffe ich sie bestimmt, wenn sie nicht schon schlafen gegangen ist. Aber bei dieser lauen Nacht... Wir sehen uns ganz sicher noch öfter auf einem der Decks oder in einer Bar."

„Das hoffe ich doch sehr" erwiderte Erwin. „Also dann bis später. Ich bin übrigens in Kabine drei, auf dem neunten Deck."

„Prima, meine Kabine befindet sich ein Deck unter deinem. Nummer achtundvierzig, Also dann." Peter wandte sich schon zum Gehen, als ihm doch noch etwas einfiel.

„Falls du eine scharfe Braut siehst, so zwischen eins fünfzig und eins sechzig, schwarzhaarig und Superfigur, blauer Rock und durchsichtige Bluse, lass bitte die Finger von ihr." Er grinste. „Das ist meine Lady. Sonst wird es nichts mit unserer Partnerschaft."

„Schon klar." Erwin lachte. „Ich wildere doch nicht in fremden Revieren, schon gar nicht, wenn mein Freund da mit drinhängt. Also dann bis später." Er sah ihm nachdenklich hinterher als er sich ins Restaurant begab. Sein alter Freund hatte sich auch mächtig verändert. Vielleicht könnten sie tatsächlich zusammenarbeiten?

Peter hatte nun wirklich Hunger bekommen. Nach dem Essen stieg er aufs Deck hinauf. Trotz der späten Stunde war es noch immer angenehm warm, und auf die in wenigen Minuten stattfindende Animation in der Lounge hatte er keine Lust. Oder war das die im Bordheft angekündigte Bauchtanzstunde? Er wusste es nicht genau, wollte lieber ein wenig über Erwins Vorschlag nachdenken.

Es wäre tatsächlich nicht schlecht, mal in größeren Dimensionen zu denken. Geld stinkt nicht, und woher es kam interessierte niemanden, der es bekam. Laut einer Statistik fanden sich auf fast jedem im Umlauf befindlichen Geldschein Spuren von Kokain, das sagt eine Menge darüber aus, wo das Geld so herumgereicht wurde. Außerdem waren die eigenen Ansprüche an das Leben mit den Jahren auch um ein paar Level gestiegen.

Er hatte zwar keine Villa wie Erwin Hannemann, auch speiste er nicht für zweihundert Euro am Abend in Edelrestaurants, aber zuhause, in der Garage neben seiner geräumigen Mietwohnung wartete sein BMW Coupe auf ihn. Ein eigenes Haus angesichts seiner Reisetätigkeit kam für ihn nicht in Frage. Er betrachtete es als reine Geldverschwendung. Da müsste er jemanden einstellen, der das Anwesen in Ordnung hielt und überwachte. Seine Wohnung hingegen schloss er einfach nur ab und übergab die Schüssel während seiner Abwesenheit der Nachbarin. Die warf dann hin und wieder ein Auge drauf. Alles ganz easy.

Allerdings war damit auch die quirlige Zeit der Tramp- und Fahrradreisen vorbei, sein wildes Hippieleben passè. Das vermisste er hin und wieder schon. Das Leben früher war einfach und genügsam. Hatte man Lust auf Italien stellte man sich einfach an die Autobahn und hielt den Daumen raus. Da stoppten immer irgendwelche Fahrer, die alleine reisten und froh waren, jemanden zum Quatschen dabei zu haben. Er erlebte da schon ziemlich verwegene Abenteuer. Manch verrückte Sachen kamen ihm in den Sinn. Er musste unbewusst lächeln.

Eines der größten Erlebnisse war die Fahrt mit einem Containertruck von Lyon über einen dreitausend Meter hohen Pass nach Mailand. Jedenfalls war das so geplant. Aber es wurde turbulent. Nach der Überwindung des Passes geriet der Sealand-Laster in Brand. Die Bremsen hatten sich durch die lange Abfahrt überhitzt und entzündeten die Reifen. Einer nach dem anderen platzte mit einem Höllenlärm, und das mitten in der Nacht in einem winzigen, verschlafenen Bergdorf. An Weiterfahrt war natürlich nicht zu denken. Enttäuscht stieg er aus, schleppte sich müde und genervt zum Ortsausgang. Dort gedachte er bis Tagesanbruch zu schlafen. Lustlos baute er sein Zelt direkt auf einer Wiese neben der Straße auf. Er war noch mitten beim Aufbau, als völlig unerwartet mit quietschenden

Bremsen ein teurer, italienischer Sportwagen hielt. Der Fahrer, ein gutaussehender Typ Mitte zwanzig, offenbar ein reicher Playboy, winkte ihm aus dem offenen Fenster zu.

„Wo willst du denn hin? Ich kann dich mitnehmen." Der Fahrer sprach Englisch und schaute erstaunt aus seinem Flitzer.

„Ich möchte nach Florenz. Aber ich müsste das Zelt noch abbauen, und das dauert eine kleine Weile."

„Das ist kein Problem. Ich habe Zeit."

Der Fahrer wartete geduldig, bis Peter Handtke das Zelt wieder abgebaut hatte und nahm ihn dann bis Bologna mit. Während der folgenden Stunden kam der absolute Hammer. Bei jedem Stopp an den Mautstellen hielt der Fahrer dem Mann im Zahlhäuschen seinen geöffneten Koffer hin – prall gefüllt mit bündelweise Englischen Pfund, Dollar, Deutschen Mark und Schweizer Franken. Der Zahlmeister an der Mautstation sollte sich den Betrag für die jeweilige Strecke selbst herausfischen. Als Peters Augen voll Staunen wohl ein wenig zu lange auf den Koffer schielten, griff der nette Driver noch einmal hinein, zog einen Tausendmarkschein heraus und überreichte ihm die Banknote.

„I like to give you some money, Boy. Ich habe genug davon, zu Hause liegt noch mehr. Es tut mir nicht weh. Ich fahre nach Rimini, um dort ein paar Mädels aufzureißen."

Das dürfte ihm wahrlich nicht schwerfallen, bei diesen Voraussetzungen, dachte Peter Handtke amüsiert, schluckte und bedankte sich überschwänglich. Ein waschechter Playboy wie aus dem Bilderbuch. Das gebräunte Gesicht eingerahmt von schwarzen Locken, mit geheimnisvoll blitzenden, dunklen Augen, das jugendhafte Lächeln, mit blendend weißen Zähnen. Ein Draufgänger, wie man es immer in Büchern las oder in unzähligen Filmen sah. Dazu fuhr er trotz tiefer Nacht mit freiem Oberkörper. Die Temperatur jenseits der zwanzig Grad ließ das ohne weiteres zu. Das weiße, seidene Hemd hatte er achtlos über die Rückenlehne drapiert, und aus acht rundum eingebauten Lautsprechern ließ er laute Rockmusik krachen. Ein Trip, den Handtke nie wieder vergaß.

Anstelle verrückter Trips mit solch wilden Eskapaden unternahm er heute andere, aber teilweise nicht weniger alltägliche Ausflüge, beispielsweise Reisen mit Frachtschiffen nach Südamerika oder in die Karibik. Vor zwei Jahren packte ihn die Lust auf eine Eisfahrt, eine Tour mit einem Containerschiff mitten im Winter durch die vereiste Ostsee, begleitet von Eisbrechern. Die Temperatur lag bei minus zweiunddreißig Grad. Finnland, Schweden, Russland - was für ein Abenteuer! Das Leben war in den letzten zehn Jahren wohl immer noch verrückt, aber wesentlich angenehmer geworden.

Dennoch fehlte das prickelnde Element, sich mal wieder auf etwas Neues einzulassen, ausgetretene Pfade zu wechseln. Warum nicht mal ‚Graue Geschäfte' im größeren Stil? Erwin schien da tatsächlich eine Menge Erfahrung zu haben, und vor allem Connections. Er musste sich in den nächsten Tagen wirklich mal intensiver mit ihm unterhalten.

Handtke lehnte sich ein wenig über die Reling und sah der Bugwelle zu, wie sie am Schiffsrumpf entlang rollte und sich am Heck in kleine Bläschen auflöste. Hier oben war vom Maschinenlärm nichts zu hören. Das Meer lag dunkel, aber ruhig unter ihm. Mitternacht war vorbei, es wehte kaum ein Lüftchen. Weiter achtern standen vereinzelt Passagiere herum, an die Reling gelehnt wie er selbst, unterhielten sich und genossen die warme Nachtluft.

Sein Leben könnte wirklich mal eine kleine Wendung nehmen, dachte Peter. Nachdenklich verließ er seinen Beobachtungsposten, schlenderte langsam über das Deck nach achtern und betrat die Bar auf Deck elf. Unschlüssig schaute er in die Runde. Zahlreiche Gäste waren noch anwesend, lachten, und flirteten. Eine Dreimann-Band spielte sanfte Schmusesongs, zu denen eng getanzt wurde. Die wenigen Tische waren durchweg besetzt. Offensichtlich hatten andere Passagiere das gleiche Bedürfnis, die warme Nacht entspannt ausklingen zu lassen und sich zu amüsieren.

Schon wieder im Gehen begriffen tauchte plötzlich Vivien auf. Sie hatte sich umgezogen, trug ein traumhaftes, sehr sexy aussehendes Kleid mit unverschämt tiefem Ausschnitt, aus einem glänzenden Stoff gefertigt und in sattem Grün. Um den schlanken Hals baumelte eine schlichte goldene Kette. Ihre Ohren zierten diesmal herzförmige, goldene Ohrringe. Sie hatte kräftiges Makeup aufgelegt und ihre Lippen in hell leuchtendem Rot geschminkt. Mit einer neuen Frisur war sie kaum wiederzuerkennen. Sein Herz machte einen kleinen Sprung. Mit einem fröhlichem „Hallo" trat sie aus einer Tür an Deck und kam ihm damit zuvor, bevor er etwas sagen konnte.

„Wie schön, Sie wieder zu treffen" meinte sie leichthin. „Wollten Sie schon gehen?" Peter verfluchte seine Schüchternheit und seine feuchten Hände.

„Ja, ich wollte mich gerade in die Kabine zurückziehen. Allein ist es doch nicht so prickelnd, den anderen beim Feiern und Flirten zuzugucken." Peter verzog leicht gequält seinen Mund und sah sie an.

„Jetzt bin ich ja da". Sie grinste. „Vielleicht haben Sie Lust, mir noch ein wenig Gesellschaft zu leisten?"

„Das fragen Sie noch, Vivien? Sie sehen übrigens umwerfend aus. Was für eine Erscheinung! Ich hätte Sie fast nicht mehr wieder erkannt." Ihr Lächeln traf ihn mitten ins Herz.

„Nun machen Sie mal halblang! Ich bin die gleiche Frau wie vorhin. Aber vielleicht erkannten Sie mich nicht, weil ich keine lange weiße Hose anhabe?" Sie grinste spitzbübisch. "Aber ich freue mich, wenn ich Ihnen gefalle." Sie drehte sich belustigt einmal um die eigene Achse und griff nach seinem Arm.

„Warum sollten wir uns nicht gegenseitig ein wenig Gesellschaft leisten? Ich hatte auch nichts Besseres vor. Gehen wir dort drüben an den Tisch, der wird gerade frei." Zwei Paare erhoben sich soeben von ihren Plätzen. Vivien ging voraus und durchquerte den Raum.

Wie eine Göttin schwebt sie dahin, dachte Peter und folgte ihr schüchtern. Sie hatte wieder ihr ,Inspire' aufgelegt. Das allein machte ihn schon wieder kribbelig. Der Abend schien doch noch vielversprechend zu werden.

„Was machen Sie eigentlich?" riss sie ihn aus seiner Träumerei. „Haben Sie keine Frau? Partnerin, Geliebte? Kinder?" Sie war schon wieder ziemlich direkt und brachte ihn völlig aus der Fassung. Während sie darauf warteten, dass die anderen Herrschaften den Tisch verließen, gab er ihr Antwort.

„Nein, eine Partnerin habe ich nicht. Ich glaube, ich bin zu viel unterwegs, das macht keine Frau gern mit. Die meisten wünschen sich ja einen sesshaften Mann, Kinder, ein gemütliches Heim. Ich bin da eher der Rastlose, liebe Abenteuer, Exotik, die Fremde, die für mich noch unbekannte Welt. Und Kinder mochte ich noch nie. Das heißt, natürlich mag ich Kinder, aber ich wollte nie eigene haben. Die Verantwortung, Sie verstehen?" Vivien nickte.

„Mir geht es ähnlich. In mir tickt so eine Art Uhr, die mir sagt, ich müsste mich bald mal nach einem Kerl umschauen und Kinder haben, sonst wird es zu spät. Ich bin jetzt achtunddreißig. Ich überhöre das Ticken allerdings nur zu gerne. Ich möchte wie Sie unabhängig sein. Reisen wohin ich gerade Lust habe, mich einfach austoben und vergnügen. Ich möchte keine Kinder, und ich glaube, ich wäre auch keine besonders gute Mutter. Leider bin ich durch meinen Job trotzdem nicht ganz unabhängig."

Die heraneilende Bedienung unterbrach ihr Gespräch. Sie bestellten bei der jungen Frau zwei Gläser Wein.

„Das wäre kein Job für mich" sagte er, als sie der Kellnerin nachblickten. „Die jungen Mädels träumen vom Reisen für lau, noch Geld fürs Arbeiten dazu und meinen, sie könnten so die Welt sehen. Dabei sind sie zwölf Stunden täglich für einen Hungerlohn am Arbeiten, sehen nichts, kommen eigentlich in kaum einem der angelaufenen Häfen an Land." Sie nickte zustimmend und sah ihn nachdenklich an.

„Ja, so leben möchte ich auch nicht. Da haben Sie sicherlich recht! Die meisten kommen aus Ländern, in denen sie die Einzigen sind, die mit ihrem knappen Gehalt die ganze Familie unterhalten. Ich finde das schrecklich, und vor allem ohne jede Perspektive. Was machen sie, wenn sie mal älter sind? Man darf gar nicht darüber nachdenken." Ihre Augen blickten ihn prüfend an, während sie sprach.

„Schlimm daran ist: wir unterstützen dieses System auch noch durch unsere Kreuzfahrten zum Billigpreis. Man ist also quasi mitschuldig." Sie machte eine kurze Pause. Die Kellnerin erschien und brachte ihnen den gewünschten Wein.

„Andererseits: ohne uns gäbe es diese Jobs auf den Kreuzfahrtschiffen gar nicht. Sie bedeuten Arbeit für T

ausende. Es ist wie immer ein zweischneidiges Schwert."

Sie setzten sich auf die endlich frei gewordenen Plätze und schwiegen eine Weile. Peter betrachtete verstohlen ihr Profil. *Einmal diese herrlichen Wangen streicheln und küssen,* dachte er. *Einmal die Süße ihrer Lippen kosten und durch die zauberhaften, wilden Haare wuscheln. Einmal Sex mit ihr haben…*

Immer mehr erlag er Viviens Zauber, er konnte nichts dagegen tun. Wollte es aber im Grunde auch gar nicht, wenn er ehrlich war. Ganz einfach nur die Gesellschaft dieser ungewöhnlichen Frau genießen, sie wenigstens heimlich anzuschauen, ihre Nähe spüren, und natürlich ihren Duft.

„Jetzt sind wir beide stumm" meinte sie nachdenklich. „Wir können dieses System nicht ändern." Peter nickte.

„Das stimmt leider. Vielleicht sollten wir an andere Dinge denken. Mögen Sie tanzen?" Vivien schüttelte den Kopf.

„Ich gehöre zu der seltenen Sorte Frau, die nicht gerne tanzt, das war schon seit meiner Jugend so. Weiß eigentlich gar nicht so genau warum. Schlimm?"

„Nein, natürlich nicht. Ich selbst tanze eigentlich auch nicht so gern, aber ich dachte, das würde Ihnen vielleicht gefallen." Vivien hielt ihr Glas gegen das Licht, prüfte die Farbe und nahm einen Schluck Wein.

„Der ist nicht schlecht" meinte sie. „Hab gar nicht gewusst, dass es so gute Weine auf einem Schiff gibt." Sacht stellte sie das Glas zurück auf den Tisch.

„Was das Tanzen anbelangt: ich mag es wirklich nicht. Finde ich aber sehr nett, dass Sie mich gefragt haben. Früher musste ich immer auf den Schulbällen mit allerlei unerwünschten Jungs tanzen, das hat mich stets genervt. Dauernd traten die einem auf die Füße. Ich bin eine, die lieber still in einer Ecke sitzt und die Menschen beobachtet. Eine meiner Lieblingsbeschäftigungen."

„Da haben wir etwas gemeinsam" grinste er. Er sah ihr voll in die dunklen Augen, glaubte, ein kleines Teufelchen darin tanzen zu sehen und erzählte ein wenig.

„Wenn ich der Stadt Hamburg einen Besuch abstatte führt mich mein Weg oft ins Vergnügungsviertel von St. Pauli. Dort sitze ich dann in der ‚Großen Freiheit' am Tisch eines Imbisses' und beobachte die vorbeiziehenden Menschen, vor allem die älteren, die oft verschämt an den ziemlich freizügigen Auslagen der Cabarets vorbei schlendern. Die Sprüche, die man manchmal unbeabsichtigt mitbekommt sind oft köstlicher Natur. Aber wir könnten auch ins Theater gehen. Eigentlich wollte ich so spät nicht mehr dort hin, aber zusammen mit Ihnen wäre es etwas anderes. Da läuft gleich noch eine Mitternachtsshow, irgendwas mit Operettenmelodien."

„Warum nicht? Das könnte interessant werden. Schauen wir uns das halt mal an." Sie ließen ihre noch halbvollen Gläser auf dem Tisch zurück und fuhren mit dem Lift hinunter aufs Deck vier, wo sich das Theater befand. Die Show hatte zwar schon begonnen, war aber noch ziemlich am Anfang. Ganz oben im Zuschauerraum entdeckten sie zwei freie Plätze mit guter Sicht auf die Bühne, und sie machten es sich bequem.

Wie zufällig rückte Vivien im Lauf der nächsten Minuten immer näher an ihn heran. Ihre Haare streiften sein Gesicht, und Handtke blieb still neben ihr sitzen, wagte nicht sich zu rühren, obwohl er langsam einen steifen Nacken bekam. Ihr Inspire umschmeichelte ihn und vernebelte seine Gedanken. Von der Show bekam er so gut wie nichts mit. Irgendwann legte er seine Hemmungen ab, nahm seinen Arm und zog sie ganz zu sich heran. Als wenn Vivien darauf gewartet hätte, rückte sie selbst noch näher. Er spürte die Wärme ihres Körpers durch die Jacke hindurch.

Wäre ich doch nur dreißig Jahre jünger, dachte Peter. Was für eine zauberhafte Frau! So nah, und doch irgendwie unerreichbar. Wie sollte er sie für sich gewinnen? Er hatte ungeachtet seines Alters wenig Erfahrung mit dem weiblichen Geschlecht, jedenfalls, wenn es ernster werden sollte. Zum Teil waren das trotz der vergangenen Jahrzehnte noch Nachwirkungen seines Selbstmordversuchs. Natürlich hatte er reihenweise Frauen kennen gelernt, gerade auch als Seemann in den Häfen rund um die Welt, jedoch meist nur für Stunden oder ein, zwei Nächte. Sex war ihm immer wichtig, aber die Liebchen in den Häfen ersetzten keine feste Freundin, mit der er außer Sex auch seine Gedanken teilen konnte. Viele Huren kreuzten seinen Weg, darunter einige, in die er sich sogar ernsthaft verliebte. Mit jeder attraktiven Frau, die sein Interesse weckte, flammten seine Hemmungen jedoch stets aufs Neue auf.

Wieder war es Vivien, die die Initiative ergriff. Als nach der Vorstellung das Licht aufleuchtete nahm sie seine Hand. „Wollen wir nicht endlich mal ‚Du' sagen?" Sie flüsterte leise. „Wir kennen uns nun schon ein paar Sekunden…" Ihr Lächeln zeigte strahlend weiße Zähne und vertiefte die Grübchen in ihrer Wange. Ein warmes Gefühl durchströmte Peter.

„Nichts wäre mir lieber" gestand er. „Also dann Vivien, herzlich willkommen in meinem Leben." Sie schlangen ihre Arme umeinander, und Peter küsste sie mutig kurz auf den Mund. *Was für weiche Lippen,* dachte er. „Ich weiß noch nicht einmal wie Du mit Nachnamen heißt."

„Das ist einfach. Neumeier, so richtig treudeutsch. Vivien Neumeier." Sie schmunzelte. „Mich gibt es an jeder Ecke tausendmal."

„Also ich habe den Namen noch nie gehört. Meiner ist aber wahrscheinlich noch häufiger, und natürlich typisch deutsch: Peter Handtke. Willkommen in meinem Leben."

„Dito, Peter" schmunzelte sie und stupste ihn in die Seite. „Ich glaube, wir können diese Reise ruhig etwas angenehmer angehen lassen." Sie strahlte ihn an. „Wir sind ja beide solo, also tut es niemandem weh."

„Mit so einem alten Sack…" gab er zu bedenken, aber kaum hatte er es ausgesprochen, stupste sie ihn erneut in die Seite, diesmal heftiger und unterbrach ihn abrupt, bevor er weitersprechen konnte. Ihre Augen blitzen.

„Also einiges wollen wir gleich mal klarstellen! Das mit dem alten Sack möchte ich nicht mehr hören. Ich finde, ich kann schon ganz gut alleine für mich entscheiden wer mir gefällt, warum, und wer nicht. Ich bin zwar um einiges jünger als du, das ist unbestreitbar, aber ich finde nicht, dass du wie ein Opa aussiehst." Peter wurde verlegen.

„Okay, okay Vivien, das nehme ich mal zur Kenntnis. Ich nehme es zurück, entschuldige bitte. War ja auch eher witzig gemeint. Aber wie gesagt, ich bin es nicht gewohnt, meine Zeit neben einer so anziehenden Frau zu verbringen. Ehrlich gesagt, machst du mich ziemlich kribbelig."

„Soso, mach ich das? Vielleicht sollte ich vorsichtshalber mein Parfüm wechseln…" Sie sah ihm tief in die Augen. „Aber Entschuldigung angenommen." Sie lächelte verschmitzt. „Ich dachte, du bist ein echter Mann! Nehmen sich die Männer nicht einfach die Frauen unter den Arm und schleifen sie dann in ihre Höhle?" Ihre Augen blitzten angriffslustig.

„In die Höhle… gibt es die heute noch?" Peter musste lachen. „Also ich wohne schon ein wenig zivilisierter. Leider ist meine Höhle momentan ziemlich weit entfernt. Und du siehst nicht aus, als wenn du dich an deinen wundervollen Haaren irgendwohin mitschleifen ließest…"

„Stimmt, ich lasse mich nicht entführen. Eher verführen, aber das ist eine andere Geschichte." Ihre Worte brachten ihn schon wieder in Verlegenheit. Es war ein Kreuz mit den Hemmungen! Vivien hatte wohl keine Schwierigkeiten in dieser Richtung.

Arm in Arm verließen sie das Theater und fuhren mit dem Lift noch einmal hinauf auf Deck zwölf. Der klare, wenn auch sehr helle, nördliche Sternenhimmel und die noch immer laue Luft empfingen sie. Auf einem der zahlreichen Liegestühle, die trotz der nächtlichen Stunde noch herumstanden machten sie es sich bequem. Ein paar andere Gäste hatten die gleiche Idee, standen in kleinen Grüppchen herum oder ruhten sich ebenfalls aus.

„Es ist schon eine feine Art, so zu reisen", meinte Vivien nachdenklich und kuschelte sich an seine Seite. „Man ist recht komfortabel in der Weltgeschichte unterwegs, fast täglich in einem neuen Hafen, und seine Sachen hat man dennoch ständig dabei." Sie sah auf ihre Armbanduhr. „Hey, ist ja erst kurz nach eins. Wir haben noch viel Zeit."

„Zeit? Wofür?" Peter sah sie neugierig an. „Hast du jetzt noch etwas vor?" Insgeheim träumte er davon, mit ihr in seine Kabine zu verschwinden. Ihr nächster Satz brachte ihn augenblicklich auf den Boden zurück.

„Ich werde gleich in meine Kabine verschwinden, mir etwas anderes anziehen und dann hinauf in die Disco. Begleitest du mich?"

„Schon wieder umziehen? Du siehst doch klasse aus. Was willst Du denn da noch verbessern?" Er lachte etwas verlegen, bevor er weitersprach.

„Vivien, Disco ist nichts für mich. Ich glaube, aus dem Alter bin ich nun doch raus. Ich werde mich dann lieber zurückziehen und noch ein bisschen lesen. Der Tag war lang, und der Ausflug in Lerwick auch." Während er sich erhob, sah er in ihrem Blick eine unbestimmte Sehnsucht.

„Dann treffen wir uns halt morgen zum Frühstück wieder, aber bitte nicht allzu früh" bat sie. „Ich bin bekennende Langschläferin".

„Das passt gut" erwiderte Peter, „das gilt auch für mich. Wieder eine Gemeinsamkeit." Vivien erhob sich ebenfalls, und gemeinsam begaben sie sich zum Fahrstuhl. „Auf welchem Deck bist du denn zu Hause?"

„Zuhause ist übertrieben" lachte sie. „Meine Kabine befindet sich auf Deck fünf, ziemlich weit hinten. Achtern, sagt man wohl auf einem Schiff." Sie sah ihm in die Augen. „Und du?"

„Meine derzeitige Höhle ist auf Deck acht. Ist recht angenehm dort, mit Balkon und schön geräumig, aber mit einem viel zu breiten Bett für mich allein. Leider wohnst du nicht bei mir, ich fühle mich einsam in meiner Kemenate." Er verzog sein Gesicht zu einer traurigen Grimasse, schmunzelte dann aber über seinen Wink mit dem Zaunpfahl. Wie gern würde er jetzt mit ihr dorthin verschwinden. Aber er traute sich nicht, sie zu fragen, und sie ging nicht weiter darauf ein.

„Ist bei mir ähnlich", erwiderte sie. „Ich habe allerdings keinen Balkon. Mir reicht das Panoramafenster. Das ist doch hauptsächlich dafür da, damit man weiß, wie das Wetter morgens aussieht. Da kann man sich nach dem Aufstehen entsprechend kleiden, ohne vorher an Deck nachschauen zu müssen. Einer Innenkabine, ohne Sicht nach draußen, kann ich nichts abgewinnen." Die Tür zum Lift öffnete sich.

„Also dann bis morgen!" Peter reichte ihr die Hand und fragte: „Soll ich dich zu einer bestimmten Zeit wecken? Sonst verpassen wir uns womöglich."

„Ja, das kannst Du gern machen. Du erreichst mich in der Kabine dreiundzwanzig auf Deck fünf. Über einen Weckanruf freue ich mich."

„Wird gerne gemacht! Kabine dreiundzwanzig." Sie betrat den Lift. „So gegen neun? Frühstück gibt es bis um elf." Sie nickte und gab ihm einen flüchtigen Kuss auf die Wange. „Also bis morgen. Schlaf schön, Peter."

Er drückte ihre Hand und schob sie sacht in den Fahrstuhl. Wehmütig sah er ihr nach. Er hätte sie schon gern noch begleitet, aber Disco war wirklich nichts für ihn. Die laute Musik die aus den Boxen dröhnte, die grellen Lichter die in die Augen stachen. Man konnte sich dort nicht vernünftig unterhalten. Tanzen war auch nicht seine Stärke. Außerdem, als Mittsechziger unter den Zwanzig- bis Dreißigjährigen käme er sich vor wie ein alter Dinosaurier. Geduldig wartete er, bis der Lift außer Sichtweise geriet. Ein Hauch von Inspire ließ sie für ihn zurück, umwehte ihn noch. Mit wenigen Schritten erreichte er seine Kabine, warf seine Jacke in die Ecke und ließ sich träge aufs Bett fallen.

Mit Vivien wäre es jetzt wirklich schöner, dachte er. Seine Traumfrau hatte es ihm mächtig angetan. Sie wurde so langsam gefährlich für ihn. Er hatte bislang nicht die Absicht, sich so schnell wieder zu binden. Seine letzte, immerhin zweijährige

Liebschaft, verabschiedete sich vor ein paar Monaten von ihm. Sie hatte einen anderen kennen gelernt, einen Mann mit einem Lamborghini. Den konnte und wollte er ihr nicht bieten. Er verabscheute Frauen, die nur Augen für materielle Werte oder Statussymbole hatten. Ihre Trennung war der eigentliche Grund für seine spontane Reise auf der ‚Elegance‘. Jedenfalls war er gespannt auf morgen und freute sich auf den kommenden Tag mit Vivien. Ohne ein Buch in die Hand zu nehmen drehte er sich auf die Seite und beschäftigte sich weiter mit seinen Erinnerungen.

Nach seinem Selbstmordversuch und dem anschließenden Jahr ‚Männerfreundschaft‘ zog es ihn zurück in den Schwarzwald. Er mietete sich ein Zimmer in der Villinger Südstadt und bekam die Chance, mit Hilfe des Stadtjugendpflegers Sirringhaus eine Ausbildung zum Fernsehtechniker am Villinger Berufsbildungszentrums zu machen. Die Elektronik lag ihm, seit er während seiner Seefahrtzeit ausgiebig an alten Kofferradios herumbastelte, um besseren Empfang der ‚Deutschen Welle‘ auf See zu bekommen. Trotzdem brach er die Ausbildung nach eineinhalb Jahren ab. Er hatte keine Lust mehr. Ihm reichte das bisher erworbene Wissen, um sich einen eigenen Verstärker für seine zwischenzeitlich angeschaffte elektrische Gitarre und ein kleines Mischpult bauen zu können. Schon vom Beginn der Ausbildung an war es nicht unbedingt sein Ziel, tatsächlich auch als Fernsehtechniker zu arbeiten. Alles was mit Hochfrequenztechnik oder Funk zu tun hatte war ihm suspekt.

Nach dem Abbruch der Umschulung änderte sich sein Leben um hundertachtzig Grad. Als alter Hippie hatte er den gesellschaftlichen Stress satt. Er war in zwei Bands als Rockgitarrist tätig, was ihn aber zunehmend langweilte. Außer zwei oder drei Konzerten in der Provinz passierte da nicht viel, und so zog er einen Schluss-Strich unter das Abenteuer Villingen. Er kaufte sich beim Händler um die Ecke ein gutes, reisetaugliches Fahrrad, bepackte es mit Schlafsack, Zelt und einigen weiteren Utensilien. Damit begab er sich wenig später nach Hippie-Art auf ‚Große Fahrt'.

Zwei Monate später erreichte er radelnd Florenz. Was für eine wundervolle Stadt! Tagsüber hielt er sich südlich des Arno in den Boboli-Gärten auf wo er andere Hippies traf. Er ließ sich meist auf einer der Rasenflächen nieder, sonnte sich, spielte Gitarre und schrieb Liedertexte. Am späten Nachmittag, als die Ponte Vecchio voller Menschen war, überwiegend Touristen aus aller Welt, die die berühmte Brücke besuchten, führte er seine Songs vor Publikum auf, finanzierte damit als Straßenmusiker seinen Lebensunterhalt.

Aus den zunächst geplanten zwei oder drei Tagen wurden vier Monate Aufenthalt. Er hatte sich in die italienische Stadt verliebt. Ganz Florenz erschien ihm wie ein einziges Museum. Durch die guten Einnahmen aus seinem Gitarrenspiel verlegte er sein Zelt von einem öffentlichen Park auf den Camping-Platz ‚Villa di Camerata', der zu einer alten Jugendherberge im Norden der Stadt gehörte. Hier hatte er Ruhe. Konnte duschen, und hier lernte er Theresa kennen, eine junge Engländerin, in die er sich gleichermaßen verliebte wie in die Stadt Florenz. Nach nur einer Woche Bekanntschaft waren sie sich einig zusammen zu bleiben, verließen Florenz und siedelten kurz entschlossen nach England über. Es folgte ein Dreivierteljahr Aufenthalt in Marlow und High Wycombe, einem kleinen Ort dreißig Meilen westlich von London, direkt an der Themse gelegen. Der Zufall wollte es, dass er durch den Ausfall eines Musikers in einer bekannten englischen Rockband als Gitarrist einsteigen konnte. Mit der Gruppe tourte er durch eine Reihe großer Städte, verdiente dabei an einem Abend mehr als in einem Monat Straßenmusik. Natürlich gab es nach den Konzerten in den Hotels auch immer wieder Groupies. Diese schnellen

Abenteuer belasteten jedoch auf Dauer seine Beziehung zu Theresa. Sie beendete ihre Beziehung zu ihm, was er sogar verstehen konnte. Ihr war die Treue wichtig. Aber hübsche, junge Mädels, die nach den Konzerten vor seinem Hotelzimmer auf ihn warteten, waren halt auch eine große Versuchung. Im Dezember, noch rechtzeitig knapp vor Weihnachten, verließ er daher High Wycombe und kehrte nach Deutschland zurück.

Es war eine verrückte Zeit. Erneut ließ er sich in Heide nieder, arbeitete schwarz bei einem schon aus früheren Zeiten bekannten Unternehmer und lernte jede Menge Tricks, die ihm das Leben versüßten.

Peter Handke lächelte, als er daran dachte. Es war ein leichtes Leben. Von der Hand in den Mund - ein pralles Hippieleben. Mädchen gab es an jeder Ecke, sie waren alle willig, und er fühlte sich nie allein. Bis das Schicksal ihm dann doch eine weitere Kurve verpasste, es erneut gut mit ihm meinte. Völlig überraschend bekam er eine Ausbildung zum Schaffner bei der Deutschen Bundesbahn.

Das war genau das Richtige für ihn, zumal damit ein alter Kindheitstraum in Erfüllung ging: reisen und dafür auch noch bezahlt zu werden. Ähnlich wie in der Seefahrt, nur diesmal an Land. Als Angehöriger der Bahn hatte er zudem Anspruch auf acht Freifahrten pro Jahr, die er kreuz und quer durch Deutschland nutzen konnte. Kostenlos durch die ganze Republik: was wollte er mehr? Er stand auf und holte sich aus der kleinen Kühlbox eine Cola. Ihm ging so vieles durch den Kopf, er konnte jetzt noch nicht einschlafen.

Auf einer dieser Urlaubsreisen lernte er Erika kennen, einen wunderbaren Engel. Sie begegneten sich während eines Zugaufenthalts im Bahnhof Offenburg. Erika schaute gerade aus dem Fenster ihrer Regionalbahn nach Straßburg, Peter Handtke hingegen stand auf dem Bahnsteig und hatte noch zehn Minuten Zeit, bevor sein Anschlusszug nach Hamburg eintraf.

Erikas Lächeln traf ihn mitten ins Herz. Dieses von dunklen Haarlocken eingerahmte, süße Gesicht! Dieses Lächeln, dieser lockende Mund! Ohne weiteres Nachdenken hüpfte er spontan ins Abteil ihres noch auf die Abfahrt wartenden Zuges und sprach sie an. Etwas, das er als total schüchterner Mensch noch nie zuvor gewagt hatte. Nur ein paar Minuten blieben ihnen bis zur Abfahrt, aber in diesen wenigen Augenblicken geschah es. Liebe auf den ersten Blick! Der Lohn seiner Kühnheit war ihr Versprechen, ihm zu schreiben, und er erhielt sogar einen richtigen Abschiedskuss auf den Mund! Er war überglücklich.

Mit dem Pfiff des Schaffners stieg er in letzter Sekunde aus ihrem Zug und hetzte zu seiner bereits auf demselben Bahnsteig wartenden Bahn. Auf der Fahrt nach Hamburg schrieb er seiner neuen Liebe einen sechzehnseitigen Brief, in dem er ihr sein überquellendes Herz mitteilte. So begann eine Beziehung, die viele Jahre Bestand hatte.

Fast zur gleichen Zeit entließ die Deutsche Bundesbahn aus Rationalisierungsgründen Hunderte Auszubildende. Auch ihn traf dieses Schicksal. Das geschah ausgerechnet ein Tag vor Weihnachten, was ihn völlig verbitterte. Voller Zorn über dieses unmenschliche Verhalten beschloss er, die Rückzahlung seines bereits erhaltenen Weihnachtsgeldes nicht zu leisten, was ihm einen Schufa-Eintrag bescherte, die Bank die Auszahlung eines beantragten Kredits verweigerte und letztendlich der Grund für seine Unzufriedenheit mit dem Staat begründete.

Peter Handtke seufzte. Dieser Handstreich der Bahn machte mit einem Schlag alle seine Pläne zunichte. Zum ersten Mal konnte er seine Schulden nicht bezahlen. Das Arbeitslosengeld reichte dafür nicht aus. Dafür begann eine Beziehung mit Erika, die sich sehr rasch ziemlich intensiv gestaltete, wenn auch vorerst schriftlich.

Zwei Monate nach ihrem Kennenlernen unternahm er noch einmal einen weiteren Anlauf zu einer Fernsehtechnikerlehre.

Wieder hatte er nicht die nötige Ausdauer dafür, und so beendete er seine Ausbildung nach einem Jahr. Er war, geprägt durch sein Hippieleben, einfach nicht mehr willens, sich in die tägliche Tretmaschinerie der Gesellschaft einzugliedern.

Wie aus dem Nichts wuchs in ihm plötzlich eine völlig verrückte Idee, die auch Erika sofort mit unterstützte. Sie zog zu ihm in die Hildesheimer Wohnung, aber die bewohnten sie nur einen Monat. Innerhalb dieser vier Wochen planten sie eine Weltreise mit dem Fahrrad. Weg aus Deutschland! Gesagt und unverzüglich in Angriff genommen. Allerdings gab es da eine ernste Schwierigkeit. Erika konnte aus Gründen, die in ihrer frühen Kindheit lagen, nicht Fahrrad fahren. Was war zu tun?

Die Lösung fanden sie im Schaufenster des Neckermann-Kaufhauses in Hildesheim. Just zu diesem Zeitpunkt stand dort ein Tandem zum Verkauf. Genau das Richtige, dachte er. Eine kurze Probefahrt genügte, um die Tauglichkeit für ihr Vorhaben festzustellen. Erika saß hinter ihm und brauchte nicht zu lenken oder die Balance zu halten. Ohne große Vorbereitung, dafür verrückt nach Leben und Abenteuer, fand die Abreise nur zwei Tage nach dem Kauf statt. Die Wohnung überließen sie einem möglichen Nachfolger. Weder kündigten sie das Zimmer, noch verkauften sie die Einrichtung: sie ließen einfach alles stehen und liegen wie es war. Lediglich die mehrere tausend Mark teure Stereo-Anlage überließen sie für läppische fünfhundert Mark einem Freund. Nun schnell weg, hieß die Devise. Es war Mitte September, und der beginnende Winter stand vor der Tür. Höchste Zeit für den Aufbruch.

Es folgten dann tatsächlich mehrere Jahre auf dem Tandem rund um Südeuropa, bis nach Nordafrika und dem Nahen Orient. Ihren Unterhalt bestritten sie mit Straßenmusik und diversen Jobs, beispielsweise in der Orangenernte in Griechenland, als Kellner und Servierdame in Hotels oder schlicht als Gelegenheitsarbeiter. Sie brauchten nicht viel zum Leben. Das Zelt war ihre Wohnung, das Tandem brauchte nur Muskelkraft, Sprit war nicht nötig. Eigentlich nur Lebensmittel, ab und zu mal eine Fährüberfahrt, gelegentlich Visagebühren oder neue Hosen und Schuhe.

Durch das sehr beengte Zusammenleben mehrten sich allerdings die Differenzen, die sie beide nach vier Jahren zu einer Trennung zwangen. Das Zusammenleben war gerade in den letzten Monaten schier unerträglich geworden. Als wenn das Schicksal es so geplant hätte, lernte Peter in Griechenland noch am selben Tag der Trennung Barbara kennen, eine junge Frau, die den damals erschienen Zeitungsbericht über ihre Tour in der ‚Hildesheimer Allgemeinen' gelesen hatte und die beiden Radreisenden in Piräus erkannte. Spontan bot sie sich an, anstelle Erika mit ihm weiterzufahren. Plötzlich besaß Peter aus dem Nichts eine neue Partnerin für das Tandem. Fliegender Wechsel sozusagen.

Ein letztes Mal wollten sie nun noch die Eltern besuchen, dann sollte ein Neustart erfolgen, diesmal endgültig und in Richtung Asien. Einmal um die ganze Welt! Ja, das waren schon turbulente Träume.

Peter stand auf und wanderte in seiner Kabine herum. Vivien kam ihm wieder in den Sinn. Zu gerne wüsste er, ob sie echtes Interesse an ihm hatte. Sie schien offen zu sein, möglicherweise für ein Abenteuer oder gar eine Affäre, vielleicht aber auch für mehr? Allerdings hatte er keinen blassen Schimmer, wie es dann weitergehen könnte. Er führte ein unstetes Leben, zog seit vielen Jahren durch die Welt, mal hierhin, mal dorthin. Seine feste Bleibe, die ihn nur wenige Wochen im Jahr sah, bestand lediglich aus zwei geräumigen Zimmern in Husum, samt Garage für das Auto. Er hatte Vivien also nichts zu bieten als sich selbst. Immerhin war er nicht ganz mittellos.

Er seufzte. Seine frühere Schüchternheit war inzwischen zum größten Teil überwunden, aber in besonderen Fällen, wie in diesem Fall mit Vivien, wo ihm wirklich mehr an der Frau lag als nur ein kurzes Abenteuer, kehrte sie zurück. Ob sie in der Disco einen anderen Mann traf, der sie vielleicht stärker faszinierte als er? Es gab eine Menge gutaussehender Männer an Bord, jüngere vor allem. Er kämpfte eine Weile damit, doch noch nach oben in die Disco zu gehen, ließ es aber schließlich sein. Er wollte sich auf keinen Fall aufdrängen. Unschlüssig legte er sich nach kurzer Pause wieder aufs Bett und hing weiter vergangenen Zeiten nach.

Es war im Oktober 1980, als Barbara und er für den Besuch seiner Eltern die Reise unterbrachen. Per Autostopp kehrten sie nach Deutschland zurück. Das Tandem konnten sie für einen Monat in der deutschen Botschaft in Izmir unterbringen. Am Tag ihrer Ankunft bei den Eltern wurde er ernsthaft krank und musste in eine Klinik. Barbara konnte in der Zwischenzeit glücklicherweise bei seinen Eltern wohnen bleiben.

Drei Wochen nach ihrer Ankunft wurde er aus dem Krankenhaus entlassen. Zu diesem Zeitpunkt besaßen sie noch ganze dreißig Mark. Nicht viel für eine Weltreise, zugegeben, aber sie waren unterwegs schon mit weniger ausgekommen. Also schnell wieder los. Zuvor machten sie für eine letzte Station in Hamburg Rast, unternahmen noch einmal einen Abstecher durch das berüchtigte Nachtleben von St. Pauli. Doch diesmal mischte das Schicksal erneut die Karten.

Handtke lächelte, als er an die Anfänge dachte. Sie nahmen einen gemeinsamen Job als Live-Show-Pärchen an und wurden sesshaft. Aus dem ursprünglich angedachten Abstecher zur Reeperbahn wurde Hamburg ihr neuer Wohnort.

Die Uhr ging bereits auf zwei, und Peter Handtke seufzte. Sein Leben war bisher wirklich bunt gewesen. Ein ewiges Auf und ab. Müde schlug er sich schließlich die Gedanken aus dem Kopf und begab sich in die Waagerechte. Er freute sich auf morgen, und natürlich besonders auf Viviens Gesellschaft.

Diese unglaubliche Frau faszinierte ihn immer mehr. Es kribbelte in ihm, sobald seine Gedanken zu ihr flogen. Friedlich lächelnd schlief er kurze Zeit später ein.

Maria

„Maria!!!" Die helle Stimme schallte laut durch den ellenlangen Gang, klang gar nicht angenehm und zudem weit entfernt. Sie gehörte einem jungen Mann, dessen Kopf mindestens zwanzig Meter entfernt aus dem Eingang einer Kabine ragte.

„Maria, komm mal her!" Die Angesprochene schaltete den Staubsauger aus, mit dem sie den Boden des endlosen Gangs reinigte und erhob sich.

„Was willst du, Pedro?" Sie lehnte die Maschine an ihren Arbeitswagen und bewegte sich in Richtung der Stimme.

Maria Suarez war eine Angestellte der Putzkolonne, die für die Reinigung der Kabinen auf Deck sieben der ‚Elegance' zuständig war. Ein hübsches junges Ding, neunzehn Jahre alt, braunhäutig und aus Brasilien stammend. Klein, schlank, lange Haare, die sie für die Dauer der Reinigung hochgesteckt und unter einem Kopftuch zusammengebunden hatte. Die hübsche Figur steckte in einem blauen Arbeitsoverall. Ihre Augen blitzen leicht verärgert. Seitdem sie mit Pedro zusammen in diesem Abschnitt des Schiffes eingeteilt wurde hatte der immer etwas an ihrer Arbeit auszusetzen, obwohl er nicht ihr Vorgesetzter war. So auch dieses Mal.

„Du hast vergessen den Spiegel abzuwischen" maulte Pedro. Im Gegensatz zu Maria war er bereits ein halbes Jahr auf der ‚Elegance', sein Vertrag lief nur noch vier Monate. Dann konnte er endlich Urlaub machen, seine Familie auf den Philippinen besuchen. Er freute sich schon sehr darauf. Endlich Mama und Papa wieder sehen zu können, und seine sechs Geschwister.

Zehn Monate sind für einen jungen Boy eine verdammt lange Zeit. Pedro Arroyo zählte knapp zwanzig Jahre. Viel zu dünn für einen jungen Mann, aber recht lebhaft. Seine mandelförmigen, leicht schräg gestellten Augen, dunkler als Bergseen im Winter, seine braune Haut und das kurze, schwarze Haar ließen die asiatische Herkunft nicht verleugnen. Er öffnete die Tür zum Badezimmer und deutete auf den Lappen, den Maria achtlos liegen gelassen hatte.

„Da liegt auch noch dein Tuch, mach mal!" Maria schob sich an ihm vorbei, griff nach dem Lappen und wischte den Spiegel sauber. Danach warf sie das benutzte Tuch auf Pedros Arbeitswagen. Ihre Stimme klang vorwurfsvoll.

„Das hättest du doch eben auch schnell selbst machen können", maulte sie verschnupft und schob seinen Wagen etwas zur Seite. „Extra den langen Weg hierher laufen kostet doch viel zu viel Zeit." Sie eilte an ihren Arbeitsplatz zurück und startete erneut den Staubsauger.

Die beiden hatten über zwanzig Kabinen zu reinigen. Nicht nur war alles sauber zu putzen, auch Papierkörbe leeren, Toilettenspülung und Klopapiervorrat kontrollieren, Bettwäsche wechseln und etwaige, von den Passagieren zurück gelassene Essensreste und leere Gläser zu entsorgen gehörte zu ihren Pflichten. Bei besonders guten Gästen, die ihre Arbeit mit kleinen Trinkgeldern honorierten, bastelten sie manchmal, wenn es die knapp bemessene Zeit erlaubte, aus Handtüchern bezaubernde Figuren wie Elefanten, Schwäne oder Herzen, die sie dann kunstvoll auf die Bettdecken drapierte. Heute war das schlecht möglich. Sie befanden sich auf See, und die Arbeit war um einiges schwieriger, da im Gegensatz zu den Häfen, wenn die meisten Passagiere ihre Landausflüge unternahmen, immer wieder Gäste ihre Kabinen aufsuchten und den Ablauf störten, wenn auch meist nur für wenige Minuten.

Maria Suarez seufzte. Sie arbeitete erst wenige Wochen an Bord. Dies war ihre zweite Kreuzfahrt, alles war noch ziemlich neu für sie, auch wenn sie in ihrer brasilianischen Heimatstadt Santos bereits gründlich geschult und auf den Job vorbereitet wurde. Sie war sich nicht sicher, ob sie ihren Vertrag nach den zehn Monaten noch verlängern würde. Ihre anfänglich große

Lust auf diesen Job war schnell verflogen. Andererseits gab es für sie kaum eine Alternative. Eine Arbeit in ihrer Heimat zu finden, von der sie auch leben konnte, war trotz ihrer Jugend äußerst schwierig. Es gab so viele Mädchen in ihrem Alter, und sehr wenige Arbeitsgelegenheiten. Als Bedienung reichte das Einkommen kaum zum Überleben, Putzjobs wie in Europa gab es wenig, Kindermädchen wurden auch nur von reichen Leuten gesucht und dann meist unter der Hand vermittelt. Außerdem gab es kaum Fabriken, die Jobs anboten. In der Prostitution wollte sie nach Möglichkeit nicht landen, obwohl sie dort mit ihrem Aussehen sicherlich ein gutes Einkommen hätte. Aber das kam für sie auf gar keinen Fall infrage.

Gleich war Mittagszeit, dann konnte sie sich für zwei Stunden zurückziehen und etwas ausruhen, sich für kurze Zeit nach Brasilien träumen. Schon während der wenigen Wochen an Bord der ‚Elegance' überfiel sie Heimweh nach Santos und Sehnsucht nach ihrer Familie. Ihr Vater war früh verstorben, da zählte sie gerade fünfzehn Jahre, aber Josefina, ihre Mama, war eine herzensgute Frau und mehr wie eine Schwester zu ihr. Dann gab es da noch eine Maria, ihre Großmutter. Ihr Großvater war unbekannt. Außerdem lebten noch zwei jüngere Brüder mit im Haushalt, Miguel und Lucas, die sich außer für Fußball wenig für andere Dinge interessierten, geschweige denn für die Arbeit. Miguel arbeitete nur zeitweise im Hafen als Stauer, Lucas hingegen war ein Träumer. Der Verdienst Marias auf dem Luxusliner diente zum größten Teil dem Überleben der gesamten Familie.

Ihre eigene Lebensplanung war ungewiss. Den Job an Bord konnte sie mit Sicherheit nicht ewig machen, das wusste sie, aber ihre Gedanken reichten momentan nicht weiter in die Zukunft. Irgendwie würde es schon weitergehen.

Um einundzwanzig Uhr hatte sie endlich Feierabend. Nachdem sie geduscht und sich ein wenig hübsch gemacht hatte, begab sie sich zum Essen in die Bordkantine und kurz danach in die Crewbar, ein Bereich in den unteren Decks nur für die Angestellten an Bord. Dort traf sie auch Pedro wieder. Er schien sie zu beobachten. Allerdings hatte sie kein Auge für ihn, wollte einfach nur in Ruhe eine Cola zu sich nehmen und dann schlafen gehen. Der Tag war anstrengend genug.

Pedros wiederholte Annäherungsversuche ließen sie kalt, er war einfach nicht ihr Typ. *Wahrscheinlich zickt er mit mir herum, weil ich seine Avancen nicht erwidere,* dachte sie. Außerdem gab es morgen eine Rettungsübung, an der sie teilnehmen musste. Die zusätzliche halbe Stunde, die eine solche Übung in Anspruch nahm, ging für die normale Arbeit verloren und musste nachgeholt werden. Sie blieb daher nicht lange in der Crewbar. Kaum fünf Minuten nach Betreten ihrer Kabine schwang sie sich erschöpft ins Bett und war Minuten später eingeschlafen.

Peter Handtke erwachte ziemlich früh. Gerade ging die Sonne in einem wunderschönen, gelbroten Farbenrausch auf. Er öffnete die Tür zu seinem Balkon und trat in die kühle Luft hinaus. Heute war Seetag, ein Hafen wurde nicht angelaufen. Noch etwas müde stand er an den hölzernen Handlauf gelehnt und schaute aufs Meer hinaus. Momentan durchquerte die ‚Elegance' den Nordatlantik zwischen Großbritannien und Island. Ein paar hundert Seemeilen entfernt passierte der Kreuzfahrtriese auf Steuerbordseite die Färöer-Inseln. Das Meer lag ruhig da, nicht einmal eine leichte Dünung war zu spüren. Eigentlich war Peter Handtke Spätaufsteher, aber manchmal, wenn er so wie heute früher als gewöhnlich erwachte, genoss er den anbrechenden Tag mit seiner reinen Morgenluft.

Um neun konnte er seine Ungeduld nicht mehr zügeln. Mit klopfendem Herzen rief er Vivien an. Eine ziemlich verschlafene Stimme empfing ihn am Ohr und er bereute schon, nicht noch länger gewartet zu haben. Sie nahm es ihm aber nicht übel, erbat sich nur noch etwas Zeit zum Frischmachen. Sie verabredeten sich zum Treffen eine halbe Stunde später am Büffet.

Peter duschte und rasierte sich, warf sich in Jeans und T-Shirt und stieg hinauf aufs Deck. Von seiner Kabine aus hatte er es nicht weit bis zum Frühstücksrestaurant. In einer Ecke fand er einen freien Tisch und bestellte bei der heraneilenden Bedienung eine Tasse Schwarztee. Von seinem Platz aus konnte er ein großes Stück Meer überblicken. Weit draußen hielt ein Frachter fast den gleichen Kurs wie sie, aber die ‚Elegance' war etwas schneller und überholte ihn langsam.

Eine Viertelstunde später erschien Vivien. Peter musste schlucken. Sie sah hinreißend aus, trug eine lange weiße Hose, dazu eine dunkelgrüne Bluse, die hervorragend zu ihrem schwarzen Haar passte. Ihre Haarpracht hatte sie zu einem mächtigen Zopf geflochten, außerdem hatte sie sich leicht geschminkt. Ihre Wangen glänzten, und ihre Augen strahlten, als sie Peter entdeckte.

„Da bin ich, ich wünsch dir einen schönen guten Morgen". Sie reichte ihm die Hand. „Hast du gut geschlafen und wenigstens ein bisschen von mir geträumt?" Ihr offenes Gesicht und das herzerfrischende Lächeln rissen ihn mit.

„Leider nicht, kleine Lady" erwiderte er schmunzelnd. „Ich glaube, ich habe gar nichts geträumt. Dafür war ich bereits um sieben wach."

„So früh? Wolltest Du nicht Urlaub machen?" Sie knuffte ihn leicht in die Seite.

„Ja, eigentlich hatte ich mir das so vorgenommen, aber Neptun war wohl dagegen. Du siehst heute Morgen aber total süß aus, direkt zum Anbeißen." Er betrachtete sie ungeniert von oben bis unten. Er grinste. „Vorsicht! Ich liebe weiße Hosen. Ich finde die sexy."

„Soso." Sie nahm Platz. „Nur weiße Hosen?" Sie wechselte das Thema. „Was gibt es denn zu essen?"

„Keine Ahnung. Ich war noch nicht am Büffet. Habe eben nur ein wenig aufs Meer geschaut und auf dich gewartet. Wie war die Disco gestern Abend?" Sie nestelte ein wenig an ihrer Bluse herum.

„Ich hätte mit dir in die Kabine verschwinden sollen" meinte sie neckend. „In der Disco waren nur alte Säcke und aufgedonnerte Weiber. Ich blieb nicht mal zehn Minuten." Peter lachte.

„Ich habe es mir auf dem Bett gemütlich gemacht und ein wenig Rückschau auf mein Leben gehalten. Nichts Besonderes. Aber mit dir zusammen, da wären mir bestimmt andere Ideen durch den Kopf gegangen." Er spürte, wie er bei seinen eigenen Worten vor Verlegenheit errötete.

„Nun, es gibt ja noch mehr Abende" tröstete sie ihn, langte über den Tisch und nahm seine Hand. „Komm, wir sollten uns was zu essen holen." Sie reservierten sich den Tisch mit hingelegten Servietten und schlenderten gemeinsam zum Büffet hinüber. Etliche Menschen umstanden die köstlichen Auslagen, und sie mussten eine Weile warten. Hier traf Handtke seinen Freund Erwin wieder. Er machte ihn mit Vivien bekannt.

„Da hat Peter mir ja nicht zu viel erzählt" meinte Erwin Hannemann. Er strahlte gut gelaunt über das ganze Gesicht. „Er hat ziemlich von Ihnen geschwärmt." Peter wurde verlegen.

„Musst doch nicht immer gleich alles verraten" schmollte er. Vivien guckte die beiden spöttisch an.

„Soso, Ihr habt also von mir gesprochen. Männergespräche?" Sie lachten alle drei.

„Natürlich" sagte Erwin. „Wie es sich halt für Männer gehört." Sie beluden ihre Teller mit allerlei Köstlichkeiten.

„Komm Erwin, dort drüben haben wir unseren Tisch." Peter lenkte verlegen ab und steuerte bereits auf die Ecke zu.

Zwei Stunden später saßen sie noch immer beisammen und unterhielten sich. Erwin und Vivien waren inzwischen ebenfalls zum Du übergegangen.

„Was haltet Ihr davon, wenn wir uns im Whirlpool weiter unterhalten? Wir haben heute einen Seetag und können eh nicht an Land." Viviens Vorschlag wurde natürlich einstimmig angenommen, und man trennte sich kurz, um Badekleidung zu holen.

Es gab an Bord der 'Elegance' gleich sechs Whirlpools. Sie nahmen den ganz vorne, da saß nur noch ein junges Mädchen im Kindesalter drin, das sich durchwirbeln ließ. Als die drei Freunde ins Wasser eintauchten verzog sich die Kleine.

"Wir wollten dich nicht vergraulen" meinte Peter, als sie aus dem Wasser stieg. Das Mädchen lachte.

"Ich gehe nicht wegen euch. Ich war schon zu viel lange im Wasser. Wünsche euch noch einen schönen Tag und viel Spaß."

Sie blieben recht lange im Whirlpool, wechselten nur ab und zu kurz ins Schwimmbecken und kehrten wieder zurück. Der Tag verging wie im Flug. Die See blieb weiterhin ruhig, und der Fahrtwind kühlte die Luft angenehm ab. Es war schon wieder recht warm geworden. Später verließ Erwin die lockere Runde und ließ die beiden Turteltäubchen allein. Er wollte seinem Freund nicht in die Parade fahren, da er sich so langsam selbst in Vivien verliebte und durch die körperliche Nähe im Wasser Bauchgrummeln bekam.

Peter hatte inzwischen Mut gefasst und spielte heimlich unter dem sprudelnden Wasser mit Viviens Hand, die wie unabsichtlich an seinem Schenkel lag. Durch die vielen Wasserperlen konnten andere Gäste, die sich hin und wieder dazu gesellten, nichts erkennen. *Was für eine weiche Haut sie hat*, dachte er und streichelte sie ohne jegliche Abwehr bis hinunter zum Bein. *Wo soll das bloß enden?* Zu gerne würde er sie einfach in seine Kabine entführen, aber das traute er sich nun doch nicht. Jetzt jedenfalls noch nicht.

Wieder war es Vivien, die sein Zögern spürte und ihn fragte, ob sie noch einen Drink in seiner Kabine nehmen könnten, weg vom Trubel hier an Deck.

„Lass uns einfach verschwinden" sagte die warme Stimme an seiner Seite. Peters Herz klopfte wie verrückt. Er nickte nur stumm. Sie stiegen aus dem Pool, nahmen ihre Sachen an sich und verließen das Deck. Über den Kabinenservice bestellten sie eine Flasche Wein und nahmen gemeinsam auf dem Bett Platz. Viel Raum gab es in der Kabine ja nicht.

„Hast du eigentlich Kinder?" Er reichte Vivien ein Glas und stieß mit ihr an. „Ich möchte ganz viel von dir wissen! Leben deine Eltern noch?"

„Ich habe keine Kinder. Sagte ich aber, glaube ich, gestern schon. Das mit der tickenden Uhr…"

„Stimmt." Peter schalt sich einen Narren. *Wie konnte er das vergessen?* Verlegen schwieg er.

„Ich habe keine Eltern mehr" fuhr sie fort. Sind beide bei einem Unfall vor sieben Jahren ums Leben gekommen."

„Oh, das tut mir leid, Vivien." Peter schwieg. *Sie hatte also auch schon schwere Schicksalsschläge hinter sich.* „Mein Vater starb mit knapp über sechzig am Alkohol, aber meine Mutter lebt noch. Ist übrigens ein richtiger Reisevogel. Ich habe das Reise-Gen ganz sicher von ihr geerbt".

„Hm, könnte sein. Das mit deinem Vater tut mir ebenfalls leid. - Was möchtest du sonst noch von mir wissen?"

„Eigentlich alles" stotterte er. Er ärgerte sich noch immer, dass er das mit den Kindern vergessen hatte. Sie rückte näher an ihn heran, und ihr langes Haar streifte sein Gesicht. Ihr Duft machte ihn schon wieder wuschig.

Leise fing sie an zu erzählen, von ihrer Kindheit, der Schulbildung, wie sie ihren Mann kennen lernte und wie langsam alles zerfloss.

„Wir haben uns einfach auseinandergelebt. Es sollte wohl nicht für die Ewigkeit sein. Er mochte nicht gern reisen, ich dagegen war süchtig nach fernen Ländern, nach Abenteuern." Etwas Wehmut schwang in ihrer Stimme mit.

„Reisende soll man nicht aufhalten, sagte mein Mann. Er war Betriebswirt in einer größeren Firma für Elektroartikel und kam oft spät abends nach Hause. Aber neben seiner Arbeit mit zahlreichen Überstunden gab es auch noch viele andere Dinge, die nicht mehr zum gemeinsamen Leben passten. Unter anderem auch eine Affäre, von der ich heimlich wusste, die ich ihm aber gönnte. Ich hätte es wohl sowieso nicht ändern können." Sie sah ihn an.

„Und du? Erzähl doch mal etwas mehr von dir." Sie hatten es sich auf dem Bett gemütlich eingerichtet. Nicht zum Kuscheln, sondern aus der Notwendigkeit heraus, da es nur einen Stuhl in der Kabine gab. Auf eben diesen Stuhl hatte Peter das Tablett mit der Weinflasche und zwei Gläsern drapiert. Und er erzählte von all den Gedanken und früheren Erlebnissen, die ihm gerade in der letzten Nacht durch den Kopf gingen.

Vivien hört aufmerksam zu. Sie hatte ihre Hand in seine gelegt. Von Zeit zu Zeit streichelte sie abwesend seinen Arm, rückte näher und lehnte ihren Kopf an seine Schulter. *Er ist so herrlich einfach,* dachte sie. Trotz seiner vielen Erlebnisse war Peter ein ganz einfacher Mann geblieben, keine Star-Allüren, keine sperrigen Sachen an ihm. Seine blauen Augen blickten lebhaft, und auch wenn schmerzliche Ereignisse aus seinem früheren Leben zur Sprache kamen, blieb er authentisch. Nur beim Tod seiner Erika angekommen, er hatte ihr von dem Unfall 1985 erzählt, wischte er sich eine winzige Träne aus seinem Auge, und Vivien drückte seine Hand etwas fester.

Viel später, als der Wein zu Ende getrunken war, begannen die Hände zaghaft auf Wanderschaft zu gehen, ließen Hemd und Bluse, etwas später auch die Hosen zu Boden fallen, erforschten sie den jeweils anderen intensiver, entdeckten die gemeinsam vorhandene Sinnlichkeit. Es gab nichts mehr zu erzählen, Worte waren überflüssig geworden. Nur noch den Herzschlag des anderen zu spüren, die Nähe, die zunehmende Vertrautheit. Inzwischen war es kurz vor Mitternacht. Der ganze Tag war wie im Flug vergangen. Wo war nur die ganze Zeit geblieben? Peter hatte das Gefühl, als wenn er Vivien schon ewig kannte. Wie selbstverständlich schlüpften sie gemeinsam unter die Decke, küssten und liebten sich und vergaßen Zeit und Raum.

Der Morgen kam, und keiner war verlegen. Als wenn nichts geschehen wäre, bestellten sie sich das Frühstück auf die Kabine und aßen danach im Bett, auch wenn einige Krümel im Laken zurückblieben. Die würde der Kabinenservice später beim Bettenmachen entsorgen. Unbekümmert küssten und kuschelten sie weiter, liebten und erforschten sich. Sie konnten nicht genug voneinander bekommen, und Peter Handtke fühlte sich um dreißig Jahre jünger.

Erst gegen Nachmittag bemerkten sie erstaunt, dass das Schiff schon vor geraumer Zeit in Reykjavik angelegt hatte. Damit hatten sie leider die Tagestour zur ‚Blauen Lagune' verpasst. Das war einerseits zwar ärgerlich, der Ausflug war ja bereits gebucht und bezahlt, aber es gab noch einen zweiten Tag auf Island, und so sahen sie sich an und lachten nur.

„Schade um das schöne Geld" sagte Vivien, „aber hier im Bett, das ist schlicht unbezahlbar, einfach herrlich. So schön schmusig. Ich bin gern mit Dir zusammen, das macht den Urlaub um einiges schöner." Sie kuschelte sich noch enger an Peter und hauchte süße Küsse auf seinen Hals. Die ganze Kabine roch nach ausgelassener Liebe, nach Leidenschaft und nach Viviens Inspire. Peter wähnte sich wie in einem Traum.

Erst am späten Nachmittag duschten sie und machten sich zum Fünf-Uhr-Tee fertig.

Am Kuchenbüffet trafen sie Erwin Hannemann wieder. Der hatte sich für heute richtig schick gemacht, trug einen dunklen Anzug und sogar eine Krawatte. Sehr ungewöhnlich, fand Peter. So kannte er seinen Freund gar nicht. Ständig im teuren Zwirn. Lachend begrüßte der die beiden schwer Verliebten.

„Na, seid ihr endlich aus dem Bett gefallen?" Er grinste anzüglich. „Ich habe euch den ganzen Tag nicht gesehen." Peter konnte nicht widerstehen, ihm die passende Antwort zu liefern.

„Erwin, mit so einer süßen Lady an deiner Seite wärst auch du nicht zu deinem Geschäft gekommen." Etwas verlegen senkte Vivien ihren Blick zu Boden, sie wurde sogar ein bisschen rot. Peter nahm wie beschützend ihre Hand.

„Wie Du siehst, haben wir es doch wieder zur Teatime geschafft. Dafür ging unsere Tour flöten, die wir gebucht hatten. Wie geht's dir übrigens, was hast du heute gemacht? Warst du an Land? Ein neues Geschäft? Siehst ja toll aus in dem feinen Zwirn!"

„Nein, heute mal kein neues Geschäft. Das andere war ja gestern schon eingetütet." Erwin steuerte auf einen der freien Plätze am Panoramafenster zu.

„Man muss ja auch mal ausspannen, gell? Aber den Anzug habe ich mir übergestreift, weil ich mein Geschäft mit euch ein wenig feiern wollte. So ein bisschen auf vornehm und wichtig machen." Sie mussten lachen. Zusammen nahmen sie am Vierertisch Platz.

„Ich war übrigens in der ‚Blauen Lagune' die ihr verpasst habt. Wundervoll, sage ich euch. Das Wasser ganz hellblau, fast Zyan, und siebenunddreißig Grad warm. Und eine herrliche Landschaft, mit heißen Quellen und unglaublichen Farben."

„Ja, mach uns ruhig den Mund wässrig. Das haben wir leider verpasst." Vivien war etwas zerknirscht. „Aber im Bett war es auch schön. Wir haben total die Zeit vergessen. Morgen werden wir aber auf die zweite Tour gehen. Da wird ja auch allerlei geboten, der Myvatn-See etwa."

„Diesen Ausflug habe ich ebenfalls gebucht" bestätigte Erwin. „Wenn es euch nicht stört, schließe ich mich gern an."

„Natürlich kommst Du mit", riefen Vivien und Peter fast wie aus einem Mund. „Spielen wir halt mal die Dreierbande." Vivien gluckste übermütig.

„Ich bin auch gern mal mit zwei Männern unterwegs!" Alle drei grinsten vielsagend.

„Hört, hört", rief Peter. „Kaum hat man eine süße Lady gefunden, will sie auch schon einen zweiten Mann. Eine Frau bekommt wohl nie genug! Prinzessinnen halt!" Er zwickte Vivien in den Arm und guckte streng. „Meinst du, Du kämst mit uns zwei starken Männern klar? Wenn wir ungehemmt über dich herfallen…"

„Starke Männer?" Sie sah sich prüfend um. „Wo sind die? Ich sehe keine starken Männer. Kommen die denn noch? Ich sehe nur zwei, die den lauwarmen Tee trinken und labern." Sicherheitshalber bog sie sich aus dem Kreis der beiden Männer zurück.

„Siehst du, Erwin, da hast du den Beweis. Kaum lernt man mal ein weibliches Wesen kennen, schon wird sie aufmüpfig." Peter grinste. „Aber Vivien ist schon okay. Bin sehr glücklich, dass ich sie kennen lernen durfte."

„Ist ja auch eine Prachtfrau" bestätigte Erwin mit einem schnellen Blick auf Vivien. „Schade, dass ich sie nicht vor dir traf."

„Nun ist aber gut. Werde ich jetzt verschachert?" Vivien tat empört und drehte sich heimlich grinsend aus dem Panoramafenster. Dann wechselte sie das Thema.

„Hier in Reykjavik steigen übrigens neue Passagiere zu. Da gibt es in einer Stunde für die Neuankömmlinge die vorgeschriebene Rettungsübung." Es war Vivien, die den Wunsch nach einer Wiederholung äußerte.

„Die haben wir zwar in Bremerhaven schon mal absolviert, war ja Pflicht, aber ich wäre gern noch ein zweites Mal dabei. Ich möchte ein paar Fotos davon machen. In Bremerhaven hatte ich leider meine Kamera in der Kabine vergessen."

„Oh, da sind wir dann auch mit dabei. Ich werde meine Videokamera ebenfalls mitnehmen." Peter schmunzelte. „Dann kann ich gleich mal ein paar Aufnahmen von dir machen, Vivien. Bitte freundlich lächeln."

„Das Copyright bleibt aber bei mir! Nicht dass ich nachher im Playboy lande." Sie drohte scherzhaft mit dem Finger. Es wurde noch eine lustige Runde, bis der Zeitpunkt der Übung gekommen war. Man trennte sich, um die Rettungswesten und die Kameras zu holen.

Maria Suarez schob ihren Reinigungswagen in den dafür bestimmten Geräteraum. Wie alle Besatzungsmitglieder war sie auf einen bestimmten Posten eingeteilt, um den reibungslosen Ablauf der international vorgeschriebenen Rettungsübung zu überwachen. In ihrem Fall war ihr Platz an der Eingangstür zu einem der Räume, in denen die Passagiere über die verschiedenen Signale, den Gebrauch der Rettungswesten und die Lage der Notausgänge informiert wurden. Sie war ziemlich müde, ein anstrengender Tag lag schon hinter ihr. Den Arbeitsoverall hatte sie gegen Jeans und Bluse eingetauscht, darüber eine wetterfeste Jacke mit der Warnweste. Das hübsche, hochgesteckte Haar wurde von einem Sicherheitshelm bedeckt. In der Hand hielt sie eine weitere Rettungsweste und eine Trillerpfeife. In wenigen Minuten würde der Run auf die Tür beginnen.

Zeitgleich mit dem Beginn der Durchsage des Kapitäns stürmten die Passagiere wie eine Horde wilder Indianer in den

Vortragsraum, sicherten sich die nur spärlich vorhandenen Sitzplätze. Wer zu spät kam musste sich mit einem Stehplatz begnügen, wo er dann, dicht an dicht gedrängt, die etwa zwanzig Minuten dauernde Zeremonie auszuharren hatte.

Wie so oft hatten sich einige der Passagiere ohne die vorgeschriebene Rettungsweste oder den Sicherheitshelm eingefunden. Auch Erwin hatte seinen in der Kabine vergessen. Freundlich lächelnd bat ihn Maria Suarez, beim nächsten Mal die Rettungsbestimmungen genauer durchzulesen. Sie holte aus einem kleinen Schränkchen einen Ersatzhelm.

„Bitte nehmen sie den für die Dauer der Übung. Sie können ihn mir am Ende wieder zurückgeben." Sprachs und wandte sich einem weiteren Passagier zu, der ohne Rettungsweste erschienen war.

„Das ist ja eine schnuckelige Frau" meinte Erwin, als sie außer Hörweite war. „Die kommt bestimmt aus der Karibik oder so. Schade, dass man keinen Zugang zum Personal hat, die würde ich sehr gern kennen lernen." Vivien grinste.

„Erwin mal wieder. Kaum hat er gemerkt, dass ich nicht zu haben bin, sucht er sich die nächste. Frag sie doch einfach. Ihr könnt euch ja mal zum Kaffee verabreden. Sie hat bestimmt irgendwann einen Tag frei."

„Gute Idee, Vivien, aber sie ist leider schon wieder weg." Maria Suarez war im Gewühl der Passagiere verschwunden.

„Die kommt gleich wieder. Sie muss am Ende doch deinen Helm wieder einsammeln. Und dann nichts wie ran!" Peter Handtke legte seinen Arm um Vivien.

„Die Kleine war wirklich attraktiv. Aber du bist mir viel lieber! Sie duftet außerdem nicht entfernt so anregend wie du." Sie mussten alle lachen.

Kurz vor dem Ende der Rettungsübung sahen sie das hübsche Mädchen wieder. Sie sammelte die ausgeliehenen Westen und

Helme wieder ein und kam dabei auch auf Erwin Hannemann zu. *Jetzt oder nie*, dachte er und berührte sie kurz am Arm. „Darf ich Sie mal eben etwas fragen? Aus welchem Land kommen Sie?"

"Ich bin Brasilianerin. Warum?" Dabei lächelte sie ihm freundlich ins Gesicht. Sie war solche Fragen schon zur Genüge gewohnt.

„Ich weiß, dass die Angestellten mit den Gästen an Bord eigentlich nicht verkehren dürfen, aber ich würde Sie dennoch gern kennen lernen. Ich finde Sie ausgesprochen charmant und anziehend! Gibt es vielleicht irgendeine Möglichkeit, mal einen Kaffee oder ein Bier zusammen zu trinken?"

„Das wird hier an Bord nicht gehen" meinte Maria, sichtlich bedauernd. „Ich finde Sie sehr nett und danke Ihnen für das Angebot, aber ich habe wirklich wenig Zeit, und ich darf es auch gar nicht. Vielleicht, wenn wir uns mal in einem Hafen an Land begegnen. Leider bekomme ich nur in jedem vierten Hafen frei, muss die freien Tage mit meinen Kollegen teilen. Das wird schwierig…" Sie nahm ihm den Helm aus der Hand.

„So ist das halt mit der Bordcrew. Ich wünsche Ihnen trotzdem noch einen angenehmen Abend." Sie schenkte ihm ein verlegenes Lächeln und entfernte sich.

„Ich habe es mir fast gedacht" sagte Vivien. „Ich habe schon etliche Kreuzfahrten hinter mir, und es ist immer das Gleiche. Man hat selten das Glück, einem der Angestellten an Bord näher zu kommen."

Nach dem Ende der Rettungsübung begaben sich die drei hinauf auf das oberste Deck. Ein fast unmerkliches Zittern rann durch den Schiffsleib. Die mächtigen Dieselmaschinen begannen zu stampfen. Damit wurde das Ablegemanöver eingeleitet. Die fünf talentierten Musiker der Schiffsband, eine Musikgruppe aus Rumänien, spielte die Abschiedsmelodie, als das luxuriöse Kreuzfahrtschiff langsam aus dem Hafen glitt. Bis nach Akureyri waren es knapp zweihundert Seemeilen.

Peter und Vivien lehnten an der Reling und blickten zur langsam entschwindenden, flimmernden Küste. Erwin sah zur Pier hinunter und verfolgte das Auslaufen im Liegen. Er hatte eine der gerade nicht benutzten Deckstühle dicht an die Reling herangeschoben und seufzte.

„Das war Reykjavik, Islands erster Teil. Ich wäre gern ein paar Tage länger geblieben. Island ist ein hübsches Stück Land. Man hätte noch so viel sehen können, Wasserfälle, Geysire, fremdartige Landschaften. Island gefällt mir sehr."

„Das alles kannst du morgen auch in Akureyri haben" sagte Peter. „Dort war ich vor einigen Jahren schon einmal. Für morgen haben wir die Diamond Circle Tagestour gebucht."

„Ich weiß." Erwin sah ins Gesicht seines Freundes. „Ich habe schon viel darüber gelesen. Aber den Süden fand ich heute einfach wunderschön. Ich habe die Circle Tour übrigens auch gebucht."

Sie hielten sich eine ganze Weile an Deck auf. Im Sommer ging die Sonne nicht unter, die Abende im Norden blieben fast so hell wie am Tag. Ungewöhnlich, bei solch hellem Licht schlafen zu gehen, weil man die Nacht gewöhnlich mit Dunkelheit verbindet.

Nach dem Auslaufen war die Zeit des Dinners gekommen. Schnell nochmal in die Kabine, um sich kurz frisch zu machen. Vivien erschien im schulterfreien dunklen Abendkleid, dezent geschminkt, mit einer perlmuttfarbenen Kette um den Hals, Peter hatte sich für heute Abend auch in Schale geworfen, trug einen dunkelblauen Anzug, weißes Hemd und eine blaue, leicht gemusterte Krawatte. Erwin hatte dasselbe Outfit wie schon beim Nachmittagstee beibehalten. So fanden sie sich etwas später an ihrem zugewiesenen Tisch ein. Erwins Platz war zwar ein paar Tische weiter, er konnte aber mit anderen Gästen ohne

Probleme tauschen und gesellte sich zu ihnen. Es schien, als sollten sie für den Rest der Reise zusammengehören.

Heute Abend gab es schonend gegarter Donau-Wels mit Ingwer und Sesam im Kartoffelsud, dazu Sellerie-Meerrettich-Püree. Absolut lecker. Als Nachspeise wurde Mandelnougat-Eiscreme gereicht. Nur die Portionen fanden sie alle ziemlich klein. Sollten die Gäste morgen auf den Tagestouren vielleicht hungern müssen? Die drei machten ihre Witze darüber.

„Mal gucken, ob ich unter dem Salatblatt noch ein wenig Fisch entdecke" lachte Peter. „Sonst muss ich meine Angel auswerfen." Er machte sich nichts aus Salat. 'Grünzeug ist nur was für Karnickel' war sein Spruch"

„Morgen gibt es bestimmt harten Stockfisch" witzelte Vivien. „Dazu vielleicht einen Teller Islandmoos. Hach, was werden wir verwöhnt!" Alles lachte. „Ob der Kapitän wohl das gleiche Essen bekommt?"

„Der schnäbelt sicherlich nur russischen Kaviar" bemerkte Erwin, „oder er isst gar nichts. Der hat ja ohnehin einige Pfunde zu viel." Kapitän Richard Berger war tatsächlich nicht schlank. Mit über einem Meter neunzig und einem prächtigen Bauch war er schon durch sein Erscheinungsbild eine respektable Person, halt der Master an Bord. Nach dem Dinner zogen sich alle Parteien zurück.

„Ich muss schlafen" sagte Vivien. „Morgen möchte ich für den Ausflug ausgeruht sein. Ich hoffe, Ihr nehmt es mir nicht übel, wenn ich gleich verschwinde?" Natürlich nahm es ihr keiner übel. Nur etwas Enttäuschung schwang in Peters Stimme, als er Vivien mit einem Kuss eine gute Nacht wünschte. Er selbst war allerdings auch geschafft, musste er sich ehrlich eingestehen. Die letzte Nacht hatten sie beide kaum geschlafen. Nur Erwin wollte heute noch in die Disco. So trennten sie sich alle in Vorfreude auf den morgigen Ausflug.

Ein besonderer Ausflug

Der nächste Tag brachte eine große Überraschung. Nicht nur, dass Petrus für herrlichstes Wetter sorgte. Unten an der Gangway wartete Maria Suarez auf die drei Freunde. Mit einem Lächeln kam sie Peter entgegen.

„Ich habe heute unerwartet meinen freien Tag bekommen" sprudelte es aus ihr heraus. „Ich konnte mit einer Kollegin tauschen. Also würde ich Sie gern beim Ausflug begleiten, wenn es möglich ist. Wollen Sie mich mitnehmen? Por favor, bitte." Sie schielte zu Erwin hinüber, der sie gestern nach einem Treffen gefragt hatte.

„Naturalmente, selbstverständlich können Sie sich uns anschließen" sagte der schnell. „Aber können wir alle beim ‚Du' bleiben? Ist einfacher für uns alle."

„Klaro! Niente Problema. Ich heiße Maria Suarez." Sie blieb an Erwins Seite, der sich stolz wie Oskar fühlte. Glücklich, nicht als Einzelner mit Peter und Vivien als Pärchen den Ausflug zu erleben. Und dann noch mit der hübschen Brasilianerin an seiner Seite! Zu viert schlenderten sie hinüber zum Parkplatz der Ausflugsbusse.

Nach dem Check der gelben Tickets nahmen sie in einem der zahlreichen, supermodernen Busse Platz. Erwin genoss es, so eng in Tuchfühlung mit Maria zu sitzen. Und sie roch angenehm, sie hatte ein leichtes, aber sinnliches Parfüm aufgelegt. Maria wiederum sah aufgeregt aus dem Fenster. Sie war noch nie auf Island und dementsprechend neugierig auf den Ausflug. Kurze Zeit später, als alle Sitzplätze belegt waren, setzte sich der Bus in Bewegung. Ihr erstes Ziel war der Godafoss, der so genannte Götterwasserfall. Seinen Namen verdankt er einer uralten Sage.

„Vor tausend Jahren nahmen die Isländer den christlichen Glauben an" erklärte Erwin, der sich mit nordischen Sagen überraschend gut auskannte. „Dazu mussten sie ihre heidnischen Götter aufgeben. Also warfen sie sie kurzerhand in den Wasserfall."

Erwin hatte ‚seine' Maria an die Hand genommen. Die hatte nichts dagegen, weil sie aufgrund ihrer Höhenangst Scheu vor dem Weg hatte, der sie bis direkt an die Kante des Canyons führte. Die beiden schienen sich offensichtlich gut zu verstehen. Schon im Bus gackerten sie fröhlich miteinander.

Mächtige Felsen boten großartige Ausblicke auf den Godafoss. In einem dreißig Meter weiten Bogen stürzte das Wasser zwar nur zwölf Meter in die Tiefe, aber die Kante fiel senkrecht in das Auffangbecken. Durch eine gewaltige Schlucht strömte das Wasser davon.

„Hier würde ich gern eine Weile bleiben" flüsterte Vivien und drückte sich enger an Peter. Die beiden waren Erwin und Maria gefolgt. Vivien hatte sich mutig bis an die Kante vorgewagt.

„Die Landschaft gefällt mir, das muss ich schon sagen. Und dann bei dem herrlichen Wetter!" Donnernd wie bei einem Gewitter rauschte das Wasser in die Tiefe, erzeugte während des Falls einen nassen, leichten Dunstschleier. Wer hier hinabstürzte hatte wenig Chance, mit dem Leben davon zu kommen. Der weitere Verlauf des Flusses verlief in senkrechten Wänden, es wäre so gut wie unmöglich, die Schlucht zu verlassen. Lebensgefährlich außerdem aufgrund der niedrigen, nur wenige Grad über dem Gefrierpunkt liegenden Wassertemperatur.

„Hast du keine Höhenangst, so wie Maria?" Peter blickte hinüber zu der Schiffsangestellten, die sich fast ängstlich an Erwin klammerte. Der zog die Brasilianerin vorsichtshalber wieder ein wenig vom Abgrund zurück.

„Nicht die Spur" erwiderte Vivien. „Ich stand schon an den Niagarafällen und auch am Iguazú in Brasilien. Die sind beide viel mächtiger." Sie hatte wie fast alle anderen auf dem Plateau ihre Kamera gezückt und schoss voller Faszination ein Bild nach dem anderen. Vivien hatte sich für den Ausflug in eine Jeans gekleidet und trug über der leichten Bluse eine dicke Jacke, außerdem zum Schutz vor dem hellen Licht eine dunkle Brille. Es war ungewöhnlich warm für Island, mehr als zwanzig Grad, hatte man an Bord erfahren.

„Bin eindeutig zu warm angezogen" meinte Vivien. „Aber besser so, als zu frieren. Das Wetter kann hier sehr schnell umschlagen." Sie drehte sich zu Maria hin.

„Warst du schon mal an den Iguazú-Fällen?" Maria schüttelte den Kopf.

„Das war mir bisher nicht möglich. Ist mit dem Bus eine ganze Tagesreise von Santos entfernt. Aber ich habe viele Bilder davon gesehen. Ist bestimmt sehr imposant. Dort möchte ich in meinem Leben auf jeden Fall mal hin."

„Vielleicht schaffst du es eines Tages." Erwin versuchte sie zu trösten. „Du bist ja noch jung!"

Knapp zwanzig Minuten später saßen sie alle wieder im Bus. Eine gut ausgebaute Straße führte zum nächsten Ziel, dem Myvatn-See. Der viertgrößte See Islands war durch Myriaden von fliegenden Plagegeistern auch als Mückensee bekannt. Trotz seiner Größe betrug die Tiefe nur vier Meter. Ein paar Kilometer entfernt befand sich der Ort Dimmuborgir, ein Feld mit dunklen Lavafelsen gleich östlich des Myvatn-Sees. Durch das Gebiet zogen sich mehrere Wanderwege.

Ihr Spaziergang durch diese ungewöhnliche Landschaft dauerte nur fünfzehn Minuten, aber die Landschaft hatte es in sich. In einem der Berge befand sich das kreisrunde „Loch des einundzwanzigsten Dezembers". So genannt, weil nur an diesem einen Tag die Sonne komplett das ganze Loch ausfüllt. Jedenfalls, wenn sie mal scheint. Aus dieser Gegend stammen auch viele Volkssagen. Vor allem in der Dämmerung oder bei Nebel konnte man mit ein wenig Phantasie die fast schwarzen

Felsen sehr leicht mit Trollen, Riesen und zahlreichen anderen Geistern in Verbindung bringen. Diese urwüchsige Landschaft war vulkanischen Ursprungs und noch sehr jung; sie entstand erst vor rund zweitausend Jahren.

Nach einer weiteren Fahrt von zwanzig Minuten wurde endlich eine Rast in einem Restaurant eingelegt. Die war nach den vergangenen vier Stunden auch nötig geworden. Eine gute Gelegenheit, Maria ein wenig besser kennen zu lernen. Peter sicherte der Gruppe einen der letzten freien Tische, und gemeinsam nahmen sie Platz. Alle waren ein wenig geschafft, sowohl durch die Wanderungen selbst, als auch durch die unglaubliche Schönheit des bisher Gesehenen. Wie selbstverständlich hatte Maria sich neben Erwin gesetzt. Sie schien ihren freien Tag sehr zu genießen, und natürlich kam die Sprache auch auf ihren Job.

Handtke als ehemaliger Seemann interessierte sich besonders für die junge Frau. Er war schon etliche Male in Brasilien, auch in Marias Heimatstadt Santos. Während Vivien sich um die Bestellung der Getränke kümmerte, wandte er sich an die braune Schönheit.

„Wie kommt es, dass du diese Arbeit auf der ‚Elegance‘ gefunden hast"? wollte er wissen. „Solche Jobs sind in Brasilien ja nicht ohne weiteres zu haben." Gespannt wartete er auf ihre Antwort, während sie nach Worten suchte.

„Mein Vater ist früher zur See gefahren" begann sie. „Er war viel unterwegs, und berichtete immer von fremden Ländern, hatte immer tolle Geschichten zu erzählen. Santos ist ja eine Hafenstadt, die zweitgrößte Brasiliens, und manchmal hat er mich als kleines Mädchen für einen Besuch mit an Bord seines Schiffes nehmen können. Mit ihm zu reisen war natürlich nicht möglich, aber Schiffe haben mich seitdem immer fasziniert. Vor einigen Jahren gab es eine Information, dass mehrere junge Menschen für die Arbeit auf Kreuzfahrtschiffen gesucht wurden, und da habe ich mich dann beworben." Sie unterbrach ihren Bericht, als Vivien mit einem Tablett voller Getränke heranrauschte und nahm ihr einen Teil ab. Hilfsbereit verteilte sie Cola und Bier an die beiden Männer. Sie selbst hatte sich einen Apfelsaft bestellt. Nachdem Vivien Platz genommen hatte, setzte sie ihr Gespräch fort.

„Meine Bewerbung hatte Erfolg. Ich wurde an einer Schule aufgenommen, wo ich lernte, was an Bord eines Schiffes an Arbeit auf mich zukam. Ganz zu Anfang hatte ich Schwierigkeiten, die Betten genau so herzurichten wie gefordert. Die Räume in der Schule waren zwar genau nachgebildet wie auf einem Kreuzfahrtschiff, aber es ist ja alles sehr eng." Sie lachte. „Ich habe es aber doch geschafft und bekam den Job an Bord."

„Die Arbeit muss doch aber ziemlich hart sein" mischte sich Vivien ein. „Ich habe gehört, dass die Crew bis zu zwölf Stunden am Tag arbeiten muss, sieben Tage die Woche, und es gibt nicht viel Geld dafür. Wie lange kann man solch einen Job ausüben? Was ist später, wenn man älter wird?"

„Das ist schon ein großes Problem" gab Maria zu, „aber darüber denkt hier keiner nach. Was soll ich sonst machen? Es ist sehr schwer, in Santos als junge Frau eine Arbeit zu bekommen. Es gibt leider kein Geld von unserer Regierung, wenn man arbeitslos ist." Die hübsche Brasilianerin senkte den Kopf.

„Ich könnte natürlich mit Sex arbeiten. In meinem Alter und mit meinem Aussehen könnte ich sicherlich gut verdienen, hatte auch schon einige diesbezügliche Angebote, aber das will ich auf gar keinen Fall."

„Das kann ich verstehen." Es war Peter, der das sagte. „Ich bin früher viel in Brasilien gewesen, auch in Santos. Damals war ich Seemann auf einem Massengutfrachter. Wir haben Eisenerz geladen und nach Rotterdam oder Hamburg gebracht. Während der Liegezeit im Hafen sind wir immer durch die

Nachtbars gezogen und haben uns mit den dort anwesenden Mädchen amüsiert, natürlich auch gegen Geld. Ich kenne das sehr gut." Er räusperte sich ein wenig verlegen.

„Wir vom Schiff haben uns damals keine Gedanken darüber gemacht, wir waren jung, unsere Lenden brannten nach drei Wochen auf See, ohne eine einzige Frau gesehen zu haben. Die Mädchen, das sind ja auch sehr reizvolle, exotische Wesen, unglaublich anziehend, und mit eurer glänzenden, kaffeebraunen Haut erscheint ihr uns wie Engel aus einem Paradies. Da kann man als Jüngling nicht wirklich widerstehen. Ich war damals gerade achtzehn Jahre alt." Er machte eine kurze Pause. Die letzten Sätze waren an die Brasilianerin gerichtet. Maria, Vivien und Erwin hatten ihm interessiert zugehört. War das nun Seemannsgarn?

„Wir haben die jungen Frauen damals aber immerhin gut behandelt" fuhr Handtke fort. „Wir haben sie mehr als Freundinnen gesehen, nicht als menschliche Ware. Wir sind mit denen ausgegangen, waren zusammen am Strand schwimmen, haben gemeinsam eingekauft, und wenn das Schiff längere Zeit im Hafen blieb, wohnten wir sogar tageweise bei ihnen. Oder wir durften sie mit Erlaubnis des Kapitäns mit an Bord nehmen. Zum Schluss gab es dann immer ein Geschenk für die Mädchen, mit denen wir die Zeit verbracht hatten, meistens natürlich Geld."

„Also hast du damals auch für Sex bezahlt?" Vivien sah ihm in die Augen. „Das ist bei Seeleuten wahrscheinlich immer so, könnte ich mir vorstellen. Viele Monate auf See, keine Möglichkeit, eine Freundin zu haben. Die würde ja kaum zu Hause sitzen und auf ihren Schatz warten, den sie nur einmal im Jahr für ein paar Wochen sieht."

„Das kenne ich ebenfalls aus eigener Erfahrung" ließ Erwin sich vernehmen. „Ich habe einige Zeit als Arbeiter auf einer Ölplattform gearbeitet, in Tunesien, mitten in der Wüste. Dort waren wir auch isoliert, hatten keinen Zugang zu Frauen, das Land ist ja islamisch, und eine Frau für Sex zu finden ist sehr schwer. Unmöglich gar, eine feste islamische Freundin zu haben. Uns blieben lediglich die Bordelle. Wenn man jung ist nervt der starke Sextrieb, vor allem, wenn man dann auf bildhübsche exotische Mädchen trifft, die sich auch noch willig anbieten. Da sitzt das Geld dann schnell ziemlich locker."

„In meinem Fall ging es aber noch weiter." Peter nippte an seiner Cola. „Ich habe mich damals in ein solches Barmädchen verliebt. Bei jedem Besuch, sooft wir in Santos waren, habe ich immer nur sie gewollt. Sie arbeitete in der Hamburg-Bar, ein bei allen Seeleuten bekanntes Etablissement nahe am Hafen, in dem fast nur Deutsche verkehren, meistens Seeleute. Sie hieß übrigens auch Maria und war achtzehn Jahre alt. Ich hatte mir aber etwas Besonderes ausgedacht." Peter schmunzelte.

„Eines Tages lud ich sie ein, mit mir nach Rio zu fliegen. Sie erzählte mir, dass ihre Eltern dort wohnten, und dass sie ihre Familie seit zwei Jahren nicht mehr gesehen hätte. Da für die Liegezeit unseres Frachters eine Woche veranschlagt war, kaufte ich zwei Tickets und ermöglichte ihr damit den Besuch. Wir flogen gemeinsam nach Rio. Als weitere Besonderheit habe ich mit ihrer Familie sogar eine Nacht in ihrer Favela verbracht. Etwas, das ich niemals vergessen werde."

„Das klingt jetzt aber doch sehr stark nach Seemannsgarn" meinte Vivien. „Das kann ich nicht so recht glauben." Bisher hatte Maria geschwiegen, jetzt aber mischte sie sich in das Gespräch ein.

„Doch, Vivien, ich glaube das. Eine Freundin von mir hat auch mal so etwas erlebt und mir davon erzählt. Sie hat in einer Bar gearbeitet und einen Matrosen kennen gelernt. Später ist sie sogar mit ihm nach England gefahren und hat ihren Freund dort geheiratet."

„Also ich glaube das auch" bekräftigte Erwin. „Ich habe ja selbst schon viel erlebt und auch vieles davon gehört. Warum auch nicht? Wenn zwei sich verstehen ist es doch egal, was beide vorher gemacht haben, oder wie sie sich kennen lernten."

„Ich könnte das nicht" meinte Maria, „ich könnte nicht mit einem Mann schlafen, der mich für Sex bezahlt. Meine Freundin hat es damit aber sehr gut getroffen. Sie lebt jetzt in England, ist glücklich und hat zwei Kinder."

„Ich liebe den Sex" gab Vivien zu, „wirklich, aber ich glaube, ich könnte es auch nicht für Geld. Das verletzt die Seele. Es macht keine Freude, als Ware deklariert zu werden. Ich lebe allein für meine eigene Lust!" Mit den letzten Worten erhob sie sich.

„Ich glaube, wir müssen wieder einsteigen. Die anderen gehen schon rüber zum Bus." Kurze Zeit später saßen sie auf ihren Plätzen und hatten die Straße wieder unter sich.

Das nächste Ziel war das Land der Solfataren und Fumarolen. Ein Gebiet mit unzähligen heißen Quellen, die an vielen Stellen aus dem Boden sprudelten. Diese Gegend zählte mit zu den eindrucksvollsten Orten in Island. Es roch stark nach Schwefel, und das ganze Gebiet war in gelb-orange Farben getaucht. Fumarolen sind zischende, mit sehr heißem Dampf entweichende Löcher im Boden. Wehe, man kam ihnen zu nahe! Das ganze Gelände durfte ausdrücklich nur auf besonders ausgewiesenen Wegen betreten werden, da die Quellen meist unberechenbar und bis zu hundert Grad heiß sind. Dadurch blieben sie eine ernste Gefahr.

Am späten Nachmittag endete der Ausflug. Noch rechtzeitig vor dem Abendessen waren die vier wieder an Bord. Maria verschwand schnell in ihre Unterkunft, nicht ohne uns zuvor noch eine gute Reise zu wünschen und sich für die netten Gespräche zu bedanken. Erwin verzog sich ebenfalls, während Vivien und Peter sich noch mal auf das oberste Deck begaben.

Es blieb noch etwas Zeit bis zum Dinner, und sie wollten den Tag in Ruhe ausklingen lassen.

Später lagen sie wieder in Peters Kabine auf dem Bett und unterhielten sich über das Gespräch am Mittag. Vivien war ziemlich neugierig geworden, was sein damaliges Verhältnis mit der unbekannten Maria betraf. Ob er nicht irgendwann in seinem Leben mal an ein Wiedersehen mit ihr dachte, aus Neugier, wie sie heute aussah? Lebte sie überhaupt noch? Seit seinem Kennenlernen mit Maria waren immerhin schon knapp fünfzig Jahre vergangen.

„Du warst damals achtzehn Jahre alt. Wie war das für dich, schon so früh auf einem anderen Kontinent zu sein, weit weg von zu Hause?"

„Für mich war das unglaublich faszinierend. Erst mal natürlich so weit weg von zu Hause, und dann die unglaubliche Hitze, Tropen halt. Und dann all die hübschen Frauen in Brasilien." Er veränderte ein wenig seine Sitzposition und lehnte sich zurück.

„Als Junge vom Dorf tat sich für mich ein Paradies auf. Auch wenn ich kein Portugiesisch konnte, aber mit Englisch kam man auch gut weiter. Einige der Mädchen verstanden sogar etwas Deutsch. Sicherlich durch den Kontakt mit Seeleuten."

„Erzähl mal ein bisschen! Heute Nachmittag, als du das mit Maria erwähnt hast, das hat mich neugierig gemacht. Hast du dich wirklich in sie verliebt, in eine Prostituierte?"

„Ja, das habe ich, und wie! Sind ja auch nur Menschen wie du und ich, auch wenn sie eine gesellschaftlich anrüchige Tätigkeit ausüben. Sie war fantastisch, nicht nur im Bett. Ich mochte sie einfach, alleine schon vom Aussehen her, aber natürlich auch, weil sie so unverkrampft, liebenswert und sehr menschlich war. Sie hat mir vieles von Santos gezeigt, was ich sonst nie gesehen hätte."

„Und wie ist es dann weiter gegangen? Ihr seid ja in letzter Konsequenz nicht zusammengekommen, oder doch?"

„Das hat sich irgendwann leider im Sand verlaufen. Wir waren fast zwei Jahre lang miteinander verbunden, wenn auch nur schriftlich. Ich hatte ihr damals einen großen Wunsch erfüllt. Sie träumte von einer sprechenden Puppe, einer Puppe, die ‚Mama' sagen konnte. Die hatte ich ihr dann auf einer meiner letzten Reisen aus Deutschland mitgebracht, fast einen Meter groß. Seitdem blieben wir in schriftlichem Kontakt. Unglücklicherweise bekam unser Schiff dann ein anderes Fahrtgebiet, Karibik, Westafrika, aber es ging nicht mehr nach Südamerika. Damit wurde ein Wiedersehen für mich unmöglich."

„Und du hast ihr tatsächlich einen Flug nach Rio spendiert?"

„Ja, das habe ich wirklich getan. Sie konnte sich das nicht leisten. Ich hatte an Bord gut verdient, und sie schenkte mir sehr viele tolle Tage und Nächte. Flüge waren in Brasilien nicht teuer, nicht mal sechzig Mark."

„Ihr seid also nach Rio geflogen. Wie war es in der Favela? Hab so etwas noch nie gesehen, außer im Fernsehen." Peter schluckte, als er daran dachte.

„Vivien, da herrschten Verhältnisse, das kannst du dir gar nicht vorstellen. Das zeigen sie nicht mal ansatzweise im Fernsehen. In Marias Favela lebten etliche Personen in einem einzigen Raum. Eltern, Oma, Opa, Onkel, Tanten und viele Kinder. Außerdem kann ich mich noch an einen Hund erinnern, der auch dazu gehörte. Alle schliefen gemeinsam in diesem Zimmer, vielleicht fünfundzwanzig Quadratmeter groß. Im selben Raum war gleichzeitig auch die Toilette untergebracht. Ein Eimer aus Blech mit Deckel, nicht einmal durch einen Vorhang abgeteilt, stand in einer Ecke. Man konnte also jedem beim Verrichten seines Geschäfts zuschauen. War man damit fertig, wurde der Inhalt des Eimers nach draußen in eine Rinne geleert, die an der Hütte vorbeiführte. Der nächste Regen (falls es mal regnete), spülte es dann weg. Auch fließendes Wasser gab es nicht. Das musste in großen Eimern von einer Sammelstelle herangeholt werden." Peter griff nach seinem Glas und trank einen Schluck Cola.

„Der Geruch war schon ziemlich speziell. Privatsphäre war ebenfalls ein Fremdwort. Am Abend hatten die Eltern Sex miteinander, obwohl ich als Gast anwesend war, alles geschah nackt, vor den Augen der Kinder, die dazwischen herum wuselten und sich offenbar nicht daran störten. Für uns Europäer schlicht unvorstellbar." Peters Mund verzog sich angesichts der Erinnerungen.

„Maria fragte damals, warum ich nicht mit ihr schlafen wolle. Nie im Leben hätte ich das gewollt. Ich versuchte es ihr zu erklären. Für mich war es unvorstellbar, Sex angesichts ihrer Eltern zu haben, beobachtet von vier oder fünf kleinen Kindern. Das älteste war ein Mädchen im Alter von etwa zehn oder zwölf. Sie starrte mich interessiert an, und als ich mit Maria unter die Decke schlüpfte griff sie nach mir und wollte aus Neugier meinen Penis anfassen. Diese eine Nacht hat mir wirklich fürs ganze Leben gereicht."

„Oh je du Ärmster. Also wenn ich dich so höre: ich hätte das auch nicht fertiggebracht." Sie kuschelte sich enger an Peter.

„Lass uns von was anderem reden. Ich bekomme sonst die Bilder nicht mehr aus dem Kopf." Peter legte den Arm um ihre Schultern und küsste sie.

„Das ist alles längst vorbei. Aber Rio de Janeiro, so wie wir die Stadt als Touristen normalerweise kennen, ist wirklich traumhaft. Nicht nur der Zuckerhut oder der Corcovado, nicht nur Ipanema oder Copacabana, sondern auch die Stadt selbst, das Umland, die Strände und die Berge, die kleine Halbinsel Arpoador, der Binnensee." Mit einer Hand strich er eine Haarsträhne aus Viviens Gesicht.

„Ich war inzwischen noch einige weitere Male dort und hab mich sehr wohl gefühlt. Erst vor zwei Jahren war ich wieder in Rio. Maria habe ich leider nie mehr wiedergesehen. Ich weiß nicht, ob sie überhaupt noch lebt. In Brasilien werden die Menschen nicht so alt, schon gar nicht die Mädchen, die der Sexarbeit nachgehen. Alles lief ohne Kondome ab, dadurch verbreiteten sich ungehindert alle möglichen Krankheiten, Tripper, Syphilis und viele andere. Maria müsste heute um die siebzig sein. Aber du hast recht, vergessen wir das Thema." Er nestelte an ihrer Bluse herum und zog sie ihr langsam von den Schultern.

Am Morgen hatte sich das Wetter verändert. Leichtes, in der Kabine fast unmerkliches Schaukeln bewies es. Ein kräftiger Wind wühlte das Meer auf und türmte meterhohe Wellen auf. Die Stabilisatoren des Schiffes waren im Einsatz und hielten das Schaukeln in Grenzen. Ein Grund mehr, im gemütlichen Doppelbett liegen zu bleiben dachten beide und drehten sich noch einmal um. Bis nach Spitzbergen lagen zwei Seetage vor ihnen. Die Fahrt führte entlang der Insel Jan Mayen zur Grönlandsee und endete vorerst in Ny-Alesund, der Hauptstadt Spitzbergens. Von hier aus startete Roald Amundsen zum Nordpol. Eine Expedition, von der er nicht mehr zurückkehrte. Ein Denkmal in Ny-Alesund erinnert die Besucher seitdem an den bekannten Forscher.

Wie meistens, war Jan Mayen aufgrund dichter Wolken nur zu erahnen. Um die Laune der Passagiere dennoch ein wenig aufzumuntern wurde eine Nordpol-Party angesetzt. Tische und Stühle wurden an Deck geschafft, und die Band spielte draußen ihr Repertoire, dick eingemummelt in warme Jacken und Pelze. Seitlich davon war ein Büffet aufgebaut mit allerlei Köstlichkeiten. An mehreren Stellen gab es provisorisch aufgebaute Bars, an denen man wärmende Grogs und heißen Kaffee, kleine Snacks, Bratwürste und Pommes oder auch Kuchen erhielt.

Hier trafen Vivien und Peter auch wieder auf Erwin. Der hatte sich für die Party an Deck warm angezogen, trug eine schwere, innen gefütterte Pelzjacke und eine Pudelmütze. Er sah aus wie ein echter Polarforscher. Mit einem erfrischenden Lächeln empfing er das Pärchen.

„Na, endlich ausgeschlafen? Ihr seid spät dran." Er sah auf seine Armbanduhr. „Fast schon Mittag! Und Vivien natürlich wieder in einem herrlichen sexy Kleid. Wenn auch verdeckt durch den dicken Mantel und leider kaum zu sehen." Er rückte einen Stuhl für Vivien heran und bat sie, sich zu setzen.

„Ist eine Menge los heute Morgen." Sein Blick ging in die Runde. Zahlreiche Gäste hatten sich trotz der Kälte an Deck eingefunden. Die Sonne schien zwar vom Himmel, aber es wehte ein kräftiges Lüftlein. Vivien hatte sich in ein schlichtes blaues Wollkleid gehüllt, das ihrer Figur aber recht gut schmeichelte. Selbst unter dem Mantel war die tolle Linie zu ahnen.

„Im Bett war es halt gemütlicher. Peter hat mich an sich gedrückt und mich gewärmt. Wie soll man da aufstehen können…"

„Ja, ja, und mich lasst ihr frieren. Schon klar. Das hat sich der böse Erwin wohl verdient." Er grummelte gespielt vor sich hin. Vivien beugte sich hoch und küsste ihn auf die Wange.

„Da, kriegst auch bisschen Wärme ab, sollst auch nicht leben wie ein Hund" Das Gelächter der drei drang bis zum Nebentisch hinüber. Die dortigen Gäste schauten etwas irritiert. „Was machen wir heute?"

„Bei der Kälte könnten wir einen Saunatag einlegen" meinte Peter. „Schön relaxen, nichts tun, die Seele baumeln lassen."

„Ihr wollt mich ja nur nackt sehen, ihr Lüstlinge" grinste Vivien. „Aber das ist wirklich eine gute Idee. Gleich gibt es erst mal Lunch. Das Büffet reizt mich momentan nicht so. Ich habe richtigen Hunger."

„Es schaukelt aber ein bisschen". Erwin war auffallend blass im Gesicht. „Ich verziehe mich lieber für ne Stunde in meine Kabine. Ich kann das nicht so gut ab, werde leider immer sehr schnell seekrank."

„Schade" sagte Peter. „Seekrank bei dem bisschen Gekabbel auf dem Meer? Aber okay, dann treffen wir uns halt später in der Sauna. Vivien und ich wollen essen gehen. Es schaukelt doch gar nicht so dolle."

„Also mir reicht es." Erwin erhob sich. „Bis nachher also."

„Tschüss" rief Vivien ihm noch hinterher, dann drängte sie Peter zum Aufbruch. „Komm, machen wir uns auf die Socken. Ich habe großen Hunger."

„Eigentlich sollte man eine Sauna nicht mit vollem Magen betreten. Das ist nicht gesund und belastet das Herz unnötigerweise."

„Ich weiß, Peter." Vivien griff nach seiner Hand. „Lass uns trotzdem gehen. Ich brauch jetzt einfach etwas Warmes im Bauch. Und nachher die Wärme in der Sauna. Du kannst ja ansonsten was anderes machen, ich kann auch alleine gehen."

„Das kommt überhaupt nicht in Frage! Selbstverständlich komm ich gerne mit."

Nach dem Essen dampften sie in der Sauna auf Deck elf. Volle drei Runden gönnten sie sich, genossen den herrlichen Blick durch die bis zum Boden reichenden Fenster auf die tief unten ihnen liegende See. Obwohl sie im Restaurant gut und reichlich gegessen hatten, machte ihnen die Hitze nicht zu schaffen. Die Sauna war zum Bersten gefüllt. Zahlreiche Gäste hatten sich, wohl auch durch die Kälte animiert, eingefunden. Erwin hatte sich zu Viviens Bedauern leider nicht blicken lassen. Ihn hatte wohl tatsächlich die Seekrankheit erwischt.

‚So fühlt sich richtiger Urlaub an' dachte Peter und schaute zärtlich auf seine Begleiterin. Sie erschien ihm wie ein superschönes Fotomodell, hatte eine reine, glatte, leicht gebräunte

Haut, keine Pickel, keine Narben, keine Piercings, keine der immer öfter anzutreffenden Tattoos. Ihr Busen, wohlgeformt und dennoch weich, ein Kunstwerk der Natur, das er nun schon einige Male in seinen Händen halten durfte, faszinierte ihn stets aufs Neue. Man müsste sie malen oder fotografieren, dachte er. Diese Frau war ein real gewordener Traum. Ungeschminkt gefiel sie ihm noch weit besser. Ihre langen Haare hatte sie zusammengebunden und hochgesteckt, sah damit ein bisschen wie eine indische Prinzessin aus. Sie bemerkte seine Musterung und lächelte verhalten. Ihre Hand drückte die seine. Beide schwiegen wissend vor sich hin und genossen die Wärme, Wellness und sich selbst. Nach dem dritten Saunagang schlug Peter noch einen Spaziergang aufs obere Deck vor.

„Ein bisschen abkühlen, und mal sehen, wie es draußen jetzt aussieht". Vivien war einverstanden. Sie nahmen ihre Sachen aus dem Spind und kleideten sich an.

„Das mit der Sauna war eine gute Idee, Peter. Schade, dass Erwin nicht mit dabei war. Er fühlt sich anscheinend wirklich nicht wohl. Mir macht das Schaukeln ja nichts aus. Sollten wir ihn vielleicht besuchen?"

„Hast Du Sehnsucht nach meinem Freund?" neckte Peter. „Wir könnten ihn ja einfach aus der Kabine entführen."

„Sehnsucht nicht direkt" erklärte Vivien, „aber ich mag ihn. Er hat etwas an sich, das ich faszinierend finde. So weltmännisch. Er ist genau wie wir schon weit herumgekommen. Und er scheint nicht dumm zu sein."

„Dumm ist er wirklich nicht." Peter betrachtete sie abschätzend von der Seite. „Muss ich jetzt auf Erwin eifersüchtig werden?" Er meinte es natürlich nicht wirklich ernst. Vivien brach in schallendes Gelächter aus.

„Na, du bist mir ja einer. Hast du Angst, dass ich mich anderweitig orientiere?" Sie sah ihm in die Augen, fand dort leichte Zweifel.

„Keine Bange, für mich bist du mein Partner auf dieser Reise. Was danach ist: wer kann das schon wissen? Wir kennen uns doch erst drei Tage."

„Fast vier", verbesserte Peter. „Und ja, ich finde dich so reizend, dass ich dich am liebsten nicht mehr loslassen möchte. Egal ob jetzt, auf dem Schiff oder in fünf Jahren." Nun war es heraus. Peter hatte all seinen Mut aufgebracht, sich entschieden und seine Hoffnung öffentlich gemacht.

„Ich finde ihn als Mann interessant" gab Vivien zu. „Aber ich habe dich vor ihm kennen gelernt, und ich mag deine zarte, respektvolle Art, so wie du mit mir umgehst. Ich durfte schon einige grobe Männer in meinem Leben kennen lernen, die muss ich nicht mehr haben. Genügt das als Erklärung?"

Peter nahm sie fest in seine Arme und küsste sie ausgiebig. Es gab nichts weiter zu sagen. Schweigend standen sie an der Reling, schauten hinab auf das aufgewühlte Meer. Die Wellen hatten an Höhe noch zugenommen, und weiße Schaumkronen ließen die Stärke des Windes erahnen. Trotz der Stabilisatoren fing die ‚Elegance' an, sich leicht in der aufgewühlten See zu bewegen.

Obwohl es kühl geworden war blieben sie noch ziemlich lange an Deck, eng aneinandergeschmiegt, küssten sich ab und zu. Peter hatte seinen Arm um sie gelegt und drückte sie wie beschützend an sich. Dann kam ihm plötzlich eine Idee.

„Darf ich dich mal fotografieren? So an der Reling? Mit dem Meer im Hintergrund? Ein tolles Motiv."

Sie drehte sich zu ihm um. „Warum nicht. Aber so ungeschminkt sehe ich nicht besonders aus. Außerdem hast du deine Kamera nicht dabei."

„Das macht nichts. Ich hole sie eben schnell. Ich finde dich übrigens auch ohne Makeup sehr reizvoll. Eigentlich mag ich dich so noch viel lieber."

„Dann husch, husch, mach schnell. Mir wird doch langsam etwas kühl. Ich gehe noch mal zwei Minuten in die Sauna, ich mag mich nicht mit Gänsehaut auf den Bildern. Ich bin aber gleich wieder zurück. Nur zwei Minuten. Ich warte hier auf dich."

Das ließ er sich nicht zweimal sagen. Wie der Blitz sauste er davon, nahm statt des Lifts mit drei, vier Schritten mehrere Treppenstufen auf einmal und traf auf dem neunten Deck zufällig auf Maria. Verblüfft blieb er stehen.

„Hey Maria! Was machst du um diese Zeit hier? Musst du jetzt noch arbeiten?" Sie hielt einen vollen Eimer und einen Scheuerlappen in der Hand und legte beides auf den Boden.

„Ja, das ist doch meine normale Arbeitszeit. Die endet erst heute Abend um neun. Aber schön, dass ich dich treffe. Wo sind Vivien und Erwin?"

„Mein Freund ist seekrank und liegt wohl in seiner Koje. Vivien wartet oben auf Deck zwölf. Ich wollte nur eben den Fotoapparat holen um ein paar Fotos von ihr zu machen. Ich bin etwas in Eile, da es oben langsam kalt wird." Als er schon gehen wollte hielt sie ihn kurz am Arm zurück.

„Ich weiß, dass ich meine Zeit eigentlich nicht mit Passagieren verbringen darf. Aber ich habe einige wichtige Fragen, die ich gerne mit dir oder Vivien besprechen würde. Können wir uns mal heimlich irgendwo heute Abend treffen?" Peter war überrascht.

„Natürlich, das können wir gerne. Aber wie soll das gehen? Ich kann nicht zu euch auf das Crewdeck kommen, und hier im öffentlichen Bereich sind zu viele Ohren, die mithören. Du könntest Ärger bekommen."

„Ich weiß." Maria sah ihn bittend an. „Besteht die Möglichkeit, dass ich dich in deiner Kabine besuche? Ich weiß, dass das für mich verboten ist. Wenn es rauskommt fliege ich von Bord. Mir wäre das sehr wichtig. Ich möchte euch aber nicht auf die Nerven fallen. Natürlich gern auch mit deiner Freundin zusammen. Ich möchte mich auf keinen Fall zwischen euch drängen, bitte nicht falsch verstehen. Ihr seid so ein schönes Paar!" Verlegen kramte Peter hastig ein Stück Papier aus seiner Hosentasche und kritzelte die Zimmernummer drauf.

„Ruf einfach heute Abend an, wenn du kannst. Entweder ich oder wir beide werden ab neun Uhr in der Kabine sein. Ich muss jetzt aber weiter." Ein schneller Blick über Gang und Liftbereich ergab, dass ihre kurze Zusammenkunft offenbar unbemerkt geblieben war.

„Vielen Dank! Ich werde mich auf jeden Fall melden. Ich wünsche euch noch einen schönen Abend." Damit nahm sie ihren Eimer und betrat den Lift.

„Ciao Maria, bis vielleicht heute Abend." Peter sprintete weiter zum nächsten Deck hinunter und war Sekunden später in seiner Kabine.

Schon kurz darauf verließ er den Aufzug auf Deck elf wieder. Vivien wartete schon ungeduldig.

„Du warst ziemlich lange weg" sagte sie. „Ich dachte schon, Du hast mich vergessen…" Sie schmunzelte aber bei ihren Worten.

„Ja, ich erkläre es Dir gleich. Lass uns erst schnell ein paar Fotos machen. Sonst wird es wirklich zu kalt."

Peter beeilte sich und gab ein paar Anweisungen. Als Fotograf hatte er ein geschultes Auge für Bildkomposition und Perspektive. Es dauerte nur wenige Minuten bis alles nach Peters Vorstellungen im Kasten war. Auf dem Weg in die Kabine erklärte er Vivien das Zusammentreffen mit Maria.

„Ich habe eben auf Deck neun Maria getroffen. Ich weiß nicht, was sie für Fragen haben könnte, dass sie es sogar riskiert, von Bord zu fliegen." Peter konnte sich für sie nichts Schlimmes vorstellen, als entlassen zu werden.

„Ich kann mir auch nicht denken, was sie so bedrücken könnte"
meinte Vivien nach seinem Bericht. „Abgesehen vom Arbeits-
stress schien sie mir ausgeglichen zu sein, keine Probleme zu
haben. Und was hat das mit dir oder mir zu tun? Hat sie an
Bord keine Ansprechpartner?"

„Keine Ahnung, Vivien. Aber ich finde, wir sollten sie anhö-
ren oder ihre Fragen beantworten, wenn wir dazu in der Lage
sind. Sie wird sich nach neun bei mir melden."

„Mach du das allein mit ihr" bat Vivien. „Ist vielleicht besser,
wenn sie sich nur einer Person öffnet, und ist vielleicht auch
leichter für sie. Kannst mir hinterher ja davon erzählen."

„Das werde ich natürlich, Vivien, aber ich denke, du solltest
auch dabei sein. Möglicherweise braucht sie eher eine weibliche Person für das Gespräch. Vielleicht geht es um ihre Familie? Oder sie hat Stress mit einem Arbeitskollegen und möchte
sich einfach mal erleichtern."

„Das wirst du schon auf die Reihe bekommen, Peter. Mach
dir da nicht allzu viel Kopf drum. Gleich gibt es übrigens Dinner, ich möchte mich noch umziehen". Vivien wandte sich zum
Gehen.

„Wir sehen uns dann nachher."

„Okay, in Ordnung. Bis nachher." Er sah ihr nach, bis sie im
Fahrstuhl eingestiegen war.

Am Abend trafen sie sich wieder an ihrem gewohnten Platz
im Restaurant. Erwin hatte es mittlerweile ebenfalls an den
Tisch geschafft. Ein wenig blass um die Nase, aber trotz des
zugenommenen Sturms guter Dinge. Er trug heute wieder seinen Anzug, hatte sich festlich hergerichtet, genau wie Peter,
der sich ebenfalls in Schale geworfen hatte. Nur Vivien ließ
sich wieder etwas Besonderes einfallen. Sie trug diesmal einen
kleinen, schwarzen Lederrock, sehr sexy und knapp über ihrem
Knie endend, dazu passend eine sehr offen geschnittene,
cremefarbene Bluse. Um ihren Hals schmiegte sich die ihm

schon bekannte goldene Halskette mit dem Anker und der Rose. Außerdem war sie wieder geschminkt, auffälliger als sonst. Und sie duftete nach Inspire. Erwin witzelte auch gleich herum.

„Aha, süße Lady, gehen wir heute auf Männerfang? Du siehst aus, als wenn du zur Jagd gingst." Er grinste frech.

„Natürlich! Peter trifft sich gleich noch mit Maria, da weiß man nie, wie lange das dauert und was daraus geschieht! So hübsche, junge Brasilianerinnen haben das mitunter faustdick hinter den Ohren. Unsere süße Kleine hat heute ein Date mit Peter klargemacht." Sie musste gegen ihren Willen lachen. Dann beruhigte sie die beiden.

„Nein, nichts Schlimmes." Sie erzählte Erwin vom Zusammentreffen der beiden und dass Maria wohl irgendwelche Probleme hätte.

„Wenn du willst, gehen wir beide heute Abend aus, Erwin." Sie grinste spitzbübisch zu Peter hinüber. „Mein Freund ist heute anderweitig verbandelt, da dachte ich, ich kümmere mich mal ein wenig um dich. Du bist doch sonst soooo allein. Seriös natürlich!" Die drei mussten lachen.

„Ja, ja, seriös, das kenne ich schon" sagte Peter. „Noch nicht mal richtig kennen gelernt, und schon geht sie fremd. Weibervolk! Aber macht ruhig weiter so! Ich wünsche euch jedenfalls viel Spaß miteinander."

„Mal sehen." Vivien schielte zu Erwin. „Deinem Freund geht es nicht ganz so gut. Vielleicht muss ich ihn ins Bett bringen und ihn verarzten…" Sie wich geschickt seinem Klaps aus.

„Doch nicht hier im Restaurant, Peter" tadelte sie ihn. „Die Leute gucken schon."

„Ja, ja, immer auf die Kleinen mit dem Holzbein. – Wollt Ihr nicht endlich mal bestellen?" Die Bedienung stand schon mit ihrem Tablet neben ihnen.

Es gab Rotbarschfilet mit Kartoffelpüree, Salat, und zum Nachtisch Eis. Dazu für jeden ein Viertel Tischwein.

„Trink nicht so viel Erwin, du musst nachher noch deinen Mann stehen." Es war Peter, der wieder zu sticheln anfing. Vivien stupste ihn mit ihrem Fuß an.

„Ruhe jetzt, ich kann schon bald nicht mehr vor Lachen."

Es wurde noch eine ausgelassene Gesellschaft. Kurz vor neun verabschiedete sich Peter von den beiden und wartete pünktlich und etwas angespannt in seiner Kabine auf Marias Anruf. Was mochte sie für Probleme haben? Als Passagier hatte er ja nicht allzu viele Möglichkeiten, ihr zu helfen.

Vivien hatte sich derweil tatsächlich mit Erwin ins Theater verzogen um dort die Show zu verfolgen. Etwas wehmütig dachte Handtke, dass Vivien bei ihm hätte bleiben können. Andererseits wusste er natürlich, dass er sich auf seinen Freund verlassen konnte. Es würde alles ganz harmlos bleiben.

Möglichkeiten

Marias Anruf kam um viertel nach neun, und um halb zehn betrat sie aufgeregt und ängstlich seine Kabine. Den Arbeitsoverall hatte sie gegen legere Freizeitkleidung gewechselt. Eine leichte schwarze Stoffhose, ein luftiges T-Shirt, und Sandalen. Sie trug die langen Haare geöffnet, ihre braune Haut schimmerte, und ihre vollen Lippen waren in einem zarten Pink leicht geschminkt. Peter bot ihr seinen Stuhl an, während er sich selbst aufs Bett setzte. Es gab ja nur diesen einen Stuhl. Er war etwas irritiert. Sie erschien ihm noch hübscher als sonst, und er fragte sich, ob sie sich mit Absicht so reizvoll präsentierte, oder ob ihr die Wirkung auf einen Mann gar nicht so bewusst war. Wollte sie ihn verführen?

Eine Zeitlang schwiegen beide verlegen. Sie sah sich die Wände seiner Kabine an, ließ ihre Augen über seine Kamera schweifen und das große Stativ in der Ecke. Lächelnd schaute sie auf den Elefanten aus den Handtüchern, die einer ihrer Kollegen ihm wohl gestern oder heute Morgen gebastelt hatte. Dann drehte sie den Kopf zu ihm, sah ihm voll ins Gesicht und begann stockend und mit leisen Tönen ihr Gespräch.

„Peter, ich hatte dir ja erzählt, dass eine Freundin von mir in einer Bar arbeitete. Dort lernte sie einen englischen Matrosen kennen, der sie später mit nach London nahm und heiratete." Sie schwieg und legte eine kleine Pause ein.

„Ich hatte mir vor ein paar Tagen überlegt, dass ich vielleicht auch diese Möglichkeit bekäme. Ich liebe zwar Sex, aber ich bin keine Frau, die mit einem Mann für Geld schläft. Andererseits hat das meiner Freundin sehr geholfen. Sie ist versorgt, hat zwei Kinder und ist glücklich. Wir haben leider nur noch wenig Kontakt, weil die Entfernung die Verbindung irgendwann einschlafen ließ. Jedenfalls denke ich, dass das der Grund war." Sie stockte erneut, dann sprach sie schnell weiter.

„Meine Mutter hat ebenfalls mal in so einer Bar gearbeitet, und ich selbst bin das Kind eines Vaters, der meine Mutter zunächst für Sex bezahlte, bis er sie dann schließlich doch heiratete. Er hatte sie also offenbar liebgewonnen. Leider ist er gestorben, als ich fünfzehn war. Er hatte einen Unfall. Von heute auf morgen war er nicht mehr da." Sie stockte zum dritten Mal.

„Das tut mir sehr leid für dich, Maria. In so jungem Alter…" Sie sah ihm fest in die Augen.

„Kann ich bitte ein Glas Wasser haben?"

„Natürlich Maria. Entschuldige, dass ich vergessen habe, dir etwas anzubieten." Peter griff in den kleinen Kühlschrank, nahm eine Flasche Mineralwasser heraus und schenkte ihr das Glas voll. Dankbar blickte sie auf seine Hände, nickte und trank einen Schluck.

„Ich habe in Santos keinen Freund, ich weiß nicht, ob ich überhaupt einen brasilianischen Mann möchte. Das Leben an Bord ist zwar hart, und lebenslang kann ich den Job sicherlich nicht machen, aber ich möchte auch nicht in Brasilien bleiben. Das Leben dort ist sehr schwer, vor allem für eine Frau, wenn sie älter wird. Was soll ich tun? Ich würde gern ohne sexuelle Gefälligkeit einen Mann kennen lernen, vielleicht aus England, Holland oder auch aus Deutschland. Welche Möglichkeiten gibt es da?" Erwartungsvoll sah sie ihm ins Gesicht. Wie würde er reagieren?

Peter war überrascht. Was konnte er ihr da raten? Er hatte noch nie über eine solche Sache nachgedacht. Er kannte sich zwar mit vielen Gesetzen gut aus, aber dieser Bereich fiel nicht wirklich in sein Interessengebiet. Ihm kam bislang nicht in den Sinn, eine ausländische Frau zu heiraten, geschweige denn, überhaupt einen Mann an eine Frau zu vermitteln. Er versuchte, Maria das zu verdeutlichen.

„Ich weiß wirklich nicht, was ich da sagen soll" begann er. „Wie stellst du dir das vor: Männer, vor allem Seeleute, die aufgrund ihrer Arbeit nach Brasilien kommen, wollen in erster Linie eine Frau für eine oder zwei Stunden, um sich abzulenken. Vielleicht sogar für eine Nacht. Ihr Mädels seid ja auch recht hübsch, da kann man, wenn man jung ist und in der Blüte der Manneskraft steht, schlecht widerstehen. Du bist übrigens auch eine der Blumen, die man am liebsten pflücken und mit nach Hause nehmen möchte. Andere Möglichkeiten, eine Frau außerhalb einer Bar oder eines Bordells kennen zu lernen, gibt es für Seeleute kaum. Wie denn auch?" Peter setzte sich auf das Bett zurück.

„Schau mal, Maria, selbst hier können wir uns nur treffen, wenn es niemand mitbekommt. Alles muss heimlich geschehen. Auch an Bord gibt es sicherlich ein paar Männer, die du kennenlernen könntest, aber für dich ist es quasi verboten. Auf der ‚Elegance' bist Du zwar eine reine Augenweide für all die Männer. Du bist sehr sexy, exotisch aussehend, wirklich umwerfend hübsch und anziehend, aber sie können so gut wie nie mit dir zusammenkommen. Außerdem würden die meisten dieser Männer tatsächlich nur schnell mal Sex mit dir wollen, mal eine exotische Abwechslung in ihrem Leben. Die meisten sind außerdem verheiratet. Wie soll das gehen? Alleine schon die Tatsache, dass es getrennte Bereiche gibt, zu denen Passagiere keinen Zugang haben. Dass du hier in meiner Kabine sitzt, ist dir ja eigentlich auch nicht erlaubt. Hoffentlich hat das keine Folgen für dich!"

„Das stimmt leider alles, was du sagst." Sie seufzte leise. „Aber immerhin sitzen wir hier und reden miteinander. Das hilft mir schon. Und ich glaube nicht, dass es Folgen haben wird. Niemand sah, wie ich dich in deiner Kabine besuchte." Sie erhob sich.

„Der Stuhl ist nicht sehr bequem" entschuldigte sie sich. „Darf ich mich neben dich setzen?"

„Natürlich kannst du neben mir Platz nehmen." Er bemerkte plötzlich, dass sie ein ziemlich anregendes Parfüm trug. Auch ihre Kleidung fiel ihm jetzt erst so richtig auf. Sie trug flache Sandalen, eine schwarze Stoffhose und ein orangefarbenes, tief ausgeschnittenes T-Shirt, das hervorragend zur Bräune ihrer Haut passte und ihre Schultern teilweise freiließ. Unter dem T-Shirt waren die Ansätze herrlich kleiner und fester Brüste zu sehen. Ihre Haut war makellos, nicht ein einziges Pickelchen trübte den Anblick. Vorsichtig rückte er ein wenig von ihr ab. Er wollte nicht in Versuchung kommen, weil sie ihn reizte, möglicherweise sogar, ohne es selbst zu merken.

„Hast du nicht die Möglichkeit, in Brasilien Touristen kennen zu lernen oder Ausländer, die dort in Fabriken, beispielsweise in der Autoindustrie, arbeiten? Volkswagen hat doch ein Werk in Sao Paulo. Vielleicht über eine Brieffreundschaft mit Deutschen oder Holländern. Kann dir deine Freundin nicht jemanden aus England vermitteln?"

„Das habe ich versucht" gab sie leise zu, „aber es klappte nicht. Selbst hier an Bord, die ganzen deutschen Angestellten wollen mich meist nur fürs Bett. Ich habe ja auch nichts gegen Sex. Ich bin keine Jungfrau mehr, aber nur wegen Sex jemanden zu heiraten: das möchte ich nicht."

„Das kann ich natürlich verstehen." Peter rang die Hände. „Ich weiß nicht wie ich dir da helfen kann. Vielleicht gibst du mir mal deine Adresse, und wenn ich zurück in Deutschland bin, könnte ich mich mal umhören. Das scheint mir der einzige Erfolg versprechende Weg zu sein."

„Das würdest du wirklich für mich tun?" Ihre Augen leuchteten auf. „Ich wäre sehr dankbar, wenn du mir da ein wenig helfen könntest. Vielleicht klappt es nicht, aber vielleicht doch. Jedenfalls wäre das eine Möglichkeit." Sie erhob sich, trat an den kleinen Tisch und schrieb ihre Adresse auf einen herumliegenden leeren Zettel.

„Ich werde jetzt wieder gehen. Nicht, dass es doch noch bemerkt wird, dass ich mich bei einem Passagier aufhalte. Auch wenn ich dich sehr nett finde." Sie küsste ihn flüchtig auf den Mund, was ihn gleichzeitig verwirrte und erregte.

„Ich danke dir für alles. Kannst du bitte zuerst die Tür aufmachen und gucken, ob da jemand im Gang ist? Ich möchte nicht, dass man mich sieht."

Peter erhob sich ebenfalls, öffnete die Tür und streckte seinen Kopf hinaus. „Der Gang ist leer. Du kannst die Kabine unbesorgt verlassen." Sie drückte sich ängstlich an ihm vorbei, küsste ihn ein flüchtig ein weiteres Mal und verschwand dann mit schnellen Schritten. Zurück blieb ein Mann, der nicht so recht wusste, was er von allem halten sollte. Brauchte sie nun seine Hilfe, oder wollte sie ihn verführen? Ihre zwei Küsse hatte er nicht erwartet. Sie trug Lippenstift, und er spürte noch den Geschmack auf seinen Lippen. Seltsam benommen setzte er sich wieder auf das Bett. ‚*Wäre Vivien nicht bereits in meinem Herz, ich hätte mich glatt von ihr verführen lassen*' dachte er erschrocken. Maria hatte etwas äußerst Anziehendes an sich.

Kurz darauf klopfte es erneut an seine Tür. Vorsichtig öffnete er. Vielleicht war sie zurückgekommen? Aber es war Vivien, die ihn verblüfft anguckte.

„Wie siehst du denn aus?" Sie schaute ihm ins Gesicht. „Hat dich der Hafer gestochen? Wo ist Maria? Oder war sie gar nicht da?" Er errötete und bat sie in die Kabine.

„Die ist gerade gegangen. Eigentlich hättest Du sie noch sehen müssen." Dann erzählte er von ihrer Unterhaltung. Die Küsse unterschlug er allerdings in seinem Bericht.

„Ich bin einfach noch etwas verwirrt. Keine Ahnung, wie ich ihr da helfen kann."

„Ja, das ist schwer" gab sie zu. „Ich wüsste so auf die Schnelle auch nichts. Aber du hast ja ihre Adresse. Vielleicht kannst du von Deutschland aus was machen, was ich allerdings bezweifle."

„Ich werde auf jeden Fall mal was in der Richtung versuchen. Wie geht's übrigens Erwin? Wolltest du ihn nicht den Abend über in Beschlag nehmen?"

„Ach Erwin. Der konnte das Schaukeln doch nicht vertragen und verzog sich wieder unters Deck. Er hat mich ganz allein gelassen, heul." Sie lachte. „Aber jetzt bin ich ja bei dir. Wollen wir noch etwas unternehmen?" Peter nahm sie in seine Arme.

„Warum bleiben wir nicht einfach hier?"

„Genau das habe ich mir erhofft". Sie lächelte verführerisch und begann die Bluse zu öffnen. „Komm an mein Herz, ich muss dich fühlen!" Sie entkleidete sich blitzschnell und schwang sich schutzsuchend unter die Bettdecke.

„Komm, mir ist kalt. Wärme mich." Erwartungsvoll schloss sie die Augen, als Peter sich kurze Zeit später im Adamskostüm neben sie legte. Die kleine Lampe am Bett ließen sie diesmal an…

Bei ungewöhnlichen zwanzig Grad Tagestemperatur lief die ‚Elegance' zwei Tage später in Ny-Alesund ein. Majestätisch ragten die hohen Berge ringsumher in den fast schwarzen Fjord. Es musste wohl schon längere Zeit warm sein, denn im Flachland lag kein Schnee mehr. Das Bilderbuchwetter ließ ausnahmslos alle Passagiere an Land gehen.

Peter war hier vor Jahren schon einmal zu Besuch, für Vivien und Erwin hingegen war es Neuland. Obwohl der Boden fast nur aus Stein bestand, mit spärlichen Resten von Flechten und Moos, überzeugte die unglaublich faszinierende Gegend auch den letzten Landschaftshasser. Es waren nur rund dreihundert Meter bis ins Zentrum des kleinen Ortes, bestehend aus nur wenigen Häusern, die zum Teil noch aus den Jahren vor dem Ersten Weltkrieg stammten. Eines davon beherbergte das nördlichste Postamt der Welt, ein recht unscheinbares, grünes Holzgebäude. Links neben der Straße wartete eine antike, aber gut erhaltene, kleine Grubenlok mit einigen der alten Loren, hergestellt in Deutschland, auf Besucher. Mit ihrer Hilfe wurde früher die Kohle aus den Stollen des Bergwerks transportiert. Nach einem großen Grubenunglück in den sechziger Jahren mit einundzwanzig Toten wurde der Abbau der Kohle für immer eingestellt. Die Eisenbahn dient seither als Museum.

Zu dritt wanderten sie fast drei Stunden durch das beschauliche Ny-Alesund, bestaunten die einfachen, meist rot oder gelb bemalten, durchweg aus Holz gebauten Häuser. Seit 1968 entwickelte sich Ny-Alesund zu einem internationalen Forschungszentrum, mit Wohnstätten, für die, je nach Jahreszeit, zwischen dreißig und hundertzwanzig Forscher. Vertreten waren Forschungsstationen aus Deutschland, Norwegen, Italien, Großbritannien, China, Spanien, Dänemark und noch vielen weiteren.

Außerhalb des Ortes durften die Passagiere der ‚Elegance' sich nicht bewegen. Es gab zurzeit ein Verbot aufgrund einer kurzfristigen Eisbär-Warnung, und daran hielten sich natürlich alle. Wer wollte schon einem Eisbären begegnen und ihm als Futter dienen?

„Hier würde ich gern ein paar Tage länger bleiben" meinte Erwin. Er stand sinnend vor dem hohen Mast, von dessen Spitze aus das gewaltige Luftschiff mit Amundsen zum Nordpol startete. Nicht weit davon, auf einem Sockel vor der Koldewey-Station, befand sich das gleichnamige Denkmal, die steinerne Büste des Polarforschers. Weiter hinten auf den Bergen traf der Blick auf das Zeppelin-Observatorium. Viel mehr gab es allerdings nicht zu sehen, und so trudelten die Gäste nach und nach wieder an Bord ein.

Beim Dinner kam das Gespräch wieder auf Maria. Einig war man sich, dass irgendetwas geschehen sollte, aber was und vor allem wie? Eigentlich ging es sie als Passagiere ja nichts an, aber dennoch fühlten sie sich eigenartigerweise berührt und irgendwie verantwortlich. Erwin machte schließlich einen interessanten Vorschlag.

„Wir könnten sie doch einfach mal zu einem Urlaub nach Deutschland einladen. Ich habe genug Geld, um ihr einen Aufenthalt für ein paar Wochen zu finanzieren. Mir würde das nicht wehtun. Wenn sie mag, könnte sie bei mir wohnen und mir darüber hinaus ein wenig den Haushalt führen. Dann wäre sie beschäftigt, und ich würde sie zusätzlich gut bezahlen."

„Das wäre Schwarzarbeit" grinste Vivien. „Aber immerhin eine Möglichkeit. Ein sehr guter Vorschlag."

„Ach was, Schwarzarbeit!" Peter Handtke fand diese Lösung genial.

„Mensch Erwin, das ist eine tolle Idee. Sag mal, ich weiß gar nicht, wo du derzeit wohnst. Du bist ja dauernd unterwegs."

„Also meine Wohnadresse ist noch immer die gleiche in Hamburg die du kennst. Wohne allerdings nicht mehr zur Miete, ich habe die schnuckelige Villa im Alstertal gekauft. Bin aber wirklich viel unterwegs."

„Dann müsste man Maria nur noch mal treffen. Wir wissen ja gar nicht wo sie arbeitet. Und einfach nach ihr fragen wäre vielleicht keine gute Idee. Man muss andere ja nicht mit der Nase auf etwas stoßen, was die nichts angeht."

„Vielleicht kann ich das herausfinden" meinte Vivien. „Als Frau ist es vielleicht unverfänglicher. Ich finde, man sollte es versuchen."

„Das ist die zweite gute Idee." Peter hob sein Glas. „Darauf lass uns einen trinken. Auf das Nordkap. Dort sind wir übermorgen."

Es wurde noch viel gelacht an diesem Abend, aber immer wieder kam die Sprache auf Maria. Erst sehr spät trennte man sich. Vivien verließ die beiden Männer schon etwas früher. Sie war müde, wollte sich mal wieder alleine richtig ausschlafen.

Das Nordkap! Allein der Name bürgt schon für Abenteuer, vergleichbar mit dem Kap der Guten Hoffnung oder Kap Hoorn. Dabei ist das Nordkap genau genommen nicht die nördlichste Spitze Europas. Diese Ehre wird Spitzbergen zuteil, eine Inselgruppe mehrere hundert Seemeilen weiter im Norden. Zudem liegt das Nordkap noch nicht einmal auf dem Festland, sondern auf Mageroy, einer vorgelagerten Insel. Dennoch ist das Schieferplateau auf den dreihundert Meter hohen Klippen eine Touristenattraktion ersten Ranges. Vom Nordpol ist das Kap nur noch rund zweitausend Kilometer entfernt.

Die ‚Elegance‘ lief am späten Nachmittag in den Hafen von Hammerfest ein. Dieser Ort galt bis vor kurzem als die nördlichste Stadt Europas, und hier begannen die Bustouren zum Nordkap. Erwin buchte die Tour nicht, er war schon etliche Male hier, auch Peter hatte das Kap schon mehrfach besucht, aber Vivien zuliebe buchte er trotzdem kurzfristig auf dem Schiff nach, damit er sie begleiten konnte.

Wie schon auf Spitzbergen, hatten sie zunächst riesiges Glück mit dem Wetter. Die Sonne schien vom wolkenlosen Himmel herab. Der Busfahrer dämpfte ihre Erwartungen jedoch ein wenig.

„Das kann sich jede Minute ändern" meinte er. „Das geht hier rasend schnell. Sie werden sehen. Das Nordkap ist nur dreißig Kilometer entfernt. Wenn Sie Pech haben, regnet es dort oben, oder es herrscht dichter Nebel. Aber vielleicht haben Sie Glück. Es ist heute ungewöhnlich warm."

Den beiden war es recht. Sie hatten die Tour nun mal gebucht, stornieren war jetzt sowieso nicht mehr möglich. Und die Hoffnung stirbt ja bekanntlich zuletzt.

Die Fahrt auf der recht kurvigen Straße begann gegen einundzwanzig Uhr und dauerte rund eineinhalb Stunden. Die Ausflügler hatten tatsächlich großes Glück. Trotz der späten Stunde tauchte die Strahlen der Mitternachtssonne das Gelände in ein warmes Licht. Nebel war nicht zu sehen, und es regnete auch nicht. Rechts und links zeigte sich die Natur eintönig und karg, vergleichbar mit Spitzbergen vor zwei Tagen. Außer ein paar Flecken Moos wuchs auf den grauen Felsen so gut wie nichts.

Kurz vor dem Ziel legte der Bus noch einen kleinen Stopp ein. Von hier aus war die rund zwei Kilometer entfernte, auf dem Plateau befindliche Weltkugel prächtig zu fotografieren. Außerdem gab es hier eine Hütte, in der man Unmengen von Souvenirs kaufen konnte. *,Das war wohl der eigentliche Vorwand, um hier zu halten'* dachte Peter. Neben der kleinen Hütte war ein Zelt aufgebaut, vor dem ein in norwegischer Tracht gekleideter Same stolz sein Rentier präsentierte. Gegen einen kleinen Obolus selbstverständlich. Immerhin durfte man ihn in aller Ruhe ausgiebig fotografieren.

Die von uns benannten Lappen nennen sich übrigens selbst Samen, was übersetzt Sumpfleute bedeutet. Das Wort Lappen ist in ihrer Sprache ein Schimpfwort. Sehenswert ist auch die typische Kopfbedeckung, eine farbenfrohe Mütze mit drei lustigen Zipfeln daran.

Wenige Minuten später erreichte der Bus sein Ziel, den ausgedehnten Parkplatz direkt an der Nordlandhalle.

„Das ist ja wunderschön hier" staunte Vivien, als sie ausstiegen und schon aus der Nähe die stählerne Weltkugel sah. „Ich hatte mir das ganz anders vorgestellt." Sie ergriff Peters Hand. Zusammen wanderten sie über das karge, flache Felsenplateau und näherten sich der Weltkugel.

„Die musst du unbedingt fotografieren!"

Peter musste lächeln. Vivien benahm sich wie ein junges Mädchen. Sie sprang aufgeregt hin und her. Ihm selbst war es bei seinem ersten Besuch allerdings nicht anders ergangen.

„Natürlich werde ich die Kugel fotografieren, aber auch dich, und du mich. Das gibt schöne Erinnerungen. Man ist ja nicht jeden Tag hier." Er holte die Kamera aus der Tasche.

„Setz dich mal direkt auf den Sockel, auf dem die Weltkugel steht."

Der so genannte Globus ist eine aus Stahl gefertigte Skulptur und das Wahrzeichen des Nordkaps. Insgesamt mit Sockel etwa zehn Meter hoch, wurde sie im Jahr 1978 im Zug der Erdvermessung errichtet. Die Achse des Globus ist parallel zur Erdachse ausgerichtet.

Vivien hatte sich für alle Fälle warm angezogen, man wusste ja nie, wie kalt es werden würde. Sie trug eine dicke Jacke über einem Pullover, die sie jetzt ablegte, und sie zog auch den Pulli aus. Darunter kam eine ockerfarbene Bluse zum Vorschein, ziemlich tief ausgeschnitten, so dass sie ihre Reize freizügig präsentierte. Es war die gleiche Bluse, die sie schon am Vortag trug.

„Mach aber schnell, bevor ich friere" drängte Vivien. „Auf Dauer ist das hier nicht gerade warm."

Was für eine Frau dachte Peter zum wiederholten Mal und wurde schon wieder wuschig. Er war sich im Klaren darüber, dass sie genau wusste, was sie mit ihrem Aussehen anrichtete. Gleichzeitig freute er sich, dass sie ihm den Anblick ihrer Weiblichkeit schenkte. Er schaute sich verstohlen um. Viele überwiegend männliche Reisende hielten sich ungewöhnlich lange in ihrer Nähe auf. Es machte ihn stolz, der Begleiter dieser offenbar von vielen begehrten Frau zu sein, und er schoss eine ganze Reihe Aufnahmen, die nicht immer etwas mit dem Nordkap zu tun hatten. Endlich stoppte sie ihn.

„Ich friere!"

Peter reichte ihr die Hand und half ihr vom Sockel herunter. Dann führte er sie zur geheizten Nordlandhalle. Wenig später betraten sie das unterirdische Gewölbe direkt darunter. Der hohe Eintrittspreis in die Halle wurde immerhin schon mit der Buchung auf dem Schiff beglichen. Durch einen in den Felsen geschlagenen Gang gelangten sie an einer kleinen Kapelle vorbei bis ans Ende des Plateaus. Von hier fiel es steil zum Meer hin ab. Abgesichert durch eine riesige, bruchsichere Glasscheibe konnten sie ihre Blicke weit über das Nordpolarmeer schweifen lassen. Vivien lehnte sich gegen ihn, überwältigt von diesem Ausblick und schloss die Augen.

„Ich habe es mir schon oft gewünscht, eines Tages hier zu stehen, und heute ist dieser Tag. Dazu deine Gegenwart, das macht es für mich noch um Längen schöner."

Peter strich ihr durch das weiche Haar. Auch ihn berührte dieser Moment. Das letzte Mal, schon einige Jahre her, besuchte er das Kap mit einer Reisegruppe, mit lauten, lärmenden Touristen. Kein Vergleich zu heute. Obwohl es noch zahlreiche andere Besucher gab, empfand er es dieses Mal als sehr ruhig und sehr angenehm.

Im Nordkap-Postamt, dem nördlichsten Europas, schrieb Vivien zwei Briefe an Freunde in Deutschland. Sie wollte unbedingt den besonderen Nordkap-Stempel auf den Umschlägen haben. Danach suchten sie das ebenfalls in der Nordlandhalle befindliche Restaurant auf um eine Kleinigkeit zu sich zu nehmen. Bis der Bus sie zurückbrachte blieb ihnen noch eine halbe Stunde Zeit. Das Wetter war tatsächlich sonnig geblieben, es ging nur ein leichter Wind. Lediglich das unverschämt teure Getränk, eine Dose Cola für stolze zehn Euro, trübte die Stimmung ein wenig.

„Das sind Raubritter" schimpfte Vivien. „Die nehmen es von den Lebendigen. Von den Toten bekommen die ja nichts mehr." Peter lachte sie aus.

„Musst halt nichts trinken, oder selbst etwas mitbringen."

„Ja, ja, mach du nur deine Späßchen mit mir" grummelte sie, um ihn anschließend zu küssen. „Ich bin ja so froh, dass du mich nicht hast alleine fahren lassen. Mit dir ist es für mich ein besonderes Erlebnis. Das werde ich nie vergessen." Sie hakte sich bei ihm ein.

„Ich glaube, wir sollten uns langsam in Bewegung setzen. Der Bus fährt gleich ab."

Langsam schlenderten sie zum Parkplatz zurück. Kurz verharrten sie noch am 1989 errichteten Denkmal ,Kinder der Welt'. Es besteht aus sieben großen, kreisrunden Reliefs, die stehend im Halbkreis angeordnet sind. Ihnen gegenüber befindet sich die Skulpturengruppe ,Mutter und Kind' von Eva Rybakken. Die Vorlagen für die sieben Reliefs wurden im Juni 1988 von sieben Kindern unterschiedlicher Nationen angefertigt, die hier für eine Woche zusammenkamen. Das Denkmal soll Freundschaft, Zusammenarbeit, Hoffnung und Freude, über alle Grenzen hinweg darstellen. Sehr eindrucksvoll, war die einhellige Meinung der beiden. Dann mussten sie sich beeilen. Die ersten Gäste waren schon eingestiegen. Zurück ging es die gleiche Strecke. Es war zwar schon weit nach Mitternacht, aber noch immer stand die Sonne am Himmel. In den Sommermonaten ging sie an diesem Punkt nie unter. Zwei Stunden später hatte die ,Elegance' sie wieder.

Es dauerte weitere drei Tage, bis sie erneut Kontakt mit Maria bekamen. Peter glaubte schon gar nicht mehr daran, aber Vivien hatte es geschafft, dem Menschen am Info-Center klar zu machen, dass sie das brasilianische Mädchen gern sprechen würde, und er gab ihr die gewünschte Auskunft.

„Hier bist du also" rief Vivien, als sie Peter beim Relaxen im Pool entdeckte. „Ich habe dich schon gesucht. Habe eben erfahren, dass Maria heute auf Deck sechs arbeitet. Dort ist sie mit der Reinigung der Kabinen beschäftigt. Zwei Decks unter deinem. Vielleicht gehst du kurz mal runter und suchst nach ihr?"

„Hm, meinst du, jetzt gleich?" Er setzte sich auf den Rand des Beckens und sah auf seine Uhr. Es war kurz vor vier.

„Die wird jetzt arbeiten, stimmt." Er schwang sich aus dem Pool und trocknete sich mit dem bereitliegenden Handtuch ab.

„Dann mach ich mich mal auf den Weg. Er reichte Vivien die Hand.

„Willst du mitkommen?"

„Nein, ich treffe mich gleich mit Erwin. Wir haben uns zum Kuchenessen verabredet. Dich habe ich bis eben ja nicht finden können."

„Okay, dann komm ich vielleicht später noch nach. Mal sehen, ob ich unsere Kleine erwische." Er gab ihr einen Kuss und rauschte davon. Schnell noch in seine Kabine, um sich korrekt anzuziehen. Mit Badeklamotten in fremden Gängen herumzuhuschen war keine gute Idee.

Er traf Maria, als sie gerade ihren Reinigungswagen aus einem Abstellraum in den Gang zog. Sie war völlig überrascht und freute sich sichtlich, Peter zu sehen. Der schlug ihr nur kurz vor, dass sie sich noch mal für ein Gespräch treffen sollten, er hätte interessante Neuigkeiten für sie.

„Ruf mich heute Abend noch mal an, wenn du magst." Dann entfernte er sich hastig. Zwei Türen weiter erschien Pedro, ihr Arbeitskollege, und der musste ja nicht unbedingt etwas mitbekommen.

Wenig später traf er am Kuchenbüffet ein. Erwin und Vivien hatten schon neugierig auf ihn gewartet. Vor ihnen lag ein üppiger Teller mit allerlei Gebäck, von dem sie sich abwechselnd bedienten.

„Wenn ihr so weitermacht werdet ihr fett" lachte er. „Ist ja eine unmögliche Menge, was ihr euch da aufgeladen habt."

„Och, da ist auch einiges für dich dabei. Greif nur zu." Erwin schob ihm den Teller hin. Er war sehr neugierig auf Peters Bericht. „Und, was hat Maria gemeint?"

„Ich habe ihr nur schnell gesagt, dass sie mich heute Abend anrufen soll. Ihr Arbeitskollege war in der Nähe, da wollte ich nicht, dass er das mitbekommt. Ich hoffe, sie meldet sich nach dem Dinner. Vielleicht sprichst du aber selbst mal mit ihr?"

„Ja, das wäre vielleicht das Beste, denke ich auch. Ich will sie ja zu mir einladen. Bin mal gespannt, was sie dazu sagt."

„Sie ist aber ausdrücklich nicht auf Sex aus", wies Peter ihn noch mal darauf hin. „Sie möchte nicht als Sexobjekt gesehen werden."

„Na, das ist ja wohl klar, Peter. Wofür hältst du mich? Ich möchte einfach nur helfen, genau wie ihr beide auch."

„Nix für ungut, Erwin, das weiß ich doch." Peter steckte sich ein Hörnchen in den Mund. „Die Dinger schmecken aber auch wirklich gut. Die Bäcker an Bord geben sich viel Mühe."

„Stimmt. Ich habe mir schon das zweite Stück Apfelkuchen einverleibt." Mit einer Serviette wischte Vivien sich über den Mund. „Jetzt ist es aber wirklich genug. Sonst schaff ich nachher zum Dinner nichts mehr. Heute soll es Rostbraten geben. Bin sehr gespannt."

„Oh, das hört sich lecker an. Da sollte ich auch lieber auf den Kuchen verzichten." Erwin stand auf.

„Und was unternehmen wir jetzt?"

„Gehen wir noch ein wenig an Deck. Die Luft ist lau, und das Meer ruhig." Peter schmunzelte und stupste seinen Freund an.

„Heute wird mein Freund nicht seekrank." Gemeinsam stiegen sie in den Lift zum Deck zwölf.

Wie beim letzten Mal meldete sich Maria kurz nach neun am Kabinen-Telefon, und wenige Minuten später huschte sie aufgeregt durch die Tür herein. Erwin und Peter saßen gemeinsam auf dem Bett und warteten bereits auf sie. Vivien hatte sich müde zurückgezogen, sie wollte sich ausruhen. Nachdem die Brasilianerin sich auf den einzigen Stuhl gesetzt hatte, breitete Erwin ihr seinen Vorschlag aus.

„Ich habe da eine tolle Idee, Maria. Ich möchte dich gerne, wenn du deinen Vertrag hier an Bord erfüllt hast, für ein paar Wochen zu mir nach Hamburg einladen. Keine Angst, ich suche keinen Sex, und ich übernehme selbstverständlich alle Kosten. Ich bin finanziell gut gestellt." Er machte eine kleine Pause, während Maria schwieg, ihn ungläubig ansah.

„Hättest Du Lust dazu? Du hast in Hamburg gute Chancen, jemanden kennen zu lernen der es ehrlich mit dir meint. Ich würde dir gern dabei helfen."

Maria schwieg noch immer. Sie hatte den Kopf gesenkt und ließ die Worte auf sich wirken. Sie wusste nicht, was sie sagen sollte. *Für ein paar Wochen nach Deutschland? Hamburg? Ob das gut ging?* Auch wenn sie Erwin sympathisch fand: sie kannte ihn nicht, aber sie sollte einfach so einige Wochen bei ihm verbringen? Vielleicht wollte er später doch mehr… Erwin verstand ihr Zögern.

„Du musst dich nicht sofort entscheiden. Hier", er gab ihr seine Visitenkarte, „das ist meine Adresse. Melde dich einfach nach Auslaufen deines Arbeitsvertrags und ruf an oder schreibe mir, wie du dich entschieden hast. Mein Angebot bleibt für dich bestehen."

„Erwin ist mein Freund" bekräftigte Peter. „Ich kenne ihn schon seit meiner Kindheit. Du kannst ihm vertrauen. Er ist kein schlechter Mensch."

Maria sah ihm in die Augen. *Er meinte es wohl tatsächlich ehrlich*, ging es ihr durch den Kopf. *Sollte sie das Angebot annehmen?* Er war ihr sehr sympathisch, keine Frage, aber was, wenn es trotzdem schief ging?

„Ich habe noch acht Monate vor mir, solange läuft mein Vertrag. Ich weiß nicht, ob ihr dann nicht schon wieder unterwegs seid. Wenn es euch recht ist, möchte ich erst einmal darüber nachdenken."

„Das ist selbstverständlich völlig in Ordnung." Erwin reichte ihr die Hand. Sein fester Händedruck gefiel ihr. Verlegen erhob sie sich.

„Vielleicht sollte ich das wirklich tun. Ich kann es noch gar nicht glauben. Warum macht ihr das? Ich bin nichts Besonderes. Nur ein einfaches, kleines Mädchen aus Santos."

„Muss man denn immer besonders sein?" Peter sah ihr in die Augen und schmunzelte. „Wir haben einfach Lust, jemandem zu helfen, und wir sind zudem auch in der Lage dazu. Außerdem bist du uns sympathisch, und alleine schon Santos, da haben wir was gemeinsam." Maria lächelte.

„Ja, Santos, meine Heimatstadt. Für dich ist es ein beliebter brasilianischer Hafen, für mich ist Santos nur ein riesiger Berg Häuser, mit vielen Problemen der Menschen, die darin wohnen. Ich würde diese Stadt gerne für immer verlassen. Meine Mutter wohnt jetzt in Rio, ich habe sie lange nicht mehr gesehen, insofern würde es mir nicht wirklich schwerfallen." Sie trat an die Tür.

„Kannst du bitte noch mal nachschauen, ob da jemand im Gang ist?"

Peter öffnete die Tür einen Spalt. „Der Gang ist leer, da ist niemand". Wie gestern küsste sie ihn flüchtig auf den Mund und verschwand wie ein Wiesel.

„Du bist mir ja einer" grinste Erwin. „Ich lade sie ein und dich küsst sie. Ich glaube, ich muss das mit der Einladung noch mal überlegen…. Bin ja gespannt, ob sie sich wirklich mal meldet. Man sagt ja immer: aus den Augen, aus dem Sinn."

„Also ich denke schon, dass sie Dich kontaktieren wird." Peter war sich da ziemlich sicher. „Alleine, dass sie jetzt schon zum zweiten Mal riskiert hat, erwischt zu werden. Das macht man nicht aus Jux und Dollerei. Willst du noch ein Bier?"

„Nee, lass mal. Ich geh auch gleich schlafen. Morgen sind wir in Bergen, unserem letzten Hafen. Da buchte ich vor einigen Tagen noch einen weiteren Ausflug. Ich möchte ganz gern dafür ausgeruht sein."

„Okay, alter Junge. Dann wünsche ich dir eine gute Nacht. Schlaf gut! Ich werde morgen mit Vivien, wenn sie Lust hat, zu Fuß in die Stadt tigern und ihr die City auf eigene Faust ein wenig zeigen. Ich kenne Bergen ja schon gut." Erwin nickte und schob sich in den Gang.

„Also dann bis irgendwann morgen. Ciao." Mit wiegenden Schritten entfernte er sich.

Peter legte sich aufs Bett und las noch eine Weile in einem Reisebericht über Bergen. Er kannte die Stadt zwar schon von früheren Besuchen her, aber es gab doch immer wieder Neues. Ihm fiel ein, dass Vivien und er für den morgigen Tag noch gar nichts geplant hatten. Sie jetzt noch anzurufen traute er sich allerdings nicht. Vielleicht schlief sie schon, und wecken wollte er sie um diese Uhrzeit nicht mehr. Eine Weile dachte er noch an Maria, an den Kuss von ihr, und dass der gar nicht unangenehm war. Ihre Lippen waren jugendlich weich und schmeckten süß. Dann fielen auch ihm die Augen zu.

Die ‚Elegance' lief frühmorgens um sieben in Bergen ein. Peter Handtke wurde erst durch das Klopfen an der Kabinentür wach. Es war nicht das Kabinenpersonal, das zur Reinigung kam, sondern Vivien. Sie stand ausgehfertig vor ihm, als er verschlafend öffnete.

„Frühstückst du heute gar nicht? Du Langschläfer, es ist schon zehn. Hast du vielleicht Lust, mit mir an Land zu fahren? Bergen ist sehenswert." Noch nicht ganz wach, trotz des ungewöhnlich langen Schlafes, bat er sie herein.

„Doch, das würde ich sehr gern. Ich hatte gestern Abend auch noch überlegt, dir den gleichen Vorschlag zu machen, aber ich fand es schon zu spät um noch anzurufen. Hast du noch ein bisschen Geduld?"

„Kein Problem. Wir könnten auch in Bergen etwas essen, wenn du möchtest."

„Nein, nein, hier an Bord ist schon okay. Nur ne Kleinigkeit und einen Tee hätte ich gern. Außerdem möchte ich dich eben mal kurz in meine Arme nehmen." Er setzte seine Worte gleich in die Tat um.

„Du bist eine herrliche Frau, Vivien. Du fühlst dich so gut an, siehst immer sexy aus, und du duftest immer umwerfend." Er betrachtete sie lüstern von oben bis unten. „Am liebsten würde ich dich jetzt sofort vernaschen. Müssen wir gleich an Land gehen?"

„Du Lüstling. Wir haben doch später noch Zeit zum Schmusen. Ich möchte wirklich gern etwas von Bergen sehen."

„Okay, zu Befehl Lady. Ich kann das ja verstehen. Magst du oben warten? Ich will noch kurz schnell duschen."

„Klar. Dann treffen wir uns im Restaurant." Sie küsste ihn, drehte sich rasch um, als er wieder nach ihr greifen wollte und verließ die Kabine.

Peter beeilte sich. Statt der Dusche unterzog er sich nur einer kurzen Katzenwäsche, schlüpfte schnell in die Jeans und warf eine Jacke über das T-Shirt, steckte Pass und Geld ein, dazu die Bordkarte. Ohne die kamen Passagiere weder an Land, noch wieder zurück an Bord. Zwanzig Minuten später traf er Vivien am Büffet.

„Das ging jetzt aber schnell" lachte sie, einen heißen Kaffee balancierend. „Ich habe den Tisch dort drüben schon belegt." Peter ließ sich eine Tasse Tee geben, genehmigte sich zwei Brötchen, dazu Käse, Salami, zwei gekochte Eier und setzte sich zu ihr.

„Warst du schon einmal in Bergen, Vivi?" Zum ersten Mal benutzte er einen Kosenamen für sie.

„Nein, ich kenne diese Stadt nicht. Du denn?"

„Ja, ich war schon einige Male hier. Ist ein hübsches, kleines Städtchen. Tolle Häuser, und es gibt einen interessanten Markt. Man könnte sich auch ein Taxi nehmen und nach Troldhaugen zum Edvard-Grieg-Museum fahren. Ich liebe die Musik dieses Komponisten."

„Das klingt gut. Ich würde gern die Stabskirche Fantoft besuchen. Laut Infos soll diese Kirche komplett aus Holz gebaut sein, unter Verwendung von ausschließlich Holznägeln. Klingt spannend und originell. Die würde ich mir gerne ansehen."

„Da war ich bereits, die Kirche ist wirklich sehenswert. Ist übrigens ein originalgetreuer Nachbau der echten Stabskirche, die leider von dummen Jugendlichen 1992 abgebrannt wurde. Wir können gern hinfahren, es ist nicht weit."

„Schaffen wir das denn alles, bevor unser Schiff ausläuft? Sind ja doch einige Wege, und ich möchte die ‚Elegance' auf gar keinen Fall verpassen."

„Die Zeit ist kein Problem. Es sind alles kurze Wege. Mit dem Taxi sind es nur wenige Minuten. Ich möchte das Schiff selbstverständlich auch nicht ohne mich abfahren lassen." Er schnitt die beiden Brötchen auf, bestrich sie mit Butter und belegte sie mit Käse und Salamischeiben.

„Dann bin ich gerne bei allem mit dabei." Vivien war aufgeregt. „Da du dich hier ja schon auskennst: Machst du mir den Reiseführer? Bist du sehr teuer?"

„Oh ja, ich bin sehr teuer. Gute Leistung hat seinen Preis. Mindestens zwei, drei, vier, fünf Küsse…"

„Das kann ich mir gerade noch leisten, „schmunzelte sie. „Wenn das nicht ausartet…"

„Ich freue mich auf die Bezahlung." Peter grinste. "Die Anzahl der Küsse erfährst Du aber erst nach der Tour. Weiß ja nicht, wie lange wir unterwegs sind"

„Soso, nach der Tour. Da kannst Du unter Umständen ja mehr verlangen, als ich bereit bin. Vorschuss gibt es aber trotzdem schon mal." Sie beugte sich über den Tisch und küsste ihn.

„Den Rest bekommst du später, wenn wir zurück sind. Aber nur, wenn der Reiseführer gut war. Wo bleibt Erwin heute? Ist der schon unterwegs?"

„Ja, der hat irgendeinen Ausflug gebucht. Heute musst du mit mir allein vorliebnehmen."

„Oh wie schrecklich!" Sie knuffte Peter in die Seite. „Kannst du mich denn den ganzen Tag allein ertragen? Ich bin in Wirklichkeit eine böse Hexe." Peter sah sie schelmisch an.

„Das ist gut zu wissen. Wenn du nicht lieb bist, verkaufe ich Dich auf dem Markt. Hexen werden immer gesucht, als Sklavinnen für die norwegischen Trolle. Irgendein Norweger wird dich schon mitnehmen."

„Du bist ein Scheusal!" Sie gab ihm einen Klaps auf den Rücken. „Na warte nur, bis wir nachher an Bord sind."

„Ich bin nicht ängstlich" lachte Peter. „Aber wir sollten uns trotzdem langsam auf die Socken machen. Der Tag geht schneller um als man denkt." Er nahm noch einen letzten Schluck Tee, ließ sein angebrochenes Brötchen zurück, und erhob sich. Sie beeilten sich zum Ausgang zu kommen.

Später saßen sie in einem gemütlichen kleinen Cafe in der Altstadt von Bergen. Den Rundgang durch die City und den Besuch des Marktes hatten sie hinter sich. Vivien war noch immer an seiner Seite.

„Siehst du, wir waren auf dem Markt, und keiner hat mich gewollt" schmollte sie.

„Ich hatte dich ja auch gar nicht angeboten", entgegnete Peter und gluckste vor sich hin. „Ich mache mich doch nicht wegen des Verkaufs einer Hexe strafbar. Menschenhandel ist auch in Norwegen verboten."

„Ja, ja, mach dich nur lustig über mich." Sie wechselte das Thema. „Wieso hast du der Seefahrt damals den Rücken gekehrt?"

„Das ist eine lange Geschichte, Vivi. Wahrscheinlich so, wie es vielen Seeleuten ergeht. Ich habe mich an Land in ein Mädchen verliebt und wollte sie nicht mehr aufgeben. Es war meine absolute Traumfrau, meine erste richtige Freundin überhaupt." Er machte eine Pause.

„Ich möchte nicht so gern darüber sprechen, Vivi. Es ging unschön aus. Sie verließ mich, weil ich sehr eifersüchtig war und ihr wohl die Luft zum Atmen nahm. Ich stürzte danach in ein bodenloses Loch."

„Oh, das tut mir leid." Vivien stockte, schmiegte ihren Kopf an seine Schulter und schwieg. *Was mochte da wohl alles vorgefallen sein,* dachte sie, *wenn er jetzt, nach so langer Zeit, noch nicht darüber sprechen wollte.* Eine Weile saßen sie schweigend nebeneinander, bis er plötzlich den Kopf hob.

„Komm, nehmen wir uns ein Taxi zu deiner Stabskirche. Aber vorher noch schnell einen Abstecher nach Troldhaugen zum Grieg-Museum." Sie zahlten und verließen das Cafe.

Viel später begann Peter Handtke doch noch zu erzählen. Von seinem Absturz, seinem fast gelungenem Selbstmord, weil er den Verlust seiner Traumfrau nicht ertragen konnte, und von seiner darauffolgenden einjährigen Beziehung zu einem Mann.

„Ich war eine Zeitlang schwul, hatte absolut keine Lust mehr auf alles, was weiblich war. Nach diesem Jahr habe ich zum Glück eine Frau getroffen die mich wieder auf die andere Seite zurückholte. Es passte zwar beziehungsmäßig nicht zwischen uns, aber sie hat mir sehr geholfen. Ihre freundliche Art, die langen Diskussionen mit ihr. Sie bot mir sogar ihren Körper, auf den ich anfangs nicht die geringste Lust hatte. Ich verdanke dieser Frau sehr viel."

„Das tut mir ehrlich leid, Peter. Ich wäre auch gern für dich da gewesen. Ich habe dich in den wenigen Tagen hier auf dem Schiff als guten Freund schätzen gelernt. Ob es für eine Liebe reicht? Das weiß ich nicht, aber es kribbelt in mir, wenn du in meiner Nähe bist oder ich an dich denke. Wenn wir in wenigen Tagen von Bord gehen, möchte ich gern mit Dir in Verbindung bleiben. Wenn du damit einverstanden bist?"

„Auf jeden Fall, Vivi! Wie kannst du da fragen! Du bist eine wunderbare Frau, Ich habe lange kein weibliches Wesen mehr so in mein Herz geschlossen wie dich. Ehrlich gesagt, habe ich mich wirklich in dich verliebt. Schlimm, wenn ich das so deutlich sage?"

„Nein, Peter. Das klingt ehrlich, und es gefällt mir. Gefühle entwickeln sich nun mal. Würde ich dich nicht mögen, wäre ich nicht mit dir ins Bett gegangen. Ich fühle mich richtig wohl bei dir, so geborgen. Deine Gegenwart ist für mich sehr angenehm. Wir hatten bisher halt nur wenig Zeit füreinander." Peter nickte zustimmend.

„Ja, die paar Tage auf der ‚Elegance' sind wirklich zu wenig. Du hast aber meine Adresse, und ich deine. Wir werden sehen, was sich daraus entwickelt."

Sie standen in Troldhaugen vor dem Grieg-Museum, einem Holzhaus in grünlich-weißen Farben, etwas abseits von den anderen Gästen. Ein viereckiger Anbau, auf dem eine Fahne wehte. Ein fest angebauter Wintergarten diente als Eingangsbereich. Der Platz war gut besucht. Mehrere Busse hatten die Passagiere von zwei Kreuzfahrtschiffen hierher gekarrt. Sie scharrten sich um einen der Reiseführer und folgten ihm einen gewundenen Weg hinab zur Bucht unterhalb des Hauses. Vivien und Peter schlossen sich der Gruppe unbemerkt an. In der linken Felswand waren Edvard Grieg und seine Frau in einem gemeinsamen Grab beigesetzt. Ein Anziehungspunkt für viele Touristen.

Vivien setzte sich auf einen kleinen Felsvorsprung und beobachtete das Treiben. Die Schuhe hatte sie ausgezogen und hielt ihre Füße ins kühle Wasser. Sinnend sah sie auf ihre rot lackierten Zehen, die mit den Wellen spielten. Peter setzte sich neben sie, behielt aber seine Schuhe an.

„Woran denkst du? Du bist so abwesend."

„Mir kam gerade in den Sinn, dass Edvard Griegs Frau ihn um satte neunundzwanzig Jahre überlebt hat. Das stand in einem Reiseführer."

„Frauen werden generell älter als Männer. Aber neunundzwanzig Jahre, das ist wirklich bemerkenswert. Ihr Frauen seid zu beneiden." Er hielt eine Weile inne. „Und woran denkst du sonst noch?"

„An nichts Bestimmtes. Vielleicht an die Zeit nach unserer Kreuzfahrt. Werden wir beide uns wirklich wieder sehen?" Sie nahm einen kleinen Stein und flitschte ihn übers Wasser, verfolgte das Aufspritzen einige Meter weiter. „Ich weiß nicht, wo du dich dann befindest, und ich muss wieder arbeiten. In unserer Agentur erwarten sie mich schon sehnsüchtig."

„Ich wusste gar nicht, dass du in einer Agentur arbeitest. Davon hast du mir bislang nichts erzählt. Was genau machst du da?"

„Ich arbeite in einer Model-Agentur. Ich sichte und beurteile Setcards, bin mit der Auswahl der Models beschäftigt, lese Texte, und bin sozusagen das Mädchen für alles."

„Dann kommst du ja mit vielen attraktiven Frauen zusammen. Ich glaube, ich muss ich dich da unbedingt mal besuchen kommen. Ich bin ja öfter in Berlin." Er grinste und strich ihr sanft mit den Fingern durch das Haar. „Keine Sorge, ich bin nicht der Wolf im Schafspelz, der dort nach Opfern Ausschau hält. Das war natürlich Spaß."

„Och, wir haben auch sehr attraktive Männer-Models. Bilde dir nur nichts ein." Sie stand auf und zog ihn hoch. „Komm, lass uns aufbrechen. Die Stabskirche wartet noch auf uns." Sie trocknete ihre Füße mit einem Taschentuch und schlüpfte in die Schuhe.

Er griff nach ihrer Hand, und gemeinsam stiegen sie den steilen Weg zur Straße hinauf. Dort rief Peter ein Taxi. Sie waren nicht mit einem der Touristenbusse hergekommen.

Es war nicht weit nach Fantoft. Die urige Kirche lag in einem kleinen Wäldchen. Nach einem kurzen Spaziergang von wenigen hundert Metern erreichten sie eine Lichtung, und von dort bot sich ein atemberaubender Blick auf das Gotteshaus. Beeindruckt verhielten sie eine Weile ihren Schritt, bevor sie sich der Umzäunung näherten. Ehrfurchtsvoll schlüpften sie durch das überdachte Eingangstor aus Holzbalken und standen dann direkt vor dem altertümlichen Bau. Ein unglaublicher Anblick.

Neugierig umrundeten sie das Gebäude, und betraten nach der Entrichtung des Eintrittsgeldes das Innere der komplett aus Holz bestehenden Kirche, staunten atemlos über das ebenfalls ausschließlich aus Holz gefertigte Inventar mit dem ungewöhnlich schlichten, halbrunden Altar. In Höhe des ersten Stocks erstreckte sich ein hölzerner Steg entlang dreier Seiten des Gebäudes, versehen mit einem durch Schnitzereien reich verzierten Geländer. Überall an den Wänden gab es weitere Schnitzereien und machten die religiöse Stätte zu etwas wirklich Besonderem. Einer der Angestellten erklärte, dass hier keine Gottesdienste mehr stattfänden, sondern die Stabskirche nur noch für Hochzeiten und Taufen geöffnet wurde. Ein wahrlich interessanter, mystischer Ort mitten im Wald.

„Das ist eine wirklich wundervolle Kirche" flüsterte Vivien fast andächtig. Ergriffen nahm sie Peters Hand. „Aber ich glaube, es wird langsam Zeit für die Rückfahrt. Nicht, dass wir unser Schiff verpassen." Peter sah auf die Uhr.

„Zwei Stunden haben wir noch. Keine Panik! Aber Fantoft war und ist wirklich ein Besuch wert." Sie gingen gemächlich den Weg zurück und riefen ein anderes Taxi.

Im Hafen angelangt trafen sie an der Gangway mit Erwin zusammen, der eine große Tasche unter seinem Arm trug.

„Hi Erwin, freut mich dich zu sehen. Hast du was Schönes für uns eingekauft?" Vivien kicherte. „Oder wird da ein Troll mit an Bord geschmuggelt?"

„Nein, nein, nur ein paar Souvenirs. Aber ein kleiner Troll aus Holz ist auch mit dabei, stimmt." Er legte die Tasche auf das Band zum Durchleuchten. Hinter dem Scanner nahm er sie wieder in Empfang. „Wollen wir oben noch ein Stück Kuchen essen?"

„Gute Idee." Vivien drückte den Knopf des Fahrstuhls. „Bring du deine Tasche schon mal weg, wir kümmern uns um einen Tisch." Peter nahm Vivien kurz zur Seite.

„Vivi, mach du das diesmal allein, bitte. Ich steige mit Erwin aus. Wir kommen aber gleich nach. Will noch kurz was mit ihm besprechen."

Sie nickte und betrat zusammen mit weiteren Fahrgästen den Lift. Peter und Erwin nahmen den nächsten.

„Was wolltest du denn mit mir besprechen" fragte Erwin, als sie in seiner Kabine waren.

„Ach, eigentlich nichts Besonderes. Wollte nur wissen, ob alles glatt gegangen ist mit deinem Geschäft. Wie war's auf dem Ausflug?"

„Der war ganz nett. Vier Stunden wurden wir durch Bergen gekarrt. Danach bin ich dann noch individuell weitergezogen, habe in diversen Geschäften gestöbert und ein paar nette Sachen gefunden. Hin und wieder sammle ich Souvenirs für meine Mutter." Er setzte die Tasche ab.

Peter warf einen kurzen Blick hinein. „Hast ja ne Menge eingekauft. Alles für deine Mutter?"

„Nein, da gibt es noch eine Freundin, die etwas davon abbekommt. Mit dem Geschäft ist übrigens alles in trockenen Tüchern. Der Knacker hat schon überwiesen."

„So schnell? Du bist ja vielleicht einer. Mal eben auf die Schnelle ein paar hunderttausend Euro. Ich denke, ich werde bei dir mit einsteigen."

„Das wäre mir sehr recht, Peter, das weißt du. Lass uns aber Vivien nicht zu lange warten."

Wenige Minuten später saßen sie bei Tee und Streuselkuchen beieinander. Vivien hatte sich bereits Kaffee geholt. Gemütlich unterhielten sich über ihre Erlebnisse in Bergen. Alle drei bedauerten, dass die Reise langsam zu Ende ging. Nur noch zwei Tage bis Bremerhaven. Danach hatte jeder seinen Platz woanders.

„Alles hat einmal ein Ende" seufzte Vivien. „Ich freue mich jedenfalls, euch beide kennen gelernt zu haben. Waren schöne Tage hier an Bord." Erwin nickte.

„Vor allem für euch beide. Wo die Liebe hinfällt. Ihr seid zu beneiden. Bin gespannt, ob Maria sich mal meldet."

„Das wird sie sicherlich, Erwin, sei nicht zu negativ. Morgen geht das große Packen los. Ich freue mich auch schon wieder auf Husum." Peter trank den Rest seines Tees.

„Sehen wir uns nachher noch mal im Theater? Es gibt eine Crewshow, eine Veranstaltung, in der ausschließlich Crew-Mitglieder auftreten." Peter kannte sich aus.

„Klar" begeisterte sich Erwin. „Ist bestimmt interessant. Sind ja alles Laien. Noch ein letztes Mal nichts tun, außer sich berieseln zu lassen. Die Shows an Bord waren bisher alle klasse."

„Stimmt, ich mochte die Aufführungen auch. Ich bin mit dabei." Vivien nahm sich ein Stück Kuchen auf den Teller. „Den nehme ich für nachher mit in die Kabine."

„Das ist eigentlich nicht erlaubt" tadelte Erwin, „wegen der Hygiene und so. Die Schiffsleitung sieht das nicht so gern. Aber ich werde dich natürlich nicht verraten."

„Dein Glück" lachte Vivien. „Meine Rache wäre fürchterlich."

Damit trennten sie sich. Die Show begann um halb neun, und das Dinner wartete auch noch auf sie. Zuvor wollten sie sich jedoch noch etwas frisch machen und sich angemessen kleiden. Das gehörte sich schließlich auf einem Fünf-Sterne-Schiff. Der Fahrstuhl brachte sie auf die verschiedenen Decks.

Am Morgen brach der letzte Seetag an. Das Meer war relativ ruhig, als Peter um neun erwachte. *Jetzt ist der letzte Tag mit Vivien angebrochen,* dachte er. Kurz entschlossen rief er sie an, auch wenn sie noch schlafen sollte. Sie hatten nicht mehr viel Zeit füreinander. Aber Vivien war schon wach und rumorte in der Kabine herum.

„Hallo Peter, guten Morgen! Hast du gut geschlafen? Vielleicht von mir geträumt?"

„Tief und fest, wie ein Murmeltier. Einen Traum hatte ich leider nicht, oder ich weiß ihn nicht mehr. Heute ist unser letzter Tag, Vivi. Lust auf ein gemeinsames Frühstück?"

„Ja natürlich, sehr gern. Treffen in einer halben Stunde am Büffet?"

„Gut, ich werde dort sein. Ich ruf auch Erwin noch an. Bis gleich also."

Erwin war leider nicht erreichbar. Vielleicht saß er schon oben am Frühstückstisch. Peter beeilte sich. Statt des Lifts nahm er dieses Mal die Treppe. *Ein bisschen Bewegung schadet nicht* dachte er, und machte einen zudem schneller wach. Er musste nicht lange suchen, Erwin stand gerade am Kaffee-Automaten.

„Hi, Peter, guten Morgen. Hast du Vivien schon erreicht?" Er fügte Milch und Zucker hinzu; er mochte den Kaffee weder schwarz, noch ungesüßt.

„Ja, sie ist schon unterwegs und wird gleich hier sein. Ah, da ist sie ja schon. Grüß dich Vivi. Unser Tisch ist dort drüben am Fenster." Er zeigte ihr den Weg. „Du siehst aber toll aus. Direkt zum Anbeißen."

Vivien hatte sich heute wieder sehr sexy gestylt. Über einem schwarzen Mini-Lederrock trug sie eines ihrer fast durchsichtigen Tops. Ihre Beine zierten schwarze Netzstrümpfe. Außerdem hatte sie sich etwas nuttiger geschminkt, viel Makeup, einen knalligen Lippenstift aufgetragen und die Augen stärker betont. Ihre Wangen glänzten verführerisch in einem leichten Rot. Zum Abschluss wollte sie noch ein wenig mit ihren Reizen spielen, die Männer auf dem letzten Bordtag noch einmal so richtig verrückt machen. Die zahlreichen Blicke der Anwesenden, sowohl die lüsternen der Männer, aber auch gleichzeitig die abschätzenden der Frauen, amüsierte sie köstlich.

„Da sieht man, wie die Leute ticken. Auf der einen Seite Wölfe, auf der anderen Seite hilflose Lämmer." Sie kicherte leise vor sich hin. „Die einen würden mich gern vernaschen, wenn ihre Ehefrauen nicht dabei wären, die anderen würden auch gern – aber mich zum Teufel jagen. Los Jungs, gehen wir woanders hin, wo wir in Ruhe miteinander reden können."

„Du siehst aber auch wirklich zum Vernaschen aus" grinste Erwin und staunte über ihre Verwandlung. „Dein Auftritt ist dir wirklich gelungen. Schau dir nur die insgeheim neidischen Blicke der Weiber an. Die würden dich mit Wonne auf den Mond schießen."

„Und sie trägt wieder ihr Inspire" ergänzte Peter. „Ihr Parfüm war der Grund, warum wir uns kennen lernten." Sie erhoben sich und verließen das Frühstücksrestaurant.

Ein Deck tiefer befand sich ein spezielles Spielzimmer. Ein Blick durch die kleinen Fenster des mitten im Schiff gelegenen Raumes verriet ihnen, dass er leer war. Eine kleine, fast schon intime Räumlichkeit. Innen war es sehr still, die Wände schluckten sogar die Schiffsgeräusche. Ausgestattet war er mit mehreren, mit grünem Stoff bespannten Spieltischen. In den Regalen lagen diverse Gesellschaftsspiele wie Monopoly, Schach, Backgammon, und anderen. Die waren für den kostenlosen Gebrauch durch die Passagiere bestimmt. Nach Spielen war ihnen jedoch nicht zumute. Der Vorteil bestand darin, dass sie hier wirklich ungestört reden konnten.

„Vivien duftet wirklich aufregend" Erwin Hannemann nahm sich einen der Sessel und setzte sich dicht neben Vivien. „Direkt zum Anbeißen! Ich glaube, ich sagte es schon. Ich kenne diesen Duft gar nicht."

„Den gibt es eigentlich auch schon lange nicht mehr", erklärte sie und erzählte ihm, wie sie und Peter sich darüber kennen lernten. „Ich war eigentlich nur überrascht, dass er dieses Parfüm kannte. Ist ja ewig her, gut vierzig Jahre."

„Also mir gefällt er auch. Darf ich mal schnuppern?" Erwin wartete die Antwort gar nicht erst ab, beugte sich zu Vivien hin und küsste sie in den Nacken. „Das wollte ich eigentlich schon die ganze Zeit mal machen." Er grinste spitzbübisch über das ganze Gesicht.

„Du bist ein echter Glückspilz, Peter. Vivien könnte mir auch gefallen, ich würde nicht nein sagen."

„Da habe ich aber auch noch ein Wörtchen mitzureden", lachte sie. „Obwohl, mal mit zwei Männern, mit euch beiden zusammen…" Sie schwieg abrupt und eine dezente Röte erschien auf ihrem Gesicht.

„Siehst du, Erwin, was du da jetzt angerichtet hast?" Peter boxte ihn in die Seite. „Du solltest meine liebe Vivi nicht so verunsichern. Das arme Wesen!" Alle drei lachten.

„Naja, so arm bin ich ja nicht. Wir hatten doch alle drei eine gute Zeit hier an Bord." Sie sah die beiden Männer an.

„Eigentlich wollten wir ja noch besprechen, was wir nach dieser Reise machen werden, ob und wie wir uns wieder treffen." Peter stieß Erwin in die Seite.

„Ich habe eine andere Idee. Lass uns den Tag doch einfach etwas netter ausklingen. Wollen wir nicht noch mal zusammen in die Sauna?"

„Also ich wäre auf jeden Fall dafür." Erwin war sofort Feuer und Flamme. „Wir können uns auch später an Deck noch ein wenig unterhalten. Das Wetter ist nicht schlecht, ein bisschen Sonne. " Für die beiden Männer war klar: Sauna war genau das Richtige. Eine letzte Gelegenheit, Vivien nackt zu sehen. Die hatte natürlich den Braten schon gerochen.

„Männer" sagte sie verächtlich, lachte aber dabei. „Ok, gehen wir saunieren. Bisschen Wärme zum Abschluss tut gut. Schön, dass man hier auf der ‚Elegance' gemeinsam in die Sauna gehen kann. Es gibt andere Schiffe, da geht es getrennt nach Geschlechtern. Das finde ich schon komisch."

„Ja, das ist wirklich seltsam. Im einundzwanzigsten Jahrhundert noch solche Prüderie. Ich werde nie verstehen, warum die Menschen sich mit Nacktheit so schwertun. Wir werden doch auch ohne Klamotten geboren." Peter nahm Viviens Hand.

„Lass uns aufbrechen. Lunch gibt es bis um zwei, wir haben also reichlich Zeit. Wir treffen uns dann gleich am Eingang zum Wellnessbereich."

Erwin nickte und entfernte sich, um Bademantel und Handtuch zu holen. Peter hielt Vivien kurz zurück. Er druckste ein wenig schüchtern herum.

„Hast du das vorhin echt gemeint, das mit zwei Männern? Das geht in Richtung Gruppensex…"

„Klar, ich habe das schon verstanden." Sie sah ihm überrascht in die Augen. „Wenn ich mal die Gelegenheit hätte? Ich wäre dabei. Und ich könnte mir das zum Beispiel mit euch beiden gut vorstellen. Eifersüchtig?" Peter horchte kurz in sich hinein.

„Nein, keine Spur. Zumindest heute nicht mehr. Früher war ich es…" Er schwieg eine Weile.

„Jedenfalls wäre ich es nicht bei Erwin. Er ist mein Freund. War nur eben überrascht über deine Reaktion. So offen, das hört man nicht alle Tage. Wären wir nicht auf dem Schiff, hätte ich tatsächlich nichts dagegen, mit dir und Erwin mal einen Dreier auszuprobieren. Ich selbst hatte schon öfter das Vergnügen mit zwei Frauen, aber auch mit zwei Männern."

„Ach, sieh mal an! Da kommen ja Seiten zum Vorschein!" Sie kicherte. „Man könnte sich aber irgendwann tatsächlich mal zusammentun, in Hamburg, Berlin oder Husum. Jetzt hast du mich wirklich neugierig gemacht. Hier an Bord geht das ja schlecht, außerdem ist die Zeit leider schon zu kurz."

„Ja, wirklich schade." Peter bedauerte das ehrlich. „Nun hast Du mich ebenfalls neugierig gemacht, es kribbelt so leicht in mir. Du hast aber auch eine besondere Gabe, mich täglich neu zu überraschen." Er schmunzelte. „Sag das nur nicht gleich dem Erwin, der rastet sonst noch aus. Ich habe schon seit einigen Tagen das Gefühl, dass er scharf auf dich ist. Aber nun lass uns beeilen, sonst wartet er unnötig lange." Sie trennten sich und suchten ihre Kabinen auf.

Diesmal war Erwin dabei, als sie die Wellness-Anlage betraten. Der erste gemeinsamen Saunabesuch. Tage zuvor hatte ihm die Seekrankheit den Besuch vermasselt. Auch heute war die heiße Grotte wieder gut besucht, überwiegend mit Frauen, und sie hatten Mühe, einen freien Platz zu finden. Dennoch schafften sie es, Vivien zwischen sich zu nehmen.

Die Sauna war sehr elegant eingerichtet. Ganz mit hellem Holz ausgestattet, der Raum in einem leichten Rund gehalten. An der Außenwand ließen bodentiefe Fenster, direkt gegenüber der Sitzbank, einen berauschenden Blick auf das Meer zu. Für Erwin war es eine neue Erfahrung. Er war überhaupt kein Saunagänger, ein, vielleicht zweimal in seinem Leben hatte er es ausprobiert. Diesmal aber war es anders. So dicht neben Vivien, mit leichtem Hautkontakt und zusammen mit seinem Freund, das gefiel ihm.

Normalerweise schaute Peter immer ein wenig in die Runde, aber diesmal ruhten seine Augen fast nur auf Vivien. *Wie schön sie ist*, dachte er und spürte etwas Wehmut, weil die Reise heute zu Ende ging. Er hatte sich wirklich in die rassige Frau verliebt. Immer wieder glitten die Augen über ihren Körper, wanderten über die schweißnasse, glänzende Haut hin zu ihren herrlichen Apfelbrüsten.

Vivien hatte die Augen geschlossen und gab sich ganz der Wärme hin. Ihr Gesicht war entspannt, die Lippen leicht geöffnet, und am liebsten hätte er sie in seine Arme genommen. Das ging natürlich nicht in der Sauna.

Volle vier Stunden hielten sie sich im Wellnessbereich auf, gönnten sich drei Durchgänge. Ein letztes Mal noch diesen herrlichen Komfort genießen. Auch Erwin schien es zu gefallen. Verschämt ließ er seine Blicke immer wieder über die wundervollen Rundungen der Frau an seiner Seite schweifen. Peter schmunzelte. Er konnte sich denken, was für Phantasien seinem Freund gerade durch den Kopf geisterten. Ihm ging es ja nicht anders. Während sie später zu Mittag aßen, sprach Erwin den gemeinsamen Saunabesuch noch einmal an.

„Ich möchte mich noch mal dafür bedanken, dass ihr mich vorhin in die Sauna mitgenommen habt. Das war wirklich etwas anders als sonst. Ich war bisher nur wenige Male in meinem Leben in so einer Anlage, und es war nicht besonders reizvoll für mich. Die Wärme, der Schweißgeruch, man bekam kaum Luft. Aber mit euch beiden zusammen: das würde ich jederzeit wiederholen. Es hat mir sehr gut gefallen."

„Das freut mich" sagte Vivien. „Was spricht dagegen, dass wir uns später mal bei mir oder auch bei euch treffen? Wir sind ja nach dieser Reise nicht aus der Welt."

„Sehr gern, Vivien. Ich habe viel Zeit, und komme überall herum. Warum nicht auch mal wieder nach Berlin? Ich habe da schon einige Geschäfte realisiert. Hamburg ist ja nun auch nicht so weit weg."

„Husum ebenfalls nicht" lachte Peter, „aber in Berlin oder in Hamburg gibt es sicher mehr und schönere Saunaanlagen als in Husum. Alles nur eine Frage des Wollens."

„Und der Zeit." Vivien trank einen Schluck Wein. „Ich bin ziemlich eingespannt in meinen Job. Aber grundsätzlich wäre es machbar. Ich ziehe mich jetzt aber in meine Kabine zurück. Ich muss packen. Ich habe viel zu viel Klamotten mitgenommen, da ist einiges zu tun."

„Ich muss auch sehen, wie ich meine zahlreichen Souvenirs unterbringe." Erwin seufzte. "Ich werde mir wohl noch eine Tasche hier in der Boutique kaufen müssen."

„Das Problem besteht bei mir nicht" meinte Peter. „Ich packte das meiste gestern Abend schon." Vivien erhob sich.

„Ich bin fertig mit dem Essen. Euch beiden noch einen guten Appetit. Wir sehen uns dann zum Dinner." Mit einem letzten Blick verließ sie die beiden.

„Das war jetzt aber sehr abrupt" meinte Erwin, „ist sie immer so schnell? Oder hat sie was?"

„Eigentlich nicht. Aber bei Frauen weiß man nie, wie sie ticken. Ich bin aber auch soweit fertig, will noch ein wenig in den Pool. Bis später, Erwin."

„Ja, ja, mach's gut. Lasst mich nur alle allein." Er schniefte.

„Ich bin dann auch weg. Bis nachher." Gemeinsam verließen sie das Restaurant.

Der letzte Abend war angebrochen. Sanft glitt die ‚Elegance' mit zwanzig Knoten durch die Nordsee. Das Meer hatte sich beruhigt, der Wind war zum Erliegen gekommen. Auf den oberen Freiluft-Decks standen die Passagiere in kleinen Grüppchen herum und genossen den letzten Abend an Bord. Noch schien die Sonne, wärmte und versüßte den Anwesenden den letzten Seetag, auch wenn die Temperatur in den vergangenen Tagen merklich gefallen war. Die drei Freunde fanden sich zum wahrscheinlich letzten Treffen ein, lehnten sich an die Reling und sahen auf die abendliche Nordsee hinunter. Schweigsam hingen sie ihren Gedanken nach. Die Ankunft in Bremerhaven war für morgen früh um sechs angekündigt. Alle Koffer standen gepackt im Gang. Der Gepäckservice würde sie in der Nacht abholen und morgen an Land bringen.

„Es war eine schöne Reise." Vivien seufzte leise. Peter legte behutsam seinen Arm um sie. Sie hatte ihr sexy Outfit gegen Jeans und eine warme Strickjacke getauscht. Sie trug auch kein Makeup mehr.

„Ja Vivien. Schade, dass die Fahrt jetzt zu Ende geht. Auch wenn wir von vornherein wussten, dass die Reise nur vierzehn Tage dauern würde."

Sie ließ ihren Kopf gegen seine Schultern sinken, sagte nichts mehr. Erwin stand stumm daneben. Ihn beschäftigte schon wieder ein neues Geschäft, das er vorhin auf seinem Laptop eingefädelt hatte. Dennoch schaute er etwas neidisch zu Vivien hin. Er hätte sie auch gerne ‚etwas intimer' kennen gelernt, vor allem seit er wusste, dass Vivien nichts dagegen gehabt hätte. Peter hatte ihm nach dem Dinner gestanden, wie Vivi darüber dachte. *Vielleicht irgendwann in Hamburg oder Berlin*, seufzte Erwin in sich hinein. *Da müsste doch was zu machen sein.*

Lange standen sie sehnsüchtig an der Reling, ihre Hände ineinander versunken. Erwin rückte näher an Vivien heran und genoss ein letztes Mal ihre Nähe. Zusammen sahen sie aufs Meer hinaus. Die Sonne präsentierte sich ihnen wie eine riesige, glühende, metallische Scheibe. Das Schauspiel war von so grandioser Pracht, dass sie stumm den Atem anhielten. Der Himmel spannte sich golden über das fast unbewegte Meer, flankiert von gewaltigen Wolkengebilden, purpurfarben, rosa wie Flamingos und violett an den Rändern. Über dem klaren, wie mit einem Messer zerschnittenen Horizont warf die Sonne ihre rotgoldenen Strahlen und sandte eine breite Lichtstraße zum Schiff, dessen Farbe sich mehr und mehr vom strahlenden Weiß ins tiefe Rot änderte. Die drei sprachen kaum ein Wort. Was gab es auch schon noch zu sagen? Aber sie empfanden die gemeinsame Anwesenheit an der Reling als reinen Frieden.

Die vierzehn Tage an Bord gingen wirklich viel zu schnell vorüber, dachte Peter. Kaum war man an Bord, war die Reise auch schon wieder zu Ende. Ihm fiel ein, dass zu Hause eine Menge Arbeit auf ihn wartete. Er hatte viel fotografiert, das musste alles gesichtet und in seinem Studio aufbereitet werden. Es waren auch wunderschöne Aufnahmen von Vivien dabei, sogar einige ziemlich erotische. Er hatte die Absicht, sich ein besonders schönes Porträt von ihr als Poster vergrößern zu lassen und in einem Rahmen an die Wand zu hängen. Vivien hatte ihn ausgelacht, als er ihr das erzählte.

„So hübsch bin ich nun auch wieder nicht". Aber eines der Fotos war für ihn das Gelungenste, ein Halbporträt, schulterfrei und mit unverhülltem Busen. Ein Teilakt. Das würde er in schwarz-weiß umsetzen. Ein Zufall bescherte ihm während der Aufnahme das ideale Licht, Schatten und Perspektive waren perfekt gelungen.

Vivien war ziemlich schnell und tief in sein Herz gerutscht, und er machte sich Gedanken, wie es weiter gehen könnte. *Ob sie sich tatsächlich irgendwann wieder trafen?* Er hatte das unbestimmte Gefühl, dass es für Vivien vielleicht eher ein Urlaubsflirt war. Es würde ihn schmerzen, wenn es sich bewahrheiten würde. Dennoch war er glücklich über die paar Tage, die er in ihrer zauberhaften Gesellschaft verbringen durfte. Sie unterbrach ihn in seinen Gedanken.

„Wir müssen morgen früh auschecken". Vivi drehte sich zu ihm um. „Wann gehst du von Bord?"

„Sobald das Schiff angelegt hat und zum Landgang freigegeben wurde." Peter schluckte. „Echt schade, jetzt auseinander zu gehen."

„Ja, das finde ich auch." Sie drückte seine Hand. „Ich werde wahrscheinlich abgeholt. Das hatte mir jedenfalls eine Kollegin zugesagt. Aber die ist leider nicht sehr zuverlässig."

„Ich könnte dich in die Stadt bis zum Hauptbahnhof mitnehmen" mischte Erwin sich ein.

„Das geht leider nicht. Wenn ich mit dir fahre, und die Kollegin erscheint vielleicht doch, wird sie sich nach mir tot suchen. Das gibt Ärger."

„Verstehe." Peter nahm sie in seine Arme. „Dann trennen sich also morgen früh unsere Wege. Werden wir uns irgendwann wieder sehen?" Er hielt sie in seinen Armen fest und genoss noch einmal die Wärme an ihrem Hals und den Duft. Sie hatte wieder ihr Inspire aufgelegt.

„An mir soll es nicht liegen, Peter. Es war eine schöne Zeit mit dir an Bord. Ich möchte dich ebenfalls sehr gern wieder sehen. Unsere Adressen haben wir ausgetauscht."

„Das wird bei mir anders sein." Erwin beteiligte sich wieder am Gespräch. „Mein Auto steht auf dem Parkplatz. Ich kann jederzeit los, oder auch noch bis zum Mittag bleiben. Wenn deine Kollegin dich nicht abholt, könnte ich dich wirklich mitnehmen, Vivi." Sie löste sich aus Peters Armen.

„Ja. Das wäre mir das recht. Wenn Sabine nicht kommt, nehme ich dein Angebot gerne an."

„Kein Problem. Das passt schon. Ich werde mich jetzt aber in meine Kabine begeben. Die Nacht wird kurz. Ihr solltet auch schlafen gehen." Erwin wandte sich zum Gehen. „Wir sehen uns ja morgen früh noch. Wünsche euch beiden eine gute Nacht."

Vivien und Peter sahen ihm nach. Es war mittlerweile zehn geworden, und die anderen Passagiere verzogen sich auch so nach und nach. Die Sonne verschwand langsam hinter dem Horizont, und in der Ferne erschien bereits die Sichel des Mondes.

„Erwin ist wirklich ein sehr netter Mensch." Vivien beobachtete, wie er in den Fahrstuhl trat und sich noch einmal umdrehte. Sie winkte ihm nach. „Wir hatten eine schöne Zeit mit ihm. Alles so friedlich und entspannt. Die Reise war einer meiner schönsten Urlaube bisher." Sie drehte sich zur Reling hin und sah auf das Wasser.

Peter nickte stumm und nahm Viviens Hand. Gemeinsam ließen sie die Tage Revue passieren. Später zog er sie mit ins Innere des Schiffes. Aber sie kam nicht mit in seine Kabine. Die Nacht war wirklich zu kurz. Sie brauchten beide die paar Stunden Schlaf. Am Fahrstuhl trennten sie sich.

„Schlaf gut, Peter." Sie drückte den Knopf am Lift und drehte sich noch mal zu ihm um. „Ich wünsche Dir eine gute Nacht. Ich würde mich wirklich freuen, wenn es ein Treffen in der Zukunft gibt. Du bist mir ein sehr guter Freund geworden." Sie küsste ihn noch blitzschnell zum Abschied, während sich schon die Tür des Lifts schloss. Peter wartete, bis sich der Fahrstuhl in Bewegung setzte. Dann nahm er die Treppe zu seinem Deck. Schon fast an seiner Kabine angekommen gab es eine Überraschung. Maria wartete offensichtlich schon längere Zeit auf ihn und schien erleichtert, Peter noch einmal zu treffen.

„Darf ich noch mal kurz mit in deine Kabine? Ich möchte Dir etwas mitteilen."

Verblüfft öffnete Peter die Tür und ließ sie eintreten. Was hatte sie denn so spät am Abend noch auf dem Herzen? Ohne Umschweife kam sie direkt zur Sache.

„Ich habe heute den ganzen Tag lang über die Einladung von deinem Freund nachgedacht. Die möchte ich wirklich gerne annehmen, wenn sie ernst gemeint war. Ich werde auch keine acht Monate mehr an Bord bleiben. Die Arbeit ist sehr stressig, und sie gefällt mir nicht." Wie zuvor, setzte sie sich neben ihn auf das Bett. „Hat Erwin das mit seinem Vorschlag wirklich ehrlich und ernst gemeint?" Peter nickte.

„Ja, das hat er. Ich kenne meinen Freund gut. Wenn er etwas zusagt, ist das für ihn bindend. Du kannst die Einladung gern annehmen." Ein scheues Lächeln glitt über ihr Gesicht, und sie lehnte sich gegen ihn.

„Ich hatte bisher wenig Glück im Leben. Früh meinen Vater verloren, dann in ärmlichen Verhältnissen aufgewachsen, wie du sicherlich von deinen Brasilienreisen her kennst. Habe zwar den Job hier bekommen, aber zu welchen Bedingungen? Ich arbeite täglich zwischen zehn und zwölf Stunden, und dafür bekomme ich fünf Euro pro Tag. Auch wenn ich freie Kost und Logis habe, ist das wenig Geld. Kann mich hier auf dem Schiff nicht frei bewegen, und Kontakte zwischen Angestellten und Passagieren sind so gut wie verboten." Sie sah auf ihre Hände.

„Ich werde Erwin gern besuchen. Und er muss auch nicht für mich bezahlen. Ich werde in Brasilien arbeiten und mir das Geld für meine Reise selbst zusammensparen."

„Das kommt überhaupt nicht in Frage. Das wird Erwin nie zulassen. Eine Einladung ist eine Einladung, und als sein Gast übernimmt er selbstverständlich alle Kosten. Mach dir keine Gedanken darüber. Er hat wirklich genügend Geld, und er macht es gern."

Peter stand auf und holte eine Cola aus der Kühlbox. Er öffnete sie und reichte sie Maria. „Hier, trink erst mal einen Schluck."

Dankbar trank sie, stellte die Dose auf den Tisch, und in einer plötzlichen Aufwallung umarmte sie Peter.

„Morgen bist Du weg, seid ihr alle weg. Ich würde so gern mit euch vom Schiff runter!" Sie schluckte, wischte ein paar Tränen aus ihrem Gesicht und setzte nach einer kleinen Pause hinterher: „Ich möchte jetzt gern mit dir schlafen."

Verwirrt löste sich er aus ihrer Umarmung, während sie sich auf das Bett zurücksinken ließ, ihm offen in die Augen sah und sich wunderte, dass er keine Anstalten machte, ihr auf das Laken zu folgen. Er brachte kein Wort heraus.

„Findest du mich nicht attraktiv?"

Peter fühlte sich überrumpelt und wusste nicht so recht, wie er reagieren sollte. Eine ungewöhnliche Situation. Keinesfalls wollte er den offensichtlich angebotenen Sex als Bezahlung für seine Bemühungen haben. Das war unter seiner Würde.

„Natürlich finde ich dich reizend", erwiderte er etwas verlegen. „Mehr als ich zugeben möchte. Aber du musst mich nicht dafür bezahlen, dass ich dir helfen möchte. Das kommt überhaupt nicht in Frage."

„Es ist keine Bezahlung" erwiderte Maria. „Ich mag dich, du hast ein gutes Herz. Ich möchte dir einfach etwas Freude schenken. Ich weiß, dass du die Tage mit Vivien verbracht hast, aber sie ist morgen ja auch wieder fort, weit weg von Dir. Ich möchte es wirklich. Ich mag Sex und hab einfach Lust, aber ich möchte sie nicht mit meinen Arbeitskollegen, oder mit den Passagieren, die mich nur als Fleisch sehen, ausleben. Du bist Mensch zu mir gewesen, du siehst mich nicht als ein Stück Fleisch, das hat mich beeindruckt." Sie erhob sich und küsste ihn zärtlich auf den Mund. Peter machte keine Abwehr, zu sehr faszinierte sie ihn in diesem Moment.

„Ich werde auch mit Erwin Spaß haben, wenn er es möchte. Er ist ein guter Mensch, und ich mag ihn ebenfalls. Oder ist das jetzt schlimm für dich, dass ich so schnell mit zwei Männern Sex möchte? Ich bin trotzdem keine Hure!"

„Natürlich bist Du keine Hure. Niemand von uns denkt das." Sie hing an seinem Hals, und ihre Nähe beunruhigte ihn mehr, als er zugeben wollte. Ihr exotischer Duft regte ihn an, stieg verführerisch in seine Nase, ließ ihn wuschig werden. Dennoch machte er noch einen schwachen Versuch, sich dieses Gefühls zu erwehren.

„Das ist keine gute Idee, Maria." Er griff nach ihren weichen, braunen Händen und machte sich von ihr frei. „Ich weiß, dass du keine Hure bist. Ich hätte wirklich große Lust, mit Dir zu schlafen. Du bist sehr attraktiv. Du bist die Sünde in Person. Trotzdem würde ich das als Bezahlung empfinden, und das möchte ich auf gar keinen Fall! Und was Erwin betrifft, das musst du mit ihm persönlich klären. Ich spreche nicht für ihn." Maria setzte sich wieder aufs Bett.

„Ich werde Erwin das auch so sagen wie dir. Ich mag ihn wirklich. Ihr seid zwei ganz ungewöhnliche Freunde. Jeder für sich, und doch innerlich ganz nah beieinander. Ich möchte ein Teil eures Lebens sein, ob nur für heute Nacht oder ein halbes Jahr, das spielt keine Rolle." Sie griff wieder nach ihm und zog ihn auf die Bettdecke.

Diesmal ließ er sich ohne Gegenwehr neben ihr nieder. Ungeniert begann sie, sich auszuziehen. Als ihr Büstenhalter in die Ecke flog und Peter die zwei braunen Halbkugeln sah, verlockend, zart und glänzend, ließ er sich in seiner Erregung schließlich überreden. Mit kundiger Hand streifte die junge Brasilianerin ihm die Hose herunter, schob mit Schwung die Bettdecke beiseite und zog ihn neben sich auf das Laken. Ihr betörender Duft und ihre jugendliche, weiche Haut verwirrten ihn maßlos. Willig ließ er sich schließlich treiben, gab sich ganz ihren kundigen Händen hin.

Später saßen sie nebeneinander auf dem Bett, Händchen haltend, nackt, schweißglänzend und ermattet. Es war inzwischen weit nach Mitternacht. Trotz der vergangenen Stunde fühlte

Peter nur eine leichte Müdigkeit, aber er musste wenigstens ein paar Stunden Schlaf bekommen. Der morgige Tag würde anstrengend genug sein.

Als hätte sie seine Gedanken erraten, sah Maria ihn aus ihren dunklen Augen an. Ohne Worte erhob sie sich. Kurze Zeit danach war sie angekleidet. Sie sah wirklich entzückend aus, und Peter musste schlucken. Kurz bevor sie die Kabine verließ, gab sie ihm noch einen langen, zärtlichen Kuss.

„Bitte sei mir nicht böse, weil ich Dich einfach so verführt habe." Ihre Stimme war ganz sanft. „Ich wollte das so. Es tat mir gut, und ich bereue nichts."

„Ich müsste es bereuen" erwiderte Peter, „aber ich tu das auch nicht, es war zu schön. Eigentlich hätte das nicht passieren dürfen. Außerdem war das ein unverdientes Geschenk. Ich habe doch gar nichts weiter für dich getan."

„Du hast mehr für mich getan als du ahnst" sagte sie leise. „Du hast mir zugehört und mich Erwin vorgestellt." In ihrer Stimme lag ein Schmelz, dem er sich kaum entziehen konnte. Seine Erregung wuchs schon wieder, und er war froh, als sie nach der Türklinke griff.

„Magst du noch mal im Gang nachschauen?" Peter nickte und sah hinaus. „Alles leer. Im Gang ist niemand."

Sie strich ihm zärtlich über den Kopf, küsste ihn noch einmal, dann huschte sie wie ein Wiesel davon.

Zurück blieb ein Mann, der noch immer nicht ganz begriff, was da soeben in seiner Kabine geschah. Wie hatte er das bloß zulassen können. Sie, das junge Ding, und er, der alte Sack. Nur der noch in der Luft vorhandene Geruch ihrer beiden Körper, ein Hauch ihres Parfüms und das verschwitzte Laken verrieten ihm, dass das Erlebnis kein Traum war. Ehrlicherweise musste er zugeben, dass dieser Traum nie hätte enden dürfen.

Er ließ sich auf das Bett fallen und hing noch eine ganze Weile seinen Gedanken nach, fühlte noch ihre heiße Haut an seiner, brannten ihre Küsse auf seinen Lippen. Schließlich schlief er etwas später erschöpft ein.

Um sechs rüttelte ihn der eingestellte Wecker aus dem Schlaf. Die endgültige Zeit des Abschieds war gekommen. Verschlafen erledigte er die Morgentoilette, nahm seine Jacke und verließ ein letztes Mal mit seinem Handkoffer die Kabine. Minuten später befand er sich am Frühstücksbuffet. Dort traf er auf Erwin und Vivien, die beide schon ihren Kaffee in der Hand hielten und ihre Teller mit Brötchen und Butter beluden. Gemeinsam nahmen sie an einem der freien Tische Platz. Fast schweigend nahmen sie das Frühstück ein, es gab nicht mehr viel zu bereden. In Gedanken war jeder mit seiner Abreise beschäftigt. Nach dem Frühstück nahm Peter seinen Freund beiseite.

„Ich muss dich gleich noch mal sprechen, Erwin. Warte bitte noch eine Weile hier." Dann zog er Vivien von ihrem Stuhl hoch und entführte sie aufs Deck.

„Ich möchte mich hier noch mal ganz persönlich von dir verabschieden, Vivi, mich für die schöne Zeit mit dir an Bord bedanken. Du warst eine wundervolle Bereicherung meiner Reise, und ich hoffe, dass wir uns nicht aus den Augen verlieren." Er machte eine kleine Pause.

„Ist ja meistens so: aus den Augen, aus dem Sinn. Für mich gilt das nicht. Ich bin sehr froh, dich kennen gelernt zu haben, und ich möchte Dich unbedingt wiedersehen." Das nächtliche Erlebnis mit Maria verschwieg er schamhaft und lehnte seinen Kopf gegen sie. Eng umschlungen hielt er sie fest. Ein letztes Mal genoss er ihr Inspire. Für Minuten gab es nichts anderes als sie beide. Sie nahmen die Gäste um sich herum kaum wahr, hörten nicht mal das Klappern des Geschirrs, als die Kellner die Tische abräumten. Dafür spürten sie das Pochen ihrer Herzen, und ihre Hände verkrampften ineinander. Schließlich hob

Vivien ihr Gesicht. Zärtlich küsste sie Peter zum Abschied, machte sich dann von ihm frei und lächelte sanft.

„Wir werden uns bald wieder sehen, versprochen! Auch ich danke dir für die wunderschöne Zeit an Bord. Berlin ist ja nicht weit von Husum entfernt, außerdem wollte ich schon lange einmal an die graue Stadt am grauen Meer. Ich werde dich dort mit Sicherheit heimsuchen." Beide mussten lachen.

„Du bist jederzeit willkommen. Und das Meer um Husum ist nicht immer grau. Aber jetzt muss ich noch etwas mit Erwin besprechen. Ich wünsche Dir eine gute Heimfahrt, und hoffe, dass deine Kollegin pünktlich erscheint." Mit einem letzten zärtlichen Kuss ließ er Vivien schließlich an der Reling stehen. Lächelnd winkte sie ihm nach.

„Du hast aber lange gebraucht" tadelte ihn Erwin schmunzelnd, als Peter zu ihm zurückkehrte. „Sie ist doch nicht aus der Welt. Was hast du noch mit mir zu besprechen?"

„Ich muss dir etwas beichten…"

Peter berichtete ihm vom gestrigen Zusammentreffen mit Maria und der Situation in der Kabine, und dass er sich zum Schluss von ihr verführen ließ. „Wir hatten wundervollen Sex" setzte er noch hinzu. Und er vergaß auch nicht zu erwähnen, dass sie auch mit ihm, Erwin, gern Sex gehabt hätte. „Sie findet dich wirklich nett. Aber sie möchte nicht, dass du sie als Hure siehst. Davor hat sie nämlich Angst. Sie ist wirklich keine Hure, sie hat einfach nur Spaß am Sex."

„Ich betrachtete Maria keineswegs als Hure" sagte Erwin, „aber es ist schon eine ziemlich pikante Sache. Und ehrlich, ich finde sie auch sehr, sehr reizvoll. Ich beneide dich, dass du sie gestern noch haben konntest. Warum ist sie nicht zu mir gekommen? Du hättest doch auch noch mit Vivien…"

„Die war müde, und ich eigentlich auch. Außerdem konnte das doch keiner ahnen. Als ich zum Deck hinunter ging, stand sie schon wartend vor der Tür. Und da wusste ich auch noch nicht, was mich erwartete."

„Verstehe".

Sie suchten das Theater auf, in dem die Durchsagen zur Abfertigung der einzelnen Reisegruppen stattfand. Die ‚Elegance' hatte gerade festgemacht und alle warteten auf die Freigabe der Zollbehörden, um das Schiff zu verlassen.

Als es soweit war nahm Erwin das kleine Stück Handgepäck seines Freundes. „Komm, ich bring dich noch eben zur Gangway. Wir hören dann voneinander, wenn ich wieder zu Hause bin."

Nachdem die Bordkarte am Ausgang entwertet war verließ Peter das Schiff. Auf der Gangway winkte er seinem Freund noch mal zu. Dann begab er sich in die Ankunftshalle zur Zollabfertigung, wo er seine beiden schweren Koffer in Empfang nahm. Draußen wählte er eines der zahlreichen, vor dem Kreuzfahrtterminal wartenden Taxen.

„Zum Bahnhof bitte". Dann ließ er sich in die Sitze sinken.

Maria kommt nach Hamburg

Es war zwei Monate später, als Erwin Hannemann an einem späten Abend bei Peter Handke anrief. Natürlich nahmen die beiden auch schon seit dem Ende der Reise Kontakt miteinander auf und besuchten sich gegenseitig. Erwin erzählte ihm, dass er Vivien nach dem Verlassen der ‚Elegance' doch noch nach Hamburg mitgenommen hatte. Ihre unzuverlässige Arbeitskollegin war tatsächlich nicht erschienen. Angeblich kam ihr etwas dazwischen, und sie konnte Vivien nicht erreichen.

Heute war Erwins Anruf jedoch anderer Natur. Draußen heulte ein fürchterlicher Sturm, der über Norddeutschland hinweg zog und die Fenster klirren ließ. Das Radio hatte Windstärke zwölf angesagt. Zahlreiche Meldungen über umgestürzte Bäume und abgedeckte Dächer berichteten von ersten Schäden. Außerdem wurde eine Flutwarnung für Hamburg gemeldet. Zahlreiche Blitze erhellten fast im Sekundentakt die Nacht. Peter war kurz noch mal aus dem Haus gegangen, um sein Auto in die Garage zu fahren. Sicher ist sicher. Der Sturm zog mit grässlichem Heulen durch die Straßen.

Sein Freund klang ziemlich aufgeregt, und im ersten Moment dachte Peter, dass da etwas passiert sein könnte. Bei dem Wetter wäre das kein Wunder. Aber Erwin verkündete eine Nachricht, die auch ihn völlig unvorbereitet traf.

„Maria kommt!" tönte es freudestrahlend aus dem Hörer. „Sie rief eben an und teilte mir mit, dass sie derzeit in Santos weilt und sich gerade ein Flugticket nach Hamburg gekauft hat. Ihre Ankunft ist in vier Tagen." Erwin schien sich unbändig zu freuen. Peter sah auf die Uhr, Mitternacht war bereits vorbei.

„Warum rief sie so spät an?"

„Sie hat wohl die Zeitverschiebung nicht einkalkuliert", erklärte Erwin. „In Brasilien ist es jetzt erst sieben. Ich war bereits im Bett, wurde durch das Telefonat geweckt und dachte, dass ich dir das sofort erzählen muss."

Peter nahm es ihm nicht übel. Schon gar nicht mit dieser Nachricht. Er laborierte noch an einer verspäteten Steuererklärung herum. Die Raubritter vom Finanzamt saßen ihm im Nacken. Außerdem telefonierten sie in den letzten Wochen weniger miteinander als sonst. Das lag an ihrer gegensätzlichen Lebensweise. Peter hielt sich momentan fast nur zu Hause auf, Erwin war zwischenzeitlich geschäftlich in Hongkong unterwegs gewesen.

„Kannst Du mich in Hamburg besuchen kommen, wenn Maria eintrifft? Ich hätte dich gerne bei ihrer Ankunft dabei." Sein Atem ging heftig. Er musste wirklich sehr erregt sein.

„Das kann ich zwar machen, Erwin". Peter musste lachen. „Warum fragst du? Bist du nicht stark genug, sie allein zu empfangen? Soll ich deswegen extra nach Hamburg fahren? Ich kann sie doch später auch noch treffen."

„Ja klar. Ich weiß, aber ich dachte du freust dich mit mir." Erwins Stimme klang etwas enttäuscht. „Sie würde sich sicherlich noch mehr freuen, wenn wir sie beide am Flughafen empfangen. Der Kontakt zwischen euch war doch intensiver als zu mir." Damit spielte er auf den Sex seines Freundes mit Maria in der Nacht vor Ankunft in Bremerhaven statt. Peter kaute auf einem Bleistift und dachte an das kurze Vergnügen. Die eineinhalb Stunden mit Maria, er hatte sie nicht vergessen.

„Okay, damit magst du recht haben. Ich bin natürlich mit dabei. Ruf mich einfach an, sobald du das Datum und die Ankunftszeit weißt. Fliegt sie nicht über Frankfurt?"

„Das weiß ich nicht. Sie sagte nur, dass sie nach Hamburg kommt. Ich freu mich wirklich auf sie. Habe bereits einen kleinen Arbeitsvertrag für sie aufgesetzt. Ich möchte sie eine Weile bei mir beschäftigen."

„Soso, was Du als Beschäftigung ansiehst", lachte Peter. „Das kann ich mir bei dir bildlich vorstellen."

„Mensch Peter, nun sei doch mal ernsthaft. Es ist nicht so, wie du denkst" verteidigte sich sein Freund. „Ich meine es diesmal wirklich ernst und völlig seriös. Es geht mir nicht um den Sex mit ihr, wobei ich auch nicht so ganz überzeugt bin, dass sie das wirklich möchte. Aber ich hatte ihr an Bord versprochen, mich dafür einzusetzen, einen Mann für sie zu finden. Einen wirklich netten Mann, nicht so einer, der sie nur ihrer Exotik wegen kauft."

„Und du meinst das klappt?"

„Nun, ich möchte sie erst mal unverbindlich als Hilfe einstellen. Sie soll mir mein Haus sauber halten und Anna, meine Haushälterin etwas entlasten, dafür bezahle ich sie. Damit hat sie gleichzeitig eine Beschäftigung. Und wenn sie lange genug in Hamburg bleibt, gibt es da sicherlich Chancen. Ich werde sie einigen Bekannten, die ich kenne, vorstellen."

„Ja, das wäre eine Möglichkeit. Okay, so könnte da was draus werden. Verschachere sie aber nicht. Sie tut mir ehrlich leid." Peter machte eine kurze Pause. „Andere Frage, wie geht's Dir eigentlich? Wir haben ja die ganze letzte Woche nichts voneinander gehört."

„Bei mir ist alles bestens. Habe ich dich gerade bei etwas gestört? Ist ja schon spät."

„Nein, nein, alles gut. Ich sitze noch an meiner Steuererklärung. Ich brachte nur eben mein Auto ins Trockene. Hier herrscht Weltuntergangsstimmung; es stürmt ziemlich stark. Dazu regnet es junge Hunde vom Himmel. Muss gerade an Theodor Storm und Hauke Haien denken. Hoffentlich halten die Deiche."

„Hier in Hamburg herrscht das gleiche Unwetter. Der Fischmarkt steht bereits komplett unter Wasser. Die Feuerwehr musste schon drei Autos aus den völlig überfluteten Gebieten abschleppen. Dass die Leute es nicht auf die Reihe kriegen, bei Sturmwarnung die Autos in Sicherheit zu bringen. Na ja, vielleicht sind das Touristen, die die Lage nicht kennen. Obwohl da überall Schilder angebracht sind: Überflutungsgefahr bei Hochwasser. Angeblich soll der Orkan auch noch zunehmen."

„Mir macht das nichts aus. Ich werde bald ins Bett gehen. Dort ist es immer noch am gemütlichsten. Ich wünsch dir eine gute Nacht, Erwin."

„Okay, ebenfalls für dich. Sobald ich Näheres weiß ruf ich dich an. Schlaf gut" Mit den letzten Worten legte er auf.

Zehn Minuten später lag Peter in den Kissen. Er dachte an die letzte Nacht auf der ‚Elegance', als Maria in seine Kabine kam und ihn verführte. Er hatte sie noch lebhaft vor Augen. Dieses hübsche Gesicht. Die jugendliche Figur. Und ihre sanften Zärtlichkeiten. Wie wird es wohl diesmal werden? Ob sich zwischen ihr und seinem Freund tatsächlich etwas anbahnte? Sie hatte ihm noch auf der ‚Elegance' verraten, dass sie Erwin ebenfalls mochte. Peter freute sich ehrlich auf Maria. Er gönnte sie seinem Freund und hoffte, dass sie wirklich jemanden fand, zu dem sie gehören könnte. Er selbst hatte sich bereits zweimal mit Vivien getroffen. Mit diesen Gedanken schlief er ein.

Vier Tage später landete der Flieger abends um acht in Hamburg. Es war noch ganz hell, und das Wetter zeigte sich von der besten Seite. Auch Petrus schien sich auf die junge Brasilianerin zu freuen. Maria hatte tatsächlich in Frankfurt das Flugzeug wechseln müssen, einen Direktflug gab es nicht. Entsprechend müde, aber glücklich nahmen die beiden Freunde sie am Flughafenausgang in Empfang.

Maria sah umwerfend aus. Sie war bekleidet mit einer sehr engen weißen Jeans, die den typisch ausladenden Po der Brasilianerinnen so richtig zur Geltung brachte. Darüber trug sie ein bedrucktes T-Shirt in den brasilianischen Landesfarben. Um ihre Schultern baumelte lose eine blaue Jeansjacke, die sie nicht zugeknöpft hatte. Obwohl sie müde war, strahlte sie wie von innen heraus. Ihre blendend weißen Zähne leuchteten aus dem tiefrot geschminkten Mund. Sie hätte keinen Vergleich mit einem Fotomodel zu scheuen brauchen. Ungeniert küsste sie zur Begrüßung beide Männer herzhaft auf den Mund und hakte sich lächelnd bei Peter ein. Erwin schnappte sich die beiden Koffer, während sie zum Auto marschierten.

„Lovely, schön, dass ihr mich hier abholt" hauchte sie und ließ sich erschöpft zum Parkplatz führen. Erwin hatte zur Feier des Tages sogar seinen Mercedes auf Hochglanz poliert. Zehn Minuten später befuhren sie den Ring drei, der sie ins Alstertal brachte. Sie folgten der Alten Landstraße, bogen in die kleine Straße „Am Hehsel" links ab und an der nächsten Kreuzung gleich wieder rechts. Dort im ‚Heublink' bewohnte Erwin seine ‚kleine, bescheidene Hütte', wie er sein Domizil nannte. Eine hübsche weiße Villa, nicht sehr groß, aber zweistöckig, mit einem geschwungenen blauen Dach und sehr ruhig gelegen. Maria kam aus dem Staunen nicht mehr heraus.

„Hier wohnst Du? You must be a rich man!" Erwin musste lachen.

„Ich bin nicht reich, habe nur zufällig ein wenig mehr Geld als andere. Aber hier gefällt es mir sehr gut. Die Lage ist nicht schlecht, ziemlich ruhig, ein bisschen am Rand von Hamburg, nicht direkt im Stadtzentrum. Hab die Villa vor zwei Jahren günstig bei einer Versteigerung erworben, und die behalte ich jetzt auch. Wenn Du bei mir arbeiten willst, hast du hier viel zu tun. Traust du dir das zu?"

Maria war beim Anblick des eleganten Anwesens stumm geworden. Ihre Augen blickten ungläubig. Hier sollte sie die nächste Zeit leben? Peters Freund würde bestimmt auf Sex bestehen, fürchtete sie, obwohl sie dem nicht grundsätzlich abgeneigt war. Er hatte das ja verneint, aber das war noch auf dem Schiff. Hier war sie in seinem Reich…

„Ich traue mir das zu, Erwin, ja, aber ich werde mich erst mal zurechtfinden müssen." Sie schaute ein wenig ängstlich, aber auch neugierig drein.

„Das wird schon werden" meinte Erwin und wischte ihre leichte Angst mit einer flapsigen Handbewegung beiseite. Er parkte seinen Wagen direkt vor dem Haus. Ein ebenso schneeweißer Zaun wie die Fassade umgab das alleinstehende Gebäude, eingerahmt von einigen alten Kastanienbäumen, mehreren niedrigen Büschen und unglaublich vielen Blumen. Zehn Meter von der Straße entfernt, etwas nach hinten gelegen, befand sich der breite Eingang, flankiert von zwei griechischen Säulen in blendendem Weiß und einem leicht geneigten Regendach über dem Vorbau.

Staunend betrat Maria die großzügige Eingangshalle, ausgestattet mit teurem, hellbraunem Marmorboden und weißem Stuck an den Wänden. Als besonderer Blickfang entpuppte sich eine lebensgroße Statue aus dem gleichen Marmor wie der Fußboden, nur in blendendem Weiß, eine hübsche junge Frau, eingebettet in einem raffiniert angelegten Pflanzenensemble. Beim Eintreten kam ihnen grüßend eine ältere Frau entgegen. Maria schätzte ihr Alter auf etwa fünfzig.

„Das ist Anna, meine Haushälterin" erklärte Erwin. „Sie hütet das Haus, wenn ich unterwegs bin, gießt die Blumen und hält das Anwesen in Ordnung. Sie ist schon über ein Jahr bei mir." Er wandte sich zu seiner Angestellten.

„Hier Anna, das ist Maria, das brasilianische Mädchen von dem ich dir erzählte. Sie ist direkt aus Santos gekommen, das ist eine Großstadt in Brasilien." Er stellte die Koffer ab.

Peter musterte Anna unauffällig. Er hatte sie trotz seiner Besuche bei Erwin noch nie zu Gesicht bekommen. Sie hatte ein gütiges, etwas gerötetes, pausbäckiges Gesicht, blaue Augen und war überraschend klein. Trotz der späten Stunde trug sie noch eine Schürze; sie hatte soeben den abendlichen Abwasch in der Küche unterbrochen.

„Kannst du ihr bitte das linke Zimmer oben zeigen?" Werner zeigte auf seinen Besuch. „Ich möchte, dass sie am besten dort unterkommt. Ich habe sie als zweite Hilfe eingestellt und soll dich ein wenig entlasten." Dann lenkte er seinen Blick auf Maria und stellte sie vor.

„Maria, das ist Anna, eine ganz liebe Person. Du wirst dich sicherlich gut mit ihr verstehen. Sie ist die gute Seele im Haus." Die beiden Frauen gaben sich die Hand.

„Ich hoffe, dass du dich bei uns wohlfühlen wirst" sagte Anna. Dann wandte sie sich um.

„Hallo Peter, endlich lerne ich dich auch mal persönlich kennen." Mit einer herzlichen Umarmung begrüßte sie den Freund ihres Hausherrn. „Bisher hatten wir noch nicht das Vergnügen. Warst ja auch selten hier."

„Die Geschäfte", erklärte Peter. „Man muss sich ja seine Brötchen verdienen und einiges dafür tun. Die Miete muss auch bezahlt werden."

„Na, dann seid mal alle willkommen. Setzt euch schon mal ins Esszimmer. Ich habe eine Kleinigkeit gekocht, auch wenn es schon spät ist." Sie entledigte sich der Schürze, wandte sich der nächstliegenden Tür zu und öffnete sie. „Hier ist das Esszimmer" sagte sie, und mit Blick auf ihre neue Hilfe: „Lass die Koffer ruhig stehen, ich bringe sie nachher hinauf."

Maria war fasziniert. Sie traute sich kaum, den Mund aufzumachen. Ihr Blick glitt langsam durch den Raum, schon eher ein kleiner Saal. Sie staunte über den schweren, schwarzen Tisch aus Marmor, umgeben von acht weißen, ledernen Stühlen. Die in dezenten hellen Streifen gestalteten Wände, mit einigen abstrakten Bildern eines bekannten Hamburger Malers, unterstrichen die Exklusivität des Raumes und setzten sich im hellen Mosaikboden fort.

„Das ist alles so groß" wunderte sie sich. „Ich war noch nie in einer Villa. Ein extra Speisezimmer. Alles sieht so vornehm aus. So einen Raum sah ich noch nie."

„Ach was, Maria, daran gewöhnst du dich schnell. Nimm dir einen der Stühle und setz dich einfach. Erhol dich erst mal ein bisschen vom Flug." Da sie zögerte, schob Erwin sie auf einen Stuhl an einer Seite des Tisches. „Komm, setz dich. Nach zwei Tagen kennst du alles."

„Und ich darf wirklich hierbleiben?" Sie konnte es noch gar nicht glauben.

„Hätte ich dich sonst eingeladen?" Erwin musste lächeln. „Ich habe einen Vertrag aufgesetzt, Du kannst hier wohnen, solange Du magst, und ich werde dich so gut bezahlen, dass du mich gar nicht wieder verlassen möchtest." Er grinste. „Ich mochte dich schon auf dem Schiff."

„So hat er das mit mir auch gemacht" lachte Anna. „Er hat mir ein Gehalt geboten, das ich auf keinen Fall ablehnen konnte. Erwin ist schon okay. Wenn er was sagt, meint er es auch so." Sie entfernte sich, um die Speisen aus der Küche zu holen.

Es wurde noch ein schöner, wenn auch kurzer Abend, da Maria doch sehr müde war. Die Runde lachte viel, und die Gespräche flogen hin und her. Alle waren neugierig auf die junge Frau und wollten so viel wissen. Allerdings hatte Erwin bald ein Einsehen mit der übermüdeten Maria. Der lange Flug hatte sie doch ziemlich erschöpft, und so brachte Anna ‚das müde Kind' nach einer guten Stunde endlich auf ihr Zimmer. Das war, wie alle übrigen Räume in der Villa, recht komfortabel eingerichtet. Auf dem mit einem dicken, hochflorigen Teppich belegten Boden thronte ein gewaltiges Himmelbett.

„Da werde ich sicherlich gut schlafen", flüsterte Maria mehr zu sich selbst. In Gedanken fügte sie hinzu: *ob ich da jemals wieder aufstehen möchte?* Sie fühlte sich fast erschlagen vom unerwarteten Reichtum und dem überwältigenden Komfort.

Anna lächelte verhalten und wünschte ihr eine gute Nacht. Sie konnte es der Brasilianerin nachfühlen. Ihr war es bei ihrem ersten Antritt in der Villa ebenso ergangen. Leise verließ sie das Gästezimmer.

Am nächsten Tag war alles anders. Entgegen dem Wetterbericht hatte sich der Sturm verabschiedet, war nur noch zum lauen Lüftchen geworden, und die Sonne schien strahlend vom blauen Himmel, als sei nichts gewesen. Anna hatte den Frühstückstisch fürstlich gedeckt und wartete schon ungeduldig auf Erwin und seine Gäste. Die erste, die sich einfand, war Maria. Sie hatte prächtig geschlafen, war aber trotz ihrer gestrigen Müdigkeit und der kurzen Nacht bereits im Morgengrauen wach. Durch ihre Schiffsarbeit war sie das frühe Aufstehen gewohnt. Etwas später erschienen beide Männer fast zeitgleich.

„Jetzt sind wir wieder alle beisammen", meinte Erwin jovial. „Na ja, bis auf Vivien. Die hätte jetzt auch noch gut zu uns gepasst. Mal sehen, was der heutige Tag bringt. Maria, du hast noch frei, wir müssen Dich erst mal ein wenig mit allem hier vertraut machen. Anna wird dir nachher das Anwesen zeigen. Jetzt ist erst mal frühstücken angesagt. Ich hoffe, Du hast gut geschlafen?" Die Brasilianerin nickte.

„Du hast ein faszinierendes Gästezimmer. Ich habe noch nie in einem so weichen Bett gelegen. Ich habe wunderbar geschlafen. Das ist so ruhig hier, sehr angenehm, das bin ich gar nicht gewohnt." Maria war noch etwas scheu, angesichts der imposanten Einrichtung der Villa.

„Du hast wirklich ein sehr komfortables Zuhause, Erwin. Unglaublich, dass ich hier sein darf." Der lächelte.

„Man lebt nur einmal, und das möchte ich genießen. Meine Geschäfte erlauben mir das, warum also nicht? Und ich freue mich, dass du nach Hamburg gekommen bist. Du sollst dich bei mir wohl fühlen."

„Das tu ich jetzt schon" sagte sie, „ich hoffe, dass ich alles zu deiner Zufriedenheit erledige." Sie senkte den Kopf ein wenig. „Hoffentlich mach ich nichts kaputt, wenn ich im Haushalt helfe. Das ist alles so hochwertig hier. Ich möchte nichts beschädigen. Ich bin sehr glücklich, bei so netten Menschen wie dir und Anna willkommen zu sein. Auch dass ich Peter wieder begrüßen konnte. Hab viel an euch beide denken müssen. Und ich war mir bis zuletzt nicht sicher, ob ich noch zu dir, oder besser zu euch, nach Deutschland kommen darf." Sie wurde tatsächlich ein wenig rot.

„Das wird schon werden" sagte Erwin. „Mach dir bitte nicht so viele Gedanken. Und wenn wirklich was entzwei geht: das lässt sich alles ersetzen."

„Ich finde es auch klasse, dass du da bist" sagte Peter. „Ich wundere mich nur, dass Du das Schiff jetzt schon verlassen konntest. Lief dein Vertrag nicht über zehn Monate?"

„Ja, so war das eigentlich gedacht, aber ich habe das Arbeitsverhältnis vorzeitig beendet. Ich musste viel über euch nachdenken. Ihr habt mir auf dem Schiff sehr geholfen, und mir ist da so einiges klar geworden. Ich konnte unter den dort herrschenden Umständen nicht weiterarbeiten." Erwin nickte. Dann erzählte er seiner Anna, der ‚Guten Seele', wie sie sich auf dem ‚Elegance' kennen lernten und wie die Arbeitsverhältnisse an Bord waren.

„Wir mussten ihr da einfach helfen. Ich bin in der glücklichen Lage, finanziell meinen Beitrag dazu leisten zu können. Mir tut das nicht weh. Und Maria ist so ein nettes Mädel, da konnte ich nicht dran vorbeigehen. Sie möchte übrigens einen deutschen Mann kennen lernen, das war eigentlich der Hauptgrund, verriet sie mir an Bord." Er sah zu Maria hinüber. Die errötete verlegen.

„Du musst dich deswegen nicht schämen, Maria. Jeder versucht, irgendetwas vom Glück zu erhaschen. Es ist wirklich alles in Ordnung. Jetzt wird aber erst mal gegessen. Der Tag wird nur gut, wenn man was im Bauch hat."

Während Anna die junge Frau nach dem Frühstück herumführte und ihr einen ersten Überblick verschaffte, zogen sich die beiden Männer in Erwins Arbeitszimmer zurück.

„Maria ist ja hin und weg von deinem Besitz" grinste Peter. Er setzte sich in einen der bequemen Ledersessel. „Sie ist zwar ein gewisser Luxus, zum Beispiel auf einem Kreuzfahrtschiff, schon gewohnt. Privat aber noch eine Schippe draufzulegen, und das auch noch für sie persönlich, nicht für einen Passagier, das bringt sie momentan doch ein wenig aus der Fassung. Dazu noch für jemanden zu arbeiten, der wirklich nett und gut zu ihr ist."

„Na ja, so ungewöhnlich ist das nun auch wieder nicht. Allein Hamburg hat hunderte Villen, bundesweit sind es Hunderttausende. Ist allerdings schon verständlich, wenn man den Background kennt, die Favela, das Armenviertel, in dem sie aufwuchs. Sie wird sich schon eingewöhnen, denke ich." Erwin öffnete ein kleines Türchen in der Wand und holte eine Flasche Wein aus einem versteckten Regal. Peter sah ihm zu, wie er die Flasche öffnete.

„Ja, das glaube ich auch. Behandele sie bitte gut. Sie ist keine Prostituierte. Verlang nicht zu viel von ihr."

„Ich bin doch kein Sklavenschinder" entrüstete sich Erwin. „Du kennst mich doch schon lang genug."

„Ja, klar, das weiß ich, wollte das auch nur noch mal erwähnen. Übrigens, für mich bitte keinen Wein. Ich trinke schon lange keinen Alkohol mehr. Hast Du vielleicht einen Kirschsaft?"

„Momentan leider nicht. Aber eine Coke kann ich Dir holen." Er verschwand und kam eine Minute später wieder mit zwei Flaschen samt Gläsern zurück.

„Ich trink auch eine." Er verschloss die Flasche Wein wieder, füllte die Gläser stattdessen mit Cola und gab ihm eines." Peter nahm einen langen Schluck.

„Also, erzähl mal, was ist aus dem Knacker geworden, dem du auf der ‚Elegance' das Grundstück verkauft hast."

„Ach so, du meinst den Deal mit dem Stück Land an der Cote. Das Geschäft hatte ich doch schon auf dem Schiff abgeschlossen. Er war ganz zufrieden, hat sich später sogar noch mal extra bei mir für das Grundstück bedankt." Er nahm einen Schluck Cola.

„Ich bin inzwischen in Hongkong gewesen und habe dort kurz entschlossen einen Container voller Seidenhemden gekauft, hunderttausend Stück, und die komplette Marge gleich an Ort und Stelle weiterverkauft. Wollte ich eigentlich gar nicht, solch Kleinkram, aber es hat sich so nebenbei ergeben, und es gab mal eben fünfzehntausend Euro Gewinn. Ich war eigentlich wegen einer profitablen Banksache dort. Dieses Projekt läuft zurzeit, ist noch nicht ganz in trockenen Tüchern. Ansonsten habe ich zwei süße Miezen kennen gelernt und ein paar Tage Wellness genossen. Sogar in der Sauna war ich wieder. Man gönnt sich ja sonst nichts." Erwin grinste Peter ins Gesicht. „Du hast da in Punkto Frauen mehr Erfolg auf der ‚Elegance' gehabt als ich. Was ist eigentlich aus Vivien geworden?"

„Mit der stehe ich nach wie vor in engem Kontakt. Sie hat in Berlin momentan eine Menge mit den Setcards der Damen zu tun. Sie sieht sich in der Agentur all die hübschen Modelle an, die ich gern live hätte, aber nicht bekomme." Peter seufzte. „Sie will mich demnächst aber wieder mal in Husum besuchen. Zweimal war sie schon bei mir. Darauf freue ich mich. Sie lässt dich übrigens schön grüßen."

„Du kannst es guthaben. Bin gespannt, ob ich sie auch noch mal irgendwann wieder live sehe." Erwin nahm ein paar Papiere aus seiner Schublade.

„Hier, das ist mein neuestes Projekt. Ich habe ein weiteres Grundstück gefunden und einem Interessenten angeboten. Nördlich von Rom, ein riesiges Anwesen, mit mehreren Gebäuden und sogar einem Hubschrauber-Landeplatz. Das wäre eigentlich auch für mich ein schönes Domizil in Bella Italia, aber selbst für mich ist das eine Nummer zu groß. Sechsundzwanzig Millionen Euro schwer, davon immerhin drei Millionen für mich, wenn ich es an den Mann bringe. Ist wohl eher was für einen Mafiaboss, einen Weltstar oder einen Politiker." Er grinste und schob die Zettel über den Tisch. Peter blätterte lustlos darin herum.

„Mich darfst Du nichts fragen" sagte er nach einer Weile. „Ich verstehe nicht viel davon. Immobiliengeschäfte waren noch nie mein Ding. Aber den Zeichnungen und Fotos nach ist das wirklich gigantisch. Da braucht es ja eine ganze Kompanie Bediensteter. Alleine schon für den riesigen Garten und den Swimmingpool." Er gab die Papiere zurück.

„Ich wundere mich immer mehr über Dich, Erwin. Auf dem Schiff eine halbe Million, hier eventuell gleich drei, unglaublich, was aus einem ehemaligen Hippie geworden ist. Muss ich dich bald mit ‚Sir' anreden?" Er feixte. „Mir würde schon eine schlappe Million reichen. Kannst mir ja mal eine abgeben, ein Geschenk für einen guten Freund…" Es war natürlich nicht ernst gemeint. Er selbst nagte ja auch nicht am Hungertuch.

„Warum steigst du dann nicht bei mir mit ein? Ich habe dich das auf der ‚Elegance' schon mal gefragt. Da bist du mir ausgewichen. Keine Lust?"

„Das ist es nicht, Erwin. Sagen wir es mal so: Lust ja, aber ich kenne mich damit nicht aus. Auch mit den Gesetzen in Hongkong, Frankreich oder Italien nicht. Möchte mich damit aber auch nicht mehr befassen, zu viel Lernprozess. Mein Interessengebiet liegt in Deutschland, kleinere Brötchen backen, aber gut durchkonstruiert, und für mich absolut zufrieden stellend. Die deutschen Wirtschaftsgesetze, gerade auch in Bezug auf Finanzamt und Behörden kenne ich sehr gut. Das reicht." Er nahm einen Schluck Coke.

„Für deine Größenordnungen bin ich sicherlich der falsche Mann. Ich bin jetzt achtundsechzig und konzentriere mich mehr auf die angenehmen Seiten des Lebens. Aber Freunde bleiben wir natürlich trotzdem." Erwin lachte.

„Das ist doch klar. Die ganzen Jahre, die wir uns kennen. Die wischt keiner mal eben weg. Jetzt mit Maria geht es für mich auch ein bisschen auf einen anderen Weg. Ich will mit ihr auf die Piste, will sie mit vielen Leuten bekannt machen. Da werde ich dann auch einige Zeit investieren. Darauf freue ich mich wirklich. Sie ist ein patentes Mädchen, und ich will, dass sie einen adäquaten Mann findet. Ist das nicht verrückt?"

„Nun ja, so ein Aschenputtel-Märchen hat schon was für sich." Peter schmunzelte vor sich hin. „Du hast die finanziellen Möglichkeiten dazu und auch reichlich Kontakte. Dir traue ich das glatt zu." Er trank seine Cola aus. „Warum nimmst du sie nicht für dich selbst? Sie steht auf dich, habe ich gemerkt."

„Das habe ich mir auch schon überlegt, aber ich will sie erst mal in Ruhe hier ankommen lassen. Außerdem möchte ich ihr die Entscheidung überlassen. Sie soll nicht das Gefühl haben, dass ich sie kaufen will". Hannemann stand auf. „Komm, lass uns mal gucken wie es den Mädels ergeht."

Sie verließen das Arbeitszimmer und nahmen die Treppe nach unten. Anna und Maria standen gerade an der großen Statue im Foyer und betrachteten sie ausführlich.

„Die sieht fast genauso aus wie ich" meinte Maria. „Die gleiche Figur, gleiches Gesicht, gleiche Größe – hast Du mich als Vorlage genommen?" Sie stupste Erwin neckend in die Seite.

„Nein, die war schon im Kaufpreis der Villa mit enthalten. Die gab es also schon weit vor dir. Aber du hast recht, wenn man sie etwas braun anmalen würde, wäre sie fast dein Ebenbild." Er grinste. „Jetzt kann ich mir also auch denken wie du nackt aussiehst." Schlagartig schoss Maria die Röte ins Gesicht.

„Das kannst du ihr doch nicht so einfach an den Kopf knallen", entrüstete sich Peter. „Schau, wie verlegen sie nun ist."

„Du hast recht" erwiderte Erwin zerknirscht. „Ich bin wahrlich kein Gentleman. Tut mir leid, Maria, ist mir einfach so herausgerutscht." Die lachte aber schon wieder.

„Ist nicht schlimm. Alles gut. Aber recht hast du schon, ein bisschen braune Farbe..." Jetzt lachten alle.

„Okay, wenn wir uns besser kennen, lasse ich vielleicht eine exakte Statue von dir anfertigen" grinste Erwin. „Da muss ich dann aber genau Maß nehmen…" Ein erneutes Gelächter war die Folge. Dann machte er einen Vorschlag.

„Wollen wir meiner künftigen Haushaltshilfe heute ein wenig die Stadt zeigen? Das Wetter hat sich ja beruhigt. Hamburg ist eine tolle Stadt, die wird dir gefallen, Maria."

„Eine gute Idee." Anna schob ihren Arbeitgeber zur Seite. „Macht ihr ruhig mal ein wenig Sightseeing. Ich werde euch nachher ein leckeres Mittagessen zaubern, bis ihr wieder zurück seid. Ich würde mit Alster und Rathaus beginnen."

„Das hört sich gut an, Anna. Also, dann los." Er wartete die Antworten der anderen gar nicht erst ab.

„Wir nehmen aber statt dem Wagen den öffentlichen Nahverkehr. Dann bekommt Maria gleich mal einen ersten Eindruck von den Verkehrsverhältnissen. Sie will sich ja sicherlich auch mal selbst in Hamburg bewegen." Eine halbe Stunde später waren sie unterwegs.

Erst spät am Abend kehrten sie müde heim. Erwin hatte von unterwegs Anna angerufen, dass sie kein Mittagessen zu machen bräuchte. Sie würden zum Rodizio gehen, es gab da in

Wandsbek ein brasilianisches Restaurant. Etliche Stunden später spazierten sie noch an der Binnenalster entlang und besuchten das Alsterhaus, das schönste Einkaufscenter Hamburgs. Dort nahm er Maria an die Hand und kaufte ihr ein paar hübsche Kleider, eine Handtasche und ein silbernes Kettchen. Die Proteste Marias überhörte er gekonnt. Er hatte einfach Lust, sie zu beschenken. Zum Schluss unternahmen sie noch eine ausgedehnte Hafenrundfahrt. Maria war völlig begeistert von der Stadt, hatte leuchtende Augen und wollte so vieles wissen. Erwin lächelte jedes Mal verschmitzt, wenn sie wie ein naives, aber neugieriges Kind alles genau betrachtete und wissen wollte. *, Was für ein tolles Mädchen,* dachte er, und selbst Peter war angetan über die Tour durch Hamburg, obwohl er selbst schon jeden Winkel kannte. Als sie am Abend die Villa betraten erwartete Erwin eine Überraschung. Anna schwenkte einen Zettel.

„Da war ein Anruf für Dich" Sie reichte ihm das Stück Papier. „Eine Vivien aus Berlin."

Verdutzt starrte Erwin auf die Nummer. Vivien hatte angerufen? Ihn? Woher hatte sie seine Nummer? Das Rätsel löste sich schnell.

„Die Nummer hat sie von mir" meinte Peter. „Wir hatten an Bord unsere Nummern getauscht, und da habe ich ihr auch deine gegeben. Für alle Fälle, falls sie mich nicht erreicht. Ich dachte, dass es für dich okay sei."

„Ja klar, das ist schon in Ordnung. Ich wusste nur nichts davon. Da fällt mir ein, ich hatte ihr an Bord ja selbst meine Visitenkarte gegeben. Ich muss sie nur eben kurz zurückrufen. Weiß nicht, was sie möchte. Na ja, wahrscheinlich konnte sie dich nicht erreichen. Oder willst du sie anrufen?"

„Nein, nein, Erwin, es ist dein Gespräch." Er nahm auf einem der herumstehenden Sessel Platz. Maria gesellte sich zu ihm.

Erwin ließ sich das Telefon geben und wählte die Nummer. Vivien meldete sich bereits nach dem ersten Freizeichen. Sie saß wohl direkt am Apparat.

„Mensch Vivien, das ist ja eine Überraschung, deine Stimme zu hören. Damit habe ich nun gar nicht gerechnet. Grüß dich. Wie geht's dir? Ist irgendetwas passiert?" Erwin war ziemlich aufgeregt. Das Gespräch dauerte nur wenige Minuten. Nachdem er aufgelegt hatte, sah er zu Peter hinüber.

„Vivien sagte, sie kommt morgen nach Hamburg. Sie wollte eigentlich zu dir nach Husum. Als sie dich nicht erreichte, versuchte sie es bei mir, Sie hat geschäftlich in Heide zu tun."

„Na, das ist ja eine erfreuliche Nachricht! Da ich gerade in Hamburg bin, kommt das prima hin mit einem Treffen."

„Ich habe ihr gesagt, dass du bei mir bist. Sie würde dich gern sehen, wenn es dir recht ist."

„Ja klar ist mir das recht. Ich freu mich riesig. Dann rufe ich sie gleich noch mal an, bezüglich eines Treffpunkts und der Zeit." Er nahm Erwin das Telefon aus der Hand und verzog sich nach oben, um ungestört mit seiner Traumfrau zu telefonieren. Eine halbe Stunde später kam er aufgeregt die Treppe herab und reichte Erwin das Telefon.

„Ich habe sie einfach in deine Villa eingeladen" sagte er. „Ich hoffe, dass dir das nicht ungelegen kommt. Aber so können wir sie alle wieder sehen."

„Das klingt prächtig" lachte Erwin. „Selbstverständlich ist sie willkommen. Wird doch mein Wunsch, sie zu treffen, schneller erfüllt als ich dachte." Auch Maria war aufgeregt. Die ganze Clique wieder versammelt! Sie lächelte vor sich hin.

„Hamburg, und so viele nette Leute beisammen, das gefällt mir sehr. Ihr seid eine tolle Gemeinschaft."

„Das finde ich auch." Peter nahm wieder neben Maria Platz. „Erwin hat mir oft erzählt, dass seine Villa für Freunde stets offen ist. Schön, dass er in seinen Räumlichkeiten so viel Platz auch für Besucher hat."

Der Abend klang noch recht harmonisch aus. Anna hatte auf einem kleinen Beistelltischchen diverse Kekse zur Verfügung gestellt, und es gab Kaffee und Tee. Gegen Mitternacht verschwanden sie alle in die entsprechenden Zimmer. Peter nächtigte bei Maria, das hatte sie sich gewünscht. Das Himmelbett war groß genug für zwei. Allerdings wurden außer einem Gute-Nacht-Kuss keine Zärtlichkeiten ausgetauscht. Beide hatten das auch nicht beabsichtigt.

Nach dem Frühstück warteten alle schon ungeduldig auf den Besuch Viviens. Erwin hatte sich zur Feier des Tages in einen eleganten Zwirn geworfen.

„Als Villenbesitzer kann ich Vivien schlecht in Jeans und Schmuddelpullover empfangen" meinte er. Peter trug seine Kleidung von gestern. Auf die Begegnung mit seiner bezaubernden Bordaffäre war er nicht vorbereitet. Nur ein frisches Hemd ließ er sich von Erwin geben. Aus einem in der Nähe gelegenen Blumenladen besorgte er auf die Schnelle noch einen frischen Strauß Rosen für die Begrüßung. Innerlich war er aufgeregt wie ein verliebter Schüler von fünfzehn Jahren. Er hoffte, dass die anderen seinen Zustand nicht allzu deutlich bemerkten. Nur Anna lächelte verhalten. Ihr war nichts vorzumachen oder zu verheimlichen.

Maria hatte sich wieder sexy zurechtgemacht. Diesmal trug sie ein hübsches ärmelloses Kleid in Sonnengelb, mit einem tiefen Ausschnitt, der wunderbar zu ihrer gebräunten Haut passte. Das hatte Erwin ihr gestern gekauft. Bis auf einen dezenten, roten Lippenstift war sie ungeschminkt, hatte ihre niedlichen Ohrläppchen aber mit kleinen Silberanhängern verziert, ebenfalls ein Geschenk Erwins. Anna blieb in ihrer Arbeitskleidung, immerhin ohne Schürze. Gespannt starrten sie auf die uralte braune Standuhr im Eingangsbereich. Vivien hatte ein Taxi bestellt und musste jeden Moment erscheinen.

Als es klingelte erhob sich Peter. Mit dem Arm voller Blumen öffnete er die Tür. Wie eine Märchenfee aus Tausendundeiner Nacht stand Vivien vor ihm, küsste ihn überschwänglich. „Einen guten Tag" hauchte sie. Verlegen bat er sie herein und schnupperte sofort wieder den Duft von Inspire. *Was für eine atemberaubende Frau,* dachte er. Während er die Tür schloss, traten seine Freunde näher.

„Wie schön, dass wir uns hier treffen" sagte Peter. Er nahm Vivien die kleine Tasche ab, die sie bei sich trug. „Ich bin sehr glücklich, dich zu sehen."

„Ich bin es auch." Sie lächelte in den Raum. „Ich grüße euch alle". Sie sah sich kurz um. „Du hast aber ein nettes Zuhause, Erwin." Sie streckte ihre Hand aus und küsste auch ihn. Dann nahm sie Maria in ihre Arme. "Hey Maria, ich wundere mich sehr. Du bist hier und nicht auf dem Schiff?"

Die Brasilianerin erklärte ihr, warum sie ihren Vertrag beendet. "Ich konnte einfach nicht weitermachen wie bisher."

„Das kann ich gut verstehen." Sie setzte sich vorsichtig auf einen der Sessel. „Das ist ja ziemlich vornehm hier". Erwin lachte.

„Das hat Maria auch schon gesagt. Nun kriegt euch mal wieder ein. Ist doch nur meine kleine bescheidene Hütte". Ein allgemeiner Lachanfall war die Antwort. „Ich hoffe Du hast Hunger. Es gibt gleich Mittagessen."

„Ja, gegen etwas zu essen habe ich nichts einzuwenden." Sie lachte Erwin an. „Du hast dich aber rausgemacht. Ich fühle mich fast wie ein Staatsgast." Sie zog ihn zu sich heran. „Schicke Klamotte".

„Und du duftest wieder nach dem Parfüm, von dem Peter so schwärmte. Wie heißt es noch gleich?"

„Inspire."

„Ach ja, ich kann mir so was schlecht merken." Er deutete auf seine Haushälterin. „Das ist meine Perle, mein Mädchen für alles. Sie heißt Anna." Und zu dieser gewandt: „Legst Du bitte noch ein Gedeck mehr auf? Wir haben einen Staatsgast." Seine weiteren Worte gingen im erneuten Gelächter der Anwesenden unter.

Nach dem opulenten Mahl, Anna hatte sich selbst übertroffen, es gab leckere Schweinemedaillons mit Kartoffeln und Blumenkohl, saßen sie den ganzen Nachmittag beisammen. Vivien hatte viel zu erzählen. Einem ihrer Fotomodelle aus Heide wollte sie morgen einen Besuch abstatten.

„Britta hat von einer amerikanischen Firma einen tollen Auftrag bekommen" erzählte sie. „Nein, nicht im Playboy." Sie musste grinsen. „Die Vogue hat sich gemeldet. Das könnte für sie möglicherweise das Sprungbrett in den amerikanischen Modemarkt bedeuten. Darüber möchte ich gerne persönlich mit ihr sprechen." Sie sah Peter ins Gesicht. „Anschließend wäre ich zu dir nach Husum gefahren. Aber jetzt sehen wir uns ja hier."

„Ich könnte nach Hause fahren, dann kannst du mich dort immer noch besuchen. Ich könnte Dir die Stadt zeigen."

„Ich kenne Husum sehr gut, war schon einige Male dort." Sie wandte sich an Erwin. „Ich würde die Nacht viel lieber bei euch in Hamburg verbringen. Hast du die Möglichkeit, mich für eine Nacht aufzunehmen?"

„Selbstverständlich, Vivien. Es gibt genug Zimmer im Haus. Welches von den achtzehn Zimmern möchtest du? " Er rief Anna kurz aus dem Nebenraum zu sich. „Gib Vivien bitte ein Gästezimmer oben, irgendeines. Sie bleibt heute Nacht unser Gast. Das Haus füllt sich."

„Gerne". Anna schmunzelte. Ein Staatsgast! Grinsend stieg sie die Treppe hinauf.

„Heute ist Samstag, habt ihr Lust auf einen Kiezbummel?"
Erwin sah in die Runde. „Ab zehn oder elf ist die beste Zeit
dafür. Oder seid ihr zu müde?"

Müde war keiner, und so stand der heutige Abend fest. Um
neunzehn Uhr gab es Abendessen. Anna hatte auf Erwins
Wunsch einfach nur eine einfache kalte Platte serviert. Zwei
Stunden später brach die Gesellschaft auf. Anna blieb zu Hause, sie hatte keine Lust, noch auszugehen. So fuhren Erwin,
Maria, Vivien und Peter mit dem Mercedes hinunter nach St.
Pauli. Den Kiez durfte man auf keinen Fall versäumen. Nachdem Erwin seinen Wagen in der Tiefgarage nahe der Davids-
wache geparkt hatte, stürzten sie sich zu viert in das Gewimmel
von Reeperbahn, Große Freiheit und den vielen kleinen Neben-
straßen. Natürlich durfte auch die Herbertstraße nicht fehlen,
auch wenn der Zugang den Mädels verwehrt blieb. Peter erklärte es Maria.

„Dort sitzen die Frauen in Schaufenstern an der Straße, ähn-
lich wie in Amsterdam. Die dort arbeitenden, leicht bekleideten
Prostituierten sollen so vor den abfälligen Blicken und verbalen
Angriffen durch andere Frauen geschützt werden. Deswegen ist
Frauen der Zutritt verboten. Die kleine Straße ist nur sechzig
Meter lang, aber eine der bekanntesten Deutschlands."

„Was ist mit den Frauen, die dort arbeiten? Die müssen ja
auch in die Straße." Maria guckte verständnislos.

„Die kennen sich alle untereinander, das ist dann kein Problem" antwortete Peter. „Die gucken auch nicht lüstern in die
Schaufenster."

Sie gingen ein paar Meter zurück und flanierten durch die
parallel verlaufende Friedrichstraße, die sie zum Hans-Albers-
Platz führte. Dann waren sie wieder auf der sündigen Meile,
wie die Reeperbahn im Volksmund auch genannt wird.

Wie an jedem Wochenende war es brechend voll. Es ging
zwar zum Ende des Sommers hin, aber die Temperaturen lagen

noch immer über zwanzig Grad. Gewaltige Menschenmassen schoben sich am bunten Lichtermeer der Lokale, Stripschuppen und Erotikläden entlang. Aus diversen Cabarets dröhnte laute Musik, und die Portiers versuchten, jeden erreichbaren Besucher in die Etablissements zu locken.

Vor allem auf Touristen hatten sie es abgesehen, insbesondere Engländer, aber auch Japaner und Chinesen, Holländer und Skandinavier. Die waren mit dem Gebotenen immer schnell zu beeindrucken, leider aber durch ihre naive Unerfahrenheit auch sehr leicht auszunehmen. Dafür sorgten die zahlreichen Animierdamen in den Cabarets, die sich an die Gäste heranmachten und gespielt-verschämt fragten, ob der jeweilige Gast sie zu einem Gläschen oder vielleicht Fläschchen Sekt einlud. Nichts ahnend, dass so ein kleines „Fläschchen" mal eben achthundert Euro kostete. Protestierten die Gäste dann bei Vorlage der Rechnung behaupteten sie, dass dies Betrug sei. Zeigte man ihnen daraufhin die dunkelrote Getränkekarte, die die Besucher, obwohl auf dem Tisch liegend, durch das gedämpfte Licht meist nicht wahrnahmen, auch durch den schon konsumierten Alkohol, wurden sie ziemlich kleinlaut und zahlten den Betrag mit knirschenden Zähnen schließlich doch. Erwin und Peter kannten das natürlich und ließen sich nicht auf die geschwollenen Reden der Türsteher ein.

Schließlich bogen sie rechts ab in die ‚Große Freiheit'. Sie zählte neben der Reeperbahn zum Herz des Kiezes.

„Dort drüben ist das Cabaret Safari." Peter deutete auf das riesige Schild. Eine gewaltige Leuchtreklame, ein Lichtbogen von einer Seite der Straße auf die andere, mit Palmen- und Elefantenfiguren darauf wies auf das Safari-Cabaret hin.

„Dort habe ich zwei Jahre lang mit meiner damaligen Partnerin Liveshow gemacht. Sex auf der Bühne, vier Auftritte jeden Abend, sechs Tage die Woche. Damit habe ich mein Studio finanziert." Maria schlug erschrocken die Hand vors Gesicht.

„Sex auf einer Bühne, richtiger Sex, und all die Leute schauen zu?"

„Klar. Das wurde damals gut bezahlt. Da meine Partnerin und ich den Sex liebten, war das für uns überhaupt kein Problem. Schnell und einfach verdientes Geld."

„Und wieviel Leute haben da zugesehen?" Maria war aufgeregt wie ein junges Huhn und konnte es kaum glauben.

„Normalerweise, wenn das Lokal voll war, um die zweihundert Personen. Übrigens auch viele Pärchen, viele Frauen, nicht nur Männer."

„Ich glaube nicht, dass ich das könnte" zweifelte Maria, nachdem sie sich von den offenen Worten etwas erholt hatte. „Obwohl, ich mag ja auch Sex. Aber vor so vielen Zuschauern? Ich glaube, das könnte ich wirklich nicht."

„Ach was, da gewöhnt man sich schnell dran. Ist nur die ersten ein, zwei Tage etwas komisch, dann ist es Routine."

„Ich stell mir das anstrengend vor. Kannst du denn immer, auch wenn dir die Leute auf deinen Unterleib schauen?" Peter nickte lächelnd. Sie standen inzwischen vor dem Safari-Cabaret und verfolgten amüsiert das Kobern des Türstehers. Peter zog Vivien zu einem der Schaufenster hin. Die drückte fast ihre Nase an der Scheibe platt.

„Die tragen ja richtig tolle Kostüme" platzte es aus Vivien heraus. „Hier steht, sie spielen ‚Das Phantom der Oper'. Das ist doch aber nicht die Originalvorführung, oder?

„Nein, natürlich nicht" erklärte Peter, „aber das ist eine der ganz großen Attraktionen des Safari-Cabarets. Hier übrigens inklusive eindeutiger Sexszenen. Außerdem mit einer Originalmaske der offiziellen Aufführung des Musicals in der Hamburger Flora. Alleine die Kostüme dieser Show kosteten rund fünfzehntausend Euro. Damals hatte das Cabaret einmal einen ganzen Tag lang geschlossen, war nur für den Besuch aller Darsteller und Techniker der originalen Show geöffnet. Selbst

Andrew Lloyd Webber, der Urheber des Musicals, war an diesem Tag als Gast im Etablissement anwesend. Ihm gefiel seine nachgemachte Show so gut, dass er die Erlaubnis gab, seine originale Maske in diesem Cabaret zu benutzen."

„Das wusste ich auch noch nicht" sagte Erwin erstaunt. „Man lernt doch immer noch dazu. Ich habe die Show leider nie gesehen, ich habe sie schlicht verpasst."

Wenig später kehrten sie gegenüber des Safari-Cabarets bei ‚Gretel und Alfons' ein. Das frühere Stammlokal der Beatles war ein schlichtes Restaurant, bekannt für seine guten Speisen. An den Wänden hingen viele Bilder der Fab four, aber auch anderer großer Stars, die im damals weltberühmten Star-Club gleich daneben auftraten. Dort konnte man sich nach dem Kiezbummel ausruhen und so nebenbei diverse bekannte Prominente treffen. De Beatles, Bill Haley, Joe Cocker, Chuck Berry, Jimi Hendrix: die ganzen Größen der sechziger Jahre waren hier schon zu Gast. Auf einer steinernen Tafel um die Ecke waren sie alle verewigt. Bei einer leckeren Bratwurst erzählte Peter viele Anekdoten aus der Zeit, als er noch hier arbeitete. Das lag inzwischen mehr als dreißig Jahre zurück.

Eine Stunde später beendeten sie ihren Rundgang mit einem Besuch der ‚Blockhütte', einem urigen, westernmäßig gestylten Lokal. Dort musizierte trotz der späten Stunde ein schon ziemlich betagter Akkordeonspieler, mit Seemannshemd und einer Kapitänsmütze auf dem Kopf, und sang Shanties und Seefahrtslieder.

Mitternacht war lange vorbei, als sie schließlich zur Villa zurückkehrten. Anna hatte sich bereits zum Schlafen zurückgezogen. Die vier Heimkehrer setzten sich noch eine Weile auf ein Glas Wein zusammen, um über den morgigen Tag zu sprechen. Der Termin in Heide war für vierzehn Uhr angesetzt, Vivien musste also am späten Vormittag am Bahnhof sein, damit sie den Zug noch pünktlich erreichte. Erwin versprach, sie zum Bahnhof zu bringen. Peter hingegen gedachte, etwas länger zu schlafen. Er war nicht mehr der Jüngste und vom Abend doch ein wenig geschafft. Erwin und Maria gedachten noch ein wenig aufzubleiben. Beide wollten noch einige Details bezüglich Marias Zukunft besprechen.

Entgegen seiner ursprünglichen Absicht sprang Peter Handtke schon um sieben aus dem Bett. Er hatte sehr gut geschlafen, war voller Vorfreude auf den neuen Tag und nahm sich vor, Vivien selbst mit seinem Wagen nach Heide zu bringen. Das war für sie entspannter als mit der Bahn. Außerdem musste er sowieso zurück nach Husum.

„Ich habe beschlossen, Vivien selbst nach Heide zu fahren" verkündete er, als Erwin am Frühstückstisch erschien. „Ich hoffe, das ist für Dich in Ordnung? Ich werde anschließend gleich nach Husum weiterdüsen. Hab zuhause auch noch einiges zu erledigen. Du hast mit Maria sicher auch noch Gesprächsbedarf."

„Ja, für Vivien ist das sicherlich auch angenehmer als die Bahn. Für mich ist das okay. Hab ja auch vieles zu regeln, gerade auch mit Maria, da hast du recht." Werner griff nach einem der Brötchen, die vor einer halben Stunde frisch angeliefert wurden.

„Weiß Vivien das schon?"

„Was soll ich schon wissen?" ertönte in diesem Augenblick ihre Stimme. „Was habt ihr da wieder ausgeheckt?" Sie hatte sich für heute einen eleganten blauen Hosenanzug ausgesucht. Mit den dunklen Haaren, hochgesteckt zu einer kunstvollen Frisur, ihrem leicht geschminkten Gesicht und den dezent rot bemalten Lippen sie sah umwerfend aus.

„Peter fährt nachher nach Husum und kann Dich bis Heide mitnehmen" sagte Erwin. „Ist doch gemütlicher als in der Bahn, oder?"

„Das ist wundervoll!" Sie begrüßte Peter mit einem Kuss. „Dann habe ich ja noch etwas mehr Zeit bei dir." Sie setzte sich an den Tisch und griff beherzt nach einem Brötchen. „Die sehen ja lecker aus. Wo hast du die denn so früh her?"

„Ich lasse mir die täglich liefern" erklärte Erwin. „Ich habe da einen netten Bäcker, der einen exzellenten Lieferdienst anbietet.

„Du hast es dir wirklich gut eingerichtet. Alle Achtung!" Vivien schmunzelte. „Vielleicht sollte ich von Berlin zu dir nach Hamburg ziehen. Aber da müsste meine Agentur auch gleich mit umziehen."

In dem Moment erschien Maria und vervollständigte die Frühstücksgruppe. Sie kam die Stufen herunter und hatte die letzten Worte gerade noch gehört.

„Du willst nach Hamburg ziehen, Vivien?"

„Nein, nein Maria, das war Spaß. Ich kann gar nicht weg aus Berlin. Aber das hätte was. Zusammen mit Erwin in der Villa zu residieren, ein Traum für eine Frau wie mich. Hier ist zehnmal mehr Platz als in meinem bescheidenen Zuhause." Sie grinste Erwin an.

„Ich denke, das könnte er sowieso nicht verkraften. Ich bin unersättlich, er käme nicht mehr zum Arbeiten." Erwin schaute sie schräg von der Seite an.

„Ha! Dass du dich da mal nicht täuschst, Vivien. Ich bin jung und ebenso unersättlich! Du bist ein Granatenweib. Ich würde Dich bis in den Himmel jagen und zurück."

„Das würde ich gern sehen". Peter hielt seinen Bauch vor Lachen. „Ich film das dann, den Sturz von der Galaxis auf die Erde."

Es wurde noch eine lustige Frühstücksrunde. Anna servierte ein echt englisches Frühstück aus der Küche. Ham and Eggs, Spiegeleier, wahlweise mit Schinken oder Speck. Dazu gab es köstlich duftenden Kaffee, für Peter einen Earl Gray, da er seit langem dem Kaffee abgeschworen hatte.

Diesmal verbrachten Erwin und Maria die Nacht gemeinsam. Beide schienen sich gut zu verstehen, saßen einander gegenüber und warfen ihre Blicke ständig hin und her. *‚Das sieht aus, als würde Erwin sich in Maria verlieben'* dachte Peter. *Hoffentlich ging das gut.* Erwin hatte sie ja nur geschäftlich an sich gebunden, aber eigentlich sollte man Berufliches und Privates trennen. Er nahm sich vor, Erwin noch mal daraufhin anzusprechen. Ihm war wichtig, dass Maria nicht in eine Enttäuschung hineinschlitterte. Die Zeiger der Uhr sprangen auf elf, als Peter sich erhob.

„Wir müssen leider, Vivien. Sonst verpasst du deinen Termin." Er reichte seinem Freund die Hand.

„Erwin, ich danke dir ganz herzlich für die wunderbare Gastfreundschaft. Es war schön, mal wieder hier zu sein, auch wenn ich auf solch ein Ambiente nie richtig vorbereitet bin." Er ließ sich von Anna seine Jacke reichen.

„Dir auch vielen Dank für die hervorragende Bewirtung, Anna. Du bist wirklich einmalig. Da hat Erwin ein gutes Händchen mit deiner Anstellung bewiesen."

„Ich habe das gern für euch gemacht. Dafür bin ich ja auch da." Sie lächelte. „Kommt gut nach Hause. Und ihr seid natürlich jederzeit willkommen."

„Wir lassen uns bestimmt mal wieder blicken. Hamburg ist eine Weltstadt. Ich bin oft hier." Er nahm Maria in seine Arme.

„Und Du, meine liebe Freundin, dir wünsche ich eine gute Zeit in Hamburg. Ich hoffe, dass Du hier das findest was Du suchst." Ihre Augen strahlten, als er sie mit einem Kuss aus seinen Armen entließ.

„Erwin wird mir helfen" sagte sie. „Hat er mir ja versprochen. Ich wünsche euch eine gute Fahrt. Irgendwann besuche ich dich mal in Husum, wenn Erwin mich hier weglässt." Sie kicherte. "Noch gehöre ich ja nicht zum Inventar."

„Du wirst immer selbstständig und dein eigener Herr bleiben, obwohl du ja kein Herr bist, sondern eine Frau" bekräftigte Erwin und lächelte ihr aufmunternd zu. „Aber das sagt man hier so." Er ging voraus und öffnete die Tür.

„Machs gut, Peter, und sag gleich Bescheid, wenn du angekommen bist." Der nickte. Er hatte seinen Wagen direkt vor dem Haus geparkt. Vivien bedankte sich noch bei Anna und küsste Erwin zum Abschied.

„Danke für eure liebevolle Aufnahme. Es hat mir bei euch gut gefallen, auch wenn es nur für eine Nacht war. Ich werde euch vermissen." Sie nahm ihr kleines Handgepäck und stieg ein. Mit einem letzten Blick auf das herrliche Anwesen startete Peter und fädelte sich in den Verkehr ein.

Eine schlimme Nachricht

Maria lebte sich recht schnell in Peters Haushalt ein. Es war eine Freude für sie, in diesem gehobenen Ambiente zu arbeiten. Zwar gab es viele Räume in den zwei Stockwerken, aufgrund der edlen Materialien galt es auch, auf besondere Sorgfalt zu achten. Dazu gehörte unter anderem das Grundstück mit dem herrlichen Garten, den vielen Blumen und dem hinter der Villa befindlichen Swimmingpool. Eine hohe Buschreihe umzäunte das Gelände. Allerdings waren sowohl Leben als auch die Arbeit völlig anders als auf der ‚Elegance', viel entspannter und zudem auch selbstständiger. Erwin hatte sie mit einem sehr großzügigen Gehalt eingestellt. Mit Anna vertrug sich Maria von Anfang an blendend. Sie waren bereits nach kurzer Zeit zu richtigen Freundinnen geworden, gingen hin und wieder miteinander abends ins Kino oder spazieren.

Erwin dagegen war nach wie vor viel unterwegs. Zurzeit hielt er sich im Norden Englands auf, fast schon in Schottland. Dort hatte er ein recht interessantes Objekt gefunden, ein altes, etwas heruntergekommenes Schloss, dessen Besitzer vor kurzem verstarb. Da traf eines Tages ein Brief ein.

„Du hast Post, Maria." Anna schwenkte ein schwachgelbes Kuvert in der Hand. „Der kommt aus Brasilien, da sind herrliche Briefmarken drauf. Darf ich die haben?"

„Natürlich!" Maria kam herangeflitzt. „Ein Brief von meiner Familie? Den muss ich gleich lesen."

Sie nahm ihn ungeduldig entgegen und schlitzte das Kuvert hastig mit ihrem Fingernagel auf. Nach dem Öffnen wurde sie blass, hielt sich mühsam an der Sessellehne fest und setzte sich wie in Zeitlupe. Tränen rannen aus ihren Augen.

„Meine Mutter hatte einen schweren Autounfall" stammelte sie geschockt. „Ein Bus, mit dem sie ins Nachbarsdorf fahren wollte ist verunglückt. Es gab mehrere Tote, und sie selbst ist schwer verletzt." Ihre Stimme brach, und sie musste schlucken. Anna schaute sie irritiert an. Was war geschehen? Mühsam flüsterte Maria, verschluckte fast die Worte.

„Im Brief steht, dass sie möglicherweise stirbt." Sie wischte sich über die Augen. „Meine geliebte Mama! Ich muss sofort nach Brasilien." Dicke Tränen rannen ihr übers Gesicht und tropften auf das Papier. „Kann ich Erwin irgendwie erreichen? Bitte, es ist mir sehr wichtig und dringend." Anna reichte ihr einen Packen Taschentücher.

„Ja, natürlich. Hier ist seine Nummer. Ruf ihn an. Er wird dir helfen."

Anne tippte die Nummer ein und reichte ihr das Telefon. Maria nahm es entgegen, gab es aber gleich wieder zurück.

„Bitte ruf du ihn an, Anna, ich kann im Moment nicht sprechen." Sie schlug die Hände vors Gesicht und sank in sich zusammen. Der Unfall ihrer Mutter schien sie ziemlich getroffen zu haben. Anna setzte sich neben die wie verloren wirkende junge Frau. Behutsam legte sie einen Arm um ihre Schulter.

Als Erwin sich meldete berichtete Anna ihm von Marias Brief und dem Unfall ihrer Mutter.

„Maria ist sehr unglücklich und möchte so schnell wie möglich in ihre Heimat fliegen." Sie warf einen Blick auf das Häufchen Elend neben ihr. „Was sollen wir tun? Sie hat ja nicht viel Geld. Soll ich ihr einen Flug buchen?"

Erwin bat, sie möge Peter benachrichtigen, der wüsste sicherlich, was zu tun sei und würde alles Erforderliche in die Wege leiten. Er selbst könne jetzt nicht nach Hamburg kommen, würde aber natürlich für alle Kosten geradestehen.

„Lass Peter einen Flug buchen. Ich hoffe und wünsche, dass alles nicht so schlimm ist. Setz dich bitte schnellstens mit ihm in Verbindung. Er wird euch helfen." Anna legte auf und erklärte Maria Erwins Vorschlag. Die nickte nur.

„Ich werde euch das Geld schnell zurückzahlen, Anna, aber ich muss wirklich dringend in meine Heimat. Bitte ruf Peter an."

„Mach Dir wegen den Kosten keine Sorgen, das regeln wir schon", beschwichtigte sie Maria und wählte erneut. Peter war sofort am Apparat, und er versicherte nach Annas Bericht, dass er sich augenblicklich auf den Weg machen würde.

„Ich bin in drei Stunden bei euch. Sie soll schon mal ihren Koffer packen, ich bringe sie zum Flughafen. Von Frankfurt gehen täglich Flüge nach Rio de Janeiro."

Ganz so schnell ging es dann leider doch nicht. Ein Flug nach Rio war erst für den nächsten Tag zu bekommen. Aber in den kommenden Stunden fasste Peter einen schnellen Entschluss.

„Ich werde mitfliegen und Maria begleiten. Sie braucht jetzt Hilfe und Trost. Außerdem war ich schon lange nicht mehr in Brasilien. Das letzte Mal ist einige Jahre her. Gib bitte mal Maria den Hörer" Anna gab Maria das Telefon.

„Hallo Peter, tut mir leid, dass ich Dich belästige. Anna sagte mir, du willst mit mir sprechen?"

„Das ist doch keine Belästigung. Ich freue mich, deine Stimme zu hören, auch wenn es dir momentan nicht so gut geht. Wäre es dir recht, wenn ich dich begleite?" Mit einer fast erstickten Stimme antwortete sie.

„Mach dir nicht solche Umstände, Peter. Natürlich kannst du mich begleiten, aber ich schaff das bestimmt auch alleine." Sie schluchzte. „Ihr seid immer so lieb zu mir."

„Das ist schon okay, Maria. Ich mach mich gleich auf den Weg nach Hamburg."

Drei Stunden später traf Peter in der Villa ein. Er nahm Maria in seine Arme, wischte ihr die Tränen aus dem Gesicht und bekräftigte seinen Entschluss.

„Ich fliege mit und bin da, wenn du mich brauchst. Das ist doch Ehrensache. Ich bin selbst aber auch neugierig auf deine Heimat und speziell auf Santos. Da hat sich bestimmt in den letzten Jahren viel verändert." Er hob ihren Kopf ein wenig an und sah in ihre tränenverschleierten Augen. An ihn gedrückt ließ er sie ausweinen, fragte dann.

„Möchtest du, dass ich dich begleite?" Maria nickte nur und verbarg ihr Gesicht an seiner Schulter. Peter hielt sie stumm in seinen Armen und gab ihr Halt und Zuversicht.

„Ich mach mal etwas zu essen" sagte Anna und entfernte sich in die Küche.

Das abendliche Dinner verlief schweigsam. Jeder hing seinen eigenen Gedanken nach. Maria stocherte lustlos auf ihrem Teller herum. Ihr war nicht nach Essen zumute, sie brachte keinen Bissen hinunter.

„Das wird schon werden", versuchte Peter sie zu trösten. „Vielleicht ist es gar nicht so schlimm." Er griff nach ihrer Hand. „Komm, leg dich hin, versuch ein bisschen zu schlafen. Dann vergeht die Zeit schneller bis zum Abflug." Wie eine seelenlose Puppe ließ sie sich auf ihr Zimmer führen. Peter schlug das Bett auf und bat sie, sich hinzulegen.

„Schlaf ein wenig, ruh dich aus. Ich weck dich rechtzeitig morgen früh. Ich bleibe bei dir, bis du eingeschlafen bist." Er setzte sich auf die Bettkante und hielt ihre Hand fest in seiner.

‚So sieht ein gefallener Engel aus' dachte er, als sie wie ein kleines, unschuldiges Mädchen vor ihm lag. Obwohl sie angekleidet blieb, legte er noch eine Decke über sie. Ihr Gesicht lag bewegungslos in den Kissen, aber ihre Augen blickten ihn prüfend an.

„Ich kann bestimmt nicht schlafen" meinte sie mit kläglicher Stimme, „aber du kannst mich gern alleine lassen, Peter. Ich möchte jetzt nur an die Heimat und an meine Familie denken. Meine Gedanken sind schwer, in meinem Bauch tobt ein Gewitter." Sie küsste zaghaft Peters Hand. Alle Fröhlichkeit war aus ihrem Gesicht gewichen.

„Lass mich allein, bitte." Er sah das Betteln in ihren Augen und erhob sich.

„Natürlich, Maria, alles gut. Versuch trotzdem zu schlafen. Ich bin unten, du kannst mich oder Anna jederzeit rufen." An der Tür drehte er sich noch einmal zu ihr um.

„Ich mag dich, vergiss das nicht. Rechts am Bett ist eine Klingel. Ich bin sofort bei dir, wenn du mich brauchst. Jederzeit!"

Sie nickte wortlos. Leise verließ er das Zimmer und drückte die Tür zu. Anna sah ihm fragend entgegen, als er die Treppe herunterkam.

„Maria möchte jetzt allein sein. Ich habe sie ins Bett gebracht und zugedeckt. Ich glaube, sie braucht momentan nichts anderes als einfach nur Ruhe." Er setzte sich zu ihr an den Tisch.

„Lassen wir sie erst mal ein wenig zu sich kommen. Die Nachricht hat sie ziemlich mitgenommen. Morgen sieht es vielleicht nicht mehr ganz so schlimm aus. Dann sind wir schon unterwegs nach Rio."

„Willst du sie wirklich nach Brasilien begleiten?" Anna rührte in ihrer Tasse, sie hatte sich gerade einen Tee aufgebrüht. „Kannst du denn so einfach weg?"

„Das ist kein Problem. Ehrlich gesagt, bin ich auch etwas neugierig darauf, wie Brasilien sich in den letzten Jahren entwickelt hat. Ich denke, Maria wird sich zunächst intensiv mit ihrer Familie beschäftigen und der Sorge um ihre Mutter. Ich werde mich dann etwas zurückziehen und einen Abstecher nach Santos machen. Dann muss man sehen, wie sich alles weiterentwickelt. Vielleicht ist ihre Mutter gar nicht so schwer verletzt wie zunächst angenommen. - Magst du mir auch noch einen Tee machen?"

„Aber natürlich!" Anna erhob sich und ging in die Küche. Sie kannte seine Gewohnheit bereits, Schwarztee mit Milch und Zucker, englisch halt.

Sie saßen noch lange beisammen und unterhielten sich. Nicht nur über Maria und ihren Kummer, über die bevorstehende Reise nach Brasilien, sondern auch über Peters Leben, seine Projekte und über Gott und die Welt. Es war bereits Mitternacht, als er leise hinaufschlich und behutsam Marias Tür öffnete. Zufrieden sah er, dass sie mittlerweile doch eingeschlafen war. Auf leisen Sohlen huschte er nach unten und informierte Anna davon. Dann verschwand er in seinem Zimmer und legte sich selbst zum Schlafen.

Der Flug sollte gegen zweiundzwanzig Uhr in Frankfurt starten. Ein Flieger zur benötigten Zeit ab Hamburg war nicht zu buchen. Mit dem Zug würde es bis Frankfurt rund fünf Stunden dauern. Sie hatten also ausreichend Zeit, um in Ruhe Vorbereitungen zu treffen und zu packen. Peter rief Erwin an, um ihm seine Entscheidung mitzuteilen. Der war gar nicht so erfreut, dass Maria schon wieder abreiste, aber natürlich hatte er Verständnis dafür.

„Pass gut auf sie auf" bat er. „Und versuch, sie ein wenig aufzumuntern. Sie wird es jetzt nicht leicht haben, je nachdem, was passiert ist." Peter versprach, alles zu unternehmen, was in seinen Möglichkeiten stand. Alleine schon deshalb, weil er sich selbst auch Sorgen machte.

„Ich melde mich sofort nach unserer Ankunft und sobald ich Näheres weiß. Wir werden durch die Zeitverschiebung am frühen Vormittag in Rio ankommen." Erwin seufzte.

„Ich bin immer für dich erreichbar, egal welche Uhrzeit. Ich wünsche euch einen guten Flug, in der Hoffnung, dass es nicht so schlimm wird. Und sag Maria liebe Grüße von mir. Sie kann jederzeit zu mir zurückkommen, wenn sie möchte. Mein Angebot bleibt bestehen."

„Danke Erwin, also bis auf weiteres. Und viel Erfolg mit deinem Geschäft." Er legte auf.

Maria kam am Morgen mit müden, verweinten Augen die Treppe herunter. Sie schien sehr verzweifelt zu sein, obwohl sie sich merklich zusammennahm. Peter schloss sie in seine Arme und hielt sie eine Weile fest. Nur langsam entspannte sie sich. Ihr trauriger Blick traf Peter bis ins Herz, als sie sich an den Tisch setzte.

„Ist Erwin jetzt böse, weil ich abreise? Ich muss aber dringend nach Brasilien. Meine liebe Mama…" Sie schwieg und weinte schon wieder."

„Aber nein, Maria. Wie kommst du denn darauf? Das ist doch ein Notfall. Erwin wünscht dir alles Gute und hofft, dass es nicht ganz so schlimm ist. Du kannst jederzeit zu ihm zurückkehren, hat er gesagt. Wir sind morgen in Rio, dann wird sich alles aufklären." Peter war selbst im Zweifel, aber er wollte sie einfach trösten. Er wusste ja auch nichts Genaues.

Ein weiterer Anruf galt Vivien. Er erreichte sie in Berlin. Obwohl sie sich gerade in einer wichtigen Sache befand, war sie glücklich, dass er sie unterrichtete. Sie bat ihn, Maria auch von ihr zu grüßen und wünschte ihr ebenfalls alles Gute.

Dann war die Zeit des Abschieds gekommen. Maria hatte ihre Sachen fertig gepackt. Anna holte den kleinen braunen Koffer aus ihrem Zimmer und stellte ihn neben die Tür. Peter hatte wenig Gepäck. Vor seiner Abfahrt aus Husum war ja noch nicht klar, dass er Maria nach Brasilien begleiten würde. Außer einer kleinen Reisetasche hielt er nur noch seine Kamera in der Hand, die er grundsätzlich immer bei sich trug. Notwendige Kleidung würde er einfach in Brasilien kaufen.

Anna bestellte ein Taxi zum Bahnhof. Den eigenen Wagen hatte Peter in Erwins Garage geparkt. Er hatte keine Ahnung, wie lange er unterwegs blieb. Die Parkgebühren am Flughafen Frankfurt waren ihm für eine eventuelle längere Zeit zu teuer.

„Ich melde mich, sobald wir in Rio angekommen sind". Er nahm Anna in seine Arme. „Grüß Erwin noch mal von mir.

Und danke für eure Gastfreundschaft." Er öffnete die Tür und brachte das Gepäck nach draußen. Das Taxi wartete bereits. Maria hatte schon wieder Tränen in den Augen, als sie sich verabschiedete. Sie hatte sich in den vergangenen Wochen sehr gut eingelebt und verließ Hamburg nur ungern. Peter nahm ihre Hand und half ihr beim Einsteigen. Der Taxifahrer kümmerte sich derweil um das Gepäck. Ein letztes Winken, als der Fahrer wendete und die Villa aus dem Sichtbereich verschwand.

Eine knappe Stunde später saßen sie im Zug. Die Bahn war diesmal sogar pünktlich, und die Erste Klasse fast leer. Peter hatte sich dicht neben Maria gesetzt und hielt sie die ganze Zeit im Arm. Inzwischen hatte sie sich etwas gefasst und war sehr glücklich, dass sie nicht alleine fliegen musste. Gedankenschwer legte sie ihren Kopf an Peters Schulter und sah aus dem Fenster, ohne wirklich etwas zu sehen. Sie war traurig. In Hamburg hatte alles so schön begonnen. Erwins Gastfreundschaft und seine Hilfe waren für sie wie ein riesiges Geschenk, das sie nun vorerst zurücklassen musste. Die Sorge um ihre geliebte Mutter überschattete alles. Im Brief aus der Heimat standen keine konkreten Informationen, wie sehr ihre Mama verletzt war. Maria wusste nicht, an wen sie sich wenden konnte, um mehr zu erfahren. Ihre Familie besaß keinen Telefonanschluss, und sie hatte keine Ahnung, in welche Klinik die Mutter gebracht wurde. Die Ungewissheit über ihr Schicksal war das Allerschlimmste.

Peter konnte es ihr gut nachfühlen. Ihm war es seinerzeit ähnlich ergangen, als er während seiner Seefahrtzeit auf einer Fahrt nach New Orleans erfuhr, dass seine Mutter ins Krankenhaus musste. Im Nachhinein war es zwar nicht gravierend, nur zwei Wochen mit einer Angina Pectoris, aber als junger neunzehnjähriger Spund, nur mit der lapidaren Nachricht, dass seine Mutter in der Klinik lag, ohne weiterführende Infos, war das schon sehr beklemmend.

Vier Stunden vor Abflug der Maschine fanden sie sich auf dem gewaltigen Airport von Frankfurt ein, der zentralen Drehscheibe Europas. Mit mehr als sechzig Millionen Fluggästen im Jahr einer der weltweit größten Flughäfen. Die weitläufige Eingangshalle, futuristisch überdacht, erschlug sie fast. Gruppen von Menschen schoben sich gepäckbeladen vorbei. Peter und Maria hatten elektronische Tickets und begaben sich zu einer der gelb markierten Boxen, wo sie eincheckten.

Ein Airport schläft nie dachte Peter Handtke, als er sich umschaute. Selbst jetzt am Abend war das Gewusel noch enorm. Es gingen ja nicht nur Flüge nach Südamerika, sondern in alle Welt. USA, Karibik, Indien, China, Japan, Australien oder in die Vereinigten Arabischen Emirate. Entsprechend bunt zeigte sich die internationale Klientel. Geschäftsleute in Anzügen und mit dicken Aktentaschen unter dem Arm hasteten vorbei, Araber, in weiße Gewänder gekleidet, Chinesen und farbenprächtige Saris tragende Inder - alles war vertreten. Sogar einige Hippies in blumigen Jacken fanden sich darunter. Die waren sicherlich auf dem Weg nach Goa oder nach Katmandu. In seiner Jugendzeit war das jedenfalls so. Vielleicht besuchten sie aber auch nur ein großes Konzert in einem der Nachbarländer.

Auf der riesigen schwarzen Anzeigetafel tauchte jetzt ihr Flug auf. LH siebenhunderteinundsechzig, zweiundzwanzig Uhr zehn. Der Flug hatte immerhin keine Verspätung. Erleichtert begaben sie sich zu den Rolltreppen und ließen sich auf den langen Transportbändern zum entsprechenden Flugsteig fahren. Dutzende andere Passagiere warteten schon auf den zahlreichen Bänken der Halle darauf, dass ihr Flug aufgerufen wurde. Die Zugangskontrolle war noch geschlossen. Peter und Maria flogen Erster Klasse, sie waren damit unter den ersten, die den Flieger, eine mächtige Boing siebensiebenvierzig, gleich betreten durften. Vor ihnen lagen rund vierzehn Stunden

Flug und neuneinhalbtausend Kilometer, oder knapp sechstausend Meilen.

Maria war nervös. Ihre Gedanken drehten sich nur um ihre Mama. Wie mochte es ihr ergehen? Hatte sie Schmerzen? Wie schwer war sie verletzt? Würde sie überleben? Sie saß unruhig auf der Bank, und ihre Hände bewegten sich unablässig im Schoß. Peter Handtke war nicht in der Lage, sie zu beruhigen. Schließlich nahm er sie einfach in seine Arme, und Maria ließ ihren Tränen freien Lauf.

Zehn Minuten später durften sie an Bord. Die breiten bequemen Sitze in der Ersten Klasse waren nur zur Hälfte besetzt. Hier konnte Maria endlich ein wenig loslassen. Müde legte sie ihren Kopf in die Lehne und döste vor sich hin. Die Stewardess erschien und fragte nach irgendwelchen Wünschen, verteilte Wasser und zusätzliche Decken, aber Maria schüttelte nur den Kopf. Sie hatte keinen Bedarf. Peter ließ sich zwei Flaschen Wasser geben und machte es sich dann ebenso bequem.

Der Nachtflug verlief trotz der langen Dauer unspektakulär. Um fünf Uhr Ortszeit landete der Jet auf dem internationalen Airport Galeào. Beide hatten trotz der immensen Anspannung mehrere Stunden geschlafen und waren einigermaßen erholt. Maria hatte sich während des Fluges zunehmend beruhigt und wartete die weitere Entwicklung gefasst ab. Sie konnte sowieso nichts ändern. Peter telefonierte als erstes mit Erwin und verkündete die sichere Landung. Infolge des kleinen Gepäcks verlief die Zollkontrolle ohne lange Formalitäten. Dann standen sie vor den Taxen.

Rio erwartete sie immerhin mit wunderbarem Wetter. Schon am frühen Morgen schien die Sonne kräftig vom azurblauen Himmel, und die Temperatur kletterte bereits auf über zwanzig Grad. Wie im Frankfurter Airport wuselten auch hier die Passagiere durcheinander, aber das ganze Ambiente erinnerte mehr an einen Bahnhof als an einen Flughafen. Die Atmosphäre war nicht so nüchtern wie in Deutschland. All die braunhäutigen Menschen, die bunten Kleider, die sie trugen, das fremdländische Aussehen, viele Kinder, die mit ihren Eltern lärmend durch die große Ankunftshalle liefen: alles war ziemlich laut und wuselig, trotz der Frühe jedoch lebendiger als in Frankfurt zur Hauptreisezeit.

„Meine Familie wohnt in der Rocinha im Süden von Rio de Janeiro" sagte Maria. „Das ist ungefähr vierzig Kilometer von hier entfernt. Eine Favela. Das Taxi dorthin ist aber teuer."

„Darüber mach dir bitte keine Sorgen" beruhigte sie Peter. Er wandte sich an den nächsten bereitstehenden Fahrer und lud das Gepäck ein. Maria nannte ihm die Adresse in Rocinha, was der Taxidriver mit einem erstaunten Blick zur Kenntnis nahm. Ein Europäer, der mit einer Brasilianerin in die Favela fuhr? Was es nicht alles gab!

Die Fahrt führte mitten durch die Stadt, rechts am Zuckerhut vorbei. Der Verkehr war um diese Zeit noch ziemlich ruhig, aber Peter wusste, dass das schon eine Stunde später anders aussah. Während er Marias Hand hielt, betrachtete er neugierig die Häuser entlang der Strecke.

Rio hatte sich seit seinem letzten Besuch ziemlich verändert. Es gab Hunderte neu entstandene moderne Gebäude, größtenteils Hotels. Auch der Verkehr auf den Straßen hatte enorm zugenommen. In einigem Abstand sahen sie Maracanà, das Fussballstadion, folgten dann der Küstenlinie, passierten den Strand von Copacabana und erreichten einige hundert Meter weiter über die Avenue Viera Souto den Strand von Ipanema. Trotz der Frühe bewegten sich schon viele Einheimische am Strand, joggten auf der Promenade, waren die ersten der zahlreichen Souvenirläden geöffnet. Der Taxifahrer erkundigte sich noch einige Male, ob sie wirklich nach Rocinha wollten, was Maria mit einem eingefrorenen Lächeln bestätigte. Ihr war nicht nach Liebenswürdigkeit zumute. Hinter Zuzu Angel, dem

Engelstunnel, der die Rocinha Favela unterquerte, zweigte die Straße nach rechts ab und führte in Serpentinen die Hügel hinauf. Eine Weile folgten sie der Estrada da Gàvea, einer der etwas breiteren Straßen, die durch die Favela führten, bis Maria das Taxi halten ließ. Sie waren am Ziel angekommen.

„Hier lebt meine Familie" erklärte sie, und während Peter den Fahrer entlohnte und das wenige Gepäck aus dem Kofferraum hievte, stieg sie aus.

„Dort drüben, das Haus ist es." Sie deutete mit dem Finger auf ein schäbiges, aber immerhin noch intaktes einstöckiges Haus. Von den Wänden angrenzender Gebäude fiel schon stellenweise der Putz, andere Gebäudeteile waren gar noch im Rohbau, an den roten, unverputzten Steinen zu erkennen. Die ehemals grünlich-weiße Farbe der Häuser daneben blätterte in großen Fladen ab. Eines der Fenster war mit billigen Holzlatten vernagelt.

Peter musste schlucken. Er kannte Favelas schon von einem früheren Besuch her. Viel hatte sich seitdem offensichtlich nicht verändert. Auffallend waren die zahlreichen Kabel und Stromleitungen, die wild durch die Luft gespannt waren, sich überkreuzten, einander fast berührend und kaum befestigt erschienen. Im Wind schwankten sie gefährlich hin und her.

Obwohl meist einstöckig, waren viele der Hütten zwanglos und ohne Plan neben- und übereinander erbaut worden. Vor einigen Fensteröffnungen baumelte bunte Wäsche der Bewohner, Jeans, Hemden, sogar Unterwäsche. Und es war laut, sehr laut. Im Haus nebenan quengelte lautstark eine Frau, schrie ein kleines Kind seine Not heraus, und wenige Meter darüber zankten sich lauthals ein paar Männer. Um was sie sich stritten konnte Peter nicht verstehen, seine wenigen Portugiesisch-Kenntnisse reichten dafür nicht aus, aber es ging wahrscheinlich wie meistens um Finanzen oder Eifersucht. Unverkennbar auch der Geruch der Armut. Es stank nach Fäkalien, nach Urin und verfaulten Lebensmitteln, die auf der Straße herumlagen. Eine völlig verwahrlost aussehende Katze schlich ängstlich an einer der Mauern entlang. Eine unglaubliche Mischung.

Maria hatte ihn still beobachtet. Jetzt nahm sie seine Hand und zog ihn über mehrere, wacklige Treppenstufen den Weg hoch, der zu ihrer Wohnung führte.

"Wir leben hier nicht in einer Villa" erklärte sie verschämt, aber Peter drückte nur ihre Hand und erwiderte, dass er die Umgebung hier so ähnlich erwartet hatte.

„Ich war früher schon einmal in einer Favela, ich glaube, ich habe es auf dem Schiff schon mal erwähnt. Mach dir darüber keine Gedanken, ich war im Wesentlichen darauf vorbereitet. Ich lebte mehrere Jahre in einem Zelt, da gab es noch weit weniger Komfort."

Maria fischte einen Schlüssel aus ihrer Handtasche und öffnete die Tür. Schon nach wenigen Schritten war klar, dass niemand anwesend war. Nur der schnelle Blick einer Nachbarin bewies, dass man hier auf Ungewöhnliches achtete. Maria fragte, wo sie ihre Mutter eingeliefert hätten, und bekam nach einem Wortschwall die Adresse der Klinik, wo sie lag.

„Das ist nicht weit von hier" erklärte Maria. „Ich muss dringend dorthin." Sie ließen ihr Gepäck im Haus zurück, verschlossen es wieder und machten sich auf den Weg. Es waren nur wenige Straßen bis zur Klinik. Sie mussten zu Fuß gehen; es war unmöglich, ein Taxi in eine Favela zu beordern, außer man kam bereits von außerhalb. Die Gefahr, überfallen zu werden, war für die Taxidriver durch die massiv verbreitete Kriminalität einfach zu groß.

Die engen, asphaltierten Straßen schlängelten sich kreuz und quer durch das Armenviertel. Sie waren trotz der Frühe bereits voller Menschen. Alte Motorräder knatterten lautstark durch die Gassen, halbnackte Kinder und junge Mädchen tobten herum, an einer Straßenecke schraubten ein paar Halbwüchsige an einem uralten, ziemlich zerbeulten Auto. Der Weg führte leicht abwärts zur Adresse der genannten Klinik.

Das so genannte ‚Krankenhaus', ein ziemlich heruntergekommener Bau, sah so gar nicht nach einer Unfallklinik aus. Mit Ausnahme zweier armseliger, zweistöckiger Gebäude, hellblau gekachelt, die wohl zum Hauptteil der Klinik gehörten, war sie nur einstöckig gebaut. Wie dicht aneinander gereihte Schuhschachteln breiteten sich die einzelnen Teile des Hospitals mehr als achtzig Meter entlang der Straße aus. Der weiß gestrichene Eingangsbereich mit der blau eingefassten Glastür gehörte wohl noch zum Modernsten an dieser Klinik. Jedenfalls war dies Peters erster Eindruck.

Ungläubig fiel sein Blick auf dieses Spital. Hier sollen Ärzte aufwendige Operationen vornehmen können? Unvorstellbar, dass es hier sterile OP-Säle gab. Peter hatte schon früher von den katastrophalen Zuständen in brasilianischen Krankenhäusern und Gesundheitseinrichtungen gehört, aber das hier war wohl noch eine Spur schlimmer. Maria schien jedoch anderer Ansicht zu sein. Sie bat ihn einzutreten.

„Ich habe hier mal meinen Bruder gepflegt" sagte sie. „Er hatte sich das Bein gebrochen, und die haben ihm gut geholfen. Er kann wieder laufen wie vor dem Unfall."

Peter zweifelte nicht daran, Maria musste es schließlich wissen. Aber ein Beinbruch war kaum vergleichbar mit schwereren Verletzungen des Körpers, inneren Blutungen, Herzversagen, Nierenschäden oder gar komplizierten Beckenbrüchen. Immerhin war die medizinische Betreuung in Brasilien in allen städtischen Betrieben und Kliniken für jeden Bürger gratis.

Das Bild, das sich Peter Handtke sofort beim Eintreten bot war erschreckend. Dutzende Kranke drängten sich auf den engen Korridoren. Mit Krücken, zerlumpten Schuhen oder barfuß, verbundenen Gliedmaßen oder blutdurchtränkten Verbänden an Kopf und Händen warteten sie geduldig, bis sie an die

Reihe kamen. Zahlreiche Mücken umschwirrten alle die sich hier aufhielten und piesackten jede freie Körperstelle. Es roch nach Armut, nach Schmerz und Desinfektionsmitteln. Nur mit Mühe gelang es Maria, eine Krankenschwester aufzutreiben, die sie zu einem Doktor brachte.

Alvaro, ein kleinwüchsiger, aber durchaus gutaussehender Mann stammte aus Kuba und stellte sich als Arzt vor. Er arbeitete seit einem Jahr als ‚Doktor für die Armen' und machte einen überaus sympathischen Eindruck. Peter revidierte sein vorschnelles Urteil über die Klinik ein wenig. Doktor Alvaro besaß ein fröhliches Gesicht, schwarze Haare, einen beeindruckenden Schnauzbart und trug einen immerhin blütenweißen, sauberen Arztkittel. Im Gegensatz zur Bedeutung seines Namens, was auf kubanisch ‚der Zurückhaltende' hieß, war er gar nicht derjenige, der sich vornehm zurückhielt. Energisch gab er seine Anweisungen an einen Pfleger, bevor er die Besucher in sein kleines Sprechzimmer bat. Seine dunklen Augen blickten freundlich.

„Por favor, bitte treten Sie ein." Er zeigte mit der Hand auf die beiden Besucherstühle im Raum. „Setzen Sie sich. Was führt Sie zu mir?" Er selbst nahm hinter seinem einfachen Schreibtisch Platz.

„Ich bin Maria Suarez, mein Begleiter ist Peter Handtke, ein Freund aus Deutschland. Meine Mutter ist vor ein paar Tagen oder einer Woche hier eingeliefert worden. Sie hatte einen Unfall in einem Bus und soll schwer verletzt bei Ihnen liegen. Ich möchte wissen wie es ihr geht. Falls es möglich ist, möchte ich sie gerne besuchen."

„Wie heißt Ihre Mutter denn?"

„Ihr Name ist Josefina Suarez".

Dr. Alvaro öffnete den Aktenschrank, entnahm ihm eine Mappe mit Unterlagen und blätterte eine Weile darin. Peter betrachtete derweil die Inneneinrichtung des spartanisch ausgestatteten Raumes.

Die bestand lediglich, mit Ausnahme des Schreibtischs, des Aktenschranks und der beiden Besucherstühle, aus zwei kleinen Schränkchen an der rechten Wand. An der linken war eine Tafel aufgestellt mit der medizinischen Abbildung eines Körpers, darüber ein kunstvoll eingerahmtes Porträt, wahrscheinlich eine berühmte Persönlichkeit oder vielleicht der Inhaber der Klinik. Ein minimales Waschbecken, samt zweier blauer Handtücher vervollständigte das karge Mobiliar. Nicht einmal eine Untersuchungsliege gab es.

„Josefina Suarez, hier habe ich Ihre Mutter." Er zog das Blatt aus dem Karteikasten, hob seinen Blick und schaute Maria ins Gesicht.

„Sie ist vor acht Tagen hier eingeliefert worden und schwer verletzt, aber sie wird am Leben bleiben, denke ich. Wir tun alles, was wir können. Besuchen können Sie sie derzeit jedoch nicht. Wir haben sie ins künstliche Koma versetzt."

Es klopfte an der Tür. Dr. Alvaro erhob sich und öffnete sie. „Bitte keinen Besuch jetzt, ich komme gleich zu Ihnen" bat er die eintretende Schwester. Er schloss die Tür und setzte sich zurück an seinen Schreibtisch. Er nahm noch einmal die Akte in die Hand.

„Ihre Mutter hatte einen komplizierten Rippenbruch, außerdem eine Gehirnerschütterung, eine Lendenwirbel-Fraktur und mehrere offene Wunden. Sie wird aber durchkommen."

Verstört, aber gleichzeitig erleichtert vernahm Maria die Diagnose des Arztes. Ihre Mutter würde weiterleben! Nur das war jetzt wichtig. Sie legte ihren Kopf an Peters Schulter und ließ ihren Tränen freien Lauf. Geduldig wartete Dr. Alvaro bis sie sich wieder etwas beruhigte. Dann erhob er sich.

„Kommen Sie in ein paar Tagen wieder, dann wissen wir vielleicht Näheres. Sie wird zunächst einige Wochen im Hospital bleiben müssen." Er brachte die beiden noch bis zur Tür.

„Seinen Sie optimistisch. Wir sorgen gut für Ihre Mutter. Sie ist eine tapfere Frau und wird sicher wieder gesund werden."

„Ich danke Ihnen, Dr. Alvaro." Maria konnte kaum sprechen. „Ich werde Ihnen das nie vergessen" flüsterte sie, „ich weiß nicht, wie ich Ihnen danken kann. Ich habe nichts, was ich geben könnte." Sie wischte sich die letzte Feuchtigkeit aus den Augen.

„Ich habe gar nichts von Ihnen erwartet, Frau Juarez. Ich tue nur meine Pflicht, aber das wirklich gern." Er öffnete die Tür. „Bitte kommen Sie in ein paar Tagen wieder. Dann weiß ich mehr."

Er geleitete die beiden noch hinaus und sah ihnen nachdenklich hinterher. Er selbst war sich nicht sicher, ob Josefina Suarez tatsächlich überleben würde. Die Verletzungen waren schlimm. Schlimmer aber war ein verdächtiger Schatten auf den Röntgenbildern des Kopfes, was ihn beunruhigte. Das konnte er der Tochter seiner Patientin aber nicht so einfach ins Gesicht sagen. Zuvor musste er Gewissheit darüber haben, ob es sich um einen Tumor handelte oder harmlos war. Er konnte sich auch irren.

Peter Handtke ergriff Marias Hand. Seine junge Begleiterin wirkte angeschlagen und schwach. Er konnte ihre Lage sehr gut nachfühlen. Ihm würde es wahrscheinlich ähnlich ergehen, wenn seiner noch lebenden Mutter etwas zustoßen würde.

„Was hältst Du davon, wenn wir zunächst etwas essen gehen? Lass uns in die Stadt fahren. Ich habe Hunger, und dir würde eine warme Mahlzeit auch guttun.

Maria nickte nur apathisch und ließ sich von ihm aus der Favela dirigieren. Da Peter sich auskannte, ließ er das Taxi an die Copacabana fahren. In einer Parallelstraße gab es diverse gute und günstige Restaurants die hervorragendes Essen boten. Er kannte das von seinen früheren Besuchen her. In den Kilogramma-Restaurants, so hießen sie, bediente man sich aus diversen Schalen, Tellerchen und Schüsseln selbst. Der gefüllte Teller wurde dann an der Kasse gewogen und man bezahlte nach Gewicht. Alles sehr günstig, dabei trotzdem schmackhaft.

Das Lokal Kilo-Mania, das Peter Handtke kannte, lag in der Avenida Nossa Senhora. Ein typisch einheimisches Restaurant, mit einer langen Auslage, in der die Köstlichkeiten zum Aussuchen drapiert waren. Die schlicht in hellem Grün bemalte Wände unterstrichen das einfache Ambiente, das in Punkto Qualität der Speisen aber auf den vorderen Plätzen lag und zudem sehr zivile Preise bot. Sie nahmen an einem der freien Tische Platz. Das Lokal war nicht sonderlich gut besucht, nur wenige Menschen hielten sich auf, aber es war ja auch noch keine Essenszeit. So konnten sie sich ungestört unterhalten.

Es war Zeit, sich zu überlegen, was als nächstes zu tun sei. Maria hatte ihr Zuhause in Santos, rund vierhundert Kilometer entfernt. Alle paar Tage mit dem Bus hin und her zu fahren wäre sehr anstrengend. Eine Fahrt zwischen den beiden Städten dauerte rund acht Stunden. Flieger wiederum waren momentan nicht einfach zu bekommen. Die brasilianische Airline steckte in einer Krise und hatte Zahlungsschwierigkeiten.

„Lass uns erst mal ins Haus meiner Mutter fahren" schlug Maria vor. „Meine beiden Brüder müssen irgendwann auftauchen, und dann sehen wir weiter. Vielleicht können wir für eine Weile in Rio bleiben. Wenn es Dir nichts ausmacht, in einer Favela zu wohnen…"

„Nein, das wäre schon okay." Peter Handtke dachte nach. „Was machen Deine Brüder eigentlich? Wie alt sind sie? Ich weiß nach wie vor wenig von Dir und deiner Familie."

„Miguel ist vierundzwanzig Jahre alt und arbeitet als Packer im Hafen. Das macht er seit zwei Jahren, aber immer nur, wenn er Geld braucht." Sie verzog das Gesicht. „Er ist ziemlich faul. Fußball ist alles für ihn, an anderen Dingen hat er so gut wie kein Interesse, nicht mal an Mädchen. Zumindest hat er bisher keine Freundin mit nach Hause gebracht." Während Peter sich einen Teller mit Fleisch und Gemüse bepackte, wollte Maria nur einen Kaffee. Gedankenverloren nahm sie einen Schluck.

„Mein jüngerer Bruder ist ein Muttersöhnchen. Lucas ist sechzehn Jahre alt. Ihn hat der Unfall seiner Mutter sicherlich schwerer getroffen als Miguel. Er ist sensibel, hat trotz seines jungen Alters mehr Interesse an Kunst und ist meist in Ipanema unterwegs. Dort sitzt er oft stundenlang wie verloren am Strand und versucht sich mit Malen. Letztes Jahr hat er an einer riesigen Sandburg eines Freundes mitgebaut, die sogar einen Preis erzielte. Einer der beiden Jungs ist sicherlich zuhause."

Peter Handtke nickte und war einverstanden. Nach dem Essen schlug er den Weg zum Taxistand ein, aber Maria protestierte. Sie fand das unmöglich, jedes Mal ein Taxi zu rufen.

„Wir können doch auch den Bus nehmen", meinte sie. „Das kostet doch immer so viel Geld."

„Darüber solltest du dir keine Gedanken machen". Peter nahm sie einfach an die Hand. „Geld spielt momentan wirklich keine Rolle. Ich habe genug, und auch Erwin würde das wollen." Schließlich ließ sich Maria überzeugen. Etwas später brachte sie ein freundlicher Fahrer zurück in die Favela. Dort trafen sie tatsächlich ihren jüngeren Bruder an. Maria stellte ihm ihren deutschen Freund vor.

„Das ist Peter aus Hamburg. Er hat mich nach Brasilien begleitet. Zusammen haben wir vorhin unsere Mutter im Krankenhaus besucht."

Lucas gab Peter neugierig die Hand. In gebrochenem Englisch begrüßte er den Gast aus Deutschland. "Hello, welcome from Germany. I am brother from Maria." Ein scheues Lächeln glitt über sein Gesicht. „Wie geht es Mama?"

„Mama liegt im Koma, aber der Arzt meinte, sie würde überleben." Maria strich ihm sanft über den Kopf. „Mach dir bitte keine allzu große Sorgen. Das wird schon wieder."

Lucas erschien Peter mit seinen sechzehn Jahren recht klein. Geschätzt gerade einmal einen Meter fünfzig. Im Gegensatz zu der allgemeinen brasilianischen Jugend war er ein ruhiger Bursche, zurückhaltend, aber mit lebhaften, wachen Augen. Kaffeebraun, dunkle Augen in dem noch kindlichen Gesicht, bekleidet mit einer oft geflickten, alten Jeans und einem hellroten T-Shirt. Sein Händedruck war fest, gar nicht so passend zu seinem übrigen Auftreten. Seine nackten Füße steckten in billigen, ausgelatschten Sandalen. Peter lächelte ihn an. „Obrigado, danke!" Zusammen betraten sie das Haus.

Die Wohnung der Familie bestand aus zwei kleinen Zimmern. Sehr einfach gehalten. Nackte Wände ohne Tapeten, das Klo immerhin abgetrennt in einem schlichten Bretterverschlag ohne Schloss. Statt Betten gab es auf dem hölzernen Boden mehrere zerschlissene Matratzen, flankiert von einem einfachen, selbst gezimmerten niedrigen Holztisch. Eine schiefe Tür zweigte in den Nebenraum ab, auch dort lagen zwei Matratzen, diesmal auf einem Linoleumboden. Auf einer kleinen Kommode waren mehrere Bilder in verschieden großen Rahmen aufgestellt. Die hübsche Frau, mehrfach auf den Fotos zu sehen, schien Josefina zu sein. Sie kam mir irgendwie bekannt vor. Sie wies eine große Ähnlichkeit zu meiner damaligen Maria auf, als ich in meiner Seefahrtzeit mit dem Schiff in Santos lag. Auf einer größeren Aufnahme war sie mit ihrem verstorbenen Mann zu sehen. Ein stattlicher Mann, mit einem markanten Gesicht, einem Schnauzbart, dunklen Augen und pechschwarzen Haaren in einem dunkelblauen Anzug. An seiner Hand offensichtlich Maria, um viele Jahre jünger. Ihm fiel ein, dass Maria ihm erzählte, dass ihr Vater starb, als sie fünfzehn war. Daneben befand sich ein Bild mit ihren beiden Brüdern. Das

Foto war relativ neu; Peter erkante Lucas auf Anhieb. Der ältere der beiden, Miguel, war von schlanker Figur und schien bereits sehr erwachsen zu sein. Er überragte seinen kleineren Bruder um einen ganzen Kopf.

Von Lucas erfuhr Maria, dass Miguel schon um vier Uhr in der Frühe zu einem Job in den Hafen aufgebrochen war. Heute würde er also wieder ein bisschen Geld nach Hause bringen. Geld, das dringend gebraucht wurde. Da es nur einen einzigen Stuhl gab, setzten sich alle auf die Matratzen.

„Enttäuscht?" fragte Maria, als sie den prüfenden Blick Handtkes bemerkte. „Ich sagte es Dir schon, wir leben sehr einfach."

„Nein, nicht wirklich." Peter sah sich um. „Ich hatte es mir so ähnlich vorgestellt. Immerhin habt Ihr zwei Zimmer."

„Ja, das ist in dieser Umgebung schon ein gewisser Komfort" bestätigte Maria. „Das war auch erst möglich, nachdem ich den Job auf der ‚Elegance' bekam. Nun bin ich bei Erwin, das ist ein weiterer Sprung nach oben. Das mit meiner Mama ist allerdings ein Rückschlag…" Sie hatte schon wieder Tränen in den Augen. „Ich weiß nicht, ob ich zu Erwin zurückfliegen kann."

„Versuchen wir einfach mal, das Ganze jetzt nicht so negativ zu sehen." Peter Handtke erhob sich und nahm das Bild ihrer Eltern in die Hand.

„Deine Mutter ist genau so hübsch wie du. Ich hoffe und denke auch, dass sie es schafft. Meine damalige brasilianische Freundin sah ihr sehr ähnlich." Er stellte das Bild sorgfältig auf die Kommode zurück und nahm wieder neben Maria Platz.

„Im Moment können wir nichts weiter tun als abzuwarten und zu beten." Behutsam nahm er Maria in seine Arme.

„Du sagtest, du hast auch noch eine Großmutter. Wo lebt die denn? Nicht in Rio?"

„Nein, sie lebt in der Nähe einer Freundin, die sich auch um sie kümmert. Seit einem kleinen Unfall ist sie gehbehindert, nur leicht, ist aber ansonsten gesund. Sie lebt etwas außerhalb von Rio. Der Ort, in dem sie wohnt heißt Niteroi, auf der anderen Seite der Guanabara-Bucht, das ist ungefähr fünfzig Kilometer entfernt. Wenn Du magst, können wir sie in den nächsten Tagen gern mal besuchen. Sie freut sich sicherlich, mich mal wieder zu sehen. Sie heißt übrigens auch Maria und war mal lange Zeit mit einem deutschen Mann befreundet, ebenfalls ein Seemann. Leider brach das nach einiger Zeit ab. Sie haben sich zwar noch oft geschrieben, aber sein Schiff kam wohl nicht mehr nach Brasilien, oder aber er hat seinen Beruf gewechselt."

„Oh, das tut mir wirklich leid für sie. Wollte sie nicht mit ihm nach Deutschland gehen?"

„Es hat sich wohl nicht ergeben. Genaueres weiß ich nicht, nur das, was sie mir vor langer Zeit mal erzählte."

„Ich würde Deine Oma gern kennen lernen. Wir können sie in den nächsten Tagen auf jeden Fall mal besuchen, aber was können wir jetzt tun? Es ist ja noch früh. Vielleicht zeigt ihr zwei mir mal ein bisschen was von der Stadt? Ich kenne Rio zwar so einigermaßen, aber mein letzter Besuch ist schon ziemlich lange her. Und ihr kennt bestimmt schöne Plätze, die nur wenige oder gar keine Touristen zu Gesicht bekommen. Ein bisschen Ablenkung täte gut."

Seine Worte wurden allgemein begrüßt, und zusammen fuhren sie ins Zentrum. Maria und Lucas führte ihn stundenlang durch diverse Viertel und an der inneren Lagune entlang. Maria ließ sich ein wenig von der Sorge um ihre Mutter ablenken. Erst gegen Abend kehrten sie zurück, müde vom Laufen und den zahlreichen Eindrücken, die vor allem für Peter Handke nicht so schnell zu verarbeiten waren. Er musste immer wieder an seine frühere Zeit denken, als er mit dem Schiff in Santos lag und ‚seiner' Maria den Besuch ihrer Eltern ermöglichte. Damals fuhren sie mit der Seilbahn zum Zuckerhut hinauf.

Wieder in der Favela, trafen sie auch den zweiten Sohn an. Miguel saß am niedrigen Tisch und hatte sich eine Portion Spaghetti zubereitet. Er sprang auf, als Peter mit Lucas und Maria an der Hand eintrat. Seine Schwester brachte einen fremden Mann mit nach Hause?

Die Begrüßung war jedoch herzlich. Maria erklärte ihrem Bruder die Umstände, und dass er einer der Personen war, die ihr in Hamburg einen neuen Anfang ermöglichten.

„Du hast meine Schwester extra auf dem langen Flug begleitet? Das finde ich wirklich sehr nobel. Das hätten nicht viele Männer getan." Miguel sprach ein recht gutes Englisch.

„Nun, wir haben finanziell gute Bedingungen, da war es nur ein Zeitproblem, was aber kein wirkliches Problem ist. Ich kann mir die Zeit so einteilen, wie ich es mag." Er nahm die ausgestreckte Hand Miguels.

„Ich habe gehört, dass Du im Hafen arbeitest? Das ist eine ziemlich schwere Arbeit, oder? Was machst du da?"

„Ja, die Arbeit fordert mich schon, aber ich bin kräftig. Hab gute Muskeln." Er winkelte den Arm an, wölbte seinen Bizeps nach oben und lachte dabei. „Ich bewege mich gern, ich habe nur nicht immer Lust dazu. Ich bin an den Containeranlagen beschäftigt."

„Das habe ich schon von Maria erfahren." Peter schmunzelte innerlich und nahm ihn beiseite.

„Was können wir jetzt unternehmen? Deine Mutter ist schwer krank. Bekommt sie in dem alten Krankenhaus wirklich eine gute Behandlung?"

„Ich glaube schon." Es war Maria, die sich wieder einmischte. „Ich kenne Doktor Alvarez, der ist allgemein bekannt und wirklich sehr gut."

„Mein Bein hat er auch prima wieder zusammengeflickt" bestätigte Lucas. „Ich hatte mir das Schienbein bei einem Sprung gebrochen. Ganz durch, der Knochen guckte richtig raus." Er hob sein Knie an und schob die Jeans ein Stück über die Wade. Eine lange Narbe zeigte die Stelle. „Ist vor zwei Jahren passiert, aber sehr gut verheilt, und ich kann wieder laufen und springen wie früher." Mitten im Zimmer schlug er plötzlich einen Salto. Dabei grinste er wie ein Honigkuchenpferd. Obwohl arm, bildeten sie eine prima Familie, dachte Peter Handtke.

Miguel stopfte die letzten Nudeln in seinen Mund und stellte den Teller auf das Bord neben dem Waschbecken. Hier gab es sogar fließend Wasser, staunte Peter, und erinnerte sich an den ersten Besuch vor fünfzig Jahren. Damals musste das Wasser mehrmals täglich in Eimern aus einer entfernten Wasserstelle herangeholt werden. Es hatte sich tatsächlich auch in den Favelas einiges verändert.

Er erhob sich von der Matratze und zog sein Handy aus der Tasche. Zu Maria gewandt sagte er, dass er Erwin anrufen müsse. „Ich habe ihm versprochen, mich ab und an zu melden." Er öffnete die Tür und setzte sich draußen auf einen Vorsprung des Hauses. Dort war der Empfang besser. In Deutschland war es jetzt schon spät abends, die beste Zeit, seinen Freund zu erreichen.

Es wurde ein ziemlich langes Gespräch. Peter berichtete von seiner Ankunft in Rio, von den Verhältnissen hier und vom Besuch in der Klinik.

„Die Mutter ist schwer verletzt, Erwin", und dann zählte er die Verletzungen auf, wie er sie vom Arzt erfahren hatte. „Es kann sein, dass sie es überlebt, der Arzt war guter Dinge, aber er konnte es nicht mit Sicherheit sagen."

„Das ist ja schrecklich, Peter, großer Mist. Können wir da nicht irgendwas tun? Ein anderes, moderneres Krankenhaus? Geld spielt keine Rolle."

„Dazu fällt mir im Moment nichts ein. Die Klinik scheint soweit okay zu sein, jedenfalls sagen das alle hier. Maria hat einen jüngeren Bruder und wurde darin schon nach einem Beinbruch behandelt. Er war sehr zufrieden. Josefina, so heißt die Mutter, ist aber derzeit nicht ansprechbar, sie wurde in ein künstliches Koma versetzt."

„Das klingt nicht gut. Müssen wir halt abwarten. Was schlägst du vor? Wie geht's dir sonst? Was macht ihr? Wie ist das Wetter in Rio?"

„So viele Fragen auf einmal, Erwin." Peter lachte. „Das Wetter ist super, Brasilien halt. Die haben hier in ein oder zwei Monaten Sommer. Heute liegen die Temperaturen bei knapp fünfunddreißig Grad."

„Du kannst es guthaben! Bei uns regnet es mal wieder tote Katzen vom Himmel, bei fünfzehn Grad. Wollt ihr noch weiter in den Süden nach Santos?"

„Das haben wir noch nicht besprochen. Maria hat eine Großmutter, die müsste jetzt in meinem Alter sein. Wohnt fünfzig Kilometer von hier entfernt. Ihr werden wir in den nächsten Tagen einen Besuch abstatten."

Sie hatten sich noch viel zu erzählen, bis Erwin irgendwann sagte, dass er müde sei und nun ins Bett möchte. Peter lachte. „Dann husch, husch ins Körbchen. Ich halte dich auf dem Laufenden. Ich wünsch Dir eine gute Nacht, und nette Grüße an Vivien, wenn sie anruft, und selbstverständlich auch an Anna." Peter legte auf und trat wieder ins Haus.

„Erwin lässt euch herzlich grüßen." Er sah Maria an. „Ich muss in einer ruhigen Stunde mal ernster mit Dir reden. Nur mit dir allein. Vielleicht gibt es da etwas, womit wir helfen können. Ist aber noch nicht ganz spruchreif. Vielleicht morgen…"

Maria Suarez nickte. „Vielleicht morgen…"

Der „Morgen" kam bereits früh am nächsten Tag. Wider Erwarten hatte Peter gut geschlafen. Maria lag an seiner Seite und weckte ihn. „Telefon".

Es war Erwin, der mitten in der Nacht an der Strippe saß. Er klang aufgeregt.

„Ich habe euch einen Vorschlag zu machen", keuchte er ins Telefon. „Ich fliege in wenigen Tagen zu euch nach Rio. Ich möchte euch meinen Vorschlag gern persönlich unterbreiten. Bin gespannt auf eure Reaktion." Er hielt inne und ließ den Satz auf seinen Freund wirken. Peter blieb die Luft weg. Was wollte Erwin? Sie hier besuchen?"

„Was willst du? Sag es ehrlich: Du hast Sehnsucht nach Maria! Bist jetzt in der Nacht allein."

„Nein Peter, das ist es nicht. Obwohl, natürlich habe ich Sehnsucht nach Maria. Sie fehlt mir, aber das meinte ich eben nicht. Ich habe und serviere euch wirkliche Neuigkeiten. Das müssen wir aber gemeinsam besprechen. Es geht um beide Marias, sowohl Großmutter als auch Tochter. Eigentlich um die ganze Familie. Ich melde mich aber noch rechtzeitig an."

„Um alle? Nur ihre Mutter liegt im Koma."

„Ich weiß das doch, das hast du gestern schon erwähnt. Lasst euch überraschen. Mir ist da eine ganze Menge eingefallen." Erwin machte ein regelrechtes Geheimnis daraus.

„Wenn ich in Rio angekommen bin, werde ich es euch persönlich vorschlagen. Es ist noch zu früh, darüber zu reden. Ich muss es für mich selbst erst noch konkretisieren. Aber für heute ist das erst mal genug. Ich werde jetzt schlafen. Ich melde mich bald wieder. Grüß Maria und die Jungs von mir." Er legte auf, ohne sich wirklich zu verabschieden.

Peter war verblüfft. Was sollte das denn bedeuten? Was hatte Erwin vor? Dieses Ungewisse, Geheimnisvolle war eigentlich gar nicht seine Art. Und extra dafür nach Brasilien fliegen! Konnte er nicht am Telefon sagen, was er vorhatte?

Um zehn erschien Lucas in der Tür. Noch ein wenig verschlafen, die Augen müde, das lange Haar wie ein glänzend schwarzes Tuch an der Seite seines Kopfes herabhängend. Er schlurfte in den Bretterverschlag, um sein Morgengeschäft zu verrichten und sich zu waschen. Als er nach nur wenigen Minuten die Tür öffnete wirkte er aufgeräumt, sah aus wie ein junger Gott.

„Ich fahr gleich wieder an den Strand. Ich hatte einen herrlichen Traum und will versuchen, den zu malen. Ihr braucht nicht auf mich zu warten. Bin schon weg." Sprachs, nahm seine Jacke vom Haken, klemmte sich die kleine, selbstgebaute Staffelei samt Farben und Pinseln unter seinen Arm und verschwand.

„Das ging aber schnell" wunderte sich Peter „Ist er morgens immer so kurz angebunden?"

„Ja, das kenne ich schon" erwiderte Maria. „Mach dir nichts draus. Heute Nachmittag wird er wieder da sein. Angehende Künstler sind wohl so." Sie lachte verhalten. Peter nahm Maria an die Hand.

„Komm, lass uns mal sehen wie es deiner Mama geht. Der Arzt kann uns ja nicht erreichen. Ich mache mir ein wenig Sorgen."

„Aber der Doktor hat gesagt, dass meine Mutter im Koma liegt. Da können wir doch nichts machen…"

„Vielleicht doch. Sie ist ja ins künstliche Koma versetzt worden. Das kann sich jederzeit ändern. Ich möchte so gern, dass alles gut wird. Ich habe vorhin mit Erwin telefoniert. Er hat irgendeinen Vorschlag für uns, und er will uns extra deswegen besuchen kommen. Er kommt morgen zu uns nach Rio. Ich bin gespannt, was er ausgeheckt hat. Am Telefon wollte er nicht darüber sprechen."

„Erwin hat angerufen? Und mir hast du keinen Ton gesagt! Und er will uns in Brasilien besuchen? Hat er keinen Gruß für mich hinterlassen? Ich sag ja, er wird mich vergessen." Maria seufzte.

„So ein Unsinn! Natürlich lässt er dich grüßen. Er freut sich Dich zu sehen. Keineswegs hat er dich vergessen, wie könnte er! Wollen wir nun deine Mama besuchen oder nicht?" Maria nickte.

„Okay, gehen wir. Miguel ist heute schon sehr früh in den Hafen gefahren. Wir haben genug Zeit."

Zusammen verließen sie das Haus und gingen wie letztes Mal die wenigen Straßen zu Fuß zur Klinik.

Es war heute wieder recht warm. Die Luft roch nach Favela, nach Armut, aber auch nach Freiheit, nach Aufbruch. Auf der Straße tobte wie immer das Leben. Kinder spielten barfuß im Dreck, Mopeds knatterten mit winzigen Lieferwagen um die Wette, und lautes Geschrei aus dem einen oder anderen Haus erinnerte Peter Handtke daran, dass alltäglicher Stress im Armenviertel von Rio eine Normalität war.

Sie trafen Dr. Alvaro an der Rezeption des Krankenhauses. Dort bewegte sich schon wieder eine Schlange Patienten voran. Als der Arzt die neuen Besucher entdeckte, empfing er sie mit einem Lächeln und führte sie zum schon bekannten Sprechzimmer.

„Ich glaube, wir haben eine Menge Glück" sagte er gleich beim Betreten des Raumes. „Der Zustand Ihrer Mutter hat sich etwas verbessert. Die Heilung schreitet erstaunlich schnell voran. Wir werden sie möglicherweise morgen aus dem Koma herausholen können. Bitte setzen Sie sich." Er musterte die vor ihm Wartenden bis sie Platz genommen hatten.

„So wie es aussieht wird sie durchkommen. Wir sind da sehr optimistisch. Haben Sie ein wenig Geduld!"

Maria fiel ein Stein vom Herzen, was heißt Stein, ein ganzer Felsbrocken! Sie sprang auf und fiel vor dem Arzt auf die Knie, aber Dr. Alvaro sprang schnell dazwischen.

„Um Gottes willen, nicht doch, Frau Suarez, nicht doch! Stehen Sie auf. Ich tue doch nur meine Pflicht." Peinlich berührt nahm er ihre Hand und zog sie hoch.

„Setzen Sie sich bitte wieder. Ich kann zwar nichts garantieren, aber ihrer Mutter geht es wirklich schon besser. Sie wird über den Berg sein." Peter stand erschüttert daneben. Er hatte gar nicht so schnell reagieren können wie dieser kleine, freundliche Arzt aus Kuba.

„Kommen Sie einfach in zwei oder drei Tagen noch einmal vorbei. Wenn sie bis dahin wach ist, dürfen Sie Ihre Mutter gern besuchen und auch sehen. Aber nur kurz, bitte denken Sie daran. Es wird auch dann noch eine Belastung für sie sein!" Er nickte ihr freundlich zu. Maria hatte Tränen in den Augen, es waren diesmal Freudentränen. Sie hatte wieder Hoffnung.

"Natürlich werden wir wieder herkommen. Meine arme Mama!" Sie schluchzte, aber es war ein anderes Schluchzen als die Tage davor. Es gab nichts weiter zu sagen. Peter nahm ihre Hand und zog sie vom Stuhl hoch.

„Komm, lass uns gehen, Maria. Wir sollten den Doktor nicht so lange aufhalten, er hat sicher auch noch andere Patienten."

„Das ist schon okay, ich kann das verstehen." Dr. Alvaro schüttelte ihr die Hand. „Wir tun was wir können, seien Sie versichert." Er gab Maria noch ein Kärtchen mit seiner Nummer.

„Hier, das ist meine private Nummer. Da können Sie mich immer dann erreichen, wenn ich nicht in der Klinik bin." Ihre Hilflosigkeit rührte ihn. „Ich habe auch noch eine Mutter und kann verstehen, dass Sie Angst um sie haben." Er ging vorweg, öffnete die Tür und geleitete die beiden Besucher noch nach draußen. „Wir sehen uns in also in zwei Tagen!"

Als sie sich umdrehten und die Klinik verließen, sah er den beiden noch eine Weile nachdenklich hinterher. *Wir werden das schon schaffen'*, dachte er und lenkte seine Schritte zurück

an seinen Arbeitsplatz. Der Schatten auf den neuen Röntgen-
aufnahmen vom Josefinas Kopf war verschwunden. Vielleicht
eine falsche Bedienung des Gerätes bei der vorherigen Aufnahme.

Ein unverhofftes Wiedersehen

Erwin Hannemann war nicht nur ein erfolgreicher Geschäftsmann, dem so gut wie alles gelang was er in die Hände nahm,
er war auch ein Mann der schnellen Entschlüsse. An diesem
Abend saß er mit Anna, seiner Haushälterin zusammen und
breitete seine Idee vor ihr aus. Erwin hatte sich zuvor viele
Gedanken gemacht. Inzwischen war ihm klar geworden, dass
er für Maria mehr empfand als nur Freundschaft. Anna war
gespannt, wie es mit den beiden weitergehen würde. Daher
überraschte es sie auch nicht, als er sie an seinen Tisch bat und
ihr die Lage erklärte.

„Ich könnte Maria und ihre Mutter zu mir nach Hamburg
holen, vielleicht sogar die ganze Familie, mitsamt ihren beiden
Söhnen. Für immer! Was hältst Du davon?"

Anna wusste nicht recht, was sie darauf antworten sollte. Die
ganze Familie nach Hamburg einladen? Zum Wohnen wäre in
seiner Villa natürlich reichlich Platz, aber für wie lange? Vielleicht sogar für immer? Ein Umzug nach Deutschland? Abgesehen davon, dass dies eine Menge Geld kosten würde, kämen
erhebliche rechtliche Probleme und viel Papierkram auf ihn zu.
Jedenfalls war das ihre Meinung, und sie sagte es ihm.

„Prinzipiell würde ich das befürworten, Erwin, aber rechtlich
wirft das eine Menge Fragen auf. Damit kenne ich mich nicht
aus. Die brauchen doch Visa, Aufenthalts- und Arbeitsgenehmigungen. Ist das denn alles so einfach zu machen?" Sie sah
ihm forschend in die Augen. „Außerdem wird das eine Menge
Geld kosten." Sie hielt kurz inne. „Vielleicht will ja nicht die
ganze Familie aus Brasilien weg…"

„Das werde ich eben versuchen herauszufinden." Erwin lächelte seine Angestellte an. „Ich werde in zwei Tagen nach Rio
fliegen und dort mit allen Beteiligten sprechen. Natürlich müssen sie alle Lust auf einen Umzug haben. Für Marias Mutter

wäre das aber am besten, glaube ich jedenfalls. Hier wird ihr eine wirklich gute medizinische Versorgung geboten." Erwin schmunzelte. „Hast dann wieder mal das ganze Haus für Dich allein. Ich habe Peter übrigens schon einiges angekündigt, aber noch nichts Genaueres erzählt."

„Das ist jetzt aber sehr spontan. Kannst du denn so einfach weg?"

„Ja, meine Geschäfte sind momentan alle unter Dach und Fach. Ich bin frei von Verpflichtungen."

„Ich beneide dich. Du kannst immer einfach so weg wie du willst." Anna lachte." Millionär müsste man sein!"

„Naja, ich habe halt im Leben eine Menge Glück gehabt und ein gutes Händchen bei meiner Art von Geschäften. Da fällt mir ein: wie wär's? Komm doch einfach mit! Ich spendiere Dir den Flug."

Anna griff sich überrascht einen Stuhl und setzte sich. Sie brauchte eine Weile, um diese Neuigkeit zu verdauen.

„Ist das dein Ernst? In meinem Alter noch mal so weit weg? Um die halbe Welt herum? Ich weiß nicht, ob ich einen so langen Flug überstehe. Sind ja mehr als zehn Stunden, denke ich."

„Vierzehn Stunden sind es" sagte Erwin, „aber in der ersten Klasse kann man das gut aushalten. Solche Flüge gehen über Nacht, da kann man in den breiten Sesseln einigermaßen schlafen."

„Und du willst mich wirklich mitnehmen? Das ist doch sehr teuer. Erste Klasse…"

„Ach Anna, muss denn immer alles am Geld liegen? Ich habe doch genug. Und wenn ich jemanden einlade, egal ob dich, Peter oder Maria, das ist doch meine Entscheidung. Wenn du mitfliegen möchtest, pack einfach einen Koffer für ein paar Tage. Ich denke, so ein, vielleicht zwei Wochen werden wir wohl bleiben. Es wird dir guttun, Anna, mal eine Weile aus Hamburg raus zu kommen. Brasilien ist ein wunderbares Land.

Palmen, Sonne, Strände, nette Menschen..." Er stand auf und blieb vor der Statue in der Eingangshalle stehen. Nachdenklich strich er über die Schulter der Figur. *‚Die könnte man tatsächlich in einem hellen Braun bemalen. Sie würde dann fast wie Maria aussehen'*. Er verwarf den Gedanken schnell wieder.

„Also, was meinst du, Anna. Fliegst du mit?" Er dreht sich zu ihr um. Seine Haushälterin saß ungläubig am Tisch. Sie hatte den Kopf in ihre Hände gestützt und wirkte etwas unschlüssig. Dann stand sie auf und trat zu ihm.

„Okay. Wenn du das wirklich möchtest, begleite ich dich natürlich gern. Ich war noch nie in Brasilien. Ich habe noch nicht einmal davon geträumt. War bisher einfach viel zu weit weg für mich." Erwin lächelte.

„Träume sollte man sich immer erfüllen, wenn sich die Gelegenheit bietet. Also abgemacht, Anna! Ich suche uns einen Flug für in zwei oder drei Tagen." Er wandte sich zum Gehen. „Ich verzieh mich jetzt nach oben. Muss noch ein wenig nachdenken und planen. Wir sehen uns wie gewohnt morgen zum Frühstück. Gute Nacht, Anna." Er ließ eine sprachlose Frau zurück. Mit den letzten Worten stieg er bereits die Treppe hinauf, aber auf halbem Weg stoppte er noch mal.

„Ich habe es wirklich ernst gemeint. Such dir ein paar nette Kleider raus, leichte Sachen. Brasilien hat derzeit dreißig Grad." Er lächelte, als er ihren Blick sah. „Ich habe aber doch noch eine Frage: Hast Du eigentlich einen Reisepass?" Anna zuckte zusammen.

„Oh, da muss ich nachsehen. Ich habe zwar einen, weiß aber nicht, ob der noch gültig ist. Ich schau gleich mal nach."

„Das hat Zeit bis zum Frühstück. Da muss ich es aber wissen. Ohne den kannst Du nämlich nicht mitfliegen, so schnell kann man keinen Pass beantragen. Also gute Nacht. Ich bin müde." Mit diesen Worten verschwand er in seinem Schlafzimmer.

Nach dem Verlassen der Klinik nahm Peter Maria an die Hand. Er wollte sie ein wenig ablenken von den Sorgen um ihre Mutter.

„Wollen wir den Tag nicht nutzen, um Deine Oma zu besuchen? Fünfzig Kilometer sind ja keine große Entfernung. Mit dem Bus vielleicht eine Stunde. Wir könnten auch ein Taxi nehmen." Maria blieb abrupt stehen.

„Du immer mit deinem Taxi! Ein Bus tut es doch auch. Wir haben genug Zeit. Aber die Idee ist gut. Wir können meine Oma gern besuchen. Ich freue mich auf sie." Sie lächelte sanft. „Ich bin ja schon oft bei ihr gewesen und weiß, wo die Busse abfahren." Sie zog ihn mit in die nächst größere Straße.

„Bis zur zentralen Busstation in Botafogo können wir aber das Taxi nehmen." Peter ließ nicht locker. „Das sind ungefähr fünfzehn Kilometer. Taxen sind in Brasilien doch nicht teuer." Maria sah es schließlich ein.

Die Abfahrt des Busses nach Niterói war zwanzig Minuten später. Sie hatten noch Zeit für eine schnelle Cola an einem Getränkestand. Dann saßen sie in einem mit Passagieren überladenen, altersschwachen Vehikel. Die Fahrt zu ihrer Oma sollte etwa eine Stunde betragen.

„Das ist aber ein sehr alter Bus" meinte Peter. „Als ich einmal von Sao Luis nach Rio gefahren bin, war der Überlandbus moderner als alles, was wir in Deutschland haben. Mit Fernseher, mit Schlafsesseln, mit Bedienung am Platz."

„Ja, diese Überlandbusse sind wirklich supermodern. Die sind halt auch tagelang unterwegs, haben meist zwei oder manchmal sogar drei Fahrer. Aber für die kurzen Strecken reichen noch immer die einfachen. Keine Bange, wir kommen schon sicher an." Sie musste plötzlich an ihre Mutter denken, die in einem Bus verunglückte. Sie fläzte sich in einen der zerschlissenen Sessel und schloss die Augen.

„Lass mich bitte ein wenig ausruhen. Ich möchte momentan nicht so viel quatschen." Peter verstand und verordnete sich selbst eine Ruhepause.

Das ‚Vehikel' passierte die flache, dreizehn Kilometer lange Costa da Silva-Brücke, die über die wunderschöne Bucht von Rio führt und mit zu den längsten Brücken der Welt zählt. Nach dem Überqueren ging es rechts in den Stadtteil Niteroi. Eigentlich gar kein Stadtteil von Rio, sondern eher eine Art Satellitenstadt, mit immerhin einer halben Million Einwohnern. Nach wenigen hundert Metern bog der Bus rechts in eine weitläufige Siedlung ein, mit flachen Häusern, ähnlich einer Art von Favela, nur moderner und sauberer. Wie eine Kleinstadtsiedlung.

„Wir hätten auch die Fähre über die Bucht nehmen können" meinte Maria, „aber ich fand es interessanter über die Brücke. Zurück nehmen wir dann das Schiff. Luftlinie liegen Rio und Niteroi nur fünf Kilometer auseinander."

Peter fiel auf, dass Niteroi einen anderen Geruch besaß als Rio de Janeiro. Es roch irgendwie ländlicher, und es war heiß. Die Sonne knallte mit fast vierzig Grad vom Himmel herunter. Im Bus war es brütend und stickig geworden. Das Fahrzeug hatte keine Klimaanlage. Peter schwitzte in seiner langen Hose, als sie den Bus verließen. Jetzt war es nicht mehr weit.

Die Oma wohnte als Untermieterin in einem einfachen grünweiß gestrichenen Haus. Maria klopfte an die Tür, die sich vorsichtig öffnete. Dann traf Peter fast der Schlag. Im Türrahmen stand Maria, seine ehemalige brasilianische Freundin. Er musste zweimal hinschauen und war sich sehr sicher, aber sie erkannte ihn nicht. Oder war sie es vielleicht doch nicht? Immerhin lagen fast fünfzig Jahre zwischen ihrem letzten Kontakt.

Er musste es unbedingt wissen. Maria hatte ihm ja schon erzählt, dass sie mal mit einem deutschen Seemann zusammen war und sie sich in einer Bar kennen lernten. Vielleicht in der

Hamburg-Bar? Er überlegte kurz. Wenn es so war, erst hätte sie vielleicht als Prostituierte gearbeitet, vielleicht wusste die junge Maria nichts davon? Wie sollte er da vorgehen? Sollte er die Diskretion wahren? Er konnte Maria doch nicht sagen, dass er vor vielen Jahren Sex mit ihrer Großmutter hatte…

„Hallo Maria, sei herzlich gegrüßt. Schön, dich mal wieder zu sehen." Ihre Oma umschlang die Enkelin mit ihren Armen und freute sich sichtlich. „Wer ist denn der nette Mann da an deiner Seite?"

„Hi Oma. Das ist ein Freund aus Deutschland, den ich auf der ‚Elegance' kennenlernte. Er hat schon ganz viel für mich getan. Mutter liegt im Krankenhaus, wie du weißt, und er will mir helfen. Wir sind gerade aus Deutschland zurückgekommen. Ich habe dir schon von ihm erzählt. Er ist auch der Freund von Erwin Hannemann, bei dem ich jetzt wohne und arbeite."

„Dann kommt doch erst mal rein. Du musst mir einiges erzählen." Sie schwang die Tür zur Seite und ließ beide eintreten.

Unschlüssig, ob es wirklich Maria war, seine Maria von damals, setzte er seinen Fuß in die Tür und folgte Marias Enkelin, die vorausgegangen war. Er ließ sich von den Überlegungen bezüglich ihrer Großmutter nichts anmerken. Zunächst musste er sich erst einmal vergewissern, ob er nicht doch falsch lag.

„Wie geht es deiner Mutter? Setzt euch doch." Oma griff nach der Hand ihrer Enkelin und bat sie an den Tisch.

Noch ganz unter dem Schock schaute Peter sich verstohlen im einzigen Zimmer ihrer Wohnung um. Er musste sich erst einmal sammeln. Der Raum war nicht sehr groß, vielleicht drei mal vier Meter. An einer der Wände stand ein kleines Bett, etwa einen Meter breit. Daneben ein kleines Waschbecken und ein Schränkchen. Die Oma wohnte offensichtlich allein. Auf der anderen Seite des Zimmers gab es einen schmalen Kleiderschrank. Das restliche Mobiliar bestand aus einem mittelgroßen hölzernen Tisch und zwei Stühlen. Alles sehr schlicht, aber gemütlich und sauber.

„Mutter geht's soweit gut." Maria sah ihre Oma an. „Sie liegt in einem künstlichen Koma, und der Arzt sagte, sie wird es überleben." Maria setzte sich leise. Sie sah Peters Veränderung, seine stille Zurückhaltung, konnte sich aber keinen Reim darauf machen. Die Oma ließ sich auf einen kleinen Küchenhocker nieder, den sie unter dem Tisch hervorzog.

‚Sie ist eine noch immer lebenslustige Frau' dachte Peter. Stand noch aufrecht, lief nicht gebückt wie viele in ihrem Alter. Ihre weißen Haare waren noch immer lang, aber sie trug sie zu einem Zopf gebunden. Die Oma erinnerte Peter an eine alte Indianerin. Dazu trug auch ihre braune Hautfarbe bei und die schwarzen, aber wachsamen Augen.

„Kann man sie im Hospital besuchen?" Die ‚Indianerin' sah ihn an.

„Das könnte man, wenn sie aufwacht. Sie ist aber nicht ansprechbar. Doktor Alvaro meint, wir sollten uns gedulden und in zwei Tagen noch einmal nachfragen. Wir waren heute Morgen im Krankenhaus. Sie ist dort wohl in guten Händen." Die ganze Konversation war etwas anstrengend, weil die junge Maria (seine Enkelin?) alles mühsam zwischen deutsch und portugiesisch übersetzen musste.

„Das ist schön. Ich kenne Doktor Alvaro. Ich hoffe, dass es meiner Tochter gut geht. Ich vermisse sie. Sobald es möglich ist, werde ich sie natürlich auch besuchen." Sie wandte sich an Peter.

„Sie sind also der Peter, der Freund von Erwin. Ich freue mich, dass Sie meine Kleine hierher begleitet haben. Ich kannte vor vielen Jahren auch mal einen Peter." Sie verstummte und schweifte mit ihren Gedanken ab.

„Ja, Maria hat es mir erzählt. Angeblich war er Seemann, aus Deutschland."

„Das stimmt. ich habe ihn in Santos in einer Bar getroffen. Wir waren einige Male zusammen, immer wenn sein Schiff nach Brasilien kam. Einmal war ich sogar für mehrere Tage bei ihm an Bord. Er hat mich einfach mit aufs Schiff genommen. Der Kapitän hat das damals erlaubt. Heute geht das wohl nicht mehr. Nach dem Anschlag vom elften September hat sich alles verändert." In Peter bebte es. Er war sich fast sicher, dass es ‚seine' Maria von früher war. Aber warum erkannte sie ihn nicht?

„Das letzte Mal, als ich ihn sah, hat er mir meinen größten Wunsch erfüllt. Er hat mir eine sprechende Puppe mitgebracht. Eine Puppe, die ‚Mama' sagen konnte. Die Puppe habe ich heute noch." Sie ging zum Kleiderschrank und zog eine große Puppe hervor. Er erkannte sie sofort. Jetzt war er absolut sicher, dass die Oma tatsächlich seine Maria war. Er rang mit Fassung. Wie konnte er ihr erklären, wer er war, ohne dass die junge Maria es erfuhr? Sie wird es sicher irgendwann erfahren, dachte er, aber das musste behutsam geschehen und nicht sofort sein.

„Die ist ja schön! Darf ich die mal anfassen?" Maria nahm die Puppe in die Hand und drehte sie, aber sagte nichts.

„Schade, ‚Mama' sagt sie nicht mehr." Sie drehte die Puppe in ihren Händen. *Sicher ist die Batterie schon lange verbraucht'* dachte Peter. Nach so vielen Jahren…

„Aber sie hat ein wunderschönes Gesicht und blonde Haare. Und ich mag das bunte Kleidchen, das sie anhat." Maria war entzückt. „Die hat er aus Deutschland mitgebracht?"

„Ja, auf seiner letzten Reise. Das Schiff kam danach nicht mehr nach Brasilien. Wir haben uns noch ungefähr zwei Jahre lang geschrieben, aber irgendwann kam keine Post mehr. Vielleicht hat er meine Adresse verloren oder er ist umgezogen, ich weiß es nicht." Ihre Stimme klang zum Schluss melancholisch.

„Er müsste jetzt fast siebzig sein. Vielleicht ist er auch schon gestorben. Die Seefahrt ist gefährlich."

Peter lief es kalt den Rücken herunter. ‚Wenn sie wüsste‘ dachte er. Er brannte drauf, ihr das zu sagen. Aber wie?

„Der war bestimmt ganz nett" meinte Maria. „Ich hätte ihn gern kennen gelernt." Sie erhob sich und wanderte im Zimmer herum.

„Wie geht es dir denn, Oma? Brauchst du irgendetwas, soll ich für dich einkaufen?"

„Ja, Maria, du könntest mir von Rizone ein Brot holen. Sonst brauche ich nichts, mir geht's gut. Dort drüben ist die Tasche." Oma Maria zeigte mit der ausgestreckten Hand auf einen Einkaufsbeutel an der Tür. Rizone war der Bäcker schräg gegenüber auf der anderen Straßenseite. Peter hatte die Bäckerei bei ihrer Ankunft beiläufig entdeckt. Maria schnappte sich den Beutel und verließ das Haus.

‚Jetzt oder nie‘ dachte Peter und rückte näher an die Oma heran, an ‚seine‘ Maria. Zu ihrer Verwunderung nahm er ihre Hand in die seine.

„Maria, erkennst du mich nicht? Ich bin es, der Peter. Ich bin es tatsächlich und freue mich so sehr, dich wiederzusehen. Ich bin nicht tot." Er nahm Maria in den Arm. Die war unsicher, versuchte sich freizumachen, aber Peter hielt sie fest im Arm.

„Bitte Maria, hör mir zu." Er ließ sie los, und ihm kamen die Tränen vor Wiedersehensfreude. Die Oma schaute verständnislos. Sie erkannte ihn noch immer nicht. *Habe ich mich so sehr verändert?* dachte Peter. Dann sprach er und erklärte ihr, warum er nicht mehr nach Brasilien kam und was inzwischen alles passiert war. So langsam begriff sie, dass er wirklich der Peter von früher war. Tränen liefen nun auch über ihr Gesicht.

„Du bist wiedergekommen…" Ihre Stimme brach ab, sie konnte nicht weitersprechen. Mit der Hand zeichnete sie die

Linien in seinem Gesicht nach. Sie konnte es noch immer nicht so recht glauben.

„Mein Peterle! Du hast heute keinen Bart mehr. Und du bist kräftiger geworden…" Damit meinte sie wohl sein kleines Bäuchlein. Peter musste innerlich schmunzeln.

„Aber du hast blaue Augen, und bist aus Deutschland. Und was du erzählst, stimmt. Mein Peterle!" Jetzt war sie es, die ihn in den Arm nahm. Eng umschlungen saßen sie beieinander, als die Enkelin mit dem Laib Brot erschien. Erstaunt betrachtete sie die beiden.

„Was ist denn hier los, Oma?" Verstört sah sie die Tränen auf den Gesichtern der beiden. Oma Maria löste sich aus Peters Armen und wischte sich mit einem Tuch das Gesicht trocken.

„Maria, meine Kleine, er ist mein Peter von früher, Mädelchen. Er ist mein Peterle…" Ihre Stimme versagte.

Maria schaute ratlos von einem zum anderen. Peter erhob sich und begann ihr alles zu erklären, während die Oma, seine ehemalige Geliebte, mal zustimmend nickte, mal ein Wort dazwischenwarf.

Die junge Maria sank auf einen Stuhl und schaute ungläubig auf Peter. Das war also der Lover ihrer Oma, von dem sie all die Jahre über schwärmte. Ihr Blick fiel auf die Puppe. Wie unglaublich das alles klang, und dennoch schien es wahr zu sein. Was für ein Zufall!

Dann dämmerte ihr, dass sie vielleicht auch seine Enkelin war, und ihre Mutter dann seine Tochter… und es bedeutete dann auch, dass er mit ihr, der Enkelin, auf dem Schiff Sex hatte. Sie dachte an die Nacht am Ende der Kreuzfahrt. Das durfte ihre Oma auf gar keinen Fall erfahren, auch ihre Mutter nicht. Sie schämte sich plötzlich, auch wenn die Oma und ihre Mutter das nicht wussten.

„Ja, ich bin der Peter. Ich habe deine Oma vor ungefähr fünfzig Jahren kennen gelernt. Unglaublich, dass wir uns jetzt nach all den Jahren wieder treffen. Damals war ich achtzehn oder neunzehn, jetzt bin ich achtundsechzig. Wo sind all die Jahre geblieben?" Er wusste nicht, wie er sich jetzt verhalten oder was er sagen sollte. Das lag alles so weit zurück.

Die Ereignisse und die Erklärungen von Peter hatte sie alle verstummen lassen. Jeder hing seinen Gedanken nach. War die junge Maria wirklich seine Enkelin? War die Mutter wirklich seine Tochter? Auskunft konnte nur die Oma geben, aber die alte Dame war außer sich vor Freude und kaum ansprechbar. Sie hatte sich in ihren Peter verkrallt, als wenn sie ihn nie mehr loslassen wollte.

Peter ließ sie gewähren. Er war ja auch erschüttert, hatte viele Fragen, die er in seinem Kopf zu sortierten hatte. Seine mögliche Enkelin hatte den Kopf in die Hände gestützt und auch sie kämpfte mit tausend Fragen. Schließlich war sie es, die den Bann brach, indem sie eine Menge Fragen an ihre Oma in den Raum warf.

„Ist meine Mutter wirklich Peters Tochter? Bin ich seine Enkelin? Sag es mir, bitte." Oma-Maria blickte sie an. Behutsam wählte sie ihre Worte.

„Ich kann es gar nicht so genau sagen, Maria. Ich hatte damals in der Hamburg-Bar gearbeitet und auch mit mehreren Männern Sex gehabt. Peter wusste das, und trotzdem hat er sich in mich verliebt. Damals gab es für viele Mädchen keine Arbeit. Ich war gezwungen, in der Bar zu arbeiten und dort Geld zu verdienen, damit ich überleben konnte. Ich hoffe, du denkst jetzt nicht schlecht von mir." Sie schwieg eine Weile.

„Ich denke nicht schlecht von dir." Maria war erschüttert. „Ich hätte an deiner Stelle vielleicht genauso gehandelt." Ihre Oma fuhr fort.

„Ich war nach der letzten Zusammenkunft mit Peter schwanger. Ich nahm an, dass es von Peter sei, aber es gab noch drei andere Männer, die dafür in Frage kamen. Da Peter sich nicht mehr meldete, habe ich einen dieser Männer geheiratet, bevor deine Mutter geboren wurde. Georg ist also laut Papieren dein Großvater geworden. Er war sehr verliebt in mich und hat das Kind anstandslos als seines akzeptiert. Ob deine Mutter wirklich seine Tochter und du somit seine Enkelin bist oder vielleicht von Peter, wurde nie untersucht. Daher kann ich es auch nicht mit Bestimmtheit sagen." Sie verstummte und sah Peter an.

„Ich kann es nicht beweisen, aber für mich bist du der Vater von Josefina, mein geliebter Peter. Wo warst du bloß all die Jahre. Ich habe so lange auf ein Lebenszeichen von dir gewartet."

„Ich habe es mir gedacht, Maria, aber ich erhielt keinen Brief mehr von dir. Vielleicht ging deine letzte Nachricht an mich verloren, ich weiß es nicht. Ich habe 1970 die Seefahrt verlassen und acht Jahre später eine andere Frau geheiratet. Inzwischen lebe ich wieder alleine. Meine Frau kam durch einen bösen Unfall ums Leben. Ich freue mich aber sehr, dass wir uns jetzt wieder getroffen haben, nach fünfzig Jahren. Es ist ein Wunder." Er nahm sie wieder in seine Arme.

Erwin fliegt nach Brasilien

Während Peter seine Maria noch im Arm hielt klingelte sein Telefon. Verwundert zog er das Handy aus der Tasche. Es war Erwin aus Hamburg. Dessen Stimme klang fröhlich.

„Hallo Peter, grüß dich. Ich habe wundervolle Neuigkeiten. Ich komme euch in Brasilien besuchen, und ich bringe Anna mit. Ich habe euch einen interessanten Vorschlag zu machen."

„Ihr kommt nach Rio?" Peter löste sich überrascht von Maria. „Das ist ja der Hammer. Das freut mich ungemein. Wann denn? Was für einen Vorschlag?"

„Das möchte ich dir persönlich mitteilen. Das geht nicht am Telefon."

„Schade! Aber ok, ich kann warten. Jetzt bin ich an der Reihe. Hol mal tief Luft. Ich habe auch unglaubliche Nachrichten." Peter legte eine winzige Kunstpause ein.

„Ich bin in Niteroi, das ist eine Stadt an der Guanabara-Bucht, gegenüber von Rio. Wir besuchen gerade die Oma von Maria, und die heißt auch Maria. Und jetzt halte dich fest: sie ist ‚meine' Maria von früher, die ich während meiner Seefahrtszeit in Santos kennen lernte. Ich habe dir ja schon oft von ihr erzählt. Wir sitzen gerade am Tisch zusammen und unterhalten uns. Das ist alles so unglaublich. Die Mutter, die im Krankenhaus liegt, ist möglicherweise meine Tochter, und deren Tochter, also Maria, die bei dir arbeitet, ist dann wohl meine Enkelin. Ich bin momentan völlig aus dem Häuschen. Wir reden gerade darüber."

„Upps, das sind ja wirklich irre Neuigkeiten." Erwin lachte. „Da werden wir ja einiges zu besprechen haben. Für morgen habe ich einen Flug für uns gebucht, unsere Ankunft wird dann am darauffolgenden Tag früh morgens gegen fünf sein. Ich werde mich dann melden. Ihr braucht uns nicht abzuholen. Wir gehen für ein paar Tage ins Hotel."

„Herrlich. Dann sind wir ja fast alle zusammen. Was für ein Erlebnis. Schade nur, dass Vivien nicht mit dabei ist."

„Ich habe sie leider nicht erreicht. Aber das können wir ja gern später noch nachholen. Sorry, Ich habe ein Gespräch auf der anderen Leitung, da muss ich ran. Wir sehen uns übermorgen. Tschüss und Grüße an alle." Damit legte er auf.

„Erwin trifft übermorgen mit Anna in Rio ein." Er sah Maria an. „Er hat einen Vorschlag, der so wichtig oder gut ist, dass er das persönlich mit uns besprechen will. Die beiden wollen für ein paar Tage bleiben. Das wird bestimmt lustig."

„Oh, da freue ich mich auch." Maria erklärte ihrer Oma, dass dies der Mann sei, bei dem sie wohnte und für den sie arbeitete.

„Er ist auch ein sehr netter Mann, genau wie Peter, sehr sympathisch. Ich arbeite gerne für ihn. Er hat eine riesige Villa, das ist für mich ein unglaublich komfortabler Arbeitsplatz."

Die Oma nickte zufrieden. Noch waren die Enthüllungen der letzten Stunde für alle ziemlich aufwühlend. Erinnerungen zwischen der Oma-Maria und Peter wurden hervorgekramt, aufgefrischt und ausgetauscht. Es wurde ein sehr anregender Nachmittag, dazu kam auch noch die Vorfreude auf die Ankunft von Erwin und Anna.

Erst gegen Abend nahmen Maria und Peter die Fähre nach Rio. Sie wollten jetzt allein sein und über alles nachdenken. Was mochte Erwin da wieder ausgeheckt haben?

Für die Zeit seines Aufenthalts zog Peter es lieber vor, ein Hotel zu buchen statt eines Aufenthalts in der Favela. Er brauchte seine tägliche Dusche und einen gewissen Komfort. Maria verstand ihn, und gemeinsam suchten sie sein Hotel auf. Die vielen Nachrichten der letzten Stunden mussten erst einmal verarbeitet werden. Das Abendessen ließen sie sich vom Kellner aufs Zimmer bringen. Danach saßen sie still und schweigsam nebeneinander, jeder in seine Gedanken vertieft. Später lagen sie angezogen im breiten Doppelbett.

„Wie schön du bist, Maria. Ich kann nicht aufhören, dich anzuschauen." Peter betrachtete die junge Frau an seiner Seite. Sie trug wie meist Jeans und ein weites Hemdchen. Darunter waren ihre süßen Jungmädchenbrüste zu erahnen.

„Wir hatten Sex miteinander" begann Maria. Das lag ihr vor allem am Herzen. Irgendwie fühlte sie sich schlecht, mit ihrem Opa im Bett gewesen zu sein. „Das war schlimm, Peter, oder war es das nicht? Wir wussten ja nicht, dass wir miteinander verwandt sind."

„Ich finde das auch jetzt nicht schlimm. Was passiert ist, ist nicht zu ändern. Aber wir wissen, dass es uns beiden gefallen hat, das allein zählt. Würdest du das rückgängig machen wollen?" Peter schwieg und dachte nach.

„Wir sollten uns jetzt keine großen Gedanken machen, schon gar keine Vorwürfe. Du hast mich verführt, und ich habe es genossen." Er strich mit den Fingern durch ihre langen Haare. Sie waren wunderbar weich und dufteten anregend. Der Sex auf dem Schiff war wunderschön. Seitdem waren sie nicht mehr miteinander intim.

Maria schwieg lange, und er gab ihr die Zeit. Sie hatte eine komplett andere Mentalität als er. Es fiel ihm schwer, sie zu verstehen. Er sah, wie sich ihre Brust hob und senkte. Sie hatte offensichtlich damit zu kämpfen, dass sie mit einem möglichen Verwandten sexuelle Gefühle auslebte. Ihre Haare lagen wie ein Schleier auf dem Bett, bedeckten teilweise ihr Gesicht. Peter war versucht, sie in seine Arme zu nehmen. Er begehrte sie nach wie vor und fand sie überaus anziehend. Vielleicht war sie gar nicht seine Enkelin, vielleicht war ihre Mutter nicht durch ihn schwanger geworden, sondern durch einen anderen Mann. Er beschloss, in Hamburg einen DNA-Test von sich beiden machen zu lassen, wenn Maria einverstanden war. Damit bekämen sie endgültige Gewissheit. Er bedauerte, dass sie sich so arge Gedanken machte. Daran ändern konnte man eh nichts mehr. Maria drehte sich etwas und wandte ihm ihr Gesicht zu.

„Worüber denkst du nach? Du siehst plötzlich so ernst aus. Habe ich was falsch gemacht?"

„Ich bin gar nicht ernst, und du hast überhaupt nichts falsch gemacht." Peter lächelte. „Weißt du, was ein DNA-Test ist?"

„Nein, das weiß ich nicht." Sie richtete sich etwas auf. „Was ist das?"

„Das ist ein wichtiger Test. Damit kann man feststellen, ob wir miteinander wirklich verwandt sind."

„Tut das weh? Du weißt, ich habe Angst vor Schmerzen." Peter lachte.

„Nein Maria, überhaupt nicht. Man nimmt ein paar Haare von dir und mir, und die werden dann in einem Labor untersucht. Ein paar Tage später bekommen wir das Ergebnis."

„Wenn das nicht weh tut machen wir das." Maria atmete auf und ließ sich wieder zurücksinken. „Ich möchte das unbedingt wissen. Okay, dann machen wir in Hamburg den Test. Jetzt bin ich müde, bitte lass uns schlafen."

„Natürlich, ich habe ebenfalls genug vom heutigen Tag. Aber ich mag Deine Großmutter, meine frühere Maria. Ich finde es lustig, dass ihr beide den gleichen Namen habt."

„Ja, das finde ich auch schön. Brauchst dir nur einen Namen zu merken." Sie gluckste vor Lachen. „Ich wünsche dir eine gute Nacht, mein Opa."

„Nenn mich bitte nicht so" entrüstete sich Peter. „Ich bin viel jünger als du denkst." Aber er meinte es scherzhaft.

„Schlaf du auch schon." Er löschte das Licht im Zimmer. Trotzdem blieben sie noch eine ganze Weile wach, wälzten Gedanken, bis sie endlich in den Schlaf hineindämmerten.

Krankentransport für eine Viertelmillion

Am übernächsten Tag erwartete Erwin sie in seinem Hotel. Er hatte angerufen, und gespannt trafen Maria und Peter bei ihm ein. Erwin saß im Foyer und las eine Zeitung.

„Na ihr beide. Ihr seht ja noch recht verschlafen aus." Erwin sah auf seine Uhr. „Ist doch schon bald Mittag!" Es war in Wirklichkeit kurz nach zehn. „Anna ist auf ihrem Zimmer geblieben. Ihr seht sie nachher."

„Wir haben beide schlecht geschlafen" gab Peter zerknirscht zu. „Zu viele Gedanken im Kopf."

„Naja, verstehen kann ich das. Würde mir eine Frau Ähnliches erzählen, würde ich mir auch die halbe Nacht lang Gedanken machen. Kommt, gehen wir erst mal frühstücken. Die haben hier ein tolles Buffet."

Sie begaben sich zum Speisesaal und füllten sich ihre Teller. Das Buffet war sehr reichhaltig und offensichtlich auf Europäer zugeschnitten. Kaum zu glauben, es war ansonsten ein eher schlichtes Hotel. Vielleicht ein Geheimtipp?

„Ich war früher schon mal hier" erklärte Erwin. „Ich fand das Hotel und vor allem das Frühstück vor zwei Jahren schon ausgezeichnet. - Und nun erzählt erst mal, bevor ich meine Neuigkeiten vom Stapel lasse." Es wurde ein langes Gespräch, und ein noch längeres später auf Erwins Zimmer, als er endlich die Katze aus dem Sack ließ.

„Also folgendes: Ich habe mir überlegt, die ganze Familie nach Deutschland zu holen, wenn das möglich ist. Das kommt vor allem auch auf Deine Mutter an, Maria. Und natürlich, ob ihre Söhne das auch wollen." Er sah sie prüfend an und ließ ihr die Zeit, die Nachricht zu verdauen. Maria blieb der Mund vor Aufregung offenstehen. Sie begriff auf die Schnelle gar nichts. Anna saß daneben und lächelte leicht vor sich hin.

„Es wird möglicherweise für die beiden Jungs nicht so leicht sein, aber für die Mutter wäre es optimal. Wir haben hochmoderne Krankenhäuser, und deine Brüder könnten gutbezahlte Arbeit finden, und vieles andere. Was fehlen wird, ist die heiße Sonne. Die gibt es nur im Hochsommer. Für die Oma wäre ebenso gut gesorgt. Ihr könntet alle bei mir wohnen, ich habe ja ein großes Haus und viele Zimmer. Du, Maria hast das ja in den letzten zwei Monaten schon kennen gelernt." Er lächelte.

„Du musst dich natürlich nicht jetzt sofort entscheiden. Denk einfach in Ruhe darüber nach. Es wird viele eurer Probleme lösen, vor allem auch finanziell."

Maria wusste nicht, was sie sagen sollte. Sie sah ihn nur mit einem völlig starren Blick an. Das war zu viel für sie. Sein Vorschlag war so ungewöhnlich, dass sie keine Worte fand.

Peter war ebenfalls überrascht. Er wusste, dass Erwin als Multimillionär finanziell keine Probleme hätte, die ganze Familie bei sich aufzunehmen und für die kranke Mutter und die Oma zu sorgen, aber diesen ungeheuren Vorschlag hatte er selbst nicht erwartet. Es hörte sich immerhin alles sehr vernünftig an. Peter hatte nur leichte Bedenken bezüglich seiner Lebensweise. Erwin würde sich eine komplette, zudem fremde Familie ins Haus holen. Er, der Lebemann, der in der ganzen Welt zuhause war und unablässig reiste. Ob das gut ging und mit all seinen Geschäften vereinbar war? Für Maria hingegen war die Sache klar. Sie hatte sich bereits vom eher angenehmen Schock erholt.

„Ich brauche nicht viel Zeit, um darüber nachzudenken. Du weißt, Erwin, dass ich gerne bei dir wohne und arbeite. Ich hatte noch nie einen so guten Chef. Wie meine Mutter und Oma sich entscheiden werden weiß ich nicht, aber ich denke, die würden sicherlich auch mitkommen. Und die Jungs sowieso. Sind ja schon beide im Alter, wo sie auch in Deutschland sofort Kontakte schließen und Arbeit finden können. Die werden auf Deutschland neugierig sein, haben ja schon viel davon gehört, auch von mir." Sie machte eine Pause und dachte nach.

„Ich weiß nicht, ob meine Mutter fit genug für die Reise wäre. Sie liegt derzeit noch im Koma, soll aber in den nächsten Tagen geweckt werden. Was Oma betrifft, sie wäre ja schon vor fünfzig Jahren mit Peter nach Deutschland gegangen. Ich denke nicht, dass sie alleine hierbleiben würde."

Erwin hatte sich alles in Ruhe angehört. Er wusste, dass dies ein großes Unterfangen war, das erst mal im Kopf geklärt werden musste. Das fing schon mit dem ganzen Behördenkram an.

„Wir haben ja Zeit" sagte er schließlich. „Wir können alles in Ruhe besprechen und ausloten. Bislang ist es ja nur eine Anregung von mir. Lass uns einfach erst mal die Oma besuchen. Fangen wir gleich damit an. Und dann fragen wir die Söhne." Erwins Vorschlag wurde einstimmig angenommen, und er bestellte ein Taxi.

Eine Stunde später klingelten sie bei der Oma. Die alte Dame war überrascht über unseren zweiten Besuch in so kurzer Zeit, und auch darüber, dass wir schon gegen Mittag bei ihr aufkreuzten. Erwins Vorschlag haute sie allerdings fast aus den Socken. Sie musste sich setzen.

„Ihr wollt mich mit nach Deutschland nehmen?" Sie war sprachlos und guckte von einem zum anderen. Heute trug sie ihr Haar offen, und Peter dachte: ‚sie ist immer noch sehr schön, trotz der Falten in ihrem Gesicht'. Mit ihren offenen Haaren glich sie noch mehr einer Indianerin als vorher mit dem Zopf. Ihre Augen schauten ungläubig.

„Ja. Ich würde Sie gerne mitnehmen" sagte Erwin. „Und natürlich, wenn gewünscht, die ganze Familie. Ihre Enkelin habe ich schon in mein Herz geschlossen. Die Mutter und ihre Jungs sind natürlich auch willkommen." Er schwieg und ließ seine

Worte erst mal bei der Oma ankommen. Maria war sichtlich ergriffen.

„Das wollen Sie wirklich für uns tun?" Kleine Tränen flossen über ihr Gesicht. „Dann komme ich ja doch mal nach Deutschland. Nach fünfzig Jahren! Ich kann es noch gar nicht glauben." Sie nahm Peter in ihre Arme. „Ich habe meinen deutschen Freund so lange vermisst."

Peter ließ sie mit gemischten Gefühlen gewähren. Nicht, dass er ihre Umarmung nicht zulassen konnte, er hatte sie auch lange vermisst, aber inzwischen hatten andere Frauen seinen Lebensweg gekreuzt. Seine Gefühle für Maria waren schwächer geworden, und da gab es Vivien… Er hatte nicht die Kraft, ihr das jetzt gleich zu sagen. Selbstverständlich würde Erwin sie trotzdem nach Deutschland mitnehmen. Das war keine Frage. Die gesamte Familie sollte, wenn es nach ihm ginge, am besten zusammenbleiben.

„Lass uns als nächstes die beiden Enkel besuchen. Ich denke, sie werden sicher mitkommen wollen, aber fragen müssen wir sie trotzdem." Peter löste sich aus ihren Armen. „Und danach müssen wir deine Tochter besuchen. Vielleicht ist sie inzwischen aus dem Koma aufgewacht." Er wandte sich an Erwin.

„Sollen wir Anna nicht abholen? Die wäre doch sicher auch gern dabei."

„Die ist unterwegs". Erwin grinste. „Sie wollte sich Rio ansehen, sagte sie. Wenn sie schon mal hier sein darf. Sie möchte unbedingt auf den Zuckerhut." Die junge Maria lachte.

„Das kenne ich, Da wollen alle zuerst hin. Fahren wir also zum Haus meiner Mutter. Einer meiner Brüder wird wohl zuhause sein. Ich bin gespannt, wie sie auf dein Angebot reagieren, Erwin."

„Ich bin da selbst sehr gespannt, aber auch auf das Heim deiner Mutter. Peter hat mir erzählt, dass ihr in den Slums wohnt. Da sollte man deine Brüder unbedingt herausholen, egal ob sie mit nach Deutschland kommen oder hierbleiben wollen." Er wandte sich an die Oma.

„Wie schätzen Sie die Bereitschaft Ihrer Tochter ein, mitzukommen? Sie kennen sie ja am besten."

„Wenn ich Brasilien verlasse, wird sie auf jeden Fall mitkommen, denke ich. Was die Kinder betrifft, kann ich das weniger gut einschätzen. Sie haben hier schon ihren Freundeskreis, sind dem Elternhaus praktisch entwachsen. Miguel hat außerdem einen Job im Hafen, und angeblich seit kurzem auch eine Freundin, die er allerdings noch vor uns versteckt hält."

„Ich hoffe, meine Brüder werden mitkommen" sagte die junge Maria. „In Deutschland haben sie es auf jeden Fall besser."

„Also, dann lasst uns los." Man merkte, dass Erwin Geschäftsmann war und immer alles sofort in die Wege leiten wollte. Allerdings lächelte er dabei. Ein Sklaventreiber war er trotzdem nicht.

Sie verabschiedeten sich von der Oma, die noch immer ganz unter dem Eindruck des Gehörten stand. Der Abschied war sehr bewegend. Die Oma hatte Tränen in den Augen, als sie die drei ins Taxi steigen sah, das sie alle in die Favela brachte. Hier trafen sie die beiden Brüder von Maria an. Miguel hatte seinen Job schon beendet und war am Kochen. Lucas hingegen war zu Hause geblieben, er war momentan einfach zu faul, irgendetwas zu machen. Die beiden waren ziemlich überrascht, als Maria mit Peter und Erwin in ihrem Elternhaus auftauchten.

„Hello!" Immerhin wurden sie freundlich begrüßt, auch wenn sie nicht mit dieser Überraschung gerechnet hatten. „So many peoples." Dabei waren sie nur zu dritt unterwegs. Anne unternahm ja den Trip zum Zuckerhut. Es war Erwin, der die beiden Brüder über seinen Vorschlag unterrichtete.

Zu seiner Überraschung hielt sich deren Freude in Grenzen. Miguel hatte einen guten Job und wollte seinen Arbeitsplatz nicht aufgeben. Ausschlagpunkt war aber wohl eher seine

Freundin, die er nicht zurücklassen wollte. Das gab er auf Erwins Nachfrage freimütig zu. Peter konnte ihn absolut verstehen. Im kam sofort ‚seine' Maria in den Sinn, die er auch nicht zurückgelassen hätte, wäre er damals älter gewesen. Leider lag das Volljährigkeitsalter in den sechziger Jahren noch bei einundzwanzig, und die Mutter hatte ihr energisches ‚Nein' verkündet. Lucas hingegen freute sich.

„Germany, thats very great! I like my family, i like to come with you." Sein Englisch war noch ein bisschen holprig, aber immerhin verständlich. Jetzt war nur noch die Mutter zu überzeugen. Ob sie ohne Miguel nach Deutschland ziehen würde? Zwingen konnte sie ihren Sohn natürlich nicht. Er war volljährig und schon sehr selbstständig. Ratlos blickten Erwin und Peter auf Maria.

„Wir können nur hoffen, dass die Mutter aufwacht und wir dann vielleicht mit ihr reden können. Auch wenn es möglicherweise nur kurz ist." Erwin sah auf Miguel.

„Ich würde dich auch gern nach Deutschland mitnehmen. Dort hast du viele Möglichkeiten, viel mehr als hier. Wir würden selbstverständlich auch Deine Freundin mitnehmen, wenn sie für immer nach Deutschland umsiedeln möchte. Du musst dich ja nicht sofort entscheiden. Wir machen uns einfach mal ein paar schöne Tage in Rio. Wir müssen zunächst abwarten und auf den Gesundheitszustand deiner Mutter Rücksicht nehmen." Miguel nickte und ging leise aus dem Zimmer. Er hatte noch etwas zu erledigen.

„Anne möchte bestimmt noch viel sehen, die Copacabana, vielleicht hinauf zur Christusstatue oder nach Ipanema." Das galt Maria und Peter. Er nickte.

„Wir fänden es sehr schade, wenn ihr Bruder hierbleiben würde, aber da kann man dann halt nichts machen." Auch Maria konnte ihren Bruder nicht umstimmen.

Erwin erklärte den beiden Kindern seine Vorgehensweise, und dass er natürlich zuerst mit ihrer Mutter sprechen würde. Dann verabschiedeten sie sich. Zu Fuß gingen sie nachdenklich und etwas enttäuscht die Straße durch die Favela hinunter, bis sie ein Taxi fanden. Damit ließen sie sich zu Erwins Hotel kutschieren.

„Mehrere Menschen unter einen Hut zu bringen ist halt nicht immer leicht" sagte Erwin. "Das ist meine Erfahrung." Er fand sich insgeheim schon damit ab, dass Miguel wahrscheinlich in Rio bleiben wollte und plante, ihm anderweitig zu helfen. Vielleicht eine gute Wohnung in der Stadt, falls er bleiben wollte. Möglicherweise kam er ja später mal nach. Wichtig war jetzt, ob die Mutter in nächster Zeit ansprechbar war.

Zwei Tage später nahmen sie einen erneuten Anlauf. Sie meldeten sich in der Klinik und wurden sofort zu Dr. Alvaro gebracht. Er blickte von seinem Schreibtisch auf und ein Lächeln erschien in seinem Gesicht.

„Guten Tag Frau Suarez, Sie haben großes Glück." Er sah Maria an. „Ihre Mutter ist erwacht, und es geht ihr gut." Er ließ seine Worte auf die beiden wirken. „Wer ist die dritte Person?"

„Der nette Man neben mir ist Erwin, ein Deutscher und mein Arbeitgeber in Hamburg. Er ist gekommen, um meiner Familie zu helfen." Maria traten die Tränen in die Augen, und sie schämte sich ihrer nicht. Peter nahm sie in den Arm und trocknete ihr mit einem Taschentuch die Wangen.

„Können wir sie besuchen, können wir sie sehen und vielleicht sprechen?"

„Ja natürlich, kommen Sie mit. Sie hat heute zum ersten Mal etwas gegessen." Doktor Alvaro erhob sich und öffnete die Tür. „Folgen Sie mir bitte."

Mit schnellen Schritten ging er voraus, durch einen langen Gang, eine Treppe hoch und blieb schließlich vor einer Tür mit der Nummer siebzehn stehen.

„Bitte keine Aufregung, Ihre Mutter braucht noch Ruhe. Und bitte nicht länger als zwanzig Minuten." Die drei Besucher versprachen es und betraten leise das Krankenzimmer.

Das erste, was Erwin ins Auge stach, war ein blitzsauberes Zimmer und ein Krankenbett mit wirklich weißer Bettwäsche. Innerlich atmete er erleichtert auf. Dem äußeren Zustand des Gebäude nach zu urteilen war er auf das Schlimmste vorbereitet, aber dieses Zimmer entsprach wirklich auch europäischem Standard. Maria trat ans Bett und betrachtete ihre Mutter. Die hatte die Augen geschlossen, öffnete sie aber, als sie die Anwesenheit von Menschen verspürte.

„Maria…" Ihre Worte klangen kraftlos und sehr leise. Maria legte behutsam einen Finger auf ihren Mund und bedeutete ihr, sie solle nicht sprechen. Sie nahm einfach ihre Hand und hielt sie ruhig fest. Peter und Erwin hielten sich nahe der Tür im Hintergrund.

„Ich bin da" sagte Maria leise. „Wie geht es dir, Mama?" Ihre Mutter signalisierte mit den Augen, dass sie sich freute, sie zu sehen.

„Mir geht es gut. Schön, dass du da bist." Sie versuchte den Kopf etwas zu drehen um die anderen beiden Besucher zu sehen, aber Maria hielt ihr die Hand an die Wange.

„Bitte bewege dich nicht zu viel. Spare deine Kräfte. Ich habe zwei Freunde aus Deutschland mitgebracht. Ganz liebe Leute." Sie winkte die beiden Männer näher heran.

„Der größere ist Erwin, der Mann für den ich arbeite. Du weißt davon, ich habe es dir geschrieben. Der andere ist ein guter Freund, den ich auf dem Kreuzfahrtschiff kennen lernte, ein Freund von Erwin." Mit etwas Mühe hob sie ihre Augen hin zum Besuch.

„Danke, dass Sie meiner Tochter helfen." Mehr schaffte sie nicht. Maria gab ihr einen Schluck Wasser aus dem Glas, das auf dem Tisch stand.

„Bitte sprich nicht so viel, Mama. Du musst dich schonen. Es wird alles gut, hat der Doktor gesagt." Sie holte einen der Stühle und setzte sich ans Bett. Erwin und Peter blieben die paar Minuten stehen. Sie beobachteten die Szene. Es gab nicht viel zu tun. Mit der Mutter zu sprechen mussten sie auf einen der nächsten Tage verschieben. Sie war sichtlich noch zu schwach. Maria hielt einfach ihre Hand und sah ihr tröstend ins Gesicht. Als ihre Mutter langsam die Augen schloss und einschlief, erhob sie sich, und gemeinsam verließen sie das Krankenzimmer. Unten trafen Sie auf Dr. Alvaro.

„Meine Mutter schläft" sagte Maria, nahm die Hand des Arztes und bedankte sich überschwänglich. „Ich sehe, dass Sie bei Ihnen in guten Händen ist. Ganz vielen Dank." Sie küsste seine Hand, und verlegen zog der Arzt sie zurück.

„Bitte lassen Sie das doch, Frau Suarez. Wir helfen Ihrer Frau Mama, wir tun alles was wir können. Das ist unsere Pflicht, und gleichzeitig unsere Freude. Wir machen das wirklich gern. Ihre Mutter ist noch jung und wird hoffentlich noch ein langes Leben haben." Er nahm sie mit in sein Arbeitszimmer.

„Ich bin ganz bewusst Arzt geworden, nicht um viel Geld zu verdienen, sondern um zu helfen. Ich komme aus Kuba, ich bin noch Idealist." Er ließ Maria Platz nehmen, dann wandte sich den anderen beiden Besuchern zu. „Bitte entschuldigen Sie, ich habe hier nur noch einen freien Stuhl."

„Das macht überhaupt nichts" sagte Erwin. Dann kam ihm eine Idee. Er holte einen Block aus seiner Mappe, die er immer bei sich hatte und schrieb etwas hinein. Dann überreichte er Dr. Alvaro das Geschriebene. Es war ein Scheck.

„Bitte nehmen Sie ihn. Er lautet auf fünftausend Dollar. Bitte betrachten Sie es nicht als Dankeschön für ihre Hilfe, sondern einfach als eine kleine Spende an das Krankenhaus. Mir tut es nicht weh, aber Ihnen hilft es sicherlich." Der Arzt schaute konsterniert auf das Stück Papier.

„Das kann ich auf gar keinen Fall annehmen" entrüstete er sich. „Bitte verstehen Sie mich, ich kann keine Spenden von irgendwem hier annehmen. Ich helfe selbstverständlich gerne, ich tue was in meiner Macht steht." Erwin legte den Scheck auf den Tisch, weil der Doktor keine Anstalten machte, ihn zu sich zu nehmen. Er griff zu einer List.

„Ich habe den Scheck da hingelegt, Herr Doktor Alvaro, ich nehme ihn nicht mehr zurück." Erwin lachte. „Sie können damit machen was Sie wollen, Sie können ihn zu sich nehmen, Sie können ihn verschenken, verbrennen, ihn für Ihre Klinik nehmen oder auch einfach in den Papierkorb werfen. Es ist Ihr Geld. Ich habe ihn ausgestellt. Mit meiner Unterschrift gehört er mir nicht mehr."

Dr. Alvaro schaute auf das Papier. Dann streckte er zögernd seine Hand aus und nahm er den Scheck an sich.

„Okay Mr. Erwin, so heißen Sie doch? Ganz herzlichen Dank! Ich darf eigentlich nichts annehmen, aber ich werde den Scheck für die Klinik verwenden."

„Ich heiße Erwin Hannemann, Herr Doktor, und meine Spende kommt wirklich von Herzen."

Doktor Alvaro gab ihm die Hand. „Vielen, vielen Dank, Herr Hannemann!" Die Klinik kann den Scheck gut gebrauchen.

„Dann ist doch alles gut." Erwin nickte und war zufrieden. Seine List hatte geholfen. Maria stand auf, sah den Arzt an und verabschiedete sich.

„Dürfen wir meine Mutter morgen wieder besuchen? Braucht sie etwas? Kleidung, Medikamente?"

„Natürlich dürfen Sie sie besuchen. Solange sie ansprechbar ist, jederzeit. Und sie braucht nichts. Wir haben hier alles." Der Arzt begleitete sie noch bis zum Ausgang. Erleichtert rief Erwin ein Taxi, und beschwingt über den Ausgang des Gesprächs mit Josefina fuhren sie zum Hotel. Dort wartete Anna schon im Foyer.

„Da seid ihr ja" freute sie sich. Habt ihr Josefina besuchen können?"

„Ja, sie wird wieder gesund. Sie war noch schwach, aber sie hat heute schon etwas gegessen." Maria setzte sich zu ihr. „Ich bin so froh, dass sie überleben wird. Ich bin glücklich. Dr. Alvaro ist ein hervorragender Arzt." Maria berichtete von ihrem Besuch bei der Großmutter. „Erwin hat dem Arzt einen Scheck über fünftausend Dollar für ihn oder die Klinik überreicht. Das war echt unglaublich." Sie musste husten, sie hatte sich vor Aufregung an ihrer eigenen Spucke verschluckt. „Meine Oma wird gern mitkommen, aber mein älterer Bruder möchte vorerst hierbleiben. Er hat eine Freundin, und er ist sehr verliebt, will sie nicht alleine lassen. Ich finde es schade, aber ich kann ihn natürlich verstehen."

„Ja, das ist wirklich schade" sagte Erwin, „Vielleicht kann ich ihm hier zu einer besseren Wohnung verhelfen. Lucas kommt aber mit nach Hamburg, das hat er versprochen. Er freut sich auf Germany." Er sah die drei Freunde an.

„Es ist früher Abend. Wollen wir noch etwas unternehmen? Man könnte etwas essen gehen und später vielleicht in eines der zahlreichen Kinos in der Stadt"

Auf Kino hatte keiner so richtig Lust, aber essen gehen, das war ein guter Vorschlag. Also ab in die Stadt. Peter schlug vor, das ihm schon bekannte Kilogramma-Restaurant aufzusuchen. Maria war bei ihrem Besuch vor ein paar Tagen sehr zufrieden und stimmte zu. Hungrig betraten sie wenig später das Lokal. Das sehr reichhaltig angebotene Büffet mit diversen Sorten Fleisch, Gemüse, Kartoffeln, Reis sowie Salaten lud hier wirklich zum Schmaus ein.

„Brasilien hat tolles Essen" meinte Anna und langte kräftig zu. Sie genoß es offensichtlich, verwöhnt zu werden und nicht selbst kochen zu müssen.

Gut gesättigt verließen sie zwei Stunden später das Lokal und pilgerten durch die Stadt. Erwin wollte seiner Anna unbedingt ein paar Sehenswürdigkeiten zeigen. Während des Restaurantbesuchs hatten sie sich zuerst auf einen Besuch der Copacabana geeinigt. Dieser weltbekannte Strand zog sich satte vier Kilometer an der Bucht entlang, ein wunderbarer Spaziergang, der sie entlang diverser Strandcafe's bis zum Ende der Beach führte. Genau an dieser Stelle waren riesige, sehr kunstvolle, meterhohe Burgen aus Sand errichtet worden. Die stolzen Erbauer werkelten immer mal wieder daran herum oder warteten auf Spenden, wenn Touristen die Kunstwerke fotografieren wollten. Staunend betrachteten sie die ungewöhnlichen Kunstwerke. Fein stilisiert, mit einigen Utensilien ausgestattet die nicht aus Sand bestanden, wie beispielsweise kleinen Plastikfiguren oder Blattwerk von Palmen, die neben dem Strand wuchsen, boten diese Gebilde wirklich ein dankbares Fotomotiv. Im Gespräch mit dem Besitzer erfuhren sie, das die Sandskulpturen etwa ein Jahr lang hielten. Über Nacht, bei sehr starkem Wind oder bei Regen, wurden die Figuren zu ihrem Schutz sorgfältig mit Plastikfolien abgedeckt. An einer solchen Burg würde ein Künstler immerhin bis zu einem Monat lang arbeiten.

Eine weitere Kuriosität entdeckten sie, als sie den Strand verließen. An der Ecke eines Straßencafes fiel ihnen ein Mann auf, der an einem geparkten Auto hantierte, einige Gegenstände herausholte und sich auf offener Straße umzog. Rotgelb lackierte Schuhe, ein Sakko, dunkle lange Hose und einen schwarzen Zylinder. Belustigt sahen sie in die Runde, ob es da womöglich irgendwo eine versteckte Kamera gab, konnten aber nichts dergleichen entdecken. Die ganze Situation wirkte ein wenig groteskt. Des Rätsels Lösung offenbarte sich kurz darauf. Der Mann hantierte an einem großen Kofferradio, und plötzlich ertönte laute Musik. Fast gleichzeitig begann er zu dem Rhytmen zu tanzen…. Er war einer jener Straßenkünstler, von denen man so häufig las. Aber was für einer! Obwohl schon deutlich älter, legte er eine heiße Sohle auf's Parkett, ahmte Michael Jacksons Tanzschritte nach. In Windeseile scharrte sich ein begeistertes Publikum um ihn herum, und die Spenden flossen reichlich. *„Auch eine Möglichkeit, noch im Alter gutes Geld zu verdienen'* dachte Peter.

Das Wetter verlockte die vier zu einem weiterem Strandbesuch in Ipanema, auch wenn es inzwischen früher Abend geworden war. Die Beine wollten auch nicht mehr so recht. Es war zudem noch immer recht warm. Also suchten und fanden sie ein kleines Eiscafé, saßen wenige Meter vom weißen Sandstrand entfernt gemütlich an einem Tisch, erholten sich und beobachteten die Leute ringsumher. Anna versuchte sich an einer der zahlreich angebotenen Kokosnüsse. Überrascht war sie von der grünen Farbe.

„Sie werden nicht wie bei uns gegessen, sondern man trinkt mit einem Strohhalm die darin enthaltene Kokosmilch" erklärte Peter. „Die schmeckt hier auch so ganz anders." Anna lächelte und konnte es noch immer nicht fassen, dass sie sich momentan in einer der schönsten Städte der Welt aufhielt. Zu ihren Füßen kämpfte eine Taubenschar um Krümel, die Erwin von einer alten Brotkruste abbrach. Die Vögel waren so zutraulich, dass sie sich buchstäblich greifen ließen und ohne Angst aus der Hand fraßen.

„Das hier ist so wunderschön" meinte Anne, und mit verträumtem Blick ließ sie ein wenig Sand durch ihre Finger rieseln. „Sand vom Ipanema-Strand, Sand aus Rio." Peter schmunzelte.

„Wir sind sicher noch ein paar Tage hier und können morgen gern nochmal herkommen. Ein wenig Urlaub nebenbei kann uns allen nicht schaden."

Aus der angedachten Stunde im Eiscafé wurden fast zwei, und sie machten sich langsam wieder auf den Weg, immer den Strand entlang. Weit kamen sie allerdings nicht. Schon nach wenigen Metern umringten sie fliegende Händler, die ihre Waren direkt auf dem Gehsteig anboten. Die vier waren auf dem sogenannten Hippiemarkt angekommen, eine Bezeichnung, die in den siebziger Jahren entstand. Es gab Mützen für die Touristen mit aufgedrucktem Rio-Schriftzug, Straßenkarten der Stadt und Umgebung, aber auch billiger, trotzdem edel aussehender Modeschmuck. Peter wollte den beiden Frauen ein kleines Souvenir schenken und entschied sich nach einigem Hin und Her für zwei Halsketten und den dazu passenden Armbändern, gefertigt aus einem schwarzen, glänzenden Material, einer Art Granatsplitter. Nur winzige Kleinigkeiten, aber die Freude war dennoch groß.

„Du musst uns nicht immer so verwöhnen" lachte Anna. „Ich könnte mich locker daran gewöhnen." Erwin schmunzelte.

„Okay, ich kaufe eine Schiffsladung voll Halsketten, und dann bekommst du jeden Tag eine andere." Mit seinem Spruch erntete er einen mittleren Lachanfall und war zufrieden. ‚Mit wie wenig man Menschen manchmal glücklich machen kann‘ dachte Peter. Er freute sich, dass alle in so guter Stimmung waren. Aber welcher Besucher wäre das in Rio nicht? Die Stadt war einfach ein real gewordener Traum.

Später trennten sie sich für die Nacht. Vom vielen Laufen waren sie doch ziemlich müde geworden. Erwin und Anna kehrten in ihr Hotel zurück, während Peter Maria mit in seines nahm. Morgen war ja auch noch ein Tag, und viel Schlaf kürzte die Wartezeit ab. Zunächst aber packte sie die Neugier. Hier sollte es eine Sauna geben, erzählte ihnen ein Zimmerkellner als sie zurück ins Hotel kehrten, und da sie Wellness liebten, erkundigen sie sich danach.

„Sie befindet sich im obersten Stockwerk. Leider ist sie zurzeit wegen Baumaßnahmen geschlossen" bedauerte der Kellner, der ihnen den Weg wies. „Aber sie können dennoch mit dem Fahrstuhl bis aufs Dach fahren. Dort haben sie eine herrliche Aussicht über die City."

Also nichts mit Wellness. Wie empfohlen fuhren sie mit dem Lift nach oben und gelangten über eine weitere kleine Treppe direkt auf das Hoteldach. Dort gab es einen kleinen Pool, immerhin. Völlig überrascht blieben sie stehen. Welch ein Blick über Rio und die weitläufige Bucht von Ipanema, behütet von wildgezackten Bergen im Hintergrund. Staunend standen sie angelehnt an die schützende Mauer und konnten das alles kaum fassen. Ganz hinten, zu ihrer Linken, fiel ihr Blick auf den nächtlich angestrahlten Zuckerhut. Durch die Büsche und Bäume auf dem Berg hatte das Licht eine grünliche Färbung angenommen und wirkte dadurch ziemlich geheimnisvoll.

Auf der dem Strand abgewandten Seite des Hoteldaches konnten sie hinunter auf die Straßen des Viertels schauen. Trotz der vorgerückten Stunde tobte dort noch immer das Leben. Es herrschte reichlich Verkehr, und überall schoben sich flanierende Menschen durch die Straßen, genossen die warme Nachtluft. Wie alle großen Städte der Welt schläft auch Rio nie. Im Hintergrund erhoben sich die Berge und der Corcovado mit der Christusstatue. Zahllose Favelas säumten die Hänge der davorliegenden Hügel.

Peter und Maria hielten sich lange hier oben auf, ließen sich die lauwarme Luft um die Ohren wehen und bestaunten das herrliche Panorama, schauten hinab auf den Strand von Ipanema, der von Lampen entlang der parallel verlaufenden Avenue Delfim Noreira mit warmem Licht bestrahlt wurde. Diese Aussicht war auch für Maria neu, und sie träumten und fühlten sich wie im Paradies. Aus dem weit geöffneten Fenster vom Hotel gegenüber drangen leise Wortfetzen an ihre Ohren. Dort war man anscheinend am Kartenspielen. Irgendwann spät in der Nacht fanden sie dann endlich ihre wohlverdiente Ruhe.

Am kommenden Morgen trafen sich alle wie zuvor verabredet in Erwins Hotel. Dort frühstückten sie zunächst ausgiebig. Da sie alle hervorragend geschlafen hatten schlug Erwin vor, sie könnten heute gemeinsam einen Ausflug auf den Zuckerhut unternehmen. Natürlich war die Zustimmung groß, auch Anna schloss sich begeistert an, obwohl sie einen Tag zuvor schon einmal oben war. Am Nachmittag würden sie dann erneut den Besuch bei Marias Mutter einplanen.

Die Sonne schien wie jeden Tag, bestens geeignet für die Fahrt zum Gipfel. Die ‚O Bondinho‘, wie die Brasilianer ihre in der Schweiz gebaute Seilbahn nennen, besteht eigentlich aus zwei Seilbahnen, die zum Gipfel führen. Die erste bringt die Besucher zu einer Zwischenstation auf dem Morro da Urca, der dem Zuckerhut vorgelagert ist. Weiter geht es dann auf den knapp vierhundert Meter hohen weltberühmten Gipfel. Diese Seilbahnen waren auch schon einmal Kulisse in einem James-Bond-Film.

Zunächst aber galt es, für die Tickets in einer langen Schlange vor dem Schalter anzustehen. Dreißig Euro kosteten die Eintrittskarten pro Person, ein stolzer Preis für ein armes Land.

„Der Preis ist nur für Ausländer“, erklärte einer der Mitarbeiter. „Die Brasilianer zahlen natürlich weniger.“ Maria bestätigte das.

Endlich standen sie in der Gondel, eingezwängt zwischen anderen Touristen und einer Gruppe Kinder, die zusammen mit ihrer Lehrerin wohl einen Ausflug mit der Klasse machten. Ein leichter Ruck entstand, als die Gondel sich in Bewegung setzte, und plötzlich drängten alle an die Glasscheiben, um den bestmöglichen Ausblick auf die Stadt zu erhaschen. Das satte Grün des Morro wich dem Blick auf den Pao de Acucar, wie der Zuckerhut in Brasilien genannt wird, wörtlich übersetzt: ‚Brot aus Zucker'. Peter wurde es ganz eigenartig zumute. Das letzte Mal, als er vor knapp fünfzig Jahren hier oben war, begleitete ihn ‚seine' Maria, die heutige Oma.

Nach wenigen Minuten Fahrt lag der erste Teil hinter ihnen. An der Zwischenstation mussten sie in die nächste Gondel umsteigen, die sie zum endgültigen Gipfel bringen sollte. Eine kleine Zwangspause zwang sie zu warten, da die zweite Gondel noch unterwegs war. Schon von hier aus gab es aber den ersten imposanten Blick auf die Weltmetropole. Das Wetter hatte sich jedoch leicht geändert, es bewölkte sich zunehmend. Die vier sorgten sich ein wenig, dass die Sonne vielleicht ganz verschwinden würde und beeilten sich, die nächste Gondel zu erreichen, aber die hatten sie durch ihren Ausblick auf Rio gerade verpasst. Jetzt mussten sie weitere zwanzig Minuten auf die nächste warten. Plötzlich sahen sie neben der Station kleine, zutrauliche Sagui-Äffchen, die quirlig vor ihnen herumliefen, auf die Bäume verschwanden oder sich ein paar Meter entfernt auf einer Mauer niederließen.

„Oh, wie niedlich" entfuhr es Anna. „Davon nehmen wir eines mit nach Deutschland."

„Die sind geschützt" lachte Maria, „aber wenn du gerne im Gefängnis landen möchtest…"

„Okay, lassen wir sie hier." Anna schmunzelte. „Es war nur scherzhaft gemeint. Aber sie sind so niedlich." Kaum einen halben Meter groß, mit einem unglaublich menschenähnlichen Gesicht, ließen sie die Besucher bis fast auf Armeslänge an sich herankommen, bevor sie sich wieder zurückzogen. Auch viele andere Leute waren stehengeblieben, um die Tiere zu beobachten. Neugierig sahen sie ihnen eine Weile zu und vergaßen dabei fast ein zweites Mal die Seilbahn. Im letzten

Augenblick erwischen sie die Gondel und atmen erleichtert auf. Jetzt begann die letzte Etappe. Auch die dauerte nur wenige Minuten. Kaum war die Kabine der Gegenstrecke an ihnen vorbeigerauscht, erreichten sie auch schon die Endstation.

Obwohl die Sonne noch durch die Wolken schien war es merklich kühler geworden. Das lag nur zum Teil am Wind, es gab hier auch viel Schatten. Entschädigt wurden sie durch die wirklich grandiose Aussicht. Weit schweifte der Blick über Botafogo und die Copacabana, über die Bucht von Niteroi mit der langen Silva da Costa-Brücke und dem riesigen Jachthafen. Weiter hinten, in die Bucht hineingebaut, befand sich der nationale Flughafen. Auch er war Teil der Kulisse zum bereits erwähnten James Bond-Film. Es blieb reichlich Zeit, hier oben zu bleiben, die letzte Gondel fuhr erst gegen zweiundzwanzig Uhr zurück zur Talstation Praca General Tiburcio am Praia Vermelha.

ändchenhaltend standen Maria und Peter atemlos am Geländer und schauten hinüber zur Copacabana, die sich in einer langen Kurve dem Strand entlang folgte und nach Ipanema, wo sich ihr Hotel befand. Sie fühlten sich fast wie in einem richtigen Urlaub und Maria vergaß für eine Weile die Sorgen um ihre Mutter.

Eine Stunde später waren sie wieder auf den Rückweg. An der Talstation angekommen, blieben sie noch einen Moment bei zwei tollen Künstlern stehen. Ein älteres Paar im geschätzt mittleren Alter, komplett mit silberner Farbe bemalt, spielte mit Hingabe eine Art Theater, stellte abwechselnd bekannte Personen nach. Nach dieser Darbietung und einer kleinen Spende nahmen sie das nächste Taxi zur Favela in die Klinik. Dr. Alvaro empfing sie mit einem Lächeln.

„Ihrer Mutter geht's schon viel besser" unterrichtete er Maria auf dem Gang zum Krankenzimmer. „Sie hat letzte Nacht gut geschlafen, und Sie können heute bestimmt mit ihr sprechen."

Vor allem Erwin war erleichtert. Es würde alles gut werden, da war er sich sicher. Beim Eintreten hob die Mutter den Kopf. Ihre Augen schauten um einiges klarer als gestern auf die Besucher.

„Schön, dass ihr alle da seid." Ein Lächeln erschien auf ihrem Gesicht. Die Stimme klang auch kräftiger.

„Ich freue mich. Komm zu mir, Maria, lass dich anschauen. Ich habe dich so lange vermisst." Mit vor Freude tränennassem Gesicht nahm Maria ihre Mutter in die Arme und hielt sie eine Weile fest. Erwin, Peter und Anne ließen ihr die nötige Zeit. Sie freuten sich mit Maria über die rasch voran schreitende Genesung. Erwin rückte ihr einen Stuhl heran, damit sie neben dem Bett sitzen konnte.

„Die nette Dame neben mir ist Anna, Erwins Hausange-stellte. Mama, Erwin Hannemann hat dir etwas Wichtiges mitzuteilen. Bist du in der Lage, kurz mit ihm zu sprechen? Hast du Schmerzen?"

„Nein, Maria, Schmerzen habe ich nicht. Ich bekomme gute Medikamente." Sie sah Erwin in die Augen. „Was ist es denn?" Sie sprach kein Deutsch. Maria übersetzte die Gespräche zwischen den beiden.

„Guten Tag Frau Suarez, ich bin Erwin Hannemann. Ich habe einiges an Vermögen in Deutschland und eine große Villa. Ihre Tochter arbeitet seit mehreren Monaten zu meiner vollsten Zufriedenheit bei mir. Nun entstand in meinem Kopf eine tolle Idee. Ich habe mir überlegt, Sie zu mir nach Deutschland zu holen, Ihre ganze Familie. Für immer. Sie könnten in meiner Villa bei uns wohnen, auch Ihre Jungs sind selbstverständlich willkommen und auch Ihre Mutter. Die ist zufällig die Frau, die mein Freund Peter als junger Seemann kennen lernte. Wäre das etwas für Sie? Ein Umzug der gesamten Familie nach Deutschland?" Er legte eine kurze Verschnaufspause ein.

„Sie müssen sich nicht sofort entscheiden, aber mein Vorschlag ist wirklich ernst gemeint. Sie könnten in einem deutschen Krankenhaus gesund gepflegt werden. Für die nötigen Papiere, Visa, Arbeitsgenehmigungen, den Transport in einem guten Flugzeug und alles weitere würde ich selbstverständlich aufkommen."

Es dauerte eine Weile, bis Maria ihr alles übersetzt und erklärt hatte. Erwin und Peter warteten in gespannter Ruhe ab. Wie würde sie sich entscheiden? Hatte sie überhaupt das Bestreben, ihr Heimatland zu verlassen? Anne stand sprachlos in der Ecke.

„Ich weiß nicht, was ich dazu sagen soll" ließ Josefina sich verlauten. „Ich muss in Ruhe darüber nachdenken. Brasilien verlassen? Das ist ein großer Schritt." Ihre Hände rutschten nervös über die Bettdecke. „Was sagen meine Kinder, die beiden Jungs, dazu? Was sagt meine Mutter?"

Maria erklärte ihr die schon bekannten Reaktionen ihrer Familie.

„Miguel will also nicht mitkommen?" Sie schaute ein wenig traurig aus dem Krankenbett. „Ich weiß nicht, wie ich mich entscheiden soll. Ich muss mir das alles überlegen." Sie warf einen Blick auf Peter.

„Du hast deine Maria wiedergefunden, das ist schön. Mama hat sich sicherlich gefreut."

„Ja, das hat sie." Peter besaß ein paar bescheidene portugiesische Sprachkenntnisse und radebrechte es. „Sie will unbedingt mit nach Deutschland." Dass er keine Beziehung mehr mit ihr anstrebte unterschlug er. Das wäre vielleicht zu viel Aufregung für die Mutter.

„Habe ich ein paar Tage Zeit um mir das zu überlegen? Ist doch ein ziemlich gewagter Schritt für mich."

„Natürlich, Mama! Selbstverständlich! Du musst ja auch erst mal für die Reise fit sein." Maria war etwas erleichtert. Es war zumindest kein sofortiges ‚Nein'. Josefina atmete hörbar auf. Das Angebot Erwins war vielleicht doch etwas viel für sie.

Eine Weile blieben sie noch, bis der Arzt erschien und bedeutete, sie sollten Josefina jetzt allein lassen. Sie bräuchte noch eine Menge Schonung, auch wenn sie heute schon stabiler war. Mit einem herzlichen Abschiedsgruß verließen die vier ihr Krankenzimmer.

Inzwischen war es später Nachmittag geworden. Vom Taxifahrer erhielten sie die Info, dass auf der Copacabana jeden Abend der sogenannte Nachtmarkt stattfand. Der war jetzt zwar noch geschlossen, aber Maria sprühte Feuer und Flamme.

„Da war ich schon lange nicht mehr" sprudelte sie hervor. Können wir später dort hingehen, Erwin?" Der kannte den Markt nicht, aber er ließ sich natürlich mitreißen.

„Von mir aus gerne. Seid ihr zwei einverstanden, Peter und Anna? Ein bisschen rumbutschern, das macht bestimmt Spaß!" Erwin hätte diese Frage allerdings nicht zu stellen brauchen. Natürlich waren sie dabei. Bis zum Beginn des Nachtmarktes zogen sie nochmal hinüber nach Ipanema. Dieser Strand gefiel ihnen am besten. Von einem kleinen Jungen erfuhren sie, dass der Strand am Anfang der Beach endete. Dort befände sich eine kleine Halbinsel, genannt Praia do Arpoador.

Erwin bat den Fahrer, er möge am Anfang des Strandes von Ipanema halten. Wie beschrieben hielten sie sich dann nach links und sahen das felsige Halb-Eiland. Dort tobte wildes Leben. Eine Gruppe Kinder und Jugendliche tummelte sich im flachen Wasser, badeten in der Brandung oder versuchten sich beim Surfen. Schon von weitem sahen sie die meterhohe Brandung an die Steine schlagen, das faszinierte sie. Später erfuhren sie von einem Polizisten, dass die Gewässer um die Halbinsel zu den gefährlichsten Abschnitten des Strandes zählten. Die

Brandung der offenen See schlug in Sturmzeiten bis zu zehn Meter hoch fast ungebremst auf das nackte Felsgestein, und die unterschiedlichen Strömungen haben schon so manchen unkundigen Schwimmer in die Bucht hinausgetrieben.

Ein kleiner Weg führte direkt zwischen die Felsen. Die Halbinsel war nicht groß, vielleicht hundert Meter lang. Der Weg wurde weiter ins Innere der Halbinsel allmählich zum Trampelpfad. Einige Einheimische kamen ihnen entgegen, grüßten freundlich. Dann urplötzlich endete der Pfad. Übermütig und leichtfüßig kletterten die vier auf dem nackten Felsen herum, wagen sich gar bis an die starke Brandung vor und beobachten einige Surfer, die unermüdlich ihre Superwelle suchten, auch wenn sie derzeit nur mit einem Meter Höhe auf die Steine klatschte.

Hinter einem felsigen Vorsprung hatte sich eine einheimische Familie gemütlich ausgebreitet. Auf mitgebrachten Klappstühlen saßen sie schwatzend beieinander und hantieren an einem alten Grill. Als die vier Freunde dicht daran vorbeigingen sahen sie, dass es keine Fische waren, die dort bruzzelten. Neugierig fragte Peter, was das für Tiere seien und erfuhr, dass es sich um kleine, rattenähnliche Wesen handelten, die hier auf der Insel zu Hunderten herumliefen. Den genauen Namen kannte keiner. Ihn schüttelte es etwas bei diesem Gedanken, aber er musste das ja nicht essen, obwohl Maria das für unbedenklich hielt und die gebratenen Fleischstücke eigentlich auch appetitlich aussehen. Die vier bevorzugten dennoch eine eher normale Mahlzeit.

„Gehen wir später lieber in unser Restaurant" meinte Erwin. „Inzwischen müsste der Nachtmarkt auf der Copacabana geöffnet sein." Neugierig lenkten sie ihre Schritte die paar Straßen hinüber zum weltbekannten Strand.

Schon von weitem lockten die Lichter der langen Reihe von Geschäften, die auf dem Mittelstreifen zwischen den beiden

Fahrbahnen entlang der Copacabana aufgebaut waren. Langsam näherten sie sich dem Markt. Die bunten Stände waren eine wahre Pracht für das Auge. Die vier Freunde konnten die Flut der zahlreichen Gegenstände gar nicht so schnell erfassen, und sie beschlossen nach kurzem Rundgang, am nächsten Abend mit mehr Zeit noch ein zweites Mal hier herum zu stöbern. Unter freiem Himmel in lauer Luft war das eine wahre Freude. Die Info des Taxidrivers war Gold wert.

Das Abendessen in ihrem mittlerweile zum Stammrestaurant erkorenen Lokal beendete den Abend. Für heute waren alle zufrieden mit dem Erreichten. Jetzt kam es nur noch auf Josefina an, ob sie dem Umzug der Familie nach Hamburg zustimmte. Gegen 23 Uhr fielen alle, natürlich getrennt in ihren jeweiligen Hotels, ins Bett.

Die nächsten drei Tage verbrachten sie mit Warten. Josefina wäre, wenn sie zustimmte, sowieso noch nicht reisefähig. Also streiften sie die nächste Zeit durch die Stadt, entdecken vieles, was selbst Maria noch nicht kannte. Die vielfältigen Eindrücke in dieser Metropole überwältigten sie. Überall gutgelaunte Menschen, Lachen an jeder Ecke, eine Unmenge Geschäfte die zum Shoppen einluden, die ganzen Sehenswürdigkeiten Rio's in der näheren Umgebung, vom herrlich warmen Wetter ganz zu schweigen.

Natürlich hat die Stadt aber auch ihre Schattenseiten. Direkt vor Erwins Hotel, dem Copacabana Palace, lagen Kinder auf der Straße herum, verwahrlost, hungrig und bettelnd, zerissene Kleidung tragend und barfuß. Gebettet auf Kartonpappe und zugedeckt mit Zeitungspapier oder einer weiteren Lage Pappe, schliefen sie direkt auf dem Gehweg. Peter schätzte deren Alter auf höchstens vier bis fünf Jahre. Elternlos, oder von den Eltern selbst ausgesetzt, weil sie die Kinder mangels Einkommen nicht ernähren konnten.

„Aber ungeschützten Sex treiben und ohne Rücksicht Kinder zeugen, das können sie!" schimpfte Erwin, „und das in einem Land, das das Christliche sehr hoch hielt, was man an den zahlreichen Kirchen sehen konnte." Leider war das nicht die Ausnahme. Immer wieder stießen sie auf solches Elend, oft direkt vor teuren Hotels oder eleganten Geschäften. In solchen Momenten blutete ihnen das Herz.

Was tun? Half man den Kindern wirklich mit einer Spende? Oder verlängerte man damit nur ihr Elend? Marias Meinung nach würden diese Kinder nie die Chance bekommen, ein normales Leben zu führen; der Weg in die Prostitution oder Kriminalität war fast zwingend vorgezeichnet. Trotzdem verteilte Erwin hier und da ein paar Rials. Seine Spenden bedeuteten leider nur einen Tropfen auf den heißen Stein.

Vor ein paar Jahren herrschte nachts auf den Straßen die berüchtigte Schwarze Polizei, benannt nach den schwarzen Masken die sie trugen. Sie kamen nachts, zielten auf die Kinder und erschossen sie unerkannt. Bis zu zweitausend Kinder pro Jahr waren die Opfer. In den letzten Jahren hatte es allerdings nachgelassen. Mit gemischten Gefühlen wanderten die vier schweigend durch die Straßen.

Am vierten Tag morgens bekam Erwin die Gelegenheit, ein längeres Gespräch mit Dr. Alvaro zu führen. Er berichtete von der Absicht, Josefina und die restliche Familie nach Hamburg zu bringen und erkundigte sich nach der Möglichkeit eines Transports.

„Wir könnten Josefina für einen Flug vorbereiten" meinte der Doc. "Aber es wird beschwerlich, und ein Krankenflug nach Deutschland ist sehr teuer. Rechnen Sie mit mindestens hunderttausend Euro, je nach Flieger gern auch viel teurer".

Damit stand eine Summe im Raum. Eine gewaltige Summe. Anne blieb der Mund offenstehen. Selbst für Peter war das zu viel. Er musste schlucken. Erwin hingegen nahm es locker. Er war ganz andere Summen gewohnt.

„Das kriegen wir hin, Herr Dr. Alvaro. Ich kann das Geld leicht aufbringen. Wann könnten wir mit dem Transport beginnen?"

„Ich würde sagen, aus medizinischer Sicht wäre das in zwei bis drei Tagen machbar. Einen Flieger zu organisieren ist nicht das Problem. Ich weiß nur nicht, ob Frau Josefina bis dahin innerlich für einen solchen Umzug bereit ist. Haben Sie mit ihr über Ihr Vorhaben gesprochen?"

„Wir hatten ihr das angeboten, aber sie wollte Bedenkzeit, sie hatte sich noch nicht entschieden."

„Das wird sie auch nicht, wenn sie die Summe hört." Maria erklärte das mit leiser Stimme. Sie war angesichts der Höhe der Summe blass geworden. „Das darf sie unter gar keinen Umständen erfahren."

„Das muss sie ja auch nicht." Erwin war da ganz pragmatisch. „Wenn alle schweigen wird es schon klappen. Keiner sagt ihr ein Wort davon, bitte." Er sah in die Runde und blickte auf schweigende Gesichter. „Sind wir uns da einig?" Peter nickte. Anne sagte gar nichts. Ihr waren solche Summen völlig fremd. Maria hingegen war sprachlos. Ein solcher Betrag überstieg ihren Verstand.

„Also ich denke, dann könnte es klappen." Peter war sichtlich zufrieden. Sagen wir ihr einfach maximal fünftausend, falls sie vielleicht etwas in dieser Richtung andeutet. Wir sollten sie aber dennoch zuerst fragen, ob sie das überhaupt auf sich nehmen möchte. Es wird für sie ein ziemlich anstrengendes Abenteuer werden."

„Sie bekommt im Fall eines Falles natürlich entsprechende Medikamente. Dafür werde ich persönlich sorgen." Der Doktor räusperte sich.

„Ich bringe Sie jetzt zu ihr, und ich werde dabei sein, falls sie Fragen hat." Er stand auf und öffnete die Tür. „Bitte kommen Sie mit." Er ging voraus. Als sie das Krankenzimmer betraten, lag Josefina wach im Bett und sah die Besucher an.

„Schön, dass ihr alle gekommen seid. - Herr Doktor?" Sie sah ihrem Arzt ins Gesicht. „Meinen Sie, dass ich in meinem Zustand nach Deutschland reisen kann?"

„Genau deswegen bin ich hier, Frau Suarez. Ich habe ihre Freunde gleich mitgebracht. Wie fühlen Sie sich?"

„Also mir geht es gut. Die Schwestern hier sind so aufmerksam. Ich habe keine Schmerzen. Nur mag ich nicht mehr liegen."

„Das verstehe ich vollkommen." Doktor Alvaro sah ihr in die Augen. „Sie brauchen jetzt ein wenig Mut." Er winkte Erwin ans Bett. „Bitte erklären Sie ihr, was Sie vorhaben." Erwin setzte sich an die Bettkante und nahm die Hand von Josefina in die seine.

„Haben Sie überlegt, ob Sie mit nach Deutschland wollen, Frau Suarez? Wir würden jetzt gern eine Antwort erhalten, wenn es Ihnen möglich ist. Ich würde für einen reibungslosen Flug garantieren und einen Flieger chartern." Geschockt blickte Josefina auf Erwin, ließ ihre Blicke zu Peter und Maria weiterwandern. Ihr fehlten die Worte. Erst nach einer geraumen Weile fand sie ihre Sprache wieder.

„Ist das nicht teuer? Einen ganzen Flieger nur für mich? Ich kann das niemals bezahlen…"

„Über die Kosten machen Sie sich bitte keine Gedanken. Die paar tausend Euro schaffe ich allemal, das merke ich gar nicht." Er unterschlug ihr galant die Summe.

„Ich möchte nur ehrlich wissen, ob Sie sich einen Flug nach Hamburg zutrauen. Und dann natürlich die Frage, ob Sie überhaupt mit nach Deutschland wollen. Selbstverständlich werden Sie Ihre Familie, einen Arzt und eine Krankenschwester an

Ihrer Seite haben. Sie fliegen Erster Klasse. Der Arzt wird Ihnen die notwendigen Medikamente mitgeben. Sie werden zumindest keine Schmerzen haben." Er blinzelte zur Maria hinüber, die daraufhin ans Bett trat.

„Ich werde Dich begleiten, Mama. Mach Dir bitte keine Gedanken. Es kommt jetzt nur darauf an, ob Du wirklich mit nach Deutschland möchtest. Alles andere spielt momentan keine Rolle."

„Von meiner Seite aus gibt es ebenfalls keine Bedenken, aber für Sie wird es ein richtiges Abenteuer, Frau Josefina." Der Arzt versuchte ihr Mut zu machen. „Wenn es Ihnen in Deutschland nicht gefällt, können Sie ja jederzeit zurückkehren. Sie müssen nicht bleiben, wenn es Ihnen nicht gefällt."

Josefina schaute von einem zum anderen. Der Abschied von ihrer Heimat würde ihr sicherlich schwerfallen. Sie hatte nicht sehr viele Freunde, aber die wenigen würde sie vermissen.

„In Deutschland ist es immer kalt, wurde mir erzählt. Stimmt das? Da friert man doch nur."

„In Deutschland ist es im Sommer auch warm, manchmal bis zu fünfunddreißig Grad." Maria versuchte ihr Mut zu machen. „Schau mal, ich bin jetzt schon zwei Monate in Hamburg, und ich habe bisher noch nicht gefroren." Sie streichelte sanft die Hand ihrer Mutter. Schließlich rang Josefina sich zu einem zaghaften ‚Ja' durch. Einige Tränen kullerten ihr ins Gesicht, gleichzeitig aber lächelte sie.

„Ihr macht euch alle so viel Gedanken um mich, und das kostet alles eine Menge Geld. Was ist mit meinen Angehörigen? Die sehe ich dann ja nie wieder." Ihre Stimme schwankte.

„Die kommen selbstverständlich alle mit" erklärte Erwin. „Nur Miguel möchte seiner Freundin zuliebe hierbleiben. Aber er wird möglicherweise später mal nachkommen. Vielleicht sogar zusammen mit seiner Freundin. Außerdem können Sie doch auch mal für einen Besuch nach Rio zurückkehren." Letzteres beruhigte sie und gab schließlich den Ausschlag.

„Okay, dann machen wir das so. Ich bin einverstanden." Erwin und Maria fiel ein Stein vom Herzen. Das größte Hindernis schien überstanden zu sein.

„Wir werden jetzt mit dem Doktor sprechen und die nötigen Vorbereitungen einleiten. Wir kommen aber nachher nochmal zu Ihnen zurück." Maria ließ Josefinas Hand los und erhob sich. „Wir sehen uns nachher noch." Dann verließen sie das Zimmer Nummer siebzehn. Zwei Minuten später fanden sie sich alle im Arbeitsraum des Doktors wieder.

„Wir müssen klären, wie die Patientin zurückgebracht wird" sagte Doktor Alvaro, „und wir müssen eine Menge Formulare ausfüllen, auch für die Behörden."

„Ich weiß". Erwin sah zu Maria hin. „Mit Geld ist leider nicht alles zu regeln. Behörden sind manchmal recht störrisch. Brasilien wird da keine Ausnahme machen."

„Ist das Gleiche wie in jedem Land" bekräftigte Doktor Alvaro diese Tatsache und blätterte in einigen Unterlagen. „Ich werde in den nächsten Tagen einiges zusammentragen und mich erkundigen. Ich sehe Sie am besten in drei bis vier Tagen wieder, dann sollte alles komplett sein, jedenfalls von meiner Seite aus. Können Sie solange in Brasilien bleiben und in vier Tagen wieder herkommen? Ich habe einige Freunde in den Behörden, auch von maßgeblichen Entscheidern, da wird wohl einiges unter der Hand zu regeln sein. Bakschisch hilft auch hier…"

„Natürlich, gerne." Erwin freute sich, dass es voran ging. „Ich danke Ihnen, Herr Doktor. Ich werde mich selbstverständlich erkenntlich zeigen. Sollten ‚‘Geschenke‘ an einflussreiche Personen anfallen, übernehme ich selbstverständlich die Kosten." Erwin erhob sich. Die anderen schlossen sich ihm an. „Wir besuchen Josefina nochmal kurz."

„Ganz herzlichen Dank auch von mir" sagte Maria, und der Dank war sowohl an Erwin, als auch an den Doktor gerichtet. Kleine Tränen rannen ihr aus den Augen. „Ich weiß, dass Sie alles in der Macht Stehende für meine Mutter tun." Sie drückte noch einmal die Hand des Doktors, der sie noch hinausbegleitete. Dann standen sie auf der Straße.

„Wir werden also noch einige Tage hierbleiben" meinte Erwin und sah Maria an. „Ich bin froh, dass Josefina zugesagt hat. Das war für mich die schwerste Hürde, ich gebe es zu. Da wir jetzt noch einige Tage Zeit haben, was hältst du von meiner Idee, einen Ausflug nach Santos zu unternehmen? Wenn Du magst, könnten wir Deine Großmutter auch mitnehmen. Sozusagen zurück zu den Wurzeln. Mal sehen, ob die Hamburg-Bar noch existiert."

„Ich wohne in Santos" sagte Maria. „Und ja, es gibt die Hamburg-Bar noch. Aber vielleicht könnten wir stattdessen lieber einen Ausflug zu den Iguazú-Fällen machen? Mit dem Bus sind es neunzehn Stunden. Ich weiß, das ist eine lange Fahrt, aber dieses Naturwunder ist einfach zu schön, um es nicht zu besichtigen. Da wollte meine Großmutter immer mal hin, und sie hat es zeitlebens nie geschafft. Ich übrigens auch nicht."

„Ich ebenfalls nicht" ließ Anna sich vernehmen. „Ich war ja überhaupt noch nie in Brasilien."

„Das finde ich eine ganz ausgezeichnete Idee. Hätte eigentlich auch mir einfallen können." Erwin seufzte. „Ob die Oma mitfahren möchte? Ich war schon einmal dort, ein absolut grandioser Anblick. Wir könnten gleich morgen losfahren. Es gibt da so supermoderne Überlandbusse. Maria weiß das. Und sie sind auch noch spottbillig." Maria grübelte.

„Ich weiß nicht, ob meine Oma mitfahren möchte. Das ist vielleicht zu viel für sie. Sie ist ja etwas gehbehindert, und wir müssen ein ganzes Stück in der Schlucht bis zu den Wasserfällen laufen."

„Nun, wir besuchen sie einfach nachher nochmal und fragen sie. Aber was machen wir jetzt? Essen gehen? Ich bin hungrig. Aber vorher besuchen wir Josefina nochmal. Ich hatte es ihr bei unserem Besuch vorhin versprochen." Damit waren natürlich alle einverstanden.

Nach dem Essen zog es sie wieder hinaus zum Ipanema-Strand. Der darauffolgende Spaziergang führte sie an die Lagune, den großen innerstädtischen Binnensee. Dort drückte ihnen plötzlich ein freundlicher Brasilianer einen gelben Zettel in die Hand. Eine Einladung, mit einem Taxi gratis zu einem Schmuckladen der Firma Stern zu fahren. Da dieser sich in der Nähe ihres Hotels in Ipanema befand meinte Maria, sie sollten das Angebot durchaus annehmen. Neben einem unverbindlichen Besuch bot dies auch eine kostenlose Rückfahrt zu ihrem Hotel. Die Firma Stern sei ein edles Geschäft.

„Dort gibt es wunderbare Steine zu kaufen, ich war früher auch schon mal als Gast dort." Maria sprudelte fast vor Übermut. „Wir müssen ja nichts kaufen. Aber sich allein die Schmuckstücke anzusehen lohnt sich schon."

„Ich kenne das Juweliergeschäft Stern in Hamburg-Harburg." Erwin war überrascht. „Das ist eine von dreihundert Filialen weltweit. Das Geschäft hier in Rio ist die Zentrale. Natürlich würde ich einem Besuch zustimmen." Es war früher Nachmittag, und es blieb noch genügend Zeit zum Besuch der Oma und auch für den Nachtmarkt. Also quetschten sie sich zu viert ins angebotene Taxi und waren zehn Minuten später vor Ort.

Nach dem Passieren einer Sicherheitsschleuse parkte das Taxi in der Tiefgarage eines mittleren Hochhauses. Ein speziell dafür angestellter Mitarbeiter brachte sie per Fahrstuhl hinauf in den fünften Stock. Die edle Ausstattung der Räume überraschte sie, paßte eigentlich so gar nicht zum schlichten

Gebäude, aber auch nicht zu ihren lässigen Urlaubsklamotten die sie trugen. Man sah großzügig darüber hinweg. Etwas verschüchtert nahmen sie die Einladung zu einem Glas Tee an und setzen sie sich an einen der bereitstehenden Tische. Kurze Zeit darauf erschien eine freundliche Dame und brachte ihnen den Tee und servierte auch etwas Gebäck. Nach einem kleinen Einführungsgespräch geleitete sie die vier danach ruhig und gelassen durch die Räume, zeigte ein wertvolles Stück nach dem anderen. *,Eine Verkaufsshow wie in der Türkei'* schoss es Peter durch den Kopf. Perfekt organisiert und sehr freundlich, aber die wirklich teuren Schmuckstücke überstiegen den finanziellen Rahmen von Maria, Anna und selbst den von Peter bei weitem. Wer wollte schon eine Halskette für fünfundzwanzigtausend Euro kaufen? Nur ein wundervoller Ring mit einem tiefroten Stein und dem exotischen Namen ,Amazonasfeuer' hatte es Erwin angetan. Der kostete nur hundertachtzig Euro, und er kaufte ihn für seine Haushälterin. Anna wurde richtig rot und bedankte sich verlegen. Ihr Chef war schon immer großzügig zu ihr, aber das hier war der Gipfel. Ihre Augen strahlten, und sie gab ihrem überraschten Arbeitgeber einen Kuß.

Einen ähnlichen Ring mit dem gleichen, blutroten Material schenkte er auch Maria. Die schimpfte ihn ein wenig aus.

„Das musst du doch nicht tun, Erwin. Du hast schon so viel ausgegeben für uns, und dann die Fahrt nach Deutschland für meine Familie. Das kann ich alles gar nicht anehmen." Erwin wandte wieder seinen schon bekannten Trick an.

„Du kannst ihn annehmen oder wegwerfen - es liegt an dir. Ich hab den Ring schon gekauft." Erwin lachte übers ganze Gesicht. „Such es dir aus!" Schließlich ließ Maria sich durch seinen Trick überreden. Blitzschnell stellte sie sich auf die Zehen und tat es seiner Anna nach. Sie küsste Erwin mitten im Schmuckladen. Die Angestellten klatschten Beifall.

„This man has two woman" meinten sie lächelnd. Maria errötete verlegen und beeilte sich, den Angestellten das korrekte Verhältnis der Vier zu erklären. Und zu Erwin gewandt setzte sie einen vorwufsvollen Blick auf.

„Siehst du, was du jetzt angestellt hast! Ein Mann mit zwei Frauen... unerhört"

„Wieso ich?" Erwin lachte noch immer. „Du hast mich doch eben geküsst und nicht umgekehrt." Er grinste. „War aber nett..."

Maria schmunzelte verlegen und bedankte sich nochmal. Der Angestellte des Stern-Konzerns brachte sie danach noch mit dem Fahrstuhl hinunter.

„Beehren Sie uns ein andermal wieder". Dann standen sie auf der Straße. Volle zwei Stunden hatten sie sich in dem Luxusladen aufgehalten.

Ein Ausflug nach Iguazú

Der Besuch bei der Oma verlief kurz und so, wie insgeheim von Maria erwartet. Für sie wäre es eindeutig zu anstrengend, meinte sie, und sie überraschte ihre Enkelin mit der Aussage, schon einmal dort gewesen zu sein.

„Aber fahrt ruhig hin, zeig den deutschen Gästen mal das Weltwunder. Es ist wirklich unglaublich."

Als der Abend nahte, lenkten sie ihre Schritte ein zweites Mal zum Nachtmarkt an der Copacabana. Gestern hatten sie nicht mehr so viel Kraft. Die kilometerlangen Strände erforderten einfach eine Ruhepause.

Hier blieben sie fast zwei Stunden. Eine zusammengeballte Menschenmenge empfing sie schon auf den ersten Metern. Der Markt war über einen Kilometer lang, dicht bebaut mit Ständen aller Art. Wo man auch hinsah, es gab gefühlt nichts, was es nicht gab. Bunte Tücher, Uhren mit Ziffernblättern aus Edelsteinen, diverse kunstvolle Masken, Musikinstrumente aller Art und tausend andere Dinge. Hier leistete sich Erwin tatsächlich auch mal eine Kleinigkeit für sich selbst. Eine dieser Uhren, versehen mit einem Zifferblatt aus einem grauen Edelstein und mit goldenen Ziffern. Sehr elegant ausschauend, und nur drei Euro teuer.

„Da kann ich einfach nicht widerstehen" meinte er. „Die kommt auf meinen Schreibtisch, damit ich immer weiß was mir die Stunde geschlagen hat". Alles lachte. ‚Manchmal hat Erwin ja komische Ideen' dachte Peter. Er selbst kaufte zwei schicke Kleider für die beiden Damen, die gar nicht wussten, wie ihnen geschah. Aber auch Peter hatte Spaß am Schenken.

Den Schluss machte ein weiterer Spaziergang durch das nächtliche Rio. Lediglich ein paar Straßen zur Entspannung, man wollte den Tag nur noch gemütlich ausklingen lassen.

Dann ging es ab ins Hotel. Für die Fahrt morgen zu den berühmten Iguazú-Fällen wollten sie ausgeruht sein.

Der nächste Tag fand die vier früher als geplant auf den Beinen. Sie hatten zwar noch reichlich Zeit und brauchten sich nicht zu beeilen. Allerdings bescherten unzählige Gedanken Peter und Maria eine sehr unruhige Nacht. Sie wälzten sich bis tief in die Nacht hin und her, konnten lange nicht einschlafen. Ein komplett zerwühltes Bett zeugte davon. Nach der täglichen Morgendusche trafen sie sich gegen zehn mit Anna und Erwin in seiner Hotelrezeption. Die beiden waren ausgeruhter als sie und blickten ihnen unternehmenslustig entgegen.

Die Sonne lachte durch die Fensterscheiben, verwöhnte sie mit warmen Strahlen im Gesicht. Schnell entschlossen sie sich, ihrem Lieblingsrestaurant einen weiteren Besuch abzustatten, um vor der Abfahrt noch einmal ausgiebig zu frühstücken. Die reiche Auswahl an Speisen und der vorzügliche Koch waren einfach eine Wucht, ebenso Lydia, eine der Bedienungen hier. Sie war hochschwanger und erwartete im November ihr erstes Kind, arbeitete aber noch stundenweise im Lokal, half und bediente dennoch, soweit sie es noch konnte. Nach diversen Besuchen der vier in den vergangenen Tagen wurden sie schon beim Eintreten von ihr erkannt und herzlich begrüßt.

„Wir müssen zum Zentralen Busbahnhof und hoffen, dass wir Plätze bekommen" sagte Maria nach dem Frühstück. „Manchmal sind die Busse komplett ausgebucht."

Voller Unternehmungslust orderten sie ein Taxi. Am internationalen Busbahnhof angekommen fanden sie nach kurzer Suche die richtige Linie. Die ‚Pluma', eine in Brasilien gut bekannte Busgesellschaft beförderte Fahrgäste mit wirklich komfortablen Bussen. Sie hatten großes Glück. Mit ihnen stiegen nur gut zwanzig weitere Fahrgäste ein, der Liner war also nur halb besetzt. Die Sitze in der Mitte des Fahrzeugs waren leer, somit konnten sie alle zusammensitzen. Vor und neben ihnen ließen sich vier hübsche Brasilianerinnen im Alter von etwa zwanzig Jahren nieder. Sie schienen gut gelaunt zu sein und waren ständig am Lachen und Kichern. An Bord befanden sich zwei Fahrer, die sich einander während der Fahrt abwechseln würden. Das war wie in Deutschland auch in Brasilien Standard.

„Ich bin gespannt auf die Wasserfälle" sagte Anna, und fläzte sich gemütlich auf ihren Sitz. „Ich habe schon so viel darüber gelesen und freue mich riesig auf den Besuch."

„Mir geht das ebenso". Maria lächelte. „Ich bin zwar Brasilianerin, aber ich kenne mein Heimatland so gut wie gar nicht. Wenn man wenig Geld hat fallen Reisen halt aus, auch wenn man sie gerne unternehmen möchte. Außer Santos und Rio de Janeiro kenne ich so gut wie nichts von meinem Land."

„Nun, dann ändern wir das jetzt". Erwin lächelte. „Ihr werdet Augen machen, ich war nämlich schon mal dort."

Die neunzehnstündige Tour führte sie über Sao Paulo, Curitiba, Guarapuava und Cascavel nach Foz do Iguazú, durchquerten dabei mit Sao Paulo und Paraná zwei brasilianische Provinzen. Brasilien ist das fünftgrößte Land der Erde, das merkt man an den riesigen Entfernungen. Bis Iguazú waren es etwa zwölfhundert Kilometer, aber das ist nur eine fast winzige Strecke auf der großen Brasilienkarte.

Nachdem der Bus die Vororte mit den zahlreichen Favelas gen Süden passiert hatte, schlängelte sich die Straße bis Sao Paulo durch eine etwas hügelige Landschaft. Das herrliche Wetter war wie geschaffen für solch einen Ausflug. Die vier Freunde genossen die Fahrt. In Sao Paulo legte der Fahrer eine erste Pause ein, damit die Gäste sich die Beine vertreten konnten, bevor der Bus Kurs auf Curitiba nahm. Beim Ausstieg für die halbe Stunde Aufenthalt merkten die Gäste erst, wie heiß es war und wie gut die Klimaanlage des Buses funktionierte. Die Temperatur betrug schon wieder über dreißig Grad.

Bei der anschließenden Weiterfahrt dösten die beiden Paare überwiegend vor sich hin. Die bequemen Sitze luden förmlich zu einem kleinen Nickerchen ein. Insgeheim träumten sie wohl schon vom Anblick der Wasserfälle. Die jungen Mädels neben ihnen schäkerten mit dem zweiten Busfahrer, und eine der Mädchen verschwand etwas später mit ihm nach ganz hinten, wo sie ungestört waren.

„Die wird den Busfahrer vernaschen" lachte Maria, als sie es bemerkte. „Das kommt öfter vor. Die Mädchen erhoffen sich einen Freund, der Arbeit hat. Schon in jungen Jahren beginnt damit die Prostitution, auch wenn sie oft als solche nicht wahrgenommen wird."

Nach den ersten Stunden der Fahrt veränderte sich die Landschaft stark. Die zuerst lieblichen Hügel verwandelten sich zunehmend in schroffe Berge, wurden höher und steiler, die Ausblicke grandioser. Bis zum Iguacu-Naturwunder waren immerhin mehrere große Bergketten zu überqueren, zum Teil führte sie die Passage über fünfzehnhundert Meter hohe Pässe.

„Was für eine wundervolle Landschaft" entfuhr es Anna. „Ich dachte, dass das Land flach sei, wie am Amazonas, aber hier gibt es ja richtige Gebirge."

„Die gibt es auch im Amazonasgebiet. Dort ist auch nicht alles flach" erklärte Maria. „Der Amazonas fließt über sechstausend Kilometer quer durch Südamerika. Er entspringt in den Anden, und die Quelle liegt auch hoch in den Anden."

Im weiteren Verlauf der Tour begleiteten sie wildromantische Flüsse und kleinere Seen. Immer wieder tauchten weit verstreut einsame Hütten irgendwo in der Wildnis auf. Peter fragte Maria, wie die Menschen hier hausten. Lebten sie von Viehzucht, von der Landwirtschaft, von der Jagd? Selbst Maria wusste es nicht.

„Vielleicht von allem etwas" meinte sie, und besah sich ihr Spiegelbild in den Autoscheiben. „Ich sehe müde aus. Findest du nicht?"

„Müde sind wir alle" sagte Peter. Sein Blick ging hinüber auf die Nachbarsitze, wo Erwin eingenickt war. Nur Anna sah unentwegt aus dem Fenster. Sie wollte so viel wie möglich für sich mitnehmen, bevor es wieder nach Hamburg ging. Angenehm fand sie die Klimaanlage des Busses, die für eine erträgliche Temperatur sorgte. Draußen war es schon wieder mörderisch heiß, trotz der Höhenlage im Gebirge.

In der beginnenden Dämmerung erreichte der Bus die Stadt Curitiba. Hier wechselten sich die Busfahrer das erste Mal ab. Spät in der Nacht wurde das Licht im Bus bis auf eine Sparbeleuchtung gelöscht. Im Gegensatz zum vergangenen Tag war es empfindlich kalt geworden. Trotz eingeschalteter Heizung mummelten sich die meisten Fahrgäste tief in ihre Decken. Die vier Mädchen, die nach einer kurzen Unterhaltung mit ihnen bekannt gaben, dass sie nach Argentinien unterwegs seien, waren inzwischen auch ruhig geworden. Nach dem letzten Stopp um Mitternacht fielen schließlich auch die deutschen Freunde in den Schlaf.

Kurz vor zehn morgens erreichte der Bus den Ort Cascavel, die letzte größere Stadt vor Foz do Iguazú. Wieder gab es eine der halbstündigen Pausen, und sie setzten sich in das Kilogramma-Restaurant. Während sie das kleine Frühstück genossen, beobachteten sie einige auf der anderen Straßenseite parkende Trucks, deren Fahrer ihre Pausen in Hängematten verbrachten. Einer der Trucker war bereits munter, und zusammen mit seiner hübschen Begleiterin brutzelten sie Spiegeleier in ihrer Bordküche, die an ihrem Fahrzeug herausgeklappt hatten.

Nach dem Frühstück genossen sie die wieder herrlich warme Sonne. Sie hatten in der vergangenen Nacht trotz Busheizung und dicken Decken, auch aufgrund ihrer sommerlichen Bekleidung, ziemlich gefroren. Umso größer war der Wunsch, die Wasserfälle endlich zu erreichen. Die Hoffnung, sie in ihrer ganzen Pracht zu sehen, wurde durch einen der Fahrer allerdings ein wenig gedämpft.

„Es hat in den letzten Wochen wenig geregnet" berichtete er. „Der Paraná führt derzeit wenig Wasser. Die Fälle werden also wohl nicht ganz so spektakulär sein." Nun ja, sie fänden es schon etwas schade, wenn das so sein sollte, aber überhaupt mal leibhaftig vor den Fällen zu stehen wäre schon ein Erlebnis an sich. Ändern konnten sie sowieso nichts.

Nach dem Frühstück kämpfte sich der Bus erneut über die Berge. Tiefe Schluchten wechselten sich ab mit kargen Bergen, zwischen denen die kurvenreiche, zweispurige Straße verlief und phantastische Aussichten bot. Anna wurde ganz still. Sie staunte nur noch über die Vielfalt der Natur und genoss sie schweigend. Einmal begleiteten sie hohe Palmen, kleine Flüsse und saftige Wiesen, dann wieder wand sich die Straße an zerklüfteten roten Bergen vorbei und über mächtige Brücken.

So vergingen die Stunden, und je näher sie ihrem Ziel kamen, desto kribbeliger wurden sie. Dennoch rückte der Zeiger auf drei Uhr nachmittags, als sie schließlich den Busbahnhof von Iguazú erreichten. Ein wenig steifbeinig aufgrund der langen Fahrt stiegen sie aus. Ihre erste Suche galt einem Hotel, da sie nach dem Besuch des Wasserfalls am Abend oder in der Nacht nicht sofort wieder zurückzufahren gedachten.

„Wir wollen uns ja nicht hetzen lassen" lachte Erwin. „Wir können bei Bedarf auch ruhig noch einen weiteren Tag hierbleiben. Der Doktor wird wohl auf uns warten können. Ich werde ihn nachher anrufen."

Sie wandten sich an einen der wartenden Taxifahrer, und der brachte sie für wenige Rials in das Foz-Hotel. Beim Anblick des Namens mussten sie lachen…, tauchten doch sofort ganz unanständige Gedanken auf. Das weibliche Geschlechtsteil mit einem Wasserfall zu verbinden, das hatte was….

Die Lage des Hotels war jedoch ausgesprochen günstig. Ganz in der Nähe gab es einen größeren Lebensmittelmarkt, und der Busbahnhof lag auch nur wenige Gehminuten direkt um die Ecke. Sie hätten das Taxi gar nicht gebraucht. Ursprünglich war vorgesehen, noch heute mit dem Ausflug zu den Wasserfällen zu starten, aber die lange Fahrt steckte ihnen doch zu sehr in den Knochen, und Erwin verschob es mit Zustimmung der drei anderen auf den nächsten Tag.

„Wir haben ja genügend Zeit" meinte er.

Die Übernachtung im Hotel für alle zusammen kostete mit Frühstück neunzig Euro. Das war ein sehr günstiger Preis, war die einhellige Meinung. Die Zimmer lagen im ersten Stock, waren sauber und boten eine schöne Aussicht auf den hoteleigenen Garten. Zahlreiche Bäume mit Apfelsinen und anderen tropischen Pflanzen wuchsen darin.

„Die Gegend hier ist herrlich" meinte Anna und befühlte einige der ihr unbekannten Gewächse. „Wenn die in Deutschland wachsen würden, wäre das etwas für deinen Garten, Erwin."

„Ja, das könnte schon sein" erwiderte er. „Aber wir sind hier nicht bei ‚Wünsch dir was'. Alles geht halt nicht. Entweder gemäßigtes Klima oder tropische Wildnis." Er schmunzelte.

„Immerhin können wir uns alles direkt im Ursprungsland ansehen. Ist doch auch viel schöner."

„Lass uns bitte ins Hotel gehen" bat Maria. „Ich habe ein wenig Kopfschmerzen. Obwohl Brasilien meine Heimat ist bin das gar nicht gewohnt, die verschiedenen Klimazonen, und alles in ein, zwei Tagen."

Ihr Vorschlag wurde gern angenommen. Peter fühlte sich auch nicht mehr ganz so fit seit ihrer Abreise aus Rio. Er merkte doch so langsam sein Alter. In Ruhe lenkten sie ihre Schritte zurück ins Hotel und verweilten noch ein paar Minuten für ein kleines Gespräch in der Halle. Später suchten sie ihre Zimmer auf und schliefen fast sofort ein, holten die versäumten Stunden der letzten Nacht etwas nach.

Trotz des guten Frühstücks im Hotel bevorzugten die vier ein kleines Restaurant direkt neben dem Supermarkt, das sie sich auch für die Zeit nach ihrer Rückkehr merkten. Anschließend erkundigen sie sich nach dem schnellsten Weg zu den Wasserfällen, die ja noch fünfzehn Kilometer entfernt waren. Danach wanderten sie ein wenig durch den Ort, der bis auf zahlreiche Hinweise zu den Fällen jedoch weiter nichts zu bieten hatte.

Frisch ausgeruht und ohne Kopfschmerzen bestiegen sie um neun den Zubringerbus, der sie direkt zum Eingang des Nationalparks brachte. Sie hatten großes Glück. Ein kleiner Bus mit etwa zwanzig Plätzen. Der war nach ihrem Einstieg voll besetzt. Die Fahrt dauerte nur wenige Minuten. Nach der Ankunft am Eingang des Nationalparks mussten sie in einen noch kleineren Bus umsteigen, der zum Park gehörte. Glücklicherweise gab es davon mehrere, so dass sie auch da ihre Plätze bekamen. In gemächlichem Tempo kutschierte sie das Fahrzeug die kurvenreiche Straße durch einen dichten Palmenwald bis zum vier Kilometer entfernten Parkplatz, der Endstation. Von hier aus führt ein eineinhalb Kilometer langer Wanderweg zum Hauptkatarakt. Mit Hilfe einer großen Tafel am Eingang des Weges erklärte ihnen ein Reiseführer Details über den Park und den Iguazú, und er gab ihnen auch gleich einige Hinweise.

„Bitte bleibt zu eurer eigenen Sicherheit auf dem Pfad. Es gibt hier freilaufende Panther. Die kommen zwar gewöhnlich nicht an den Weg heran, sind Menschen gewohnt, aber man weiß nie. Und achtet auf die Nasenbären. In der Hoffnung auf Futter begleiten sie die Besucher sogar zeitweise entlang des Gehweges. Sie sollten sie jedoch nicht füttern. Das ist streng untersagt. Leider halten sich die meisten Besucher nicht daran.

So sind die Coati´s mittlerweile zu einer echten Plage geworden."

Nach dem Passieren eines kleinen Durchgangs direkt neben der Schautafel gelangten sie auf den schmalen, abschüssigen Weg, der sie entlang der Schlucht führte. Gemeinsam machten sie sich mit anderen Besuchern auf den Weg, verließen die Gruppe aber schon nach hundert Metern. Sie wollten das imposante Naturschauspiel auf eigene Faust und in Ruhe erkunden.

Die Wasserfälle von Iguazú gehören zu den absoluten Highlights Südamerikas. Das Gebiet der ‚Cataratas del Iguazú' besteht aus fast dreihundert verschiedenen kleineren und größeren Fällen und liegt an der Grenze zwischen Brasilien und Argentinien. Sie sind Teil des Flusses Iguazú, welcher rund fünfhundert Kilometer durch Brasilien verläuft und dann in Argentinien in den Río Paraná mündet. Der Ursprung des mächtigen Stroms liegt in dreizehnhundert Metern Höhe in der Serra del Mar. Die Mündung in den Rio Paraná liegt jedoch nur noch neunzig Meter über dem Meeresspiegel.

Die gewaltigen Wasserfälle befinden sich innerhalb des 1934 gegründeten Iguazú Nationalparks, der im November 1986 von der UNESCO zum Weltnaturdenkmal erklärt wurde. Er erstreckt sich in der subtropischen Vegetation auf einer Fläche von mehr als fünfzigtausend Hektar. Innerhalb des Nationalparks wird der Fluß fast dreieinhalb Kilometer breit und stürzt dann über mehrere Felswände in eine U-förmige Schlucht hinunter. Das sind die eigentlichen Hauptfälle, mit einer Höhe von etwa 80 Metern. Auch hierhin verschlug es den britischen Geheimagent Bond in einem seiner Filme.

Was den Wanderern sofort auffiel, war die ungewöhnlich dichte, grüne Vegetation, und vor allem die hohe Luftfeuchtigkeit. Das trieb den Wärmepegel schon nach kurzer Zeit in die Höhe. Es war Mittagszeit, eine nicht ganz so günstige Zeit für den Besuch des Naturwunders. Die zahlreichen Pflanzen strömten einen sehr intensiven Duft aus. Die vier Freunde wussten zwar, dass eigentlich der späte Nachmittag die beste Tageszeit war, um sich diese einzigartige Naturvorstellung anzusehen. Nicht nur aufgrund der idealen Sonneneinstrahlung und der farbenprächtigen Regenbögen, die in den Wasserfällen entstehen, sondern auch weil die ganze fliegende Fauna der Region zu ihren Nestern zurückkehrte. So lange wollten sie aber nicht warten. Die Vorfreude war einfach zu riesig.

Schon nach kurzer Zeit entdeckten sie die ersten kleineren Katarakte gegenüber der gewaltigen Schlucht, an deren Rand sich der Weg entlang schlängelte. So großartig und ausgedehnt hatten sie sich das gar nicht vorgestellt. Dabei waren das noch nicht einmal die Hauptfälle.

Verschiedene hölzerne Terrassen, die auf Stelzen über die Schlucht gebaut waren und weit über die Steilwand ragten, führten dicht an die Wasserfälle heran und boten perfekte Aussichtsblicke. Ganz unten auf dem Grund der Schlucht entdeckten sie einige Personen, die auf der argentinischen Seite die Möglichkeit besaßen, zu Fuß bis an den Fluss zu gelangen. Ein Motorboot kämpfte sich mühsam gegen die Strömung an, die Insassen wollten wohl die Hauptfälle direkt vom Wasser aus erleben. Ein paar Schritte weiter begegneten ihnen die ersten Coati´s.

„Die sind ja tatsächlich niedlich" entfuhr es Anna. „So einen würde ich gern mit nach Hause nehmen." Erwin prustete lauthals los.

„Du willst wohl alles mit nach Hause nehmen... Pflanzen, Tiere..." Alles lachte. „Wenn es nach deinen Wünschen ginge, wäre mein Grundstück schon längst überfüllt."

„Okay, okay" schmollte Anna. „Ich sag nichts mehr. Aber ihr müsst doch zugeben, dass sie wirklich possierlich sind."

Das waren sie tatsächlich, leider aber auch sehr anhänglich und überaus lästig. Zig Meter begleiteten sie die vier Freunde, wuselten ständig zwischen den Beinen herum, in der Hoffnung, doch etwas Futter zu bekommen. Als sie merkten, dass sie keinen Erfolg hatten, blieben sie schließlich zurück. Die Vier konnten die Hinweise und das Verbot der Fütterung der kleinen Tierchen durchaus nachempfinden.

Etwas später bekamen sie erste Blicke auf den Hauptkatarakt, der in der Ferne donnerte. Obwohl noch mehr als einen Kilometer entfernt, spürten sie bereits hier die feinen Wassertröpfchen der Gischt des herabstürzenden Iguazú. Der Blick auf die ungeheuren Wassermassen war schier unbeschreiblich. Der dichte Bewuchs der Umgebung mutete fast an einen Urwald. Laut Reiseführer setzte er sich aus über vierzigtausend Pflanzenarten zusammen. Dazu kamen über zwölftausend verschiedene Vögel- und im Fluss mehr als dreitausend Fischarten. Schier erschlagende Zahlen…

Nach dem Fall strömt der Fluss durch die atemberaubende Teufelsschlucht. Im Spanischen klingt das noch etwas dramatischer: Garganta del Diabolo. Von der Höhe der einzelnen Plattformen war die gesamte Schlucht eindrucksvoll zu überschauen. Da der Weg sich stetig immer tiefer in die Schlucht hinab zog, befanden sie sich bald dicht über dem Grund des Canyons.

Die mehr als hundert Meter langen hölzernen Stege brachten sie direkt bis nur wenige Meter an den Hauptfall. Je näher sie kamen, desto lauter und gewaltiger wurde das Getöse. Beeindruckend, wie die Wassermassen tosend, spritzend und schäumend die achtzig Meter tiefe Schlucht hinunterstürzten. Anna stand staunend am Geländer des Stegs. Der befand sich nur einen Meter über der Wasserfläche. Die Kraft des Wassers raubte ihr schier den Atem und teilweise auch die Sicht. Sie war mit jeder Faser des Körpers zu spüren und durchnässte die Besucher mit der Zeit. Anna war überwältigt. Sie drehte sich zu den anderen um, die ein paar Meter weiter standen.

„Erwin, ich danke Dir für dieses unglaubliche Erlebnis. Ich weiß nicht, was ich sagen soll. Ich sehe mir diese Wassermaßen an, und mir fehlen die Worte…" Sie brach ergriffen ab und sah Erwin an. Plötzlich kam sie einige Schritte auf ihn zu, nahm ihn in ihre Arme und küsste ihn.

„Ich weiß, dass Du mein Chef bist, Erwin, aber Du bist auch ein Mann. Ich hoffe, Du nimmst mir diese Intimität nicht übel." Sie löste sich etwas verlegen vom Geländer und sah hinüber zum Iguazú-Fall. Leise sprach sie weiter.

„Du hast mir, und nicht nur mir denke ich, ein wunderbares Geschenk gemacht. Stimmts, Peter?" Sie warf einen Blick auf Maria. Die stand stumm neben Peter.

„Und letztendlich warst du der Auslöser, Maria. Hättest du Peter und Erwin nicht auf der ‚Elegance' kennen gelernt, stünden wir heute nicht hier." Sie wischte sich mit einem Tempo die schweißnasse Stirn sauber. Es war wirklich heiß.

„Es war nicht zu intim, Anna." Erwin trat zu ihr und nahm ihre Hand. „Ich freue mich ja selbst, dass ich mit so reizenden Menschen hier stehe. War bisher nur einmal hier, ganz allein, und nbatürlich war es großartig. Aber mit euch, das toppt alles." Er küsste seine Haushälterin zurück.

„Dich küssen wollte ich schon lange einmal, wenn ich ehrlich bin. Aber zwischen Chef und Angestellter schickt sich das ja in der Regel nicht."

„Ich schau auch weg" lachte Peter. „Komm Maria, gib mir auch einen Kuss!" Er nahm die Brasilianerin in seine Arme und knutschte sie lange ab. Dann ließ er sie plötzlich los.

„Sorry Maria, ich musste eben an Vivien denken. Sie würde das hier noch einmal eine Stufe höher toppen." In ihm erwachte plötzlich die Sehnsucht nach ihr. Er wandte sich ab und lehnte sich an das Geländer. In den letzten Tagen hatte er nicht ein einziges Mal an sie gedacht. Diese Riogeschichte, die Freude über das unerwartete Wiedersehen mit ‚seiner' Maria und die

Begegnungen im Krankenhaus hatten die Gedanken an Vivien völlig verdrängt. Jetzt plötzlich meldete sich die Sehnsucht mit Wucht. Er hätte sie in diesem Moment auch gerne an seiner Seite gehabt, aber er nahm sich vor, den Besuch des Iguazú mit ihr zu wiederholen. Maria sah in sein Gesicht, und sie verstand ihn.

Nach einer guten Stunde begaben sie sich auf den Rückweg. Für alle war klar, dass das ein krönender Abschluss ihres Brasilien-Besuchs war.

Der lange Weg zurück zum Ausgangspunkt wurde ihnen erspart. Direkt am Beginn des Stegs zum Haupttrakt gab es einen hohen Turm, der sich als Fahrstuhl zur oberen Ebene entpuppte. Er brachte sie achtzig Meter hinauf zum Hochplateau, wo sich die Abfahrtsstelle der Busse befand. Aus dieser Höhe hatten sie einen letzten, unglaublichen Blick auf den gesamten Iguazú-Fall und die Schlucht, in der sich der Fluss weiterbewegte. Ein unvergesslicher Anblick. Plötzlich waren sie irgendwie auch erleichtert darüber, dass sie den Bus nutzen konnten. Die Warnung vor freilaufenden Panthern kam ihnen in den Sinn, und denen wollten sie nicht wirklich gern begegnen, egal, was der nette Mensch an der Auskunftstafel auch sagte…

Müde, aber glücklich, zufrieden und voll ungewöhnlicher Eindrücke kehrten die vier am Abend heim ins Hotel. Es war gegen Abend wieder kühl geworden. Leider funktionierte die Klimaanlage nicht richtig, und so ging Erwin nochmal zur Rezeption hinunter und bat um ein paar wärmende Decken. Lange nach ihrer Rückkehr lagen sie noch wach und schwelgten in Erinnerung an das Gesehene. Sie waren glücklich, dass Erwin ihnen unerwartet diesen Besuch ermöglichte.

Am nächsten Tag verzichteten sie auf einen zweiten Besuch. Irgendwie hatten sie plötzlich das Bestreben, schnell wieder nach Rio zu kommen. Peter dachte voller Inbrunst an seine

Vivien, Erwin und Maria mussten Vorbereitungen für den Transport ihrer Mutter nach Hamburg treffen. Sie waren gespannt, inwieweit Dr. Alvaro die Papiere vorbereitet hatte. Erwin war ein wenig skeptisch bezüglich der Behörden. Aus Erfahrung traute er ihnen nicht so richtig, obwohl der Arzt recht zuversichtlich schien. Nur Anna war ein wenig traurig, dass die Reise endete, aber sie war dankbar, dass Erwin sie überhaupt mit nach Brasilien nahm. Sie hatte sich in das Land verliebt und mehr gesehen und erlebt, als sie sich jemals erträumte.

Zwei Tage nach dem Besuch des Iguazús meldeten sie sich bei Doktor Alvaro. Er hatte es tatsächlich geschafft, sämtliche Papiere zu besorgen. Über einige Freunde bei Behörden gelang es ihm selbst die nötigen Ausreisepapiere innerhalb kürzester Zeit zu beschaffen, etwas, das normalerweise leicht Wochen oder Monate hätte dauern können. Jetzt musste nur noch der Flieger gechartert werden. Da wiederum war Erwin am Zug. Bedingt durch seine ständigen Reisen und weltweiten Kontakte hatte er ein besseres Händchen dafür als der Arzt. Selbst Peter wunderte sich, wie schnell alles vonstattenging. Es erforderte nur wenige Telefonate und eine Überweisung der Anzahlung.

Drei Tage später war plötzlich Abreisetermin. Sämtliche Beteiligten waren aufgeregt, ob es so klappen würde, wie sie sich das vorstellten. Vor allem die Oma wunderte sich, was Erwin sich da alles aufbürdete.

„Ich bin doch eine alte Frau. Und Deutschland ist so kalt. Soll ich nicht lieber hierbleiben, bei meinen Nachbarn?" Sie wirkte sehr unsicher, und es kostete der Enkelin viel Überzeugungskraft. Erwin sprang ihr mit seiner Überredungskunst bei.

„Deutschland ist nicht so kalt. Mein Haus hat eine Klimaanlage und natürlich eine Heizung. Du kennst bestimmt noch keinen Schnee, das ist auch lustig. Der wird Dir gefallen. Und du hast ja bis auf Miguel deine ganze Familie bei dir, alle wohnen im selben Haus."

Erwin sprach mit Engelszungen. Er wollte die Familie gern zusammen vereint wissen. Schließlich ließ die Oma sich überzeugen, nachdem Erwin ihr versprach, ihr einen Rückflug in die Heimat zu spendieren, wenn sie wirklich wieder nach Rio zurückkehren wollte.

Ein letztes Gespräch gab es noch mit Miguel. Erwin verstand, dass er nicht ohne seine Freundin fliegen wollte. Als er ihm vorschlug, die Freundin einfach mitzunehmen, leuchteten seine Augen, aber entscheiden konnte er sich dennoch nicht.

„Vielleicht später" meinte er nachdenklich, und Erwin ließ ihm die Zeit.

„Ja, vielleicht später. Jederzeit. Du bist immer herzlich willkommen."

Rettungsflug für eine Viertelmillion

Für die Mutter samt Tochter war ursprünglich der Transport in einem kleinen Privatflieger angedacht. Das war für Erwin nach kurzem Nachdenken zu wenig, und er änderte kurzfristig seine Meinung. Durch seine vielfältigen Kontakte gelang es ihm innerhalb weniger Stunden eine Gulfstream sechshundertfünfzig zu mieten, einen Flieger, der mit einer Kapazität von rund zwölf Stunden ununterbrochener Flugzeit aufwarten konnte. Mit etwa siebentausend Euro pro Flugstunde außerdem noch gut erschwinglich. Mit dieser Maschine war es möglich, ohne Zwischenlandung bis nach Hamburg zu fliegen. Im Jet gab es richtige Betten. Platz war für die gesamte Familie vorhanden, auch für einen Pfleger und die erforderliche medizinische Ausrüstung. Doktor Alvaro nahm überraschend Urlaub und erklärte sich bereit, Frau Juarez selbst nach Hamburg zu begleiten. Erwin fiel ein Stein vom Herzen. Das klappte besser als er dachte. Die Kosten waren ein Schnäppchen angesichts seiner kürzlich erfolgten Verkäufe. Wenn er nur an den reichen Knacker dachte, dem an der Cote' d Azur das Stück Land verkaufte....

Die Abreise war für den nächsten Morgen um acht geplant. Über Nacht brachte ein darauf spezialisiertes Team das medizinische Instrumentarium an Bord und installierte es. Doktor Alvaro war selbst dabei und überwachte den reibungslosen Einbau der medizinischen Geräte und sonstiger Ausstattung. Zusätzlich war eine ausgebildete und zuverlässige Krankenschwester engagiert worden. Die war von Doktor Alvaro vorgeschlagen worden, er kannte sie. Komplikationen waren nach Lage der Dinge nicht zu erwarten, es ging nur um die fachgerechte Lagerung der Patientin aufgrund zahlreicher Knochenbrüche, sowie Überwachung von Herz und Lunge. Kein besonders großer Aufwand für eine Nacht. Natürlich stand trotzdem eine Intensivstation für alle Fälle an Bord zur Verfügung.

Josefina war am Morgen nach einer halb durchwachten Nacht an Bord gebracht worden. Aufgeregt und fast erschlagen durch den gesamten Aufwand, der praktisch nur für sie aufgewendet wurde, war sie ein wenig unsicher geworden. Die Kostenfrage machte ihr Sorgen.

„Das kostet doch mehr als fünftausend Dollar" meinte sie. So ein großes Flugzeug zu mieten, die lange Flugzeit, der Sprit…"

„Das lassen Sie einfach meine Sorge sein" lachte Erwin. „Ich freue mich, etwas für Ihre Familie tun zu können, und ich tu es gern. Außerdem habe ich locker die erforderlichen Mittel. Mir tut es nicht weh. Also warum nicht?" Er strich ihr sanft übers Haar.

„Wir werden das Kind schon schaukeln. Machen Sie sich keine Gedanken". Er schaute ihr freundlich lächelnd ins Gesicht und drückte ihr die Hand. „Die kommende Nacht werden Sie schon in Deutschland verleben." Maria schluckte.

„Ich danke Ihnen von Herzen, Herr Hannemann. Ich weiß nicht, wie ich das jemals gutmachen kann. Ich werde ewig in Ihrer Schuld stehen."

„Aber nicht doch. Ein anderes Mal kommt vielleicht mir jemand zur Hilfe, wer weiß. Das Leben ist bunt. Schlafen Sie schön. Wenn irgendetwas fehlt, melden Sie sich bitte. Die Klingel hier" - er zeigte auf einen rot-weißen Knopf - „ruft sofort jemanden an Ihr Bett. Und nun schlafen Sie. Schlaf hilft ihrem Körper besser als jedes Medikament." Maria lächelte und schloss die Augen. Sie fühlte sich schon viel besser als noch vor zwei Tagen. Schmerzen hatte sie keine, die wurden durch hochwirksame Medikamente verhindert. Erwin verließ leise das Lazarett.

Um sieben trafen die restlichen Familienmitglieder auf dem Rollfeld ein. Auch Erwin, Anna, Peter und die Oma. Fassungslos stand die Brasilianerin vor dem gewaltigen Flugzeug und schlug die Hand vor den Mund.

Acht Meter hoch und mit einer Länge von dreißig Metern erschien es ihr wie ein kleines Gebirge. Schneeweiß, mit blauen Linien entlang des Rumpfes. Einige Techniker waren noch mit dem Beladen der Maschine und dem Auftanken beschäftigt. Die sehr spitze Nase verlieh ihr ein rasantes Aussehen.

„Ich kann da nicht mitfliegen" meinte die Oma. Sie schüttelte erschüttert ihren Kopf. „Das ist alles viel zu teuer, zu aufwendig. Wir sind nur eine arme Familie, das können wir gar nicht annehmen."

Es kostete Erwin einige Mühe, auch die alte Lady zu beruhigen, und mit Engelszungen erreichte er, dass sie endlich die kleine Treppe hinaufstieg. Nur Lucas blieb noch eine Weile auf dem Rollfeld stehen. Ihn faszinierte die schiere Größe.

„Schafft das Flugzeug die Strecke bis nach Deutschland, bis nach Hamburg?" Er war ziemlich aufgeregt, aber auch gleichzeitig nüchtern. „Wie schnell fliegt der?" Erwin lächelte.

„Schneller als du denken kannst. Fast Schallgeschwindigkeit. Wir werden nicht so viele Stunden brauchen wie ein normaler Passagierjet, wir sind viel schneller. Und wir fliegen höher. Und nun ab nach oben! Das Flugzeug kann hier nicht ewig stehen bleiben. Denke daran, Deine Mutter braucht Ruhe und muss die Reise so schnell wie möglich hinter sich bringen."

Das sah Lucas ein, und er beeilte sich mit dem Einsteigen. Eine Stunde später hob der Flieger ab. Der Start war flüsterleise, man spürte oder hörte die Triebwerke kaum.

Der gesamte Innenbereich bot eine ungewöhnlich luxuriöse Ausstattung. Hell, freundlich, eher wie ein Hotelzimmer als ein Flugzeug. Es gab mehrere abgeteilte Bereiche. Einmal der Teil mit der Krankenstation, mit transportabler Intensivstation und weiteren Geräten ausgestattet. Daran schloss sich ein sehr komfortabler Konferenzraum mit sechs Sitzen an, der bewies, dass die Gulfstream eigentlich als Geschäftsflieger diente. Die nächste Abteilung beherbergte den sehr luxuriös ausgestatteten

Aufenthaltsraum für die Passagiere, mit bequemen Ledersesseln und komfortablen Liegen für die Passagiere, damit sie den Flug auch schlafend verbringen konnten. Im vorderen Teil der Maschine gab es eine geräumige Nasszelle mit Dusche und Toilette. Die letzte Abteilung ganz vorne gehörte der Besatzung, mit Platz für die beiden Piloten und einer zusätzlichen Hilfskraft. Die zahlreichen riesigen, ovalen Fenster ließen das Tageslicht ungehindert in die Maschine fließen. Es war wirklich an alles gedacht. Ein Traum von einem Flieger.

Peter und Maria hatten im Passagierbereich Platz genommen und genossen die Ruhe. Anna saß mit der Oma zusammen an einem der Fenster. Sie unterhielten sich flüsternd. Beide konnten es noch immer nicht fassen, was Erwin da für einen Aufwand trieb. Soviel Luxus hatte selbst Peter nicht erwartet. Ihm war klar, dass diese Reise gut zweihunderttausend Euro oder mehr kosten würde und zog innerlich den Hut vor seinem Freund.

Erwin huschte immer wieder hinüber ins Lazarett, um sich nach Josefina zu erkundigen. Doktor Alvaro beruhigte ihn jedes Mal, aber irgendwann nervten ihn die ständigen Besuche, und er ermahnte Erwin, er möge sie doch bitte mit seinen ständigen Besuchen hier verschonen. Frau Suarez bräuchte ihre Ruhe, und er und seine Krankenschwester hätten alles wunderbar im Griff. Lächelnd zog sich Erwin zurück.

„Aye, aye Doc! Sie haben Recht!" Erwin verließ die Krankenstation und setzte sich neben Peter. Aus den Augenwinkeln beobachtete er die beiden Frauen neben sich. Sie hatten inzwischen ein wenig die Scheu vor dem Luxus verloren und unterhielten sich angeregt. Maria legte eine Hand auf Erwins Arm.

„Das können wir gar nicht wieder gut machen" meinte sie und senkte ihren Blick. „Das kostet doch so viel Geld. Sicherlich mehr als achtzigtausend Euro, nicht das, was du uns vorgerechnet hast."

„Ja, ein bisschen mehr wird es schon werden. Aber das macht nichts. Ist doch eine einmalige Sache, das ist für mich kein Problem. Viel wichtiger für mich wäre zu wissen, ob es Deiner Mutter und Oma gefällt."

„Da bin ich sicher" bestätigte Maria. „Die werden sich schnell eingewöhnen." Sie nahm Erwin in ihre Arme und drückte ihn an sich. „Du bist einfach unglaublich!" Erwin ließ sie eine Weile gewähren. Er konnte sich gut in ihre Lage hineinversetzten. Gleichzeitig spürte er, wie sein Begehren nach ihr wuchs und machte sich frei. Er wollte sie nicht verängstigen und nahm einen anderen Platz im Flieger ein. Peter setzte sich neben ihn und stupste seinen Freund an.

„Ich kann Marias Meinung nur bestätigen, Erwin. Du bist wirklich unglaublich. Du hast dir da eine Menge aufgeladen, nicht nur die ganzen Kosten…"

„Ach Peter. Jetzt fängst du auch noch an. Du weißt doch, dass ich schon immer ein Händchen hatte für Menschen, die es nicht so gut haben wie ich." Er senkte seine Stimme ein wenig. Es mussten nicht alle mitbekommen, was er zu sagen hatte.

„Ich habe Maria eingeladen, und sie ist mir inzwischen eine große Hilfe geworden. Außerdem habe ich mich in sie verliebt, möchte sie eigentlich gern als meine Frau haben. Als ich in Rio die prekären Lebensverhältnisse ihrer Familie sah, war für mich klar: ich muss die gesamte Familie nach Deutschland zu holen."

„Wie vereinbart sich das mit deinen Geschäften? Willst Du dann immer noch so viel in der Welt herumgondeln?"

„Das lässt sich regeln. Die meisten Sachen laufen sowieso übers Internet, das heißt, die werden über das Notebook abgewickelt. Außerdem habe ich zwei sehr fähige Mitarbeiter in meiner Kanzlei. Die nehmen mir einen großen Teil der Arbeit ab."

„Ja, das leuchtet mir ein. Aber die ganze Aktion kostet dennoch sehr viel Geld. Findest du, dass es das Richtige ist?" Peter knibbelte an seinem Finger. Erwin sah seinem Freund ernst in die Augen.

„Schau mal, Peter. Die Sache mit dem Anwesen in Rom ist inzwischen sehr gut gelaufen, ich habe zweieinhalb Millionen verdient. Die ganze Flugaktion hier kostet mich gerade mal ein Zehntel dieser Einnahme. Ich nage also nicht am Hungertuch."

„Okay, das mag sein. Ich empfinde trotzdem Hochachtung vor dir. Das soll keine Bauchpinselung sein, ich meine das wirklich ehrlich."

„Mach dir keine Gedanken, Peter. Ich hoffe nur, dass in Deutschland alles gut geht. Man kennt ja die Behörden…"

„Ja, die Behörden. Davon kann ich allerdings auch ein Lied singen." Er schwieg. Erwin legte ihm die Hand auf die Schultern.

„Lass uns alle schlafen gehen. Wir werden Hamburg gegen drei Uhr in der Frühe erreichen, wenn ich richtig rechne. Wir haben ja fünf Stunden Zeitverschiebung. Dann muss Josefina in die Eppendorfer Klinik gefahren werden, und wir müssen zu mir nach Hause. Die Nacht wird also kurz werden."

„Darf ich trotzdem noch wach bleiben und nach draußen schauen?" Lucas war herangekommen und noch putzmunter und neugierig. „Vielleicht kann ich unten auf dem Ozean Schiffe sehen."

„Das wird kaum möglich sein" lachte Erwin. „Dafür fliegen wir zu hoch. Aber natürlich kannst Du gern wach bleiben. Nur sei bitte leise, damit du uns nicht weckst. Ich brauche zumindest meine Ruhe. Ich hatte letzte Nacht viel zu tun und habe nicht geschlafen." Lucas nickte und schob seinen Kopf wieder gegen das Fenster. Viel später, als Erwin zwischendurch kurz erwachte, sah er, dass Lucas sich auch hingelegt hatte. Mit einem Lächeln in den Mundwinkeln schlief er danach weiter.

Sie erreichten Hamburg wie berechnet gegen drei Uhr nachts. Da sie einen Krankentransport durchführten, war eine Nachtfluggenehmigung kein Problem. Josefina hatte alles ohne Komplikationen überstanden. Der Arzt und die Krankenschwester waren erleichtert. Alles verlief zur Zufriedenheit. Die anderen Passagiere hatten gut geschlafen, selbst die Oma. Erwin war schon seit zwei Stunden wach und unterhielt sich kurz mit den Piloten. Es gab auf diesem Flug keine besonderen Vorkommnisse.

Nach der Landung wurde Josefina vom bereits wartenden Rettungswagen abgeholt und in das Eppendorfer Krankenhaus gefahren. Doktor Alvaro selbst begleitete Josefina und erledigte zusammen mit Erwin Hannemann und Maria als Dolmetscherin die zahlreich auszufüllenden Formulare. Die Oma, Maria, Anne und Lucas warteten derzeit im VIP-Raum. Nachdem alle Formalitäten in der Klinik geklärt waren, fuhren sie mit dem Taxi zu Erwins Villa.

Die nächsten Tage waren angefüllt mit einer Menge Hektik und Stress. Anna hatte viel zu tun, vor allem musste sie sich um Lucas zu kümmern, ihm alles erklären. Im Gegensatz zu Maria hatte er solch einen Luxus noch nie gesehen und kam aus dem Staunen nicht heraus.

Erwin war bereits am frühen Morgen zur Einwanderungsbehörde gefahren. Es ging um Visa und Einreisepapiere, um Aufenthaltsgenehmigungen und um Arbeitspapiere. Für Maria wurde das alles schon vor zwei Monaten geregelt. Jetzt ging es um ihre Familie.

Peter hingegen brannte darauf, endlich Vivien wiederzusehen. Leider war sie telefonisch momentan nicht zu erreichen, also hinterließ er ihr eine Nachricht.

Am Nachmittag meldete sich das Krankenhaus. Josefina wurde bestens versorgt, hieß es. Die Anwesenheit Doktor Alvaros war nicht mehr notwendig. Peter fuhr nach Absprache mit Erwin in die Klinik und holte Maria und den Doc in die Villa. Lucas freute sich auf seine Schwester. Nun waren sie fast alle wieder beisammen. Doktor Alvaro beeindruckte die Villa enorm. Ihm wurde klar, dass sein Gönner sich mit den Kosten offenbar tatsächlich nicht überwarf.

Am späten Nachmittag kehrte Erwin zurück. Er hatte bis auf ein paar Kleinigkeiten so ziemlich alles erreicht. Für morgen bekam er noch einen weiteren Termin, dabei waren die Oma und Lucas mit eingeladen. Lucas brauchte Lichtbilder, wie auch Josefina, deren Fotos aber nachgereicht werden konnten. Die junge Maria fungierte wieder als Dolmetscherin. Trotz Erwins Vermögen und seiner Zusicherung, für alle Kosten aufzukommen, galten die neuen Papiere zunächst nur für drei Monate. Daran war nicht zu rütteln. Ärgerlich, fand Erwin Hannemann, aber auch kleine Beamte brauchen halt ihr bisschen Macht...

Willkommen in Deutschland

Am Abend erreichte Peter endlich seine Vivien. Er war glücklich, ihre Stimme zu hören, die er so lange vermisste. Er berichtete ihr von den Aktionen der letzten zwei Wochen, und Vivien versprach, sie am nächsten Tag in Hamburg zu besuchen. Peter lächelte in sich hinein. Wie sehr hatte er seine Vivien vermisst! Er konnte es kaum erwarten, sie wieder in seine Arme zu nehmen.

Der nächste Tag brachte zunächst wenig Neues. In aller Frühe hatte Erwin die Oma und Lucas geweckt. Für die beiden war es das erste Frühstück in Deutschland, und Erwin war glücklich, dass sie die erste Nacht immerhin gut geschlafen hatten. Anna servierte zu frischen Brötchen Spiegeleier, Käse, Wurst, Honig und Marmelade. Natürlich gab es wahlweise auch Kaffee oder Tee. Maria war schon lange wach und half Anna mit dem Aufdecken. Nach dem Frühstück fuhr Erwin mit Lucas, Oma und Maria in die Ausländerbehörde. Er wollte so schnell wie möglich die restlichen Fragen und Dokumente hinter sich bringen, damit Ruhe in seinem Heim einkehrte.

Doktor Alvaro war noch einmal in die Klinik gefahren, um Josefina zu besuchen. Nicht dass er den deutschen Ärzten nicht traute, aber er wollte einfach noch mal nach ihr sehen. Deren Genesung schritt buchstäblich mit Riesenschritten voran. Natürlich war an ein Aufstehen noch lange nicht zu denken, aber sie lächelte jeden an, der zu ihr ins Zimmer kam.

Alvaro fiel ein Stein vom Herzen. Trotz aller Vorsicht hätte es ja auch weniger gut ausgehen können. Seine brasilianische Krankenschwester ging sehr behutsam mit Josefina um, und Alvaro war froh, dass er sie mitgenommen hatte. Nur die Kosten belasteten Josefina, sie fragte von Zeit zu Zeit danach.

„Das kann Herr Hannemann doch unmöglich so einfach machen" meinte sie. Seine Hilfsbereitschaft war ihr nicht ganz geheuer, aber Doktor Alvaro wurde nicht müde, ihr stets aufs Neue zu erklären, dass es ein Herzenswunsch für Erwin Hannemann war.

Gegen Mittag meldete sich Vivien. Sie hatte große Sehnsucht nach ihrem Peter und nahm gleich einen der ersten Züge früh morgens aus Berlin. Als sie anrief befand sie sich bereits in Hamburg. Peter nahm den Wagen und holte sie umgehend vom Bahnhof ab. Nur mit Mühe erkannte er sie. Vor ihm stand eine sehr edel aussehende Dame. Bekleidet mit einem umwerfenden Modellkleid und einem kecken Hut lächelte sie ihn an und strahlte wie eine Prinzessin. Ihm fehlten fast die Worte.

„Du siehst ja hammermäßig aus" war das Einzige, das ihm spontan einfiel. Er musste schlucken. Sie hatte ein leichtes Makeup aufgelegt, trug Lippenstift und hatte ihre Augen betont.

„Ich hatte gestern einen Fototermin, und die Aufnahmen gefielen mir so gut, dass ich heute nochmal in diese Kleider geschlüpft bin." Sie drehte sich um die eigene Achse. „Gefalle ich Dir so?"

„Das fragst du? Natürlich! Sehr sogar! Willst du, dass ich dich gleich hier auf dem Bahnsteig vernasche?" Peter war noch immer verblüfft. „Ich finde Dich einfach umwerfend. Und du trägst wieder dein Inspire." Er schnüffelt und lächelte.

„Willkommen in Hamburg, dem Tor zur Welt." Vivien lachte und schlang ihre Arme um Peter.

„Schön, dass Du wieder zurück bist. Du hast mir sicher eine ganze Menge zu erzählen."

Während der Fahrt in die Villa berichtete Peter ihr in groben Zügen, wie alles verlaufen war. Angefangen von Rio, den herrlichen Iguazú-Fällen und dem Umzug der gesamten brasilianischen Familie nach Hamburg. Er verschwieg auch nicht, dass die Oma die ehemalige Geliebte seiner Seefahrtzeit aus Santos war.

„Bist du sicher?" Vivien konnte es kaum glauben. „Nach deinen Worten ist das fast fünfzig Jahre her."

„Ja, absolut sicher. Wir waren bei ihr zuhause, und ich sah die Puppe, die ich ihr damals als junger Spund aus Deutschland mitbrachte. Bis heute bewahrte sie die Puppe auf und hielt sie in Ehren. Ich war völlig baff."

„Das wäre ich allerdings auch gewesen. Nach so langer Zeit! Wie gehts Marias Mutter? Hat sie den Flug gut überstanden?"

„Ja, alles lief perfekt. Doktor Alvaro hat mich heute Morgen schon angerufen und von guten Fortschritten berichtet. Erwin ist zurzeit mit der Oma, der Enkelin und ihrem Bruder Lucas beim Ausländeramt, letzte Feinheiten klären. Die vier werden wohl bald wieder hier sein."

Peter bog in die kleine Stichstraße ein und parkte vor Erwins Anwesen. Er ging um den Wagen herum, öffnete die Tür und half Vivien heraus. Als sie ins Haus traten kam ihnen Anna entgegen.

„Willkommen, Vivien, schön, Sie wieder mal zu sehen. Gott, sehen Sie gut aus. Nehmen Sie Platz, bitte."

„So förmlich, Anna? Waren wir nicht schon beim ‚Du' angekommen?"

„Ach Gottchen ja, recht hast du." Eine leichte Röte überzog ihr Gesicht. „Tut mir leid, Vivien, das hatte ich im Trubel glatt vergessen."

„Macht doch nichts" lachte Vivien, „ich war nur ein wenig irritiert. Wie gehts dir? Wie ich hörte, warst du mit in Brasilien?"

„Ja, Erwin hat mich einfach mitgenommen. Ein feiner Kerl. Brasilien ist ein wunderschönes Land. Ich habe Rio ein wenig kennen gelernt und wir waren sogar an den großen Wasserfällen."

„Peter hat mir auf der Fahrt schon einiges erzählt. Und hast du den Flug gut überstanden? Alles okay auch für die kranke Mutter? In welchem Krankenhaus liegt sie?"

„Sie ist im Eppendorfer Krankenhaus untergebracht. Ihr brasilianischer Arzt ist persönlich mitgeflogen, und eine ihm bekannte Krankenschwestern war auch mit dabei. Ist alles prima verlaufen, Josefina erholt sich bereits gut."

„Erwin ist unglaublich. Ich habe noch nie einen Menschen getroffen, der ähnlich agierte wie er, und ich kenne eine ganze Reihe von Menschen, auch einige Millionäre." Vivien sah sich um und setzte sich. „Ihr habt das echt gut hier. Alles ziemlich vornehm, und dennoch gemütlich."

„Nun, das eine schließt das andere ja nicht automatisch aus. Erwin hat einen guten Geschmack, aber er ist auch ein Lebemann. Er verdient sehr gut, und er sagt immer ‚Geld ist zum Leben da, nicht für die Bank', womit er zweifellos recht hat. Er müsste bald hier sein." Anna sah auf die Uhr. „Die Behörden haben bereits geschlossen."

Wie auf Befehl öffnete sich die Eingangstür und Erwin trat ein, zusammen mit Maria, der Oma und Lucas.

„Holla, welch ein seltener Besuch!" Er nahm Viviane in seine Arme. „Schön, dich wieder zu sehen. Du siehst aber gut aus, so modelmäßig. Gibt's was zu feiern?" Er grüßte fröhlich in die Runde.

„Nein, ich hatte gestern ein Modelshooting und bin heute nochmal in dasselbe Kleid gestiegen, weil ich es so toll fand."

„Wirklich sehr anziehend, wie eine Prinzessin. Er wandte sich den anderen Anwesenden zu. „Leute, es hat alles geklappt, nun ist Marias Familie hier eingebürgert, wenn auch vorerst nur für drei Monate." Er setzte sich zu Vivien.

„Die Behörden sind ja manchmal ganz nett, aber zuweilen auch stur. Mehr als die drei Monate haben sie mir vorerst nicht bewilligt. Eine Verlängerung dürfte aber nicht unmöglich sein." Er schaute Anna an.

„Ich muss dringend etwas essen, kannst du nicht irgendetwas Kleines für uns zaubern? Die anderen werden sicherlich auch Hunger haben. Und ein paar Getränke. Im Ausländeramt war die Luft so trocken." Er grinste. „Staubtrocken!" Anna lachte.

„Kein Problem, Erwin, ich habe mir so etwas schon gedacht und auch schon etwas gekocht. Wie wäre es mit saftigem Wildgulasch?"

„Du bist ein Schatz Anna! Ich stelle immer wieder fest, dass ich mit Dir eine gute Wahl getroffen habe." Anna errötete leicht und verschwand in der Küche.

„Wie geht's dir, Vivien? Ich hätte Dich auch gern mit nach Brasilien mitgenommen, aber ich habe Dich vor unserer Abreise leider nicht mehr erreicht."

„Ja, das war schade. Ich wäre gern für ein, zwei Wochen mitgekommen. Aber das kann man ja ein anderes Mal nachholen. Ich bin nur froh, dass alles so schnell geklappt hat. Rio de Janeiro ist eine herrliche Stadt. Ich war schon einmal dort, leider nur für eine Woche, eindeutig zu kurz."

„Das stimmt. Für Rio braucht es Zeit. Mal ein Jahr dort leben wäre nicht schlecht. Bis Santos haben wir es leider nicht geschafft." Vivien wandte sich an die Oma.

„Ich habe gehört, dass Sie die große Liebe von Peter waren, als er zur See fuhr?" Sie sah der alten Dame in die Augen. „Er hat mir viel von Ihnen erzählt." Die junge Maria mischte sich ein.

„Sie versteht kein Deutsch, Vivien, oder nur sehr wenig. Ich werde es gern für Dich übersetzen. Und du kannst sie auch ruhig duzen. Wir sind hier alle beim ‚Du'."

„Okay, dann übersetze bitte für mich. Ich kann leider kein Portugiesisch, nur Englisch." Lucas hatte seine eigene Art. Er begrüßte Vivien auf Englisch.

„You are a very beautiful woman". Vivien lächelte und gab ihm eine Antwort in der gleichen Sprache.

„And you are a smart boy." Sie legte ihre Finger auf seinen Kopf und wuschelte ihm durch die Haare. Alles lachte.

Hochzeitsgedanken

Sie unterhielten sich noch eine Weile, bis Anna das Mittagessen auftischte. Wildgulasch, mit einer pikanten Pilzsoße, Salzkartoffeln und Erbsen/Wurzelgemüse. Anna hatte sich mal wieder selbst übertroffen. Während des Essens schwiegen alle, nur hier und da flogen Blicke von einem zum anderen.

Später ließ sich Doktor Alvaro blicken. Er war mit einem Taxi gekommen und hatte gute Nachrichten.

„Frau Josefina geht es gut. Die Klinik kümmert sich hervorragend um sie." Den Anwesenden fiel ein Stein vom Himmel. Es ging offenbar alles seinen Gang wie erhofft.

„Werde ich denn jetzt noch gebraucht?" Er wandte sich an Erwin. „Und meine Krankenschwester?"

„Setzen Sie sich bitte, Doktor Alvaro. Wenn Sie möchten, steht Ihrer Rückreise natürlich nichts im Wege. Ich würde es dennoch gut finden, wenn Sie noch einige Tage oder auch ein, zwei Wochen bleiben.

„Ich würde mit Ihrer Erlaubnis gern noch eine Woche bleiben" sagte Doktor Alvaro. „Allein schon wegen den Verständigungsschwierigkeiten. Und ich möchte Hamburg ein wenig kennen lernen. Andererseits wird das unnötig teuer für Sie, Herr Hannemann."

„Das Geld ist nicht das Problem, Herr Doktor. Wenn es der Patientin hilft, bleiben Sie gern noch. Das gilt auch für die Krankenschwester. Sie beide haben einen sehr guten Job gemacht. Machen Sie sich wegen der Kosten keine Sorgen. Sie können für die Zeit in Hamburg gern hier bei uns wohnen. Auch die Schwester. Ich habe genug Zimmer."

„Vielen Dank. Dann nehme ich Ihr Angebot wirklich gern an."

„Was trinken Sie? Anna, was haben wir im Haus?"

„Vielen Dank!" Dem Arzt war das ein wenig peinlich. „Vielleicht nur einen Tee, wenn es Ihnen keine Umstände macht."

„Okay, Anna, bitte einen Tee für den Doktor. Wo ist denn Ihre Krankenschwester?

„Die ist noch in der Klinik bei der Patientin." Er räusperte sich und griff nach dem Tee, den Anna ihm brachte. „Danke". Er nahm einen Schluck und setzte das Glas auf dem Tisch ab. "Ich kann ihr Bescheid geben, dass sie hier schlafen kann."

„Ja, das können Sie." Erwin nickte. „Ich kann Sie in die Klinik begleiten und wir holen sie gemeinsam ab."

„Das kann ich nicht von Ihnen verlangen" protestierte der Arzt. Es war ihm sichtlich peinlich. Er trank seinen Tee aus und erhob sich. „Wir haben späten Nachmittag. Ich könnte sie doch mit dem Taxi kommen lassen."

„Das kommt gar nicht in Frage. Ich fahre gern." Erwin erhob sich ebenfalls. „Fahren wir gleich los. Sie hat schon genug gearbeitet. Wie heißt Ihre Krankenschwester überhaupt?"

„Rosita."

„Also gut, holen wir Rosita ab. Die anderen hier: fühlt euch wie zuhause. Wir sind bald wieder zurück." Sprachs, nahm seine Jacke vom Garderobenhaken und verließ mit dem Doktor die Villa.

„Erwin ist einfach unglaublich." Vivien grinste. „Ich wiederhole mich wohl zu viel. Wenn er so weitermacht, muss er bald anbauen, soviel Leute, wie er einlädt."

„Och, es sind noch genügend Zimmer frei" lachte Anna. „Er hatte schon öfter Besuch mit kleineren Gruppen. Einmal waren es zwanzig Leute, die jedoch teilweise auch auf Doppelzimmer verteilt wurden. Das war dann schon etwas eng. Aber er hat halt gern Besuch, wenn er denn mal da ist. Oft ist er ja wochenlang unterwegs." Peter hatte sich neben Vivien gesetzt. Er war froh, wieder ihre Nähe zu spüren und bekräftigte Annas Aussagen.

„Ja, so kenne ich ihn auch. Obwohl – ich habe ihn auf der ‚Elegance‘ ja auch das erste Mal nach acht Jahren wieder getroffen. Damals war er ein kleiner Fisch wie ich, krebste so herum. Er hat sich sehr emporgearbeitet. Ich könnte mir so eine Villa derzeit nicht leisten.“

„Du Armer! Ich mag dich auch so!“ Vivian kuschelte sich eng an ihn. Die Oma schaute etwas verlegen. Peter hatte ihr noch nicht erklärt, dass seine Liebe zu ihr nicht mehr dieselbe war wie vor fünfzig Jahren und dass er sich inzwischen für Vivien entschieden hatte. Er beschloss, dies in den nächsten Tagen unbedingt nachzuholen. Momentan fühlte er sich eingehüllt in Viviens Inspire und mochte sich nicht von ihr trennen.

Lukas hatte inzwischen die Statue im Eingangsbereich entdeckt. Er ging andächtig um sie herum und fragte Anna, ob das eine Abbildung von Maria sei. Er meinte seine Schwester. Anna klärte ihn auf und erzählte ihm, dass auch Peter und Vivien schon dasselbe dachten.

„Denk dir nichts dabei. Es ist reiner Zufall, dass die Statue wie Deine Schwester aussieht. Die war schon beim Kauf der Villa vorhanden.“ Damit gab Lukas sich zufrieden.

Eine Stunde später kam Erwin zurück, im Schlepptau den Arzt und die Krankenschwester. Die war fasziniert von der Villa und den Räumlichkeiten, aber das kannte Erwin schon.

„Macht es euch bequem. Es gibt bald Abendbrot.“ Doktor Alvaro übersetzte es Rosi. Erwin bat Anna, der Schwester ein weiteres Zimmer zu geben. Anna nickte und nahm Rosi an die Hand.

„Come on, please“. Zusammen gingen sie nach oben. Vivien schloss sich an. Sie wollte eine Jacke aus ihrem Zimmer holen. Peter bat Erwin für einen Augenblick auf die Seite.

„Jetzt hast du das Haus bald voll“ schmunzelte er. „Erzähl mal, wie war es in der Ausländerbehörde. Alles zufrieden oder gibt es noch weitere Probleme?“

„Nein, es ist alles okay, bis auf die Tatsache, dass wir vorerst nur drei Monate Aufenthalts-Status für die Familie bekamen. Ich habe mir da aber etwas Spezielles überlegt. Das muss aber noch unter uns bleiben. Versprichst du mir das?"

„Selbstverständlich!" Nun war Peter doch neugierig geworden. Was hatte sein Freund da wieder ausgeheckt? Erwin ließ sogleich die Katze aus dem Sack.

„Wenn Maria einverstanden ist, ich meine natürlich die Enkelin, die nette Brasilianerin vom Schiff, dann möchte ich sie heiraten!" Peter glaubte, sich verhört zu haben.

„Du willst Maria heiraten?"

„Ja, wenn sie es möchte. Ich habe mir das reiflich überlegt. Ich weiß nur noch nicht, wie ich ihr das beibringen soll. Ich kann ihr doch keinen Heiratsantrag machen, so mit Kniefall vor ihr, und so." Er schaute seinen Freund an. „Was meinst du, Peter?" In seinem Gesicht zuckte es. „Ob sie mich überhaupt heiraten will?"

Peter hatte es die Sprache verschlagen. Mit dieser Eröffnung hatte er nun überhaupt nicht gerechnet. Erwin wollte heiraten? Ein Lebemann, der sich immer gegen innigere Liebschaften gesträubt hatte wie der Teufel das Weihwasser? Ihm fehlten echt die Worte.

„Magst du mir nicht antworten? Ich weiß, dass das ein plötzlicher Entschluss ist. Aber erstens habe ich mich wirklich in Maria verliebt, und zweitens wären damit alle Probleme gelöst. Ich glaube, ich liebe sie wirklich…"

„Das aus deinem Mund, Erwin." Peter hatte seine Sprache wiedergefunden. „Ich hätte das bei dir bisher nie für möglich gehalten. Weißt du noch, wie Du dich auf der ‚Elegance' gewundert hast, als ich sagte, dass ich mich in Vivien verliebt habe? Jetzt weißt du, wie ich mich damals fühlte, und ich kann es natürlich jetzt auch Dir nachfühlen. Maria ist eine klasse

Frau. Keine Frage. Zwei lebenslustige Jungs, du und ich: es hat uns beide erwischt." Peter fing leise an zu lachen.

„Was deine Maria betrifft: ich denke, sie wird sicherlich nicht nein sagen. Aber fragen musst du sie schon, das bleibt dir nicht erspart." Er sah seinem Freund in die Augen. „Dass du mal heiraten willst - ich kann es noch immer nicht fassen."

„Ich muss es selbst erst mal verdauen, Peter." Erwin lächelte verlegen. „Bitte sag Maria noch nichts davon, auch kein Wort zu den anderen. Ich muss da eine passende Gelegenheit finden."

„Ich schweige wie ein Grab." Vivien stapfte gerade die Treppe herunter und kam auf die beiden zu. Sie hatte sich eine dünne blaue Jacke übergezogen. Irgendwie war ihr kühl geworden.

„Ihr heckt da bestimmt wieder was aus, stimmts? Ihr habt so ernste Mienen!"

„Nein, nein Vivien, ich hatte mich nur von Erwin über den Aufenthaltsstatus der Familie unterrichten lassen. Die Behörden geben vorerst nur drei Monate. Wie geht's dir, frierst du? Gib mir einen Kuss." Vivien nahm neben ihm Platz und betrachtete aufmerksam sein Gesicht, die kleinen Lachfältchen um seine Augen.

„Ich dachte nur, ihr wart eben so ernst. Gleich gibt es übrigens Abendessen. Anna hat da schon etwas vorbereitet." Vivien lehnte sich an seine Schulter und küsste ihn ungeniert. Peter ließ sich gerne ablenken. Die Gedanken in seinem Kopf schlugen Purzelbäume. Erwin will heiraten – unglaublich. Sein Freund verzog sich derweil, um sie allein zu lassen.

„Jetzt sind wir schon eine Menge Personen hier" meinte Peter. „Wenn ich richtig zähle, sind wir sieben. Der Doktor und seine Krankenschwester, Erwin, die Oma, Lucas, Anna, Du und ich. Oh, wir sind sogar acht, ich hatte meine Wenigkeit vergessen."

„Ja, das Haus füllt sich. Ich finde das gut, aber zum Glück sind es nicht zu viele. In der Agentur wären wir mit fünfzehn fast doppelt so viel, und ich genieße die relative Ruhe hier."

„Hättest Du keine Lust, nach Hamburg umzuziehen?" Vivien war überrascht über seine Frage.

„Lust schon, aber das würde meine Agentur bestimmt nicht gern mitmachen. Und hier etwas Neues zu suchen, ich denke, das wäre mir zu stressig. Bin froh, dass ich den Job in Berlin habe. Ich verdiene ganz gut."

„Hamburg ist eine Medienstadt. Hier gibt es auch jede Menge Agenturen. Vielleicht würdest du hier mehr verdienen, meinst du nicht?"

„Das kann sein. Aber in Berlin habe ich sehr nette Mitarbeiter. Das sollte man auch nicht unterschätzen. Warum fragst du eigentlich, willst du mich nach Hamburg locken?" Sie grinste und stupste ihn in die Seite. „Ich lasse mich nicht so einfach locken."

„Naja, ein Versuch war es wert. Ist näher dran an Husum." Peter lachte. „Vielleicht würde ich selbst ebenfalls nach Hamburg ziehen, und dann könnten wir uns eine gemeinsame Wohnung nehmen…"

„Das wäre natürlich ein Argument. Aber ist es nicht ein bisschen zu früh, über so etwas nachzudenken? Wir kennen uns erst drei Monate, oder sind es bereits vier?"

„Drei Monate und elf Tage genau. Ich zähle jeden Tag, seitdem ich dich zum ersten Mal sah."

„Oh je, dich hat es ja wirklich erwischt. Das imponiert mir nun doch mächtig." Vivien strich sich eine widerspenstige Haarsträhne aus der Stirn.

„Vielleicht können wir uns später mal darüber unterhalten. Jetzt ist, glaube ich, das Abendessen fertig." Sie stand auf und zeigte auf Anna, die einladend winkte. Peter und Erwin waren schon auf dem Weg hinüber ins Esszimmer.

Anna hatte auf Erwins Wunsch nur eine kalte Platte zubereitet, die aber mit reichlich Auswahl versehen. Es gab nichts, was fehlte. Natürlich waren auch Kaffee, Tee und Säfte vorhanden, aber auch ein leichter Wein.

Später kamen die Gespräche wieder auf Josefina. Doktor Alvaro berichtete allen vom Fortgang ihrer Behandlung. Die Brüche allgemein waren nicht so schwerwiegend wie befürchtet, auch die Lendenwirbelfraktur war weniger schlimm als ursprünglich angenommen.

„Josefina sollte in etwa einer Woche entlassen werden können" sagte er. „Aber sie braucht noch ein bis zwei Monate Ruhe, das heißt, sie sollte nichts Schweres heben oder sich körperlich stark anstrengen. Für den Rippenbruch gilt Gleiches. Sie müsste nur Ruhe haben, aber ich denke, das wird ihr hier sicherlich geboten." Erwin nickte.

„Das ist selbstverständlich. Wir werden es ihr hier so bequem wie möglich machen und sie gut betreuen."

„Ich werde immer bei meiner Mutter sein und sie pflegen" sagte Maria. „Ich freue mich ja schon, dass sie überlebt hat. Am Anfang sah es gar nicht so gut aus."

„Josefina schafft das schon" lächelte die Oma. „Ich bin ja auch noch da. Ich weiß nur nicht, wie das auf Dauer hier weitergehen soll. Alle zusammen in Hamburg? Es ist doch ziemlich kalt hier." Sie hatte sich in eine dicke Winterjacke gemummelt, obwohl es nicht kalt war.

„Daran kann man sich gewöhnen" meinte Vivien. „Ich verbrachte zwei Jahre in Malaysia in den Tropen mit hoher Luftfeuchtigkeit, da hatte ich mich auch an die heißen Temperaturen gewöhnt. Der Mensch ist ein Gewohnheitstier und kann sich überall relativ gut anpassen." Peter stimmte dem zu.

„Ich war sechs Jahre in der Seefahrt, habe sowohl extreme Kälte in Schweden von minus vierzig Grad erlebt, aber auch fünfundvierzig Grad Hitze in Westafrika. Es geht wirklich. Wie ihr seht, bin ich noch am Leben." Alles lachte. Erwin schmunzelte.

„Mein Haus hat eine Klimaanlage, aber auch jedes Zimmer ist darüber hinaus noch einzeln klimatisiert. Da kann sich jeder seine eigene Wunsch-Temperatur einstellen. Das dürfte meines Erachtens genügen."

Die Gespräche flogen hin und her und gingen bis zum späten Abend. Im Endergebnis stand schließlich fest, dass Josefina kommende Woche aus der Eppendorfer Klinik in die Villa verlegt werden sollte. Alvaro würde danach zusammen mit der Krankenschwester zurück nach Brasilien fliegen. Seine Anwesenheit in Hamburg war nicht mehr erforderlich. Lucas wollte sich in der Stadt nach einer Arbeit umsehen. Vivien blieb zu Peters Freude noch zwei Tage in Hamburg. Die Oma zog sich etwas zurück. Peter hatte ihr erklärt, dass er sich in Vivien verliebt hatte, was die Oma aber schon selbst feststellte.

„Ich habe mir das schon gedacht" sagte sie. „Fünfzig Jahre sind eine wirklich lange Zeit. Aber ich habe das Zusammensein damals genossen." Dennoch wollte sie zunächst in Hamburg bleiben und bei der Pflege ihrer Tochter helfen.

Peter und Erwin hatten sich zunächst nicht weiter um ihre eigenen Geschäfte gekümmert. Geld war genügend vorhanden, sie nagten weiß Gott nicht am Hungertuch. Erwin liebäugelte nach wie vor mit einer Heirat, hielt es aber immer noch geheim. Er war sich nicht sicher, wie Maria das auffassen würde. Obwohl Peter ihm zu einer offenen Aussprache riet, war sein Freund seltsamerweise ängstlich. Er wollte Maria nicht durch zu offene Avancen vergraulen.

„Sie wird ganz sicher zustimmen weil sie dich mag" meinte Peter. „Trau dich einfach!"

Der Zeitpunkt kam eine Woche später, nach dem Abschied von Alvaro. Erwin hatte dem Arzt und der Schwester einen Flug nach Rio de Janeiro gebucht und zusammen mit Maria fuhr er sie zum Flughafen. Die Verabschiedung am Flughafen war sehr emotional, vor allem für Maria, die froh war, dass der Arzt ihre Mutter so gut versorgt hatte. Überschwänglich dankte sie ihm immer wieder, bis er endlich lachend Einhalt gebot.

„Ist doch gut, Maria, ich habe es wirklich gern getan. Bleiben Sie gesund. Vielleicht sehen wir uns ja mal wieder…"

„Sie sind jederzeit bei uns herzlich willkommen" bekräftigte Erwin. „Besuchen Sie uns gern auch mal wieder in Hamburg."

Doktor Alvaro und die Krankenschwester nahmen schweren Herzens Abschied aus der norddeutschen Millionenstadt. Sie versprachen, sich nach der Ankunft gleich zu melden. Erwin wünschte ihnen noch viel Glück, und er übergab dem Doc zum Abschied noch einen Brief.

„Bitte erst im Flieger öffnen" bat er. „Es soll eine Überraschung sein." Doktor Alvaro versprach es, und dann trennten sich die Wege.

Erwin lächelte leise, als Alvaro gegangen war. Er hatte dem Brief einen Scheck über weitere zehntausend Dollar beigefügt und stellte sich das verblüffte Gesicht des Arztes vor. Auf der Rückfahrt zur Villa bat er Maria, sie möge alleine nach Hause fahren und in ihrem Zimmer auf ihn warten. Er würde etwas Wichtiges mit ihr besprechen wollen, müsste aber noch schnell etwas erledigen. Irritiert fragte sie was das sei, aber er verriet es nicht. Neugierig schaute sie ihn heimlich von der Seite an. Sie konnte sich keinen Reim auf seinen Wunsch machen. Was mochte er von ihr wollen? Hatte sie irgendetwas im Haus falsch gemacht? Sie machte sich grübelnd per Taxi auf den Weg.

Erwin kaufte auf der Rückkehr in einem Blumenladen einen Strauß Rosen. Mit dem Arm voller Blumen betrat er sein Anwesen, stieg hinauf ins Obergeschoss und betrat Marias Zimmer. Sie saß auf dem Bett und starrte grübelnd vor sich hin. Bei seinem Eintreten sah sie auf. Ihre Augen wurden kugelrund, als er ihr die Rosen überreichte und sich vor ihr hinkniete.

„Maria, ich habe Dich schon lange in mein Herz geschlossen. Vielleicht hast du das gemerkt? Ich bin kein Mann der großen Worte. Heute frage ich Dich: willst Du mich heiraten?" Sie schaute verblüfft auf ihren Arbeitgeber der vor ihr kniete, streckte die Hand aus und zog ihn hoch.

„Erwin..." Ihr versagten die Worte. Stumm sah sie in sein Gesicht. Leicht gerötet aufgrund seines verwegenen Antrags, mit den vielen Lachfalten um die Augen, fand sie es immer wieder liebenswert.

„Erwin, was soll ich sagen? Ich arbeite seit zwei Monaten für Dich. Du bist ein interessanter Mann. Siehst gut aus, bist wohlhabend und kannst jede andere Frau haben. Warum ich?" Sie schaute ihn verlegen an. „Ich bin nur ein kleines, armes, brasilianisches Mädchen." Erwin legte für einen Augenblick die Blumen auf den antiken, runden Tisch, nahm Maria in seine Arme und drückte sie fest an sich.

„Genau dieses kleine, arme, brasilianische Mädchen mag ich. Ich habe mich in dich verliebt. Nein, das ist falsch ausgedrückt: ich liebe Dich wirklich. Ich weiß das schon seit ein paar Wochen. Mir ist es völlig ernst. Du bist wunderbar. Willst du meine Frau werden?" Ein paar winzige Tränen liefen ihr übers Gesicht. Es waren Freudentränen.

„Erwin, wenn das wirklich ehrlich und ernst gemeint ist, sage ich natürlich ja." Sie kuschelte sich überwältigt in seine Arme. „Ja, ich will!!!"

Erwin nahm sie hoch und drehte sich mit ihr. Er war glücklich, erleichtert über ihre Antwort. Sie hatte nicht nein gesagt! Er tanzte übermütig mit ihr durch den Raum, setzte sie ab und küsste sie wieder und wieder.

„Ich meine es ehrlich und ernst. Ich bin mit dir an meiner Seite total glücklich. Wirklich sehr, sehr glücklich. Du bist mir der wichtigste Mensch in meinem Leben geworden, und das ganz sicher nicht als meine Arbeitskraft. Mein Herz schlägt ganz fest für dich." Sie hielten sich eine Weile einfach fest und blieben stumm, jeder in seine Gedanken versunken.

„Komm, Maria, sagen wir es den anderen." Erwin löste sich von ihr, nahm ihre Hand und zog sie mit hinunter in die Eingangshalle.

Unten saßen die Freunde und schauten ihnen neugierig entgegen. Erwin und Maria kamen Hand in Hand die Treppe herunter? Und sie trug einen Strauß rote Rosen im Arm! Was hatte das zu bedeuten?

„Wir möchten euch etwas mitteilen" begann Erwin. Er nahm Maria in seine Arme. „Maria ist meine gute Seele geworden. Sie hat hier vieles verändert und ist mir ans Herz gewachsen." Er legte eine Kunstpause ein.

„Maria und ich werden heiraten!" Jetzt war die Katze aus dem Sack. Peter lächelte. Er hatte schon lange auf diesen Satz gewartet. Die restlichen Familienmitglieder schauten verblüfft.

„Ich wusste es schon eine ganze Weile" bekräftigte Peter. Er schmunzelte und schüttelte seinem Freund die Hand. „Erwin, ich gratuliere Dir von Herzen. Du konntest keine bessere Frau finden."

Oma Maria war sprachlos. Hatte sie das richtig verstanden? Ihre Enkelin wollte heiraten? Diesen reichen Mann? Die junge Maria übersetzte es ihr mit wenigen Worten. Auch Vivien war aufgesprungen.

„Ich freue mich sehr für euch, und ich wünsche euch von Herzen alles Gute." Sie trat auf Erwin zu und drückte seine Hand. „Maria ist eine tolle Frau. Sie wird Dir bestimmt das Leben versüßen und Dir eine gute Frau sein."

„Ja, das glaube ich auch. Ich freue mich riesig, dass sie eben ja gesagt hat. Ich hatte ein wenig Bammel vor dem Antrag, ich gestehe es." Er sah Maria an und küsste sie vor allen Augen.

Maria war puterrot geworden, aber ihr ganzes Gesicht strahlte wie von innen heraus.

Lucas begriff so langsam die Szene. Er gab seiner Schwester die Hand und schüttelte sie.

„Do you get married?" Maria nickte freudenstrahlend. Sie konnte es selbst noch gar nicht richtig fassen.

"Yes, Lucas." Ihr Bruder lächelte scheu, aber er freute sich sehr mit ihr. Man sah es ihm an.

„Dann haben wir ja bald einen Grund zum Feiern" meinte Peter trocken. „Wann soll die Hochzeit denn stattfinden?"

„Wir werden zeitnah einen Termin finden" entgegnete Erwin. „Wir haben uns ja eben erst dazu bekannt. Und dann feiern wir natürlich eine Riesenparty." Maria löste sich von ihm und ging hinüber zur Oma. Sie übersetzte die letzten Gespräche, und in aller Ruhe erklärte sie ihr, dass sie Erwin heiraten werde. Oma lächelte zufrieden, als sie alles erfahren hatte. Anna grinste.

„Und das sagt Erwin so ganz nebenbei. Da gibt es ja eine ganze Menge zu tun, wenn so ein Lebemann wie Erwin sich freiwillig an die Kette legt." Alles lachte. „Aber ich wünsche dir natürlich auch alles Gute, und nur das Beste. Ihr beide passt hervorragend zusammen. Wann kommt euer erstes Kind?" Die ganze Runde grölte.

„Vielleicht in siebenundzwanzigtausend Jahren" grinste Erwin. „Wir müssen erst noch eine Weile üben." Die Runde grölte ein zweites Mal. Dann wandte er sich an seine Haushälterin.

„Danke Anna. Ich bin mir sicher, dass wir eine wundervolle Ehe führen werden. Hol doch bitte mal eine Flasche Sekt aus dem Keller. Aber den guten bitte! Lass uns auf unser Glück anstoßen." Anna nickte und entfernte sich.

Der Abend klang noch harmonisch aus, mit vielen Gesprächen und lustigen Sprüchen, und es wurde ziemlich spät. Nur Vivien hatte zum Schluss noch einen Spruch auf Lager.

„Die Hochzeitsnacht müsst ihr aber verschieben, für heute Nacht gilt das nicht. Erst wird geheiratet." Ihren Worten folgte ein weiterer Lachanfall.

„Die Hochzeitsnacht haben wir längst schon vorgezogen" amüsierte sich Erwin. „Wir sind ja nicht mehr im neunzehnten Jahrhundert." Er nahm seine Maria an die Hand und stieg mit ihr die Treppe zum Schlafzimmer hinauf. Es war das Zeichen für den allgemeinen Aufbruch.

„Unerhört! Eigentlich müsste ich auch auf den Sex mit dir verzichten" grinste Peter. „Wir sind auch nicht verheiratet." Das hätte er besser nicht sagen sollen.

„Okay, dann schlafen wir ab heute getrennt. Und wehe, du kommst mir zu nahe." Vivien lachte.

„Und das magst du so einfach bestimmen? Na warte!" Peter griff nach ihr. Er sang die etwas umgedichtete Melodie eines alten Songs von Herman Hermits: ‚No Sex today, my love ist sick today…' Vivien stupste ihn lachend in die Seite, und beide verzogen sie sich ebenfalls in ihre Zimmer. Selbstverständlich nicht getrennt…

Erwins Heiratsantrag war in den nächsten Tagen *das* Gesprächsthema. Es war für alle eine überraschende Nachricht. Maria schwebte im siebten Himmel, Erwin ging stolz wie Oskar auf Freiersfüßen und verbreitete überall gute Laune. Peter hingegen war schon klar, dass Erwin die Hochzeit ernst meinte, aber er war sich unsicher, wie das zu seinem bisherigen Lebensstil passte. Würde Maria dann weltweit mit ihm herumreisen? Oder schränkte Erwin seine Weltreisetätigkeit ein? Peter nahm sich vor, in einer ruhigen Minute mit ihm darüber zu sprechen. Am folgenden Morgen wunderte er sich.

„Du siehst heute ja richtig schick aus, Erwin. Was hast du vor?" Sein Freund war mit seinem guten Zwirn zum Frühstück erschienen. Neben einer Krawatte trug er eine weiße Nelke im Knopfloch.

„Ich möchte heute einfach feiern. Maria wird auch gleich herunterkommen. Wir werden in ‚Planten un Blomen' spazieren gehen und uns dort richtig aussprechen. Wir wollen den Hochzeitstermin festlegen und einfach einen freien Tag miteinander verbringen.

„Mit einer Blume im Knopfloch nach Planten und Bloemen? Ist das nicht zu festlich für den Park?"

„Nein, wir werden später noch in den Michel gehen. Ich möchte Maria dort heiraten. Maria kennt den Hamburger Michel noch nicht, ich übrigens auch nicht, obwohl ich gebürtiger Hamburger bin. Ich möchte ihr die Kirche zeigen, sie ist ja auch ein Hamburger Wahrzeichen. Die Aussicht von ganz oben wird ihr bestimmt gefallen."

„Was wird mir gefallen?" Es war Maria, die die Treppe herunterkam. Herunterschweben wäre wohl die richtigere Bezeichnung gewesen. Sie trug ein wunderschönes hellblaues Kleid mit leichten, weißen Stickereien. Den Hals zierte eine goldene Kette mit einer Rose als Anhänger. Die Ohrläppchen waren ebenfalls mit kleinen, goldenen Rosen geschmückt. Ihr langes Haar fiel in weichen Wellen bis weit über ihren Rücken. Sie hatte sich etwas geschminkt, ihr hellbraunes Gesicht schimmerte leicht und die Lippen waren mit einem passenden Rot versehen. Peter staunte. So elegant hatte er seine vermeintliche Enkelin noch nie gesehen.

„Erwin meinte, dass dir die Aussicht vom Hamburger Michel gefallen würde" sagte Peter. „Er wollte nachher mit dir in diese Kirche." Maria verließ die letzten Stufen der Treppe und kam auf Erwin zu, nahm ihn an der Hand.

„Deswegen haben wir uns etwas festlich angezogen. Wir wollen heute einfach einen freien Tag zusammen genießen, wir beide ganz allein. Vielleicht gehen wir heute Abend noch ins Theater."

„Das finde ich gut." Peter nahm Maria zum Abschied in seine Arme. „Ich wünsche euch einen schönen, unvergesslichen Tag." Und zu Erwin gewandt: „Pass gut auf sie auf." Er entließ Maria aus seinem Arm.

„Ich werde mich bemühen. Machts gut, und einen angenehmen Tag auch für euch." Er nahm die Hand seiner Zukünftigen, und zusammen verließen sie das Haus.

Nach dem Frühstück setzten sich die Freunde zusammen und berieten über die weitere Zeit in der Villa. Anna saß mit dabei. Vivien machte sich fertig zur Abreise. Sie musste wieder nach Berlin in ihre Agentur. Lukas wollte in die Stadt, Arbeit suchen. Oma Maria konnte es noch immer nicht fassen, dass sie jetzt hier leben sollte. Alles war so fremd. Peter bot ihr an, sie herum zu führen und zeigte und erklärte ihr die Räumlichkeiten. Er versicherte, dass die ganze Familie, auch Erwin und er selbst, immer für sie da seien.

„Ich bin fertig." Vivien meldete sich. „Ich muss los, will meinen Zug um zwei bekommen. Kannst du mich bitte zum Bahnhof bringen, Peter?"

„Natürlich!" Er entschuldigte sich bei der Oma und nahm die Jacke von der Garderobe. „Ich bin in einer Stunde zurück."

Peter begleitete Vivien nach draußen zum Wagen und brachte sie zum Hauptbahnhof. Mit Wehmut in der Stimme verabschiedete er sie.

„Schön, dass du die Tage hier warst, aber schade, dass die gemeinsamen zwei Tage schon wieder vorbei sind. Lass Dir bitte meinen Vorschlag durch den Kopf gehen, zusammen eine Wohnung in Hamburg zu nehmen. Ich hätte dich gern täglich in meiner Nähe. Oder bin ich zu unverschämt?"

„Nein, das bist du nicht." Sie sah ihn verliebt an, und eine unbestimmte Sehnsucht klang in ihrer Stimme. „Es wäre auch reizvoll für mich, und außerdem eine neue Herausforderung. Es gibt hier in Hamburg auch gute Agenturen. Ich werde es mir überlegen, versprochen." Erwin hielt sie fest und küsste sie.

„Ich freue mich, wenn du es dir zumindest überlegst. Ehrlich gesagt, bin ich gierig nach Dir. Schlimm? Und ich mag dein Inspire…"

„Ich überlege es mir wirklich im Ernst, Peter. Aber nun muss ich los, sonst fährt der Zug ohne mich ab." Sie stieg in den Erste-Klasse-Wagen und stand am Fenster. Als der Schaffner die Kelle hob und der Zug anrollte winkte Peter, bis Vivien nicht mehr zu erkennen war. Er hoffte, dass sie wirklich über eine gemeinsame Zukunft nachdachte.

Eine halbe Stunde danach war er wieder zurück. Bei seiner Ankunft winkte ihn die Oma zu sich heran.

„Ich habe eine Frage an dich", sagte sie im schlechten Englisch. Peter setzte sich. Was wollte sie von ihm?

„Wir haben uns ja Ende der sechziger Jahre kennen gelernt. Wir waren zwei Jahre befreundet, wir haben uns jedes Mal gesehen, wann immer du nach Santos gekommen bist. Und dann der Besuch in der Favela: ich habe nichts vergessen." Sie machte eine kleine Pause. Peter war nicht klar, worauf sie hinauswollte.

„Du hast damals noch geschrieben, dass euer Schiff ein anderes Fahrtgebiet bekam. Danach brach der Kontakt ab. Warum?" Sie war auf klare Antworten aus.

„Maria, ich war jung. Ich hatte auch in anderen Häfen Mädchen, die ich mit an Bord nahm, oder bei denen ich übernachtete. Bei Seeleuten ist das so. Für mich war klar, dass wir uns nicht wiedersehen würden. Wir schrieben uns ja noch lange Zeit, aber irgendwann kam keine Post mehr von dir. Vielleicht war ein Brief verloren gegangen? Ich weiß es nicht. Ich musste annehmen, dass Du kein Interesse mehr hattest. Also habe ich meine Liebe zu dir langsam verdrängt. Das war für mich nicht leicht. Außerdem war ich damals noch minderjährig. Meine

Mutter hätte das niemals erlaubt, eine Beziehung zu einer Ausländerin. Ich habe das seinerzeit auch nicht weiter hinterfragt. Heute weiß ich, dass sie in gewisser Weise rassistisch war, oder auch einfach nur Angst hatte, dass ihr Sohn eine braune Frau in das kleine Dorf brachte, in dem wir wohnten. Die Leute hätten sich das Maul zerrissen."

„Ja, das kann ich nachvollziehen." Maria nickte. „So etwas gibt es in den Dörfern in Brasilien auch. Santos ist aber eine Großstadt, ich war eine Art Prostituierte, da galten und gelten noch immer andere Verhältnisse." Sie schlug die Augen auf.

„Ich war sehr verliebt in dich, Peter. Habe lange mit dem Verlust gekämpft." Sie schwieg, und ihre Hände spielten mit dem Saum ihres Kleides. Peter fiel ein, dass er acht Jahre danach noch einmal nach Brasilien kam, und er sagte es ihr.

„Ich war 1978 noch einmal in Santos und bin auch zur Hamburg-Bar gefahren. Leider hast du dort nicht mehr gearbeitet. Eines der Mädchen kannte dich aber noch, und sie teilte mir mit, dass du als Sängerin mit einer Band unterwegs seist."

„Ja, das stimmt. Ich habe in der Sargasso-Band in einer anderen Bar gespielt, ungefähr eineinhalb Jahre. Schade, dass wir uns da nicht mehr trafen." Sie wirkte etwas traurig, und Peter nahm sie in die Arme.

„Das ist alles so lange her, Maria. Immerhin haben wir uns ja jetzt wieder getroffen. Wenn nun auch andere Verhältnisse herrschen. Man kann nicht erwarten, dort weiter zu machen, wo wir vor fünfzig Jahren aufhörten. Das Leben geht seinen Gang. Du hast ja auch einen anderen Mann geheiratet."

"Ja, das habe ich. Aber die ganzen Jahre warst du immer in meinem Herzen." Sie verstummte und löste sich aus seinen Armen. „Ich hoffe und wünsche, dass du mit Vivien glücklich wirst."

„Das hoffe ich auch, Maria. Aber wir leben dreihundert Kilometer auseinander. Ich wünsche mir, dass sie nach Hamburg zieht und wir uns eine gemeinsame Wohnung oder ein Haus suchen. Wir sprachen das kurz vor ihrer Abreise an. Mal sehen…" Anna erschien.

„Na ihr zwei. Es gibt bald Mittag. Habt ihr einen besonderen Essenswunsch?" Maria schüttelte den Kopf, aber Peter hatte einen.

„Könntest du uns ein herzhaftes, ungarisches Gulasch kochen?"

„Ja natürlich, das kann ich. Eine gute Idee! Ihr zwei seid wohl die einzigen, die ich heute verwöhnen kann. Lucas ist unterwegs, Erwin mit seiner Maria in der Stadt, Vivien auf dem Weg nach Berlin – da habe ich ja nicht viel zu tun. Also dann bis nachher." Damit verschwand die gute Seele des Hauses.

Am späten Nachmittag kehrte als erster Lucas zurück. Er hatte es tatsächlich geschafft, eine Anstellung im Hafen zu finden und war aufgeregt, fröhlich und guter Dinge. Peter freute sich ehrlich.

„Und wo bist du jetzt angestellt, in welcher Firma, und was machst du dort?"

„Ich wurde bei Zeitpunkt als Lagerhelfer angestellt. Eine Firma direkt im Hafen. Meine Aufgaben werden Wareneingang, Warenausgang und Retouren-Bearbeitung sein, Container beladen und entladen. Ich habe zwar einige Kenntnisse aus Santos, aber hier ist natürlich vieles anders. Man wird mich entsprechend anlernen. Meine Englisch-Kenntnisse wären aber ausreichend, wurde mir versichert."

„Das ist doch großartig! Das müssen wir in den nächsten Tagen feiern, wenn auch Erwin anwesend ist." Lucas freute sich.

„Ich hoffe, dass dieser Job gut für mich ist, und gerne auch auf Dauer. Ich möchte niemandem zur Last fallen."

„Du fällst niemandem zur Last. Wir sind alle eine Familie." Peter schaute ihn ernst an. „Ich zähle mich jedenfalls dazu."

Lucas schenkte ihm ein Lächeln. „Ja, du bist ein Freund von Erwin und gehörst sicher auch dazu, auch wenn du nicht hier wohnst." Als das Telefon klingelte und Peter abhob war Vivien dran.

„Ich wollte dir nur sagen, dass ich gut angekommen bin. Hat etwas länger gedauert, da waren irgendwelche fremde Personen auf den Bahngleisen, wahrscheinlich Jugendliche oder so, und der Zug stoppte für eine halbe Stunde. Aber alles gut." Sie legte eine Pause ein, fuhr aber dann fort.

„Ich habe mir das mit dem Umzug nach Hamburg überlegt. Ganz abgeneigt bin ich nicht, die Idee hat was. Ich habe wirklich viel darüber nachgedacht. Aber das müssen wir von Angesicht zu Angesicht besprechen." Sie hustete kurz. „Sorry, hab mich eben verschluckt. Ich ruf dich später nochmal an. Muss mir erst mal ein Taxi nach Hause nehmen. Es gießt in Strömen."

„Och du Ärmste. Sei vorsichtig. Hast du es weit? Ich weiß eigentlich gar nicht genau, wo du wohnst."

„Nur etwa zwanzig Minuten von hier, das verkrafte ich. Ich wohne in Charlottenburg."

„Okay Vivien, dann bis später. Ich wünsche eine gute Fahrt." Er legte auf.

„War das Vivien?" Anna war erschienen. Sie begann mit dem Aufdecken des Abendessens. „Ich weiß nicht wann Erwin kommt, ich habe zunächst nur was Kleines gemacht. Spiegeleier mit Brot."

„Das ist völlig in Ordnung, Anna. Ich habe sowieso nicht so viel Hunger. Und der Anruf, ja, das war Vivien. Sie ist gut in Berlin angekommen. Wo ist die Oma?"

„Die ist auf ihrem Zimmer. Ich hole sie gleich." Anna wischte sich ihre Hände an der Schürze ab.

„Nee lass mal, ich hole sie schon." Peter machte sich auf den Weg in den ersten Stock. Er war in Bezug auf ‚seine' Maria etwas zwiegespalten. Er hatte sich sehr auf sie gefreut als er sie wiedersah, war zwischenzeitlich jedoch mit Vivien verbandelt. Er wusste nicht genau, wie Maria diese Situation verarbeitete. War sie traurig, zu sehen, dass er mit Vivien eine andere Liebe fand, oder war das nur ein kurzes Aufflackern ihrer Gefühle? Peter konnte das schlecht einschätzen und fühlte sich wie zwischen zwei Stühlen.

Maria ließ sich nichts anmerken, als er sie im Zimmer aufsuchte. Sie erhob sich von ihrem Sessel als Peter eintrat. Sie hatte am Tisch gesessen und einen Brief geschrieben. Sie kam Peter entgegen.

„Es gibt Abendbrot?"

„Ja, Anna hat aber nur ein paar Spiegeleier mit Brot gemacht. Sie wollte warten, bis Erwin und Maria kommen. Natürlich kann sie für dich gern auch etwas anderes machen, wenn Du magst."

„Nein, das ist schon okay. Ist Lucas auch da?"

„Ja, er sitzt schon am Tisch." Zusammen gingen sie nach unten in den Speisesaal. Maria grüßte ihn, als sie ihn sah.

„Hi Lucas. Hast du heute etwas erreicht?" Lucas berichtete ihr von seinem Erfolg. Seine Augen strahlten.

„Na, das ist doch wunderbar." Sie strich ihm liebevoll über den Kopf und setzte sich an seine Seite. „Vermisst Du Brasilien?"

„Nein, überhaupt nicht. Ist hier nur ein bisschen kälter als in Rio, okay, aber Hamburg, was ich bisher sah, gefällt mir sehr gut. Bin ziemlich gespannt auf den Job."

„Wann fängst du dort an?"

„Am Ersten, also in einer Woche."

„Dann wünsche ich Dir alles Gute, Lucas." Sie freute sich ehrlich für ihren Enkel.

Das Abendessen verlief ungewöhnlich schweigend. Alle waren mit ihren Gedanken woanders. Ohne Erwin und Maria war die Villa irgendwie leer, zumindest fühlte sie sich so an. Nach dem Essen zogen sie sich alle in ihre Zimmer zurück. Anna deckte ab, brachte das Geschirr in die Küche und füllte die Spülmaschine.

Es wurde später Abend, als Erwin mit Maria eintraf. Sie waren statt ins Theater zu einem klassischen Konzert in die Elbphilharmonie gegangen und wirkten ziemlich aufgekratzt. Anna empfing die beiden.

„Die anderen haben sich alle schon zur Nachtruhe begeben. Ohne euch beide wäre die Villa irgendwie tot, hieß es. Peter dürfte aber noch auf sein. Ich hörte ihn eben noch."

„Danke, Anna." Er nickte, entschuldigte sich kurz bei Maria „ich bin gleich zurück" und stieg nach oben. Peter war tatsächlich noch wach.

„Hey, Alter, wieder zurück?" empfing ihn sein Freund. „Ist ja ziemlich spät geworden." Er sah auf die Uhr. Deren Zeiger standen auf Mitternacht. „Wie wars?"

„Wir haben viel gesehen und erlebt. Wir sind nicht ins Theater gegangen, sondern in die Elphi. Ein Klassikkonzert. Ist ja wirklich eine edle Akustik dort, und wir bekamen überraschend noch Eintrittskarten."

„Keine Ahnung. Ich war noch nicht dort. Habe aber viel darüber gehört. Übrigens, Lucas hat eine Stelle im Hafen bekommen. Am Ersten nächsten Monat fängt er an. Der Junge macht sich."

„Das ist eine tolle Nachricht. Ich freue mich, dass die Familie fast vollständig zusammen ist und sich wohlfühlt. Wie gehts der Oma?"

„Ich weiß nicht so recht." Peter schniefte. „Ich habe keine Ahnung, wie sie die Sache zwischen mir und Vivien sieht. Sie sagt zwar nichts, aber ich habe das Gefühl, dass es sie doch etwas bedrückt. Ist wohl nicht ganz einfach für sie. Aber dass ihre Familie auch hier in Hamburg ist tut ihr wohl gut."

„Na, ich werde sie mir morgen mal vornehmen, ihr auf den Zahn fühlen. Einer Liebe nach fünfzig Jahren noch nachzutrauern ist nicht schön."– Mal was ganz anderes: was machen eigentlich deine Geschäfte?" Peter lachte.

„Die ruhen. Ich finde den momentan verlängerten Urlaub ausgesprochen gut. Finanziell blute ich ja nicht. Ich habe übrigens heute kurz vor ihrer Abfahrt nach Berlin mit Vivien gesprochen. Vielleicht kommt sie demnächst nach Hamburg und wir nehmen uns eine gemeinsame Wohnung."

„Oh, das sind wirklich interessante Neuigkeiten. Das hätte ja was. Dann könnten wir vielleicht tatsächlich zusammenarbeiten. Mein Angebot an Dich bleibt nach wie vor bestehen."

„Ich kann noch nichts dazu sagen, Erwin. Unsere Geschäfte sind doch sehr unterschiedlich. Wie stellst du dir das überhaupt vor? Die ganze Zeit warst du allein, und jetzt bist du mit einer kompletten Familie gesegnet. Wird das gut gehen? Ehrlich gesagt bin ich da ein wenig skeptisch. Überforderst du dich damit nicht?"

„Ich sehe da keine Probleme, Peter. Ich kann sehr gut zuhause arbeiten, zudem ist meine Kanzlei in der Innenstadt ja auch noch da. Ich bin halt viel gereist weil es mir letztendlich auch Freude bereitete, aber es war nicht zwingend notwendig. Geht alles locker auch von Hamburg aus. Möglicherweise können Maria und ich sogar gemeinsam reisen? Wir haben beide keine Kinder, sind ungebunden."

„Ich bin gespannt, wie sich das alles entwickeln wird. Wollt ihr wirklich heiraten?"

„Ja sicher. Unser Entschluss steht fest. Ich habe Maria liebgewonnen. Ich verschwinde jetzt aber. Maria wartet unten auf mich, wir wollen auch so langsam in die Heia. Der Tag war anstrengend. Auf dem Michel waren wir übrigens nicht. Stattdessen haben wir eine Hafenrundfahrt unternommen. War auch ganz nett. Den Michel heben wir uns für die Hochzeit auf. Ich wünsche dir eine gute Nacht Peter."

„Dir auch, Erwin. Schlaft schön ihr beide." Peter schloss die Tür hinter ihm und machte sich bettfertig. Auch ihn hatte die Müdigkeit gefunden. Anna war inzwischen ebenfalls schlafen gegangen. Erwin hüpfte fröhlich nach unten und nahm Maria an die Hand. Gemeinsam verschwanden sie in ihrem Schlafzimmer. In der Villa erloschen die Lichter.

Eine Woche später wurde Josefina entlassen. Erwin fuhr mit Maria in die Eppendorfer Klinik um sie abzuholen. Josefina war zwar eingeschränkt gehfähig, aber nicht mehr krankenhausbedürftig. Erwin hatte sein Auto für den Transport etwas verändert. Sitze umgeklappt und für größere Beinfreiheit gesorgt. Josefina lächelte, als er ihr half, in den Wagen zu steigen. Auch eine Krankenschwester war beim Einsteigen noch behilflich und gab letzte Instruktionen. Erwin freute sich. Bis auf Miguel lebte nun die gesamte Familie in seiner Villa. Vielleicht konnte man den Sohn später auch noch nachkommen lassen, mitsamt seiner Freundin? Maria hingegen freute sich wie ein Schneekönig, nahm ihre Mutter in die Arme und Freudentränen rannen ihr übers Gesicht.

„Schön, dass es dir wieder besser geht, Mama. Sei herzlich willkommen bei uns." Sie strich ihrer Mutter eine widerspenstige Haarsträhne aus dem Gesicht. Josefina war ziemlich dünn geworden. Der Unfall mit dem Bus hatte sie wohl doch mehr mitgenommen als gedacht. Immerhin war sie am Leben geblieben, und sie erholte sich zunehmend. Anna wird sie schon aufpäppeln, war Erwin sich sicher.

Das Wetter zeigte sich von seiner schönsten Seite, gar nicht nasskalt, wie sonst oft das Hamburger Schmuddelwetter. Am wolkenlosen Himmel brannte die Sonne mit satten siebenundzwanzig Grad herab. Die Blätter zeigten zwar schon die ersten

Anzeichen des nahenden Herbstes, aber die Temperatur war für Josefina ähnlich wie der Winter in Rio.

„Ihr seid alle so lieb zu mir" sagte sie schwach. „Ihr habt so viel für mich getan. Erwin, Sie mit Ihrem Privatflieger. War das wirklich nötig?"

„Machen Sie sich bitte keine Gedanken" lächelte Erwin freundlich. „Ich habe es wirklich gern getan. Schön, dass Sie sich schon wieder soweit erholt haben. Meine Anna wird Ihnen alles Erdenkliche zur Verfügung stellen, damit Sie bald wieder auf die Beine kommen." Er stieg zuletzt ein, startete das Auto und verließ mit mäßiger Geschwindigkeit das Krankenhausgelände.

Es war nicht allzu weit bis zu seinem Domizil. Dort angekommen halfen Peter und Anna ihr behutsam aus dem Auto. Anna hatte extra den Rollstuhl aus dem Keller geholt, und gemeinsam brachten sie Josefina sicher zu ihrem Zimmer. Erwin hatte schon vor Tagen ein Gästezimmer im Erdgeschoß für sie herrichten lassen. Treppensteigen war für Josefina noch für lange Zeit unmöglich. Die Oma kam aus ihrem Zimmer herab und begrüßte ihre Tochter wie ein verlorenes Schaf. Josefina lag bereits wartend und mit guter Laune im Bett.

„Willkommen bei uns, Mama" begrüßte die Oma sie mit Tränen in den Augen. „Ich bin so froh, Dich zu sehen und zu wissen, dass es Dir besser geht. Erwin hat ein großes Haus, hier wirst Du bestimmt wieder ganz gesund." Erregt schloss Josefina ihre Mutter in die Arme.

„Ich bin auch froh, hier zu sein." Josefina drehte ihr Gesicht zu Erwin, der dazu getreten war. „Ich kann Ihnen nicht genug danken." Ihre Hand griff nach ihm und hielt ihn am Ärmel fest.

„Ich hoffe, dass ich Ihnen nicht zu viel Aufwand oder Ärger bereite." Sie zog ihre Hand zurück und ließ sich erschöpft ins Kissen sinken.

„Ich sagte schon, dass Sie sich keine Sorgen zu machen brauchen. Alles ist okay. Eine Frage habe ich aber doch noch: wollen wir uns nicht duzen? Das machen hier alle."

„Ach ja, duzen. Natürlich, das ist kein Problem für mich. Ich bin Josefina. Sie streckte ihm etwas mühsam ihre Hand entgegen und lächelte."

„Wir werden dich wieder ganz gesund machen, Josefina. Und vielleicht kommt Miguel ja auch mal nach, gern auch mit seiner Freundin."

„Das wäre schön." Josefina schloss die Augen, und mit einem sanften Lächeln in ihrem Gesicht schlief sie ein.

Mit einem letzten Blick auf seine zukünftige Schwiegermutter verließ Erwin das Zimmer. Er hatte getan was möglich war, und es freute ihn, zu sehen, dass es langsam bergauf ging.

Die nächsten Tage verliefen verhältnismäßig ruhig. Peter und Erwin besprachen ein paar Dinge, die aber nicht wirklich wichtig waren. Eher einfache Männergespräche. In deren Verlauf kam irgendwann auch die Sprache auf Vivien und ihr möglicher Umzug nach Hamburg.

„Du hast gesagt, dass Vivien vielleicht nach Hamburg ziehen will. Habt ihr denn schon eine Wohnung in Aussicht?" Peter schüttelte den Kopf.

„Ich habe noch gar keine Ahnung. Weiß nicht, ob sie es wirklich durchzieht, und die Suche nach einer Wohnung - das kommt erst, wenn wir sicher sind, dass sie sich wirklich für Hamburg entscheidet. Da hängt so vieles dran. Sie möchte ja auch hier arbeiten. Eine Agentur muss gefunden werden, wo sie anfangen kann. Das allerdings dürfte nicht allzu schwierig sein, da sie sehr gute Referenzen vorweisen kann. Die Frage dürfte eher lauten, ob sie tatsächlich in letzter Konsequenz von Berlin nach Hamburg wechseln möchte."

„Na ja Peter, es ist ja auch ein großer Akt, wenn man lange in einer Firma mit einem guten Betriebsklima beschäftigt ist." Sie schwiegen beide und hingen der Frage nach.

„Hier, mal eine Runde Tee" überraschte sie Anna. Die beiden hatten sie nicht kommen hören. Anna servierte auf einem Tablett eine Kanne dampfenden Schwarztee, zusammen mit zwei Gläsern, einem Kännchen Milch und Zucker. Dann setzte sie sich zu ihnen.

„Treiben euch irgendwelche Sorgen um? Ihr habt so ernste Gesichter." Sie knuffte Erwin in die Seite. „Könnt mir ruhig verraten was los ist, ich schweige wie ein Grab." Erwin lachte.

„Nein, nein, alles gut. Wir haben uns eben über Vivien unterhalten. Möglicherweise will sie nach Hamburg ziehen. Darüber denken wir gerade nach."

„Ich würde mich freuen" sagte Anne lächelnd. „Ich mag sie wirklich sehr. Noch dazu ist sie so eine hübsche Frau."

„Wir mögen sie auch" riefen die beiden Freunde wie aus einem Munde. „Aber sie selbst weiß noch nichts Genaueres.

„Könnte sie nicht hier wohnen? Dann wären alle unter einem Dach versammelt. Mir macht das bisschen Mehrarbeit wirklich nichts aus." Erwin war überrascht.

„Natürlich könnte sie das. Eine gute Idee, Anna. Ich hätte eigentlich auch von selbst darauf kommen können." Er goss sich ein Glas Tee ein und nahm zwei Stücke Zucker. Milch mochte er nicht.

„Ich würde das sogar begrüßen. Sie könnte gemeinsam mit Peter oben wohnen, Platz ist genug vorhanden." Er stand auf und machte ein paar Schritte in den Raum.

„Ich habe bereits eine Wohnung in Husum", lachte Peter. „Sie könnte ja auch zu mir ziehen."

„Papperlapapp! Husum ist nicht Hamburg". Erwin war stehen geblieben. „Endlich mal Leben in der Bude! Du warst bestimmt oft sehr einsam ohne mich, Anna. Ich war viel zu viel unterwegs. Ich werde meine Reisen in Zukunft einschränken, hab das die Tage auch schon mit Peter besprochen. Da ist ja auch die Oma, sie braucht Abwechslung und Gesprächspartner. Ihre Tochter benötigt ebenfalls noch einige Wochen Genesungszeit." Er lächelte vor sich hin, drehte sich um und sah Anna ins Gesicht.

„So ganz nebenbei: Ich denke, Du könntest auch eine Gehaltserhöhung vertragen, oder? Du hast jetzt eine Menge Mehrarbeit." Er zwinkerte ihr ins Gesicht.

„Ach Erwin, ich komm schon klar. Das ist kein Problem, das weißt du doch. Du bezahlst mich jetzt schon sehr gut. Und ich fühle mich wie ein Teil der Familie. Geld ist da nicht so wichtig, ist ja alles vorhanden." Erwin griff übermütig nach seiner Haushälterin.

„Komm Anna, lass dich mal knuddeln. Der Tee eben, das war auch eine Überraschung." Er sah auf seine Armbanduhr. „Ist ja schon bald Abendbrot." In dem Moment klingelte es an der Eingangstür. Es war Lukas, der von seiner Arbeit kam. Gestern war sein erster Arbeitstag im Hafen. Er sah verschwitzt aus, die Jeans war fleckig und das kurzärmelige Shirt hing schmutzig an seinem Körper herab, bedeckte nur einen kleinen Teil seiner festen, glänzenden Muskeln.

„Hi Lukas, grüß dich." Maria, seine Schwester hatte das Klingeln in ihrem Zimmer oben gehört und kam neugierig nach unten. Freundlich begrüßte sie ihren Bruder. „Wie geht's dir? Gefällt dir die Arbeit?"

Obwohl müde vom Job, umarmte er vorsichtig seine Schwester und schwenkte sie im Kreis herum. Er war glücklich, so schnell eine Arbeit gefunden zu haben.

„Mir geht's gut, bin nur ein wenig schlapp, aber happy. Habe heute viel tragen müssen. Das soll aber, wurde mir versichert, die nächsten Tage besser werden." Seine Augen leuchteten. Er setzte Maria auf den Boden und schwenkte stolz einen kleinen

Blumenstrauß. „Die sind für Mama". Erwin hatte ihm gestern noch gesagt, dass seine Mutter heute nach Hause kommen würde. Er ging die paar Meter zum Zimmer seiner Mutter und öffnete leise die Tür. Josefina lag zufrieden in den weißen Kissen und war wach. Erstaunt musterte sie ihren Sohn und entdeckte den bunten Strauß. Anna war kurz in die Küche gerannt um eine Vase zu holen.

„Die sind für Dich, Mama. Werde bald wieder gesund." Lucas beugte sich zu seiner Mutter hinab und gab ihr einen Kuss auf die Stirn. Anna drapierte die Blumen sacht in die bereitstehende Vase und stellte sie auf das Tischchen neben dem Bett. Leise verließ sie danach den Raum, um die beiden allein zu lassen.

„Wie geht's dir, Mama? Hast du Schmerzen? Brauchst du etwas?" Er setzte sich zu ihr und hielt ihre Hand.

„Nein Lucas, alles bestens. Mir geht es hier wirklich sehr gut. Ich habe nur manchmal leichte Schmerzen, aber das wird von Tag zu Tag besser. Ich muss mich halt schonen, darf noch nicht viel machen. Der Gang zur Toilette ist das Höchste. Anna kümmert sich sehr um mich, eigentlich alle hier im Haus." Sie schluckte. „Die sind hier alle so nett. Ich bin froh, dass Herr Hannemann mich nach Deutschland gebracht hat, zusammen mit euch allen. Er ist ein feiner Mensch."

„Ja, das ist Erwin wirklich. Wo ist die Oma?"

„Die ist auf ihrem Zimmer. Für sie ist es nicht einfach, ihren ehemaligen Freund mit einer anderen Frau zu sehen. Fünfzig Jahre sind eine lange Zeit, aber sie hat ihre damalige Liebe zu Peter nie vergessen."

„Ja, Mama, das verstehe ich. Aber damit muss sie sich abfinden. Ich denke mir, dass das nicht einfach ist. Ich bin gespannt, ob Miguel eines Tages nachkommt. Erwin hat es ihm ja angeboten. Dann wäre unsere Familie wirklich komplett."

„Ja, das wäre schön. Ich würde mich wirklich freuen. Aber auch so hat Erwin schon eine ganze Menge getan. Alleine was der Flug für uns alle gekostet hat. Er mietete extra einen Privatflieger…" Sie schloss die Augen.

„Lass mich bitte wieder allein, Lucas. Ich bin noch schwach und möchte gern ein wenig schlafen."

„Selbstverständlich, Mama. Wenn irgendetwas ist, einfach nur klingeln. Es wird immer jemand sofort zu dir kommen. Ich wünsche dir gute Besserung!"

„Danke, Lucas, das weiß ich. Ihr seid alle so lieb zu mir." Sie drehte sich ein wenig in die Kissen, und Lucas verließ leise ihr Zimmer.

Die Kosten für den Privatflieger und alle Nebenkosten erfuhr Erwin am nächsten Tag. Der Briefträger brachte neben ein paar Geschäftsbriefen auch einen braunen Umschlag der Firma, die sich nach Erwins Wünschen um alles gekümmert hatte. Erwin nahm ihn in Empfang und winkte Peter zu sich heran.

„Der Brief mit der Kostenaufstellung ist da. Falls es Dich auch interessiert." Die beiden setzten sich an den Tisch im Wohnraum und Erwin öffnete die Nachricht. Die Rechnung war zwar höher als ursprünglich angenommen, aber das juckte ihn nicht. Mit höheren Mehrkosten hatte er von vorneherein gerechnet. Die Firma, die alles koordinierte war die ‚Deutsche Privatjet'. Sie organisierte alles, einschließlich Ausreisepapiere, Miete des Fliegers, nächtlicher Einbau der Krankenstation sowie die beiden Piloten und der zusätzlichen Hilfskraft. Die Versicherungen, dazu der Krankenhausaufenthalt in Eppendorf, und selbstverständlich auch die Kosten für Doktor Alvaro und seiner Krankenschwester. Peter wartete geduldig. Er war wirklich sehr neugierig, wie hoch der Betrag war. Erwin lächelte nur und nahm seinen Freund beiseite.

„Diese Infos sind nur für Dich, bitte" sagte er, und reichte ihm den Brief, damit er selbst lesen konnte.

„Das ist ja eine Menge Geld" entfuhr es Peter. „Bist du sicher, dass das alles seine Richtigkeit hat? Da steht fast eine Viertelmillion auf dem Papier…"

„Ja, ich bin sicher. Ein schlappes Viertel einer Million. Der Flieger allein kostete schon hundertneunzigtausend. Diese Summe war vorher auch so verhandelt worden. Dazu kommen natürlich die Kosten für das Personal und der Umbau zum Krankenjet. Eppendorf will auch Geld, die Versicherungen usw. Ist alles korrekt." Er lächelte.

„Ich habe in den letzten Monaten sehr gut verdient, Peter. Denke nur an den reichen Knacker von der Cote d Azur, das brachte schon fast das Doppelte der jetzigen Kosten. Danach habe ich ein Schloss in Schottland für vier Millionen an den Mann gebracht, davon bekam ich fünfhunderttausend englische Pfund. Schließlich habe ich noch das Anwesens bei Rom, deren Papiere ich dir vor einiger Zeit zeigte, an den Mann gebracht. Das ergab auch zweieinhalb Millionen für mich."

„Ich kann das alles gar nicht so schnell verarbeiten, Erwin. Du spielst wirklich in einer anderen Liga. Wenn ich an unsere gemeinsame Hippiezeit denke…"

„Das ist Geschichte, Peter. Zugegeben, es war eine schöne Zeit. Jeden Tag unterwegs, das Trampen machte Spaß, London, Florenz, bis runter nach Casablanca. Tolle Musik von tollen Bands, man bekam immer reichlich Mädchen, die Lust auf Sex hatten…. Ich wollte aber mehr, und ich habe es geschafft. Dennoch vergesse ich meine Herkunft nicht. Ich helfe gern, wenn es in meiner Macht steht. Und das hier war doch recht einfach."

„Ja, einfach war es, das stimmt. Wie hast du das mit den Ausreisepapieren so schnell hinbekommen?"

„Doktor Alvaro ließ seine Beziehungen spielen, er hat da wohl ein paar nette Kontakte in den Ministerien. Brasilien ist da nicht ganz so streng mit den Formalitäten wie Deutschland.

Und Bares ist Wahres. Bakschisch kocht in den südlichen Ländern die meisten Beamten weich, wenn die Summe stimmt. Die Deutsche Privatjet hatte auch ein paar glückliche Hände mit im Spiel. Offensichtlich passte in unserem Fall alles perfekt zusammen. Jedenfalls sind jetzt bis auf Miguel alle in Deutschland, und Josefina ist gut versorgt, hat keine Schmerzen. Ist doch etwas Gutes. Natürlich hätte ich mir auch eine Jacht kaufen können, oder ein drittes, viertes Domizil am Genfer See oder so, aber das will ich gar nicht. Ich bin einfach zufrieden mit dem, wie es gerade läuft."

„Ja Erwin, da kannst du wirklich zufrieden sein."

„Bitte gib diese Informationen nicht an die anderen weiter. Die Familie ist trotz aller Dankbarkeit auch so schon deprimiert genug, angesichts der Kosten, die ich für sie übernehme."

„Natürlich, von mir kein Sterbenswörtchen, Erwin. Ich bin verschwiegen. Das weißt du doch."

„Ja klar, ich wollte es auch nur noch einmal erwähnen. Ich glaube, so langsam lebt sich die Familie in Hamburg ein. Das mit der Oma, diese leichte Trauer, das gibt sich irgendwann auch, denke ich. Ihr hattet immerhin eine lange und gute Zeit miteinander."

„Ja, die beste während meiner Seefahrtszeit, neben Yala in Afrika. Willst du es nochmal mit Miguel versuchen? Ruf ihn mal an und frag ihn, ob er vielleicht nicht doch nach Deutschland möchte, zusammen mit seiner Freundin."

„Das werde ich in den nächsten Tagen angehen. Ich bin glücklich, dass Lucas so schnell eine Arbeit gefunden hat. Das ist ein aufgeweckter Bengel." Erwin sah, dass Anna unterwegs zu ihnen war und faltete schnell den Brief zusammen. Auch sie brauchte nicht über die Höhe der Kosten unterrichtet zu sein.

„Na Anna, was gibt es, suchst du ein bisschen Unterhaltung?"

„Ach nein, ich sah euch nur so einträchtig beieinandersitzen und da dachte ich, vielleicht braucht ihr etwas. Vielleicht einen Wein?"

„Du bist ein Schatz, Anna. Dir entgeht aber auch nichts. Ja, ein Glas Wein hätte ich gerne. Mein Freund trinkt ja nichts Alkoholisches – was möchtest du, Peter? Ich habe jetzt Kirschsaft im Haus."

„Das hast du nicht vergessen? Du bist eine Wucht, Erwin. Gern Anna, ich nehme einen Kirschsaft". Die gute Seele nickte und verschwand. Mit einem Tablett und den gewünschten Getränken kehrte sie kurz darauf zurück.

„Komm Anna, setz dich noch ein wenig. Lass uns noch ein bisschen gemütlich beisammen sein."

Später gesellte sich die junge Maria mit dazu. Sie hatte ihre Mutter für die Nacht versorgt und wollte noch ein wenig abschalten. Sie sah zwar müde aus, aber sie brauchte noch etwas Gesellschaft. Die Oma hatte sich schon vor einiger Zeit zur Ruhe begeben und schlief bereits. Lucas saß im Fernsehzimmer vor der Mattscheibe und genoss irgendeinen Film aus einer englischen Serie. Den konnte er wenigstens verstehen.

Anna lächelte still in sich hinein. Erwin erschien ihr irgendwie wie ein Engel, der über alle wachte. War ziemlich wohlhabend, scheute sich aber auch nicht, das Geld mit den nicht so reich mit Finanzen gesegneten Menschen zu teilen. Sie war glücklich, für einen so tollen Arbeitgeber tätig zu sein. Da stand das Gehalt nicht mehr so im Vordergrund. Erwin bezahlte sie gut, ihr fehlte es an nichts. Etwas abwesend beteiligte sie sich nur bruchstückweise an den Gesprächen, warf hier und da einen Satz mit ein, war aber ansonsten zufrieden und erinnerte sich träumend an die Tage in Brasilien. Welcher Chef nahm schon seine Angestellte mit in einen Überseeurlaub, auch wenn es ja kein wirklicher Urlaub war. Aber Rio de Janeiro und die Wasserfälle in Iguazú waren unvergesslich. Sie hatte sogar

noch ein Fläschchen Sand vom Copacabana-Strand mitgebracht. Dass sie mit ihren fünfzig Jahren noch einmal so etwas
erleben durfte…

Intime Geständnisse und eine Party

Seit Viviens Abreise nach Berlin waren gerade vier Tage vergangen, da meldete sie sich völlig überraschend bei Peter. Sie wolle am kommenden Wochenende Hamburg besuchen und für zwei Tage bleiben. Ob das recht wäre?

Peter jauchzte innerlich. Und ob ihm das recht war! Er überbrachte Erwin die freudige Nachricht. Der war fast aus dem Häuschen.

„Wow! Ein ganzes Wochenende. Da können wir ja mal wieder Party feiern!! Steht das schon fest, oder nur geplant?"

„Ich denke, das ist so gemeint. Sie hat das ganze Wochenende Zeit und möchte es mit uns verbringen. Möglicherweise hat sie da auch schon eine Entscheidung parat, ob sie endgültig nach Hamburg zieht."

„Da bin ich ja mal gespannt. Sag ihr, sie sei selbstverständlich willkommen. Und frag sie, ob sie schon irgendwelche Ideen hat. Vielleicht mal wieder einen Besuch auf dem Kiez?"

„Ja, das könnte man in Erwägung ziehen."

Peter lächelte, wenn er an Vivien dachte. Sie war noch immer seine Traumfrau wie am ersten Tag. Er selbst hatte tausend Ideen. Vielleicht mal wieder einen gemeinsamen Besuch in einer Sauna, oder einem Wellnessbad…. Vivien war aufgeregt, als Peter ihr am Telefon einen gemeinsamen Saunabesuch vorschlug.

„Kommt Erwin auch mit?" Peter lachte.

„Wenn du es möchtest? Erwin hätte mit Sicherheit nichts dagegen. Er schwärmt ab und zu noch immer von Dir und der gemeinsamen Sauna auf dem Schiff. Du hast ihm mächtig gefallen."

„Mir gefiel er auch. Ich hoffe, Du bist nicht eifersüchtig, weil ich das eben so direkt sage."

„Nein natürlich nicht. Ich habe keine Eifersucht, das weißt du doch. Ich werde ihm die Idee ausrichten, er wird sich sicher freuen." Nach dem Telefonat berichtete er seinem Freund von dem Gespräch und ihrem Wunsch.

„Das hat sie wirklich gesagt? Natürlich komme ich mit. Vivien mal wieder nackt zu sehen: hachmach!" Sie grölten beide um die Wette.

„Gibt es was zu feiern? Ihr seid so lustig." Es war Anna, die neugierig hereinplatzte.

„Ach Anna, das war eben lustig. Vivien kommt dieses Wochenende nach Hamburg und wir wollen gemeinsam in die Sauna. Erwin hat sich darüber ausgelassen, dass er Vivien, wie schon auf dem Schiff, gern mal wieder nackt sehen möchte."

„Männer" lachte Anna. „Aber ich freue mich auch, wenn sie wieder zu uns kommt. Darf ich mit in die Sauna?"

„Du, Anna, in die Sauna?" Erwin schaute sie verblüfft an. „Ich dachte, du magst keine Sauna. Hast mir nie davon erzählt. Und du magst keine Männer, schon gar keine nackten. Ich habe dich noch nie mit einem Mann gesehen."

„Du kennst mich trotz der ganzen Zeit nicht, die ich bei dir bin." Sie seufzte. „Natürlich mag ich Männer. Ich habe dich in Brasilien sogar mal geküsst, schon vergessen? Ich habe nur derzeit keinen Freund."

„Das sind ja ganz neue Töne von Dir, Anna. Natürlich habe ich deinen Kuss nicht vergessen." Erwin wurde verlegen. „Selbstverständlich kannst du mit uns in die Sauna, falls wir der einen Besuch abstatten. Vivien wäre bestimmt auch damit einverstanden. Ich glaube nicht, dass sie etwas dagegen hätte. Sie mag dich."

„Frag sie einfach. Ich wäre jedenfalls gern mit dabei. Früher habe ich oft sauniert, aber das ist schon ein paar Jahre her. Warum hast du in deiner teuren Villa eigentlich keine Sauna? Wäre doch viel gemütlicher."

„Da bringst du mich tatsächlich auf eine Idee. Stimmt, ich könnte mir eine Sauna einbauen lassen. Ein Schwimmbad und einen Whirlpool habe ich ja schon. Das wird aber nichts mehr bis zum Wochenende." Erwin schmunzelte.

„Ich denke, das ist auch nicht so wichtig, Erwin. Aber vielleicht in Zukunft? - Gleich gibt es übrigens Mittagessen. Ich habe was Nettes gekocht."

„Schön, dann trommeln wir die anderen Familienmitglieder mal zusammen."

Die Runde traf sich im Speisezimmer, bis auf Lucas, der schon in aller Frühe zur Arbeit in den Hafen gefahren war. Die Oma beschäftigte sich auf ihrem Zimmer mit einem Hamburg-Führer. Die Stadt, die so ganz anders war als Rio, interessierte sie sehr. Anna holte sie zum Mittagessen ab.

Die junge Maria hatte sich ans Krankenbett ihrer Mutter gesetzt. Josefina erholte sich den Umständen entsprechend gut. Sie bat, heute mit am Tisch sitzen zu dürfen wenn es möglich sei. Erwin und Peter halfen ihr aus dem Bett und setzten sie in den Rollstuhl. Den hatte Erwin sich nach einem Unfall vor einigen Jahren anschaffen müssen. Damals hatte er sich beide Beine gebrochen und war auf diese technische Hilfe angewiesen. Als alle im Speiseraum beisammensaßen, deckte Anna auf. Sie hatte sich diesmal selbst übertroffen. Es gab Ente mit Rotkohl und Kartoffeln, dazu eine köstliche Soße. Und Tischwein!

„Haben wir heute etwas zu feiern?" fragte Peter überrascht. „Ich kenne das nur von Weihnachten her."

„Ach was. Ich hatte einfach mal Lust auf etwas Besonderes. Es gibt keinen bestimmten Grund. Für dich habe ich statt Wein einen Kirschsaft bereitgestellt. Ich hoffe, das ist in deinem Sinn."

„Du bist wirklich eine Perle, Anna, wie sie im Buch steht." Anna wurde tatsächlich rot. „Du brauchst nicht verlegen zu werden. Die anderen werden mir sicher zustimmen. Erwin, wo hast du diese tolle Frau bloß gefunden."

„Reiner Zufall. Ich lernte sie auf einer Hafenrundfahrt kennen. Wir kamen ins Gespräch, lud sie zu mir ein und engagierte sie. Ging alles recht schnell, noch am selben Tag. Ich treffe solche Entscheidungen oft aus dem Bauch heraus, ich brauche keine Referenzen."

„Eine sehr gute Wahl, Erwin!"

„Jetzt ist aber genug" lachte Anna. „Viele andere Frauen können auch gut kochen. Ihr müsst mich nicht so doll loben, sonst verlange ich mehr Gehalt." Die Tischrunde grölte.

„Hatten wir nicht erst vor ein paar Tagen darüber gesprochen?" Erwin konnte kaum aufhören zu lachen. „Ich verdopple dein Gehalt, wenn du möchtest."

„Oh Gott, nein, so war das jetzt nicht gemeint." Anna wurde schon wieder rot im Gesicht. „Ich brauche nicht mehr. Ich bin wirklich zufrieden. Aber nun wünsche ich euch allen einen gesegneten Appetit."

‚Sie ist wirklich eine tolle Frau' dachte Erwin, und beschloss, ihr heimlich mehr Gehalt aufs Konto zu schicken. Anna hatte es wirklich verdient. Durch den Einzug der gesamten Familie war auch erheblicher Mehraufwand entstanden. Den konnte Anna nicht alleine auffangen. Auch die junge Maria half ihr so gut sie konnte, aber er beschloss, in Zukunft noch eine weitere Kraft einzustellen.

Später saßen alle im Wohnzimmer beisammen. Josefina hatte das Essen im Sitzen wider Erwarten sehr gut verkraftet, worüber besonders Maria und Erwin glücklich waren. Marias Mutter schien sich trotz zeitweilig auftretender Schmerzen gut zu erholen.

„Ich habe Dich nie vergessen, aber ich wünsche Dir viel Glück mit Vivien." Plötzlich war die Oma an Peters Seite. „Ich bin nicht mehr traurig. Ich wünsche euch alles Gute." Peter schaute sie verwundert an, nahm ihre Hand.

„Hätte ich Vivien nicht getroffen, wäre ich zu Dir zurückgekommen. Nun ist aber alles anders. Ich liebe Vivien. Ich liebe aber auch dich immer noch, Maria, nur auf eine andere Weise. Deine Enkelin hat uns nun mal zusammengebracht. Immerhin haben wir uns wieder getroffen. Ich wünschte, ich könnte mehr für dich tun, aber das liegt nun alles in Erwins Hand. Er wird gut für dich sorgen, für die ganze Familie." Peter sah hinüber zu seinem Freund. Erwin bemerkte den Blick seines Freundes, wechselte seinen Platz am Tisch und setzte sich auf Omas andere Seite. Er hatte das Gespräch mit halbem Ohr mitbekommen.

„Ja, das werde ich tun. Es ist wirklich alles in Ordnung. Ich werde für alle da sein."

„Du bist wirklich ein guter Mensch". Oma griff nach seiner Hand und drückte sie. „Ich freue mich, dass die ganze Familie wieder beisammen ist. Vielleicht wird Miguel ja auch irgendwann nachkommen. Es wäre zu schön." Eine Träne rann ihr aus dem Auge. „Entschuldige bitte, das kam eben über mich." Sie wischte sich die Träne mit einem Serviertuch aus dem Gesicht. „Kein Problem." Erwin erhob sich und sah in die Runde.

„Was machen wir heute? Nach diesem herrlichen Mittagessen könnte man den Tag mit zusätzlichem Genuss weiter fortführen. Wie wäre es mit einer Stadttour? Bisschen shoppen, ein wenig Sightseeing, vielleicht eine kleine Hafenrundfahrt? Anna hat auch mal was anderes verdient als nur Hausarbeit und Küche. Wir könnten später in einem Restaurant essen gehen."

„Wir haben doch gerade gegessen" meinte Maria. Hast du schon wieder Hunger?"

„Ich kann immer essen. Ich bin der geborene Vielfraß"
Natürlich waren alle einverstanden, und so brachen sie eine halbe Stunde später auf. Nur Maria blieb zurück. Josefina

konnte leider nicht mit, daher entschloss sie sich, bei ihrer Mutter zu bleiben.

Zwei Tage später meldete sich Vivien zum Besuch an. Das bereits erwähnte Wochenende stand vor der Tür. Peter war völlig aufgeregt, rannte schon etliche Stunden vor der Ankunft unmotiviert durch die Räume. Seine Traumfrau kam! Zwei volle Tage wollte sie in Hamburg bleiben, und auch einem gemeinsamen Saunabesuch hatte sie zugestimmt.

Auch Erwin freute sich. Er mochte Vivien wie Peter, und trotz Maria an seiner Seite kribbelte es in ihm. Vor allem zusammen nackt in der Sauna…. In diesem Moment festigte sich in ihm der Entschluss, sich in naher Zukunft tatsächlich eine eigene Sauna installieren zu lassen. Neben dem kleinen Pool im Keller gab es noch genügend Platz.

Viviens Ankunft erfolgte am Freitagnachmittag. Erwin und Peter ließen es sich nicht nehmen, sie am Hauptbahnhof abzuholen. Das Wetter war herrlich, sonnig und warm. Auf dem Bahnsteig fielen den beiden fast die Augen aus dem Kopf, als Vivien leichtfüßig aus dem Waggon der Ersten Klasse stieg. Nur mit einem sehr kurzen, blauen Minirock und einer fast durchsichtigen weißen Bluse gekleidet, schwebte sie wie ein Engel auf den Bahnsteig. Ihre Haare fielen in weichen Locken bis weit über den Rücken hinab. Ihre Lippen strahlten in einem intensiven, aber nicht zu aufdringlichem Rot. An den Füßen trug sie schwarze Sandalen, die den Zauber ihrer gebräunten Beine noch unterstrichen. Mehrere männliche Passagiere auf dem Bahnsteig bekamen Schnappatmung. Viviens Augen glänzten, als sie die beiden Freunde entdeckte.

„Da bin ich. Schön, dass Ihr mich abholt." Sie stellte ihre kleine Reisetasche ab, nahm beide in ihre Arme und zeigte das schönste Lächeln, das Peter jemals an ihr sah. Jedenfalls empfand er es so.

„Du hast ja wirklich eine süße Freundin" entfuhr es Erwin bewundernd. „Hallo Vivien, herzlich willkommen in Hamburg." Peter hingegen brachte kein Wort heraus, starrte sie nur völlig verzückt an. Endlich raffte er sich zu einem Gruß auf.

„Willkommen Vivi. Ich kann es nicht glauben, was für ein Zauberwesen da aus dem Zug steigt. Du bist seit dem letzten Treffen noch viel hübscher geworden." Er nahm sie in seine Arme und küsste sie ungeniert, ungeachtet der Blicke zahlreicher Passanten „Und du duftest wieder himmlisch."

„Ja, ich habe wieder ‚Inspire' aufgelegt. Ich weiß, dass Du es magst." Sie errötete leicht. „Ich möchte euch beiden einfach gefallen, wenn ihr mir schon mal zwei Tage und Nächte in Hamburg gönnt."

„Naja, das Gönnen hängt von Erwin ab" lachte Peter. „Es ist sein Haus."

„Ach was, ich sehe das nicht so verbissen." Erwin winkte großzügig ab. „Bei mir ist jeder Gast willkommen. Ich war die letzten Jahre zu oft unterwegs, da konnte ich nicht viele Gäste empfangen." Er schnäuzte sich die Nase.

„Aber nun kommt erst mal mit. Mein Auto steht auf dem Parkplatz hinter dem Bahnhofsgebäude." Fünf Minuten später saßen sie im Wagen. Peter und Vivien hatten es sich auf der Rückbank bequem gemacht und kuschelten. Sie konnten ihre Finger nicht voneinander lassen. Erwin beobachtete die beiden im Rückspiegel und lächelte vor sich hin. Ihm gefiel Vivien ebenfalls, aber er kannte keinen Neid. Heimlich fuhr er einen kleinen Umweg. Die beiden Turteltäubchen im Fond merkten es erst als Erwin hielt. Erstaunt schaute Peter auf.

„Das ist aber nicht dein Zuhause." Erwin grinste. Er hatte vor einer Blumenhandlung gehalten und stieg aus.

„Ich möchte für Vivien einen Blumenstrauß besorgen. Ich finde, den hat sie verdient." Peter guckte erstaunt.

„Du willst meiner Freundin einen Blumenstrauß schenken? Muss ich jetzt eifersüchtig werden?" Sein Gesicht verzog sich zu einem Grinsen und ließ das Gegenteil erkennen.

„Nein, nein, natürlich nicht. Aber das macht doch Spaß, mal so außer der Reihe ein paar Blumen. Außerdem sollst natürlich du ihr den Strauß überreichen."

„Du bist ein echter Charmeur, Erwin." Vivien schmunzelte und stachelte ihren Peter ein wenig an. „Vielleicht sollte ich doch Erwin heiraten. Er hat tolle Manieren und ist dazu auch noch schwerreich." Alle drei glucksten um die Wette. Ein paar vorbeigehende Spaziergänger schauten konsterniert.

„Untersteh dich!" drohte Peter lachend. „Dann bekommst du keine Massagen mehr von mir."

„Die kriegt sie dann von mir", sagte Erwin und zog sich vorsichtshalber einen Schritt zurück. „Du alter Mann kannst das doch gar nicht mehr!"

„Hörst Du, Vivien, und sowas will mein Freund sein." Sie lachten um die Wette. Alle drei liebten das Frotzeln.

„Wartet ihr einen Augenblick? Bin gleich wieder da." Mit diesen Worten betrat Erwin das Blumengeschäft. Vivien und Peter stiegen zurück in den Mercedes.

„Ich würde nur Dich heiraten, Peter." Vivien lehnte ihren Kopf an seine Schulter und sah ihm zärtlich ins Gesicht. Sie griff nach seinen Fingern, verschränkte sie mit ihren und hauchte einen Kuss auf seine Hand. In diesem Moment traf Peter die wichtigste Entscheidung seines Lebens. Er löste seine Finger aus ihrer Hand und richtete sich etwas auf. Zärtlich sah er seiner Freundin ins Gesicht.

„Ich habe eben innerlich einen Entschluss gefasst und möchte ihn Dir vortragen. Vivien Neumeier: Willst du meine Frau werden?" Vivien wurde puterrot und senkte verlegen ihren Kopf. Dann hob sie ihn wieder und schaute ihrem Peter ins Gesicht.

„Das kommt jetzt aber sehr überraschend. Meinst du das wirklich ehrlich?" Sie lächelte und griff nach ihm, zog ihn zu sich heran. Mit einem langen Kuss bestätigte sie ihm ihre Antwort.

„Ja, ich will." Sie löste sich und lehnte sich entspannt zurück. „Du bist der beste Mann, den ich bisher in meinem Leben traf. Ich wusste es schon auf der ‚Elegance', aber es wurde mir erst in den letzten Tagen klar. Wie sagen wir es Erwin?"

„Wir erzählen es ihm einfach." Peter war überglücklich. Seine Traumfrau hatte ‚Ja' gesagt. In seinem Inneren tobte ein Vulkan. Mit der nächsten Frage brachte Vivien ihn zurück auf die Erde.

„Ich liebe nur dich, aber Erwin mag ich auch. Kann ich nicht euch beide zusammen haben?" Dieses unerwartete Geständnis nach ihrem ‚Ja' verwirrte ihn völlig, aber dann ging ein Leuchten über sein Gesicht.

„Ach Vivien. Ich bin glücklich, dass Du meine Frau werden willst. Obwohl ich mich manchmal frage, ob ich dir vielleicht nicht doch zu alt bin." Sanft strich er mit der linken Hand über ihre Haare. Die rechte hielt Vivien nach wie vor fest.

„Aber uns beide gleichzeitig? Erwin ist mein bester Freund. Ich wäre nicht abgeneigt. Ich bin nicht eifersüchtig. Aber er ist doch schon mit Maria zusammen. Die hätte es bestimmt nicht gern, ihren Freund mit Dir zu teilen…"

„Das ist mir schon klar", meinte Vivien, „war ja auch eher so ‚wie wäre es' gemeint. Und das mit dem Alter hatten wir schon. Ich bin erwachsen und habe dich für mich gewählt. Du bist mir keineswegs zu alt. Ich liebe dich!" Eng aneinander gekuschelt schauten sie auf, als Erwin plötzlich die Tür öffnete. Mit einem prächtigen Rosenstrauß, den er seinem Freund überreichte, stieg er ein.

„Ich glaube, Vivien mag rote Rosen. Jetzt kannst Du ihn ihr geben." Eine leichte Röte zog über ihr Gesicht. Peter lächelte und berichtete ihm von seinem Heiratsantrag an Vivien und dass sie zugestimmt hätte.

„Wie du siehst kommen die Rosen gerade recht." Vivien ergötzte sich an Erwins fassungslosem Gesicht.

„Du hast ihr eben einen Heiratsantrag gemacht? Und sie hat ‚Ja' gesagt? Da ist ja eine unglaubliche Nachricht! Dann kommen die Rosen von mir ja gerade recht."

„Danke Erwin, ja, die mag ich sehr. Ein wundervoller Strauß. Aber das tat doch nicht nötig." Sie beugte sich nach vorn und küsste Erwin auf den Mund. „Vielen, vielen Dank!"

„Allein für diesen Kuss haben sich die Rosen gelohnt", schmunzelte Erwin. „Ich wünsche euch beiden viel Glück"

Er ließ den Wagen an und startete. „Gleich sind wir zu Hause. Ich bin gespannt, was die anderen sagen." Er schaltete und fädelte sich in den Verkehr ein. Eine Viertelstunde später erreichten sie seine Villa. Dort wurden sie schon freudig von Anna empfangen.

„Herzlich willkommen, Vivien." Sie betrachtete den großen Blumenstrauß. „Das sind ja herrliche Blumen!"

„Ja, den hat Peter mir geschenkt, aber Erwin hat ihn gekauft. Er ist wirklich prächtig."

„Soso, von zwei Männern gleichzeitig beschenkt. Da kann man mal sehen wie die Jungs ticken. Zwei Männer lieben die gleiche Frau."

„Naja, lieben, so weit würde ich nicht gehen" versuchte Erwin ihre Aussage ein wenig abzuschwächen, mit Blick auf Maria, die auch mit dazu gekommen war. Er wollte seine brasilianische Freundin nicht verunsichern.

„Ich mag sie einfach. Und dann habe ich euch noch etwas mitzuteilen. Vivien wird Peters zukünftige Frau. Peter hat ihr im Wagen einen Heiratsantrag gemacht und sie hat ja gesagt. Ist das nicht eine Wucht? Als ich die Rosen kaufte wusste ich noch nichts davon. Die haben mich damit total überrascht." Er sah seiner Maria ins Gesicht. „Dich liebe ich natürlich sehr, mein Schatz. Wir werden ja auch bald heiraten." In dem Moment hatte Anna eine großartige Idee.

„Kann man das nicht als Doppelhochzeit arrangieren?" Annas Wangen glühten. „Das wäre doch mal was. Zwei Schwerenöter unter einem Hut…" Das Gelächter dröhnte durchs ganze Haus.

„Man wird sehen" wich Erwin aus. „Noch ist nichts geplant. Aber reizvoll wäre es schon. Und dann alle zusammen im Michel…"

„Da musst du den Pfarrer aber bestechen" meinte Peter. „Ich weiß nicht, ob das überhaupt möglich ist."

„Doch, Peter, das ist möglich. Ich meinte damit aber nicht das Bestechen." Er lachte. „Es werden oft Trauungen im Michel vorgenommen. Ich weiß das von Bekannten. Das ist nicht selten. Allerdings war ich selbst noch nie im Michel, nicht mal als Besucher. Das habe ich bis heute nicht geschafft."

„Du warst nie im Michel?" Anna wunderte sich. „Da hast du aber was verpasst. Die schönste Kirche Hamburgs. Vom Turm oben hat man eine prächtige Aussicht über die Stadt und den Hafen."

„Nun ja, Anna, du weißt, wie ich zu Kirchen und Religionen generell stehe." Er wechselte das Thema. „Was wirst du heute für uns kochen?"

„Ich habe etwas Einfaches, aber leckeres. Rippchen mit Pommes, wenn euch das recht ist. Wir könnten in einer halben Stunde essen."

„Das hört sich verdammt gut an. Was meint ihr, Peter und Vivien? Rippchen? Was auf die Rippen?" Er schmunzelte.

„Das wird gern genommen." Vivien leckte sich die Lippen. „Ich kenne mittlerweile Annas Kochkünste. Wenn die so gut sind wie ihre bisherigen Kreationen, esse ich die alle alleine. Ihr kriegt nichts ab. Ich bin nämlich der Gast hier und dem darf man keinen Wunsch abschlagen. Gastfreundschaft nennt man sowas…" Wieder ertönte Gelächter.

„Ich glaube, ich muss Anna entlassen." Erwin schmunzelte. „Sie kocht viel zu gut. Ich kriege überhaupt nichts mehr ab. Wenn Gäste da sind muss ich elendiglich verhungern." Grinsend nahm er Anna in seine Arme. „Hast Du gehört Anna, du befindest dich auf einem Schleudersitz."

„Pah, mach ruhig. Wirst schon sehen was du davon hast. Eine andere mit meinen Kochkünsten findest Du so leicht nicht mehr. Und nun lass mich bitte los, ich muss in die Küche." Selbstbewusst drückte sie seine Arme weg und wandte sich zur Tür. „Setzt euch ruhig schon ins Esszimmer. Es wird keine halbe Stunde dauern. Holt bitte Josefina dazu, wenn sie mag."

„Ich mach das schon" Peter setzte sich in Bewegung.
Zwanzig Minuten später saßen alle am Tisch und genossen die Mahlzeit. Anna hatte sich tatsächlich übertroffen. Die Rippchen waren perfekt zubereitet, die Pommes knusprig und dennoch zart. Gespräche flogen hin und her, bis sich Erwin plötzlich erhob. Er hatte heimlich eine kurze Ansprache vorbereitet. Lächelnd schaute in die versammelte Runde.

„Leute, ich möchte euch heute einen kleinen Vorschlag unterbreiten. Ihr werdet euch sicher wundern, dass ich etwas förmlich bin, aber das hat einen ganz bestimmten Grund. Ihr kennt Vivien ja schon, Peters hübsche Freundin, und ich freue mich, dass sie diesmal übers Wochenende bei uns bleibt. Wir haben mit Josefina, Maria, die Oma und Lucas eine brasilianische Familie nach Hamburg geholt, die inzwischen zu unseren guten Freunden zählt. Josefina, die Mutter von Maria, war schwer krank, erholt sich aber zunehmend. Lucas hat Arbeit im Hafen gefunden. Bis auf Manuel, der leider noch in Brasilien weilt, wären wir also komplett." Er warf einen schnellen Blick auf Maria. Die Anwesenden verfolgten gespannt seine Rede

„Zwei weitere Ereignisse werfen bereits ihre Schatten voraus. Wie ihr wisst, werden Maria und ich in Kürze heiraten. Das haben wir beide fest vereinbart. Aber auch Peter und Vivien wollen in den Bund der Ehe treten. Ich finde, all das wäre es wert, mal so richtig zu jubilieren. Daher schlage ich vor, am kommenden Samstag eine große Party zu veranstalten und alle Ereignisse etwas zu feiern." Erwin sah in die Runde und lächelte.

„Es soll eine richtig noble Party werden, mit Speisen von einem Caterer und einer kleinen Band, auch wenn das im rein familiären Rahmen bleibt. Gehe ich richtig in der Annahme, dass alle einverstanden sind?"

Aufbrausender Beifall bestätigte seine Vermutung. Anna verschwand in die Küche, sie war dabei, das Geschirr abzuräumen. Erwin nickte zufrieden und setzte sich wieder. Peter nahm ihn kurz beiseite.

„Bist Du sicher, jetzt am kommenden Samstag? Ist ja nicht mehr viel Zeit bis dahin, gerade zwei Tage. Wie willst Du das alles organisieren?"

„Das kriege ich schon hin". Erwin legte eine Hand auf die Schulter seines Freundes. „Du kennst meine Möglichkeiten noch nicht. Ich werde eine Cateringfirma beauftragen und einen guten Koch engagieren. Eine Band, so zwei, drei Musiker, werden wir auch finden. Wenn schon feiern, dann richtig. Gleich nach dem Essen werde ich mich an die Arbeit machen. Zum Glück lebe ich in Hamburg. Auf einem Heidedorf wäre das, zugegeben, nicht ganz so einfach."

„Ja, in Hamburg ist das wohl zu schaffen. Ist ja eine reine Geldfrage. Was anderes: wann gehen wir in die Sauna? Ich habe solche Lust auf Wärme. Zusammen mit Vivien…"

„Ich weiß Peter, ich weiß. Ich habe das für morgen, Freitag, geplant. Ich hoffe, dass es dir recht ist? Anna kommt auch mit.

Und natürlich Maria. Wir werden eine schöne Zeit haben, alle zusammen entspannen und Genuss pur."

„Ja, ja, und Vivien nackt sehen" frotzelte Peter leise. „Ich weiß, dass dir das auf dem Schiff schon gefallen hat."

„Ja klar. Und Anna? Was meinst du? Ich habe sie noch nie nackt gesehen. Ob ihr das etwas ausmacht, im Evakostüm neben mir, ihrem Arbeitgeber zu sitzen?"

„Das glaube ich nicht, Erwin, aber frag sie doch einfach. Sie hat ja selbst gesagt, dass sie gerne mitmöchte. Und sie ist auch so schon vertraut mit dir. Lucas müsste allerdings zu Hause bleiben. Einer muss sich ja um Josefina kümmern."

„Ich werde für morgen Abend eine Pflegerin engagieren, ist doch kein Problem. Kommt nur drauf an, ob Lucas überhaupt mit in die Sauna will. Vielleicht war er noch nie in einer Wellness-Oase."

„Was tuschelt ihr denn da die ganze Zeit?" Vivien machte sich laut bemerkbar. „Habt ihr Geheimnisse vor uns, oder tüftelt ihr etwas aus?"

„Wir haben uns nur wegen dem morgigen Saunabesuch unterhalten." Es war Peter, der antwortete. „Anne wollte gerne mitkommen. Was meinst du, wird sie Hemmungen haben, nackt mit Erwin, ihrem Arbeitgeber zusammen in der Sauna zu sitzen?"

„Ich glaube nicht. Die beiden stehen ja eher wie Freunde zueinander." Vivien strich sich mit der Hand über das Gesicht. Ihre Nase juckte. „Ich kann sie ja mal fragen."

„Ja, das wäre gut. Sei aber behutsam." Vivien nickte und verschwand in Richtung Küche. Anna war schon am Geschirr zusammenstellen für den Abwasch.

„Natürlich juckt es mich nicht, ob da mein Arbeitgeber sitzt oder jemand anders. Erwin ist auch nur ein Mann." Anna lachte „Wie kommst du darauf?"

„War nur so ein Gedanke. Ich freue mich, dass wir alle zusammen eine geile Zeit haben werden. Wärme und Wellness ist immer wunderbar, zumal mit netten Menschen. Soll ich dir beim Abwasch helfen, Anna?"

„Nein, nein, lass nur. Das macht die Maschine. Ich bin auch gleich fertig. Ist für heute noch etwas geplant?"

„Ich denke nicht." Vivien strich sich mechanisch über die Haare. „Vielleicht gönnen wir uns einen faulen Nachmittag."

„Dann viel Spaß!" Sie stupste Vivien an. „Und jetzt raus aus meiner Küche"

„Ich geh ja schon" schmollte Vivien und grinste. „War nur neugierig." Damit verließ sie Annas Reich.

Peter hatte nach dem Essen den Speiseraum verlassen und stand sinnierend an der Statue in der Eingangshalle. Vivien huschte zu ihm hinüber.

„Also Anne hat gesagt, ihr würde es nichts ausmachen. Erwin wäre ja auch nur ein Mann."

„Das stimmt" schmunzelte Peter. „Aber was für einer. Einen besseren Freund als ihn könnte ich mir nicht vorstellen." Er nahm Vivien in seine Arme. „Und eine bessere Freundin auch nicht!" Er küsste sie zärtlich. „Und bald bist du meine Frau. Hast du es dir auch gut überlegt? Mit so einem Rumtreiber wie mir?"

„Ach, dich werde ich schon noch zähmen!" Sie lachten beide. „Sonst beschwere ich mich bei Erwin."

„Mach doch, mach doch. Ich suche mir dann auch eine Brasilianerin, schöner und liebenswerter als du. Jünger und sexgieriger. So, jetzt hast du es!" Sie liebten beide ihre Neckereien.

„Dann musst du auf das Inspire verzichten. Und ich suche mir einen feurigen Araber!"

„Du willst doch nur an die Ölquellen ran. Raffgierig, wie alle Frauen sind." Sie kicherten noch eine Weile, bis Erwin plötzlich neben ihnen stand.

„Was gibt es denn da zu kichern?"

„Wir haben uns gerade überlegt, neue Partner zu suchen. Vivien zieht mich immer so auf, weil ich ein junges Ding möchte, so eine schnuckelige Brasilianerin wie deine Maria, nicht so alt wie meine derzeitige Verlobte, und sie möchte einen feurigen Ölscheich…" Jetzt mussten alle drei lachen.

„Da muss Vivien aber teilen" meinte Erwin. „Ein Araber darf laut Islam vier Frauen haben. Ob ihr das gefällt? Und du, Peter, was willst du alter Sack mit so einer jungen Geliebten? Nach zwei Tagen gehst du am Stock und bekommst einen Herzinfarkt."

„Und du willst mein Freund sein, ja, ja. Mich vor Vivien schlecht zu machen. Auch du wirst mal so alt, oder auch nicht…" Peter grinste. „Du bekommst ja schon durch dein ungezügeltes Leben in jungen Jahren einen Herzinfarkt. Wer soll dein ganzes Imperium erben?"

„Na Maria natürlich. Ansonsten wäre noch Anna da. Ich habe ja keine Kinder. Meinetwegen soll sie den ganzen Kram bekommen." Sie blödelten noch eine ganze Weile herum. Dann zog Erwin sich zurück.

„Ich muss euch leider verlassen, es ist viel zu tun. Ihr wisst: die Party. Außerdem ist die Sache in Hongkong auch noch nicht erledigt. Ich wünsche euch aber weiterhin viel Spaß mit euren Fantasien." Damit verschwand er in sein Büro.

„Und was machen wir jetzt?" Vivien schaute aus dem Fenster. „Draußen scheint die Sonne. Lass uns doch noch ein wenig spazieren gehen." Peter war einverstanden, und kurz danach schlenderten sie die kleine Straße hinauf. An deren Ende gab es einen winzigen Park mit einigen Bänken. Genau das richtige, um die letzten wärmenden Sonnenstrahlen zu genießen. Es ging bereits auf den Abend zu. Sie setzten sich auf eine der grünen Bänke, lehnten gegeneinander und genossen die Stille des abgelegenen Parks. Vivien rieb ihre Wange an seiner Schulter und warme Strahlen durchzogen sie von Kopf bis Fuß. *‚So einen Mann hatte ich noch nie‘* ging es ihr durch den Kopf. *‚So sanft, so zärtlich, der Umgang mit ihr liebevoll und mit Respekt‘.* Sie war glücklich. Vor einem halben Jahr hätte sie davon nicht mal zu träumen gewagt. Sie hob den Kopf und schaute ihm ins Gesicht.

„Ich bin sehr glücklich mit dir" flüsterte sie leise. „Ich fühle mich geborgen, beschützt, gebraucht, verstanden und vor allem geliebt. Alles auf einmal. Ich möchte für immer bei dir bleiben." Ihre leise melancholische Stimme verlor sich in der Luft, erreichte dennoch sein Ohr. Peter drehte sich etwas zu ihr und nahm sie in seine Arme.

„Ich bin genau so glücklich, mein Schatz. Ich hatte vor einem Jahr nie gedacht, dass ich in meinem Alter noch einmal so eine tolle Partnerin finde." Er lächelte ein wenig, zog sie zu sich heran und küsste zärtlich ihre Lippen. „Du bist schon jetzt so tief in meinem Herz, ich könnte Dich gar nicht mehr loslassen. Du bist zu einem Teil meines Lebens geworden. Ohne dich ist alles nichts." Er fand in seiner Erregung keine anderen Worte und schwieg.

Lange saßen sie dicht aneinander gekuschelt, bis die zunehmende Kühle des beginnenden Abends durch ihre Kleider kroch. Peter erhob sich schließlich und reichte seiner zukünftigen Braut die Hand.

„Komm, lass uns nach Hause gehen. Es wird kühl, es gibt bestimmt bald Dinner." Sie gingen die Straße zur Villa zurück und erreichten den Eingang zeitgleich mit Lucas. Der Junge kam gerade vom Hafen zurück. Seine Augen blickten fröhlich, als Erwin die Tür öffnete. Lucas schien gut gelaunt zu sein. Die Arbeit gefiel ihm offensichtlich.

„Heute durfte ich zum ersten Mal einen Gabelstapler fahren" berichtete er stolz. „Hat alles gut geklappt."

„Das freut mich wirklich für dich, Lucas." Der junge Boy entledigte sich seiner Jacke und hing sie an den Haken im Eingangsbereich. „Ich muss nur schnell duschen."

„Lass dich nicht aufhalten." Erwin klopfte ihm auf die Schulter. „Wenn du was brauchst, lass es mich wissen. In einer halben Stunde gibt es Dinner. Wir haben extra auf dich gewartet." Da war Lucas allerdings schon auf dem Weg ins Bad. Maria kam heran und lehnte sich an ihren Freund.

„Du tust unserer Familie gut, Erwin. Ich bin sehr glücklich, dass ich meinen Job auf der ‚Elegance' vorzeitig beendet habe. Du bist wie sechs Richtige im Lotto für uns, und das meine ich nicht finanziell gesehen."

„Ist schon gut, Maria. Ich kann solche Ausbeutermentalitäten, wie sie auf den Kreuzfahrtschiffen herrschen, nicht ab. Meine Unternehmungen laufen auch fair, ich sorge dafür, dass meine Geschäftspartner jederzeit ihr Gesicht wahren. Wer weiß, ob man sich nicht ein zweites Mal trifft." Er machte eine kleine Pause.

„Aber auch ich habe Glück. Mit dir bekam ich eine wundervolle Frau, die Beste, die ich mir vorstellen kann. Ich werde sesshaft durch dich. Das brauche ich wohl. Ich bin wirklich glücklich mit dir, Maria." Er nahm sie in die Arme und küsste sie. „Und jetzt genug - Anna bereitet schon das Dinner vor." Auf dem Weg ins Speisezimmer zog er sie noch mit zu der Statue.

„Ich werde sie wirklich leicht braun anmalen, dann habe ich immer ein Bild von dir vor Augen, wenn du mal nicht da bist. Und unten drauf schreibe ich: ‚Maria, der Engel aus Santos'."

„Du bist verrückt, Erwin." Maria lachte leise. „Aber ich liebe Dich von Herzen." Sie küsste ihn lange und leidenschaftlich. Verlegen machte er sich los.

„Komm jetzt, es gibt Abendessen." Er zog sie mit ins Esszimmer. Die anderen waren schon vollzählig versammelt, auch Josefina wurde wieder von Peter an den Tisch gerollt.

Der Abend verlief ruhig. Nach dem Dinner zerstreuten sich die Anwesenden. Josefina legte sich wieder schlafen, liebevoll von ihrer Tochter ins Bett gebracht. Ihre Mutter war noch nicht alleine dazu fähig und brauchte Hilfe. Danach setzte sie sich mit Erwin zusammen, um weitere Pläne zu schmieden. Peter verzog sich mit Vivien in sein Zimmer. Sie wollten ungestört sein. Lucas begleitete seine Oma nach oben in ihren Raum und schaltete später einen Film im Fernseher an. Alles wartete auf den kommenden Tag. Lucas hatte sich gegen die Sauna entschieden. Er musste im Hafen arbeiten, was ihn aber nicht störte. Noch am Abend schaffte es Erwin, eine Hilfskraft für die Party am Samstag zu verpflichten. Sie sollte sich um Josefina kümmern.

Der nächste Tag begann schon sehr früh. Erwin telefonierte mit einigen Catering-Firmen und schaffte es tatsächlich, trotz der wenigen Feiernden eine Belieferung zu organisieren. Sie zählten ja nur acht Personen. Später gelang es Erwin noch eine Zweimann-Band zu buchen. Die ‚Ferry-Men', ein eingespieltes Western-Duo, bestehend aus zwei älteren freundlichen Herren. Die freuten sich, ganz unerwartet einen Auftritt zu haben und würden außer Westernmusik auch Schlager nach Wunsch spielen. Am Nachmittag wurde damit begonnen, für die Party die geräumige Eingangshalle etwas zu schmücken und mit Lichterketten vorzubereiten. Das übernahm Anna, das Mädchen für alles. Erwin, Maria, Peter und Vivien verließen das Haus gegen vierzehn Uhr für den Saunabesuch. Anna hatte für dieses Mal abgesagt. Da Lucas arbeiten musste stand sonst niemand für Josefina zur Verfügung. Sie erklärte sich aber gern bereit für einen anderen Saunabesuch irgendwann später. Erwin fand es zwar schade, aber für Josefina da zu sein war wichtiger.

Erwin steuerte den Mercedes nach Barmbek. Das Ziel war die Bartholomäus-Therme, eine außergewöhnliche Wellness-Oase in einem alten Jugendstilgebäude. Diese Therme war nur für Erwachsene bestimmt, Kinder hatten keinen Zutritt. Damit wurde ein wirklich erholsamer Aufenthalt für Erwachsene ermöglicht. Sanfte Lichteffekte unterstrichen noch die angenehme Wohlfühlatmosphäre. Im Gegensatz zu Peter kannte Erwin diese Anlage schon durch einen früheren Besuch.

Das Parkhaus bot noch viele freie Plätze, also schien das Bad derzeit nicht überlaufen zu sein. Bis zum Schluss um neun blieb ihnen sieben Stunden Zeit. So lange würden sie ohnehin nicht bleiben.

Schon der Anblick des Gebäudes gefiel ihnen, obwohl es eher wie ein Wohn- oder Geschäftshaus aussah als eine Wellness-Oase. Ein paar Treppenstufen führten zum großzügigen Eingangsbereich. Nachdem Erwin den Eintrittspreis für alle entrichtet hatte, nahmen sie die üblichen Bade- und Sauna-Utensilien in Empfang.

Vor allem Vivien und Maria waren ziemlich beeindruckt und fasziniert von der Größe und der gediegenen Einrichtung des Bartholomäusbads. Besonders das geräumige Schwimmbad mit den umlaufenden Balkongängen ein Stockwerk höher gefiel ihnen. Das Licht im unteren Bereich mit dem ausgedehnten Schwimmbecken leuchtete in weichen Orangefarben, die im ersten Stock durch intensive lila Farben ergänzt wurde. Besonders Maria kam ins Staunen. So etwas hatte sie noch nie gesehen. Der Saunabereich auf ihrem ehemaligen Arbeitsplatz, der ‚Elegance' war zwar auch luxuriös, aber viel schlichter gehalten und auch wesentlich kleiner.

Angeregt begaben sie sich in die Umkleideräume, betraten danach den Nassbereich, und wenige Minuten später öffneten sie frisch geduscht die Tür zum geräumigen Saunabereich. Ein

Duft nach Eukalyptus und verschiedene Saunen bis zu neunzig Grad empfingen sie.

Die Anzahl der Gäste war überschaubar angesichts der Größe der Sauna. Erwin zählte lediglich sechs Personen. Stumm und fast geräuschlos nahmen die vier auf der mittleren Sitzebene Platz. Sie setzten sich dicht nebeneinander, schwiegen oder flüsterten nur leise, um die anderen Saunagäste nicht zu stören. Zum Unterhalten blieb später noch genügend Zeit.

„Das ist alles sehr edel hier" flüsterte Vivien. Sie genoss die Hitze. Erwin nickte nur zustimmend. Er schwitzte bereits nach wenigen Minuten, ihm floss der Schweiß in Strömen von der Stirn. Ein Zeichen, dass er schon lange keine Sauna mehr besuchte.

Erwin war auch der Erste, den die Hitze vertrieb. Leise erhob er sich und verließ den Raum. Schnell unter die kalte Dusche! Die anderen hielten es etwas länger aus, folgten ihm mit ein paar Minuten Abstand. Nach der ersten Abkühlung trafen sie sich im Aufenthaltsraum.

„Erwin kann nichts mehr ab" stichelte Peter leise. Der Angesprochene drehte sich zu ihm. „Nun ja, ist halt so. Neunzig Grad sind für mich zu viel. Aber es war trotzdem schön."

„Ich hätte noch länger drinbleiben können" flüsterte Vivien, „aber es war für den ersten Gang auch für mich genug."

„Ich bin das erste Mal überhaupt in einer Sauna" gab Maria leise zu. „An Bord hatte ich nie die Gelegenheit, und in Brasilien sind Saunen nicht weit verbreitet. Kein Wunder bei den dortigen Temperaturen. Aber ich fand das sehr angenehm." Danach schwiegen alle und genossen die Stille.

Zwei weitere Gänge später und nach der notwendigen Abkühlung trafen sie sich im Barbereich. Sie mussten die ausgeschwitzte Flüssigkeit durch ausgiebiges Trinken wieder ersetzen.

„Das war herrlich, und auf jeden Fall wiederholungsbedürftig" sagte Vivien und legte ihren Kopf an Peters Schulter. „Es war eine gute Idee, hierher zu kommen. Das habe ich mal wieder gebraucht."

„Ich denke, das haben alle mal gebraucht" antwortete Peter. „Wir haben ja auch einiges hinter uns."

„Das stimmt." Erwin nickte. „Aber am meisten hat mich Vivien begeistert, sie mal wieder nackt zu sehen."

„Mich magst Du also nicht mehr?" Maria grinste. „Das werde ich mir merken!"

„Ach Maria. Dich habe ich doch jeden Tag bei mir. Das hat doch nichts damit zu tun. Vivien kannte ich schon vor Dir, und dennoch habe ich mich in Dich verliebt." Er nahm sie in den Arm und küsste sie. „Natürlich bleibst Du meine erste Wahl. Ich liebe Dich. Bist Du eifersüchtig?" Sie lächelte.

„Ach was, das war doch nur Spaß. Ich mag Vivien doch auch." Sie blinzelte zu ihr hinüber. „Aber ich muss zugeben, sie ist wirklich reizvoll. Eine tolle Figur, eine herrliche Ausstrahlung. Wäre ich ein Mann…"

„Nun ist aber gut!" Vivien lachte. „Wärst Du ein Mann, müsste man die Statue aus der Villa verbannen. Du würdest über sie herfallen." Sie kicherten um die Wette.

„Wir könnten die Mädels ja mal tauschen" meinte Peter. „Eine Nacht Vivien bei mir, die nächste Maria bei mir. Bleibt doch alles in der Familie!" Er lachte über seinen eigenen Vorschlag.

„Ein sehr interessanter Vorschlag" sagte Vivien nachdenklich. „Der hat was. Man könnte aber auch die Männer tauschen gegen zwei andere. Vielleicht arabische Scheiche oder amerikanische Playboys." Alles lachte, und erstaunt grinste die Bedienung der Bar.

„Verschachert ihr euch jetzt gegenseitig? Ich bin auch ein Mann. Habe ich da auch Chancen? Zwei so nette Frauen. Ich nehme gern alle beide." Der Barkeeper schmunzelte, und sein Lachen verstärkte sich. Zum Glück waren sie momentan die einzigen Gäste der Bar.

„Nein, nein, alles in Ordnung" prustete Erwin. Wir machen nur Spaß."

„Weiß ich doch". Der Barmann putzte einige Gläser und verstaute sie in den Regalen. „Aber ihr seid eine lustige Gesellschaft. Die meisten Gäste die sich hier an die Bar setzen sind oft stille, in sich gekehrte Gemüter. Ich finde euch erfrischend."

„Wir verstehen uns wirklich gut." Erwin schaute in die Runde. „Wollt ihr nochmal ins Bad oder fahren wir nach Hause?"

„Wenn ihr nichts dagegen habt: mir reicht es" meinte Peter.

„Und die Mädels?" Vivien schaute auf Maria, die etwas erschöpft aussah.

„Ich denke, wir haben auch genug. Aber es war wundervoll und durchaus gerne zu einer anderen Zeit wieder."

„Das sehe ich auch so. Also lasst uns aufbrechen. Schade, dass Anna nicht mit uns gefahren ist. Aber das nächste Mal nehmen wir sie mit." Sie verabschiedeten sich noch von der freundlichen Bedienung und brachen auf. Als sie im Wagen saßen, griff Erwin das Thema wieder auf.

„Ich habe zwar nur Spaß gemacht, aber was wäre, wenn wir wirklich mal darüber nachdenken?"

„Worüber nachdenken? Was meinst du mit: was wäre, wenn? Habe ich da etwas nicht mitbekommen?" Peter war irritiert.

„Na, du hast doch vorhin etwas von Frauentausch erzählt. Vivien und Maria jeweils für eine Nacht bei dir oder mir. Vorausgesetzt, die Frauen würden dabei mitmachen…"

„Ach so." Peter musste grinsen. „Du meinst familiärer Austausch. Ehrlich gesagt würde ich das tatsächlich mal ausprobieren wollen. Ich wäre schrecklich neugierig. Ich glaube aber nicht, dass die Damen mitspielen würden."

„Das Mitspielen wäre nicht das Problem" lachte Vivien. „Ich mag euch beide. Ihr seid aber keine Ölscheichs und auch keine amerikanischen Sonnyboys."

„Der Meinung schließe ich mich an." Maria lachte laut. „Obwohl ja jeder von uns Mädels schon mal mit beiden geschlafen hat. Okay, Vivien noch nicht mit Erwin."

„Also, was wäre, wenn?" Erwin wiederholte seine Frage. „Vivien erzählte mir noch auf der ‚Elegance', dass sie gern auch mal mit mir was gehabt hätte, aber die Zeit war da leider schon zu kurz."

„Das stimmt." Vivien bekräftigte ihre Aussage. „Ich hätte das auf der Kreuzfahrt schon getan, wenn sich die Gelegenheit geboten hätte. Aber die Zeit war noch nicht reif dafür. Außerdem standen wir kurz vor dem Ende der Reise, da war wirklich keine Zeit mehr. Wir mussten noch unsere Sachen packen. Ich für mein Teil hätte nichts dagegen gehabt. Ich mag beide Männer."

„Siehst du, ich auch." Maria lächelte still vor sich hin. „Ich bin zwar eine Ecke jünger als ihr alle, aber ich hätte auch nichts dagegen. Ich habe ja schon mit beiden Männern geschlafen, und es war jedes Mal schön. Ich bereue nichts." Erwin grinste und blickte beiden Frauen in die Augen.

„Also scheinen doch alle davon angetan zu sein. Wollen wir das nicht einfach mal ausprobieren?"

„Ich habe auch nichts dagegen" meinte Peter. „Bleibt ja alles in der Familie."

„Wir Mädels würden da auch mitziehen." Vivi rutschte nervös auf der Rückbank herum. „Mal was ganz Neues. Die Frage ist: wie und wo machen wir das? Alle zusammen im gleichen Zimmer, oder getrennt, in der Villa, oder in einem Hotel?" Sie dachte gleich praktisch.

„Das können wir ja noch genauer besprechen." Peter lächelte ungeniert. „Ich finde, wir setzen uns alle einfach mal in Ruhe

zusammen und beraten. Und dann machen wir das einfach."
Erwin nickte.

„Ich finde, das ist ein guter Vorschlag." Es blieb also vorerst bei diesem Plan.

„Wollen wir nicht endlich mal losfahren?" Sie saßen während der Unterhaltung die ganze Zeit im geparkten Wagen. Erwin wartete die Antwort nicht ab und startete einfach. Eine Dreiviertelstunde später waren sie wieder zuhause.

Anna hatte inzwischen die Eingangshalle herrlich dekoriert. Überall an den Wänden hatte sie Lichterketten befestigt, aber auch die Statue mit einem weißen Tuch abgedeckt.

„Warum hast du das denn gemacht" fragte Erwin verwundert. „Ist das unschicklich?"

„Die sieht Maria so ähnlich. Die beiden Musiker sollten deine Frau nicht nackt sehen, sonst können sie womöglich nicht mehr richtig spielen." Alles lachte.

„Nimm das Tuch weg, Anna. Das ist Blödsinn. Maria ist meine Frau, und die Statue ist ja weiß. Das kann irgendwer sein. Ich glaube nicht, dass die Musiker die Statue bewusst wahrnehmen. Sie werden mit dem Aufbau ihrer Instrumente beschäftigt sein." Auch Maria selbst kicherte.

„Lass das Tuch ruhig weg. Außerdem würde mir das nichts ausmachen, wenn die Musiker diesen Anblick mit mir in Verbindung brächten. Die sehen wir nach unserer Party ja sowieso nicht wieder." So blieb denn die Statue unbedeckt.

Für das Abendessen war es eigentlich schon zu spät, aber Anna hatte trotzdem eine kalte Platte fertig gemacht und servierte sie. Natürlich war sie neugierig.

„Wie war es in der Sauna?"

„Wunderbar" schwärmte Vivien. „Da musst du unbedingt beim nächsten Mal mit dabei sein. Die Räumlichkeiten waren wunderschön und sehr elegant. Wir hatten viel Spaß." Das Thema Partnertausch brachte sie nicht zur Sprache.

„Nächstes Mal komme ich mit" versprach sie. „Ich hoffe, euch reichen die kalten Bissen, die ich vorbereitet habe." Erwin schnappte sich seine Anna und wirbelte sie im Kreis herum.

„Du bist wirklich eine gute Seele. Habe gar nicht erwartet, dass Du noch was auf den Tisch stellst. Ist doch schon weit nach acht."

„Ach was, so Kleinigkeiten kann man immer essen." Die ‚Kleinigkeiten' bestanden aus Weiß- und Schwarzbrot, belegt mit Käse, Wurst, und auf zwei Tellerchen lagen gekochte Eier und Krabbensalat. „Wollt ihr Kaffee oder Tee dazu?"

Tee, war die einstimmige Antwort. Kaffee wollte keiner mehr, der würde sie später bloß am Einschlafen hindern. Anna setzte sie sich noch zu den beiden Paaren.

„Wie gehts Josefina?" Maria war etwas unruhig, obwohl sie wusste, dass es ihrer Mutter schon besser ging und sie mit Anna eine gute Hilfe hatte.

„Sie ist vor einer halben Stunde eingeschlafen. Ihr geht es wirklich gut." Ihre Antwort befriedigte Maria. Sie wusste, dass sie sich auf Anna verlassen konnte. In diesem Moment erschien die Oma. Sie war neugierig geworden und kam die Treppe herab. Sie war in Begleitung von Lucas.

„Schön, dass ihr wieder zuhause seid. Ich habe mir mal im Internet euer Bad angeschaut. Das sieht wirklich gut aus. Kann ich da auch mal mitkommen? Oder bin ich zu alt dafür?" Peter blicke sie erstaunt entgegen.

„Natürlich kannst du gerne mitkommen. Du bist keinesfalls zu alt, und es würde dir sicherlich gefallen. Lucas, du vielleicht auch?"

„Ich weiß nicht" meinte er. „Ihr seid da alle nackt?"

„Ja klar. Nackt ist schön, man spürt die Wärme auf der Haut, und man kann dort sogar nackt schwimmen."

„Und alle zusammen in einem Raum? Wir können uns alle gegenseitig nackt sehen?" Lucas wurde rot. „Ich glaube, ich würde mich schämen."

„Du musst ja nicht mitkommen, Lucas, es war nur ein Angebot." Erwin lächelte ihm zu. „Frei sein bedeutet, wirklich frei zu sein, ohne Hemmungen, ohne Scham. Aber natürlich kannst du gern hierbleiben."

„Ich überlege es mir, wenn ich darf"

„Selbstverständlich darfst du."

„Wir haben alle nichts dagegen", sagte Vivien. „Entscheide dich so, wie du es für dich als richtig empfindest." Sie sah zu Erwin hin. „Ich bin müde. Die Wärme hat mich heute irgendwie richtig geschlaucht. Ich werde gleich schlafen gehen."

„Ich schließe mich an." Erwin gähnte. „Ich bin auch müde. Gute Nacht. Schlaft schön. Wir sehen uns dann morgen. Ich freue mich richtig auf die Party." Damit verzog er sich nach oben.

„Wann soll die Party denn starten?" Peter unterdrückte ein Gähnen. „Ich meine, welche Uhrzeit?"

„Ab vierzehn Uhr" antwortete Anna. „So hatte Erwin das mit mir vereinbart."

„Okay, dann kann ich ja ausschlafen. Gute Nacht, ich gehe auch ins Bett." Er folgte Vivien, die schon nach oben gegangen war. Zurück blieben Anna, die Oma und Lucas. Der Abend war noch jung, und die drei saßen noch eine Weile beisammen.

Am Morgen empfing sie der Samstag mit warmem Sonnenschein von einem endlos blauen Himmel. Der Tag schien gut zu werden. Das Wetter war überhaupt die vergangenen Tage sehr angenehm, wie ein verlängerter Sommer. Anna hatte das Frühstück bereits vorbereitet. Noch leicht verschlafen trudelten die Bewohner der Villa am Frühstückstisch ein. Erwin kam als letzter. Er schaute in die Runde.

„Bei dem Wetter hätte man die Party eigentlich draußen stattfinden lassen können. Aber Anna hat die Eingangshalle so schön dekoriert, es wäre schade, dass ihre Arbeit umsonst gewesen war. Feiern wir also im Haus." Er setzte sich an den Tisch. Anna brachte zwei Kannen mit Kaffee und Tee.

„Guten Morgen, die Gemeinde. Lasst es euch schmecken."

„Danke, Anna. Wie kommt es, dass du immer so ausgeruht bist, obwohl du wirklich viel arbeitest?" Erwin schüttelte den Kopf. „Du bist ein Wunder."

„Im Alter braucht der Mensch im allgemeinen weniger Schlaf. Mir reichen locker sechs Stunden."

„Ich bin älter als du, Anna, aber ich brauche trotzdem mehr Schlaf. Ich bewundere dich einfach."

„Anne ist wirklich die Beste" rief Vivien. „Ich mag sie, seitdem ich sie beim ersten Besuch kennen lernte. Erwin hat viel Glück mit ihr."

„Nun hebt mich doch nicht immer in den Himmel." Anne wurde verlegen. „Ich bin einfach gern hier im Haus und werde darüber hinaus sehr gut bezahlt. Dafür hat Erwin auch die bestmögliche Arbeit verdient. Und ich mag ihn nicht nur als Arbeitgeber, sondern auch als Mensch. - Braucht ihr noch etwas?"

„Nein, alles gut. Komm setz dich zu uns, Anna." Erwin stand auf und rückte ihren Stuhl an seine Seite.

Die Freunde dehnten das Frühstück zur Feier des Tages auf volle zwei Stunden aus. Für die Party war alles vorbereitet, es blieb nichts zu tun, bis die Musiker kamen.

Die beiden Herren trafen pünktlich um vierzehn Uhr ein und stellten sich kurz vor. Jochen, der größere der beiden, war schlank, hatte längere braune Haare, ein offenes Gesicht mit Lachfalten um die Augen und war wohl der Geselligere. Martin war etwas kleiner, nicht ganz schlank, hatte blaue Augen und kurze blonde Haare. Beide waren nach Western-Art gekleidet und trugen schwarze Stetsons auf dem Kopf. Im Gepäck schleppten sie zwei Gitarren mit sich, und auf einem fahrbaren Gestell zogen sie eine kleine Musikanlage mit Verstärker, Mischpult und weiteren Zusatzgeräten hinter sich her. Der Aufbau geschah in nur wenigen Minuten. Zum Schluss stellten sie ein hübsches handgemaltes Schild vor die Anlage mit dem Namen der ‚Band'. Anne schob ein kleines Servierwägelchen neben die Musiker mit Getränken und einem Teller Obst.

„Bitte bedient euch". Jochen nahm sich eine Banane. Dann begann ihr Programm.

„Wir sind die Ferry-Men und spielen hauptsächlich Country- und Western. Sie dürfen aber gern eigene Wünsche äußern, auch Schlager und etwas Rock. Wir haben eine Menge Titel im Programm. Wir wünschen euch viel Spaß und Freude." Noch während Jochen die Ansage beendete, zupfte Martin die ersten Klänge auf der Gitarre.

Die Party wurde ein voller Erfolg. In einem Rollstuhl holte Maria ihre Mutter aus dem Zimmer, damit sie ebenfalls an der ausgelassenen Stimmung teilnehmen konnte. Erwin und Maria tanzten bereits. Später gesellten sich auch Peter und Vivien mit dazu. Anna wachte über allem und sorgte stets um ausreichend vorhandene Getränke. Später verteilte sie kleine Häppchen zum Naschen. Lucas hatte es sich in einem Lehnstuhl bequem ge-macht und schaute einfach nur zu. Er hatte heute seinen freien Tag.

Die ‚Ferry-Men" waren bis um achtzehn Uhr gebucht, aber sie spielten aus eigener Lust noch eine ganze Stunde länger. Erwin bezahlte die vereinte Gage, gab noch ein gutes Trinkgeld dazu und bedankte sich für die Musik, die allgemein prima angekommen war. Annas Vorschlag, sie könnten gern mit am Dinner teilnehmen, lehnten sie jedoch ab.

„Leider haben wir nachher noch einen anderen Termin. Da-her müssen wir jetzt aufbrechen. Aber wir danken herzlich für die Einladung." Sie packten die Gitarren ein und verließen mit ihrer Musikanlage die Villa.

Nach dem Dinner saßen fast alle noch beisammen. Nur Josefina wollte ins Bett. Für sie war langes Sitzen doch noch ziemlich anstrengend. Das Gespräch kam natürlich auf das eben gehörte Musik Duo.

„Wie hast du die denn so schnell gefunden?" Anna war neugierig. „Ich haben von denen noch nie was gehört, aber sie waren wirklich Klasse. Habe gar nicht gewusst, dass zwei Musiker solche Stimmung verbreiten können."

„Ich auch nicht" antwortete Erwin. „Ich habe einfach im Internet unter ‚Bands und Alleinunterhalter' gesucht, da fielen mir die beiden sofort ins Auge. Eigentlich war ihr schlichtes Foto der Anlass, sie anzurufen. Ich telefonierte und ließ mir einiges über ihre Musik erzählen. Insgesamt fand ich sie schon am Telefon ganz sympathisch. Zudem hatten sie heute Nachmittag keinen Gig, waren somit frei und nicht zu teuer. Hat euch die Musik gefallen?" Er sah in die Runde.

„Also wir fanden sie sehr gut, wir hätten auch gern noch länger zu ihrem Repertoire getanzt. Aber die vier Stunden waren auch okay, fünf waren es ja sogar." Peter stand auf und drehte sich um seine eigene Achse.

„Ich hätte noch lange weitertanzen können. Normalerweise gehe ich alter Sack nicht gern auf eine Tanzfläche." Er setzte sich wieder. „Sorry, ich bin noch ein wenig aufgekratzt. Könnte man bei einer anderen Gelegenheit gern noch einmal buchen."

„Der Meinung bin ich auch" sagte Erwin. „Hatte erst an unsere Doppelhochzeit gedacht…" Gelächter unterbrach ihn. „Aber da würde ich doch lieber eine richtige Band buchen, so vier bis fünf Musiker. - Lacht mich nicht aus. Ich denke viel über die Doppelhochzeit nach. Könnte man dieses Jahr noch veranstalten, wenn alle einverstanden sind." Sein Blick ging hinüber zu Maria. „Was meinst du?"

„Also von mir gibt es da keine Einwände."

„Von mir auch nicht." Vivien drückte sich eng an Peter. Der hatte jedoch Bedenken.

„Wer weiß, ob wir dieses Jahr noch einen Termin im Michel bekommen. Diese Kirche ist für Eheschließungen sehr beliebt."

„Das kommt auf den Pfarrer an. Ein wenig Spendengeld für seinen Prachtbau könnte da Wunder bewirken."

„Ja, das wäre vielleicht möglich. Aber dann solltet ihr euch mit einem passenden Termin beeilen." Annas Worte waren wohlüberlegt. „Vielleicht die Sache gleich am Montag in Angriff nehmen?"

„Ich werde mich darum kümmern" versprach Erwin. Mal sehen, was der Pastor verlangt."

„Vielleicht ein neues Dach für seinen Turm", scherzte Anna. „Das soll ja schon ziemlich marode sein, was man in der Zeitung so liest."

„Also kaufen will ich den Michel nicht" Erwin grinste. „Aber ich will sehen, was ich tun kann. Wir sollten dann aber auch für uns persönlich einen Termin festlegen, bevor wir nach dem Pfarrer rufen."

„Von mir aus morgen" lachte Vivien und schmiegte sich an ihren Peter. Der nickte zustimmend.

„Für uns wäre das auch kein Problem", sagte Erwin. „Oder, Maria?"

„Für mich ist jeder Termin recht. Ich liebe dich, das weißt du doch."

„Okay. Dann werde ich Montag mal anfragen. Jetzt bin ich müde geworden. Ich denke, wir sollten ins Bett gehen." Er hakte sich bei Maria unter und zog sie vom Stuhl hoch. „Du hast auch schon ganz schläfrige Augen. Gute Nacht alle, die noch aufbleiben. Wir sehen uns morgen."

Ein etwas schlüpfriges Experiment

Die beiden stiegen die Treppe zu ihrem Schlafzimmer hinauf. Die anderen folgten mit wenigen Minuten Abstand und suchten ihre eigenen Räume auf. Nur Anna räumte noch ein paar übrig gebliebene Gläser ab, bevor sie sich ebenfalls zurückzog. Der Tag war auch für sie lang gewesen.

Der folgende Tag war ein Sonntag. Es war Vivien, die das Thema Partnertausch wieder aufgriff. Sie saß am Nachmittag neben der Statue und inspizierte sie mal etwas genauer. Erwin war überrascht, als er zufällig vorbeikam und sie dort überraschte.

„Hallo Vivi, was machst du denn hier? Schaust du dir die Figur intensiver an? Wo ist Peter?"

„Der ist gerade auf der Toilette. Was die Figur betrifft: ich finde, die hat der Künstler wirklich gut hinbekommen. Sie gleicht tatsächlich sehr deiner Maria. Hast du ernsthaft mal darüber nachgedacht, sie irgendwann braun zu färben? Dann hättest du deine Traumfrau sowohl in echt als auch als Skulptur. Welcher Mann hat das schon?"

„Darüber nachgedacht habe ich schon mal, aber ich weiß nicht so recht, Maria allen möglichen Besuchern nackt zu präsentieren? Jeder, der die Figur sieht, wüsste sofort, dass das meine Frau ist."

„Stimmt, das ist natürlich klar. Aber es ist doch dein Haus, du kannst machen was du willst. Natürlich müsste auch Maria darüber mitentscheiden. Frag sie doch einfach mal wie sie darüber denkt. Sie scheint relativ freizügig zu sein." Vivien erhob sich von dem Stuhl, auf dem sie gesessen hat.

„Was anderes: wollen wir unser Experiment wirklich ausprobieren, das mit dem Partnertausch? Ich hätte große Lust auf dich, und Peter mag ja auch deine zukünftige Frau. Hast du schon mal mit Maria darüber gesprochen?"

„Ja Vivien. Gestern Abend kam das Gespräch auf als wir im Bett lagen, und es hat uns beide ziemlich angemacht. Maria hatte ja auf dem Schiff schon mal Sex mit Peter, der ihr offensichtlich gefiel. Wenn es nach mir ginge, könnten wir das gleich heute Abend in Angriff nehmen. Oben habe ich ein leeres, größeres Gästezimmer mit einem breiten Bett. Wir bräuchten nicht extra in ein Hotel zu fahren."

„Hier in der Villa? Eventuell würden Anna, Lukas und die Oma das mitbekommen…"

„Das glaube ich nicht. Die Zimmer sind alle gut voneinander isoliert, gerade, weil ich auch manchmal Gäste hier habe, die von ihren Ehefrauen begleitet werden. Die wollen ja auch mal Sex haben und dabei ungestört sein." In dem Augenblick kam Peter von seinem Klogang zurück.

„Na ihr zwei, was heckt ihr aus? Debattiert ihr über die Statue? Ich finde, die sieht wirklich gut aus. Fast wie Maria."

„Das mit der Figur war nur anfangs. Wir unterhalten uns gerade über Sex zu viert, worüber wir gestern in der Sauna ins Gespräch kamen. Ein flotter Vierer." Erwin grinste.

„Soso!" Peter grinste zurück. „Ihr wollt das also wirklich durchziehen? Meine Süße scheint ja ziemlich neugierig auf dich zu sein, Erwin"

„Ja, das bin ich" gab Vivien unbekümmert zu. „Ich wollte immer schon mal zwei Männer gleichzeitig haben, ich erzählte dir das bereits auf der ‚Elegance'. Leider hatten wir da keine Gelegenheit mehr."

„Ja, leider." Erwin seufzte. „Ich hatte das Thema gestern mit Maria, als wir im Bett lagen. Sie wäre auch mit dabei.

„Und wie sollte das stattfinden? Und wo?"
„Das habe ich Vivien eben vorgeschlagen." Erwin wiederholte in groben Zügen das Gespräch, das er zuvor mit Vivien führte.

„Oben im Haus gibt es ein großes Doppelzimmer mit einem ausladenden Bett, wie geschaffen für eine sündige Nacht. Wo ist Maria jetzt?"

„Die ist draußen hinterm Haus. Sie hilft Anna im Garten. Sie wollten da etwas an einem Busch untersuchen, keine Ahnung."

„Hol sie doch mal rein. Hier sind wir momentan ungestört. Lucas ist oben bei der Oma."

Erwin sprintete nach draußen und kam Augenblicke später mit Maria im Schlepptau zurück. Ihr Kopf war hochrot vom Bücken während der Gartenarbeit. Sie lachte, als sie Erwin und Vivien bei der Marmorfigur stehen sah. „Habt ihr euch wieder über mich als Model lustig gemacht?"

„Vivien hat sie sich nur mal genauer angesehen, und als ich dazu kam, landeten wir beim Gespräch über einen gemeinsamen Vierer, also praktisch die Fortsetzung unserer gestrigen Unterhaltung in der Sauna."

„Aha. Und ihr meint, wir sollten das jetzt mal in Angriff nehmen?"

„Ja, falls Du einverstanden bist. Wir könnten uns oben im großen Gästezimmer ausleben. Hast Du noch immer Lust, oder möchtest du nicht mehr?"

„Doch, ich wäre gern dabei." Sie schielte auf Peter. „Was ist, wenn es schief geht und plötzlich der eine oder andere eifersüchtig wird?"

„Ich kann das für mich völlig ausschließen" sagte Peter, „ich hatte früher genug negative Erfahrungen mit Eifersucht. Mich erschüttert nichts mehr." Erwin schloss sich dem an.

„Für mich gilt das Gleiche. Kein Mensch gehört einem anderen. Eifersucht ist dämlich, gerade unter Freunden. Ich denke, wenn Eifersucht, dann wärst höchstens du davon betroffen, Maria, allein schon durch die Tatsache, dass du in einem anderen Kulturkreis aufgewachsen bist. Jedenfalls könnte ich mir das so vorstellen." Maria lächelte sanft.

„Ich habe damit kein Problem. Habe ja auch mit Peter geschlafen, als er auf der ‚Elegance‘ schon in Vivien verliebt war." Sie hielt erschrocken die Hand vor den Mund und bemerkte ihren Fehler.

„Ach, davon weiß ich ja gar nichts." Vivien drehte sich zu Peter um und sah ihm in die Augen. „Stimmt das?"

„Ja, das stimmt." Er erzählte ihr von der einen Stunde kurz vor dem Einlaufen, als Maria zu ihm in die Kabine kam. Eigentlich wollte er es verheimlichen, weil es ohnehin nicht geplant war und nur von Maria ausging.

„Okay. Vivien sah es ihm nach. „Was solls. Es ändert ja nichts. Nur gewusst hätte ich das gerne." Sie strich lüstern über den Busen der Marmorstatur.

„Also, von mir aus können wir das gern heute Abend machen. Du hast übrigens einen wunderschönen Busen, Maria, und schöne schlanke Schultern. Ich kann gut verstehen, dass Peter schwach wurde."

„Ich wäre auch schwach geworden" gab Erwin zu. „Aber nun wird sie ja meine Frau. Da habe ich sie für immer." Er grinste.

„Männer…" Vivien lachte. „Ihr seid wahre Lüstlinge. Also dann bis heute Abend. Treffen wir uns hier unten an der Statue?" Sie schmunzelte. „Ich werde mich nämlich noch ein wenig aufs Ohr hauen. Heute Abend brauche ich meine ganze Kraft." Alles grölte, als sie sich entfernte und popowackelnd die Treppe hinaufstieg.

Maria huschte zurück in den Garten. Nur die beiden Männer unterhielten sich noch eine Weile. Sie waren gespannt, wie das in der kommenden Nacht ablaufen würde.

Nach dem Dinner nahm Erwin seine Anna beiseite. Er hatte beschlossen, sie über den Vierer heute Abend aufzuklären. Er hatte die Sache zuvor noch mit Vivien, Maria und Peter beratschlagt, die alle nach einigem Zögern einverstanden waren.

Letztlich ging es ja nur um sie vier, Anna blieb außen vor und würde schweigen.

„Anna, ich habe Dir jetzt etwas zu sagen, das du bitte unter dem Mantel der Verschwiegenheit hältst." Er räusperte sich.

„Wir haben heute ein ‚etwas schlüpfriges' Experiment vor. Peter und Vivien, sowie Maria und ich nutzen für diese Nacht das große Doppelzimmer oben für uns. Wir wollen uns zu viert vergnügen, Partnertausch, wie man so schön sagt." Er machte eine kleine Pause. Anna musste das erstmal verdauen. Gruppensex in der Villa?

„Ich möchte, dass Du ein wenig drauf achtest, dass Lucas oder seine Oma nicht aus Versehen dazustoßen oder das anderweitig mitbekommen. Kannst du dafür sorgen?"

„Erwin…!". Anna war doch ein wenig geschockt. Ihre Augen waren offen und verlegen, aber auch ein wenig ängstlich auf ihren Chef gerichtet. „Meinst du nicht, dass du damit deine Beziehung zu Maria gefährdest? Sie kommt aus einem ganz anderen Kulturkreis."

„Das glaube ich nicht. Wir haben die letzten Tage schon ausführlich darüber gesprochen, und wir sind alle neugierig auf diese Erfahrung. Peter hatte ja schon auf dem Kreuzfahrtschiff Sex mit Maria, und jetzt ist sie bei mir. Wir werden demnächst heiraten." Er nahm Anna kurz in seine Arme. „Das Ganze ging übrigens von Vivien aus. Sie wollte gern mal zwei Männer gleichzeitig um sich haben, und so kam das. Peter ist auch einverstanden. Er ist sowieso lockerer als die meisten von uns."

„Das sind ja wirkliche Neuigkeiten, Erwin. Aber selbstverständlich halte ich euch den Rücken frei. Ich denke, dass die Oma sowieso bald schlafen geht, und Lucas ebenfalls. Er wird von seiner Arbeit müde sein. Was Josefina angeht, sie ist ja nicht mobil, sie würde nicht mal die Treppe hinaufschaffen. Macht euch also keine Sorgen." Erwin ließ sie los.

„Ich danke Dir, Anna. Und bitte Diskretion walten lassen. Aber da vertraue ich dir uneingeschränkt." Anna nickte und blinzelte verdächtig.

„Natürlich bin ich diskret. Eigentlich beneide ich euch ja. Ihr macht einfach, was euch gefällt. Ich finde das schon richtig. Wenn man Träume oder Wünsche hat, sollte man sie sich erfüllen. Wenn ich etwas jünger wäre..." Sie schmunzelte. „Das wäre vielleicht auch mal ein Versuch für mich gewesen. Aber in meinem Alter..."

„Ach Anna, du bist doch nicht alt. Du siehst noch immer gut aus. Wenn ich Maria nicht kennen gelernt hätte, und wenn ich früher erfahren hätte, dass Du auch nicht gerade eine Nonne bist - vielleicht wären wir auch mal etwas unzüchtiger miteinander umgegangen, wer weiß..." Beide grinsten. Sie wussten, was sie voneinander zu halten hatten.

Erwin wandte sich ab und stieg nach oben. Er wollte sich das Zimmer nochmal genauer ansehen. Es wurde lange nicht mehr benutzt. Auf dem Weg nach oben hielt sie ihn noch einmal zurück.

„Ich werde das große Bett gleich nochmal neu beziehen und nach dem Rechten sehen."

„Das wäre gut. Ich geh schon mal rauf. Wir sehen uns dann gleich." Er stapfte die Treppe hinauf und hielt sich nach rechts.

Der Raum hatte etwa fünfzig Quadratmeter. Der Vorgänger, von dem er die Villa erwarb, hatte kein normales Bett installiert, sondern ein Rundbett mit einem Durchmesser von drei Metern. Erwin schlief in der Anfangszeit selbst darin, bis er sich später im Raum daneben ein zusätzliches und auch kleineres Schlafzimmer für sich einbauen ließ. Platz genug war vorhanden, die Villa besaß achthundert Quadratmeter Grundfläche, mit einem Stockwerk darüber und einem geräumigen Dachgarten. Gut geeignet, um am Abend mal abzuschalten und die Sterne am Himmel zu betrachten, die nachts so herrlich blinkten. Die Lichtverschmutzung in diesem Teil Hamburgs war noch nicht stark ausgeprägt.

Rechts neben dem Bett war ein in altem Braun gehaltener, begehbarer Kleiderschrank installiert, links vom Bett durch eine verschiebbare Glasscheibe abgeteilt eine geräumige, begehbare Dusche. Man musste den Raum also für die morgendliche Reinigung nicht verlassen. Neben der Dusche befand sich noch ein mittelgroßes, verschlossenes Schränkchen mit Handtüchern und einem extra Waschbecken. Nicht gerade mit goldenen Wasserhähnen, aber durchaus edel aus feinem Marmor, wie auch die Duschkabine. An der gegenüberliegenden Wand befand sich eine kleine Sitzbank aus Leder und daneben ein Schuhschränkchen. Außerdem ein kleines Bord mit zwei leeren Schubladen.

Erwin sah auf den ersten Blick, dass offensichtlich alles sauber war. Anna brauchte nur die spezielle Wäsche für das runde Bett zu wechseln. Ansonsten war nirgendwo Staub zu sehen. Als Anna mit dem Arm voller Bettwäsche erschien klärte sie ihn auf.

„Ich mach alle paar Wochen mal sauber, auch wenn das Zimmer nicht benutzt wird. Es könnte ja sein, dass ein unerwarteter Gast mit seiner Frau eintrifft. Vor vier Tagen habe ich hier alles gewischt. Nur die Bettwäsche habe ich natürlich nicht gewechselt, aber das mache ich jetzt.

„Du bist wirklich ein Schatz, Anna. Ich habe so viel Glück mit Dir." Er nahm sie in die Arme und schwenkte sie im Raum herum. Sie lachte und strampelte, bis er sie wieder zu Boden gleiten ließ.

„Nicht so heftig, ich bekomme keine Luft mehr" keuchte sie. Ich bin doch so schwer."

„Du bist doch nicht schwer, Anna. Rank und schlank wie ein Reh."

„Erwin, du bist ein Schmeichler. Aber jetzt lass mich eben das Bett neu beziehen." Sie machte sich von ihm los, riss die Bettdecke herunter und zog das Laken ab. Erwin verließ den Raum und ging nach unten. Er wollte sie nicht bei der Arbeit stören.

Nach dem Dinner trafen sich die beiden Paare in der Eingangshalle neben der Marmorfigur, inzwischen ein bevorzugter Treffpunkt der vier. Maria war ziemlich aufgeregt, sie war nervös, weil sie mit Sex generell wenig Erfahrung hatte, und in der Gruppe schon gar nicht. Aber sie war sehr neugierig. Sex mit Zuschauern, das kannte sie bislang nicht. Für die beiden Männer und Vivien galt das nicht. In Deutschland war Gruppensex schon allgemein bekannt und für die drei keine Neuigkeit mehr, Peter hatte damit sogar schon persönliche Erfahrungen damit gesammelt, gab er offen zu. Maria wusste das nicht und fragte ihn aus.

„Du hattest schon Sex zu dritt? Kannst du mir mal verraten, wie es da so abgeht? Hast du schon mit einem anderen Paar mal sowas gemacht? Ich kenne das nicht. In Brasilien ist so etwas, glaube ich, auch gar nicht weiter bekannt." Peter lachte.

„Gerade in Brasilien hatte ich öfter Dreier mit zwei Frauen, allerdings waren das Prostituierte. In einem Vorort von Santos hatte ich sogar einmal fünf Mädchen, die sich um mich rissen, und mit dreien bin ich gleichzeitig intim geworden. Ich war achtzehn Jahre alt. Ich fühlte mich damals wie ein reicher Scheich, war für mich allerdings auch das erste Mal."

„Soso" lachte Erwin. „Das wusste selbst ich noch nicht von dir, Peter. Du bist ja ein ganz schlimmer Finger". Er grinste. „Und dann noch mit süßen Brasilianerinnen. Ich hatte bisher lediglich zweimal Erfahrungen mit deutschen Paaren. Allerdings waren die auch um einiges älter als ich. Ist aber ebenfalls schon eine Weile her. Damals war ich vierundzwanzig, die Paare jenseits von vierzig. War aber dennoch schön, und ich habe viel gelernt, auch über mich selbst."

„Was kann man denn da schon lernen?" Vivien fragte ihn direkt. „Da geht es doch nur um Sex."

„Ja natürlich geht es da um Sex, aber man lernt sich zu beherrschen, damit man nicht zu schnell kommt, man lernt, seine Eifersucht abzulegen und noch einiges mehr."

„Ach so. Also Eifersucht hatte ich bislang nie." Vivien wandte ihren Blick Maria zu. „Bist du eifersüchtig?"

„Ich weiß es nicht" gab Maria verschämt zu. „Aber ich glaube nicht."

„Nun, das sollte man vorher klären" meinte Erwin. „Nicht dass wir nachher untereinander Streit bekommen. Das wäre die ganze Geschichte nicht wert."

„Und wie will man das klären? Das erfährt man doch erst, wenn man im Geschehen ist." Darauf wusste niemand eine Antwort. Peter hatte da seine eigene Meinung.

„Einfach machen! Mich törnt es an, wenn ich sehe, wie meine Freundin von jemand anderem begehrt und verwöhnt wird. Ich freue mich für sie, dass sie es in dem Moment so richtig guthat. Ich kann gönnen. Allerdings würde ich das Ganze stoppen, wenn ich merken würde, dass sie sich dabei nicht wohlfühlt. " Die Gruppe schwieg nachdenklich. So fand sie Anna, die zufällig vorbeikam.

„Na, habt ihr euch schon geeinigt wer mit wem?" Sie lachte. „Ihr schaut nicht gerade fröhlich aus der Wäsche."

„Nein, nein, alles okay, Anna. Wir unterhalten uns nur gerade über das leidige Thema Eifersucht. Vivien, Peter und ich sind es nicht, aber Maria hat keine Erfahrung damit, sie weiß nicht, ob sie eifersüchtig werden kann. - Wie ist es eigentlich mit dir?"

„Ich bin heute nicht mehr eifersüchtig" erzählte Anna. „Ich war es früher aber mal, in Teenagerzeiten. Nachdem wir schon einige Jahre verheiratet waren habe ich ihn mal bei einem Seitensprung erwischt. Komischerweise war ich zwar geschockt, aber es hat mich danach wenig berührt, weil er einfach wie immer zärtlich zu mir war. Er hat mich nie vernachlässigt. Kann sein, dass ich ihm den Seitensprung deshalb verziehen hab. Wir hatten uns danach auch noch lange darüber unterhalten, und spontan meinte er, ich könnte doch auch mal mit einem anderen Mann Sex haben. Ich nahm ihn beim Wort und schlief tatsächlich mit einem Bekannten, der mir schon öfter Avancen machte. Das war allerdings ernüchternd für mich, ich wollte es danach kein zweites Mal. Er war mit Sicherheit der falsche Mann, der es nur auf seine Lust abgesehen hatte und mich vernachlässigte. Ich hatte nicht mal einen Orgasmus." Sie machte eine kleine Pause und setzte sich.

„Mein Mann hatte danach jedoch eine länger andauernde Affäre mit einer blonden Bürokollegin. Ich muss dazu sagen, dass Johannes sehr potent war, viel potenter als die meisten Männer, und dass er mehr Sex brauchte, als ich ihm geben konnte. Ich tolerierte das also, und wir führten bis zu seinem Tod vor fünf Jahren eine wunderbar harmonische Beziehung. Ich empfand keine Eifersucht, und es hat uns nicht auseinandergebracht." Aufmerksam wartete sie ab, wie die anderen ihre Schilderung aufnahmen.

„Das ist etwas, das ich aus deinem Leben noch nicht kannte" sagte Erwin. „Ich finde es aber mutig, dass du so frei darüber sprichst."

„Ach was, ist für mich ist das nichts Schlimmes. Ich denke, Eifersucht hat mit mangelndem Selbstwertgefühl zu tun und mit Verlustängsten. Beides hatte ich bei Johannes nicht. Er hat es mich nie spüren lassen, dass er weniger Lust auf mich besaß. Wir praktizierten ein reiches Sexleben. Allerdings keine Dreier oder Vierer. Das hat sich nie ergeben. Ich weiß nicht mal, ob die andere Frau von mir als Ehefrau etwas wusste."

„Also ist das ohne Eifersucht durchaus möglich." Maria lächelte. „Ich bin bereit, das auszuprobieren. Da wir uns alle

kennen und verstehen, wird sich das bei meiner eventuell auf-
tretenden Eifersucht wohl in Grenzen halten."

„Ich lass euch mal alleine. Ihr werdet schon zu einem Ergebnis kommen." Mit diesen Worten verschwand Anne in die Küche.

„Das war ja ein netter Vortrag von deiner Haushälterin" lachte Peter. „Alle Achtung, die ist ja richtig gut drauf."

„Ja, das wusste selbst ich nicht. Sie scheint ziemlich frei zu
sein." Erwin drehte sich in der Runde. „Also was meint Ihr:
sollten wir es versuchen oder sollen wir es sein lassen? Ein
unerfüllbarer Traum?"

„Ich bin auf jeden Fall dabei." Peter war sich auf jeden Fall
sicher.

„Ich auch." Vivien hob die Hand. „Ich habe ja schon gesagt,
dass ich das gern mal mit zwei Männern erleben möchte."

„Ich will es auch versuchen" meldete sich Maria. „Aber
wenn es mir nicht gefällt, verlasse ich das Zimmer. Bitte seid
mir dann nicht böse." Marias Stimme klang etwas verhalten.

„Niemand ist böse, wenn jemandem etwas nicht gefällt.
Mach dir da keine Sorgen." Erwin meldete sich als letzter.

„Ich bin natürlich dabei. Sonst hat Vivien ja keinen zweiten
Mann." Alles lachte.

„Okay, dann lasst uns nach oben gehen." Die Entscheidung
war gefallen, und Erwin ging voraus. Als sie das große Doppelzimmer betraten war die Überraschung groß.

„Was ist das denn für eine Ausstattung! Und erst recht das
Bett! Ein rundes Bett. Das ist ja unglaublich. Ich habe so etwas
noch nie live gesehen." Vivien war völlig erstaunt. „Ich dachte,
so etwas gibt es nur in Filmen oder in Hollywood. Das ist natürlich die ideale Liegewiese." Sie setzte sich auf den Rand des
riesigen Rondells. „Und es hat auch die richtige Höhe!" Sie
schaukelte ein wenig. Der Vorgänger war wohl ein Genießer

vor dem Herrn. Und hier dürfen wir wirklich Spaß haben?" Erwin lachte.

„Was denn sonst? Aber im Ernst, ich habe dieses riesige Bett nur am Anfang wenige Male und leider auch nur allein benutzt. Ich schlafe nebenan in meinem Schlafzimmer. Dieses Bett habe ich so übernommen und nach dem Kauf natürlich im Raum belassen. Es wäre zu schade gewesen, es abzubauen und zu entsorgen."

„Ja, das wäre wirklich eine Sünde." Vivien seufzte und ließ sich rücklings aufs Bett sinken. „Fest, und dennoch weich. Das muss eine Menge gekostet haben."

„Das glaube ich auch." Erwin drückte den Knopf für die mannshohe Glasscheibe, die zur Seite glitt und die Dusche freigab. „Ihr könnt gern die Dusche benutzen, wer möchte. In dem Schränkchen nebenan sind genügend Handtücher."

„Nicht nötig, ich habe vorhin erst geduscht." Peter warf sich mit Wollust auf die runde Fläche und riss seine Vivien mit sich. Erwin grinste.

„Schaut, schaut, die zwei fangen schon an. Dabei haben wir noch gar nicht das richtige Licht." Er griff nach einem versteckten Schalter an der Wand, und diverse verschiedenfarbige Leuchten tauchten den Raum sofort in ein weiches, rötlichgelbes Licht.

„Wie im Puff"! Peter lachte. „Aber wirklich toll. Wollt ihr zwei da tatenlos rumstehen? Kommt mit rauf auf die Liege." Das war an Erwin und Maria gerichtet. Deren Blick war etwas scheu.

„Das schöne Bett" sagte sie nur. „Soll man da wirklich drauf rumtoben? Geht das nicht kaputt?"

„Keine Bange, das ist sehr stabil" beruhigte sie Erwin. „Trau dich einfach."

„Ich habe keine Angst" sagte Maria. Ich bin so etwas nur nicht gewohnt."

„Wenn es dir unangenehm ist brechen wir ab" meinte Erwin. „Es ist kein Muss, alles soll freiwillig geschehen, egal was." Er sah sie an. „Möchtest du, dass wir die anderen beiden allein lassen?"

„Nein, wirklich nicht. Ich habe einen solchen Raum nicht erwartet. Allein schon die Größe. Ich bin sehr neugierig auf alles was kommt und bin natürlich voll dabei. Ich habe halt noch nie so etwas gesehen, und erlebt schon gar nicht. Ich fühle mich ein bisschen wie in einem erotischen Märchen. Du musst ein wenig Geduld mit mir haben, Erwin. Mich führen."

„Das ist kein Problem. Denke aber dran: Ein ‚Nein' ist ein ‚Nein'. Wenn dir irgendetwas nicht gefällt, sag es einfach oder geh aus dem Zimmer. Niemand wird Dich deswegen verurteilen." Maria nahm Erwins Hand.

„Nein, alles ist okay. Ich freue mich, mit euch Spaß zu haben. Ich möchte immer Neues erleben." Sie krabbelte etwas scheu und unbeholfen auf die große Lustwiese. „Also die Bettwäsche ist ja herrlich weich", entfuhr es ihr. Erwin ging die paar Schritte zurück zur Wand mit dem Schränkchen. Dort drückte er auf einen verborgenen Knopf, und plötzlich fuhr ein Bord aus der Wand, mit einem großen Tonbandgerät darauf.

„Wir brauchen auch noch Musik" meinte er und startete das Bandgerät mit einem Knopf. Leise Melodien hüllten den Raum ein. „Das Tonbandgerät habe ich übrigens selbst hier eingebaut" gab Erwin zu. „Ich mag leise Musik."

Vivien hatte inzwischen angefangen, sich auszuziehen. Sie warf die Kleider einfach auf den Boden und saß in Windeseile nur mit ihrer Unterwäsche bekleidet mitten auf dem riesigen Rund. Peter tat es ihr nach, behielt vorerst nur seinen Slip an. Maria schaute mit großen Augen zu, dann entledigte sie sich ebenfalls der Bluse und streifte ihre Jeans ab. Sie trug keinen BH und war obenherum nackt. Nur ihren Slip behielt sie an.

Der letzte war schließlich Erwin. Er zog sich gleich ganz aus; ließ auch die letzte Hülle fallen. Mit einem Schwung landete er zwischen den beiden Frauen. Vivien rückte ein wenig zur Seite, damit Erwin mehr Platz hatte. Fasziniert schaute sie auf seinen männlichen, gebräunten Körper. Ein schneller, neugieriger Blick streifte seinen Penis. Ihr gefiel, was sie sah. Nun lag sie zwischen zwei Männern, wie Erwin zwischen zwei Frauen. An Erwins linker Seite hatte sich Maria niedergelassen, und neben Viviens rechter Seite Peter.

„Du hast wieder dein Parfüm aufgelegt?" Erwin schnupperte. „Peter hat recht, dieser Duft ist wirklich einmalig. Wie heißt er nochmal? Ich kann mir den Namen absolut nicht merken."

„Inspire" sagte Vivien leise. Erwin ließ mit leichtem Druck seine Finger an ihrem Hals entlang wandern.

„Zieh bitte auch dein Hemdchen aus" flüsterte er erregt. „Ich möchte dich gern überall fühlen. Du hast so eine wundervolle, weiche Haut, und einen schnuckeligen Busen. So weich. Ich habe übrigens schon in der Sauna davon geträumt." Während sie mit dem Abstreifen ihres Unterhemds beschäftigt war, drehte er sich leicht auf die andere Seite und nahm auch Maria in seine Arme. Er fühlte seit längerem wieder zwei süße Mädchenkörper gleichzeitig neben sich. Das letzte Mal war es in Hongkong, nach einem Geschäftsessen in seiner Hotelsuite.

Peter musste leise in sich hineinlächeln. Er wusste, dass Erwin unheimlich scharf auf Vivien war, aber gleichzeitig die süße Brasilianerin an seiner Seite liebte. Vivien dagegen erfüllte sich ihren Traum mit zwei Männern. Nachdem sie ihr Hemdchen abgestreift hatte und bis auf den Slip nackt war, legte sie sich auf den Rücken und zog auch Peter zu sich heran. Dessen Hände gingen sofort auf Wanderschaft.

Maria zögerte zunächst, schaute interessiert eine Weile zu, aber dann ließ sie sich auf das Spiel ein und fing an, Erwin zu streicheln. Der spürte plötzlich vier Hände auf seiner Haut und driftete langsam ins Traumland hinüber.

Peter lächelte in sich hinein. Die Situation gefiel ihm zunehmend. Er hatte schon einige Male in seinem Leben erotische Dreier und Vierer genossen, bislang aber nicht mit engen Freunden oder seiner eigenen Frau, und schon gar nicht mit zwei so wundervollen Frauen. Erregt sah er auf Viviens Körper hinab, bemerkte die leichten Schweißspuren, die sich langsam bildeten und die Haut leicht schimmern ließen. Im Schambereich war sie rasiert stellte er fest, nachdem er ihr Höschen auch abgestreift hatte. Behutsam ließ er seine Lippen über ihren Bauch wandern, atmete ihren köstlichen Duft ein und glitt immer tiefer, wo sich sein Mund irgendwann mit Erwins Fingern traf, die sich schon in der weichen Feuchtigkeit vortasteten.…

Auch Maria hatte sich inzwischen von ihrem Slip befreit und genoss die andere Hand ihres Chefs, seine Finger im süßen, lockigen Dreieck, die dort kreisten. Sie verspürte keine Eifersucht, auch nicht, als ihre Augen die von Vivien trafen. Beide lächelten verstehend, und Marias Hand wanderte zögernd über Erwin hinweg, traute sich zaghaft, Viviens Busen zu streicheln. Erwin nahm die Gelegenheit wahr und drückte sein Gesicht erregt zwischen Marias Busen, der halb über ihm hing und ihn noch mehr anstachelte. Eine Viertelstunde später waren alle nur noch am Genießen. Kleine Lustlaute und erste Orgasmen schwebten durch die Luft. Es gab keine Hemmungen mehr, keine Heimlichkeiten, keine Tabus und auch keine aufkommende Eifersucht. Da war nur noch Lust.

Es wurde vier Uhr morgens, als die Freunde sich müde auf dem Bett ausstreckten, sich gegenseitig wissend betrachteten und eine zaghafte Unterhaltung begannen. Erwin war der erste, der sich leise räusperte.

„Ich bin ganz erschlagen" flüsterte er erschöpft. „Ich hatte schon viel Sex in meinem Leben, aber das Erlebte in dieser Nacht ist das wahrgewordene Paradies. Ich muss euch allen danken." Er hob seinen Kopf etwas und sah Maria ins Gesicht. Sie hatte die Augen geschlossen und murmelte leicht etwas vor sich hin. Erwin lächelte. ‚Sie ist wohl noch ein wenig abwesend' dachte er, und freute sich, als er bemerkte, wie sie leicht lächelnd ihren Mund verzog. Er küsste sie zärtlich, dann drehte er seinen Kopf kurz zur anderen Seite und sah Viviens Blick. Mit einer schnellen Handbewegung gab er ihr das Zeichen, zu schweigen. Er wollte Maria nicht aus ihrem Wachtraum reißen. Vivien verstand und gab ihrerseits Peter ein Zeichen. Nach wenigen Minuten schlug Maria ihre Augen auf. Sie schaute als erstes auf Erwin und ihr Mund zeigte ein leichtes Lächeln.

„Ich bin noch gar nicht ganz da" flüsterte sie leise. „Ich weiß gar nicht, was los ist. Habe ich das geträumt, oder war das real?" Ihr Atem ging noch etwas schwer, ihr Brustkorb hob und senkte sich wie nach einem langen Ritt. „Ich bin glücklich, aber ich glaube, ich bin auch ein wenig wund." Ihr Lächeln verstärkte sich, und sie schloss die Augen wieder.

„Alles ist gut" sagte Erwin. „Willkommen zurück auf der Erde." Er streichelte sanft ihren Hals, beugte sich hinab und küsste sie immer wieder. „Es war kein Traum, aber es fühlte sich so an, auch für uns."

„Ja" bestätigte Vivien mit leiser Stimme. „Wir haben das genau so empfunden. Eine wunderbare Nacht."

„Eine, die wir nie wieder vergessen werden" meinte Peter. Er richtete sich auf und setzte sich auf die Kante des Rundbetts.

„Ich habe schon einiges erlebt, aber das heute mit uns vieren war einfach eine Sensation. Bereut irgendjemand die vergangenen Stunden?"

Niemand meldete sich. Selbst Maria blieb noch immer leicht abwesend liegen. Sie hatte es ohne Reue genossen. Erst nach einer geraumen Weile schlug sie erneut die Augen auf und setzte sich. Erwin legte einen Arm um sie und hielt sie fest. Eine Hand lag auf ihrem Busen. Die Nippel waren etwas angeschwollen, dick und tiefrot. Sie war noch ein wenig benommen.

„Ich bereue gar nichts" meinte sie leise. „Ich habe nicht gewusst, wie schön Sex tatsächlich sein kann, ich hatte bisher noch nicht viele gute Erfahrungen. Außer natürlich mit euch, Peter und Erwin." Sie lachte befreit. „Ihr habt mir den Himmel auf Erden geschenkt. Und dann noch zusammen mit Vivien. Meine Muschi brennt ein wenig. Ich hatte noch nie so viel Sex wie in dieser Nacht. – Vivien, du bist nicht eifersüchtig, dass ich mit Peter geschlafen habe?"

„Keine Spur" fiel sie schmunzelnd ein. „Es war auch für mich eine neue Erfahrung, meinen Peter mit einer anderen Frau beim Liebesspiel zu beobachten. Ich hätte sogar Lust gehabt, auch mit dir Intimitäten auszutauschen, Maria, aber ich habe mich nicht getraut."

„Ich hatte noch nie Sex mit einer Frau" gab Maria zu. „Vorhin, als ich deinen Busen berührte, dachte ich kurz auch daran, aber ich habe es dann auch nicht gewagt."

„Vielleicht können wir das ein anderes Mal ausprobieren, wenn wir diese Nacht für uns verarbeitet haben. Vielleicht nur wir zwei, Maria. Ich denke, wir werden wohl alle viel zum Nachdenken haben. Aber bereuen…? Ich habe noch nie etwas bereut, wenn ich mit einem Menschen etwas Verrücktes unternahm, das gilt auch für andere Bereiche in meinem Leben."

„Das ganze Zimmer riecht nach Viviens Parfüm und nach uns" lächelte Maria. Sie rutschte vom Bett und begann sich anzuziehen. „Wenn Anna morgen hier reinkommt um aufzuräumen, wird sie wissen, was heute Nacht geschah."

„Das wusste sie auch vorher schon" erklärte Erwin. „Ich hatte das ja mit ihr besprochen, sie kontrollierte den Raum heute nochmal auf Sauberkeit und bezog das Bett frisch. Mach dir also keine Gedanken." Er erhob sich ebenfalls. Peter und Vivien folgten nach.

„Du hast einen schönen Hintern, Erwin, darf ich das mal so sagen?" Vivien gluckste vor Lachen.

„Was für ein Kompliment! Und dabei bin ich kein Ölscheich… Willst du mich schon wieder anstacheln?" Er drehte sich zu ihr hin. „Und du hast einen Traumkörper. Peter hat viel Glück mit dir. Wichtig ist nur, dass es für alle eine schöne, angenehme Sache war, und das ist offenbar der Fall." Er knöpfte seine Hose zu.

„Jetzt muss ich aber schlafen." Er sah sich nach Maria um, die bereits fertig angekleidet neben dem Bett stand. Duschen wollte keiner, sie waren alle zu müde. „Komm, lass uns verschwinden. Peter und Vivien, euch beiden eine gute Nacht. Und ein ‚Dankeschön' für das wunderbare Geschenk, das ihr mir und Maria mit eurer Anwesenheit gemacht habt."

Vivien huschte um das Bett herum und gab Erwin einen Kuss. „Dir auch einen ganz lieben Dank. Ihr beide habt mir viel Freude bereitet. Und dann in einem so herrlichen Zimmer! Tatsächlich fast wie in Hollywood!" Sie nahm Peter an die Hand. „Komm, wir gehen auch schlafen." Zu viert verließen sie das Liebesnest, jeder in sein Schlafzimmer. Für alle war es die Nacht der Nächte.

Als Erwin am späten Morgen nach unten wankte war er der erste. Die anderen lagen noch in ihren Betten, auch Vivien und Peter wollten noch nicht aufstehen. Zehn Minuten später kam Maria die Treppe herunter. Sie hatte Sehnsucht nach Erwin und fühlte sich so allein in ihrem Schlafzimmer. Ihr Blick war offen und klar, als sie ihren zukünftigen Ehemann in die Arme nahm.

„Guten Morgen Erwin." Sie lächelte. „Was für eine wundervolle Nacht! Ich bin noch ganz hin und weg. Sag mal, haben wir es mit den anderen beiden wirklich getrieben?" Sie schmiegte sich an ihn und küsste ihn. „Ich kann es noch gar nicht so richtig glauben." Erwin lächelte.

„Ja, das haben wir. Du warst wunderbar, und Vivien und Peter auch. Bereust du irgendetwas?" Maria sah ihm ins Gesicht, sah seine leuchtenden Augen, die sie aufmerksam betrachteten.

„Auf gar keinen Fall. Ich weiß nur noch nicht, wo mir der Kopf steht." Sie seufzte leicht. „Besonders hat es mir gefallen, als ich Vivien berührte. Ich habe noch nie eine Frau intim angefasst. Ist das jetzt schlimm?"

„Warum glaubst du, dass es schlimm sei?"
„Vielleicht bin ich lesbisch, oder ich habe einen Hang zu Frauen, wer weiß…"

„Das glaube ich nicht, Maria. Ich habe auch schon mal einen Mann angefasst und seinen Penis gestreichelt, und ich bin nicht schwul. Außerdem sind das nur Begriffe. Für mich haben die keine Bedeutung. Nur die Lust zählt, und natürlich die Liebe zu einem Menschen. Dich liebe ich sehr, du bist mir so nah gekommen wie nie eine andere Frau zuvor und ganz besonders letzte Nacht. Deswegen möchte ich Dich auch heiraten." Maria lächelte.

„Das hast du schön gesagt." Sie strich ihm zärtlich über den Kopf. „Ich bin wirklich glücklich mit Dir." Erwin nahm sie an die Hand.

„Komm mit, wir wollen frühstücken. Anna hat bestimmt schon auf uns gewartet." Wie gerufen trat Anna aus ihrer Küche. Sie hatte eine lange Schürze an und ihre Hände waren weiß vom Mehl.

„Ich habe Pfannenkuchen vorbereitet. Mal was anderes zum Frühstück. Wäre das was für euch? Es gibt ja sowieso bald Mittagessen. Es ist bereits halb zwölf."

„So spät schon?" Erwin war überrascht. „Und die anderen schlafen noch?"

„Das kann sein. Sie haben sich bisher nicht blicken lassen. Wollt ihr ein paar Pfannenkuchen?"

„Gern, Anna. Ich nehme zwei. Und du, Maria?"

„Mir reicht einer." Sie gingen ins Esszimmer und setzten sich. „Ich bin gespannt, wann die anderen zwei aufwachen." Maria spielte mit ihrem Haar. „Ich bin auch noch nicht so richtig wach. Was ist mit Oma, ob die auch noch schläft? Und meine Mutter? Ich gehe mal nachschauen." Sie erhob sich und verließ das Esszimmer. Sie kam nach kurzer Zeit wieder zurück. „Mama geht's gut. Sie möchte nicht frühstücken, sie wartet bis zum Lunch." Maria setzte sich an den Tisch. Anna erschien mit den Pfannkuchen. „Guten Appetit!" Sie wartete gar nicht erst eine Antwort ab, sondern huschte gleich wieder in die Küche. Sie war bereits an der Zubereitung des Mittagsmenüs.

„Die Pfannkuchen sind lecker." Erwin stopfte sich ein großes Stück des Fladens in den Mund. Er warf seinen Blick auf Maria. „Ich werde nachher mal versuchen, mit Miguel Kontakt aufzunehmen. Kannst Du mir da vielleicht behilflich sein? Du weißt, ich kann nur wenige Brocken portugiesisch."

„Natürlich Erwin. Ich würde mich freuen, wenn er auch nach Hamburg käme. Manchmal vermisse ich meinen Bruder."

„Ja, das verstehe ich." Er blickte auf, als Geräusche von der Treppe ertönten. Peter und Vivien waren aufgestanden und kamen herab. „Na, ihr zwei, ausgeschlafen?" Er grinste. „Ihr habt es ja lange im Bett ausgehalten. Anna ist am Wirbeln. Es gibt gleich Mittagessen."

„Die Nacht war anstrengend – aber außergewöhnlich gut." Vivien hielt die Hand vor den Mund, sie war noch am Gähnen.

„Seid ihr schon lange wach?"

„Eine gute halbe Stunde vielleicht. Wir haben auch lange geschlafen." Als Anna erschien, wehrten sie jegliche Frage gleich ab. „Wir brauchen kein Frühstück mehr, Anna, aber danke."

Sie setzten sich mit an den Tisch. Peter schien einigermaßen frisch zu sein. Er klopfte Erwin auf die Schulter.

„Das war eine Nacht, Maria und Josef. Traumhaft, ich bin noch ganz weg. Und Vivien hat schon den ganzen Morgen von Dir geredet. Was hast du nur mit ihr gemacht?"

„Iiiich??? Gar nichts. Ich bin unschuldig…" Er hob den Kopf und pfiff leise eine Melodie.

„Dein ‚gar nichts' kenne ich" lachte Peter. „Aber es war wirklich phantastisch. Auch mit Maria. Vielleicht kann man das so in ein paar Tagen, Wochen, Monaten nochmal wiederholen?" Alles lachte. Erwin sah ihm ins noch müde Gesicht.

„Hört, hört, den alten Lüstling. Je oller, je doller. Und das in deinem Alter!"

„Ich bin wenigstens noch fit. Wie geht's den beiden Mädels? Hattet ihr noch genug Schlaf? Ihr wisst ja, ausreichend Schlaf fördert einen guten Teint."

„Also ich denke ja" sagte Maria. „Ich bin zufrieden. Bin ja noch immer von der Arbeit auf dem Schiff gewohnt, mit wenigen Stunden auszukommen."

„Ich habe auch genug gerasselt." Vivi wurde so langsam munter. „Aber ein, zwei Stunden länger hätten auch nicht geschadet. Ich freue mich gleich aufs Essen. Habe richtig Hunger."

„Noch zehn Minuten." Anna kam gerade aus der Küche. Ein herrlicher Duft kam mit ihr an den Tisch geweht. „Es gibt Schnitzel für alle mit Bratkartoffeln." Damit waren natürlich alle einverstanden. Später versuchten Erwin und Maria, mit Miguel Kontakt aufzunehmen, aber er war zunächst nicht zu erreichen.

„Er wird mit seiner Freundin zusammen sein" meinte Maria. „Er geht nicht immer gleich ans Handy. Würde ich an seiner Stelle auch nicht. Wenn man jung ist und die Freundin im Arm hält… Lass es uns später versuchen!"

Trauung zu viert

„Nach dem Essen waren die meisten der nächtlichen Strapazen aus den Gesichtern verschwunden. Das normale Tagesgeschehen zog wieder ein. Anna war im Garten, die hatte ein paar Gläser draußen vergessen, die sie hereinbrachte. Erwin stieß Maria sacht in die Seite.

„Wollen wir in die Stadt fahren oder möchtest du irgendetwas anderes unternehmen?"

„Du könntest mal den Hochzeitstermin festlegen. Den Pfarrer bestechen." Sie kniff ihn in die Seite. „Oder hast du dich diese Nacht für Vivien entschieden? Du hast ja viel mit ihr herumgeschäkert."

„Maria! Sag nicht sowas! Das heute Nacht war einfach Vergnügen für alle. Ich könnte dich ja auch fragen ob du lieber mit Peter…" Sie musste lachen.

„Auf gar keinen Fall, Erwin. Dein Freund ist lieb und nett, und ich mag ihn wirklich sehr, aber ehrlich gesagt, ist er mir ein wenig zu alt. Vivien passt besser zu ihm, obwohl sie ja ebenfalls viel jünger ist als er. Außerdem liebe ich dich, schon vergessen?" Sie knubbelte und küsste ihn und biss ihm plötzlich in die Nase.

„Aua! Das hat weh getan."

„Das ist die Strafe für deine Worte. Hast selber schuld." Sie lachte aus vollem Hals und lehnte sich an seine Schulter. „Ach komm, so schlimm war das nicht. Stell dich nicht so an."

„Ja, ja, die Frauen. Man kann ihnen einfach nicht böse sein." Er zog sie in die Eingangshalle und öffnete die Tür. „Lass uns ein wenig spazieren gehen. Das mit dem Pfarrer und dem Anruf mit Miguel mach ich heute schon noch, aber etwas später. Die Sonne scheint gerade so schön."

Sie verließen die Villa und gingen die Straße hinauf, schlugen den Weg zu dem verschwiegenen kleinen Park in der Nähe ein. Nach nur wenigen Schritten erreichten sie ihn und setzten sich auf die grüne Zweierbank, die ein bekannter Sponsor der Stadt gestiftet hatte. Die Sonne spendete trotz der Jahreszeit, inzwischen immerhin Anfang September, noch angenehme Wärme.

‚So kann man es gut aushalten‘ dachte Erwin. Sie waren die Einzigen im Park und genossen die wohltuende Ruhe. Es war gut, mal ein wenig Abstand von allem zu haben.

„Du bist nun schon eine ganze Weile bei mir in Hamburg, Maria. Wie fühlst du dich nach dieser Zeit?" Erwin forschte ein wenig im Gesicht seiner hübschen Freundin. Er liebte diese dunklen Augen im braunen Gesicht, der verlockende Mund, die herrlich langen, weichen Haare, mit denen sie so gern spielte und in denen es sich so gut wuscheln ließ. Er liebte ihren Geruch.

„Was empfindest du für Hamburg, für deine neue Heimat? Ist sie so, wie du es dir vorgestellt hast, oder sind da Gedanken, Erfahrungen, die anders sind? Bist du glücklich? Oder möchtest du zurück nach Brasilien?" Eine Frage, die unsinnig war, wie er selbst feststellte. Maria schaute verwundert.

„Das magst du mich fragen, Erwin? Ich bin sehr glücklich hier in Hamburg. Für mich hast du das Paradies wahr gemacht, und ich denke, für meine Familie auch. Ich habe so etwas noch nie erlebt oder gar davon gehört, dass eine ganze Familie von einem Kontinent zu einem anderen verpflanzt wurde und die dabei glücklich wurde. Du hast meiner Familie ein unschätzbares Geschenk gemacht." Sie küsste ihn und legte einen Arm auf seine Schulter.

„Was das Land selbst betrifft - es ist natürlich vom Klima her gesehen kälter als Brasilien. Aber ich empfinde Deutschland leider auch menschlich kälter. Manchmal vermisse ich die Lebensfreude, die die Brasilianer an den Tag legen, selbst wenn sie in Armut leben. Sie lachen einfach mehr, sind fröhlicher. Ist jedenfalls mein persönlicher Eindruck."

„Da hast Du schon recht, Maria. Ich sehe das ähnlich. Mich bedrückt es oft. Viele scheinen nicht mehr zu denken, verhalten sich mehr und mehr wie kleine Roboter. Sie haben genug Sorgen, tun aber oft wenig, um sie zu bewältigen. Leider schwindet auch die Toleranz immer mehr, dafür nehmen Ausländerfeindlichkeit und allgemein die Gewalt deutlich zu. Deutschland ist nicht mehr das fröhliche Land der Sechziger Jahre, und schon lange nicht mehr das Land der Dichter und Denker. Viele Jugendliche wissen kaum noch, wer Goethe und Schiller waren." Erwin seufzte.

„Manchmal tut es mir weh, aber ich kann es nicht verhindern. Da ich finanziell gut gestellt bin kann ich zumindest, wie im Fall Deiner Familie, etwas im Kleinen bewerkstelligen. Das macht mir wirklich Freude. Aber natürlich kann ich nichts am Gesamtbild meines Landes ändern."

„Ich sehe das einfach von meiner persönlichen Seite aus, Erwin. Meiner Familie geht es gut, mir selbst ebenfalls. Wir heiraten demnächst, ich hätte in Brasilien wahrscheinlich nie geheiratet. Wen denn? Und ich hätte, mal mit Ausnahme der Prostitution, möglicherweise keine Arbeit bekommen. Prostitution ist für viele Mädchen und Frauen die letzte Station. Ich habe da schon sehr viel Elend gesehen." Sie blickte zu Boden und schwieg, hing ihren Gedanken nach. Auch Erwin fehlten die Worte. Im Prinzip war ja auch alles gesagt. Lange Zeit saßen sie still nebeneinander. Irgendwo in der Ferne bellte ein Hund. Als fremde Stimmen näher kamen stand Erwin auf und zog Maria mit hoch.

„Komm, lass uns zurückgehen. Ich möchte heute noch mit dem Pfarrer reden. Sonst wird es nie was mit der Hochzeit. Und vielleicht ist Miguel jetzt auch zu erreichen." Sie verließen den Park und schlenderten Arm in Arm die Straße zurück.

Anna empfing sie in der Eingangshalle. Erwins Haushälterin war irgendwie einfach immer an Ort und Stelle.

„Da seid ihr ja. Ich hatte euch schon gesucht. Wir wäre es mit einem Fünfuhrtee? Ich habe einen kleinen Kuchen gebacken. Setzt euch schon mal ins Esszimmer. Ich serviere gleich."

„Das ist eine prima Idee. Du bist ein Schatz, Anna. Dir fällt auch immer wieder was Neues ein. Ich muss nur noch schnell telefonieren. Bin gleich wieder da." Er verschwand nach oben. Das ‚schnell' dauerte trotzdem fünfzehn Minuten. Erwin hatte den Pfarrer erreicht und tatsächlich einen Hochzeitstermin in drei Wochen bekommen.

„Das ging aber schnell" wunderte sich Peter. „Normalerweise ist der Michel auf Monate hinaus ausgebucht."

„Ja, das erzählte mir der Pfarrer auch. Ich hatte einfach Glück. Ein anderes Paar sagte den Termin kurzfristig ab. Der betreffende Ehemann musste angeblich dringend ins Kranken-haus". Er grinste. „Des einen Freud, des anderen Leid." Be-schwingt setzte er sich an den Tisch.

„Und wann ist nun der Termin? Hast du ihm gesagt, dass wir eine Doppelhochzeit wollen?"

„Ja, das geht in Ordnung. Unser Termin ist am zweiten Ok-tober, das ist der Samstag in drei Wochen. Wir müssen also recht schnell alles fertig haben, Papiere usw. Aber vieles haben wir ja schon vorbereitet."

„Oh, in nur drei Wochen. Schööööön." Vivien klatschte in die Hände. „Das müssen wir natürlich ausgiebig feiern. Ma-chen wir die Party hier?"

„Ja, natürlich." Erwin lachte. „Oder möchtest Du in einer Landgaststätte feiern? Hier ist es doch viel gemütlicher, keine An- und Abfahrtswege. Aber wir müssen mit den Formalitäten sofort anfangen. Der Pfarrer sagte, dass ein Traugespräch für die Brautpaare verbindlich ist. Und das habe ich gleich für nächste Woche geregelt bekommen. Ungewöhnlich schnell.

Normalerweise geht das erst nach einer verbindlichen Trau-Anmeldung. Termin ist in sechs Tagen um zehn Uhr."

„Was ist ein Traugespräch?" Maria war neugierig. „Darf ich überhaupt dort heiraten? Ich bin katholisch."

„Ja, das ist möglich. Vivien ist evangelisch. Beide Traupaare sollten entweder einer katholischen oder evangelischen Konfession angehören. Das ist so vorgeschrieben und passt mit euch. Zumindest war es mal so, aber ich glaube nicht, dass das geändert wurde." Er hob den Kopf. Anna erschien mit Tee und dem angekündigten Kuchen.

„Ich hoffe, dass euch mein Kuchen schmeckt. Der ist noch warm. - Was habt ihr denn da zu bereden? Ich hörte vorhin Gelächter und Händeklatschen." Sie stellte das Tablett auf den Tisch. „Greift kräftig zu."

„Erwin hat heute vom Pfarrer unseren Hochzeitstermin im Michel bekommen. Samstag in drei Wochen." Viviens Gesicht strahlte. „Ich könnte vor Glück tanzen."

„Das ist ja eine erfreuliche Nachricht. So schnell? Da habt ihr aber nicht viel Zeit, um alles in die Wege zu leiten. Die ganzen Urkunden, standesamtliche Terminbestätigung, Bescheinigung über Eheschließung, den von euch ausgesuchten Trauspruch und noch so einiges."

„Du scheinst dich ja bestens auszukennen, Anna. Woher kommt das?"

„Ich habe gerade vor einer Woche mit einer Freundin darüber gesprochen, die hat vor einem halben Jahr geheiratet. Ein irrer Papierkrieg. Typisch deutsch!"

„Ja, das kann ich mir vorstellen." Erwin verteilte reihum Tee in die Tassen und schnitt den Kuchen an.

„Solch einen Aufwand gibt es auch in anderen Ländern" meinte Peter, und Maria bestätigte das.

„Bei uns in Brasilien gibt es auch etliche Sachen und Formalitäten zu beachten."

„Wir fangen gleich morgen damit an, Anna. In sechs Tagen haben wir um zehn im Michel einen Termin für das Trauge-spräch."

„Das ging ja wirklich fix. Wie hast du das so schnell hinbe-kommen?"

„Ging ganz ohne Bakschisch. Ein Hochzeitstermin ist frei geworden, weil der Ehemann in spe krank wurde."

„Da habt ihr ja wirklich Glück gehabt."

„Ja. Manchmal hat man wirklich Glück im Leben. Setz dich doch, Anna. Wir haben keine Geheimnisse." Erwin grinste.

„Was ist denn nun ein Traugespräch? Wozu soll das dienen?" Maria kannte das nicht und war neugierig.

„Da geht es um Namen, Konfession, Geburtsdaten usw. Man plant den Gottesdienst wie der ablaufen soll und ein Gespräch über die Ehe an sich. Und natürlich über kirchliche Fragen. Wie gläubig seid ihr, welche Bibelstellen sind euch bekannt und vieles mehr." Anna seufzte. „Viele Fragen. Auch der Trau-spruch wird besprochen." Erwin meldete sich.

„Normalerweise passiert das etwa ein halbes Jahr vor der Trauung, aber in unserem Fall findet das übereilt morgen statt, sonst könnten wir den Hochzeitstermin nicht einhalten. Soll ca. eineinhalb bis zwei Stunden dauern." Auch er seufzte.

„Was für ein Aufstand. Einfach nur sagen ‚wir lieben uns' reicht nicht. Übrigens, auch für eine andere Sache wird es eng. Wir müssen auf jeden Fall Brautkleider besorgen. Ich werde morgen gleich einen Schneider anrufen, das muss fix gehen. Auch für euch beide, Peter und Vivien."

„Und Trauringe", lachte Peter. „Aber das ist das kleinere Übel. Einfach in einen guten Schmuckladen."

„In Hamburg ist das praktisch zu erledigen" antwortete Er-win. Wir waren doch im Schmuckladen ‚Stern' in Rio. Diese Firma hat auch eine Filiale in Hamburg."

„Das klingt bestens. Also ist ab heute für die nächsten drei Wochen Stress angesagt." Alles lachte.

„Ihr werdet das schon machen." Anna erhob sich. „Ich muss jetzt auch noch ein bisschen was tun." Vergnügt vor sich hin summend verschwand sie in ihrer Küche.

„Was sagt denn deine Familie dazu? Josefina, die Oma und Lucas?" Es war Peter, der diese Frage an Maria richtete. „Hast du schon mit allen gesprochen?"

„Ja natürlich. Die wissen Bescheid und freuen sich. Nur Josefina muss mit einem Rollstuhl in die Kirche gebracht werden, sie wird auch in den nächsten Wochen noch nicht laufen können, aber dafür ist gesorgt. Lucas dagegen ist nicht sehr interessiert. Er ist kein Kirchgänger. Aber er freut sich natürlich auch für seine Schwester. Das gilt ebenso für die Oma."

Die nächsten Tage waren angefüllt mit den Hochzeitsvorbereitungen. Der Termin sechs Tage später beim Pfarrer um zehn dauerte nur eineinhalb Stunden. „Das reicht" meinte er lächelnd. Peter und Erwin spendeten eine gewisse Summe für sein Verständnis.

Am Tag danach ging es zunächst zum Juwelier Stern. Sie wollten nur schlichte Goldringe, und das war relativ einfach. Später suchten sie ein gutes Lokal auf. Inzwischen war der Hunger groß geworden. Am Nachmittag saßen die vier wieder in der Eingangshalle der Villa und plauderten über das bisher Erreichte.

Zwei Wochen später hatten sie alle nötigen Papiere beisammen und schauten gelassen auf die Trauung. ‚Es hat was für sich, wenn sich durch Geld viele Türen leichter öffnen lassen‘ dachte Peter. ‚Natürlich ungerecht gegenüber ärmeren Bevölkerungsschichten.‘ Aber so ist leider nun mal das Leben. Sie konnten es nicht ändern.

Eine andere wichtige Sache brachte Anna zur Sprache. Völlig verstört fragte sie Erwin, ob sie denn standesamtlich getraut seien. Das war doch Voraussetzung für die kirchliche Trauung. Erwin lächelte nur.

„Dafür haben wir auch später noch Zeit. Seit dem Jahr 2009 kann die standesamtliche Trauung auch nach der kirchlichen erfolgen. Sonst hätten wir natürlich nicht in zwei Wochen im Michel heiraten können."

„Das wusste ich nicht" sagte Anna. Woher hast du das denn erfahren?"

„Der Pfarrer sagte es mir. Wir haben tatsächlich viel Glück mit allen Terminen."

Der große Tag kam am Vorabend des zweiten Oktobers. Die beiden Paare waren hektisch und aufgeregt. Das betraf vor allem Maria, die noch nicht so gut deutsch sprach. Aber auch Vivien, Erwin und Peter waren nervös. Es war für alle das erste Mal. Die beiden Frauen verschwanden in einem der oberen Zimmer zur letzten Kleideranprobe, gefolgt von Anna, die ihnen behilflich war. Die Männer mussten natürlich außen vor bleiben.

„Das bringt Unglück, wenn ihr die Kleider vor der Trauung zu sehen bekommt" komplimentierte Anna die beiden Herren in die Halle zurück.

Der Termin für die Hochzeit war am nächsten Tag für vierzehn Uhr angesetzt. Eine sehr gute Zeit, fand Erwin. Schon früh waren alle auf den Beinen. Die Frauen natürlich abgeschirmt zum Einkleiden, Schminken und das ganze Prozedere. Sie würden später mangels Mütter und Väter von Anna zum Traualtar geführt werden. Erwin und Peter hatten nicht viele Gäste eingeladen, nur aus dem engsten Familienkreis, als da wären zwei Tanten und ein Bruder von Peter, eine Schwester sowie einen Bruder von Erwin und schließlich von Vivien zwei gute Freude aus ihrer Berliner Agentur. Keiner der vier Hochzeitswilligen hatte noch Vater oder Mutter, außer natürlich Marias Familie. Dazu die Oma, Lucas, und Anna. Erwin und Peter

hatten sich für eine Weile in die Eingangshalle der Villa gesetzt.

„Wenn man es genau bedenkt sind wir fast unter uns" sagte
Erwin. „Ich zähle insgesamt nur zehn bis zwölf Personen außer
den beiden Brautpaaren natürlich. Es kann aber sein, dass noch
einige andere Gäste dazukommen. Anna lud Arbeitskolleginnen von Vivien und auch einige Freunde von mir ein. Sie hat
da einfach den besseren Überblick. Eine kleine, fast schon intime Familienfeier, und das für zwei Brautpaare. Unglaublich!
Mir gefällt das aber. Ich finde das sowieso besser als solche
Monsterparties mit tausend Personen, wie sie zum Beispiel die
Türken gern feiern."

„Ich bin der gleichen Meinung" sagte Peter. „Aber meine
Mutter hätte das gut gefunden, dabei zu sein. Sie ist leider vor
einigen Jahren schon verstorben. Meinen Vater kenne ich gar
nicht. Immerhin kommen zwei Tanten und mein jüngerer Bruder."

„Ich habe auch keine Eltern mehr. Schon ein bisschen schade." Erwin sah auf seine Schuhe, die wie neu glänzten. Anna
hatte es sich nicht nehmen lassen, sie ihm extra für die Trauung
besonders sorgfältig zu putzen. „Ich habe noch einen Bruder
und eine Schwester. Die wird auch nicht dabei sein, sie lebt in
Kanada. Ich habe so gut wie keinen Kontakt mit ihr. Was ist
mit Vivien?"

„Vivien hat ebenfalls keine Eltern mehr. Sie kamen bei einem Autounfall ums Leben. Das hat sie mir schon mal früher
auf der ‚Elegance' erzählt. Aber dafür ist Marias Mutter dabei,
und auch ihre Großmutter. Ich schlage vor, dass wir die Feier
am Samstag nach der Hochzeit abhalten. Wir müssen ja noch
einiges dafür vorbereiten. Sollen wir für die Musik wieder die
Ferry-Men einladen?"

„Eigentlich eine gute Idee, Peter. Aber wie wäre es mit einer
lateinamerikanischen Gruppe, so zwei bis drei Musiker? Samba

oder so, das wäre doch gerade für unsere südamerikanische Familie etwas. Platz für ein paar Musiker ist genug in der Halle." Erwin sah auf die Uhr.

„Es ist elf. Wir sollten uns langsam anhübschen und uns auf den Weg machen. Wir müssen eine halbe Stunde vor dem Termin in der Kirche sein. Ich habe unsere Trauzeugen direkt in den Nebenraum des Michels bestellt. Die werden dort auf uns warten." Die beiden verschwanden nach oben in ihre Räume.

Eine Stunde später trafen sie sich in der Halle, und dort erklärte Erwin seinem verdutzten Freund, dass die beiden Bräute gemeinsam mit einer weißen Stretch-Limousine vorfahren würden. Zusammen mit Anna, Luca und der Oma. Die Mutter würde von einem separaten, rollstuhlgerechten Fahrzeug zum Michel gebracht werden.

„Eine Stretch-Limousine? Das ist ja eine tolle Idee. Und der Schmuck des Autos?"

„Ist alles geregelt. Ich habe einige spezielle Freunde" lachte Erwin. „Aber ansonsten waren wir mit der Planung nicht sehr traditionell. Hat Vivien dir das nicht erzählt?"

„Nein, die sagte rein gar nichts. Tat die letzten Wochen sehr geheimnisvoll. Ich habe sie nur zweimal zu einer auf Brautmode spezialisierten Boutique gefahren, aber ich durfte noch nicht mal mit ins Geschäft."

„Ja, das war bei Maria auch so. Der Ehemann in spe soll das Brautkleid ja nicht vor der Hochzeit sehen. Anna war bei beiden Mädels dabei. Aber die sagt auch nichts."

„Na, wir werden es erleben. Nun komm, wir müssen los. Übrigens: schick siehst du aus. Ganz in schwarz… so sah ich dich noch nie."

„Das Kompliment kann ich dir voll zurückgeben. Aber ehrlich, in einem graublauen Anzug gefalle ich mir besser." Die beiden verließen das Haus und bestiegen den Mercedes.

Erwin und Peter überließen Anna den größten Teil der Hochzeitsplanung. Beide hatten keine Erfahrung mit so etwas. Anna entschied sich für eine entspannte, charmante Ästhetik. Aufgrund des Zeitmangels kamen selbst gefertigte Einladungskarten nicht in Frage. Die wenigen Personen, einige von Viviens Arbeitskolleginnen und Freunde von Erwin wurden einfach telefonisch von der bevorstehenden Hochzeit in Kenntnis gesetzt und eingeladen. Auch Miguel wurde selbstverständlich eingeladen. Erwin sicherte ihm und seiner Freundin kostenlose Flugtickets zu, aber ihm war die weite Reise nach Deutschland zu anstrengend, außerdem konnte er in seinem Job keine Pause einlegen.

Anna dekorierte in den vergangenen Tagen die Eingangshalle mit Lichterketten, weißen und grünen Gartenblumen, die sie sich schicken ließ. Von Erwin hatte sie für jegliche Gestaltung freie Hand bekommen. Einen Platz ließ sie für die zu buchenden Musiker frei. An einer Seitenwand stellte sie einen kleinen Tisch für die zu erwartenden Brautgeschenke auf, ebenfalls mit weißen und grünen Blumen dekoriert. Die Halle sah bereits richtig festlich aus, dabei war noch eine ganze Woche Zeit bis zur Hochzeitsfeier.

Natürlich war sie trotz allem auch aufgeregt, als sie mit den beiden festlich geschmückten Bräuten, der Oma und Luca in die Limousine stieg. Das Einsteigen verlief etwas schwierig durch die langen Brautkleider, die auf keinen Fall schmutzig werden durften. Zum Glück war es trocken, es regnete nicht. Aber auch da war Anna eine geduldige Hilfe. Sie stieg als letzte ein.

Die Fahrt zum Michel dauerte fast eine ganze Stunde, weil ausgerechnet eine gestern neu eingerichtete Baustelle enormes Chaos verursachte. Vivien und Maria waren super nervös. Sie hatten zwar schon jede mögliche Kleinigkeit zigmal durchgesprochen, aber ihre Spannung wuchs mit jeder Minute, die sie dem Michel näherbrachte. Oma Maria versuchte zu besänftigen und lächelte ihnen aufmunternd zu, aber der Erfolg war mäßig. Selbst Lucas verstummte vor Aufregung.

Die Ankunft auf dem Kirchenvorplatz war überwältigend. Die eingeladene Hochzeitsgesellschaft war bis auf zwei Personen vollzählig eingetroffen. Zu ihrem Erstaunen hatten sich Hunderte fremde Menschen eingefunden und füllten fast den kompletten Platz. Es hatte sich offenbar herumgesprochen, dass heute eine Doppelhochzeit stattfand, ein Ereignis, das es nicht jeden Tag zu bestaunen gab. Dazu schenkte Petrus ihnen ein Bilderbuchwetter.

Die schwere Limousine stoppte auf dem Vorplatz des St. Michel. Anna half den beiden Bräuten aus dem Wagen und reichte danach auch der Oma die Hand. Josefina war bereits mit dem zweiten Fahrzeug angekommen und saß wartend im Rollstuhl am Eingang der Kirche, begleitet von einem Freund Erwins.

Pfarrer Thomas Hinrichs begrüßte die beiden Bräute am Eingang. Danach ließ er sie in Annas Obhut allein und begab sich in den Nebenraum, wo schon Erwin und Peter mit je einem von Erwins Freunden als Treuzeugen warteten. Vor dem Portal der Kirche blieb noch ein kurzer Moment zum Verschleiern der Braut, sowie zum Richten des Brautkleides, bis sich die Türen öffneten. Vivien und Maria zitterten ob des hochemotionalen Moments die Knie, als Anna sie links und rechts an ihre Hand nahm.

Die beiden Ehemänner in spe befanden sich seit einer halben Stunde im Gotteshaus, begleitet von ihren Trauzeugen. Sie hatten schon den vom Pfarrer zugewiesenen Bereich vor dem Altar eingenommen und warteten auf ihre Liebsten.

Erwin war überwältigt vom Inneren der Kirche. Es war sein erster Besuch. Der Innenraum, ja die ganze Kirche erstrahlte in blendendem Weiß und Gold. Zahlreiche Fenster ließen enorm

viel Tageslicht in das Hauptschiff strömen. Die dunklen Holz-
bänke bildeten einen wunderbaren Kontrast dazu, ergänzt
durch den hellbraunen Steinboden und die grauen Wege, die,
mit weinroten Teppichen belegt, zum riesigen, reich geschnitz-
ten Marmoraltar führten. Links und rechts rahmten braune
Marmorsäulen das große Glasmosaik ein, das ein Bild des auf-
erstandenen Jesu Christi zeigte. Darüber befand sich eine Darstellung von Jesu am Kreuz. Die Altarkrönung faszinierte
durch den goldenen Strahlenkranz, der bildlichen Darstellung
der Heiligen Dreieinigkeit. An der Schmalseite gegenüber hatte
die gewaltige Steinmeyer-Orgel von 1962 ihren Platz. Darunter
verlief auf beiden Seiten die Empore mit weiteren Sitzplätzen
für die Gläubigen und dem Bereich des Orchesters.

Der Anblick raubte Erwin schier den Atem, und er beschloss,
sich zu einem späteren Zeitpunkt die Kirche noch einmal genauer anzusehen. Peter hingegen kannte den Michel schon von
früheren Besuchen her, war aber trotzdem immer wieder über
die Innengestaltung des Gotteshauses fasziniert. Als einer der
persönlichen Hauptakteure stand er in stiller Andacht vor dem
Altar und ließ den sakralen Raum auf sich wirken.

Punkt vierzehn Uhr begannen die Glocken zu läuten. Jetzt
war es soweit. Da es keine Väter der beiden Bräute gab und
Marias Mutter im Rollstuhl saß, nahm Anna sie links und
rechts an die Hand. Dahinter folgte Marias Oma mit Lucas und
ihrer Josefina, die von einem der beiden begleitenden Freunde
Erwins vorsichtig geschoben wurde. Als die Familie samt ihren
Begleitern durch die Eingangstür trat, begann der Gänsehaut-
Moment mit dem Erklingen des Hochzeitsmarsches. Die Gäste
erhoben sich, um damit ihre Anerkennung und Zustimmung zu
zeigen. Alle Augen richteten sich auf die beiden Bräute.

Maria und Vivien waren tief verschleiert. Vivien trug ein
Modellkleid von Orlagh mit tiefem V-Ausschnitt, mit Glo-
ckenärmeln und einer leichten Schleppe, das perfekt ihre

schlanke Figur unterstrich. Auf der Vorderseite zierte zarte Spitze das leicht cremefarbene Kleid. In der Hand hielt sie einen üppigen grün-weißen Blumenstrauß, der hervorragend zum Kleid passte.

Maria hatte ihr Kleid nach brasilianischer Mode anfertigen lassen, mit eingewirkten, haudünnen Grün- und Gelbfäden. Der enge Schnitt schmeichelte ihrer schlanken, fast kindlichen Figur, ohne jedoch aufdringlich zu wirken. Die gesamte Farbe des Kleides harmonierte wunderbar mit ihrer braunen Haut. Unter ihrem Schleier waren rote und weiße Blumen zu erkennen, die sie sich ins Haar gesteckt hatte und die die exotische Erscheinung unterstrichen. Sie trug einen ähnlichen Strauß wie Vivien, aber mehr in ockerfarbig und lila, der ihr Outfit hervorragend ergänzte. Beide wirkten wie leibhaftige Engel, und so schwebten sie fast zum Altar.

Die beiden gebuchten Fotografen und Filmer hatten bereits vor einiger Zeit ihren bevorzugten Platz eingenommen und waren schon an der Arbeit. Vor dem Altar angekommen, nahm Anna die zwei Blumensträuße aus den Händen der Bräute in Empfang und übergab die beiden Frauen an ihre zukünftigen Ehemänner. Dann setzte sich mit in die vordere Reihe, Josefina wurde im Gang neben sie geschoben. Die Mutter war total ergriffen, verlegen wischte sie sich ab und zu Freudentränen aus den Augen. Mit dem Verstummen des Hochzeitsmarsches von Mendelssohn Bartholdi begann die Zeremonie. In der Kirche war es mucksmäuschenstill geworden. Pfarrer Gerd Hinrich begrüßte das erste Brautpaar mit persönlichen Worten.

„Liebes Brautpaar! Sie sind in dieser entscheidenden Stunde eures Lebens hierhergekommen, um vor uns allen zu bezeugen, dass Sie einander unwiderruflich als Mann und Frau angehören wollen. Bevor Sie den Bund der Ehe schließen, frage ich euch nun einzeln, ob ihr eure Ehe in voller Freiheit und mit

aufrichtiger Bereitschaft eingehen wollt." Er wandte sich an den Bräutigam an.

„*Ich frage Sie: Sind Sie hierhergekommen, um nach reiflicher Überlegung und aus freiem Entschluss mit Ihrer Braut Vivien Neumeier den Bund der Ehe zu schließen? Wollen Sie Ihre Frau lieben und achten und ihr die Treue halten, alle Tage Ihres Lebens? Dann sagen Sie bitte laut ‚Ja‘.*"

Peter schaute seiner Vivien fest in die Augen und betonte sein ‚Ja‘. Der Pfarrer drehte sich zu Vivien.

„*Ich frage Sie: Sind auch Sie hierhergekommen, um nach reiflicher Überlegung und aus freiem Entschluss mit Ihrem Bräutigam Peter Handtke den Bund der Ehe zu schließen? Wollen Sie ihren Mann lieben und achten und ihm die Treue halten, alle Tage Ihres Lebens? Dann sagen Sie bitte laut ‚Ja‘.*"

Vivien musste vor Aufregung schlucken, dann lächelte sie Peter an und bestätigte mit einem lauten ‚Ja‘.

„*Sie sind also beide zur christlichen Ehe bereit. Bevor Sie den Bund der Ehe schließen, werden die Ringe gesegnet, die Sie einander anstecken werden.*" Anna stand auf und überreichte dem Pastor die Ringe, die er mit einem kurzen Gebet segnete. Der Filmer und der Fotograf waren dicht herangerückt, um alles festzuhalten.

„*So schließen Sie nun vor Gott und der Kirche den Bund der Ehe, indem Sie das Vermählungswort sprechen. Dann stecken Sie jetzt einander den Ring der Treue an.*" Peter wandte sich seiner Vivien zu.

"*Liebe Vivien, nimm diesen Ring als Zeichen, dass ich ab heute jeden Weg gemeinsam mit dir gehen werde. Wohin dein Weg dich auch führt, werde ich dir folgen. Möge mein Herz dein sicherer Hafen und meine Arme stets dein Zuhause sein. Ich liebe Dich! Trag diesen Ring als Zeichen unserer Liebe und*

Treue, im Namen des Vaters, des Sohnes und des Heiligen Geistes. "

Mit diesen Worten streifte er ihr den Ring behutsam an den Ringfinger. Vivien traten die Tränen in die Augen, und nervös tupfte sie sie mit einem weißen Tüchlein ab. Der Pfarrer wandte sich nun an Vivien.

„So schließen Sie nun vor Gott und der Kirche den Bund der Ehe, indem Sie das Vermählungswort sprechen. Dann stecken Sie jetzt einander den Ring der Treue an." Vivien nahm den Ring vom Geistlichen entgegen. Mit leiser Stimme sprach sie ihren Text.

„Lieber Peter, Ich verspreche dir meine Treue, meine Unterstützung, meinen Glauben an dich und unsere Liebe bis ans Ende unserer Tage. Ich will sowohl die Freudentränen als auch die Tränen der Trauer zusammen mit dir weinen, dich in schweren Zeiten trösten und die guten Zeiten mit dir feiern. Ich liebe dich. Trage diesen Ring als Zeichen unserer Liebe und Treue, im Namen des Vaters, des Sohnes und des Heiligen Geistes."

Noch während sie sprach, steckte sie ihm den gesegneten Ring an den Finger. Fast versagte ihr die Stimme. Der Pfarrer lächelte der Frau beruhigend zu, dann sprach er den Trautext.

„Reichen Sie nun einander die rechte Hand. Gott, der Herr, hat Sie als Mann und Frau verbunden. Er ist treu. Er wird zu Ihnen stehen und das Gute, das er begonnen hat, vollenden."

Der Pfarrer legte die Stola um die ineinander gelegten Hände der Brautleute. Er legt seine rechte Hand darauf und sprach weiter.

„Im Namen Gottes und seiner Kirche bestätige ich den Ehebund, den Sie geschlossen haben. Was Gott verbunden hat, darf der Mensch nicht trennen." Mit fester Stimme sprach er den Segen:

„Die Liebe erträgt alles, glaubt alles, hofft alles, hält allem stand. Die Liebe hört niemals auf."

Pfarrer Thomas Hinrichs wandte sich Erwin und Maria zu. Mit wenigen Worten begrüßte er das Paar auf Englisch.

"Dear bride and groom, I am not very good at English, so just a few words for you:"

Es folgten die schon in etwa zuvor gesprochenen Texte in Deutsch. Nur die beiden Eheversprechen unterschieden sich von denen des anderen Paares.

„Sie dürfen ihre Frauen jetzt küssen."

Erleichtert nahmen die beiden Paare einander in die Arme und küssten sich. Dann erfolgte der Auszug aus der Kirche. Anders als zuvor waren sie nun an der Spitze, als sie durch den langen Gang schritten. Beim Ausgang durch das Kirchenportal wurden sie von den draußen wartenden Gästen und einer Menge Zuschauer mit einem Applaus empfangen. Erwin drückte seine Maria fest an sich.

„Die Menschen sind wunderbar. Wir haben so viel Glück, auch mit dem Wetter. Möge die Sonne unser ganzes Leben lang scheinen. Und ich bin glücklich und froh, dass wir jetzt Mann und Frau sind. Ich liebe dich von Herzen!"

Maria lächelte verhalten. Sie konnte das alles noch nicht so richtig begreifen. Als Erwin ihr in die Stretch-Limousine half zeigten sich Freudentränen auf ihrem hübschen Gesicht. Sie konnte sie einfach nicht zurückhalten. Erwin reichte ihr noch ein Taschentuch. Dann verabschiedete er sich bis nachher. Er war ja mit dem Mercedes gekommen, nur sein Freund fuhr mit der Limousine.

Peter war ebenso gerührt wie seine Vivien. Jetzt war er tatsächlich verheiratet. Auch er konnte sein Glück noch gar nicht richtig fassen. Dass ihm in seinem Alter nochmal so etwas geschah.... Er half Vivien beim Einstieg und setzte sich dann neben sie. Langsam setzte sich die Limousine in Bewegung. Auf der Fahrt zu Erwins Villa schwiegen sie. Sie waren alle noch im Bann des eben Erlebten. Im Rückspiegel erkannte Peter das Fahrzeug mit Josefina. Sie hatte die ganze Zeremonie sehr gut überstanden. Aber auch sie kämpfte mit Freudentränen, vor allem auch angesichts der unendlichen Hilfe, die Erwin ihrer Familie angedeihen ließ.

Eine halbe Stunde später erreichten alle Fahrzeuge das Ziel. Normalerweise würde jetzt die Hochzeitsfeier beginnen, aber Erwin hatte das mangels Zeit auf eine Woche später verschoben und gleichzeitig auch als Party gedacht. So setzten sie sich einfach formlos zusammen und freuten sich, dass alles so gut abgelaufen war. Lucas rannte nach oben in sein Zimmer. Er wollte ein wenig allein sein. Die Oma verschwand ebenfalls.

„Ich werde mich ein wenig hinlegen" sagte sie. „Ich bin ein etwas müde." Peter nickte ihr zu. Er konnte sie verstehen.

„Ich sag später Bescheid, wenn es Dinner gibt." Dankbar schaute sie ihm ins Gesicht. Josefina bat Erwin, sie auch ins Zimmer zu bringen. Sie sei wie die anderen geschafft von dem ganzen Trubel, und er kam ihrer Bitte natürlich nach.

„Brauchst du sonst noch etwas? Hast du Schmerzen?"
„Nein, alles gut. Nur die Aufregung hat mich etwas mitgenommen, und das lange Sitzen war auch anstrengend." Mach dir keine Sorgen."

Während die beiden Bräute in ihren Räumen verschwanden, um sich gegenseitig aus den Brautkleidern zu helfen und sich normale Kleidung anzuziehen, huschte Anna in die Küche, um Tee und Kaffee zu kochen. Als Vivien in Jeans und Bluse erschien, zog Peter sie an seine Seite. Er war glücklich, sie neben sich zu wissen, für hoffentlich den Rest ihres Lebens. Jedenfalls hatte sie ihm das ja in der Kirche versprochen.

„Wie fühlst du dich jetzt als meine Frau?" Er schmunzelte.
„Ich freue mich jedenfalls schon riesig auf die Hochzeitsnacht."

„Ach so, ja, da war doch noch was…" Sie grinste. „Ich bin wirklich sehr glücklich. Du bist der richtige Mann für mich." Sie schmiegte sich an ihn und küsste ihn. „Auch wenn Du mit Maria Sex direkt vor unserer Ehe hattest. Da kommt mir der Gedanke: wolltest du nicht doch lieber sie als Gemahlin? So ein junges Gemüse hat doch mehr Pep im Sex, als ich alte Frau."

„Stimmt – jetzt wo du es sagst…" Er schob sie ein wenig von sich weg und sah sie prüfend an. „Wollen wir uns gleich scheiden lassen oder erst nach der Hochzeitsnacht?"

„Du bist ein Schuft!" Sie boxte ihn in die Seite. „Ich werde Dir helfen! Ich sehe schon, ich muss dich noch ein wenig erziehen…" Sprachs und hopste auf deinen Schoß. „Ich muss mir die Hochzeitsnacht noch mal gut überlegen. Ich bin zurzeit unpässlich, ich habe mein monatliches Frauenleiden." Sie stupste ihn auf die Nase. „Komm mir ja nicht zu nah. Ich bin dann immer giftig." Sie grölten beide um die Wette.

„Ich sehe, ihr versteht euch prächtig", lachte Anna als sie mit den dampfenden Getränken erschien. „Das lässt auf eine gute Zukunft hoffen." Sie stellte das Tablett ab und schenkte Tee und Kaffee aus.

„Wir unterhalten uns gerade über die Scheidung", lachte Vivien. „Er hätte lieber Maria heiraten sollen, die ist mit ihren zweiundzwanzig Jahren knackiger. Aber vorher will er noch die Hochzeitsnacht mit mir. Ist das nicht etwas raffgierig?" Anna schüttelte nur den Kopf.

„Ihr mit euren Sexgeschichten. Ihr habt vielleicht Gedanken! Eigentlich passt Peter mit seinem Alter doch viel besser zu mir." Jetzt mussten alle lachen. Daran hatte noch niemand gedacht.

„Wird zur Abwechslung jetzt mal meine Wenigkeit verschachert?" Peter grinste. „Aber Anna wäre beileibe keine schlechte

Wahl. Sie kann wundervoll kochen, ist ein Organisationstalent…. Aber ich glaube, da hätte Erwin eine Menge dagegen."

„Nicht nur, dass Ihr Anna an meinen Freund verschachern wollt, jetzt wollt ihr mir auch noch meine Perle abspenstig machen. Na wartet. Ich schmeiß euch gleich aus meiner Villa!"

Erwin stand auf und legte eine drohende Pose ein, dann lachte auch er. „Ich glaube, hier geht momentan alles drunter und drüber. Anna, sag, was hast Du in den Tee gemischt?"

„Ich? Ich bin unschuldig wie ein Schaf." Sie senkte den Blick nach unten.

„Eher wie ein schwarzes Schaf." Erwin nahm sie in seine Arme und schleuderte sie herum. „Trotzdem bin ich so froh, dass ich dich habe, Anna. Ich bin ja in gewisser Weise selbst ein schwarzes Schaf. Du bist mir unentbehrlich geworden." Er ließ sie aus seinen Armen, als sie nach Luft schnappte.

„Ich werde auch nie gehen, solange Du mich so gut behandelst wie bisher." In dem Moment erschien Maria. Sie war endlich mit dem Umziehen fertig geworden.

„Ihr seid alle so fröhlich" lachte sie. Habe ich was verpasst?" Schmunzelnd setzte sie sich zu Erwin an den Tisch. Maria hatte sich sehr sexy angezogen. Sie trug einen kurzen weißen Rock, das schon bekannte ockerfarbene T-Shirt, und sie hatte sich leicht geschminkt. Ihr Gesicht schimmerte sanft, und ihre dunklen langen Haare fielen lockig weit über den Rücken. Ihre Augen strahlten reine Lebenslust aus.

„Du siehst ja richtig zum Anbeißen aus" sagte Peter. „Hast du heute noch irgendetwas vor?"

„Ich weiß nicht, wonach Erwin der Sinn steht. Ich würde vielleicht gern ausgehen. Aber ich wollte ihm einfach nur gefallen, als eine verlockende Vorfreude auf die Hochzeitsnacht."

„Ja, ja, die berüchtigte, verlockende Venusfalle." Erwin grinste. „Mit Speck fängt man Mäuse. Mal sehen, wie sich die Ehe mit dir in zehn Jahren anfühlt."

„Zehn Jahre willst du es doch mit mir aushalten? Ist das nicht ein bisschen sehr gewagt? Ich kann ein furchtbares, brasilianisches Biest werden." In Erwartung einer seiner berüchtigten Kitzel-Attacken entfernte sie sich vorsichtshalber einen Schritt von ihm.

„Da hört ihr es" jammerte Erwin. „Sie beginnt schon den ersten Ehekrach!" Er erhob sich blitzschnell und fing sie ab, bevor sie weglaufen konnte. Ungeniert hielt er sie fest und küsste sie.

„Ich werde dich gar nicht mehr weglassen" sagte er in einem zärtlichen Ton. „Ich freue mich, dass Du zu mir gekommen bist." Er setzte sich und zog sie auf seinen Schoß. „Ich finde, wir haben alle sehr viel Glück miteinander."

„Ich wundere mich gerade über die Gespräche" meinte Anna. „Ihr kommt gerade von eurer Trauung und führt Gespräche über Scheidung, Partnertausch und Sex mit dem jeweils anderen. Sehr merkwürdig, so gar nicht normal."

„Ach was" meinte Erwin. „Normal kann jeder. Ich finde, wir sind eine gute Gemeinde."

„Das sind wir tatsächlich." Peter reckte sich. „Aber wir haben neben der Liebe auch viel Glück mit den Finanzen. Erwin hat genug, ich habe genug, und wir teilen es gern. Ich habe mal den Spruch gehört: Du hast viele Millionen, das reicht doch fürs Leben. Warum willst du noch mehr? Tja, da ist etwas Wahres dran. Viele, die hinter dem Geld herjagen, wissen gar nicht mehr, was glücklich zu leben eigentlich bedeutet. Die sehen nur eine oder zwei Null mehr nach der Eins, aber vor dem Komma, und freuen sich über den Betrag, den sie nie ausgeben können. Wir vier, Erwin und ich, Vivien und Maria, wir haben so ziemlich die gleichen Ansichten. Ich finde, das ist wohl auch der Schlüssel zu unserem Glück. Für uns ist das völlig normal. Wir kennen weder Eifersucht, noch Neid, wir sind tolerant auch anderen Ansichten gegenüber, und wir sind ehrlich und authentisch. Mehr braucht es unserer Meinung nach nicht." Er wechselte das Thema.

„Mal eine andere Frage, Anna. Wann gibt es etwas zu essen? Ehrlich gesagt, knurrt mir und sicherlich auch den anderen, der Magen."

„Ja, Hunger habe ich auch" gestand Peter. „Sind ja doch schon einige Stunden seit dem Frühstück vergangen." Die beiden Ladies nickten wie auf Kommando. „Wir auch!"

„Ich habe vorhin schon etwas vorbereitet." Anna lächelte. „Wie wäre es mit Hirschragout? Salzkartoffeln, Gemüse, leckere Soße? Danach ein Schokoladeneis?

„Das hört sich saugut an." Erwin leckte sich die Lippen. „Genau das Richtige. Dauert das lange?"

„Ist schnell fertig, ich habe schon alles vorbereitet." Anna verschwand in der Küche.

„Du hast wirklich eine Perle von Frau" schmunzelte Vivien. „Wie sie das bloß immer alles schafft."

„Genau deswegen gebe ich sie niemals her" lachte Erwin. „So eine Köchin finde ich nicht wieder."

Den ganzen Nachmittag über flogen die Gespräche hin und her. Als es dämmerte erschien auch die Oma. Sie hatte ein wenig geschlafen, aber der Hunger trieb sie irgendwann herunter. Das Hirschragout hatte sie verschlafen, aber es gab noch einen ausreichenden Rest für die Nachzügler. Maria erhob sich und sah nach ihrer Mutter. Die war inzwischen ebenfalls erwacht, und ließ sich von ihrer Tochter in den Rollstuhl heben. Jetzt fehlte nur noch Lucas. Der saß wie so oft vor dem Fernsehgerät und hatte angeblich keinen Hunger. Maria schloss die Tür hinter ihm und ließ ihn seinen Film weiterschauen. Sie fand es schade, dass Lucas sich ein wenig abkapselte, aber das war sie schon von Brasilien her gewohnt. Ein typischer Einzelgänger.

Als sie am Dinner saßen, flammten die Gespräche über die Hochzeitsnacht wieder auf. *Typisch Männer,* dachte Anna nur und verfolgte schweigsam die Unterhaltung. Innerlich lächelte sie in sich hinein. Wenn sie an frühere Zeiten dachte – sie war damals ja auch nicht anders. *‚Bin ich alt geworden?‘* kam ihr in den Sinn.

Schnell verwarf sie den Gedanken wieder. Heute war halt heute. Sie war froh, bei Erwin beschäftigt zu sein. Besser konnte sie es gar nicht haben.

Sie betrachtete ihn heimlich von der Seite. Er unterhielt sich leise mit Maria. *Die beiden sind ein schönes Paar,* fand sie. Irgendwie sah das verdammt nach einem Märchen aus. Das arme Mädchen und der reiche Prinz. Nun ja, nicht auf einem weißen Pferd, aber dafür mit einer Villa und im Background eine florierende Firma. Weltgewandt, braungebrannt, mit vielen Lachfältchen um die Augen, dennoch, oder gerade deswegen? ein jugendliches Aussehen. Erwin war entschlussfreudig und stets hilfsbereit. Er zeigte so gar nicht die Eigenschaften eines mehrfachen Multimillionärs, war kein stinkreicher Snob, der auf andere herabblickte. Wenn sie an seine großartige Leistung dachte, eine komplette, arme Familie aus Brasilien nach Deutschland zu holen, empfand sie Hochachtung vor ihrem Arbeitgeber.

Völlig anders dagegen präsentierte sich Peter Handtke. Auch ein Mann mit Vermögen, aber älter, weiser, erfahrener in Vielem. Obwohl er stets betonte, er sei zu alt, konnte er immerhin die schöne, halb so junge Vivien für sich gewinnen. Und das lag mit Sicherheit nicht an seinem Geld, auch wenn er finanziell nicht an Erwin heranreichte. Aber sein Charme war umwerfend. Sie lächelte. Was hatte sie vorhin im Scherz gesagt? *‚Peter passte vom Alter her eher zu ihr als zu Vivien.‘* Ihr Lächeln verstärkte sich. Auf welche Gedanken man in einer lustigen Gesellschaft kam.

„Was lächelst du da so vor dich hin?" Erwin war ihre innere Traumreise aufgefallen. „Was heckst du da wieder aus?"

„Nichts von Bedeutung, Erwin. Mir kamen nur ein paar törichte Gedanken, als ich Vivien und Peter beobachtete. Die beiden passen wirklich gut zueinander, aber ich hatte vorhin einen Spruch losgelassen, dass Peter eigentlich vom Alter her besser zu mir passen würde als zu Vivien. Natürlich nur im Spaß."

„Ach so! Ja, das würde schon eher passen, er achtundsechzig und Du um die Fünfzig. Aber da wärst du trotzdem noch ein Ende jünger als er, und noch ziemlich knusprig."

„War auch nur so ein Gedanke."

„Ich weiß. Aber hast Du gar keinen Freund? Ich habe dich noch nie mit einem Mann gesehen. Willst du vielleicht keinen? Du hast so ein liebes Herz."

„Mich alte Schachtel will wohl keiner mehr" lachte sie. „Aber im Ernst, Erwin, ich habe es so gut bei dir, ich weiß gar nicht, ob ich einen Mann an meiner Seite haben möchte. Bei dir habe ich alle Freiheiten, und wo könnte ich komfortabler und besser wohnen als bei dir?"

„Hm, vielleicht sollte ich Dir weniger bezahlen und Dir ein Hausverbot erteilen für die Zeiten, wo du nicht bei mir arbeitest. Du müsstest dir dann eine andere billige Unterkunft besorgen. Vielleicht suchst du dann nach einem Lover." Erwin grinste. „Aber dann würde ich mir ja selbst schaden. Nein, nein, ich mag es so, wie es ist. Du bist und bleibst meine gute Seele im Haus." Er nahm sie in seine Arme und strich ihr übers Haar. „Ich bin wirklich glücklich mit dir, Anna." Sie schmiegte sich an ihn und schloss die Augen. Es war gut, sich mal anzulehnen.

„Erwin geht fremd, Maria! Schau nur! Kaum verheiratet und schon ein anderes Gespusi." Vivien war aufgesprungen. „So sind die Männer." Sie lachte dabei, und Maria meinte nur trocken: „Ach lass ihn, sowas Junges wie mich bekommt er so schnell nicht wieder." Erwin wandte sich seiner frisch verheirateten Ehefrau zu.

„Du wirst immer die Einzige an meiner Seite bleiben" sagte er.

„Das ist nicht, wonach es aussieht. Ich hatte nur ein leises Zwiegespräch mit meiner Angestellten."

„Ja, ja, so kann man es auch nennen." Vivien zog ihn auf. „Aneinander gekuschelt und über die Haare streicheln, das ist also ein Gespräch zwischen Chef und seiner Bediensteten. Würde ich das in meiner Agentur machen, wäre mir die Kündigung sicher. So gut mein Chef auch ist: nie würde ich ihn näher an mich heranlassen." Alles lachte, und Vivien fiel ins Lachen mit ein.

„Ich finde, wir sind eine tolle, eingeschworene Gemeinde. Aber was ist nun mit einer Hochzeitsnacht?" Sie wandte sich an Peter. „Verbringen wir die hier oder mieten wir uns für eine Nacht im Hotel ‚Atlantic' ein? Das ‚Atlantic' wäre eigentlich der richtige Ort. Aber ob die Präsidenten-Suite frei ist?"

„Das habe ich für alle Fälle schon geklärt" überraschte Peter seine Braut. „Ich habe selbst schon daran gedacht. Die Präsidentensuite ist heute noch frei zu buchen, kostet mit allem Drum und Dran dreitausend Euro, für eine Nacht inclusive einem speziellen Hochzeitsservice (Champagner, Rosenstrauß und so weiter). Bei Erwin ist die Nacht natürlich gratis, aber eine Hochzeitsnacht ist schon etwas Besonderes, und das ‚Atlantic' wäre mir das Geld wert."

„Du hast dich echt schon informiert?" Vivien war sprachlos. „Du bist ja ein ganz Ausgeschlafener!"

„Ich dachte ja nur. Die Präsidentensuite liegt genau unter dem Wahrzeichen des Hotels, direkt unter der großen Weltkugel. Und da wir uns auf dem Atlantik kennen lernten, auf der Fahrt nach Island, dachte ich, das passt."

„Ich bin einverstanden. Natürlich! Das passt prima." Sie sprang Peter an den Hals und wandte sich an Erwin.

„Du bist hoffentlich nicht enttäuscht, wenn wir diese spezielle Nacht nicht hier bei dir verbringen werden?"

„Wo denkst du hin, Vivien. Natürlich nicht! Ich gönne euch den Spaß und den Luxus. Ich wundere mich nur. Peter ließ kein einziges Wort darüber verlauten." Er schmunzelte. „Ich freue mich auf jeden Fall, dass ihr euch so gut versteht und wünsche euch alles Glück der Welt." Er schaute auf Maria. „Das wünsche ich uns natürlich auch, meine Liebe." Er nahm seine hübsche Brasilianerin in die Arme und hielt sie fest.

„Dann wäre das geklärt." Peter zog sein Handy aus der Tasche und meldete sich im ‚Atlantic'. Mit wenigen Worten buchte er noch für heute. Er hatte die Suite still und heimlich gestern reserviert. Dann nahm er Vivien an die Hand.

„Wir sollten uns gleich auf den Weg machen. Ein Dinner gibt es dort auch, ist im Preis mit drin.

„Was für ein Tag" seufzte Vivien. „Hirschragout hier, im Hotel werden wir auch noch speisen. „Ich werde fett, wenn wir so weitermachen."

„Dann iss halt einfach weniger. Zwingt dich doch keiner." Er grinste über das ganze Gesicht.

„Um dir dann beim Essen zuzuschauen?" Vivien tippte sich an die Stirn und zeigte ein gequältes Lächeln. „Du hast nen Vogel! Auf nettes Essen verzichten… Das kann ich auch nicht. Liebst Du mich auch dann noch, wenn ich fett werde?"

„Du wirst nicht fett. Und wenn die ersten Anzeichen zu sehen sind, gibt's halt mehr Sex. Kalorien wieder abarbeiten."

„Aha. So einfach siehst du das also. Nun, wenn du es brauchst." Sie schäkerten einfach zu gern miteinander.

„Dann verabschieden wir uns heute von euch allen. Wir sehen uns morgen wieder. Falls wir aus dem Bett kommen…" Erwin begleitete sie noch bis zur Tür.

„Ich wünsche euch ganz viel Spaß. Ich habe auch schon mal im ‚Atlantic' übernachtet, ist schon eine Weile her. Die haben eine gute Küche, und die Zimmer sind top! Allerdings, bis zur

Präsidentensuite habe ich es nicht geschafft. Ihr könnt mir morgen ja mal berichten, wie es dort aussieht."

„Das machen wir auf jeden Fall. Allen noch einen schönen Abend. Und euch, Erwin und Maria, eine ebenso schöne Hochzeitsnacht."

„Danke! Die werden wir sicherlich haben." Damit entließ Erwin die beiden in den beginnenden Abend.

„Das erste Hochzeitspärchen ist unterwegs ins Glück" sagte Erwin und setzte sich wieder an den Tisch. „Ich denke, wir werden uns auch bald zurückziehen." Sein Blick fiel auf Maria. „Was meinst du? Wir werden ja erst in einer Woche feiern."

„Das können wir gerne machen." Sie warf ihm einen Kuss zu. „Ich freue mich einfach. Du hast so viel für uns getan."

„Nun hebt mich nicht immer in den Himmel. Ich bin einfach meinem Gefühl gefolgt. Ich liebe Dich wirklich. Ich hatte schon heimlich Sehnsucht, als wir auf Island dicht am Wasserfall standen und ich deine Hand hielt."

Der Abend klang früh aus. Erwin und Maria verzogen sich wirklich eine halbe Stunde später nach oben. Anna, Josefina und die Oma saßen noch eine Weile zusammen und debattierten über die ungewöhnliche Doppelhochzeit und alles, was damit zusammenhing. Man war allgemein der Meinung, dass die Hochzeiten richtig und gut waren, auch wenn zwischen Kennenlernen und Trauung für beide Paare nur jeweils wenige Monate lagen. Josefina war sehr ergriffen. Sie konnte das noch alles gar nicht so richtig verarbeiten. Für sie ging ein Märchen in Erfüllung. Die Oma war ebenfalls zufrieden, man merkte ihr dennoch an, dass sie Peter verloren hatte. Ihre Freude war gedämpft, obwohl sie einsah, dass es richtig war. Sie war auch die erste von den dreien, die ihr Zimmer aufsuchte.

Lucas ließ sich inzwischen auch kurz sehen. Er aß nur wenig und dachte ansonsten viel nach. Er freute sich natürlich für seine Schwester, aber ihm entging auch nicht die verhaltene

Freude der Oma. Sie hatte ihren Peter wiedergefunden und dennoch an eine andere verloren. Innerlich zuckte er die Schultern. Er konnte eh nichts daran ändern, wollte es auch gar nicht.

Peter und Vivien erschienen am kommenden Tag um die Mittagszeit. Ihre Nacht war kurz. Sie hatten sich viel zu sagen gehabt, planten intensiv ihre gemeinsame Zukunft, unter anderem auch den Zuzug Viviens nach Hamburg. Außerdem genossen sie natürlich die Liebe ohne Zeitmangel, entspannt und im Bewusstsein, dass sich ab jetzt einiges ändern würde. Es gab viel zu tun. Diese Nacht galt vor allem ihren Gefühlen, der Nähe zueinander. Die Zeit in der Präsidentensuite, die so fürstlich ausgestattet sie gar nicht erwartet hatten, bot ihnen den entsprechenden Rahmen.

Erwin und Maria waren eine halbe Stunde zuvor heruntergekommen. Beide zeigten glückliche Gesichter, waren ausgeschlafen und ihr 'Guten Morgen' klang ausgesprochen fröhlich. Ihre gute Laune steigerte sich noch, als Peter und Vivien eintrafen.

„Jetzt sind wir alle wieder beieinander" freute sich Erwin. „Wie hat es euch im ‚Atlantic' gefallen? Erzählt mal." Peter lachte und kam regelrecht ins Schwärmen.

„Jetzt kann ich Udo Lindenberg verstehen, warum er schon Jahrzehnte in diesem Hotel wohnt, auch wenn er natürlich nicht im Präsidentenzimmer residiert. Das ganze Hotel ist ein Gedicht. Wir bekamen gleich beim Empfang an der Rezeption einen Diener zur alleinigen Verfügung. Er geleitete uns in die Suite, die schon festlich hergerichtet war, mit zahlreich verteilten Rosensträußen. Auf dem Tisch stand Champagner bereit, das Bett war fein hergerichtet und auf dem Kopfkissen lagen Rosenblätter verstreut. Es fühlte sich an wie in einem Märchen."

„Die Suite war wirklich sehr angenehm" bestätigte auch Vivien. „Eigentlich ist sie in mehrere Räume aufgeteilt. Zunächst hat uns das Schlafzimmer überrascht, mit einem Riesenbett, einem weichen hellen Teppich auf dem Fußboden, mehrere Ohrensessel mit grünem Stoff beschlagen standen vor und neben einem kleinen Sekretär. Fasziniert hat uns vor allem das halbrunde Wohnzimmer direkt unter der Weltkugel, sehr geräumig, mit einem weitläufigen Blick auf Alster und die Stadt. Ein weiterer Teil der Suite war der Konferenzraum mit einer großen Anzahl Stühle, die Wände in hellem Weiß, mit fast bodentiefen Fenstern, dazu ein Bad mit einer weißen Marmor-Badewanne und einer eleganten, weißen Einbauküche. Alles sehr edel. Mich persönlich hat der ungewöhnliche Teppichbelag im halbrunden Wohnzimmer am meisten beeindruckt. Ein heller Fußbodenbelag mit eingewebten roten Kreisen und Ringen. So etwas habe ich vorher noch nie gesehen." Sie schmunzelte. „Wir haben natürlich ausgiebig die Badewanne für lustigen Spielchen genutzt…"

„Soso" meinte Erwin und lachte. „Das kann ich mir lebhaft vorstellen. Vielleicht sollte ich die Präsidentensuite auch mal mit Maria buchen."

„Mach das ruhig, Erwin. „Es lohnt sich wirklich. Jedenfalls war die Nacht für uns unvergesslich. Wie war es bei euch?"

„Sehr gemütlich! Über Einzelheiten schweigen wir dezent." Er lächelte. Bei seinen Worten errötete Maria. „Wir haben uns köstlich amüsiert. Und nun ein anderes Thema." Er wandte sich an Anna. „Was gibt es denn heute zum Mittagessen? Wir sind ziemlich hungrig."

„Heute gibt es Wunschessen. Das heißt, ich habe noch nichts vorbereitet. Wonach steht euch der Sinn?"

„Nun, wenn du noch nichts vorbereitet hast, könnten wir doch einfach was bestellen. Was hältst du davon? Das würde weniger Arbeit für dich bedeuten."

„Zur Feier des Tages wäre mir das recht. Schon eine Idee, was dir vorschwebt?" Erwin dachte kurz nach.

„Ich habe eine ganz andere Idee. Wie wäre es, statt zu bestellen einfach ins Fischereihafen-Restaurant zu fahren und dort Fisch zu essen? Kowalski ist berühmt für seine vorzügliche Küche. Für Josefina bestellen wir ein entsprechendes Fahrzeug und für uns zwei Taxen. Da brauchen Peter und ich auch nicht fahren." Der Vorschlag wurde einhellig angenommen.

„Ich war noch nie im Hafenrestaurant" sagte Anna. „Ist es da nicht sehr teuer?"

„Ach Anna. Geld spielt heute mal überhaupt keine Rolle. Wir haben ja zwei Hochzeitspaare unter uns." Somit stand der weitere Verlauf des Tages fest.

Erwin setzte sich ans Telefon und leitete die erforderlichen Schritte ein, Plätze reservieren, Taxen bestellen, ein geeignetes Fahrzeug für Josefina finden. Letzteres war erst in einer halben Stunde zu bekommen, sie hatten also noch etwas Zeit. Um die Wartezeit zu überbrücken, servierte Anna kurz Kaffee und Tee und setzte sich dann noch eine Weile mit an den Tisch. Sie war froh, heute nicht mehr kochen zu müssen, aber natürlich sagte sie das nicht. Ihr tat die Pause gut.

Eine Stunde später fanden sie sich am Fischereihafen-Restaurant ein. Ein ungewöhnliches Gebäude an der Großen Elbstraße. Leider war es nicht barrierefrei. Links vom Eingang waren zunächst fünf Stufen bis zu einer Art Podest und von dort weitere zwanzig Stufen hinauf ins Restaurant. Ein klares Hindernis für Josefina in ihrem Rollstuhl. Erwin kannte das aber schon.

„Wie komme ich da hinauf?" fragte Josefina ängstlich. „Die Stufen schaffe ich nicht."

„Die sind auch gar nicht für Dich zu schaffen." Erwin grinste. „Vier Mann, vier Ecken" meinte er lapidar. Diesem Prinzip folgend, trugen er und Peter den Rollstuhl mitsamt Josefina die Treppen nach oben. Der hervorragende Ausblick über die Elbe entschädigte sie für die kleine Kraftprobe.

„Das ist ja schön hier" schwärmte Vivien und beugte sich leicht über das Geländer. „Man kann hier wunderbar die Schiffe beobachten." Auch Anna war überwältigt.

„Hamburg hat sehr schöne Ecken" sagte sie. „Ich bin sonst immer auf dem Weg nach Övelgönne mit dem Rad daran vorbeigefahren. Du hast gut gewählt, Erwin."

Neugierig betraten sie das Restaurant. Erwin hatte vorsorglich noch schnell vorbestellt, und sie bekamen einen guten Platz direkt neben den Fenstern zur Hafenseite hin. Das Wetter spielte mit. Es war warm, die Sonne schien hell und lud geradezu ein, den Schiffsverkehr auf der Elbe zu beobachten. Eben schipperte ein riesiger Containerfrachter dicht vorbei in den Hafen.

„Der kommt bestimmt aus China, Hongkong oder vielleicht aus Taiwan" meinte Erwin. Das haushohe Schiff mit den zahllosen, bunten Containern bog nach Steinwerder ab, geführt von zwei Schleppern. Im Intergrund thronte majestätisch die Köhlbrandbrücke, eines der Hamburger Wahrzeichen.

Eine freundliche Bedienung brachte ihnen die Speisekarten. Erwin bestellte sich nach einem ausgiebigen Blick ‚Seezunge nach Müllerin Art', Maria entschied sich für eine ‚Fangfrische Kutterscholle'. Obwohl eigentlich ein Fischrestaurant, wollte Peter nicht auf Fleisch verzichten und orderte für sich ein ‚Original Wiener Schnitzel'. Vivien wiederum bestellte ein kleines Stück ‚Nordsee-Steinbutt'. Die Oma konnte sich nicht sofort entscheiden.

„Ich kann nicht so viel essen" sagte sie. „Gibt es auch etwas Kleines?"

„Aber sicher!" Erwin kannte sich aus. „Wie wäre es mit Kalamari? Tintenfisch? Oder vielleicht lieber eine Suppe?"

„Eine Suppe würde mir reichen." Sie schaute in die Karte. „Ein ‚Pikantes Ingwersüppchen'. Kannst du das für mich bestellen, Erwin?"

„Natürlich! Und du Josefina, wonach steht dir der Sinn?" Sie war noch etwas unentschlossen angesichts der gehobenen Preise der Karte.

„Ich glaube, ich möchte ein ,gedünstetes Kabeljaufilet'." Sie schluckte. „Zweiunddreißig Euro. Für diesen Betrag koche ich in Brasilien normal für eine ganze Woche."

„Liebe Josefina, wir sind hier nicht in Brasilien. Und eine Doppelhochzeit – da darf man sich ruhig auch mal was gönnen." Erwin versuchte zu beschwichtigen. Zu Lucas gewandt fragte er nach dessen Wünschen.

„Ich hätte gern ,Fish und Chips'. Gibt es das hier auch? Ich habe jetzt richtig Hunger bekommen."

„Natürlich haben die auch Fish und Chips. Geht klar. Fehlt noch etwas? Salate vielleicht, oder eine Nachspeise?"

„Für mich einen kleinen Salat" meinte Vivien. Sie war die Einzige, die Wünsche hatte, alle anderen verzichteten. Anna wünschte sich ,Pfeffersteak vom Thunfisch'.

„Das klingt auch gut" sagte Vivien. „Wenn man Hunger hat könnte man alles auf einmal essen. Wie ich vorhin schon sagte: ich werde fett. Hast du gehört, Peter?" Der grinste und stupste sie neckend an, sagte aber nichts weiter.

Erwin gab die Bestellung auf, orderte einen leichten Weißwein dazu und ein paar Cola und Säfte für den, der keinen Wein mochte. Dann lehnte er sich für ein paar Minuten zurück und ließ seinen Blick über die Elbe schweifen. Er war schon eine ganze Weile nicht mehr hier. *Ich sollte wirklich mal etwas mehr in Hamburg bleiben und aufs Reisen verzichten'* dachte er. Allein der Blick hier war schon Gold wert. *Ich könnte Maria mehr von Hamburg zeigen. Durch sie würde ich meine Stadt auch wieder besser kennen lernen.'* Es würde nicht schaden, kürzer zu treten. Geld hatte er inzwischen mehr als genug.

„Was grübelst du so vor dich hin?" Maria legte ihre Hand auf seine. „Du siehst so ernst aus, hast du Sorgen?"

„Nein, Maria, überhaupt nicht. Ich habe nur darüber nachgedacht, dass ich mich ein bisschen von meinen Reisen zurückziehen sollte. Wenn ich so auf die Elbe schaue stelle ich fest, dass ich Hamburg eigentlich kaum kenne. Mit dir zusammen könnte ich die Stadt neu entdecken." Maria zeigte ihm ein sanftes Lächeln.

„Du kannst mir Hamburg gern zeigen, und ich entdecke bestimmt auch einiges, was ich dir zeigen kann. Ich habe viel über Hamburg gelesen, über das Umland. Ich würde gern mal in die Vierlande fahren, oder ins Alte Land.

„Das ist alles machbar, Maria. Unser Leben fängt ja erst an." Er warf einen Blick hinüber zu den anderen. Vivien und Peter waren in ein intensives Gespräch verwickelt, Josefina und die Oma unterhielten sich in ihrer Muttersprache. Lucas verfolgte interessiert das Gespräch der beiden. Es war einfacher für ihn als das Deutsch, das er bisher nur bruchstückhaft verstand. Meist benutzte er in seinen Gesprächen das Englische. Immerhin gefiel ihm die Hansestadt zunehmend.

Der Ober erschien und servierte die Getränke. Während die Freude beisammen saßen und sich unterhielten kam Erwin eine Idee.

„Wollen wir im Anschluss eine kleine Hafenrundfahrt machen? Ganz hamburgisch auf der Linie zweiundsechzig." Das erschien ihm eine super Idee. Das Wetter lud förmlich dazu sein.

„Mal alle wieder auf einem Schiff zusammen" freute sich Vivien. „Ist zwar kein Luxusdampfer, aber diese Stunde auf der Fähre macht auch Spaß."

„Wo fährt die denn hin?" fragte Lucas.

„Die fährt ein Stück die Elbe hinauf, da kann man einiges von Hamburg von der Wasserseite aus sehen, auch die Strände, und dann geht's hinüber auf die andere Seite. Dort kehrt die Fähre um, und es geht zurück zum Ausgangspunkt. Dauert ungefähr eine Stunde oder etwas länger."

„Das hört sich gut an. Hamburg hat Strände? Es liegt doch nicht am Meer."

„Am Meer natürlich nicht, aber die Elbe ist ziemlich breit, und da gibt es schöne Strände." Lucas schwieg und dachte nach. Dann hatte er noch eine Frage.

„Hast du schon Miguel erreicht und ihn gefragt, ob er mit nach Deutschland will?"

„Ich habe angerufen, aber er war nicht zu erreichen. Ich werde es heute Abend noch einmal versuchen. Ich habe es nicht vergessen. Hast Du Sehnsucht nach deinem Bruder?"

„Ja, entschuldige, habe ich. Habe ihn ja schon lange nicht mehr gesehen."

„Du musst dich nicht entschuldigen. Ich rufe ihn heute Abend an, versprochen. Du kannst dann auch mit ihm sprechen." Lucas nickte.

Inzwischen kam die Bedienung und brachte das Essen. Der Ober musste dreimal laufen angesichts der Vielzahl der Gerichte. Schon beim Anblick lief Erwin das Wasser im Mund zusammen.

„Wenn das Essen so schmeckt wie es aussieht… Ich liebe Seezunge über alles." Er band sich eine Serviette um. Die anderen taten es ihm nach. Das Lokal war doch ‚ein wenig' zivilisierter als eine Pommesbude.

Während der Mahlzeit verstummten die Gespräche. Sie genossen die superbe Küche. Nur die Oma bedauerte, dass sie nicht auch mehr bestellt hatte als ihr Süppchen. „Aber das hätte ich sowieso nicht geschafft".

Nach der Mahlzeit setzten sie sich auf frei gewordene Plätze auf der Terrasse und sahen den Schiffen zu. Der riesige Containerfrachter war inzwischen verschwunden und hatte wohl an der Kai festgemacht. Einige Möwen schwirrten kreischend durch die Luft, stürzten sich hinter den Schiffen in das aufgewirbelte Kielwasser um Fische zu fangen, ließen sich auch vom lauten Tuten der Schiffe nicht beirren. Kleine Segel- oder Motorboote fuhren flussabwärts. Vielleicht suchten sie ihren Platz in einem der Bootshafen auf. In der Ferne war das Kraftwerk Wedel zu sehen.

„Ein schöner Platz" sagte Vivien verträumt und sah auf die Elbe hinunter. „Ich wiederhole mich, ich weiß, aber es gefällt mir, hier zu sitzen und alles aus der Höhe zu betrachten. Ich verliebe mich immer mehr in die Hansestadt."

„Das freut mich". Peter nahm ihre Hand in seine. „Ich bin sehr glücklich, dass Du hierherziehen möchtest." Er sah in ihre träumenden Augen.

„Das geht mir ähnlich" meinte Maria. „Ich bin nun schon seit einiger Zeit in Hamburg, und es gefällt mir immer mehr." Die Oma nickte nur. Josefina fuhr ihren Rollstuhl dicht ans Geländer, lehnte sich an das Metall und schaute still hinab.

„Ich hätte nie gedacht, dass ich mein Land mal verlassen würde" sagte sie leise. „Aber es gefällt mir sehr gut in Hamburg. Deutschland ist wunderbar, nur die deutsche Sprache muss ich noch lernen." Sie sagte es in Englisch. „Ich denke viel an Brasilien und vergleiche es mit den hiesigen Verhältnissen. Ich bin glücklich, hier zu sein. Ihr habt mir alle so sehr geholfen. Ich werde auch so langsam gesund. Noch zwei, drei Wochen, dann kann ich den Rollstuhl wohl verlassen." Sie drehte ihren Kopf und blickte dankbar auf Erwin.

„Dir habe ich alles zu verdanken. Du hast mir unsagbar geholfen, Erwin, und du tust es noch immer. Ich kann dir gar nicht oft genug danken, ich kann mich immer nur wiederholen."

„Das ist schon gut so" wehrte er ab. Er fühlte sich etwas unbehaglich. „Das hätten andere auch getan, mit den Möglichkeiten, die ich habe."

„Das glaube ich nicht" meinte Vivien. „Es gibt genug Wohlhabende, die immer mehr Vermögen anhäufen, ohne an andere zu denken. Hamburg ist Deutschlands Stadt der Millionäre. Nirgendwo gibt es mehr. Und trotzdem: wieviel Elend gibt es gleichzeitig hier in der Stadt. Schau dir doch nur mal den Kiez an…"

„Du hast nicht ganz unrecht" sagte Peter. „Aber Erwin ist auch für mich ein besonderer Freund. Ich kenne ihn schon aus der Schulzeit, als er mir mit den Deutscharbeiten half, heimlich Aufsätze für mich schrieb. Er war damals schon interessiert an der deutschen Sprache, an Diktaten. Das fiel ihm alles leicht. Dafür half ich ihm bei den Rechenarbeiten. Wir waren schon immer ein gutes Team."

Irgendwann schlug Erwin vor, aufzubrechen und die beabsichtigte Hafenrundfahrt zu unternehmen. Es war inzwischen vier geworden, und Erwin wollte nach Möglichkeit noch vor der Dämmerung zurück in der Villa sein. Er bestellte zwei Taxen und für die Mutter ein rollstuhlfähiges Großraumtaxi. Eine halbe Stunde danach waren sie an den Landungsbrücken.

„Was für ein Trubel!" Vivien staunte über die zahlreichen Boote und Fähren. Selbst Erwin hatte selten so viele Menschen an den Landungsbrücken gesehen wie heute. ‚Das liegt wohl am super Wetter' dachte er, aber es war ihm recht. Bekamen die brasilianischen Freunde mal einen schönen Eindruck vom Hafengewimmel. Langsam gingen sie zu den Anlegestellen hinunter. Es war fast Ebbe, und Erwin hatte Mühe, den Rollstuhl auf der Schräge zum Wasser hin festzuhalten.

Sie hatten Glück. Direkt vor ihnen legte gerade die Fähre nach Finkenwerder an. Die Linie zweiundsechzig war bei vielen Hamburgern, noch mehr aber bei den kundigen Touristen beliebt, weil sie bis fast nach Blankenese die Elbe hinauffuhr, und damit Hamburg mit seinen Stränden von der Wasserseite aus präsentierte. Erst kurz vor der Endstation wechselte sie die Seite und überquerte die Elbe nach Finkenwerder Außerdem war sie, wenn man ein Tagesticket für den HVV besaß, ohne zusätzliche Kosten zu nutzen.

Peter hatte die Tour schon zig Mal gemacht und erklärte die einzelnen Stationen. Die Gesichter von Vivien und Lucas strahlten, auch wenn es auf dem Oberdeck doch ein wenig kühl wurde. Josefina war mit der Oma unten geblieben. Dort war es wärmer. Mit dem Rollstuhl aufs Oberdeck wäre sowieso nicht möglich gewesen. Trotz der Sonne war halt die Zeit des Hochsommers vorbei. Dennoch tummelten sich auf dem Strand von Övelgönne noch zahlreiche Menschen.

An der Endstation blieben sie sitzen. Zum Aussteigen und auf die nächste Fähre zu warten hatten sie keine Lust. Nach nur wenigen Minuten legte das Schiff wieder ab und trat die Rückreise zu den Landungsbrücken an. Diesmal passierten sie einen der Großfrachter in wenigen Metern Abstand. Lucas war fasziniert.

„Auf so einem Schiff würde ich auch gern mal arbeiten" sagte er mit einer gewissen Sehnsucht in seiner Stimme. Er war aufgestanden und lehnte sich an die Reling. „Kommt der aus Asien?"

„Das kann ich dir leider nicht beantworten" erwiderte Erwin. Auf dem Heck steht als Heimathafen zwar ‚Hongkong, aber der Frachter könnte auch aus jedem anderen Hafen der Welt kommen, je nachdem, was für Charter er bekommt. Ich vermute aber auch Ostasien, Hongkong, Shanghai, Japan oder China. Kommt ja mittlerweile fast alles von dort."

„Ich frage mal in der Firma nach, wie man zum Arbeiten auf so ein Schiff kommt."

„Das ist nicht so einfach. Du musst als Seemann anmustern, aber dafür brauchst Du eine Ausbildung."

„Hm..." Lucas schwieg. Momentan legten sie am Övelgönner Landungssteg an um neue Passagiere aufzunehmen und andere aussteigen zu lassen. Peter machte den Stadtführer. Er kannte sich gut aus und erklärte den Freunden anderen interessante Sachen wie den alten dampfbetrieben Eisbrecher im Museumshafen oder das große Gebäude des Altenheims. Wenige Minuten später erreichten sie die Landungsbrücken, den Start- und Endpunkt. Erwin schlug vor, mit Bahn und Bus nach Hause zu fahren. Das sei auch mit einem Rollstuhl kein Problem. Josefina sollte Hamburg auch auf diese Weise mal erleben. Die anderen waren einverstanden, und so stiegen sie in die S-Bahn eins nach Ohlsdorf. Von dort nahmen sie den Bus hundertneunundsiebzig bis Vogts Kamp. Das klappte vorzüglich und dauerte nur rund fünfzig Minuten.

„Das ist ja fast schneller als mit dem Taxi" fand Erwin. Peter schob den Rollstuhl die letzten zweihundert Meter bis zur Villa. Inzwischen hatte die Dämmerung eingesetzt, und sie waren froh, wieder zu Hause zu sein.

„Das war ein toller Ausflug" schwärmte Vivien. „Solche Touren könnten wir ruhig öfter machen. Maria hat ja schon mal solche Wünsche geäußert. Altes Land oder Vierlande. Die kenne ich auch nicht."

„Das können wir gerne ins Auge fassen" meinte Erwin. „Wir haben ja alle Zeit der Welt. Und du, Vivien, hast du schon mal überlegt, wann du nach Hamburg ziehst?"

„Ja, ich habe das schon angeleiert. Ich habe zum Jahresende gekündigt und suche hier bereits nach einer neuen Agentur. Meine Chefs haben mir gesagt, dass ich auch früher gehen kann, wenn ich hier in Hamburg etwas gefunden habe. Aber sie würden mich schon sehr vermissen."

„Das kann ich verstehen. Ich werde mal einige Kontakte spielen lassen, vielleicht kannst du schon nächsten Monat irgendwo anfangen. Dann wären wir Weihnachten alle zusammen. – Ich werde jetzt erst mal nach oben gehen und versuchen, Miguel zu erreichen. Käme er noch nach Deutschland, wäre dies das I-Tüpfelchen. Komm mit, Lucas." Er stieg die Treppe hinauf. Anna verschwand derweil in die Küche.

„Ich mach euch eben mal Kaffee und Tee." Vivien folgte ihr. Sie wollte helfen, die Tassen herein zu tragen, und Anna ließ sie gewähren.

Miguel kommt nach Deutschland

Erwin blieb ziemlich lange verschwunden. Er schien Erfolg zu haben mit seinem Anruf. Erst nach fast einer Stunde kam er herab und brachte gute Nachrichten.

„Ich habe Miguel erreicht, und er würde tatsächlich mit seiner Freundin nach Hamburg umsiedeln" berichtete er. „Miguel fühlt sich jetzt trotz Freundin ohne Familie einsam, hat Sehnsucht nach seiner Schwester, nach Josefina und der Oma. Er hat auch mit Lucas gesprochen. War ein langes Gespräch, alles in Englisch, aber sehr interessant." Erwin setzte sich. „Wir werden also unsere Doppelhochzeiten zusammen feiern können. Das freut mich sehr." Vivien brachte ein Tablett mit den Tassen und zwei Kannen.

„Tee und Kaffee für euch." Sie setzte das Tablett ab und setzte sich neben Erwin. „Ich habe das gerade noch mitgehört. Miguel kommt nach Hamburg?"

„Ja, schon in ein paar Tagen, und er bringt seine Freundin mit. Ich habe ihm eben schon die Flüge gebucht und die Tickets geschickt. Übers Internet geht das heutzutage ja alles unglaublich schnell."

Lucas war fassungslos. „Ich danke dir, Erwin! Ich hatte schon Sehnsucht nach meinem Bruder." Maria schloss sich ihm an, erhob sich kurz und küsste ihren Mann.

„Du bist ein toller Mann, Erwin. Ich bin so froh, dass wir geheiratet haben. Ich lass dich nie mehr gehen." Alles lachte.

„Das haben schon unzählige Frauen gesagt, die sich später scheiden ließen. Versprich mir nicht zu viel! Ich kann auch ein Monster sein." Er zog eine fürchterliche Grimasse und knurrte wie Godzilla. Er musste selbst darüber lachen und nahm seine Maria auf den Schoß.

„Nun lass uns erst mal Tee trinken." Er schenkte sich ein und nahm Zucker und Milch dazu. Das verwunderte Josefina.

„Zucker und Milch in den Tee? Zucker kannte ich, aber Milch? Sowas kann man doch nicht trinken."

„Doch, Josefina. Kann man. Ist die englische Zubereitung, oder auch norddeutsche Art. Mir schmeckt das."

„Dann probiere ich das auch mal", meinte Josefina und schenkte sich einen Tee ein, tat Zucker und Milch hinein. Schon nach dem ersten Schluck setzte sie das Glas wieder ab. „Also mir schmeckt das nicht." Sie schüttelte sich.

„Das macht nichts" meinte Anne, stand auf und holte ein neues Glas. „Trink deinen Tee so wie du ihn magst, oder eben Kaffee."

Die bevorstehende Ankunft Miguels war das Gesprächsthema für den restlichen Abend. Hunger hatte niemand mehr, aber Anna stellte dennoch ein paar Kekse auf den Tisch. Irgendwann schob Erwin Josefina in ihr Zimmer. Sie war müde geworden, der Tag schien wohl ziemlich anstrengend für sie geworden sein. Schließlich zerstreute sich die restliche Gruppe ebenfalls.

Die kommenden Tage waren angefüllt mit den Vorbereitungen zur Hochzeitsfeier. Es gab viel zu planen, angefangen mit dem weiteren Schmücken der Eingangshalle, das Catering, die Buchung einer Band und tausend andere Dinge. Anna und Maria waren viele Stunden im Einsatz. Erwin hatte eine brasilianische Band aufgetrieben, die ‚Os Sortudos‘. Die bestand aus drei Musikern und einer brasilianischen Sängerin. Ihr Repertoire umfasste Samba, Bossa Nova, Funk, aber auch internationalen Rock und Pop. Erwin hatte sich im Internet informiert und die dort angebotenen Klangbeispiele überzeugten ihn. Auch der Termin passte. Die Gruppe hatte ausgerechnet an diesem Samstag zufällig keinen Auftritt.

Das Catering war ebenfalls schnell erledigt. Er wählte eine kleine Firma, die sich nicht scheute, die nur wenigen Gäste zu versorgen. Die Inhaber konnten ihr Glück kaum fassen. Sie hatten ihre Firma erst vor einem Vierteljahr gegründet und freuten sich über den Auftrag. Die wenigen bisherigen Referenzen gefielen Erwin.

Am Freitag trafen Miguel und seine Freundin Luara in Deutschland ein. Die Maschine aus Rio landete pünktlich morgens um zehn in Frankfurt. Der Anschlussflieger brachte sie gegen vierzehn Uhr nach Hamburg. Erwin lud Maria und die Oma in seinen Mercedes. Die beiden wollten unbedingt das noch fehlende Mitglied ihrer Familie samt der Freundin schon auf dem Flughafen empfangen. Lucas war auf der Arbeit und konnte leider nicht dabei sein.

Aufgeregt standen sie schon eine Stunde vor Ankunft der Maschine in der Empfangshalle. Zahlreiche Menschen wuselten um sie herum. Erwin lächelte in sich hinein, als er die Freudentränen der beiden brasilianischen Frauen sah. Er konnte sie gut verstehen. Ihm erging es nicht anders, als er nach Rio flog und dort ‚seine' Maria wiedersah, obwohl seit ihrem Flug nach Rio nur wenige Tage vergangen waren.

Und dann tauchten sie aus dem Gewühl auf! Miguel, kaffeebraun, hoch aufragend, mit einem markanten Gesicht. Er trug eine blaue Jeans und ein buntes Hemd, hielt links einen weißen Koffer, rechts hatte sich seine Freundin eingehakt.

Luara war gut einen Kopf kleiner als er, eine süße, braune Katze mit wildem Haarschopf und einem sehr anziehenden Gesicht. Sie war dezent geschminkt und trug einen roten Lippenstift, der hervorragend zu ihrem braunen Gesicht passte. Eine auffällige silberne Kette schmückte ihren Hals. Ihre Augen blitzten, als sie Maria und die Oma sah. Freudestrahlend begrüßte sie die beiden Brasilianerinnen. Maria war überrascht. Sie hatte Miguels Freundin noch nie gesehen. Ihr Aussehen war ganz anders als erwartet. Sie sah aus wie ein Model aus einer der zahlreichen Modezeitschriften, sprühte Fröhlichkeit aus ihren Augen und sie war Maria auf Anhieb sympathisch.

Herzlich umarmte sie das Mädel und natürlich Miguel, den sie freudestrahlend küsste. Dann stellte sie Luara Erwin vor. Der stand etwas abwartend im Hintergrund und schaute der Begrüßungsarie zu.

„Das ist Erwin, mein Arbeitgeber" sagte sie zu Luara. „Der beste Mann, den ich kenne. Wir haben vor kurzem geheiratet." Sie wollte Luara gar nicht loslassen. ‚*Was für ein tolles Mädchen*' dachte sie, und sie sagte es ihrem Bruder. „Du hast eine wunderhübsche Freundin." Miguel fühlte sich sehr geschmeichelt.

„Wir sind seit einem Vierteljahr zusammen. Sie ist sehr flippig und verrückt, und das mochte ich von Anfang an." Er wandte sich an Erwin und begrüßte ihn.

„Ich danke Ihnen für alles, was Sie für unsere Familie tun. Ich habe von Maria und Lucas nur Freundliches von Ihnen gehört. Sie gefielen mir schon in Rio, und Sie haben bereits viel für unsere Familie getan." Er reichte ihm verlegen die Hand. „Ich weiß nicht, wie wir das jemals gut machen können." Erwin wehte verlegen ab.

„Das mache ich gern. Ich mag euch alle. Aber tu mir einen Gefallen: lass uns duzen - wir duzen uns alle." Er wandte sich an Luara. „Das gilt auch für Dich, Luara. Sei auch du herzlich willkommen. Du bist wirklich eine hübsche Frau. Maria hat recht. Du könntest locker als Fotomodell arbeiten."

„Das ist bereits mein Job in Brasilien". Sie hatte ein perliges Lachen und wirkte quicklebendig. Die insgesamt rund zwanzig Stunden Reisedauer schienen ihr nichts ausgemacht zu haben. Sie sprach ein etwas holpriges Englisch. „Ich bin zwanzig, aber ich habe schon viele Aufträge als Fotomodell bekommen."

„Dann passt Du wunderbar zu Vivien. Das ist die Frau von Peter. Sie arbeitet in einer Modelagentur und kann dich dort bestimmt unterbringen, falls Du Interesse daran hast."

„Oh, das ist eine wunderbare Idee. Ein verlockendes Angebot. Ich bin gespannt auf Vivien, und natürlich auf euch alle." Sie umarmte Erwin und drehte sich zu Miguel um.

„Du hättest mir Herrn Hannemann schon in Rio vorstellen können, als sie bei uns waren."

„Ja, hätte ich können, aber da wusste ich noch nicht viel über ihn."

„Jetzt lass uns erst mal in die Villa fahren" drängte Erwin. „Die anderen warten auch schon ganz gespannt." Er schnappte sich Miguels Koffer und ging voraus. Sein Mercedes stand im Parkhaus vier gegenüber dem Terminal Eins. Eine halbe Stunde später erreichten sie die Villa.

Die Wiedersehensfreude vor allem der Mutter war riesig. Erwin rührte es ziemlich an, als er Josefina mit dem Rollstuhl aus ihrem Zimmer schob und Miguel sich mit einem Jubelschrei auf seine Mutter stürzte und sie küsste. Er hatte sie wohl mehr vermisst als er zugeben wollte. Josefina traten Tränen der Freude übers Gesicht, als sie ihren Sohn in den Armen hielt.

„Es tut gut, Dich zu sehen, Miguel, ich freue mich sehr." Ihre Worte kamen stockend aus ihrem Mund. Ergriffen und unter Freudentränen hielt sie ihn fest. Dann wandte sie sich an Luara.

„Du bist also seine Freundin. Auch Du bist selbstverständlich herzlich willkommen hier im Haus. Ich wünsche euch beiden viel Glück miteinander." Luara gab ihr etwas verlegen die Hand und lächelte.

„Ich freue mich auch, hier sein zu dürfen. Ich wünsche Ihnen gute Besserung!" Von Miguel hatte sie schon alles über den Unfall seiner Mutter erfahren. Erwin hatte derweil seine Haushälterin an die Hand genommen und stellte sie den Neuangekommenen kurz vor.

„Das ist Anna, meine gute Perle. Wenn Ihr irgendwelche Wünsche habt wendet euch gerne an sie. Anna ist für alles hier zuständig." Er machte eine kurze Pause. „Dort drüben sind

Vivien und Peter." Die beiden kamen neugierig heran. „Ich wollte euch miteinander bekannt machen. Die zwei haben zusammen mit Maria und Erwin vor ein paar Tagen geheiratet. Diesen Samstag feiern wir die Hochzeit mit einer Party." Vivien begrüßte die zwei mit einem Handschlag.

„Schön, dass ihr gekommen seid. Jetzt ist die Familie vereint. Du, Luara hast schon für eine Agentur gearbeitet, habe ich gehört?"

„Nein, für eine Agentur nicht, aber einige Aufträge für Werbung und so." Sie schlug die Augen auf und blickte Vivien an. ‚Was für Augen' dachte Vivien und überschlug kurz ihre Entscheidung. Sie war fasziniert und nahm sich vor, sie probehalber in ihre Agentur mit aufzunehmen. Anna räusperte sich.

„Wenn ihr besondere Wünsche habt lasst es mich wissen. Was ich für euch tun kann, will ich gerne tun." Dann entfernte sie sich. An ihrer Stelle setzte Erwin das Gespräch fort.

„Gefällt es euch hier? So auf den ersten Eindruck? Oben hat Anna schon ein Zimmer für euch vorbereitet. Wir können gern mal hochgehen. Kommt mit!" Er wartete ihre Antwort nicht ab, nahm den Koffer von Miguel und ging voran. Etwas eingeschüchtert ob der edlen Einrichtung des Hauses folgten sie ihm. Auch die Oma schloss sich an. Sie war glücklich, ihre beiden Enkel wieder um sich zu haben. Und auch sie war fasziniert von seiner Freundin.

„Schön, Luara, dass du mitgekommen bist. Ich hoffe, ihr hattet einen guten Flug? Fliegt ihr wieder zurück nach Rio, oder bleibt ihr für immer hier?"

„Das wissen wir noch nicht genau. Wir müssen natürlich noch einmal zurück und die Zimmer in der Favela an andere übergeben. Je nachdem, wie die Verhältnisse hier sind, und ob wir Arbeit bekommen, würden wir natürlich schon gern hierbleiben. Erwin meinte, dass das möglich wäre."

„Selbstverständlich könnt ihr hier wohnen bleiben" bekräftigte Erwin. „Das Haus ist groß genug. Aber wenn es euch nicht gefällt, kann ich auch dafür sorgen, dass ihr hier in der Nähe eine eigene Wohnung bekommt."

„Uns gefällt es schon jetzt sehr gut" sagte Luara, und Miguel stimmte ihr voll zu.

„Ich denke nicht, dass wir eine eigene Wohnung benötigen. In Brasilien haben wir viel enger miteinander gewohnt. Wir sind immer gerne mit der ganzen Familie zusammen." Als Erwin die Tür zu ihrem vorbereiteten Zimmer öffnete waren sie dennoch mehr als überrascht.

„Das ist ja wie in einem Luxushotel" flüsterte Luara leise. „Und hier sollen wir wirklich wohnen dürfen?" Sie stand staunend da und blickte auf das große Bett. „Das ist ja riesig, und dann auch noch der dicke Teppich. Müssen wir unsere Schuhe ausziehen?"

„Nein, müssen müsst ihr natürlich nichts, aber es wäre schön, wenn ihr es tut, um den Teppich zu schonen." Belustigt wandte er sich ab und ließ sie allein, damit sie sich erst mal mit den Räumlichkeiten vertraut machen konnten.

Anna war in die Küche verschwunden. Maria half ihr mit dem abendlichen Dinner. Das sollte heute etwas früher serviert werden. Miguel und Luara waren sicherlich hungrig und würden wohl auch bald ins Bett gehen. So lange Flüge, und dann noch umsteigen schlaucht auch junge Leute. Vivien und Peter unterhielten sich leise über die Ankunft des brasilianischen Pärchens. Sie staunten immer wieder über Erwins Hilfe.

„Die Kleine sieht wirklich gut aus" meinte Peter. „Kannst du die nicht in deiner Agentur unterbringen?" Er schaute neugierig auf seine neugebackene Frau. Die überlegte eine Weile.

„Also wenn sie zugänglich und bereit ist mitzuarbeiten werde ich es sicherlich versuchen. Sie ist eine ganz süße Maus. Ich muss erst einmal herausfinden, wie sie sich bei Aufnahmen

verhält und inwieweit sie als Model in verschiedenen Einsatz-
gebieten geeignet ist. Nur vor der Kamera zu stehen und schön
auszusehen reicht nicht. Ich werde mich aber gern mit ihr beschäftigen, sie sieht wirklich blendend aus. Ihr Gesicht, vor
allem aber auch die Figur, die langen Beine sind phantastisch."
Sie verstummte und überflog in Gedanken die Möglichkeiten.

„Ich hoffe, dass sie zumindest gut Englisch beherrscht. In der
Agentur versteht niemand Portugiesisch, aber die Verständi-
gung ist wichtig. Man kann nicht jedes Mal von der Kamera
zum Model gehen und beispielsweise den Arm in die Position
schieben wie man ihn möchte, oder die Haltung des Kopfes
korrigieren. Aber das weißt du sicher selbst." Sie küsste Peter.

„Ich hatte schon hübschere Modelle, die völlig andere Ansichten vom Tagesablauf eines Models hatten und unbrauchbar
waren." Die beiden saßen an ihrem Lieblingsplatz neben der
Statue.

„Ihre Haut ist auch braun, richtig exotisch und völlig makellos, das ist schon mal ein gutes Zeichen. In Brasilien hatte sie
angeblich schon einige Aufträge, wie sie sagte. Schauen wir
halt mal."

„Ich denke, sie wird es schaffen" sagte Peter. „Ich habe da ein
gutes Gefühl."

„Ja, das habe ich auch. Gleich gibt es übrigens Lunch."

„Ich habe eher Hunger auf dich." Peter schäkerte schon wieder.

„Ich glaube, ich muss dich nach dem Essen vernaschen. Bewegung ist gut. Du sollst ja nicht fett werden."

„Du Lustmolch! Aber ehrlich gesagt freue ich mich, wenn
ältere Herren noch ihre Lust zeigen und bei der Liebe nicht
einschlafen." Sie kicherte leise. „Wollen wir noch vor dem
Mittagessen für eine schnelle Nummer nach oben?"

„Nein, vor dem Essen nicht mehr. Ich mag keine Quickies.
„Ich brauche Zeit für die Liebe, ich möchte meine Partnerin
fühlen, schmecken, riechen – das ganze Programm halt…"

„Natürlich weiß ich das, aber ich hätte Dir gerne eine Freude bereitet. Oder bist Du wirklich schon zu alt und zu klapprig?" Sie stupste ihn auffordernd an. Er prostierte.

„Na warte bis nach dem Lunch! Warum müssen junge Weiber immer gleich so extrem bösartig werden? Jetzt hast du mir einen seelischen Schaden für den Rest meines Lebens verursacht. Ich werde Dich dafür durch die ganze Villa jagen. Und wehe, ich kriege Dich! Beschwere dich dann aber nicht über den alten Mann!" Sie grinste.

„Warten wir erst mal bis nach dem Lunch. Mal sehen, wer sich danach mit einem voll gefressenen Bauch erholt hat! Ich kenn dich ja schon ein paar Tage." Sie wartete weitere Frotzeleien nicht mehr ab.

„Komm. Gehen wir ins Speisezimmer." Sie erhoben sich. Gerade in diesem Moment kam Anna aus der Küche.

„Lunch ist fertig." Peter löste sich von Vivien. „Ich hole eben Johanna." Mit diesen Worten begab er sich zu ihrem Raum.

Heute gab es Szegediner Gulasch. Anna hatte sich mal wieder selbst übertroffen. Die ganze Familie saß am Tisch, und Erwin freute sich. Es sollte wohl alles so sein. Die Gespräche drehten sich natürlich um Miguel und Luara. Miguel hatte sich innerlich schon für eine endgültige Bleibe entschieden, und er hoffte, dass seine Freundin damit einverstanden war. Nach dem Essen nahm Vivien Luara beiseite. Sie hatte das Bedürfnis, sich etwas zielstrebiger auszutauschen.

„Komm bitte mal mit mir nach oben. Ich möchte mich ein wenig mit dir unterhalten." Vivien ging voran, und ängstlich folgte ihr Luara. ‚Was wollte Vivien? Hatte sie etwas falsch gemacht?‘ Sie betraten Viviens Zimmer.

„Habe ich etwas Falsches gesagt?" Luara wirkte ängstlich und eingeschüchtert.

„Nein, nein, Luara, gar nicht." Vivien lachte. „Ich wollte mich nur ein wenig intensiver mit dir unterhalten. Erzähle mir bitte ein wenig von deinen bisherigen Jobs. Was waren das für Aufnahmen?"

„Zweimal hatte ich Aufnahmen von meinem Gesicht, es ging um irgendeine Werbung für Kosmetik. Ich habe nichts weiter darüber erfahren. Es folgten mehrere Ganzkörper-Aufnahmen mit verschiedenen Kleidern, einmal wurden nur meine Beine fotografiert. Ich musste dafür schwarze, halterlose Strümpfe tragen."

„Also hast Du schon gewisse Erfahrungen im Fotobereich." Vivien musterte Luara genauer. Ihr gefielen die langen Beine der rassigen Brasilianerin, und sie sagte es ihr. Das Kompliment ließ das Gesicht Luaras aufleuchten. Sie lächelte scheu.

„Hast du eine große Agentur?" Sie schlug verlegen die Beine übereinander.

„Mir gehört die Agentur nicht, ich arbeite nur schon einige Jahre für sie. Aber ich habe dort viel zu sagen. Mein Bereich ist es, Modelle auszusuchen und für die verschiedenen Bereiche zu empfehlen. Übrigens auch männliche Modelle. Wir arbeiten international." Sie blickte Luara prüfend, aber wohlwollend in die Augen.

„Ich habe noch eine intime Frage an dich. Wenn Du nicht möchtest, brauchst du sie natürlich nicht beantworten. Hast Du vielleicht auch schon mal etwas pikantere Aufnahmen von dir machen lassen, zum Beispiel für Bikinis, Unterwäsche oder so? Oder erotische Fotos, oben ohne oder ganz nackt, zum Beispiel für Kalender oder Poster?" Luara antwortete etwas verschämt.

„Ich werde dir antworten, Vivien. Ja, da gab es einmal einen Fotografen, der hat private Aufnahmen von mir gemacht, nur für sich selbst sagte er, und nur oben ohne. Er fand mich sexy, nahm mich mit an einen wenig belebten Strand und fotografierte über zwei Stunden lang. Der hat sehr viel dafür bezahlt."

„Du würdest also auch im Nacktbereich für uns arbeiten?" Vivien war auf die Antwort gespannt.

„Ja, das würde ich, das kommt aber auf die Art der Fotos an. Pornofotos möchte ich aber nicht machen. Ich möchte meinem Freund nicht untreu werden."

„Wir machen keine Pornoaufnahmen" versicherte ihr Vivien. „Wir fotografieren aber manchmal elegante Teilakte, beispielsweise für Büstenhalter- oder Miederaufnahmen. Natürlich ist das keine Pflicht, und wir erwarten das nicht unbedingt von Dir. Ist nur eine der vielen Möglichkeiten, aber dein junger Körper wäre wie geschaffen für solche Fotos. Deine Haut ist makellos rein und schön, auch die Figur insgesamt. Unser Schwerpunkt liegt jedoch hauptsächlich in der Modefotografie, beispielsweise auch Teilfotografie, wie Hut-Mode, Langhaar-Modelle für Shampoos oder Hände für Pflege-Kosmetik. Auch Beine für halterlose Strümpfe oder Schuhe. Im Aktbereich machen wir nicht viel. Und wir suchen keine Laufsteg-Modelle."

Luara atmete auf. Vivien bemerkte es mit einem inneren Lächeln. Ihrem Auge entging nichts.

„Ja, ich liebe auch die ganz normale Modefotografie" erklärte Luara, „auch Mieder und so. Ich mag meinen eigenen Körper selbst gern. Wenn möglich, aber keine Aktaufnahmen für Kalender oder Poster."

„Das ist völlig in Ordnung. Ich wollte nur generell einmal deine Grenzen kennenlernen. Aktaufnahmen für Kalender oder Poster machen wir gar nicht. Ich werde Dich auf jeden Fall in meine Agentur mit aufnehmen. Ich weiß allerdings nicht, wann du die ersten Aufträge bekommst. Das hängt von den Kunden ab, wann und welche Aufnahmen sie wünschen."

„Ja, das verstehe ich. Ist in Brasilien auch so." Luara lächelte. „Ich glaube, ich mag dich, Vivien." Sie errötete leicht.

„Ich dich auch, Luara. Du hast mir vom ersten Moment an sehr gefallen. Ich mag deine Augen. Deine Schönheit ist nicht zu übersehen. Ich kann verstehen, dass Miguel dich zur Freundin gewählt hat. Er ist bestimmt sehr stolz auf dich."

„Ja, das ist er, und ich bin auch stolz auf ihn. Er ist sanft zu mir, achtet mich als Frau und nicht wie viele brasilianische Jungs, die mich manchmal nur als Spielzeug für ihre Bedürfnisse sehen."

„Ja. Leider ist das Machoverhalten in vielen südamerikanischen Ländern sehr stark ausgeprägt. Das ist wohl nicht so leicht aus den Köpfen der Männer zu bekommen." Nachdenklich schwieg sie eine Weile.

„Luara ist ein schöner Name. Ich habe den noch nie gehört. Ist das ein echt brasilianischer Name?"

„Ja, er bedeutet ‚die Siegerin' oder ‚die Ruhmreiche'. Laut einer brasilianischen Legende war sie die Tochter des Flusses Jatobà und des Mondes. Das hat mir mal eine alte Frau aus dem Amazonasgebiet erzählt."

„Mir gefällt der Name sehr. Und siegreich – das passt. Ich werde dafür sorgen, dass du siegen wirst, also dass es dir in Deutschland gut geht, natürlich zusammen mit Miguel." Vivien nahm die Hand des jungen Mädchens. „Komm, lass uns wieder nach unten gehen." Sie stiegen die Treppe hinab.

„Na ihr zwei, was hattet ihr da oben zu besprechen? Ist etwas nicht in Ordnung?" Anna schaute fragend um die Ecke.

„Nein, nein, Anna, alles bestens. Im Gegenteil, ich habe eben erfahren, dass der name Luara ‚die Siegreiche' bedeutet. Ein gutes Omen für den Start in Deutschland." Maria trat an sie heran.

„Das wusste ich auch noch nicht." Sie hielt ein paar Tücher in den Händen. „Ich helfe eben Anna bei den Vorbereitungen. Morgen ist es ja so weit, die große Party." Zusammen mit Anna verschwand sie wieder in die Küche.

„Eine Party?" fragte Luara. „Hier im Haus?"

„Ja, morgen feiern wir die Doppelhochzeit von Peter und mir, Maria und Erwin. Ist zwar als ‚Große Party' benannt, aber wir sind nur wenige Personen, nicht mal zwanzig Peoples." Vivien grinste.

„Das ging auch alles unheimlich schnell. Immerhin haben wir eine Band gefunden, die auch brasilianische Musik spielt, und auch das Essen wird geliefert. Anna muss nicht kochen. Wird bestimmt lustig werden."

„Darauf freue ich mich auch. Kann ich euch bei irgendetwas behilflich sein?

„Nein, alles gut. Komm du erst mal richtig hier in Hamburg an. Das meiste hat Anna die letzten Tage schon vorbereitet. Ist nicht mehr viel zu tun, das schafft sie alleine."

„Anna ist eine sehr tüchtige Frau, scheint mir. Ihr mögt sie wohl alle sehr?"

„Ja, Anna ist bei allen beliebt. Du wirst sie auch mögen. Sie ist eine wunderbare Person und eine perfekte Haushälterin. Erwin hat sehr viel Glück mit ihr."

„Redet ihr schon wieder über mich?" Anna kam lachend aus der Tür, in ihren Händen ein Tablett mit Kaffee und Tee balancierend. „Ihr habt vorhin auf den Nachtisch verzichtet, aber trinken ist gesund." Sie stellte das Tablett auf den Tisch. „Bedient euch!"

„Ich habe Luara nur erzählt, was für eine Perle du bist" sagte Vivien. „Sie kennt dich ja noch nicht. Ist denn jetzt alles für morgen vorbereitet, oder ist da noch etwas zu tun? Ich helfe dir gerne."

„Nein, alles ist soweit fertig." Sie warf noch einen freundlichen Blick auf die beiden jungen Frauen und huschte wieder in die Küche.

„Kommt, setzt euch zu uns." Die Stimme Erwins rief sie an den Tisch. „Lasst uns noch ein paar ruhige Stunden genießen. Morgen wird es um einiges lauter." Die beiden folgten der Aufforderung und nahmen Platz.

Gegen siebzehn Uhr kam Lucas von seiner Arbeit und sah ziemlich erschöpft aus. Aber er wurde putzmunter, als er seinen Bruder erblickte.

„Miguel!" Lachend stürzte er auf ihn zu und nahm ihn in die Arme. „Schön, dich zu sehen. Ich konnte dich leider nicht vom Flughafen abholen." Sein Blick glitt von oben nach unten. „Du siehst gut aus." Er wandte sich an seine Freundin. „Und du bist Luara? Ein hübsches Mädchen. Miguel hat schon einiges von dir erzählt. Jetzt lernen wir uns endlich mal persönlich kennen. Er nahm sie ebenfalls in die Arme. „Wie war euer Flug?"

„Ein bisschen anstrengend. Wir mussten in Frankfurt umsteigen. Aber Erwin hat gesagt, wir könnten hier wohnen. Jetzt erholen wir uns. Er hat uns ein wunderbares Zimmer gegeben."

„Ja, seine Villa ist unglaublich. Alle haben hier Platz gefunden, die Oma, die Mutter, Miguel und ich, Maria, die ganze Familie. Mit dir ist die Idylle perfekt."

„Nun kriegt euch mal wieder ein." Erwin lachte. „Ich freue mich, dass mein Haus endlich mal voller Leben ist. Das tut gut." Er meinte es ehrlich und strahlte über das ganze Gesicht.

„Nicht alle Millionäre vergessen die Menschen, durch die sie ihr Vermögen erwirtschaftet haben, ausgenommen denen vielleicht, die schlicht geerbt haben. Mir hat es schon immer Freude bereitet, Menschen, die es nicht so üppig haben, etwas zurückzugeben. Macht euch also keine Gedanken. Fühlt euch einfach wie zuhause." Josefina standen die Tränen in den Augen. Peter hatte sie wieder aus ihrem Zimmer geholt.

„Erwin, ich danke dir im Namen meiner ganzen Familie. Wir werden das nie…. Erwin unterbrach sie.

„Jetzt ist es endlich mal gut. Ich möchte das nicht mehr hören. Ich weiß schon was ich tue." Josefina griff mit zitternder Hand nach seinem Hemdsärmel.

„Okay, aber wir nehmen dein gutgemeintes Angebot für uns alle gerne an!"

„Ich erwarte aber keinen weiteren Dank. Es ist alles gut so." Jetzt wurde Erwin doch etwas verlegen und verabschiedete sich nach oben in sein Zimmer. Peter schmunzelte. Er konnte ihn verstehen.

„Jetzt habt ihr meinen Arbeitgeber vertrieben" lachte Anna. In einer halben Stunde gibt es Dinner." Sie verzog sich schmunzelnd in die Küche.

Diesmal gab es Fischfrikadellen, Salzkartoffeln und Blumenkohl. Anna hielt sich an die Tradition, an einem Freitag Fisch zu servieren, und es schmeckte allen wie erwartet. Nach dem Essen wünschte Josefina, dass man sie in ihr Zimmer brachte. Sie war müde und wollte schlafen. Peter erfüllte ihr den Wunsch und schloss leise die Tür.

„Der Trubel war wohl doch etwas zu viel für sie. Sie braucht noch Ruhe." Das war natürlich allen klar, auch wenn Miguel das bedauerte. Er hätte sie gerne noch etwas länger gehabt, er hatte sie lange nicht mehr gesehen und war trotz der guten Pflege auch ein wenig in Sorge um sie. Aber er sah, dass es ihr schon weit besser ging seit der Abreise aus Rio.

Peter und Vivien wollten allein sein und gingen ein wenig spazieren. Die Lust, das Verlangen für Sex nach dem Dinner war verflogen. Oma und Lucas saßen noch zusammen. Maria und Luara unterhielten sich in ihrer Muttersprache. Sie saßen in der Ecke bei der Statue. Auch Luara war erstaunt, als sie die Ähnlichkeit mit Maria entdeckte.

„Die sieht wirklich so aus wie du" meinte sie. „Du bist auch hübsch. Hast du keine Lust, als Model bei Vivien zu arbeiten?"

„Um Gottes willen, nein!" Maria lachte. „So hübsch bin ich nun doch nicht, außerdem ist das nichts für mich. Ich mag lieber mit meinen Händen arbeiten, bin praktisch veranlagt. Aber ich danke dir für das Kompliment! Erwin meinte, er könnte die Figur braun anmalen, dann sähe sie wirklich so aus wie ich." Sie lachte. „Er hatte nur Bedenken, dass mich dann wohl jeder

Besucher sofort als „nackte Maria' identifizieren könnte. Mir würde das aber nichts ausmachen. Vielleicht tut er es eines Tages wirklich."

„Nun, schämen bräuchtest du dich sicherlich nicht. Er scheint ziemlich stolz auf seine schöne Frau zu sein."

„Ja, das ist er. Aber Erwin ist auch ein stattlicher Mann. Du solltest ihn mal im Anzug sehen."

„Das kann ich mir gut vorstellen. Er hat viel für eure Familie getan. Wie gefällt es denn euch allen in Hamburg? Das Wetter ist hier ja ein wenig kühl."

„Also bisher kam da nichts Negatives. Ich dachte zuerst, dass die beiden Jungs ihr Land vermissen würden, aber Lucas hat sich schon wunderbar eingelebt. Er hat einen guten Job im Hafen gefunden. Was Josefina betrifft: für sie ist Hamburg natürlich das Paradies. Sie erfährt hier so viel Hilfe. Nur die Oma macht mir ein bisschen Sorge. Sie war mal die große Liebe von Peter. Er hatte sie vor fünfzig Jahren in Santos in einer Bar kennen gelernt und sich damals heillos in sie verliebt. Leider war er zu jener Zeit erst achtzehn und als Seemann unterwegs. Früher galt das Volljährigkeitsalter ab einundzwanzig. Sein Schiff kam nach einigen Reisen nicht mehr nach Brasilien, und sie verloren sich aus den Augen. Bei seinem letzten Besuch traf er sie dann wieder, als wir zu meiner Oma fuhren. Ein absolut ungewöhnlicher Zufall. Aber da war er schon mit Vivien zusammen." Sie erzählte die ganze Geschichte ausführlich. „Nun ist sie hier in Hamburg, ihr Peter auch, aber nicht mehr als ihr Partner, und sie fühlt sich etwas einsam."

„Oh je, das kann ich verstehen. Will sie wieder zurück nach Brasilien?"

„Ich glaube nicht" meinte Maria, „aber leicht ist es für sie sicherlich nicht, weil sie ‚ihren' Peter ja auch ständig vor Augen hat. Allerdings hat Peter sich auch äußerlich sehr verändert. Man muss sehen, wie sie damit fertig wird. Erwin hat ihr aber angeboten, die Rückreise zu finanzieren, falls sie nicht in Hamburg bleiben möchte."

„Dein Mann ist wirklich ein außergewöhnlicher Mensch. Wie hast Du ihn denn kennen gelernt?"

Maria erzählte ihr alles von Beginn an. Später gesellten sich Vivien und Peter noch zu ihnen, als sie von ihrem Spaziergang zurückkehrten. Sie unterhielten sich noch den ganzen Abend miteinander, diesmal in Englisch, weil Luara kein Deutsch verstand.

Gegen zehn verschwanden sie alle so nach und nach in ihren Zimmern. Morgen wartete ein ereignisreicher und bestimmt anstrengender Tag auf sie.

Die verspätete Hochzeitsparty

Für Anna begann der Tag schon sehr früh. Noch während alle anderen schliefen bereitete sie die Eingangshalle für die Feier vor. Zunächst entfernte sie alle nicht notwendigen Gegenstände, um Platz für die spätere Party zu schaffen. Normalerweise fand so etwas am Abend statt, aber Erwin hatte den Beginn auf den frühen Nachmittag festgelegt. Für vierzehn Uhr waren die brasilianischen Musiker engagiert. Zwar sollte alles so zwanglos wie möglich ablaufen, aber es sollte natürlich auch getanzt werden können. Nachdenklich stand Anna vor der Statue. Sollte sie die auch entfernen? Sie entschied sich letztendlich dafür und verbannte sie in eine Ecke. Sie war ziemlich schwer, aber für sie gerade noch zu händeln.

Um neun erschien der Lieferant des beauftragten Floristikunternehmens und brachte eine Menge Blumen, die Anna am Tag zuvor bestellt hatte. Damit begann sie den schon vorbereiteten Raum weiter zu schmücken. Erwin hatte ihr gestern zwar noch seine Hilfe angeboten, aber Anna wollte die Halle in eigener Regie bearbeiten und den Hausherrn damit überraschen.

An den Wänden verteilte sie die in zartgrün und weiß gehaltenen duftenden Blumen, zauberte in einer Ecke ein winziges, aber dekoratives Hochbeet mit weißen und roten Rosen. Seitlich davon ließ den Platz frei für die brasilianische Band ‚Os Sortudos‘, die laut Erwin aus vier Musikern bestand. Der Bandname bedeutet auf Deutsch ‚die Glücklichen‘ und passte hervorragend zur Feier. Zwischen all den Blumen verteilte sie anschließend Lichterketten, die im etwas abgedunkelten Raum später eine warme Atmosphäre schaffen sollte.

Erwin war überrascht, als er während ihres Herumwuselns als erster zum Frühstück erschien. Er stoppte ihre Arbeit und nahm sie kurz in seine Arme.

„Da hast du dir ja was einfallen lassen" meinte er. Die vielen Blumen, das gefällt mir außerordentlich." Er wanderte prüfend durch den Raum. „Das wird den anderen auch gefallen. Nur die Statue hättest du ruhig stehen lassen können."

„Ja, das hatte ich zunächst überlegt, aber ich wollte sie aus dem Weg stellen, weil hier bestimmt später auch getanzt werden wird. Wenn du willst stell ich sie aber wieder an ihren ursprünglichen Platz."

„Nein, das ist schon gut so. Hast recht, wir brauchen später die Fläche zum Tanzen."

Er sah sich um, als Vivien ihm von der Treppe her einen ‚Guten Morgen' wünschte. Sie hatte sich schick gemacht, trug ihr Hochzeitskleid und hatte sich geschminkt. Ihr folgte Peter in einem schwarzen Anzug. Sie waren beide gekleidet wie bei der kirchlichen Trauung. Direkt nach ihr erschien Maria. Sie trug ebenfalls ihr Hochzeitskleid, war geschminkt und lächelte glücklich, als sie Erwin sah. Sie schwebte auf ihn zu, küsste ihn und nahm ihn dann beiseite.

„Du musst dich aber auch noch schick machen für nachher" meinte sie vorwurfsvoll, aber unter zärtlichem Grinsen. Erwin trug nur Jeans und einen Pullover. Er grinste zurück.

„Natürlich, aber ich dachte, zum Frühstück reicht mein Erscheinen im täglichen Outfit. Aber du hast recht. Ich verschwinde mal." Sprachs und stieg die Treppe wieder hinauf. Wenig später kamen die restlichen Familienmitglieder herunter. Die beiden Jungs waren noch etwas verschlafen, Lucas gähnte unverhohlen. Die Oma hatte sich ebenfalls schick gemacht. Sie trug einen brasilianischen Hosenanzug mit vielen bunten Blumenmotiven darauf und sah aus wie eine amerikanische Filmschauspielerin. Peter war überrascht, sie so zu sehen.

„Du siehst umwerfend aus" sagte er und reichte ihr die Hand. „So habe ich dich noch nie gesehen." Sie lächelte.

„So laufe ich normalerweise auch nicht herum. Aber ich habe mir das für eben diesen Tag gekauft. Ich wollte nicht wie eine graue Maus im Schlabberlook wirken." Sie hatte ihre langen Haare lose über den Rücken fallen lassen und sich sogar leicht geschminkt.

„Ich habe dich noch nie als graue Maus empfunden". Peter war peinlich berührt. „Hast Du das von mir gedacht?"

„Nein, das ist doch nur so ein Spruch bei euch. Habe ich mal irgendwo gelesen." Sie setzte sich neben Vivien. „Du siehst aber auch fantastisch aus. Aber das habe ich Dir, glaube ich, schon mal gesagt, bei der Hochzeit."

„Ja, das hast Du. Aber man freut sich immer über ein Kompliment."

„Ich hole mal eben Josefina. Dann sind wir komplett." Peter ging ins Zimmer und kam eine Minute später mit ihr im Rollstuhl zurück. Sie sah glücklich aus, ihr Gesicht war weich und gelöst. Erwin kam zurück. Auch er hatte sich in seinen Hochzeitsanzug geworfen, sich die Haare gekämmt und sah umwerfend aus.

„Schade, dass Du jetzt verheiratet bist" grinste Anna. „Du siehst wirklich schick aus. „Ich würde dich auch sofort heiraten."

„Dazu hättest du immerhin fast zwei Jahre Zeit gehabt. Jetzt ist es zu spät. Aber wir sind ja auch so fast immer zusammen, wenn ich nicht gerade verreist bin. Ist ja fast schon so wie eine Ehe… ohne die gemeinsamen Nächte natürlich."

„War ja auch nur scherzhaft gemeint." Sie wechselte das Thema. „Gleich gibt es Mittagessen. Ein Frühstück wäre jetzt nicht mehr angebracht. Wir haben gleich zwölf."

„Das ist okay." Erwin war einverstanden. „Was hast Du denn für uns gebrutzelt?" Er sah in die Runde. „Ist es euch recht, wenn wir das Frühstück heute fallen lassen und gleich richtig zu Mittag essen?" Mit Genugtuung stellte er fest, dass ihm alle zustimmten.

„Es gibt heute nur ‚Falscher Hase' mit Beilagen. Ich hoffe, das schmeckt euch. Nachher gibt es ja das richtige Catering, Essen auf Rädern." Anna schmunzelte. „Erwin hat ein Start-Up engagiert. Ich bin mal gespannt, wie deren Essen schmeckt. Sind Neulinge." Sie verschwand und kam gleich mit diversen Schüsseln und Tellern auf einem Rollwagen zurück. „Wie ihr seht, kann ich auch Essen auf Rädern anbieten." Alles lachte. Erwin legte ihr die Hand auf die Schulter.

„Ich denke, das Catering wird deine Kreationen sicher nicht übertreffen."

„Wir werden sehen… Kommt mit." Anna schob den Rollwagen ins Esszimmer.

Nach der Mahlzeit warteten alle auf die Musiker. Die hatten ihren Termin um zwei, und sie kamen pünktlich. Drei Musiker in funkelnden, brasilianischen Kostümen, die leicht braunhäutige Sängerin in einem traumhaften, feuerroten Kleid. Schulterfrei und mit einer eleganten Halskette aus Perlen. Die langen, tiefschwarzen Haare, die ihr weit über den Rücken reichten, machten sie zu einer wirklichen Schönheit. Selbst Erwin war sprachlos. Er sagte das seiner Maria, die neben ihm stand.

„Ihr habt wirklich tolle Frauen da unten in Brasilien. Ich könnte diese Frau hier auch gleich bei mir einziehen lassen. Ich habe noch freie Zimmer…" Dabei lachte er. Maria fühlte sich kein bisschen gekränkt und brachte ihn ein wenig zurück auf den Teppich.

„Die Frau sieht klasse aus, keine Frage, ist aber hier in Deutschland geboren. Also nichts mit brasilianisch" grinste sie.

„Okay, dann habe ich Pech gehabt" lachte er. „Aber anziehend ist sie wirklich. Wenn sie jetzt auch so gut singen kann wie sie aussieht…"

„Das werden wir gleich erleben. Die Villa ist aber wirklich einmalig. Da ist sogar die Halle groß genug für eine richtige Musikband."

Erwin begrüßte die Sängerin und zeigte der Band den Platz, der für ihre Musikanlage bestimmt war. Noch während sie ihre Instrumente und Verstärker ausbreiteten, erschienen fünf Personen der Catering-Firma. In Windseile bauten sie ihre Köstlichkeiten auf. Schon wenige Minuten später begannen sie sie die Anwesenden mit exotischen Cocktails und einer Auswahl an brasilianischen Häppchen, Käsebällchen, Coxinhas (gefüllte Teigtaschen), Brigadeiros, Quindim (einem Kokos-Dessert) und gegrillten Garnelenspießen zu verwöhnen.

Die große Eingangshalle war von Anna zu einem richtigen Tanzsaal verwandelt worden. Doch bevor die Party so richtig startete gab es einen besonderen Moment. Die beiden Hochzeitspaare eröffneten die Tanzfläche zu einem langsamen Walzer der Band ‚Os Sortudos'. Das hatte Erwin sich bei der Buchung der Musiker gewünscht. Erst danach begann die eigentliche Party. Als die Musiker richtig loslegten verwandelte sich die Eingangshalle in eine Tanzfläche voller Energie. Die Trommeln, Gitarren und die kraftvolle Stimme der Sängerin brachten die Anwesenden auf die Beine. Sie sang wirklich so gut wie sie aussah, fand Erwin. Bis auf Josefina tanzten alle im Rhythmus der brasilianischen Musik, und die Band begeisterte mit Samba, Bossa Nova und sogar ein paar modernen Hits, die auf südamerikanische Art interpretiert wurden. Selbst Lucas und Miguel waren erstaunt über die brasilianischen Musiker.

Als Highlight hatten die fünf Mitglieder des Catering-Unternehmens eine fahrbare Grillstation im Chirrasco-Stil dabei, von dem im Laufe der Party verschiedene Fleischsorten direkt am Tisch serviert wurden. Der Duft von gegrilltem Fleisch und frischen Kräutern erfüllte die Luft. Zwischen den Tänzen stärkten sich die Gäste am opulenten Buffet, das neben Fleisch auch süße Köstlichkeiten bot. Das Catering-Team hatte keine Mühe gescheut und bot eine Mischung aus internationalen Gerichten und traditionellen brasilianischen Speisen. Unglaublich und sehr aufwendig für eine Firma, die erst wenige Wochen zuvor gegründet wurde. Erwin beschloss, sie bei einer zukünftigen Feier auf jeden Fall erneut zu buchen.

Zum Erstaunen aller brachte Anna die ausgelassene Gesellschaft, als sie später völlig unerwartet eine große Hochzeitstorte in die Halle schob und auf einen extra von ihr freigelassenen Tisch stellte. Die Torte in Weiß- und Goldtönen und mit blauen und grünen Zutaten verziert, spiegelte die brasilianische Lebensfreude wider. Für diese Kreation hatte Anna heimlich zwei Tage gebraucht. Erwin konnte das nicht fassen. Er hatte von den Vorbereitungen nicht das Geringste mitbekommen. Auch die Musiker waren eingeladen, sich von der Torte zu bedienen.

Der Duft von frischen Blumen lag in der Luft, und die Lichterketten begannen in der Dämmerung zu funkeln, als die Sonne langsam unterging. Erwin hatte die Party bewusst auf den Nachmittag gelegt, weil er die Nachbarn nicht mit ihrer lauten Musik stören wollte.

Später spielte die Band als letztes Lied des beginnenden Abends einen langsamen Samba. Die beiden Hochzeitspaare tanzten eng umschlungen und waren glücklich über das sehr gelungene Fest. Während die Party langsam ausklang war klar, dass diese Doppelhochzeit nicht nur eine Feier, sondern ein Fest der Liebe, des Lebens und der Gemeinschaft war. Die geschmückte Eingangshalle, die brasilianische Band und das exquisite Catering hatten dazu beigetragen, einen unvergesslichen Abend zu schaffen, der noch lange in ihrem Gedächtnis bleiben würde.

Nachdem die Musiker ihre Anlage zusammengepackt hatten gab Erwin ihnen zuzüglich zum vereinbarten Honorar ein fürstliches Trinkgeld. Er war begeistert von den hervorragenden

Darbietungen der Künstler. Das Gleiche tat er mit dem Catering-Unternehmen. Hier legte er noch eine zusätzliche Schippe drauf, indem er ihnen mehr Geld gab, als vereinbart war. Er wollte das aufstrebende Catering-Team für ihre weitere Zukunft unterstützen. Sehr erstaunt und überrascht darüber, was die fünf Freunde da aus dem Boden gestampft hatten war ihm das ein zusätzliches Trinkgeld wert. Und er sagte es den Fünfen. Auch Anna war dieser Meinung.

„Das war das Beste, was ich je erlebt habe" meinte sie und schaute Erwin ins Gesicht. „Weder habe ich bisher eine Doppelhochzeit erlebt, noch solch hinreißende Musik und vor allem nicht solche Vielfalt der Speisen von einem Catering."

„Ja, das habe ich auch so empfunden." Erwin lächelte. „Ich habe beiden, den Musikern und dem Catering-Team versprochen, sie bei nächster Gelegenheit erneut zu buchen. Ich fand, wir hatten sehr viel Glück mit der Wahl, überhaupt mit der gesamten Party. Ich wüsste nichts zu kritisieren."

„Wir auch nicht". Vivien und Peter waren aufgestanden und an Erwin herangetreten. „Wir möchten uns nochmal für die unglaubliche Feier bei dir bedanken. Es war fantastisch. Und wir möchten uns auch bei dir, Anna, für das bedanken, was du geleistet hast. Vor allem die unerwartete Torte, damit hatte sicherlich keiner von uns gerechnet." Vivien drückte ihr die Hand. „Lass alles bis morgen stehen. Wir räumen dann gemeinsam hier auf." Anna nickte und wandte sich an die beiden Jungs und die Oma.

„Hat es euch auch gefallen? War es nicht zu langweilig?"
„Gar nicht. Alles war hervorragend. Wir haben ein Stück brasilianische Heimat erlebt.

Die Oma nickte. „Ja, ein Stück brasilianische Heimat, das stimmt. Ich habe tatsächlich ein wenig Heimweh bekommen. Ist aber schon vorbei. Ich gehe auch gleich schlafen, wenn es recht ist."

„Natürlich!" Erwin lächelte. „Es wird keiner gezwungen, bis in alle Ewigkeit aufzubleiben. Wer möchte kann sich gerne verdrücken. Wie hast du das erlebt, Luara?"

„Es war wundervoll. Ich habe so etwas noch nie erlebt." Sie sah glücklich aus, ihr Gesicht war durch die vielen Tänze gerötet. Dann meldete sich Josefina mit leiser Stimme.

„Ich empfand das auch als eine ganz wunderbare Feier. Ich möchte eigentlich nicht stören, aber könntet ihr mich bitte wieder in mein Zimmer schieben? Ich bin sehr müde geworden und möchte gleich schlafen."

„Aber Josefina, Du störst doch nicht." Peter war schon zur Stelle und tat ihr den Gefallen. Ich habe mich schon gewundert, dass du so lange ausgehalten hast. Erwin nahm seine Maria an die Hand.

„Wir gehen jetzt auch ins Bett. Holen unsere Hochzeitsnacht nach, unsere zweite…"

„Soso, so nennst du das jetzt." Maria kicherte. „Ich liebe Hochzeitsnächte. Vivien wandte sich an Peter. „Wollen wir auch schlafen gehen?" Peter nickte.

„Ja, lass uns nach oben gehen. Nochmal danke Erwin und Anne, Ihr zwei seid prächtige Menschen. Euch eine gute Nacht!" Die beiden gingen nach oben, Erwin und Maria folgten ihnen. Sie waren ebenfalls geschafft. Auch ihre beiden Brüder verzogen sich und stapften die Treppe hinauf zu ihren Zimmern. Der Tag war lang genug gewesen. Obwohl morgen ein Sonntag war, musste Lucas wieder früh aufstehen und in den Hafen fahren. Er sollte als Aushilfe für einen erkrankten Mitarbeiter einspringen. Mit dem Abgang der beiden ging die Party endgültig zu Ende. Luara hatte sich schon vorher verzogen. In der Villa erlosch das Licht.

Klaus Otersen

Geboren 1949 in Villingen, Schwarzwald, wohnhaft seit 1981 in Hamburg.

Mit acht Jahren Umzug für zwei Jahre an den Bodensee, dann wieder Umzug nach Schleswig-Holstein. Mit 16 Jahren in die Seefahrt, mit 22 Jahren eine Lehre als Masseur. Von 1976 – 1980 vier Jahre lang mit seiner Frau durch ganz Südeuropa. Von 1980 bis 1996 baute und betrieb er ein professionelles Tonstudio, mit zahlreichen Künstlern.

Die ersten schriftstellerischen Versuche begannen in der Kindheit. Mit zwölf schrieb er seine ersten Romane, natürlich in kindlicher Ausdrucksweise, handschriftlich in Schulhefte, die er zusammennähte und die dadurch einen Umfang von bis zu 700 Seiten erreichten. Natürlich nicht veröffentlicht. Später kamen Gedichte hinzu, und als Musiker textete er auch zahlreiche Lieder für seine Auftritte als Straßenmusiker.

Als freiberuflicher Filmemacher und Kameramann arbeitet Klaus Otersen seit 1998 in seinem eigenen kleinen Videostudio an diversen Reportagen, Musikclips auch fürs Ausland, Firmenpräsentationen und Städteporträts.

Seit einigen Jahren liegt der thematische Schwerpunkt auf Reisen. Unter anderem war er für ein halbes Jahr als Bordfilmer auf der MS Delphin Renaissance unterwegs. Während dieser Zeit entstanden acht DVDs über die verschiedenen Reisen nach Island, rund um England, Skandinavien und Nordkap, sowie die gesamte Ostsee. Weitere Reisen unternahm er nach Florida, in die Türkei, Indien, Thailand, Arabien einschließlich einer Suez-Kanal - Durchquerung, ganz Europa und fuhr als Passagier mit einem Frachtschiff nach Brasilien. Ab Corona stellte er seine Reisetätigkeit ein und arbeitet jetzt an seiner Musik.

Alle erschienenen Bücher sehen Sie auf den folgenden Seiten.

Mit dem Tandem durch Europa

Vier Jahre unterwegs, davon zwei Monate zu dritt mit einer sehr guten Freundin. Rund 48.000 Kilometer in dreizehn Ländern. Elftausendachthundert Mark verbraucht, sowie drei Tandems und jede Menge Speichenbrüche. In Jugoslawien bestohlen und Wölfe hautnah erlebt. Eine Woche Zypern als Gast eines türkischen Ministers und unglaubliche erotische Erlebnisse mit einer syrischen Familie in einem arabischen Dorf.

Mit 16 in die Seefahrt

Im Alter von sechzehn Jahren von der Familie weg und fünf Jahre lang in die christliche Seefahrt. Die ersten zwei Jahre hatte er mit der Seekrankheit zu kämpfen. Später als Passagier auf diversen Frachtschiffen und sechs Monate lang als Bordfilmer war er auf einem Kreuzfahrtschiff unterwegs. Danach reiste er mehr als zwölf Jahre lang auf sechsundzwanzig Kreuzfahrtschiffen rund um die Welt. Ein spannendes Seefahrerleben.

Als Frau allein unter 28 Männern

„Paradise N" - Ein Erzfrachter der Superlative. 322.000 Tonnen, 330 m lang, 58 m breit und mit einem Tiefgang von 23 Metern. Derzeit das größte deutsche Frachtschiff der Reederei Laeisz mit Heimathafen Rostock. Mit einer Freundin im Jahr 2006 als Passagier von Taranto in Süditalien nach Sao Luis in Nordbrasilien. Eine sehr persönliche Reise, einschließlich einer echten Äquatortaufe, sehr eindrucksvoll erzählt.

Von Kontinent zu Kontinent

Aufgrund einer mitten auf See geänderten Passage ausgeschifft, gestrandet und fünftausend Kilometer mit dem Fernbus durch Brasilien. Kontakt mit einem sehr unfreundlichem deutschen Konsulat, aufgrund dessen zwei Wochen Zwangsurlaub in Rio de Janeiro. Durch großes Glück, und mit Hilfe zweier Freunde, zwei Monate später mit einem Autofrachter über Westafrika zurück nach Hamburg. Ein unglaubliches Erlebnis

Der verkorkste Suizid

Fünfundsiebzig Jahre alt und eine schwere Enttäuschung, das klingt eindeutig nach Anfälligkeit für einen Selbstmord. Vor 12 Jahren den Darmkrebs besiegt, eine künstliche Hüfte bekommen - aber dann die Freundin von heute auf morgen weg. Klaus wollte nicht mehr. Mit einem Flieger ging es nach Nizza, von dort mit einem Taxi zur Verdonschlucht. Eine 140 m hohe Brücke über die Schlucht war das Ziel. Darunter nichts als nackter Fels - eine todsicher Sache, die trotzdem nicht klappte.

Selbst erlebt

Wundersame Begegnung im Tonstudio, Episode im Wohnwagen, Familienbande über Kreuz,Italienische Impressionen, Containerliebe in Afrika, Spielerei im Hamburger Bismarckbad, Gestatten: Bautmodenschneiderin, Ungewöhnliche urologische Behandlung oder Gruppensex in Arabien? Alle Geschichten wurden vom Autor selbst erlebt - keine der Geschichten ist ausgedacht. Viel Freude beim Lesen ungewöhnlicher erotischer Erlebnisse.

Noch mehr erlebt

Auch in diesem Band werden viele weitere erotische, selbst erlebte Geschichten des Autors erzählt. Massage für zwei Millionen Euro - Wundersames Preveli, Massage mit 17 Händen, Wie ich zum Callboy wurde, Im Bordell von Macae, Eine Fußmassage im Zug, Eine Zigeunerin in Palermo, Eine spezielle Nacht in Dubrovnik, Ein Hoch auf Recklingshausen, Verrückt nach Marianne Pfeffer, Wundersames Dänemark, Ursula aus Emden. 23 Stories, die es in sich haben. Viel Spaß beim Lesen!

Meine Autobiographie

Lebenskünstler? Finanzjongleur? Weltreisender ohne Geld? Sexbegeistert? 31 mal umgezogen, Hartz-4-Empfänger, dennoch ein Musik- und Videostudio aufgebaut. Vier Jahre mit Partnerin und Tandem durch ganz Südeuropa unterwegs, Erotik-Auftritte in einem Cabaret auf der Großen Freiheit in Hamburg, Lebenskünstler. Das ungeschminkte, wahre Leben eines Mannes, der ein sonniges Leben führte, aber nie jemandem schadete.